BALZAC, LE ROMAN DE SA VIE

Stefan Zweig est né le 28 novembre 1881 à Vienne (Autriche). Sa fortune lui permet d'étudier à sa guise et de parcourir le monde. Pacifiste, il se lie avec Romain Rolland en 1917, puis avec Georges Duhamel et Charles Vildrac.

Il abandonne l'Autriche en 1934 pour s'installer à Londres. Bien que devenu citoyen anglais, il quitte son pays d'adoption « trop insulaire » et se réfugie au Brésil en 1941. Ébranlé par l'échec de son idéal de paix et la victoire du nazisme, il se suicide avec sa femme en février 1942.

Romancier et biographe (*La Confusion des sentiments, La Pitié dangereuse, Amok, Vingt-Quatre Heures de la vie d'une femme, Marie-Antoinette, Marie Stuart...*), il a été aussi le traducteur de Verlaine, de Rimbaud, de Baudelaire et de Verhaeren.

D1158856

Paru dans Le Livre de Poche :

AMOK.

LE JOUEUR D'ÉCHECS.

VINGT-QUATRE HEURES DE LA VIE D'UNE FEMME.

L'AMOUR D'ERIKA EWALD.

LA CONFUSION DES SENTIMENTS.

TROIS POÈTES DE LEUR VIE : STENDHAL, CASANOVA, TOLSTOÏ.

LA GUÉRISON PAR L'ESPRIT.

TROIS MAÎTRES (BALZAC, DICKENS, DOSTOÏEVSKI).

DESTRUCTION D'UN CŒUR.

LE COMBAT AVEC LE DÉMON.

IVRESSE DE LA MÉTAMORPHOSE.

ÉMILE VERHAEREN.

CLARISSA.

JOURNAUX (1912-1940).

UN MARIAGE À LYON.

Dans la série « La Pochothèque » :

ROMANS ET NOUVELLES (2 vol.).

ESSAIS.

STEFAN ZWEIG

Balzac

Le roman de sa vie

TRADUIT DE L'ALLEMAND PAR FERNAND DELMAS

ALBIN MICHEL

LIVRE PREMIER

LA JEUNESSE ET LES DÉBUTS

CHAPITRE PREMIER

LE DRAME D'UNE ENFANCE

Un homme du génie de Balzac, doué d'une imagination exubérante, capable de poser à côté du monde réel un autre cosmos, un monde accompli, ne saurait que rarement s'en tenir, quand il relate les petits faits de sa vie privée, à la vérité toute nue ; il entend tout soumettre aux caprices souverains d'une volonté qui transfigure le réel. Cette transformation arbitraire de tant d'épisodes vécus, Balzac l'opère — et c'est là un trait caractéristique — jusque sur le fondement même, ordinairement immuable, de toute existence bourgeoise, jusque sur son nom. Un beau jour, vers l'âge de trente ans, il révèle au public qu'il ne s'appelle pas Honoré Balzac, mais Honoré de Balzac, et va même jusqu'à prétendre qu'il a toujours eu le droit incontestable de porter la particule nobiliaire. Sans doute son père évoquait bien, avec quelque suffisance, l'éventualité d'une parenté lointaine, avec la vieille souche gauloise des chevaliers de Balzac d'Entraigues, mais c'était dans la stricte intimité et par manière de plaisanterie. Cette supposition fantaisiste, le fils, lui, avec toute la vigueur de son imagination, l'élève au rang d'un fait indiscutable et la jette au monde comme un défi. Il signe ses lettres et ses livres « de Balzac » et fait même installer le blason des d'Entraigues sur la calèche qui l'emporte dans son voyage à Vienne. Aux railleries décochées dans les

journaux à l'occasion de ce vaniteux anoblissement
par des confrères malveillants il réplique avec une
tranquille impertinence que bien avant sa naissance
son père avait déjà établi cette origine aristocratique
dans des documents officiels : la particule ne se trouvait pas ainsi plus déplacée sur son acte de naissance
que sur ceux de Montaigne ou de Montesquieu.

Par malheur les belles légendes fleuries des poètes
se heurtent, dans notre monde maussade, à l'hostilité
haineuse et tatillonne des documents desséchés. Cet
acte de naissance, triomphalement cité par Balzac, se
trouve, hélas, conservé dans les archives de la ville de
Tours ; mais on n'y voit pas trace devant son nom de
ce « de » aristocratique. Voici ce que note, à la date du
21 mai 1799, en sa prose indifférente et catégorique,
l'officier d'état civil de Tours :

Aujourd'huy, deux Prairial, an sept de la République
française, a été présenté devant moi Pierre Jacques Duvi-
vier, officier public soussigné, un enfant mâle par le citoyen
Bernard François Balzac, propriétaire, demeurant en cette
commune, rue de l'Armée d'Italie, section du Chardonnet
n° 25, lequel m'a déclaré que ledit enfant s'appelle Honoré
Balzac, né d'hier à onze heures du matin, au domicile du
déclarant...

Dans aucun autre document, pas plus dans l'acte de
décès du père que dans l'acte de mariage de la fille
aînée, il n'est fait mention de ce titre de noblesse qui
se révèle ainsi, avec toutes les digressions généalogi-
ques sur lesquelles il se fonde, comme un simple
mirage, produit des rêves du grand romancier.

Mais bien que les archives donnent littéralement
tort à Balzac, sa volonté, sa flamboyante volonté
créatrice, n'en a pas moins glorieusement triomphé
de la sécheresse des papiers administratifs. En dépit
de toutes les rectifications rétrospectives, la poésie
l'emporte toujours sur l'histoire. Bien qu'aucun roi de
France n'ait jamais signé pour lui et pour ses ancêtres
de lettres de noblesse, la postérité, docile aux ordres

de l'artiste, n'en répond pas moins à qui demande le
nom du plus grand romancier français : Honoré de
Balzac et non Honoré Balzac ou encore Honoré
Balssa.

*
* *

Car c'est Balssa et non Balzac, encore moins de
Balzac, le véritable nom de famille de ses ancêtres
prolétaires. Ils ne possèdent aucun château, ils n'ont
point de blason que leur descendant, l'écrivain,
puisse peindre sur son carrosse. Ils ne s'en vont pas,
chevauchant dans des armures étincelantes, engager
des tournois romantiques. Jour après jour ils mènent
les vaches à l'abreuvoir, défrichent, à la sueur de leur
front, la terre du Languedoc. Le père de Balzac,
Bernard-François, est né dans une misérable chaumière du hameau de La Nougayrié, près de Canezac,
le 22 juin 1746, parmi les nombreux Balssa qui s'y
trouvaient établis. Et la seule notoriété que se soit
jamais acquise l'un de ces Balssa est de fort mauvais
aloi. L'année même où Honoré quittait l'université,
en 1819, le frère de son père est arrêté à l'âge de
cinquante-quatre ans sous l'inculpation d'avoir mis à
mort une jeune paysanne enceinte, et, l'année suivante, il est guillotiné après un procès sensationnel. Il
se pourrait que ce soit précisément le désir de mettre
entre lui et cet oncle mal famé toute la distance
possible qui ait déclenché chez Balzac la première
idée de s'anoblir et de se fabriquer de toutes pièces
une autre généalogie.

Le grand-père de Balzac — un vulgaire ouvrier
agricole — destinait à la prêtrise son fils Bernard-
François, aîné de onze enfants. Le curé du village lui
apprit à lire et à écrire et lui enseigna même les
rudiments du latin. Mais le gaillard, plein de vigueur,
de vitalité et d'ambition, n'était guère d'humeur à
subir la tonsure et à se laisser extorquer un vœu de
chasteté. Pendant quelque temps encore il s'occupe

au village natal, tantôt comme petit clerc chez le notaire, tantôt comme journalier à la vigne et à la charrue.

Mais à vingt ans il se sauve pour ne plus revenir. Avec ce mordant, cette ténacité du provincial que rien ne rebute, illustrée par son fils dans ses romans en tant de magistrales variantes, il fait son trou dans Paris, obscurément d'abord et perdu dans la masse de ces mille jeunes gens qui veulent y faire carrière sans trop savoir eux-mêmes de quelle manière ni dans quelle profession. Qu'il ait été, sous Louis XVI, comme il le prétend une fois arrivé et devenu grand homme dans sa province, avocat au Conseil du roi ou même avocat du roi, c'est là simple gasconnade d'un vieux monsieur qui s'amuse à raconter des histoires, et le fait est qu'aucun almanach du roi ne mentionne un Balzac ou un Balssa dans un tel office. Il faut les grands courants de la Révolution pour entraîner à la surface, comme tant d'autres, ce fils de prolétaires. Il remplit des fonctions administratives à la Commune de Paris — un épisode de sa carrière dont il se gardera bien de se vanter quand il sera plus tard commissaire aux armées. Il semble qu'il se soit fait là des relations, et, avec cette passion instinctive des choses de la finance qu'il devait transmettre en héritage à son fils, il s'oriente pendant la période de guerres vers le secteur de l'armée où on fait le mieux ses affaires : l'intendance et les fournitures militaires. De l'intendance d'une armée des fils d'or vous conduisent irrésistiblement vers les prêteurs et les banquiers. Un beau jour, au bout de trente années d'obscures fonctions et d'affaires ténébreuses, Bernard-François change encore son fusil d'épaule et émerge comme secrétaire général de la banque Daniel Doumerc à Paris.

A cinquante ans, Balzac le père a enfin heureusement achevé la transformation tant de fois décrite par son fils, qui fait d'un gueux turbulent et ambitieux un bourgeois comme il faut, un membre bien pensant —

ou devenu bien pensant — de la bonne société. C'est alors seulement que grâce au petit capital acquis et à sa solide situation, il va pouvoir entreprendre la première démarche qui s'impose pour passer de la petite à la grande bourgeoisie (et plus tard atteindre au dernier échelon où ses vœux seront comblés, en se transformant de grand bourgeois en rentier) : il se mariera, épousera une jeune fille riche, de bonne famille bourgeoise. A l'âge de cinquante et un ans cet homme plein de santé, de belle prestance, et qui sait en outre par sa jactance faire habilement la conquête des cœurs, tourne les yeux vers la fille d'un de ses supérieurs à la banque. Anne-Charlotte-Laure Sallambier est bien de trente-deux ans plus jeune et de tempérament quelque peu romantique, mais en petite bourgeoise bien élevée, elle se soumet docilement aux conseils de ses parents qui voient un parti sérieux en ce Balzac, sensiblement plus âgé certes, mais doué d'un sens très sûr des affaires. A peine marié, Balzac le père considère comme au-dessous de sa dignité, et aussi comme trop peu rémunérateur, son poste de simple employé. La guerre sous un Napoléon lui apparaît comme une source de revenus beaucoup plus rapide et de bien meilleur rendement. Il fait donc jouer à nouveau ses anciennes relations et, sous la caution fournie par la dot de sa femme, s'installe à Tours comme intendant général de la 22ᵉ division.

A cette époque, lors de la naissance de leur premier fils, Honoré (20 mai 1799) les Balzac ont déjà de la fortune et sont reçus comme des gens respectables dans la haute bourgeoisie de Tours. Les fournitures de Bernard-François doivent rapporter gros, car la famille, tout en continuant à épargner et à spéculer, se met à mener grand train. Sitôt après la naissance d'Honoré ils quittent l'étroite rue de l'Armée-d'Italie pour occuper une maison à eux. Tant que dure l'âge d'or des campagnes napoléoniennes, ils s'offrent une voiture et une nombreuse domesticité, ce luxe des

petites villes. La meilleure société, l'aristocratie
même fréquentent régulièrement la maison de ce fils
de journalier, cet ancien membre de la sanguinaire
Commune : le sénateur Clément de Ris, dont Balzac
racontera par le menu, dans *Une ténébreuse affaire*, le
mystérieux enlèvement, le baron de Pommereul et
M. de Margonne qui, plus tard, viendront en aide au
romancier dans ses plus mauvais jours. Balzac le père
est même associé à la gestion municipale : il administre l'hôpital et son avis a du poids dans toutes les
décisions. En dépit de sa basse origine et de son passé
impénétrable, il est devenu, à cette époque où l'on fait
rapidement carrière et où toute la société est sens
dessus dessous, un personnage respectable et irré-
prochable.

Cette popularité du père de Balzac est en tous
points facile à comprendre. Ce bon vivant, solide,
jovial, est content de soi, de ses succès et de tout le
monde. Son langage, son accent, n'ont rien de la
distinction aristocratique. Il prend plaisir à jurer
comme un sapeur et ne ménage pas les anecdotes
salées — c'est de lui que son fils doit tenir plus d'un de
ses *Contes drolatiques*. C'est un splendide conteur,
aimant certes à mêler à la vérité ses vantardises et ses
rodomontades, mais en même temps plein de bonhomie et de gaîté ; bien trop malin pour lier son sort, en
des temps aussi instables, à l'empereur, au roi ou à la
république. Sans avoir de solide formation scolaire, il
manifeste cependant son intérêt dans tous les sens et
se fait, avec ce qu'il apprend et lit à tort et à travers,
une sorte de culture générale. Il rédige même quelques brochures comme le *Mémoire sur le moyen de
prévenir les vols et les assassinats* et le *Mémoire sur le
scandaleux désordre causé par les filles trompées et
abandonnées*, des ouvrages qu'on ne peut naturellement pas plus comparer à ceux de son illustre fils que
le *Journal italien* du père de Goethe avec le *Voyage en
Italie* du poète. Avec sa robuste santé, sa bonne
humeur qui ne se dément jamais, il est bien décidé à

vivre cent années. Il a passé la soixantaine quand il adjoint à ses quatre enfants légitimes quelques rejetons illégitimes et les mauvaises langues de la petite ville l'accusent encore à quatre-vingts ans d'avoir engrossé une jeune fille. Jamais un médecin n'a mis le pied chez lui et sa volonté de survivre à tout le monde se fait plus âpre encore depuis qu'il a pris une rente viagère à la tontine Lafarge où le revenu des survivants s'accroît à la mort de chacun des participants. Cette même puissance démoniaque que le fils applique à fixer les mille visages de la vie, le père l'emploie tout entière à conserver sa propre existence. Déjà il a survécu à tous ses partenaires, déjà sa rente s'est grossie de huit mille francs, quand il tombe à quatre-vingt-trois ans victime d'un stupide accident. Sans quoi, par la concentration de sa volonté, Bernard-François aurait, tout comme Honoré, réalisé l'impossible.

*
* *

De même qu'il hérite de son père la vitalité et « le besoin d'inventer des histoires », Honoré de Balzac hérite de sa mère la sensibilité. Plus jeune que son mari de trente-deux ans et sans faire le moins du monde mauvais ménage avec lui, elle a une fâcheuse disposition à se sentir sans cesse malheureuse. Alors que son époux coule une existence joyeuse et insouciante sans laisser en rien troubler sa bonne humeur par les chicanes et les maladies imaginaires de sa femme, Anne-Charlotte-Laure Balzac présente, sous toutes les couleurs miroitantes de l'hystérie, le type déplaisant de la femme toujours offensée. Elle ne se sent assez aimée, assez respectée, assez honorée de personne dans la maison, elle se plaint constamment de ce que ses enfants ne lui soient pas assez reconnaissants de son immense dévouement. Jusqu'à la fin elle ne cessera de tourmenter son fils, déjà célèbre par le monde, de ses conseils « bien intentionnés » et de ses reproches larmoyants. Et pourtant elle n'est nullement une femme sans intelligence ni culture. Adolescente, elle a tenu compagnie à la fille du banquier Doumerc et acquis dans ce milieu certains goûts romantiques : elle est à cette époque passionnée de littérature et gardera par la suite une prédilection pour Swedenborg et autres mystiques. Mais ces discrets accès d'idéalisme ne tardent pas à être rejetés dans l'ombre par son souci héréditaire de l'argent. Descendant d'une famille typique de petits bourgeois parisiens qui, en vrais Harpagons, ont rempli sou à sou leur bas de laine en faisant commerce de mercerie, elle apporte dans le jeune ménage tous les instincts malodorants de la basse bourgeoisie au cœur sec, et avant tout une avarice de petit boutiquier louchant en même temps d'un œil rapace vers les bons placements et les spéculations qui rapportent. Prendre soin des enfants, c'est pour elle leur enseigner que dépenser de l'argent est un crime, gagner de l'argent la vertu des vertus, c'est les exhorter dès la plus tendre enfance à se faire une « position » sûre — ou bien, s'il s'agit des filles, à faire un bon mariage —, ne leur laisser aucune liberté et les tenir sans cesse à l'œil. Mais cette vigilance inquiète et indiscrète, cette poursuite morose de leur prétendu bonheur, produit, en dépit de ses « bonnes intentions », un effet glacial sur toute la famille. Après des années, devenu depuis longtemps un homme fait, Balzac se souviendra encore qu'étant enfant, il sursautait au seul son de sa voix.

Ce que Balzac a souffert de cette femme constamment maussade et chez qui l'instinct maternel était refoulé au point qu'elle se tenait froidement en défense contre tous les mouvements du cœur de ses enfants, contre toutes les manifestations de leur tendresse expansive, on peut s'en faire une idée en entendant ce cri qu'il lance dans une de ses lettres : « Je n'ai jamais eu de mère ! » Quel motif mystérieux — serait-ce un réflexe de défense contre son mari, trans-

féré sur les enfants — éloigna d'instinct Charlotte
Balzac de ses deux premiers-nés, Honoré et Laure,
tandis qu'elle choyait les deux plus jeunes, Laurence
et Henri, il n'est sans doute guère possible de le
découvrir aujourd'hui. Ce qui est sûr c'est qu'on peut
à peine imaginer plus de froideur et d'indifférence de
la part d'une mère à l'égard de son enfant. A peine
a-t-elle mis son fils au monde — elle est encore sur son
lit d'accouchée — qu'elle l'éloigne de la maison
comme un lépreux. Le bébé est placé en nourrice chez
la femme d'un gendarme et y reste jusqu'à quatre ans.
Même alors on ne le laisse pas rentrer auprès de son
père, de sa mère et de ses frères et sœurs, dans la
maison pourtant spacieuse et bien située, on le met en
demi-pension chez des étrangers. Une fois par
semaine seulement, le dimanche, il peut aller voir les
siens comme s'ils étaient de lointains parents. Jamais
on ne lui fait la faveur de le laisser s'amuser avec ses
cadets, on ne permet ni jouets ni cadeaux. Point de
mère qui veille à son chevet quand il est malade,
jamais il n'a entendu sa voix s'attendrir et quand il se
presse, câlin, entre ses genoux et veut l'embrasser, elle
repousse d'un mot sévère ces familiarités déplacées.
Et à peine sait-il convenablement se servir de ses
petites jambes, à sept ans, le voilà, cet indésirable,
confiné dans un internat à Vendôme ; il faut avant
tout qu'il soit loin, loin, ailleurs, dans une autre ville.
Quand, au bout de sept années d'une intolérable
discipline, Balzac rentre à la maison paternelle, sa
mère lui fait, selon sa propre expression, « la vie si
dure » qu'à dix-huit ans, de lui-même, il tourne le dos
à ce milieu insupportable.

Jamais, malgré sa bonhomie naturelle, l'artiste n'a
pu dans son âge mûr oublier les rebuffades qu'il a
subies de cette étrange mère. Beaucoup plus tard
l'homme de quarante-trois ans aux mèches déjà blanches, qui, à son tour, a reçu à son foyer le bourreau de
son enfance, ne peut oublier ce que, par son aversion,
elle a fait souffrir au gamin de six ans, de dix ans, au

cœur aimant et avide de tendresse, et dans une révolte impuissante, il jette à Mme de Hanska ce terrible aveu :

Si vous saviez quelle femme est ma mère : un monstre et une monstruosité tout ensemble. Pour le moment elle est en train de mener en terre ma sœur après que ma pauvre Laurence et ma grand-mère ont péri par elle. Elle me hait pour mille raisons. Elle me haïssait déjà avant ma naissance. J'ai déjà été sur le point de rompre avec elle, ce serait presque nécessaire. Mais je préfère continuer à souffrir. C'est une blessure qui ne peut guérir. Nous avons cru qu'elle était folle et avons consulté un médecin qui est son ami depuis trente-trois ans. Mais il nous a dit : « Mais non, elle n'est pas folle. Elle est seulement méchante. »… Ma mère est la cause de tous les malheurs de ma vie.

Voilà, éclatant au grand jour après des années, la réponse aux mille tourments secrets qu'à l'âge où sa sensibilité était la plus vive, il a subits précisément de la part de l'être qui, selon la loi de nature, aurait dû lui être le plus proche. Sa mère seule est responsable de ce que, selon ses propres expressions, « il ait enduré la plus épouvantable enfance qui soit jamais échue sur terre à un homme ».

*
* *

Sur les six années passées par Balzac au pensionnat des Oratoriens de Vendôme, un vrai bagne des esprits, nous avons deux témoignages divers, celui des registres scolaires dans sa sobriété officielle, et, dans sa splendeur poétique, *Louis Lambert*.
Les autorités scolaires notent froidement :

N° 460. Honoré Balzac, âgé de 8 ans et un mois a eu la variole sans dommages consécutifs. Caractère sanguin, s'échauffe aisément et est sujet parfois à de violents emportements. Entrée au pensionnat le 22 juin 1807. Sortie le 22 avril 1813. Adresser les lettres à M. Balzac père à Tours.

Ses camarades gardent seulement le souvenir « d'un gros garçon joufflu à la figure rouge ». Tout ce qu'ils trouvent à raconter se rapporte à son aspect extérieur ou à quelques anecdotes suspectes. Les pages biographiques de *Louis Lambert* n'en mettent que plus tragiquement en lumière le drame de la vie intérieure de ce garçon génial doublement torturé en raison de son génie.

Pour retracer ses années de formation, Balzac a choisi le procédé du double portrait : il se peint sous les traits de deux camarades de classe, ceux du poète, Louis Lambert, et ceux de « Pythagore » le philosophe. Il a, comme le jeune Goethe dans les figures de Faust et de Méphistophélès, dédoublé sa personnalité. Il attribue à deux images distinctes les deux faces fondamentales de son génie : la puissance créatrice qui anime les figures de la vie, et la puissance organisatrice qui veut faire apparaître les lois secrètes des grandes combinaisons de l'être. En réalité il est lui-même sous ces deux figures Louis Lambert, ou du moins les événements extérieurs vécus par ce personnage prétendu imaginaire sont ceux qu'il a vécus lui-même. Parmi les portraits qu'il a tracés de lui — Raphaël dans *La Peau de chagrin*, d'Arthez dans *Les Illusions perdues*, le général Montereau dans l'*Histoire des Treize* —, il n'en est pas de plus achevé, il n'en est pas de plus manifestement vécu que le destin de cet enfant relégué dans une école ecclésiastique sous une discipline spartiate.

Déjà du dehors, cette institution, située au milieu de la ville de Vendôme au bord du Loir, fait, avec ses tours sinistres et ses robustes murailles, l'impression d'une prison plutôt que d'une maison d'éducation. Les deux à trois cents pensionnaires sont dès le premier jour soumis à une sévère discipline monacale. Point de vacances ; les parents n'ont le droit de voir leurs enfants qu'exceptionnellement. Au cours de ces années Balzac n'est presque jamais venu à la maison et, pour accentuer encore la ressemblance avec son propre passé, il fait de Louis Lambert un orphelin sans père ni mère. La pension, qui ne comprend pas seulement la rétribution scolaire, mais aussi la nourriture et le vêtement, est relativement modique et on fait sur les enfants de scandaleuses économies. Ceux dont les parents n'envoient pas de gants et de sous-vêtements chauds — et Balzac se trouve, grâce à l'indifférence de sa mère, parmi les moins favorisés — traînent l'hiver dans l'établissement les mains gelées et des engelures aux pieds. Balzac-Lambert, particulièrement sensible dans son corps et dans son âme, souffre, dès le premier instant, plus que ses camarades paysans.

Accoutumé au grand air, à l'indépendance d'une éducation laissée au hasard, caressé par les tendres soins d'un vieillard qui le chérissait, habitué à penser sous le soleil, il lui fut bien difficile de se plier à la règle du collège ; de marcher dans le rang, de vivre entre les quatre murs d'une salle où quatre-vingts jeunes gens étaient silencieux, assis sur un banc de bois, chacun devant son pupitre. Ses sens possédaient une perfection qui leur donnait une exquise délicatesse, et tout souffrit chez lui de cette vie en commun. Les exhalaisons par lesquelles l'air était corrompu, mêlées à la senteur d'une classe toujours sale et encombrée des débris de nos déjeuners ou de nos goûters, affectèrent son odorat ; ce sens qui plus directement en rapport que les autres avec le système cérébral, doit causer par ses altérations d'invisibles ébranlements aux organes de la pensée. Outre ces causes de corruption atmosphérique, il se trouvait dans nos salles d'étude des baraques où chacun mettait son butin, les pigeons tués pour les jours de fête, ou les mets dérobés au réfectoire. Enfin nos salles contenaient encore une pierre immense où restaient en tous temps deux seaux pleins d'eau, espèce d'abreuvoir où nous allions chaque matin nous débarbouiller le visage et nous laver les mains à tour de rôle en présence du maître. De là nous passions à une table où des femmes nous peignaient et nous poudraient. Nettoyé une seule fois par jour, avant notre réveil, notre local demeurait toujours malpropre. Puis, malgré le nombre des fenêtres et la hauteur de la porte, l'air y était incessamment vicié par les émanations du lavoir, par la peignerie, par la baraque, par les mille industries de chaque écolier, sans compter nos quatre-vingts corps entassés... La privation de l'air pur et parfumé des campagnes dans lequel il avait jusqu'alors vécu, le changement de ses habitudes, la discipline, tout contrista Lambert. La tête toujours appuyée sur sa main gauche et le bras accoudé sur son pupitre, il passait les heures d'étude à regarder dans la cour le feuillage des arbres ou les nuages du ciel ; il semblait étudier ses leçons ; mais voyant la plume immobile ou la page restée blanche, le Régent lui criait : « Vous ne faites rien, Lambert ! »

Louis Lambert, X, 371-372.

Inconsciemment les professeurs flairent dans ce gamin l'esprit de résistance ; ils ne soupçonnent pas les forces extraordinaires qui œuvrent en lui, voient seulement que sa façon de lire, d'apprendre, n'est pas conforme au règlement, n'est pas normale. Parce qu'il n'avance pas du même train que les autres, tantôt traînant derrière eux, tantôt les devançant d'un bond, ils le tiennent pour un esprit obtus, paresseux, rétif, égaré dans ses rêves. En tout cas il n'en est point sur qui la férule tombe plus dur que sur lui. Il est sans cesse puni. Pour lui, point de loisir aux récréations, il attrape pensum sur pensum, est mis si souvent au cachot qu'en deux ans il ne lui reste pas six jours pleins de liberté. Ce génie souverain de son époque est plus souvent, plus cruellement que tous en butte à l'*ultima ratio* des Pères implacables : le châtiment corporel.

Cet enfant si fort et si faible... souffrit donc par tous les points où la douleur a prise sur l'âme et sur la chair. Attaché sur un banc à la glèbe de son pupitre, frappé par la férule, affecté dans tous ses sens, pressé par une ceinture de maux, tout le contraignait d'abandonner son enveloppe aux mille tyrannies du collège... Parmi les souffrances physiques auxquelles nous étions soumis, la plus vive était certes celles que nous causait cette palette de cuir, épaisse d'environ deux doigts, appliquée sur nos faibles mains de toute la force, de toute la colère du Régent. Pour recevoir cette correction classique, le coupable se mettait à genoux au milieu de la salle. Il fallait se lever de son banc, aller s'agenouiller près de la chaire, et subir les regards curieux, souvent moqueurs de nos camarades. Aux âmes tendres ces préparatifs étaient donc un double supplice, semblable au trajet du Palais à la Grève que faisait jadis un condamné vers son échafaud. Selon les caractères, les uns criaient en pleurant à chaudes larmes, avant ou après la férule ; les autres en acceptaient la douleur d'un air stoïque ; mais, en l'attendant, les plus forts pouvaient à peine réprimer la convulsion de leur visage. Louis Lambert fut accablé de férules et les dut à l'exercice d'une faculté de sa nature dont l'existence lui fut pendant longtemps inconnue. Lorsqu'il était violemment tiré d'une méditation par le « Vous ne faites rien ! » du Régent, il lui arriva souvent, à son insu d'abord, de lancer à cet homme un regard empreint de je ne sais quel mépris sauvage, chargé de pensée comme une bouteille de Leyde est chargée d'électricité. Cette œillade causait sans doute une commotion au maître, qui, blessé par cette silencieuse épigramme, voulut désapprendre à l'écolier ce regard fulgurant. La première fois que le Père se formalisa de ce dédaigneux rayonnement qui l'atteignit comme un éclair, il dit cette phrase que je me suis rappelée : « Si vous me regardez encore ainsi, Lambert, vous allez recevoir une férule ! »

Pas un seul de ses sévères maîtres ne pénètre, au cours de toutes ces années, le secret de Balzac. Ils ne voient en lui qu'un élève qui, soit dans l'étude du latin, soit dans celle du vocabulaire, est en retard et ne soupçonnent nullement l'immense avance de ce visionnaire. Ils le croient distrait, indifférent, sans s'apercevoir que l'école l'ennuie et le fatigue parce que les exercices qu'elle lui propose sont depuis long-temps trop faciles pour lui ; que sa paresse apparente n'est que l'épuisement consécutif à « une congestion d'idées ». Il ne vient à l'esprit d'aucun d'eux que ce petit garçon joufflu, emporté sur les ailes puissantes de son esprit, respire depuis longtemps dans une autre atmosphère que celle des salles de classe où l'on étouffe ; que seul parmi ceux qui sont là assis à leur place ou qui dorment dans le lit qui leur est assigné, cet enfant mène, sans qu'on en voie rien, une double existence.

Cet autre monde, dans lequel vit ce garçon de douze, de treize ans, ce sont les livres. Le bibliothécaire de l'école qui lui donne des leçons particulières de mathématiques permet à l'enfant d'emporter au pensionnat tous les livres qu'il veut, sans se douter de l'abus que, dans sa passion de lecture, il va faire d'une telle autorisation. Ces livres sont pour Balzac le salut. Ils annulent tous les tourments, toutes les humiliations de l'école. « Sans les livres que nous tirions de la Bibliothèque et qui entretenaient la vie dans notre cerveau, ce système d'existence nous eût menés à un abrutissement complet. » La vie réelle dans la cour et dans les classes ne se déroule plus pour lui que dans un état de vague somnolence. Les livres constituent sa véritable existence.

« Dès ce temps, raconte-t-il de son double Louis Lambert, la lecture était devenue chez lui une espèce de faim que rien ne pouvait assouvir. Il dévorait des livres de tous genres et se repaissait indistinctement d'œuvres religieuses, d'histoire, de philosophie et de physique. »

C'est au cours de ces heures, sur ces lectures secrètes de l'écolier que fut établi le vaste fondement des connaissances universelles de Balzac, constitué par mille faits épars, indissolublement cimentés les uns aux autres grâce à ce don génial : une mémoire toujours en éveil et prompte. Rien peut-être n'explique mieux la merveille unique de cette faculté d'aperception balzacienne que la description des orgies de lecture de Louis Lambert.

... L'absorption des idées par la lecture était devenue chez lui un phénomène curieux ; son œil embrassait sept à huit lignes d'un coup et son esprit en appréciait le sens avec une vélocité pareille à celle de son regard ; souvent même

un mot dans la phrase suffisait pour lui en faire saisir le suc.
Sa mémoire était prodigieuse. Il se souvenait avec une
même fidélité des pensées acquises par la lecture et de celles
que la réflexion ou la conversation lui avaient suggérées.
Enfin il possédait toutes les mémoires : celle des lieux, des
noms, des mots, des choses et des figures. Non seulement il
se rappelait les objets à volonté ; mais encore il les revoyait
en lui-même, situés, éclairés, colorés comme ils l'étaient au
moment où il les avait aperçus. Cette puissance s'appliquait
également aux actes les plus insaisissables de l'entende-
ment. Il se souvenait, suivant son expression, non seulement du gisement des pensées dans le livre où il les avait
prises, mais encore des dispositions de son âme à des
époques éloignées. Par un privilège inouï sa mémoire pouvait donc lui retracer les progrès et la vie entière de son
esprit, depuis l'idée la plus anciennement acquise jusqu'à la
dernière éclose, depuis la plus confuse jusqu'à la plus
lucide. Son cerveau, habitué jeune encore au difficile méca-
nisme de la concentration des forces humaines, tirait de ce
riche dépôt une foule d'images admirables de réalité, de
fraîcheur, desquelles il se nourrissait pendant la durée de
ses limpides contemplations...

A l'âge de douze ans, son imagination, stimulée par le
perpétuel exercice de ses facultés, s'était développée au
point de lui permettre d'avoir des notions si exactes sur les
choses qu'il percevait par la lecture seulement, que l'image
imprimée dans son âme n'en eût pas été plus vive s'il les
avait réellement vues ; soit qu'il procédât par analogie, soit
qu'il fût doué d'une espèce de seconde vue par laquelle il
embrassait la nature.

— En lisant le récit de la bataille d'Austerlitz, me dit-il un
jour, j'en ai vu tous les incidents. Les volées de canon, les
cris des combattants retentissaient à mes oreilles et m'agi-
taient les entrailles ; je sentais la poudre, j'entendais le bruit
des chevaux et la voix des hommes ; j'admirais la plaine où
se heurtaient des nations armées, comme si j'eusse été sur
la hauteur du Santon. Ce spectacle me semblait effrayant
comme une page de l'Apocalypse.

Quand il employait ainsi toutes ses forces dans une lecture, il perdait en quelque sorte la conscience de sa vie
physique, et n'existait plus que par le jeu tout-puissant de ses
organes intérieurs dont la portée s'était démesurément étendue : il laissait, suivant son expression, l'*espace derrière lui*.

Et après ces envols dans l'infini, ces extases qui épuisent délicieusement l'âme, l'enfant se retrouve les yeux lourds de sommeil dans son uniforme détesté à côté des petits paysans dont le cerveau obtus suit péniblement et pas à pas la leçon du maître, comme s'ils marchaient derrière la charrue. Tout brûlant encore des problèmes les plus ardus il lui faut porter son attention sur *rosa rosae* et sur les règles les plus élémentaires de la grammaire. Confiant dans la supériorité de son cerveau qui n'a besoin que d'effleurer une page d'un livre pour la savoir par cœur, il se dispense d'écouter et suit en rêve les idées de ses lectures secrètes. Ce mépris de la réalité lui réussit généralement mal.

... Notre mémoire était si belle que nous n'apprenions jamais nos leçons. Il nous suffisait d'entendre réciter à nos camarades les morceaux de français, de latin ou de grammaire, pour les répéter à notre tour ; mais si par malheur le maître s'avisait d'intervertir les rangs et de nous interroger les premiers, souvent nous ignorions en quoi consistait la leçon : le pensum arrivait alors malgré nos plus habiles excuses. Enfin nous attendions toujours au dernier moment pour faire nos devoirs. Avions-nous un livre à finir, étions-nous plongés dans une rêverie, le devoir était oublié : nouvelle source de pensum !

L'enfant génial est puni de plus en plus durement ; à la fin on ne lui épargne pas même la « culotte de bois », ce billot moyenâgeux où Shakespeare, dans son *Roi Lear,* fait enclore le brave Kent. C'est seulement quand son système nerveux s'effondre — on n'a jamais su le nom de la maladie à laquelle il doit sa libération de l'école des Pères — que ce génie précoce peut quitter le bagne de son enfance où « il a souffert partout où la douleur pouvait l'atteindre dans son âme et dans son corps ».

*
* *

Cette délivrance définitive est précédée dans l'histoire intellectuelle de Louis Lambert d'un épisode qui n'est sans doute pas complètement inventé. Balzac fait composer à son double, à son Louis Lambert imaginaire, un grand système philosophique sur les relations du physique et du moral, un « Traité de la volonté », dont le manuscrit lui est méchamment arraché par ses camarades jaloux de son « attitude distante et aristocratique ». Le plus sévère des maîtres, le fléau de sa jeunesse, le « terrible Père Haugoult » entend le tapage, confisque le manuscrit et passe le traité de la volonté comme papier d'emballage à des boutiquiers, « sans connaître l'importance des trésors scientifiques dont les germes avortés se dissipèrent en d'ignorantes mains ».

La scène est décrite avec une vraisemblance trop émouvante, toute la fureur de l'enfant offensé s'y manifeste avec trop de vigueur, pour qu'elle puisse avoir été inventée de toutes pièces. Mais Balzac a-t-il simplement fait une telle expérience avec un essai littéraire par exemple, ou bien s'est-il vraiment appliqué dès le collège des Oratoriens à un « Traité de la volonté » dont il expose après coup dans le détail les principes et les idées ? Sa précocité était-elle vraiment déjà à ce point productive en ces années d'école qu'il ait pu se risquer à rédiger un ouvrage de ce genre ? Est-ce le vrai Balzac, l'enfant en chair et en os, qui a composé une pareille œuvre ou seulement le Balzac imaginaire, son frère en esprit, Louis Lambert ?

C'est une question qui ne sera jamais tranchée. Ce qui est sûr, c'est que Balzac dans sa jeunesse — les idées-forces d'un penseur n'ont-elles pas toujours leurs racines dans les années d'adolescence ? — a songé à un tel traité avant d'incarner dans les figures de *La Comédie humaine* les mille ressorts et les multiples lois du vouloir. On est frappé de le voir faire travailler le héros de son premier roman *La Peau de chagrin*, tout comme son Louis Lambert à un Traité de la volonté. Le projet de trouver « les principes dont l'exposé fera peut-être un jour ma gloire » doit sans aucun doute avoir été la pensée centrale, « l'idée-mère » de sa jeunesse. Que Balzac ait commencé dès ses années d'école à s'expliquer les rapports du physique et du moral au moyen d'un mystérieux « fluide éthéré », c'est là plus qu'une supposition. L'un de ses maîtres, Dessaignes, l'auteur des *Etudes sur l'homme moral fondées sur les rapports de ses facultés avec son organisme*, était, comme tant d'autres à cette époque, tout entier sous l'influence des suggestions, alors mal comprises encore, de Mesmer et de Gall qui ont partout laissé leurs traces dans l'œuvre de Balzac. Sans doute ce professeur a-t-il vulgarisé ces idées dans ses leçons et éveillé chez l'unique élève génial de sa classe l'ambition de devenir un de ces « chimistes de la volonté ». L'idée d'une substance motrice universelle était alors dans l'air et répondait entièrement au besoin inconscient de sa nature qui réclamait une méthode. Obsédé toute sa vie par la profusion des faits de conscience, Balzac a cherché longtemps avant *La Comédie humaine* à transformer ce chaos grandiose en un système cohérent et à l'ordonner selon un thème ou selon des lois pour déterminer ainsi l'interdépendance des phénomènes moraux de façon aussi systématique que Cuvier l'avait fait pour les organismes sans âme. Mais il sera à peine possible d'établir jamais si l'artiste s'est risqué à mettre au net ses vues à une époque de sa vie si invraisemblablement précoce, ou s'il s'agit là seulement d'une fiction rétrospective de l'écrivain. Toutefois le fait que les axiomes quelque peu confus du Traité de la volonté de Louis Lambert que nous avons sous les yeux ne se trouvaient pas encore dans la première version du livre (1832) et n'ont été glissés, après une improvisation assez hâtive, que dans les éditions suivantes

prouve assez qu'ils n'étaient nullement ceux du
gamin de douze ans.

*
* *

A la suite de ce départ brusqué du collège des
Oratoriens, Balzac fait connaissance pour la première fois depuis sa naissance, à l'âge de douze ans,
avec la maison familiale. Son père et sa mère qui,
dans l'intervalle ne l'ont reçu qu'à l'occasion de quelques visites, comme un parent éloigné, le trouvent
physiquement et moralement tout changé. Au lieu du
gamin joufflu, florissant de santé et sans malice, c'est
un garçon amaigri, nerveux, aux grands yeux pleins
d'angoisse qu'on leur rend après ce dressage ecclésiastique. Il rentre chez eux comme s'il avait vécu
quelque indicible aventure d'épouvante. Sa sœur
compare plus tard son comportement à celui d'un
somnambule, tâtonnant, les yeux égarés, dans la
lumière. Quand on l'interroge, c'est à peine s'il
entend ; il est là, perdu dans son rêve. Il indispose sa
mère par son caractère renfermé qui dissimule sa
secrète supériorité. Mais comme dans toutes les crises de sa carrière, sa vitalité héréditaire finit, au bout
d'un certain temps, par se faire jour et par triompher.
Le jeune homme redevient gai et bavard ; trop même
au gré de sa mère. On le met, pour achever ses études,
au lycée de Tours et quand, à la fin de 1814, la famille
s'en va à Paris, au Pensionnat Lepître. Ce M. Lepître
avait été pendant la Révolution, comme citoyen Lepître, lié d'amitié avec le père de Balzac, alors membre
de la terrible Commune, et avait joué un rôle historique dans la tentative d'évasion de Marie-Antoinette à
la Conciergerie dont il avait été un des principaux
complices. Ce n'est plus maintenant qu'un brave
directeur d'institution dont la tâche est de mettre des
jeunes gens en état de passer l'examen. Dans cet
internat l'enfant, qui a tant besoin de tendresse, est en

butte à nouveau au sentiment déprimant de se trouver abandonné et esseulé. C'est ainsi que, dans *Le Lys dans la vallée*, il fait dire à Félix de Vandenesse, cette autre image de lui-même en ses jeunes années :

Les douleurs que j'avais éprouvées en famille, à l'école, au collège, je les retrouvai sous une nouvelle forme pendant mon séjour à la pension Lepître. Mon père ne m'avait point donné d'argent. Quand mes parents savaient que je pourrais être nourri, vêtu, gorgé de latin, bourré de grec, tout était résolu. Durant le cours de ma vie collégiale, j'ai connu mille camarades environ et je n'ai rencontré chez aucun l'exemple d'une pareille indifférence.

Là encore Balzac — sans doute par un réflexe de défense intérieure — n'est rien moins qu'un bon élève. Ses parents agacés le mettent en pension ailleurs. Il ne réussit pas mieux. En latin, il est le trente-deuxième sur environ trente-cinq élèves ; résultat qui renforce de plus en plus chez sa mère l'impression qu'Honoré est un « raté ». Aussi reçoit-il, à dix-sept ans, écrite dans ce même style larmoyant où elle s'apitoie sur elle-même et qui mettra encore son fils au désespoir à l'âge de cinquante ans, la brillante épître qui suit.

Je ne peux, mon cher Honoré, trouver d'expressions assez fortes pour te peindre la peine que tu me fais. Tu me rends vraiment malheureuse, quand, en faisant tout pour mes enfants, je devrais attendre d'eux le bonheur.
Le bon, l'estimable M. Gancer m'a dit que tu étais en version le 32e !... Il m'a dit que l'autre jour tu avais encore fait quelque chose de fort condamnable. Alors, je suis privée de tout le plaisir que je me proposais pour demain...
Je devais t'envoyer chercher à huit heures du matin ; nous devions déjeuner et dîner ensemble, faire de nos bonnes causettes instructives. Ton peu d'application, ta légèreté, tes fautes me condamnent à te laisser à ta punition. Quel vide pour mon cœur ! que cette journée va me paraître longue ! Je cache à ton père ta mauvaise place, car tu ne sortirais sûrement pas lundi, malgré que cette sortie

soit tout entière pour l'utilité et nullement pour le plaisir. Le maître de danse viendra demain à quatre et demie. Je t'enverrai chercher et te ferai reconduire après la leçon. Je manquerais aux devoirs que m'impose mon amour pour mes enfants si j'agissais autrement avec toi.

L'objet de ces sinistres prédictions n'en finit pas moins tant bien que mal ses études. Le 4 novembre 1816 il peut se faire immatriculer à l'université comme étudiant en droit.

Ce 4 novembre 1816 aurait dû normalement marquer pour le jeune homme la fin de la servitude et l'aurore de la liberté. Il aurait dû, comme tous les autres, pouvoir poursuivre en toute indépendance ses travaux et donner son temps libre au loisir ou l'employer selon ses goûts personnels. Mais ce n'est pas l'avis des parents de Balzac. Un jeune homme ne doit jouir d'aucune liberté, ne doit pas avoir un instant à perdre. Il doit gagner de l'argent. Bref, s'il suit de temps en temps les cours de l'université et peut étudier la nuit les Pandectes, le jour il lui faut avoir par surcroît un métier. Ne pas perdre un instant pour faire carrière ! Ne pas dépenser un sou inutilement ! L'étudiant Balzac devra donc en même temps faire le robot comme scribe chez un avocat, Guillonnet de Merville — le premier de ses chefs d'ailleurs dont il reconnaisse librement l'autorité et que sa gratitude a immortalisé sous le nom de Derville, parce qu'il sut apprécier avec intelligence la valeur de son copiste et donna généreusement son amitié à ce subordonné pourtant beaucoup plus jeune que lui. Deux ans plus tard Balzac est confié à un notaire ami de la famille, Passez, et son avenir bourgeois semble tout à fait assuré. Le 4 janvier le jeune homme, devenu « normal », passe enfin son baccalauréat en droit ; il ne peut pas tarder à devenir l'associé du brave notaire et, si Maître Passez se sent vieillir ou vient à mourir, il prendra la direction de l'étude, se mariera, se mariera richement, cela va de soi, dans une bonne famille, et fera enfin honneur à sa mère, qui a si peu confiance en lui, à tous les Balzac, à tous les Sallambier, ainsi qu'au reste de la parenté Sa biographie pourra être écrite par Flaubert comme celle d'un autre Bouvard et Pécuchet, modèle du bon bourgeois dans une carrière normale. Et voilà que le feu de la révolte, contenu et étouffé depuis des années chez Balzac, flambe enfin. Au printemps 1819 il se lève soudain, un beau jour, du tabouret du notaire, laisse en plan les actes poudreux qu'il a commencé d'écrire. Il en a assez, pour toujours, de cette existence qui ne lui a pas donné une seule journée de liberté et de bonheur. Résolument, il redresse la tête pour la première fois devant ses parents, et déclare, sans précautions oratoires, qu'il ne veut être ni avocat, ni notaire, ni juge, ni fonctionnaire. Pas de profession bourgeoise, quelle qu'elle soit ! il est résolu à devenir écrivain et, grâce à ses futurs chefs-d'œuvre, à se rendre indépendant, riche, célèbre.

CHAPITRE II

BALZAC POSE AVANT L'HEURE
UNE QUESTION AU DESTIN

> « Je suis vieux de souffrances ; rien ne
> peut vous donner une idée de ma vie
> jusqu'à vingt-deux ans. »
>
> *Lettre à la duchesse d'Abrantès, 1828.*

L'annonce de la soudaine décision prise par ce
jeune homme de vingt ans qui veut devenir écrivain,
poète, et, en tous cas, exercer une activité indépendante au lieu d'être avocat ou notaire, éclate comme
un coup de tonnerre au-dessus de la famille qui ne se
doute de rien. Abandonner une carrière assurée ! Un
Balzac, un petit-fils des très honorables Sallambier,
faire un métier aussi suspect que celui d'écrivain ! Où
sont les garanties, la caution pour un revenu décent,
un revenu sur lequel on puisse compter ? La littérature, la poésie, c'est un luxe, un superflu que peuvent
s'offrir un vicomte de Chateaubriand, propriétaire
d'un beau château quelque part en Bretagne, ou un
M. de Lamartine, ou, à la rigueur, le fils du général
Hugo. Mais le fils d'un petit bourgeois, jamais de la
vie ! Et puis ce garçon dévoyé a-t-il quelquefois révélé
la moindre trace de talent ? A-t-on jamais lu de lui un
essai réussi, a-t-il jamais publié des poésies dans un
journal de province ? A l'école, sa place a toujours été
sur le banc d'infamie, trente-deuxième en latin, sans

parler des mathématiques qui, comme chacun sait, sont pour un commerçant sérieux la science des sciences !

En outre, cette déclaration tombe au moment le plus mal choisi, car présentement M. Balzac le père n'y voit pas clair dans sa situation financière. En arrachant du sol national la guerre, cette vigne sanglante, la Restauration en a, du même coup, écarté ces petites sangsues qui, pendant toutes les années bénies de la domination napoléonienne, ont vécu sur elle en parasites. Le temps des vaches maigres est venu pour les fournisseurs et les profiteurs de l'armée. Le traitement princier du père de Balzac — huit mille francs — s'est trouvé réduit lui aussi à une maigre pension ; en outre, il a laissé bien des plumes dans la liquidation de la banque Doumerc et dans d'autres spéculations. On peut encore sans crainte parler de richesse à propos de la famille : dans le bas de laine il y a encore quelques billets de dix mille, on va bien le voir ; mais, dans la petite bourgeoisie, il est une règle absolue, plus impérative que toutes les lois de l'Etat : toute diminution de revenu est immédiatement compensée par un redoublement d'économie. La famille Balzac a décidé de ne plus habiter Paris et de s'installer dans une résidence moins coûteuse, Villeparisis, à vingt kilomètres environ de la capitale — où on peut réduire son train de vie sans que cela se remarque autant. Et c'est juste à ce moment-là que ce niais, dont on se croyait déjà déchargé pour toujours, non seulement décide d'être un écrivain, mais encore vous invite par-dessus le marché à financer ses loisirs !

Rien à faire, déclare la famille. Et l'on appelle à la rescousse les amis et les parents. Naturellement ils se déclarent d'une seule voix contre les lubies prétentieuses de ce vaurien. C'est encore le père qui garde le mieux son sang-froid. Il déteste les scènes de famille et grogne finalement un « pourquoi pas ? » conciliant. Ce vieil aventurier, ce risque-tout qui a changé de métier des douzaines de fois et ne s'est embourgeoisé que tard dans le confort n'arrive pas à trouver en lui beaucoup de brio pour s'échauffer sur les extravagances de son étrange rejeton. Du côté de Balzac se tient encore — en secret bien sûr — sa sœur préférée, Laure ; elle a pour la poésie un goût romantique et l'idée d'avoir un frère célèbre flatte sa vanité. Mais ce qui est un rêve de gloire chez la fille, la mère, avec son éducation de petite bourgeoise, le ressent comme une honte amère. Comment garder la face devant la parenté quand elle apprendra cette chose monstrueuse : un fils de Mme Balzac, née Sallambier, devenu fabricant de livres ou de journaux ! Avec l'horreur de la bourgeoisie pour tout ce qui touche à la bohème elle se précipite dans la lutte. Jamais, au grand jamais ! Ce gamin paresseux qui déjà à l'école était une nullité, on ne le laissera pas faire de ces folies qui mènent tout droit à la misère. D'autant plus qu'on a payé en bonnes espèces sonnantes les droits et taxes pour ses études juridiques. Une fois pour toutes, qu'on ne parle plus de ce projet absurde !

Mais pour la première fois la mère de Balzac se heurte dans cet enfant bonasse et indolent à une résistance qu'elle n'avait jamais soupçonnée — à la volonté inflexible, inébranlable d'Honoré de Balzac ; à une volonté qui, maintenant qu'est brisée celle de Napoléon, ne peut se comparer à aucune autre en Europe. Ce que veut Balzac, il le réalise, et là où il a pris une décision l'impossible même devient possible. Ni les larmes, ni les séductions, ni les adjurations, ni les crises hystériques ne peuvent le faire changer d'avis — il veut devenir un grand écrivain, pas un notaire, et il l'est devenu, le monde en est témoin. Après une âpre lutte qui dure des jours, on en vient à un compromis très bourgeois : on va fonder la grande expérience sur des bases raisonnables. Honoré en fera à sa tête, il pourra essayer de devenir un homme de lettres illustre. Comment il y parviendra, c'est son affaire. La famille de son côté s'intéresse à cette entreprise hasardeuse avec un capital strictement limité. Ses investissements dans le talent fort douteux d'Honoré, ce talent auquel, par malheur, personne d'autre ne donne caution, se borneront à deux années de crédit supplémentaire, au maximum. Si, au bout de ces deux années, Honoré n'est pas devenu un grand écrivain célèbre, il lui faudra retourner à l'étude du notaire — ou bien on se désintéressera de l'enfant prodigue. Entre le père et le fils un étrange contrat est couché sur du beau papier, d'après lequel, à la suite de calculs précis, établis sur la base du minimum vital, les parents s'engagent à donner à leur fils jusqu'à l'automne 1821, cent vingt francs par mois, soit quatre francs par jour, pour financer l'épopée d'un conquistador de l'immortalité — et c'est là, en dépit de ses fructueuses livraisons à l'armée et de ses brillantes spéculations financières, la plus belle affaire à l'actif de M. Balzac le père.

*
* *

Pour la première fois la mère entêtée a dû céder devant une volonté plus forte, on imagine avec quel désespoir, car de tous les principes qui dirigent sa vie elle tient la ferme conviction que son fils gâche son existence en s'obstinant dans ses chimères. L'essentiel pour elle est de dissimuler aux Sallambier cette honte qu'Honoré a abandonné une profession sérieuse et veut assurer son indépendance de cette façon absurde. Pour cacher le départ de son fils à Paris elle raconte à ses parents qu'il s'est rendu pour des raisons de santé chez un cousin dans le Midi ; peut-être ce choix d'un métier stupide va-t-il passer comme une courte lubie ; peut-être le fils dévoyé va-t-il prendre conscience de sa folie avant que personne ait rien appris de cette malheureuse escapade qui pourrait le gêner dans une profession bourgeoise et gâcher à tout jamais mariage et clientèle de notaire. A tout hasard elle établit en secret son plan : puisqu'on ne peut par la bonté et par les prières détourner ce gamin obstiné d'un métier scandaleux, elle fera maintenant appel à la ruse et à la ténacité. On l'aura par la faim. Il verra comme il avait la vie facile à la maison et comme il était au chaud auprès du poêle du notaire. Quand, à Paris, son estomac criera famine, il ne tardera pas à laisser tomber ses stupides écrivasseries. Sous prétexte de veiller maternellement à son bien-être elle l'accompagne à Paris pour y louer une chambre ; en réalité, pour l'amener à résipiscence, elle choisit à dessein au futur artiste la plus mauvaise, la plus misérable, la plus inconfortable chambre qui se puisse trouver, même dans le Paris des prolétaires.

*
* *

Le numéro 9 de la rue Lesdiguières a été démoli il y a bien longtemps et c'est dommage. Car Paris, qui possède pourtant le tombeau de Napoléon, n'a pas de plus magnifique monument du sacrifice d'un homme à sa passion que cette misérable mansarde dont la description se trouve dans *La Peau de chagrin*. Un escalier sombre et malodorant menait, au cinquième étage, à une porte d'entrée délabrée faite de quelques planches grossièrement assemblées. Si on la poussait, on entrait en tâtonnant dans un réduit obscur et bas, glacial en hiver, étouffant en été. Même pour la misérable somme de cinq francs par mois — trois sous par jour — la propriétaire n'avait trouvé personne qui consente à loger dans ce repaire ; et c'est « ce trou, digne des plombs de Venise » que la mère choisit pour dégoûter du métier le futur écrivain.

Rien n'était plus horrible, écrit Balzac après des années, que cette mansarde aux murs jaunes et sales qui sentait la misère... La toiture s'y abaissait régulièrement et les tuiles disjointes laissaient voir le ciel...
Mon logement me coûtait trois sous par jour, je brûlais pour trois sous d'huile par nuit, je faisais moi-même ma

chambre, je portais des chemises de flanelle pour ne dépenser que deux sous de blanchissage par jour. Je me chauffais avec du charbon de terre, dont le prix, divisé par les jours de l'année, n'a jamais donné plus de deux sous pour chacun... Ces dépenses réunies ne faisaient que dix-huit sous, il me restait deux sous pour les choses imprévues. Je ne me souviens pas d'avoir, pendant cette longue période de travail, passé le Pont des Arts, ni d'avoir jamais acheté d'eau ; j'allais en chercher le matin à la fontaine de la Place Saint-Michel... Pendant les dix premiers mois de ma réclusion je menai cette vie pauvre et solitaire ; j'allais chercher le matin et sans être vu mes provisions pour la journée ; je faisais ma chambre, j'étais tout ensemble le maître et le serviteur, je diogénisais avec une incroyable fierté.

La Peau de chagrin.

Tirant ses plans sur l'avenir, la mère de Balzac ne fait rien pour rendre plus plaisante et plus habitable cette cellule de prison ; plus vite le fils se sentira mal à l'aise, plus vite il reviendra à une profession normale et mieux cela vaudra. C'est ainsi qu'il ne reçoit pour l'installation de sa chambre que le strict indispensable, prélevé sur les rebuts du ménage familial : un mince lit dur « qui ressemblait à un grabat », une petite table de chêne, tendue de cuir tout craquelé, et deux vieilles chaises. C'est tout : un lit pour dormir, une table pour travailler et ce qu'il faut pour s'asseoir. Le vœu le plus ardent d'Honoré est de louer un petit piano ; il est repoussé. Au bout de quelques jours il doit déjà mendier à la maison « des bas de laine blancs, des bas de fil gris, et une serviette de toilette ». A peine a-t-il acheté, pour rendre ses murs sinistres un peu plus aimables, une gravure et une glace carrée et dorée, qu'à cause de cette prodigalité Laure est chargée par sa mère de passer un savon à son frère trop dépensier.

Mais chez Balzac, l'imagination est mille fois plus forte que la réalité, son œil sait donner vie aux choses les plus insignifiantes, transfigurer la laideur. Même de la morne perspective de sa cellule de prisonnier sur les toits gris il est capable de tirer des consolations.

... Je me souviens d'avoir quelquefois trempé gaîment mon pain dans mon lait, assis auprès de ma fenêtre en y respirant l'air, en laissant planer mes yeux sur un paysage de toits bruns, grisâtres, rouges, en ardoises, en tuiles, couverts de mousses jaunes ou vertes. Si d'abord cette vue me parut monotone, j'y découvris bientôt de singulières beautés. Tantôt le soir des raies lumineuses, parties de volets mal fermés, nuançaient et animaient les noires profondeurs de ce pays original. Tantôt les lueurs pâles des réverbères projetaient d'en bas des reflets jaunâtres à travers le brouillard, et accusaient faiblement dans les rues les ondulations de ces toits pressés, océan de vagues immobiles. Enfin, parfois de rares figures apparaissaient au milieu de ce morne désert ; parmi les fleurs de quelque jardin aérien, j'entrevoyais le profil anguleux et crochu d'une vieille femme arrosant des capucines, ou dans le cadre d'une lucarne pourrie quelque jeune fille faisant sa toilette, se croyant seule et de qui je ne pouvais apercevoir que le beau front et les longs cheveux élevés en l'air par un joli bras blanc. J'admirais dans les gouttières quelques végétations éphémères, pauvres herbes bientôt emportées par un orage ! J'étudiais les mousses, leurs couleurs ravivées par la pluie, et qui sous le soleil se changeaient en un velours sec et brun à reflets capricieux. Enfin les poétiques et fugitifs effets du jour, les tristesses du brouillard, les soudains pétillements du soleil, le silence et les magies de la nuit, les mystères de l'aurore, les fumées de chaque cheminée, tous les accidents de cette singulière nature devenus familiers pour moi, me divertissaient. J'aimais ma prison, elle était volontaire. Ces savanes de Paris formées par des toits nivelés comme une plaine, mais qui couvraient des abîmes peuplés, allaient à mon âme et s'harmonisaient avec mes pensées.

La Peau de chagrin.

Et quand, pour prendre l'air, il quitte sa chambre et va flâner par une belle journée le long du boulevard Bourdon vers le faubourg Saint-Antoine — l'unique distraction qu'il puisse s'offrir parce qu'elle ne coûte

rien —, cette courte promenade est pour lui un excitant et un événement.

Une seule passion m'entraînait en dehors de mes habitudes studieuses : mais n'était-ce pas encore de l'étude ?
j'allais observer les mœurs du faubourg, ses habitants et
leurs caractères. Aussi mal vêtu que les ouvriers, indifférent
au décorum, je ne les mettais point en garde contre moi ; je
pouvais me mêler à leurs groupes, les voir concluant leurs
marchés, et se disputant à l'heure où ils quittent le travail.
Chez moi l'observation était déjà devenue intuitive, elle
pénétrait l'âme sans négliger le corps ; ou plutôt elle saisis-
sait si bien les détails extérieurs, qu'elle allait sur-le-champ
au-delà ; elle me donnait la faculté de vivre de la vie de
l'individu sur lequel elle s'exerçait, en me permettant de me
substituer à lui comme le derviche des Mille et Une Nuits
prenait le corps et l'âme des personnes sur lesquelles il
prononçait certaines paroles...

En entendant ces gens, je pouvais épouser leur vie, je me
sentais leurs guenilles sur le dos, je marchais les pieds dans
leurs souliers percés ; leurs désirs, leurs besoins, tout passait dans mon âme, ou mon âme passait dans la leur. C'était
le rêve d'un homme éveillé. Je m'échauffais avec eux contre
les chefs d'ateliers qui les tyrannisaient, ou contre les mauvaises pratiques qui les faisaient revenir plusieurs fois sans
les payer. Quitter ses habitudes, devenir un autre que soi
par l'ivresse des facultés morales et jouer ce jeu à volonté,
telle était ma distraction. A quoi dois-je ce don ? Est-ce une
seconde vue ? est-ce une de ces qualités dont l'abus mène-
rait à la folie ? Je n'ai jamais recherché les causes de cette
puissance. Je la possède et m'en sers, voilà tout. Sachez
seulement que, dès ce temps, j'avais décomposé les éléments de cette masse hétérogène nommée le peuple, que je
l'avais analysée de manière à pouvoir évaluer ses qualités
bonnes et mauvaises. Je savais déjà de quelle utilité pourrait être ce faubourg, ce séminaire de révolutions qui renferme des héros, des inventeurs, des savants pratiques, des
coquins, des scélérats, des vertus et des vices, tous compri-
més par la misère, étouffés par la nécessité, noyés dans le
vin, usés par les liqueurs fortes. Vous ne sauriez imaginer
combien d'aventures perdues, combien de drames oubliés
dans cette ville de douleur ! Combien d'horribles et belles
choses ! L'imagination n'atteindra jamais au vrai qui se

cache, et que personne ne peut aller découvrir ; il faut descendre trop bas pour trouver ces admirables scènes ou tragiques ou comiques, chefs-d'œuvre enfantés par le hasard.

Facino Cane, VI, 67.

Les livres dans sa chambre, les gens dans la rue, et un regard qui pénètre toutes choses : les pensées et les faits, cela suffit pour construire un monde. Dès l'instant où Balzac se met à travailler il n'existe plus rien de réel autour de lui que ce qu'il crée.

*

* *

Les quelques premiers jours d'une liberté si chèrement achetée, Balzac les emploie à organiser pour son travail le sanctuaire — triste sanctuaire — de sa future immortalité. Il ne dédaigne pas de passer à la chaux et de tapisser de ses propres mains les murs crasseux. Il déballe les quelques livres qu'il a apportés et va en chercher d'autres à la bibliothèque, il empile les feuilles blanches pour son chef-d'œuvre à venir, il taille ses plumes, il achète une bougie à laquelle une bouteille est destinée à servir de bougeoir, il se procure de l'huile pour la lampe qui sera le soleil de ses nuits dans le désert sans fin de son travail.

Tout est prêt. Il ne manque qu'une chose, une petite chose qui n'est pas négligeable. Le futur écrivain ne sait pas encore ce qu'il va écrire. S'il a pris l'étrange résolution de s'enterrer dans une caverne et de n'en pas sortir avant d'avoir achevé un chef-d'œuvre, c'est uniquement d'instinct. Maintenant, au moment de se mettre au travail, il n'a aucun plan précis ; plus exactement, il tâtonne autour de cent projets vagues et mal mûris. Ce jeune homme de vingt et un ans n'a aucune idée claire de ce qu'il est et veut devenir : un poète, un philosophe, un romancier, un dramaturge, ou un homme de science.

Tout ce qu'il perçoit en lui-même, c'est une force, il

ne sait à quoi il va l'appliquer : « Je croyais sentir en moi une pensée à exprimer, un système à établir, une science à expliquer. » Mais à quelle idée, à quel système, à quel genre littéraire se donner d'abord ? Le pôle intérieur n'est pas encore découvert ; l'aiguille magnétique de la volonté oscille de-ci de-là. Il feuillette les manuscrits qu'il a apportés. Tous sont restés fragmentaires ; aucun n'est achevé, et aucun ne semble fournir l'élan convenable pour le saut dans l'immortalité. Il y a là quelques cahiers : *Notes sur l'immortalité de l'âme. Notes sur la philosophie et la religion* pour une part des extraits de cours et de lectures, pour une autre des brouillons personnels, dans lesquels une seule remarque curieuse : « Je reprendrai ceci après ma tragédie. » Ce sont aussi des vers épars, le début d'une épopée rimée, *Saint Louis*, des études préparatoires à une tragédie : *Sylla* et à une comédie : *Les Deux Philosophes*. Pendant un certain temps il projette un roman *Coqsigrue,* un roman sous forme de lettres : *Sténie ou les erreurs philosophiques* et un autre dans le genre antique du nom de *Stella* ; un projet d'opéra-comique : *Le Corsaire* s'insère entre eux. Au cours de cette révision décevante Balzac devient de plus en plus incertain du sujet par lequel il doit commencer. Sera-ce un système philosophique, le livret d'un opéra de faubourg, une épopée romantique, ou un roman qui portera à travers le monde le nom de Balzac ? Mais avant tout, écrire quelque chose, tout simplement, terminer n'importe quoi, se rendre célèbre et indépendant de sa famille ! Avec la fougue qui lui est propre il fouille et parcourt un tas de volumes à la fois pour découvrir un sujet et pour apprendre des autres la technique, le métier.

« J'étudie pour me former le goût ; je croirais parfois que je perds la tête si je n'avais le bonheur de tenir mon respectable chef dans mes mains », écrit-il à sa sœur Laure. Mais peu à peu cependant le temps presse. Deux mois ont été perdus en recherches et en essais et ses mensualités sont impitoyablement limi-

tées. Le projet d'une œuvre philosophique se trouve
ainsi différé, vraisemblablement parce que ce serait
trop compliqué et d'un trop maigre rapport ; il ne sent
pas encore ses forces suffisantes pour un roman.
Reste le drame — évidemment ce sera un drame
historique, néoclassique, comme Schiller, Alfieri,
Marie-Joseph Chénier les ont mis à la mode, un
drame pour la Comédie-Française ; à nouveau il
apporte du cabinet de lecture et il bûche des douzaines de livres. Un royaume pour un sujet !

Enfin son choix est fait. Le 6 septembre 1819 il écrit
à sa sœur :

Je me suis définitivement arrêté au sujet de Cromwell et
je l'ai choisi parce qu'il est le plus beau de l'histoire
moderne. Depuis que j'ai soulevé et pesé ce sujet, je m'y suis
jeté à corps perdu. Les idées m'accablent, mais je suis sans
cesse arrêté par mon peu de génie pour la versification...
Mais frémis, chère sœur, il me faut au moins sept à huit
mois pour versifier et inventer, et plus pour polir... Ah ! si tu
connaissais les difficultés qui règnent dans de pareils
ouvrages ! Qu'il te suffise de savoir que le grand Racine a
passé deux ans à polir Phèdre, le désespoir des poètes ! Mais
deux ans ! Deux ans... Y penses-tu ? deux ans.

Maintenant plus de retour en arrière.

Sans génie, je suis flambé.

Donc il lui faut avoir du génie. Pour la première fois
Balzac s'est imposé une tâche et a mis en jeu sa
volonté indomptable. Où intervient cette volonté pas
de résistance possible. Balzac sait qu'il achèvera
Cromwell parce qu'il veut l'achever et qu'il est obligé
de l'achever.

Je suis décidé, dussé-je en crever, à venir à bout de
Cromwell et de finir quelque chose avant que maman ne me
vienne demander compte de mon temps.

*
* *

Balzac se plonge dans le travail avec cette énergie de maniaque dont il a dit un jour que les plus acharnés de ses ennemis eux-mêmes ne pourraient la lui contester. Pour la première fois il s'impose cette claustration de moine et même de trappiste dont il fera la règle d'airain de sa vie pendant toutes les époques de production intensive. Nuit et jour il est à sa table de travail, souvent il reste la moitié de la semaine sans quitter sa mansarde ou s'il le fait alors, c'est seulement pour acheter du pain, des fruits, et refaire sa provision de café, ce stimulant indispensable à ses nerfs surmenés. Peu à peu l'hiver arrive et ses doigts, de longue date sensibles au froid, menacent de s'engourdir dans les courants d'air de la mansarde sans feu. Mais la volonté fanatique de Balzac ne faiblit point. Il ne quitte pas sa table de travail, les pieds enveloppés dans une vieille couverture de laine de son père, la poitrine protégée par un gilet de flanelle, il mendie à sa sœur « quelque vieux châle » pour pouvoir s'envelopper les épaules pendant son travail, à sa mère une calotte qu'elle doit lui tricoter et, pour économiser le bois de chauffage si cher, il reste au lit des journées entières à travailler à sa divine tragédie. Rien de ce qui lui vient ainsi à la traverse ne réussit à briser sa volonté et seule la peur de la dépense nécessitée par la précieuse huile à brûler le fait « frémir » parce que, avec la chute du jour, il lui faut allumer la lampe dès trois heures de l'après-midi. Sans cela il ne ferait aucune différence entre le jour et la nuit : l'un et l'autre sont uniquement consacrés au travail.

Pendant tout ce temps pas de joies, pas de femmes, pas de restaurant, pas de cafés, pas la moindre détente dans cette immense tension. Une timidité qui se prolongea longtemps empêche cet adolescent de vingt ans de se frotter aux femmes. Dans tous ses internats il n'a vécu qu'avec des garçons et se sent maladroit. Il ne sait pas danser, il n'a pas appris à évoluer dans la bonne société, il n'ignore pas que, grâce à la ladrerie familiale, il est mal habillé. A cela s'ajoute que, dans ces années cruciales de sa vie, Balzac fait une impression défavorable tant par son aspect physique que par sa négligence. Une de ses connaissances de ce temps parle même de sa laideur frappante.

Balzac avait dès lors une spécialité de laideur très remarquable, malgré ses petits yeux étincelants d'esprit. Une taille grosse et courte, d'épais cheveux noirs en désordre, une figure osseuse, une grande bouche, des dents ébréchées.

Comme, par-dessus le marché, il est obligé de tourner chaque sou trois fois dans ses doigts avant de le laisser échapper, les conditions les plus élémentaires pour faire des connaissances font déjà défaut. C'est tout au plus s'il peut coller du dehors sa figure famélique aux glaces des restaurants et surtout des cafés où se réunissent les jeunes journalistes et les écrivains ; de tous les plaisirs, de toutes les joies, de toutes les splendeurs de la ville immense, aucun, pas même le plus fugitif, n'est à la portée de l'ermite volontaire de la rue Lesdiguières au cours de tous ces mois.

Un seul homme, de temps en temps, accueille le solitaire : le petit père Dablin. En qualité de vieil ami de la famille, ce brave bourgeois, quincaillier en gros de son métier, croit de son devoir de se soucier un peu du pauvre aspirant poète. De là naît peu à peu une amitié touchante dans sa sollicitude, de l'homme d'âge pour l'adolescent abandonné, amitié qui se poursuit pendant toute la vie de Balzac. Bien qu'il ne soit qu'un petit commerçant du faubourg, ce brave homme a pour la littérature une émouvante vénéra-

tion : la Comédie-Française est pour lui un temple où,
une fois terminées les prosaïques affaires de quin-
caillerie, il emmène de temps à autre le jeune écrivain, et ces soirées, où la splendeur des vers de Racine
s'ajoute à un copieux repas, constituent l'unique
nourriture réconfortante, matérielle et spirituelle, de
son hôte plein de gratitude. Chaque semaine le petit
père Dablin grimpe vaillamment ses cinq étages pour
venir voir son protégé dans sa mansarde ; avec le
mauvais élève du collège de Vendôme il se remet aux
exercices latins pour se former lui-même. En lui
Balzac, qui jusqu'ici n'a connu dans sa propre famille
que la fureur d'économies et l'ambition mesquine des
petits bourgeois — il les immortalisera dans ses
romans d'une plume vengeresse — reconnaît la moralité profonde qui souvent s'épanouit dans ces figures
obscures de la classe moyenne avec plus de pureté
que chez les braillards et les écrivailleurs professionnels de la littérature. Et quand plus tard dans son
César Birotteau, il entonne la louange du petit bourgeois honnête, il ajoute avec gratitude une strophe à
la gloire de celui qui, le premier, vint à son aide, de
celui qui « avec sa sensibilité toute intérieure, sans
phrases et emphase » comprit toute la misère de sa
jeunesse incertaine et l'adoucit. Transposée dans la
silhouette du notaire Pillerault, bienveillant, modeste
et discret, elle reste chère à nos cœurs la figure du
petit père Dablin, de cet homme qui, en dépit de
l'horizon borné de sa profession bourgeoise, a, par
une intuition du cœur, deviné et reconnu le génie de
Balzac dix ans avant que Paris, la littérature et le
monde se soient avisés de le découvrir.

*
* *

Ce seul homme qui se soucie de lui peut bien de
temps en temps décharger Balzac du sentiment de
son immense solitude dans le monde extérieur, mais

il ne saurait libérer l'écrivain novice et inexpérimenté du tourment néfaste de son incertitude intime. Balzac écrit et écrit, les tempes battantes, les mains fiévreuses, dans une ivresse d'impatience qui ne s'interrompt jamais : il faut à tout prix que son *Cromwell* soit achevé dans quelques semaines. Mais par intervalles reviennent ces instants, si terribles pour tout débutant qui travaille sans amis et sans conseillers, au cours desquels il se prend à douter de ses talents, de son œuvre personnelle qui n'est qu'en gestation. Sans cesse Balzac se demande : « Ai-je assez de talent ? » Dans une de ses lettres il supplie sa sœur de ne pas l'égarer par des éloges qui ne seraient dus qu'à la pitié :

« Je te supplie, par l'amour fraternel que tu as pour moi, de ne jamais me dire, en parlant de quelque chose de moi : C'est bien ! Ne me découvre que des fautes et renferme tes louanges. »

Ce jeune homme, dans l'ardeur de sa passion, ne veut rien créer de médiocre, rien de vulgaire. « Au diable la médiocrité », s'écrie-t-il. « Il faut être Grétry ou Racine ! »

A certains moments, bien sûr, où il est encore enveloppé dans le nuage de feu de la création, son *Cromwell* lui semble splendide et il déclare fièrement : « Je veux que ma tragédie soit le bréviaire des rois et des peuples et veux débuter par un chef-d'œuvre ou me tordre le cou. » Puis le voici qui se décourage un instant :

« Tous mes chagrins viennent du peu de talent que je me reconnais. »

Toute son application n'est-elle pas vaine ? Car que peut bien valoir l'application sans plus dans l'art ?

« Tous les travaux du monde ne donnent pas un grain de génie ! »

Plus le *Cromwell* approche de sa fin, plus torturante devient pour ce solitaire la question de savoir si la tragédie va aboutir dans ses mains à un chef-d'œuvre ou à un four.

Par malheur, le *Cromwell* de Balzac a peu de chances de devenir un chef-d'œuvre. Ignorant sa voie originale et n'ayant point, pour le guider, une main experte, le débutant s'est engagé dans une mauvaise direction. Rien ne convenait moins au talent de ce jeune homme de vingt et un ans qui n'est pas encore maître de son vol, qui ne connaît encore ni le monde ni la technique de la scène, que la composition d'une tragédie — et qui plus est d'une tragédie en vers. Il devait avoir conscience lui-même de n'avoir que « peu de génie pour la versification » et ce n'est pas par hasard que ses vers — c'est aussi le cas dans les quelques poésies qui nous ont été conservées — sont si bas au-dessous de son niveau. Le vers, et en particulier l'alexandrin, avec sa démarche mesurée et scandée, exige du poète le calme, la prudence, la patience — exactement les qualités qui sont absolument aux antipodes de la nature impétueuse de Balzac. Il ne peut penser qu'au galop, écrire qu'au galop ; la plume est à peine capable de suivre les mots, la pensée. Son imagination qui saute d'une association à l'autre est incapable de s'arrêter pour compter les syllabes, combiner des rimes habiles ; la forme rigide du vers doit nécessairement briser l'élan de sa nature, et de ce que ce jeune homme passionné crée dans son effort vers le classique, ne sort qu'une tragédie froide, vide, une œuvre d'imitation.

Mais Balzac n'a pas le temps de s'en apercevoir lui-même. Il ne veut qu'en finir, être libre, célèbre, et il pousse devant lui les alexandrins trébuchants. En finir ! Connaître la réponse à la question qu'il pose au destin : a-t-il du génie ou doit-il redevenir scribe chez un notaire, esclave de sa famille ? En janvier 1820, après quatre mois de fiévreux travail, l'ébauche du *Cromwell* est achevée ; au printemps, chez des amis à L'Isle-Adam, il le lime et y met la dernière main. Et en mai il se présente chez les siens, à Villeparisis, avec le manuscrit terminé dans son mince bagage pour en donner lecture. C'est maintenant que va se décider si la France, si le monde possèdent un nouveau génie du nom de Balzac.

*
* *

La famille attend avec curiosité et impatience son rejeton si lourd de problèmes avec son œuvre. Tout doucement les choses ont un peu tourné en sa faveur. D'abord, la situation financière des Balzac s'est quelque peu améliorée ; l'atmosphère de la maison est moins sombre. Laure, la sœur préférée d'Honoré, a épousé l'ingénieur De Surville, riche, et noble par-dessus le marché, et fait ainsi un bien plus beau mariage qu'on ne pouvait l'espérer. En outre, contre toute attente, Balzac a tenu bon, résolument, dans cette cure de famine, sans faire un sou de dettes ; cela en impose manifestement — c'est toujours une preuve de caractère et d'une volonté au-dessus de la moyenne. Un manuscrit achevé de deux mille vers est, rien que par la quantité de papier noirci, une preuve que le candidat notaire n'a pas renoncé avec cette brusquerie à une carrière bourgeoise simplement par paresse. Vraisemblablement les rapports amicaux du petit père Dablin sur la vie monacale et économe du jeune poète ont contribué à amener la famille à se demander un instant si, en fin de compte, on n'avait pas été trop dur, et trop défiant à l'égard du fils. Peut-être y a-t-il malgré tout dans ce gamin original et volontaire quelque chose qui compte : s'il avait vraiment du talent, une première à la Comédie-Française ne serait tout de même pas si peu honorable pour les Sallambier et les Balzac. Mme Balzac mère elle-même se met maintenant à manifester pour la production de son fils un intérêt à retardement, elle propose de transcrire de sa propre main le manuscrit tout surchargé de ratures, afin que le jeune auteur ne gâche pas ses effets quand il donnera lecture de sa pièce, à cause des imperfections de l'écriture. Pour la première fois — ça ne durera pas longtemps — Balzac est pris un peu au sérieux dans la maison de ses parents.

Cette lecture qui doit décider si Honoré de Balzac a du génie ou non, a lieu en mai à Villeparisis et la famille lui donne pour cadre une fête intime. Pour compléter l'aréopage on invite, outre le gendre Surville, quelques amis d'importance, entre autres le Dr Nacquart qui restera le médecin, l'ami et l'admirateur de Balzac jusqu'à sa mort. Le brave père Dablin ne manque naturellement pas d'assister à cette étrange première, il fait en personne dans le tintamarre de la vieille diligence démodée, le coucou, les deux heures de voyage de Paris à Villeparisis.

Etrange première ! La famille Balzac a solennellement préparé le salon pour la lecture. Sur les fauteuils, sont assis en cercle, dans l'attente, Balzac le père, ce fils de paysans, qui a couru le monde, la sévère mère, la vieille et hypocondre grand-mère Sallambier, la sœur Laure avec son jeune époux — en qualité d'ingénieur il s'entend mieux à la construction des ponts et des routes qu'aux alexandrins bien charpentés ou raboteux. Les places d'honneur des hôtes sont attribuées au Dr Nacquart, secrétaire de la Société royale de médecine, et au petit père Dablin ; à l'arrière-plan le frère et la sœur cadets d'Honoré, Laurence et Henri, écoutent — pas très attentivement sans doute. Devant cet auditoire assez peu compétent est assis à une petite table, feuilletant de ses mains frêles, nerveuses et blanches les pages du manuscrit, l'auteur, le poète frais émoulu, cette fois, par exception, bien lavé et proprement vêtu : un jeune homme de vingt et un ans, maigre, la crinière génialement rejetée en arrière dont les petits yeux noirs oubliant pour le moment de lancer leurs flammes coutumières, se posent un peu anxieux, interrogateurs, de l'un sur l'autre. Assez hésitant il commence la lecture : « Acte I, scène I. » Mais le voici bientôt lancé. Et alors, trois ou quatre heures durant, se déverse à travers la pièce un torrent d'alexandrins qui tonnent ou gazouillent ou murmurent.

Comment s'est déroulée cette curieuse et mémorable lecture, quel fut son succès, nous n'avons là-dessus aucun rapport. Nous ne savons pas si pendant ce temps-là, la vieille grand-mère Sallambier s'est endormie, ou si les cadets du poète ont dû aller au lit avant l'exécution de Charles II. Nous savons seulement qu'après cette épreuve un peu rude, l'auditoire se trouva dans un certain embarras pour décider si Honoré avait du génie ou n'en avait pas. Un vieil intendant militaire, un quincaillier en gros, un ingénieur des ponts et un chirurgien ne sont pas exactement les critiques rêvés pour un drame en vers et il n'est pas douteux qu'ils se soient sentis mal à l'aise pour décider si ce monstre dramatique les avait seulement ennuyés eux-mêmes ou s'il était, de sa nature, ennuyeux. En présence de cette incertitude générale l'ingénieur Surville suggère qu'on soumette l'œuvre du « nouveau Sophocle » — Honoré, dans ses rêves, s'était un peu trop vite paré de ce titre — à une instance vraiment compétente. A cette occasion il se souvient que le professeur de belles-lettres de son Ecole était lui-même auteur de quelques comédies en vers qu'on avait même été jusqu'à représenter sur la scène. Il était tout disposé à s'entremettre pour que ce M. Andrieux donne son sentiment ; qui pouvait mieux décider si un jeune auteur avait du génie ou non qu'un professeur patenté d'histoire de la littérature, appelé même dans l'intervalle au Collège de France ?

Rien n'en impose davantage à de bons bourgeois qu'un beau titre officiel ; un homme que l'Etat a nommé professeur et qui a le droit de faire des cours au Collège de France doit être infaillible. Maman Balzac et sa fille font donc le pèlerinage de Paris pour soumettre avec force compliments le manuscrit au jugement du personnage qui ne déteste pas qu'on lui rappelle — le monde l'a depuis longtemps oublié —

qu'il est un écrivain célèbre. Dès la première lecture il estime que le *Cromwell* n'a aucune chance de succès et c'est là une sentence que, depuis lors, la postérité a confirmée. Et il nous faut même faire un mérite à ce brave homme de n'avoir pas développé les conséquences de son sévère verdict sur la tragédie jusqu'à une méconnaissance définitive et brutale des dons d'écrivain d'Honoré de Balzac. Très poliment il écrit à la mère :

Je suis loin de vouloir décourager Monsieur votre fils, mais je pense qu'il pourrait mieux employer son temps qu'à composer des tragédies et des comédies. S'il me fait l'honneur de venir me voir, je lui dirai comment je crois qu'il faut considérer l'étude des belles-lettres et les avantages qu'on en peut et qu'on en doit tirer sans se faire poète de profession.

Voilà justement le projet de compromis « raisonnable » que la famille Balzac était toute disposée à écouter. Si Honoré voulait continuer à faire de la littérature, pourquoi pas ? Il vaut mieux pour un jeune homme rester à sa table de travail que de traîner dans les cafés (et c'est moins cher) ou de gaspiller son temps, sa santé (et son argent) avec des filles légères. Mais naturellement, comme l'a conseillé M. le Professeur Andrieux qui doit s'y connaître, pas comme poète de profession, mais bien plutôt en bel esprit, en marge d'une profession bourgeoise, stable, et de bon rapport. Mais Balzac qui, en dépit de l'échec de son *Cromwell*, se sent poète de vocation, aperçoit le danger. Un mystérieux instinct lui donne le sentiment que la tâche à laquelle il est appelé est trop immense pour n'être accomplie qu'en marge.

Si j'ai une place je suis perdu. Je deviendrai commis, une machine, un cheval de manège, qui fait ses trente à quarante tours, boit, mange, et dort à ses heures ; je serai comme tout le monde ; et l'on appelle vivre cette rotation de meule de moulin, ce perpétuel retour des mêmes choses !

Sans savoir en quoi elle consiste, il sent qu'il est né pour une mission spéciale qui exige d'un homme toute sa mesure et même plus que sa mesure. Il repousse donc le compromis et s'en tient à son contrat. Les deux années d'épreuve prévues dans la convention avec son père ne sont pas encore écoulées : il a encore plus d'un an devant lui et il veut l'utiliser. Indompté et inflexible comme après chacune des multiples déceptions de son existence, plus résolu encore qu'auparavant, à « s'indépendantiser » de la servitude et de la famille, il revient rue Lesdiguières, dans la cellule de prisonnier qu'il a choisie lui-même.

CHAPITRE III

LA FABRIQUE DE ROMANS
HORACE DE SAINT-AUBIN ET Cie

Pendant quelques jours, peut-être même quelques semaines, Balzac se refuse encore à reconnaître que son *Cromwell* est raté. Il examine avec son touchant ami Dablin si on ne devrait pas tout de même soumettre la tragédie à la Comédie-Française et le brave quincaillier, qui n'a pas beaucoup de rapports avec les gens du théâtre charge une connaissance de l'acteur Lafont de s'informer si celui-ci ne voudrait pas prendre l'œuvre sous sa protection. Balzac devrait donc aller voir Lafont, et ne pas ménager les flatteries ; peut-être Lafont présenterait-il alors la tragédie aux autres sociétaires. Mais tout d'un coup, Balzac, conscient de sa valeur, se cabre. A quoi bon s'humilier plus que de raison ? A quoi bon s'obstiner à jouer cette vieille carte perdue ? Qui sent de la force en soi est capable de supporter un rude coup. Réglée l'affaire du *Cromwell* ; il va plutôt écrire quelque chose de meilleur. Balzac prie Dablin de ne pas se donner plus de peine. Il fourre résolument le manuscrit dans un tiroir. De sa vie il n'a plus jeté un regard sur cette première erreur de sa jeunesse.

Mais maintenant, remettons-nous vite à l'ouvrage ! Cet échec meurtrier a toutefois un peu refroidi son orgueil. Il y a un an, lorsqu'il écrivait le *Cromwell* dans toute l'ardeur de ses sens, il s'abandonnait encore au flot débordant de ses rêves. Ce jeune homme de vingt ans voulait d'un seul coup conquérir la gloire, l'honneur, la liberté. Maintenant pour ce dramaturge tombé de haut, écrire, créer, ont avant tout un intérêt pratique : ne pas être contraint de rentrer sous la dépendance de ses parents. Les chefs-d'œuvre et l'immortalité, ce sera pour plus tard, il s'agit d'abord de gagner de l'argent en écrivant, de l'argent à tout prix pour ne plus être obligé de rendre compte de chaque sou à son père, à sa mère, à sa grand-mère comme d'une aumône. Pour la première fois l'incorrigible rêveur est forcé de penser en réaliste. Balzac décide d'écrire quelque chose qui mène vite au succès.

Ce succès rapide, par quoi s'obtient-il donc à l'heure présente ? Il cherche autour de lui, cet ignorant, et il trouve : par le roman ! Après que la première vague sentimentale — *La Nouvelle Héloïse* de Jean-Jacques Rousseau, le *Werther* de Goethe — eut déferlé sur l'Europe, il en est venu d'Angleterre une seconde. Comme toutes les périodes de guerres l'époque napoléonienne a apporté dans la vie quotidienne assez de tension (trop même), pour que le bourgeois ait éprouvé le besoin de s'exciter sur des destins individuels imaginaires. Le *Moniteur* a rempli l'office des poètes. Mais avec les Bourbons, avec la paix, voici que reparaît le désir de se mettre l'âme en branle sur les aventures des autres, de se chatouiller les nerfs, de soumettre sa sensibilité à la douche écossaise : horreur et sensiblerie. Le public veut des romans excitants, violents, romantiques, exotiques. Les cabinets de lecture et les bibliothèques de prêt qui viennent de se fonder suffisent à peine à apaiser cette fringale des masses. Il y a maintenant de beaux jours pour les auteurs sans scrupules qui s'entendent à préparer, dans leur cuisine de sorcières, une mixture de poison et de larmes, de vierges vertueuses, de corsaires, de sang et d'encens, de crapulerie et de générosité, de magiciennes et de troubadours en une boulette romantico-historique et à l'arroser encore d'une sauce glacée, aux fantômes et à la chair de poule. Voici, par exemple, Miss Anne Radcliffe en Angleterre : elle fabrique d'horrifiantes histoires de revenants dans une usine qui fait tic tac comme un moulin. Les quelques Français qui, sans perdre de temps, ont réussi à surprendre les secrets de fabrication de cette dame industrieuse ont, eux aussi, fait beaucoup d'argent avec leurs « romans noirs ». Mais dans un genre plus relevé également, la draperie historique, le costume médiéval en particulier, font maintenant fureur. Les chevaliers de Walter Scott ont conquis plus d'âmes et de pays, avec leurs épées démodées et leurs armures étincelantes, que Napoléon avec ses canons ; les pachas et les corsaires mélancoliques de Byron font maintenant battre les cœurs avec autant de violence que jadis les proclamations de Rivoli et d'Austerlitz.

Balzac décide de faire voile avec le vent romantique en poupe et d'écrire un roman historique. Il ne sera pas le seul en France à se laisser séduire par les succès de Byron et de Walter Scott. Bientôt Victor Hugo avec *Bug Jargal, Han d'Islande, Notre-Dame*, Vigny avec *Cinq-Mars* vont faire leurs preuves dans la même sphère, et de main de maître ; seulement après s'être exercés dans la poésie à polir les mots et à pratiquer l'art de la composition. Par contre, c'est en imitateur inexpérimenté que Balzac commence son récit *Falthurne*. Il emprunte aux lamentables romans d'Anne Radcliffe leur arrière-plan historique : Naples, dans un décor schématique de coulisse. Il produit sur la scène toutes les inévitables figures du feuilleton pour concierges et tout d'abord l'indispensable sorcière, « la sorcière de Sommaris, magnétiseuse », les Normands et les condottieri, de nobles prisonniers dans les fers et des pages sentimentaux ; son esquisse signale des batailles, des sièges, des oubliettes et les plus invraisemblables exploits d'amour — bien plus pour commencer que n'en peut mettre en œuvre le jeune auteur. Un autre roman *Sténie ou les erreurs philosophiques* écrit sous forme de lettres dans le style de Rousseau et où le thème favori de *Louis Lambert*, la « Théorie de la volonté », se dessine en contours incertains, reste à l'état de fragment (une partie du manuscrit sera plus tard insérée pour boucher un trou dans un autre ouvrage). Balzac a subi sa seconde défaite. Il a échoué dans son essai de tragédie. Il est resté en panne dans le roman. Voilà une année perdue, une année et demie, et, à la maison, la Parque impitoyable s'apprête à couper définitivement le mince fil de sa liberté. Le 15 novembre 1820 la famille donne congé pour le 1er janvier 1821 de la chambre de la rue Lesdiguières. Assez d'écrivasseries comme cela ! C'est l'heure du retour à la vie bourgeoise ! Du choix d'une profession sérieuse ! Il faut cesser enfin de dépenser l'argent des parents et en gagner soi-même !

*
* *

Gagner de l'argent lui-même, « s'indépendantiser », se rendre libre, indépendant, il n'est rien pour quoi Balzac ait lutté avec plus d'acharnement au cours des années vécues dans la cave et la cellule de la rue Lesdiguières. Il a économisé, crevé de faim, il a bûché, il a crispé ses doigts sur sa plume. En vain ! Si, à la dernière minute, un miracle ne vient le sauver, il lui faudra rentrer dans une profession bourgeoise.

Dans les contes, le tentateur ne manque jamais de se présenter au désespéré en ces moments où il est ainsi acculé à l'extrême détresse, pour lui acheter son âme. Dans le cas Balzac le tentateur ne ressemble en rien au diable ; il se présente sous la forme d'un jeune homme charmant, amusant, portant des pantalons de bonne coupe et du linge fin et il n'a sûrement nulle intention d'acheter à Balzac son âme, mais seulement sa main d'écrivain. Balzac fait la connaissance de cet adolescent presque de son âge quelque part, on ne sait

quand — peut-être chez un éditeur à qui il offrait ses
romans, peut-être à la bibliothèque ou au restaurant.
A son aspect extérieur si plaisant s'ajoute encore un
noble nom : Auguste Le Poitevin de L'Egreville. Fils
d'un acteur, il a hérité de son père une certaine
aisance de manières. Les qualités littéraires qui lui
font défaut, il les remplace par la souplesse de
l'homme du monde. En dépit de son manque de talent
il a ainsi réussi à trouver un éditeur pour un roman,
Les deux Hectors ou les deux familles bretonnes, qu'il a
à peu près fini de bricoler, et même un éditeur qui le
lui paye comptant huit cents francs, argent sur table.
Le livre doit paraître dès février, en deux volumes,
sous le pseudonyme d'Auguste de Viellerglé, chez le
libraire Hubert, au Palais-Royal. Vraisemblablement
Balzac s'est plaint à son nouvel ami de sa malchance
avec ses propres œuvres et Poitevin lui a révélé la
cause de cette malchance : un excès d'ambition littéraire. A quoi bon apporter de la conscience artistique
à la composition d'un ouvrage, explique le tentateur.
Pourquoi prendre le travail si au sérieux ? C'est pourtant bien facile d'écrire un roman : on choisit, ou on
vole un sujet, un fait historique quelconque — les
éditeurs sont, pour le moment, entichés d'histoire —
et on a vite fait d'inventer les quelques centaines de
pages. Le mieux serait de s'y mettre à deux. Il a
maintenant un éditeur sous la main. Si Balzac en a
envie, ils pourraient écrire de compagnie le prochain
roman. Ou encore mieux. Nous mettons ensemble
bout à bout les niaiseries de l'affabulation et tu rédi-
ges le torchon tout seul. Tu es plus adroit et tu vas plus
vite. Je me charge du placement. Marché conclu ?
Nous faisons part à deux dans l'affaire.

La proposition est humiliante. Barbouiller des
feuilletons à livrer à date fixe, sur un nombre de pages
que détermine le format des feuilles, et cela avec un
partenaire sans scrupules et sans ambition. Où sont
les rêves que faisait hier encore le « nouveau Sophocle » ? Avilir son talent et peut-être en même temps

s'enliser dans la crapulerie, uniquement pour extorquer quelques centaines de francs ! Ne voulait-il pas,
il y a à peine un an, rendre immortel le nom de Balzac,
surpasser Racine ; ne voulait-il pas transmettre à
l'humanité une nouvelle théorie de la toute-puissance
du vouloir ? C'est le meilleur de son âme, sa conscience d'artiste que le tentateur exige de lui en paye-
ment. Mais Balzac n'a pas le choix ; on a donné congé
de sa chambre. S'il rentre sans rien gagner ou sans
avoir rien gagné, son père et sa mère ne lui laisseront
pas une seconde fois sa liberté. Mieux vaut tourner sa
meule que celle des autres. Il conclut l'affaire. Sur le
prochain roman : *Charles Pointel ou mon cousin de la
main gauche* que Le Poitevin de l'Egreville a déjà
commencé (ou dont il a peut-être fait simplement
l'esquisse), le nom de Balzac, collaborateur officieux
(ou rédacteur principal), ne paraîtra pas. Les autres
productions de l'usine à romans en construction, ils
les signeront en commun du nom de la firme : A. de
Viellerglé, anagramme d'Egreville et Lord R'hoone,
anagramme d'Honoré.

Le pacte diabolique est ainsi scellé. Dans la nouvelle célèbre de Chamisso c'est son ombre que Peter
Schlemihl vend au maître de l'enfer ; Balzac, lui, vend
son art, sa fierté littéraire, son nom. C'est pour
l'amour de sa liberté qu'il devient « nègre », scribe
secret au service des autres, qu'il se réduit en esclavage — pendant des années son génie et son nom
resteront invisibles dans les ténèbres de la galère.

*
* *

A la suite de la conclusion de ce marché où il a
vendu son âme, Balzac ne rentre dans sa famille à
Villeparisis que pour une sorte de permission de
détente. Il a dû quitter sa chambre de la rue Lesdiguières ; il s'en va maintenant dans celle qu'habitait
auparavant sa sœur Laure et qui se trouve libre à la
suite de son mariage. Il est bien décidé à s'assurer par

son travail et son argent à lui, au prix d'un implacable effort, un autre pied-à-terre. Dans cette petite chambre, où sa sœur a rêvé de gloire et d'honneurs pour son frère, il installe sa fabrique de romans. Il entasse les feuilles de papier noirci, reste nuit et jour au travail ; car les commandes ne cessent d'affluer grâce à l'activité intense de l'agent Le Poitevin de l'Egreville. Voilà une horloge où les poids sont bien répartis : Balzac écrit, Le Poitevin place les romans.

La famille considère avec une satisfaction bourgeoise la nouvelle tournure des choses. Depuis qu'elle a vu le premier contrat — huit cents francs pour le premier factum, puis un accroissement rapide des prix jusqu'à deux mille francs pour la firme — elle ne trouve plus l'occupation d'Honoré si absurde. Peut-être ce bon à rien arrivera-t-il tout de même un jour à se suffire à lui-même et ne restera-t-il pas éternellement pendu à leurs poches. Ce qui fait plaisir surtout au père c'est que son fils semble avoir renoncé à être un grand écrivain et qu'en faisant choix de toutes sortes de pseudonymes, il ne discrédite pas le bon nom bourgeois de Balzac. « Il met de l'eau dans son vin », constate le bonhomme « et comme, il est encore temps, j'espère qu'il se sauvera ». Maman Balzac au contraire, qui a le don funeste de tout gâter à son fils en se mêlant de tout avec indiscrétion, considère la fabrique de romans installée dans sa maison comme une affaire de famille ; elle-même et sa fille se donnent le rôle de critiques et de collaboratrices. Elle se plaint — elle ne sera pas la dernière — du « manque de style » de son fils, mais aussi — et là, elle est la première — de ce que « Rabelais lui a fait tort ». Elle le presse « de revoir sérieusement son manuscrit » et on sent comme l'adolescent est las de cette éternelle mise en tutelle par la famille. Bientôt la mère qui ne peut pas se déshabituer de ses interventions importunes et pleurnichardes dans les affaires de l'enfant prodigue, est amenée à déclarer : « Honoré a une présomption de son savoir qui blesse tous les amours-

propres. » Cet homme, apparenté aux éléments, se
sent à l'étroit ; l'atmosphère de la famille lui devient
insupportable. Son unique désir est de louer à nouveau une chambre à Paris et de conquérir enfin l'indépendance à laquelle il aspire depuis des années.

C'est ce besoin de liberté qui le fait travailler
comme un galérien ; vingt, trente, quarante pages, un
chapitre par jour, c'est la moyenne de sa tâche. Mais
plus il gagne, plus il veut gagner. Il écrit comme un
prisonnier court, le souffle haletant, les poumons
battants, pour échapper à la prison détestée de la
famille. A la fin il travaille avec une si diabolique
fureur que sa mère elle-même s'inquiète : « Honoré
travaille à force. J'aurai à le soigner avant trois mois
s'il continue la vie qu'il mène. » Mais Balzac une fois
mis en branle, engage toute l'impétuosité de sa nature
dans la fabrique de romans. Tous les trois jours
l'encrier est vide, dix plumes sont hors d'usage,
l'entraînement fait monter sa puissance de travail
jusqu'à cette violence et à cette constante obsession
qui plus tard devinrent un sujet d'étonnement pour
tous ses camarades. En 1821, après avoir vraisemblablement déjà aidé au premier roman de Le Poitevin
Les deux Hectors, il achève avec lui — ou peut-être à sa
place — le roman *Charles Pointel* qui paraît sous le
nom de Viellerglé bien qu'il contienne des passages de
la *Sténie* de Balzac. Dès avant la fin de l'année un
second roman est terminé — un troisième si on tient
compte des *Deux Hectors* — *L'Héritière de Birague*,
histoire tirée des manuscrits de Dom Rago, ancien
prieur des Bénédictins, mis au jour par ses deux
neveux M. A. de Viellerglé et Lord O'Rhoone. Ce
factum en quatre volumes est à peine imprimé en
1822 qu'un autre, également en quatre volumes, lui
marche déjà sur les talons : *Jean-Louis ou la fille
trouvée* également signé en commun par les deux
dignes neveux du prieur imaginaire des Bénédictins.
Mais Balzac en a déjà assez d'une association dont il
est à lui seul la tête et la main, le cerveau et le cœur. Il

barbouille encore à toute vitesse un troisième roman *Le Tartare ou le Retour de l'exilé* qui paraît sous le nom de A. de Viellerglé (également en 1822) sans que Lord R'hoone soit nommé comme collaborateur ou comme véritable auteur. Il semble que le contrat soit ainsi arrivé à son terme. A partir de ce moment Balzac publie en qualité d'unique propriétaire de la fabrique de romans Lord R'hoone (successeur de A. de Viellerglé et Lord R'hoone) et il est bien décidé à en faire la première maison de France. Dans sa joie toute neuve d'empocher de l'argent, il souffle à pleines joues dans la trompette :

Chère sœur, Je m'en vais travailler comme le cheval d'Henri IV avant qu'il fût en bronze et cette année j'espère gagner les vingt mille francs qui doivent commencer ma fortune. J'ai à faire : *Le Vicaire des Ardennes*, *Le Savant*, *Odette de Champdivers*, et *La Famille R'hoone*... plus une foule de pièces de théâtre.

Dans peu, Lord R'hoone sera l'homme à la mode, l'auteur le plus fécond, le plus aimable et les dames l'aimeront comme la prunelle de leurs yeux. Alors le petit brisquet d'Honoré arrivera en équipage, la tête haute, le regard fier et le gousset plein ; à son approche on murmurera le murmure flatteur d'un public idolâtre et on dira : « C'est le frère de madame Surville ! »

En un point seulement ces romans laissent percevoir que l'artisan d'un si pitoyable fatras est le futur Balzac : l'incompréhensible, l'indescriptible rapidité de la production. Outre ces seize à vingt volumes publiés avec ou pour Le Poitevin, il fait encore paraître, en cette année 1822, trois romans de chacun quatre tomes : *Clotilde de Lusignan ou le beau Juif*, *Le Centenaire ou les Deux Beringheld* et *Le Vicaire des Ardennes*. Il semble qu'il s'inquiète lui-même de la réaction du public à un tel tir de mitrailleuse, car pour les deux derniers romans il change de masque et ne signe plus Lord R'hoone, mais Horace de Saint-Aubin. Cette nouvelle marque est déjà sensiblement

plus cotée que l'association antérieure : de huit cents
francs d'honoraires qu'il devait partager avec son
collaborateur, Lord R'hoone-Saint-Aubin a fait monter les prix jusqu'à deux mille francs pour quinze
cents exemplaires de chaque ouvrage. Cinq romans,
dix romans par an — un jeu d'enfant pour une confection aussi rapide, aussi peu scrupuleuse —, et le rêve
de sa jeunesse semble comblé ; encore quelques
années et il sera riche et indépendant pour toujours.

*
* *

Les spécialistes notoires de la Société des Amis de
Balzac ne sauraient eux-mêmes donner la liste complète de tous les livres obscurs ou signés d'un pseudonyme que le romancier écrivit et publia au cours de
ces années où il faisait le nègre. Les romans parus
sous les noms de Lord R'hoone et d'Horace de Saint-
Aubin ne représentent qu'une infime partie de son
activité ténébreuse et qui n'a rien de glorieux. Il a
manifestement mis la main à la confection du lamentable *Michel et Christine et la suite* de son ancien
associé Poitevin et écrit en entier ou en partie *Le
Mulâtre* paru sous le nom d'Aurore Cloteaux. Point de
genre, point de commande, qu'il jugeât trop vils entre
la vingt-deuxième et la trentième année. Sa plume
agile, anonyme et pas chère est prête à toutes les
besognes. Comme ces écrivains publics, assis dans les
rues des faubourgs de Paris au temps de l'analphabé-
tisme qui rédigeaient pour quelques sous tout ce que
désirait le passant : billets doux pour des servantes,
plaintes, placets, dénonciations, de même le plus
grand écrivain du siècle rédige pour de louches poli-
ticiens, d'obscurs éditeurs, des agents pressés, avec
un cynisme et une inconscience dignes de l'Arétin,
des livres, des pamphlets, des brochures, tant qu'ils
en veulent, camelote en tous genres et à tous les prix.
Il pond sur commande un pamphlet royaliste *Du
droit d'aînesse*, une *Histoire impartiale des Jésuites*,

fruit de ses pillages et de ses compilations, un mélodrame, *Le Nègre,* aussi vide de pensée que son *Petit
Dictionnaire des enseignes de Paris.* En 1824 la
« société anonyme », suivant pas à pas la conjonc-
ture, opère une reconversion et passe de la fabrication des romans à celle des *Codes* et des *Physiologies*
qu'un vague « courtier littéraire », du nom d'Horace
Raisson, a mis à la mode. Un mois après l'autre l'usine
produit maintenant des *Codes,* bourrés de plaisanteries tirées par les cheveux pour l'amusement des
petits bourgeois : le *Code des honnêtes gens ou l'art de
n'être pas dupe des fripons, L'Art de mettre sa cravate,*
un *Code conjugal* qui, plus tard, grandira pour devenir une *Physiologie du mariage,* un *Code du commis-
voyageur,* lequel, plus tard, ne sera pas inutile à son
immortel Gaudissart et un *Art de payer ses dettes et de
satisfaire ses créanciers sans débourser un sou,* l'art de
son futur Mercadet qu'à vrai dire, il n'a de sa vie
appris lui-même. Tous ces codes sont, on peut le
prouver, en entier ou en grande partie de la main de
Balzac, et parmi eux aussi un *Manuel complet de la
politesse* que signe et diffuse, non sans grand profit,
Horace Raisson. Il a été vendu de certaines de ces
productions plus de douze mille exemplaires. Combien de brochures, d'articles de journaux, peut-être
même de prospectus il a encore composés en marge
de tout cela, il est impossible de s'en rendre compte,
car ni lui, ni ses obscurs employeurs n'eurent jamais
envie de légitimer officiellement ces bâtards engen-
drés sur des couches de fortune au cours de vagabon-
dages littéraires. Ce qui reste indiscutable, c'est que
pas une des dix mille lignes que Balzac a gribouillées
au cours de ces années d'ignominie n'a de rapports
avec l'art et la littérature, et que l'on éprouve presque
un sentiment de honte chaque fois qu'on les lui voit
attribuer avec certitude ou qu'il est soupçonné d'en
être l'auteur.

C'est de la prostitution — on ne peut pas donner un
autre nom à ces écrivailleries —, pitoyable prostitu-

tion même, parce qu'elle est faite sans que son cœur y soit engagé, simplement pour l'amour de l'argent rapidement gagné. Au début, ce pouvait bien être impatience de sa liberté, mais une fois enlisé et habitué à ce gagne-pain facile, Balzac s'est dégradé de plus en plus profondément. Après avoir accepté la grosse monnaie du roman il a laissé abuser de lui pour un plus médiocre salaire dans tous les coins des bordels de la basse littérature, comme une putain dépendant à la fois de deux ou trois souteneurs. Même en un temps où il avait atteint, avec *Les Chouans* et *La Peau de chagrin*, un des sommets de la littérature française, il a continué — comme une femme mariée qui se glisse en cachette dans une maison de rendez-vous pour y gagner quelque argent de poche — à fréquenter ces escaliers de service et, moyennant quelques centaines de francs, fait à nouveau du célèbre Honoré de Balzac le compagnon de lit littéraire de quelque obscur scribouillard. Aujourd'hui où le manteau de l'anonymat, derrière lequel il faisait ces affaires louches est devenu assez transparent, on sait que Balzac s'est rendu coupable pendant ces années de honte de toutes sortes de malpropretés littéraires. Il a rapiécé des romans d'autrui avec des guenilles tirées des siens propres ; il a, par contre, tout simplement volé à d'autres des affabulations et des situations pour ses propres élucubrations ; il n'est pas de besogne de tailleur dont il ne se soit chargé, promptement et insolemment. Il a repassé au fer, élargi, retourné, teint et modernisé les ouvrages des autres. Il a fourni toutes les marchandises imaginables : philosophie, politique, causeries, toujours plein de souplesse devant le client du moment, ouvrier empressé et adroit, sans scrupules, accourant au coup de sifflet et s'adaptant dévotement et prestement à la fabrication de chaque article qui se vend bien.

On ne peut se demander sans frémir avec quels compagnons, quels camarades, avec quelle miteuse race d'éditeurs de pacotille et de colporteurs en gros il s'est acoquiné dans ces années sombres. Le grand conteur de son siècle ne se présentait là que comme un manœuvre de bas étage, à acheter ou à louer ; et tout cela par manque de dignité personnelle, par une inconcevable inconscience de sa mission profonde.

Que même un tel génie ait pu se dégager sain et sauf d'un semblable marécage, cela reste un miracle qui ne peut se reproduire dans l'histoire littéraire, un conte, presque digne de M. de Crac qui se sortit du marais en tirant sur sa propre perruque. Il est bien resté de cette sinistre aventure un peu de boue collée à ses vêtements, quelque chose comme l'odeur douceâtre de ces bordels de la littérature dont il fut un habitué. *Semper aliquid haeret.* Un artiste ne se plonge pas ainsi impunément jusqu'au fond des cloaques littéraires ; il ne saurait sans dommage accoupler son talent, des années durant, dans un indigne attelage. Balzac ne s'est jamais tout à fait débarrassé dans ses romans de cette facilité du feuilleton, de ses invraisemblances, de son épaisse sentimentalité. Avant tout la facilité, la futilité, la négligence dont sa main avait pris l'habitude au temps de la fabrication en série furent fatales à son style. Car la langue jalouse se venge impitoyablement de tout artiste qui, ne fût-ce qu'en passant, s'est montré indifférent à son endroit, qui tire parti d'elle comme d'une prostituée sans avoir auparavant contraint sa passion à une patiente conquête. Balzac, le Balzac mûri, éveillé trop tard au sens de la responsabilité, reprendra dix fois, vingt fois ses manuscrits, ses placards, ses épreuves, il n'arrivera plus à arracher la mauvaise herbe ; elle a eu le loisir de s'enraciner avec trop d'insolence en ces années d'insouciance, et si le style, si la langue de Balzac restent irrémédiablement impurs tout le temps de sa vie, c'est simplement parce que, à l'époque décisive de sa formation, il a négligé la propreté de sa personne.

*
* *

En dépit de la torpeur sous laquelle se cachait toute son effervescence intime le jeune homme a lui-même senti qu'une telle dépravation était la négation même de sa personnalité vraie. Il n'a donné son nom à aucune de ces productions et il en a par la suite contesté obstinément la paternité avec plus d'audace que de succès. L'unique confidente de sa jeunesse, sa sœur Laure qui s'associe avec confiance à ses premières ambitions, se voit refuser formellement communication de son premier ouvrage rédigé sous le régime de la société : *L'Héritière de Birague*, « parce que c'est une véritable cochonnerie littéraire ». De *Jean-Louis* il ne lui remet un exemplaire que sous la condition « de ne le prêter à âme qui vive, de ne pas même le montrer ; mais de le vanter beaucoup, afin que cet exemplaire ne fasse pas le tour de Bayeux et ne nuise pas à mon commerce ».

« Commerce » ! Ce seul mot manifeste de façon définitive avec quelle absence totale d'illusions il considérait alors la confection de ses livres. Fournisseur lié par un contrat, il avait tant et tant de feuillets à livrer à l'impression ; le plus vite était le mieux. La quantité seule comptait pour le paiement et le paiement seul comptait pour lui. Dans son impatience de commencer un nouveau bouquin il se soucie si peu des problèmes artistiques de la composition, du style, de l'unité, de l'originalité dans ses romans qu'il propose cyniquement à sa sœur qui n'est pas surchargée de travail de rédiger, en s'appuyant sur une analyse sommaire du contenu, le second volume de son *Vicaire des Ardennes* pendant qu'il achèvera le premier. A peine devenu fabricant il cherche dans son entourage des machines-outils bon marché, et, « nègre » lui-même pour d'autres, il s'efforce de trouver pour lui un pareil collaborateur « noir », c'est-à-dire secret. Mais dans les rares minutes de vigilance que lui laisse son travail de brute, sa conscience s'agite pourtant ; elle n'est pas tout à fait morte :

Ah ! soupire-t-il, ma chère Laure, je bénis tous les jours l'heureuse indépendance du métier que j'ai pris et je crois que j'y gagnerai de l'argent. Mais maintenant que je crois connaître mes forces, je regrette bien de sacrifier la fleur de mes idées à des absurdités. Je sens dans ma tête quelque chose, et, si j'étais tranquille sur ma fortune,... je travaillerais à des choses solides.

Comme son Lucien de Rubempré dans le livre où il décrira plus tard sa propre chute suivie de l'auto-rédemption finale, il éprouve une honte brûlante et, comme lady Macbeth, fixe les yeux en frissonnant sur ses mains souillées :

Essayer de devenir libre à coups de romans, et quels romans ! ah, Laure, quelle chute de mes projets de gloire !

Tout en écrivant il méprise ce qu'il écrit et les courtiers pour qui il écrit ; seul le sentiment que son effort surhumain le portera à la fin vers un grand but quelconque — sa propre grandeur — lui donne la force de supporter la pitoyable corvée pour laquelle il s'est vendu lui-même. Comme toujours cet halluciné, le plus vrai de tous, est sauvé de la réalité par l'illusion.

*
* *

Honoré de Balzac a ainsi atteint vingt-trois ans. Il n'a fait que travailler ; il n'a pas vécu, il n'a pas aimé. Il n'a encore trouvé personne qui l'estime, qui l'aide, qui lui fasse confiance. Après avoir été dans son enfance un ilote à l'école, un esclave dans sa famille, il vend sa jeunesse pour un misérable salaire, simplement pour amasser la rançon de ce servage. Il travaille pour se libérer de la nécessité de travailler, il se rend esclave pour se libérer de la servitude, et ce

tragique paradoxe va devenir dorénavant la forme et
la formule de sa vie. Toujours le même cercle vicieux
de torture : écrire pour être dispensé d'écrire ; amasser de l'argent, beaucoup d'argent, et toujours davantage d'argent pour n'être plus contraint de songer à
l'argent ; se retrancher du monde pour être ensuite
d'autant plus sûr de le conquérir dans toute son
immensité, avec toutes ses femmes, son luxe et le
diadème de sa couronne : la gloire immortelle ; épargner pour pouvoir dépenser enfin à pleines mains,
travailler, travailler, travailler jour et nuit, sans trêve,
sans joie, pour pouvoir enfin vivre la vie réelle, c'est
désormais le rêve sauvage, qui excite ses nerfs, qui
fouette ses muscles pour un effort surhumain. Rien
encore dans cette besogne ne permet de discerner le
grand artiste, mais déjà sa production se présente
comme une immense éruption qui sans cesse projette
des masses en fusion : hommes, figures, destins, paysages, rêves et pensées ; et comme devant un volcan,
on a le sentiment que toute cette lave n'est pas une
émanation de la couche superficielle, mais que ce
sont les profondeurs qui s'y déchargent. Une force
élémentaire, freinée, étranglée, étouffant sous son
abondance même, veut se libérer ; on voit ce jeune
homme dans les galeries profondes où il travaille
mener une lutte frénétique pour s'ouvrir avec son
marteau un passage à la lumière, pour respirer dans
l'air vif et séducteur de la liberté — on sent qu'il aspire
irrésistiblement à ne pas toujours se contenter d'imaginer la vie, mais à se laisser découvrir par la vie. La
force nécessaire à l'œuvre est là : il ne manque plus
que la grâce du destin. Un rayon de lumière et tout va
s'épanouir, tout ce qui dans ce cachot glacial menace
de se faner et de moisir. « Encore si quelqu'un jetait
sur cette froide existence un charme quelconque. Je
n'ai point encore eu les fleurs de la vie. J'ai faim et rien
ne s'offre à mon avidité. Que me faut-il ? Je n'ai que
deux passions : l'amour et la gloire, et rien n'est
encore satisfait. »

CHAPITRE IV

MADAME DE BERNY

De ces deux passions, l'amour et la gloire, Balzac, à
vingt-deux ans, n'a encore vu ni l'une ni l'autre aboutir au succès. Tous ses rêves effrénés sont restés
impuissants, ses tentatives passionnées sont demeu-
rées vaines. Le *Cromwell*, qu'il voulait dédier à « la
Reine de cette terre », jaunit au fond d'un tiroir,
enfoui et oublié parmi d'autres papiers sans valeur.
Les misérables romans qu'il produit à la chaîne
paraissent et disparaissent sous de faux noms ; en
France, parmi les cinq mille écrivains du pays, pas un
qui cite, pas un qui connaisse le nom d'un certain
Honoré Balzac. Personne n'a d'estime pour son
talent, lui-même moins que tout autre. Il ne lui a servi
de rien de se courber, d'abaisser bien bas sa haute
taille pour se faufiler par la porte de service au moins
dans l'arrière-boutique la plus discréditée de la littérature, le feuilleton. Il ne lui sert de rien d'écrire et
d'écrire et d'écrire, jour et nuit, avec l'acharnement
d'un rat affamé qui veut absolument s'ouvrir en ron-
geant un passage dans la chambre aux provisions
dont il sent les odeurs alléchantes le brûler jusque
dans ses entrailles. Son effort monstrueux ne l'a pas
fait avancer d'un pas.

La fatalité qui, en ces années, pèse sur son destin, ce
n'est nullement l'absence de force — elle s'accumule
en lui et s'amasse derrière les digues — c'est le man-

que de courage. Balzac a le tempérament d'un conquérant et la volonté d'arriver. Même en ses rares heures de dépression il se sent, par son intelligence, sa puissance de travail, son savoir, l'intensité de ses émotions, infiniment supérieur à tous ses camarades, mais peut-être les méthodes d'intimidation par lesquelles, des années durant, sa famille a ébranlé la sûreté de son attitude, l'ont-elles rendu incapable d'ouvrir la voie à l'audace qui sommeille en lui.

« J'avais de la hardiesse, mais dans l'âme seulement, non dans les manières. »

Jusqu'à sa trentième année il n'osera pas aborder une tâche digne de lui, pas plus que dans sa vie privée, comme homme, il n'osera aborder la femme. Si grotesque que paraisse au premier abord cette idée, celui dont la personnalité s'épanouit par la suite de façon si exubérante et si tumultueuse a été pendant toute sa jeunesse d'une timidité presque maladive.

Mais la timidité ne dérive pas toujours de la faiblesse ; seul l'homme qui a atteint son équilibre est vraiment sûr de lui et une surabondance de forces inemployées qui ne savent encore où déboucher, et dans leur incertitude, s'en vont heurtant çà et là, jette aisément quelque inquiétude dans un esprit ballotté entre une estime présomptueuse de soi-même et l'hésitation à affirmer devant les autres cette valeur que rien encore n'est venu légitimer. Le jeune Balzac évite les femmes, non par crainte d'en tomber amoureux, mais au contraire par défiance de ses propres emballements. D'autre part la sensualité n'est apparue que tard chez lui, il parle « d'une puberté démesurément prolongée par les travaux » et de sa virilité « qui poussait tardivement ses rameaux verts ». Néanmoins par la suite ce garçon solidement bâti, trapu, à la bouche presque aussi lippue que celle d'un nègre, en fut envahi avec une telle violence qu'elle lui donna la plus intense faculté sexuelle qui puisse échoir à un homme, celle de ne faire aucun choix. Balzac, sensuel et imaginatif, ne demande à une

femme ni jeunesse ni grâce. Ce mage du vouloir, qui
dans ses années faméliques écrit un menu sur sa table
et s'imagine savourer du caviar et des petits pâtés
alors qu'il n'écrase entre ses dents qu'une croûte de
pain rassis, cet homme est capable, dès qu'il a mis en
jeu sa volonté, de découvrir Hélène dans la première
femme venue et jusque dans Hécube. Rien ne saurait
rebuter son ardeur sexuelle, ni un âge plus que canonique, ni un visage aux traits vulgaires, ni une taille
épaisse, ni quelque autre disgrâce physique qui
contraindrait un amant plus éclectique au geste bibli-
que de Joseph. Il aimera qui il veut aimer et prendra
celle dont il a envie. De même que, comme écrivain, il
est disposé à prêter sa plume au premier salaud venu,
de même il est prêt comme mâle à se laisser accoupler
à la femme quelle qu'elle soit qui l'affranchira de
l'esclavage familial, sans se demander si elle est jolie
ou affreuse, bornée ou querelleuse. Tout comme ses
livres sont anonymes sa première demande en
mariage s'adresse à une anonyme :

« Cherche-moi, écrit à sa sœur cet étrange idéaliste,
quelque veuve, riche héritière... vante-moi : vingt-
deux ans, bon enfant, bonnes façons, l'œil vif, du feu !
Et la meilleure pâte de mari que le ciel ait jamais
pétrie. »

Honoré Balzac représente à cette époque, sur le
marché du mariage, une marchandise d'aussi peu de
prix que dans les boutiques des bouquinistes du
Palais-Royal, parce qu'il cote sa valeur à peu près à
zéro. Tant que personne ne sera venu l'encourager,
Balzac n'aura pas confiance en lui-même. Un éditeur,
un critique qui lui aurait promis le succès, une femme
qui lui eût fait la grâce d'un sourire, et il eût dépouillé
sa timidité. Mais la gloire n'a pas voulu de lui, les
femmes n'ont pas fait attention à lui ; il veut s'assurer
tout au moins le troisième des biens de ce monde :
l'argent, et, avec lui, la liberté.

Que les femmes n'aient pas particulièrement
encouragé le jeune étudiant inconnu, cela se com-

prend assez. « Un jeune homme très sale », c'est ainsi que Vigny commence sa description, et c'est celle d'un contemporain. Comme il néglige son talent, il néglige son extérieur en ces années-là et ses camarades masculins eux-mêmes se sentent mal à l'aise en apercevant une grosse couche de graisse sur sa chevelure, des dents gâtées qui laissent passer les postillons quand il parle trop vite, une barbe de plusieurs jours et des lacets dénoués. A Tours, le vieux tailleur de province à qui incombe la tâche de retourner pour lui les vêtements usés de son père ne peut, au-dessous de sa large nuque de taureau et de ses épaules massives, mouler l'habit sur une taille à la mode. Balzac n'ignore pas qu'il a reçu de la nature un corps de lourdaud sur de petites jambes qui le rendrait ridicule si, comme les élégants de son temps, il essayait de se présenter en se dandinant ou de danser sur un plancher. Et ce sentiment d'infériorité devant les femmes le ramène toujours à la solitude de son refuge : sa table de travail. A quoi bon ce regard de flamme, s'il se cache tout de suite craintivement sous les paupières, dès qu'une belle femme s'approche de lui ? A quoi bon l'esprit, le savoir, toute sa profusion intérieure s'il n'ose pas parler, s'il ne sort que quelques mots bégayants et gauches, là où les autres, mille fois plus bêtes, s'entendent à enjôler avec des phrases habiles. Le jeune homme en a conscience, il saurait mille fois mieux parler ; le pouvoir de séduction, la faculté de donner le bonheur aussi bien érotique que sexuel sont, en lui, infiniment plus vigoureux que chez tous ces bellâtres qui, dans leurs fracs bien taillés et leurs cravates bien nouées, lorgnent les femmes. Dans sa fringale d'amour inassouvi il serait prêt à donner toutes ses œuvres futures, son intelligence et son art, son esprit et son savoir pour acquérir cet autre art : celui de se pencher sur une femme tendrement, le regard brillant, et sentir au cours de cette révérence, le frisson de ses épaules. Mais il n'a pas connu le moindre de ces succès dont une seule étincelle jaillie dans sa puissante imagination se serait aussitôt transformée en une flamme capable d'éclairer tout un monde. Ses regards disent aussi peu de choses aux femmes que son nom aux éditeurs et c'est Balzac lui-même qui, dans *La Peau de chagrin*, fait décrire à son héros les défaites de sa jeunesse.

Sans cesse arrêtée dans ses expansions, mon âme s'était repliée sur elle-même. Plein de franchise et de naturel, je devais paraître froid, dissimulé... J'étais timide et gauche, je ne croyais pas que ma voix pût exercer le moindre empire, je me déplaisais, je me trouvais laid, j'avais honte de mon regard. Malgré la voix intérieure qui doit soutenir les hommes de talent dans leurs luttes, et qui me criait : Courage ! Marche ! malgré les révélations soudaines de ma puissance dans la solitude, malgré l'espoir dont j'étais animé en comparant les ouvrages nouveaux admirés du public à ceux qui voltigeaient dans ma pensée, je doutais de moi comme un enfant. J'étais la proie d'une excessive ambition, je me croyais destiné à de grandes choses, et je me sentais dans le néant.

Je rencontrai parmi les jeunes gens de mon âge une secte de fanfarons qui allaient tête levée, disant des riens, s'asseyant sans trembler près des femmes qui me semblaient les plus imposantes, débitant des impertinences, mâchant le bout de leurs cannes, minaudant, se prostituant à eux-mêmes les plus jolies personnes, mettant ou prétendant avoir mis leurs têtes sur tous les oreillers, ayant l'air d'être au refus du plaisir, considérant les plus vertueuses, les plus prudes comme de prise facile et pouvant être conquises à la simple parole, au moindre geste hardi, par le premier regard insolent. Je te le déclare, en mon âme et conscience, la conquête du pouvoir ou d'une grande renommée littéraire me paraissait un triomphe moins difficile à obtenir qu'un succès auprès d'une femme de haut rang, jeune, spirituelle et gracieuse... J'en ai beaucoup vu que j'adorais de loin, auxquelles je livrais un cœur à toute épreuve, une âme à déchirer, une énergie qui ne s'effrayait ni des sacrifices ni des tortures ; elles appartenaient à des sots de qui je n'aurais pas voulu pour portiers... J'avais sans doute trop de naïveté pour une société factice qui vit aux lumières, qui rend toutes ses pensées par des phrases convenues ou par des mots que dicte la mode. Puis je ne savais point parler en me taisant, ni me taire en parlant. Enfin, gardant en moi des feux qui me brûlaient, ayant une âme semblable à celles que les femmes souhaitent de rencontrer, en proie à cette exaltation dont elles sont avides, possédant l'énergie dont se vantent les sots, toutes les femmes m'ont été traîtreusement cruelles... Oh ! se sentir né pour aimer, pour rendre une femme bien heureuse, et n'avoir trouvé personne, pas même une courageuse et noble Marceline ou quelque vieille marquise ! Porter des trésors dans une besace et ne pouvoir rencontrer une enfant, quelque jeune fille curieuse pour les lui faire admirer ! J'ai souvent voulu me tuer de désespoir.

Les aventures plus fugitives dans lesquelles les jeunes gens trouvent un dérivatif à leurs amours de rêve lui sont également défendues. Dans ce petit trou de Villeparisis la famille le surveille de près, à Paris, ses mensualités infimes lui interdisent d'inviter à souper même la plus pauvre petite grisette.

Et pourtant, plus haut monte la digue, plus violente se fait contre elle la pression des vagues qui veulent l'emporter. Balzac parvient pendant un temps à contenir ce besoin de femmes et de tendresse au moyen d'un travail fantastique, comme un moine le fait par des jeûnes et des exercices de pénitence. Dans ses romans il se plonge dans des délices qui ne sont que des succédanés de la réalité et se grise à la description de ses héroïnes en toc. Mais c'est là un cercle vicieux ; ces jouissances imaginaires ne font que nourrir en lui l'ardeur sensuelle prête à s'enflammer.

A l'âge de vingt et un ans il est possédé d'un besoin de tendresse qui grandit sans cesse. Une immense force amoureuse attend seulement l'occasion de déboucher dans la vie. Le temps des rêves confus, fumeux et torturants est passé, Balzac ne peut plus supporter sa solitude. Il veut vivre enfin, aimer enfin, il veut être aimé. Et là où Balzac met en jeu sa volonté, il fait surgir, d'un grain de poussière, l'infini.

*
* *

Comme les autres éléments de la nature, les pas-sions refoulées, quand elles sont arrivées au point extrême de pression, s'ouvrent un passage là où on s'y attend le moins. L'aventure décisive commence, pour Balzac, dans la petite ville et presque à l'ombre de la maison de ses parents, pourtant si vigilants. Le hasard a voulu qu'une famille De Berny ait à Paris sa maison de ville à côté du pied-à-terre des Balzac, et, comme eux, sa maison d'été à Villeparisis. Il en résulte bientôt des rapports plus étroits, que les Bal-zac, ces petits bourgeois, ne considèrent pas comme un petit honneur. M. Gabriel de Berny, dont le père n'était rien moins que gouverneur, lui-même conseiller à la cour impériale, appartient à la meilleure noblesse. Sa femme, sensiblement plus jeune, ne tient pas de ses ancêtres un sang aussi bleu, mais elle a par contre une origine plus intéressante. Son père, Philippe-Joseph Hinner, appartenait à une vieille famille de musiciens de Wetzlar et jouissait de la protection de Marie-Antoinette qui lui donna comme épouse sa propre dame d'honneur, Margue-rite de Laborde. Après le décès de Hinner — il mourut à trente ans — les rapports avec la maison royale ne deviennent que plus étroits, car la veuve épouse en secondes noces le chevalier de Jarjailles, le plus auda-cieux de tous les royalistes, qui, au temps du danger, se révéla comme le fidèle des fidèles, et, revenant de Coblence au péril de sa vie, tenta l'impossible : faire sortir la reine de sa prison de la Conciergerie. Sept enfants, et parmi eux des jeunes filles fort jolies et de gentils garçons, emplissent de vie et de gaîté la vaste maison de campagne ; on y rit, on y plaisante, on y joue, et on y tient de sages propos. M. Balzac s'efforce de faire la conversation avec le maître de céans qui, à

mesure que s'aggrave sa cécité, devient un peu gro-
gnon et grotesque. Mme Balzac se lie d'amitié avec sa
femme, à peu près du même âge qu'elle, et de tempérament également quelque peu romantique. Laure
Balzac est la compagne de jeux des jeunes filles. Et
c'est une chance que l'on trouve aussi un bon emploi
à Honoré. Comme ses parents ne prennent pas très au
sérieux son activité littéraire et que le jeune bon à rien
doit au moins faire quelque chose d'utile pour payer
son gîte et sa table, on l'a astreint, aux heures où il ne
travaille pas à son roman, à donner des leçons au plus
jeune des frères, Henri. Comme Alexandre de Berny
est à peu près du même âge, rien de plus naturel que
de faire prendre en commun les répétitions aux deux
frères, et le grand jeune homme de vingt-deux ans,
qui ne cherche qu'une occasion de tourner le dos à la
maison familiale, s'en va de plus en plus souvent dans
la confortable et joyeuse propriété des Berny.

*
* *

La famille Balzac ne tarde pas à faire quelques
remarques : d'abord Honoré, les jours où il ne donne
pas de leçons, se rend chez les Berny et y passe des
après-midi et des soirées entières ; puis il s'habille
avec plus de soin, devient plus abordable et visiblement plus aimable. Pour la mère c'est là une charade
facile à déchiffrer : son Honoré est amoureux ; de
qui ? La question ne se pose pas. Mme de Berny a,
outre une fille déjà mariée, une autre fille, très jolie,
Emmanuelle, « ravissante comme beauté, une fleur
du Bengale », écrira Balzac vingt ans plus tard — un
peu plus jeune seulement qu'Honoré. La famille Balzac sourit d'aise. Ce ne serait pas si mal ; ce serait
sûrement ce que ce garçon déconcertant aurait entrepris de moins bête jusqu'ici, car la famille Berny est
d'un rang bien supérieur au leur et possède — ce que
Mme Balzac ne dédaignera jamais — une jolie fortune. Marié à une femme venue d'un milieu si

influent, Honoré obtiendrait tout de suite une fonction lucrative et, par-dessus le marché, plus honorable que celle de fabricant à la grosse de romans pour petits éditeurs. Ils favorisent donc, avec de muets clignements d'yeux, cette intimité qui les comble d'aise et sans doute Mme Balzac suppute déjà le chiffre d'une belle dot dans le contrat de mariage. Et la voilà rêvant de ce contrat entre Honoré Balzac et Emmanuelle de Berny orné de toutes les signatures de la parenté des deux familles.

Mais — c'est une fatalité qui pèse sur Mme Balzac mère — dans ses efforts strictement orientés dans la ligne de la bourgeoisie pour favoriser la carrière de son fils, elle a toujours ignoré l'essentiel en lui. Cette fois encore elle est tombée tout à fait à côté. Ce n'est pas la jeune fille, la ravissante Emmanuelle de Berny, c'est la mère — Laure de Berny — déjà grand-mère même, grâce à sa fille mariée — qui a ravi Balzac. Une telle éventualité, invraisemblable entre toutes, on ne pouvait pas normalement l'imaginer : une femme de quarante-cinq ans ayant mis au monde neuf enfants, encore capable de faire naître une passion amoureuse ! Faute de documents, de portraits, il n'est plus possible d'établir si Mme de Berny a été belle dans sa jeunesse. Ce qui est sûr, c'est seulement que, dans sa quarante-cinquième année, elle aurait cessé depuis longtemps d'être désirable pour un homme normal. Même si la douce mélancolie de son visage est restée pleine d'attraits, il y a longtemps que son corps s'est épaissi. La femme a fait place à la mère. Mais ce doit être précisément ce caractère maternel que Balzac cherche et trouve dans Mme de Berny, après avoir, tout au long de sa jeunesse, désiré de toute son âme le rencontrer chez sa mère, mais en vain. L'instinct mystérieux qui, comme un ange gardien, accompagne chaque génie sur sa route, lui a fait discerner que les forces qui sont encloses en lui ont besoin d'être conduites et dirigées, réclament une main experte et aimante pour relâcher et résoudre leur tension, affi-

ner et lisser ce qu'il y a en lui de grossier, mais sans le
blesser cependant. Une amie maternelle qui l'encou-
rage tout en lui montrant ses défauts sans critique
malveillante, qui l'aide et crée avec lui, essaie de
s'adapter à sa pensée et ne se moque pas de ses rêves
extravagants comme de pures folies. Son désir de
libre expansion, son besoin impétueux de s'épancher
que sa propre mère ressentait comme une monstrueuse prétention, peut enfin se donner libre cours
en toute confiance auprès de cette femme, presque du
même âge que sa mère, aux yeux clairs, sages et pleins
de sympathie, qui écoute avec bienveillance ses projets ardents quand il rêve tout éveillé devant elle. Elle
corrigera ses petites défaillances et ses maladresses,
sa gaucherie, son manque de tact, non plus sur le ton
autoritaire et sévère de sa mère, mais tendrement ; le
modelant doucement, et l'éduquant avec précautions. Rien qu'en se penchant ainsi sur lui pour l'écouter et pour l'aider, elle va restaurer cette confiance en
lui-même qui s'est écroulée. Il décrit dans *Madame
Firmiani* le bonheur que fait naître une pareille rencontre :

Avez-vous, pour votre bonheur, rencontré quelque personne dont la voix harmonieuse imprime à la parole un
charme également répandu dans ses manières, qui sait
parler et se taire, qui s'occupe de vous avec délicatesse, dont
les mots sont heureusement choisis ou dont le langage est
pur ? Sa raillerie caresse, sa critique ne blesse point ; elle ne
disserte pas plus qu'elle ne dispute, mais elle se plaît à
conduire une discussion, et l'arrête à propos. Son air est
affable et riant, sa politesse n'a rien de forcé, son empressement n'est pas servile ; elle réduit le respect à n'être plus
qu'une ombre douce ; elle ne vous fatigue jamais et vous
laisse satisfait d'elle-même et de vous. Sa bonne grâce, vous
la retrouverez empreinte dans les choses desquelles elle
s'environne. Chez elle tout flatte la vue et vous y respirez
comme l'air d'une patrie. Cette femme est naturelle. En elle,
jamais d'efforts, elle n'affiche rien, ses sentiment sont simplement rendus, parce qu'ils sont vrais... à la fois tendre et

gaie, elle oblige avant de consoler. Vous l'aimez tant que, si cet ange fait une faute, vous vous sentez prêt à la justifier.

Et puis, quelle atmosphère nouvelle ; dans quel milieu tout différent il pénètre ici ! Son commerce avec elle enseigne à ce jeune homme qui sait mieux qu'aucun autre découvrir les rapports des individus avec leur temps, à sentir et à vivre l'histoire comme le plus vivant des présents. Elle a été tenue sur les fonts baptismaux par des parrain et marraine de haut rang : le duc de Framsac et la princesse de Chimaye, représentant le roi et la reine de France. De Louis XVI, Laure tient son prénom de Louise, de Marie-Antoinette, celui d'Antoinette. Dans la maison de son beau-père, le chevalier de Jarjailles, elle a entendu ce fidèle entre les fidèles raconter comment il s'introduisit au péril de sa vie dans la Conciergerie et reçut des mains de la Reine, des lettres pour son favori Fersen. Peut-être lui montre-t-elle le billet de remerciement de la reine qu'elle conserve comme son plus précieux trésor à côté du mouchoir trempé dans le sang sur l'échafaud : « Nous avons fait un beau rêve, rien de plus. Mais il m'a été précieux d'avoir reçu à cette occasion une nouvelle preuve de votre dévoue-ment. » Quels souvenirs que ceux-là, comme ils met-tent en branle l'imagination, comme ils excitent l'esprit, exaltent la volonté de création artistique ! Qu'on se représente le jeune Balzac, cet enfant délaissé dont la jeunesse s'est étiolée dans les cachots des internats et dans la misérable mansarde de la rue Lesdiguières, qui ne cesse d'entendre à la maison les éternelles et mesquines jérémiades des petits bour-geois sur la cherté des loyers, des histoires de revenus, de placements, de rentes viagères, à qui l'on répète qu'il devrait bien à la fin se décider à gagner de l'argent et à devenir un bon bourgeois ou un petit fonctionnaire. On n'a pas de peine à imaginer comme il écoute quand une douce voix de femme, chargée de tendresse, évoque les grandes légendes de la royauté

mourante et les horreurs de la Révolution ; quand sa
curiosité qui veut toujours pénétrer plus avant, au
lieu de se voir repoussée avec de dures formules se
trouve accueillie d'un chaud regard maternel. Il sent
son imagination s'exalter dans ces conversations, son
cœur se gonfler ; cette douce initiatrice ouvre à
l'artiste impatient ses premières vues sur la vie.

*
* *

Il en fut ainsi au début chez Mme de Warens quand
elle accueillit à son foyer le jeune Jean-Jacques Rousseau. Elle ne voulait elle aussi qu'orienter, diriger,
amener un peu à la culture qui était sienne un adolescent gauche et impétueux chez qui bouillonnaient
encore les forces primitives. Elle aussi ne songeait à
rien d'autre qu'à transmettre son expérience à un être
inexpérimenté. Mais entre maître et élève il arrive
facilement que les sentiments évoluent insensiblement dans le sens de l'amour. Sans qu'on le veuille la
tendre initiation devient de la tendresse, la vénération
fait naître de l'amour, et le désir d'un commerce
familier l'exigence de privautés plus intimes. Mme de
Berny, comme l'autre, se laisse tromper au début par
la timidité de cet adolescent au cœur ardent et ne voit
là que respect pour son âge, et sa supériorité sociale.
En faisant chez ce jeune homme un discret appel au
sentiment de sa valeur personnelle, elle ne soupçonne
pas la force démoniaque qu'elle libère, la flamme d'un
feu contenu pendant des années qu'un seul regard
peut déchaîner. Elle ne peut imaginer que, pour un
homme comme Balzac, son âge ne compte pas et,
qu'en lui une immense faculté d'enthousiasme peut
rendre à nouveau désirable la mère, la grand-mère,
qu'elle est aujourd'hui. Mais chez Balzac, la volonté
d'aimer, cette volonté unique en son genre, suscite le
miracle.

La première fois que je vous vis, mes sens furent émus et

mon imagination s'alluma jusqu'au point de vous croire une perfection, je ne sais pas laquelle. Mais enfin, imbu de cette idée, je fis abstraction de tout le reste et ne vis en vous que cette seule chose.

L'admiration devient désir des sens ; et maintenant que Balzac a le courage de désirer, il ne tolère aucune résistance.

Mme de Berny s'épouvante. Cette femme devenue si calme, si maternelle, était loin d'être une sainte en ses jeunes années. A peine mariée, elle a eu — il y a plus de vingt-deux ans — une première et ardente liaison amoureuse avec un jeune Corse à la sombre chevelure — et ce ne fut sans doute pas la dernière. Les mauvaises langues de Villeparisis chuchotent même que ses deux derniers enfants n'ont reçu de son vieil époux à demi aveugle que le nom. La passion d'un jeune homme, en elle-même, ne se heurterait donc pas à une pruderie puritaine. Mais elle sent combien il serait insensé à quarante-cinq ans de s'engager, sous les yeux de ses enfants, dans une liaison avec un adolescent plus jeune que sa fille. A quoi bon s'exposer encore à ce délicieux danger, puisqu'un tel amour ne peut avoir de durée ? Elle ramène donc — dans une lettre qui n'a pas été conservée — les sentiments excessifs de Balzac dans les limites de l'amitié. Au lieu de dissimuler son âge, c'est sur lui qu'elle met l'accent ; mais Balzac répond avec toute sa fougue. Balzac n'est pas si pusillanime que son héros tragique Athanase Granson dans *La Vieille Fille* qui « craignait le ridicule que le monde jetterait sur l'amour d'un jeune homme de vingt-trois ans pour une fille de quarante ». Il est décidé à surmonter la résistance de son amie et c'est presque avec colère qu'il lui crie :

Grand Dieu, si j'étais une femme, que j'eusse quarante-cinq ans et que je fusse encore jolie — ah ! comme je me serais conduite autrement que vous ! Quel problème pour

moi, une femme qui se trouve dans le commencement de
son automne et se refuse à cueillir la pomme qui perdit nos
premiers parents !

Justement parce qu'elle aime cet adolescent,
Mme de Berny ne fait pas la partie facile à son
fougueux amant ; elle résiste énergiquement des
semaines, des mois. Mais Balzac a mis son point
d'honneur et sa volonté dans son premier amour.
Pour confirmer la conscience qu'il a de sa valeur il lui
faut cette première et décisive victoire. Et comment
une faible femme, débarrassée de ses illusions, malheureuse dans son ménage, et chez qui même un tel
désir suscite le désir, serait-elle capable de s'opposer à
une volonté qui sera assez puissante pour subjuguer
un monde ? Par une lourde nuit d'août il arrive ce qui
devait arriver. Dans les ténèbres, le loquet de la porte
du jardin se lève. Une douce main guide vers la
maison d'été celui qu'on redoute et qu'on attend, et
c'est le début de cette « nuit capricieuse et pleine de
suavité ! Nuit dont ne peut jouir qu'une fois l'homme-
enfant assez heureux pour la rencontrer dans la vie ».

*
* *

Dans une petite ville rien ne reste longtemps secret
et les fréquentes visites du jeune Honoré chez
Mme de Berny donnent lieu à d'actives suppositions
et à des potins malveillants. Dans la maison des Berny
c'est la brouille, ce sont des scènes ; car pour les trois
jeunes filles de la maison — l'aînée est déjà mariée —,
il ne peut être que désolant de voir leur mère tromper
leur père presque aveugle, et elles font tout pour
rendre la maison intenable à son amant. Dès qu'elle
commence enfin à soupçonner la vérité, Mme Balzac
est encore plus bouleversée. Elle ne s'est pour ainsi
dire pas souciée de son fils pendant les années décisives de son développement. Son ingénuité, sa tendresse, sa confiance en lui-même, elle les a violem-

ment rabattues ; elle a voulu à tout prix le tenir à distance dans une attitude de très humble soumission. Dès qu'elle s'aperçoit qu'il a maintenant trouvé en Mme de Berny une auxiliaire, une amie, une conseillère : tout ce que sa mère aurait dû être pour lui, et encore une amante par-dessus le marché, une jalousie féroce s'éveille chez cette femme autoritaire. Pour l'éloigner de cette amie qui, par ses manières tendres et douces a acquis sur son fils plus d'influence qu'elle-même avec ses méthodes impérieuses et dures, elle l'oblige au printemps 1822 à quitter Ville-parisis et à se rendre à Bayeux, chez sa sœur, Mme de Surville. Elle l'accompagne en personne à la voiture de poste pour qu'il ne s'échappe pas au dernier moment. Alors qu'elle n'a considéré auparavant la confection de ses romans que comme un moyen de gagner de l'argent, elle essaie maintenant de se donner le rôle d'un mentor littéraire. Elle exige qu'Honoré lui montre ses manuscrits et les soumette à sa critique. Mais il est trop tard. Balzac a appris à distinguer entre la façon tendre et bienveillante avec laquelle Mme de Berny suit ses essais et les procédés de sa mère autoritaire. Il reste aussi insensible à son effort tardif pour le conquérir et à l'intérêt artificiel et contraint qu'elle lui témoigne qu'il le fut à sa nervosité. La crainte s'est évanouie et avec elle le respect. Pour la première fois la mère se heurte chez son fils jusqu'ici si soumis à une résistance décidée. « J'avais engagé Honoré, écrit-elle avec humeur à sa fille, à revoir sérieusement son manuscrit ; je l'avais engagé même à le soumettre à quelqu'un qui eût plus que lui l'habitude d'écrire. Honoré avait l'air de trouver que ce que je disais ne valait rien..... Je ne fus pas écoutée, ainsi Honoré, trop confiant en lui, ne voulait pas soumettre son manuscrit. »

Maintenant que, elle s'en rend compte, il lui glisse entre les doigts, elle essaie de le retenir de force. Mais son pouvoir est déjà brisé. Le premier succès remporté auprès d'une femme a fait de Balzac un homme.

Cette conscience de sa valeur, refoulée pendant des années, se redresse maintenant provocante, et celle qui a ravagé sa jeunesse doit reconnaître avec désespoir que la puissance de la terreur qu'elle a exercée sur lui vingt ans durant est maintenant définitivement ruinée. C'est son impuissance qu'elle proclame sans le savoir en essayant de l'accuser auprès de sa sœur. Mais tous les reproches viennent trop tard. Balzac s'est libéré de sa famille. Il a survécu à sa triste enfance comme à une maladie. On le sent guéri, jouissant fièrement, délicieusement, de la joie de sentir sa propre force. Son foyer, ce n'est plus la maison paternelle, c'est celle de Mme de Berny. Il n'est pas de supplication, de reproche, de scène d'hystérie dans sa famille, pas de clabaudages et de ragots dans la ville qui puisse briser sa volonté d'appartenir librement et passionnément à la femme qui l'aime. Et la mère dans sa colère doit avouer à sa fille que : « Honoré ne voit pas combien il est indiscret d'aller ainsi deux fois par jour dans cette maison. Il ne voit pas ce qu'on veut lui faire voir. Je voudrais être à cent lieues de Villeparisis. Il n'a plus qu'une chose dans la tête et ne voit pas qu'en s'adonnant trop à cette chose, il en sera las un jour. »

*
* *

C'est le dernier espoir de Mme Balzac que son fils ne tarde pas à se fatiguer de « cette passion qui le perd ». Ne va-t-il pas bientôt renoncer à cet absurde amour pour une femme de quarante-cinq ans, de quarante-six même maintenant ? Mais il lui va falloir encore une fois constater combien peu elle connaît son fils, combien elle a sous-estimé la force de volonté inflexible et inébranlable de ce garçon qui paraissait n'avoir que des dispositions bonasses et jouisseuses. Bien loin de le « perdre » cette passion l'aide à se trouver lui-même au milieu de ses incertitudes. En arrachant l'homme aux rêves nostalgiques de

l'homme-enfant, Mme de Berny éveille lentement et
doucement l'artiste dans l'obscur et hâtif bousilleur ;
c'est par « ses conseils d'expérience » que Balzac est
devenu le vrai Balzac.

Elle a été une mère, une amie, une famille, un ami, un
conseil, déclarera-t-il plus tard. Elle a fait l'écrivain, elle a
consolé le jeune homme, elle a créé le goût, elle a pleuré
comme une sœur, elle a ri, elle est venue tous les jours
comme un bienfaisant sommeil endormir les douleurs...
sans elle, certes, je serais mort.

Pour lui, elle a fait tout ce qu'une femme peut faire
pour un homme.

Elle m'avait soutenu de paroles, d'actions, de dévouement pendant les grands orages... Elle a encouragé cette
fierté qui préserve un homme de toute bassesse... Si je vis,
c'est par elle. Elle était tout pour moi.

Et quand, après dix ans de sensuelle intimité, de
1822 à 1833 — Mme de Berny avait ainsi atteint
cinquante-cinq ans — le ton de cette « amitié amoureuse » pour la Dilecta, l'unique élue, commença à
devenir celui d'une simple amitié, l'attachement et la
fidélité de Balzac se trouvèrent plutôt sublimés et
exaltés. Tout ce qu'il a écrit sur Mme de Berny durant
sa vie et après sa mort ne forme qu'un unique poème
débordant de gratitude pour « cette grande et
sublime femme, cet ange d'amitié » qui l'éveilla tout
entier, comme homme, comme artiste, comme créateur ; qui lui donna courage, liberté, assurance intérieure et extérieure, et même l'image idéale de
Mme de Mortsauf qu'il a dessinée dans *Le Lys dans la
vallée* n'est, selon lui, « qu'un lointain reflet d'elle...
une pâle épreuve des moindres qualités de cette personne » et il déclare humblement qu'il ne sera jamais
capable de dire entièrement ce qu'elle a été pour lui,
« car j'ai horreur de prostituer mes propres émotions
au public ». Le sentiment qu'il avait d'avoir trouvé

dans cette rencontre l'unique bonheur de sa vie, il l'a exprimé dans cette formule devenue depuis immortelle :

« Il n'y a que le dernier amour d'une femme qui satisfasse le premier d'un homme. »

*
* *

La rencontre avec Mme de Berny est décisive dans la vie de Balzac. Elle n'a pas seulement libéré l'homme dans le fils tenu en laisse par la famille, et l'artiste, déjà en train de se décourager, dans l'esclave de la littérature de feuilleton, mais elle a en outre déterminé, pour toute sa vie à venir, un type d'amour. Dans toutes les femmes, il cherchera désormais cette attitude maternelle et protectrice, ce guide tendre, cette auxiliaire dévouée qui comblèrent ses vœux dans la Première : la femme qui ne lui réclame pas son temps à lui, l'infatigable, mais qui dispose de son temps et de ses forces à elle pour le détendre après son travail. La distinction, au sens social et moral, sera la condition première de son amour. L'accord des pensées aura plus de prix pour lui que la passion ; toujours les femmes, en raison de leur expérience, et, chose étrange, en raison aussi de leur âge, devront, pour le satisfaire, lui permettre de lever les yeux vers elles. *La Femme abandonnée, La Femme de trente ans* ne sont pas seulement chez lui des titres de romans, elles seront aussi les héroïnes de sa vie ; celles qui sont déjà mûres et sur leur automne, déçues par l'amour et par la vie, celles qui n'osent plus rien attendre pour elles et considèrent comme une grâce du destin d'être encore désirées et de pouvoir servir l'artiste comme auxiliaires et comme compagnes. Jamais la cocotte et la professionnelle, jamais la femme prétendue démoniaque, jamais la snob, la femme de lettres n'auront d'attraits pour lui. La beauté apparente ne le séduira jamais, jamais la jeunesse ne l'attirera et il a été jusqu'à exprimer vigoureusement sa « profonde aversion contre les jeunes filles », parce qu'elles exigent trop et donnent trop peu.

« La femme de quarante ans fera tout pour vous, la femme de vingt ans, rien. »

Dans toutes ses expériences amoureuses il cherchera toujours inconsciemment le retour de cet amour aux formes multiples, toutes réunies en une seule, qu'il a trouvé dans cette femme unique qui fut pour lui tout à la fois mère et sœur, amie et éducatrice, amante et compagne.

CHAPITRE V

INTERMÈDE COMMERCIAL

Le premier vœu que Balzac adressait au destin est comblé. L'aide d'une femme aimante, cette aide tant souhaitée, lui a été accordée et c'est grâce à cette nouvelle confiance en lui-même qu'il a trouvé l'indépendance intérieure. Il s'agit maintenant de conquérir l'indépendance extérieure pour être prêt à sa mission véritable : son œuvre.

Jusqu'à sa vingt-cinquième année Balzac a espéré pouvoir l'acquérir lentement, obstinément par la fabrication de marchandise littéraire courante, de feuilletons. Dans les derniers jours de l'hiver 1824 il prend soudain une nouvelle résolution. Ce sera un jour néfaste dans le calendrier de sa vie le jour où il met le pied dans la boutique du libraire et éditeur Urbain Canel, 30, place Saint-André-des-Arts, pour lui offrir la dernière production sortie de son magasin de romans : *Wann-Chlore*. Non qu'il ait été mal reçu — au contraire, la maison Canel, libraire-éditeur, connaît la maison Horace de Saint-Aubin, romans en gros et en détail, et sait qu'elle fournit rapidement, au fur et à mesure des besoins, meurtres et assassinats, sentimentalité et exotisme. M. Canel accepte sans hésiter l'ouvrage que son visiteur vient d'achever de barbouiller. Par malheur il lui confie à cette occasion ses autres projets d'éditions. M. Canel révèle au jeune Balzac qu'il a une idée commerciale merveilleuse ; il s'agit de cadeaux de Noël et de confirmation, particulièrement destinés aux nouveaux riches. Les classiques français sont toujours bien demandés, la vente est seulement ralentie par le fait que ces respectables personnages ont trop écrit. Les œuvres complètes de Molière par exemple ou de La Fontaine, comportent, dans les éditions parues jusqu'ici, un grand nombre de volumes et prennent énormément de place dans une maison bourgeoise. Alors il a eu l'idée géniale d'éditer les *Opera omnia* de chacun de ces classiques en un volume unique pour chaque auteur. En composant les pièces de théâtre, les drames, en petits caractères, deux colonnes par page, on arrive aisément à faire rentrer tout La Fontaine ou tout Molière entre les deux cartons d'une seule reliure. Et si on orne encore ces volumes de belles vignettes, cela doit se vendre comme des marrons chauds. Le projet était étudié jusque dans le détail et le *La Fontaine* déjà mis en route. Il ne manquait plus qu'une toute petite chose pour lancer une si magnifique affaire, à savoir les capitaux indispensables.

Balzac, l'éternel enthousiaste, Balzac l'utopiste est immédiatement emballé par ce projet et propose à Canel de s'intéresser à cette spéculation de librairie. A vrai dire, il n'aurait nul besoin de s'engager dans ces combinaisons incertaines. Grâce à son travail infatigable et à son absence de scrupules littéraires, son propre commerce, la fabrique de romans Horace de Saint-Aubin, marche très convenablement. A vingt-cinq ans, en consommant par mois une soixantaine de plumes d'oie et quelques rames de papier blanc, il gagne bon an mal an, assez régulièrement, quelques milliers de francs. Mais Balzac vient de sentir s'éveiller la conscience de sa valeur et ses exigences se sont accrues. L'ami d'une grande dame ne veut plus, comme l'étudiant de vingt ans, habiter une mansarde et la petite chambre au cinquième étage de la rue de Tournon lui paraît indigne de lui, devient trop étroite. Il est humiliant, il est sans gloire, il est vain, à la

longue, le métier de rédacteur anonyme, cette galère
où l'on gagne sa vie ligne par ligne, page par page,
volume après volume, roman après roman. Pourquoi
ne pas entrer plutôt d'un seul bond dans l'indépendance, dans la liberté ? Pourquoi ne pas risquer plutôt hardiment quelques billets de mille francs dans
une spéculation aussi sûre ? Les stupides romans, les
articles de journaux, toute cette production anonyme, on pourrait bien la poursuivre accessoirement,
cela ne demande pas d'effort, cela coule de source.
Beaumarchais a bien édité les œuvres de M. de Voltaire, cela n'a nullement nui en fin de compte à son
génie. Et les grands humanistes du Moyen Age
n'étaient-ils pas tout ensemble correcteurs et
conseillers techniques des éditeurs ? Gagner beaucoup d'argent, peu importe comment, ce ne fut
jamais, pour Balzac, une honte, mais une preuve de
souplesse psychologique. Ce qui est fou, c'est simplement de gagner peu d'argent au prix de beaucoup de
travail ; ce qui est sage, c'est beaucoup d'argent, vite,
d'un seul coup. Il s'agit donc maintenant de s'assurer
enfin un capital pour créer ensuite, en concentrant sa
volonté, en appliquant ses forces à l'essentiel, une
œuvre véritable, un chef-d'œuvre qu'il puisse signer
de son nom et revendiquer devant le monde et la
postérité.

Balzac ne réfléchit pas longtemps. Chaque fois
qu'on lui parle d'une affaire, c'est son imagination
débridée et non sa raison calculatrice qui mène
l'argumentation, et spéculer fut pour lui, sa vie
durant, une jouissance, tout comme écrire et créer.
Jamais Balzac n'a dédaigné par vanité littéraire de
faire du commerce. Il était disposé à trafiquer de
tout : livres et tableaux, actions de chemins de fer,
terrains, bois et métaux. Son unique ambition était de
dépenser ses forces et de percer, peu importe dans
quel domaine et par quels moyens. Le jeune Balzac
n'a qu'une volonté, la volonté d'arriver, la volonté de
puissance. A l'âge de trente ans il se demande encore

s'il doit être député ou journaliste et, dans des circonstances données, il eût été aussi bien commerçant
ou courtier, ou banquier, eût vendu des esclaves ou
spéculé sur des terrains. C'est un hasard si son génie
s'applique à la littérature et on peut se demander si en
1830 et même en 1840, en 1850, ayant à choisir entre
être Rothschild ou le créateur de *La Comédie
humaine*, il n'aurait pas préféré tenir la première
place dans le monde de la finance plutôt que dans
celui des lettres. Tout projet, littéraire ou commercial,
excite, par les possibilités imprévisibles qui s'y trouvent contenues, son imagination sans cesse sous pression. Il ne peut rien regarder sans être le jeu d'une
hallucination, il ne peut pas raconter sans exagérer, il
ne peut pas calculer — si bon calculateur qu'il soit —
sans se laisser griser par les chiffres. Et avec la même
rapidité qu'il perçoit, dans la première vision artistique, toutes les intrigues et leurs dénouements, son
avidité hypertrophiée découvre, dans chaque spéculation, des bénéfices par millions. M. Urbain Canel n'a
qu'à parler de cette édition des classiques et, alors que
seuls les deux premiers fascicules sont composés,
Balzac croit avoir en mains l'ouvrage tout entier sur
papier blanc comme fleurs en mai, dans une superbe
reliure, orné de vignettes, le premier, le second
volume, la collection entière et en même temps il voit
les gens se presser devant les librairies, des dizaines de
mille, des centaines de mille, à Paris, en province,
dans les châteaux et les chambrettes ; il les voit lire le
livre et le caresser. Le comptoir de M. Canel lui apparaît couvert de commandes, les portefaix geignent
sous les ballots qu'ils ont à expédier d'heure en heure
dans tous les coins du monde. Il voit la caisse remplie
de billets de mille, et lui-même dans une splendide
demeure, le tilbury devant la porte. Voilà les meubles
dont il va garnir sa maison, le sofa de damas rouge
qu'il a découvert hier chez un antiquaire de la rive
gauche, les rideaux de damas et les statuettes sur la
cheminée. Naturellement, déclare-t-il à M. Canel, lui-

même ébahi d'un tel enthousiasme, il va fournir les quelques malheureux billets de mille nécessaires à une entreprise aussi grandiose ; il va en outre écrire la préface au *La Fontaine* et au *Molière,* expliquer pour la première fois à la France ce que furent ces écrivains et cela va devenir la plus belle édition qui ait jamais paru, le plus grand succès de tous les temps. En quittant la boutique, Balzac se sent millionnaire. L'homme d'affaires Urbain Canel a gagné un souscripteur à sa petite opération, et Balzac, l'imaginatif, tient déjà, dans ses rêves, une fortune.

*
* *

L'étrange histoire de cette entreprise méritait d'être écrite par Balzac lui-même. Il semble que le jeune écrivain n'ait pas songé à s'y engager à fond. Ses intérêts dans toute l'affaire ne dépassent pas au début quinze cents ou deux mille francs, ainsi pas plus que ne lui rapporte un de ses romans bâclés marqué Horace de Saint-Aubin. Mais chez Balzac tout se développe nécessairement à des dimensions anormales. De même que, partis d'une situation étroite et mesquine, ses romans aboutissent, par les combinaisons de son imagination qui en élève sans cesse l'intrigue, dans l'éternellement humain, de même chacune de ses spéculations s'amplifie dangereusement. Tout comme il ignore en écrivant les premières *Scènes de la vie privée*, qu'il entreprend ainsi l'épopée de son époque, *La Comédie humaine,* il ne soupçonne pas le moins du monde le risque qu'il encourt avec cette participation sans importance.

Le premier contrat, conclu au milieu d'avril 1825, est encore de tout repos. Balzac n'y est rien d'autre qu'un membre d'un consortium de petits bourgeois qui veulent à eux tous réunir les sept ou huit mille francs nécessaires pour publier un volume de La Fontaine. Nul ne sait qui a réuni ces quatre personnes : outre Balzac, un médecin, un officier en retraite, le libraire qui, vraisemblablement, apporte comme capital les dépenses déjà engagées ; tous quatre des citoyens quelconques, désireux d'investir chacun quinze cents francs environ dans cette bonne petite affaire. Par malheur cette compagnie à quatre têtes pour l'exploitation des fables de La Fontaine n'a qu'une courte existence. On peut conclure d'une lettre fort véhémente du médecin qui a été conservée que, tout de suite, les premières discussions des quatre partenaires furent très chaudes, qu'on en vint presque aux mains, et que, dès le 1er mai, les trois autres associés, en bourgeois prudents et qui savent compter, se retirent de l'affaire, laissant à l'unique idéaliste, à l'unique utopiste du groupe toute l'opération sur le dos.

Voici déjà Balzac engagé un pas plus loin qu'il ne voulait. En qualité d'unique propriétaire du *La Fontaine* qui n'est pas encore imprimé, il lui faut subvenir aux frais et fournir comptant la somme — énorme dans sa situation financière d'alors — de presque neuf mille francs. D'où vient cet argent ? Le jeune éditeur a-t-il, dans ses heures de loisir, fabriqué deux ou trois volumes de romans, ou bien sa riche famille s'est-elle enfin décidée à avancer au jeune homme de vingt-six ans un petit capital ? Les inscriptions faites aux livres de comptes donnent la solution de l'énigme. Les trois billets avec lesquels Balzac règle les factures sont tirés sur Mme de Berny qui, manifestement — comme par la suite toute la France et le monde —, n'a pas résisté à la magie de son exposé. Une deuxième fois c'est l'amie, l'amante qui cherche à lui frayer la voie vers la vie.

Balzac succombe alors à son tempérament. Il serait logique d'attendre le succès du volume de La Fontaine avant d'entreprendre la publication d'un nouveau classique : Molière. Mais partout où l'optimisme inné de Balzac entre en jeu, il fait violence chez lui à la raison calculatrice. Balzac n'est plus capable de penser à une petite échelle, de travailler ou de vivre à une petite échelle. Le jeune étudiant économe et ménager de chaque sou qu'il était est devenu l'impatient, l'effréné, l'insatiable, qu'il restera toute sa vie. Donc vite le *Molière* après le *La Fontaine* ! Il est plus facile de placer deux livres qu'un seul. Au diable le petit commerce !

De nouveau Balzac met en jeu son talent de conteur passionné et cette fois c'est M. d'Assonvillez, un ami de la famille, qui se déclare prêt à fournir cinq mille francs pour le *Molière*. Et ainsi, avant même que le premier exemplaire soit vendu, Balzac a déjà engagé à ses risques et périls quatorze mille francs de l'argent des autres dans cette entreprise. Le voilà qui pousse fiévreusement à la parution des volumes, trop fiévreusement même, car les marchands en gros, profitant astucieusement de l'inexpérience et de la hâte de cet enthousiaste, livrent à l'apprenti éditeur du papier déjà sali qu'ils ont depuis longtemps en magasin. Les vignettes de Devéria dont l'imagination de Balzac attendait étourdiment des chefs-d'œuvre sont manquées. Pour pouvoir faire entrer tout La Fontaine en un volume, il faut choisir des caractères si petits qu'ils fatiguent même de bons yeux et enfin les préfaces que bâcle Balzac n'ajoutent pas aux volumes techniquement ratés la moindre puissance d'attraction.

Le succès commercial est à l'avenant. Balzac, dans son impatience d'encaisser autant d'argent que possible, a fixé à vingt francs le prix de chaque volume, un prix qui effraie les libraires, et ainsi les mille exemplaires qu'il voyait en rêve depuis longtemps aux mains d'innombrables lecteurs, restent, faute de commandes, dans les réserves de l'imprimeur et de l'éditeur. Au bout d'un an, on a, au total, écoulé vingt exemplaires d'un ouvrage établi pour être vendu en masse et le libraire, le typo, l'imprimeur, le papier doivent être payés comptant. Pour se tirer d'embarras Balzac offre le volume à treize francs. Peine perdue ! il descend à douze francs sans décrocher une commande. Finalement il liquide tout le stock à un prix dérisoire pour se faire encore rouler jusque dans cette opération. Après une année de lutte désespérée la catastrophe est complète. Au lieu de la fortune rêvée, Honoré Balzac a quinze mille francs de dettes.

*
* *

Tout autre aurait capitulé après un échec si éclatant. Mais Balzac n'est pas encore assez fort pour pouvoir se permettre une défaite définitive. Quand plus tard une pièce tombera, il compensera l'insuccès par un roman qui mettra le monde en émoi. Quand ses créanciers le pourchasseront, quand les huissiers le guetteront sur le pas des portes, il se fera un jeu de les mystifier et se vantera de ses dettes comme d'un triomphe. Mais à vingt-six ans il n'a pas encore de succès qui le soutienne, pas de capital sur lequel on puisse lui faire crédit. Il n'est pas encore le Napoléon de la littérature qui peut se permettre d'encaisser un échec. Soit qu'il ait honte devant sa famille, où l'on a toujours mis en doute ses aptitudes, soit qu'il ne veuille pas avouer à son amie qu'il a perdu du premier coup toute sa mise, il la double. Il ne voit qu'un moyen de sauver l'argent perdu : jeter dans le gouffre de l'argent frais. Il faut qu'il y ait eu une erreur dans ses calculs et Balzac croit l'avoir découverte. Etre seulement éditeur, c'est une mauvaise formule ; on est berné par des imprimeurs qui vous prennent cher, qui écrèment l'affaire et ne vous laissent tout au plus que le petit-lait. La bonne formule, ce n'est, à vrai dire, ni d'écrire des livres, ni d'éditer des livres, mais bien d'imprimer soi-même des livres. Ce n'est que dans une audacieuse combinaison de ce genre, où tout à la fois il écrira, choisira, éditera et imprimera des ouvrages, qu'il pourra mettre pleinement en jeu toutes ses aptitudes. Balzac décide donc, pour remédier à l'insuccès du *La Fontaine* et du *Molière*, de se charger lui-même de la production totale de textes imprimés. Selon la vieille recette des banqueroutiers, il essaie d'assainir l'entreprise en faillite en l'amplifiant. On entre dans la seconde époque du grand commerce : Balzac prend la résolution de fonder une imprimerie.

Dans une telle entreprise bien des conditions préalables font défaut certes au jeune homme. D'abord il n'est pas du métier et n'entend rien à l'impression, et en outre il ne possède pas l'autorisation royale, alors nécessaire en France à tout imprimeur. Troisièmement il ne dispose ni d'un local, ni des machines, et quatrièmement encore moins des fonds de roulement nécessaires pour payer la concession, le matériel et le local et pour assurer le salaire du technicien de l'imprimerie et des ouvriers. Mais quand quelqu'un va s'engager dans une mauvaise affaire, le hasard malveillant est tout prêt à lui prêter la main : Balzac réussit à trouver le spécialiste, un typographe, André Barbier, qu'il a remarqué au cours de l'impression du *La Fontaine*. Il persuade Barbier de prendre la direction technique de « l'Imprimerie Honoré Balzac ». Il obtient le brevet d'imprimeur grâce à une lettre de recommandation que M. de Berny écrit au ministre et au Préfet de police — et on devine quelle main aimante conduit la plume du mari éliminé. « Je connais depuis longtemps ce jeune homme ; la droiture de son cœur, ses connaissances en littérature, me persuadent qu'il s'est convaincu préalablement des devoirs qu'impose une pareille profession. »

Cette recommandation suffit et les autorités compétentes établissent pour M. Honoré Balzac (le Honoré « de » Balzac n'a pas encore été inventé) la licence officielle d'exercer le métier d'imprimeur.

Avec ce brevet en mains, il n'est pas difficile de découvrir une imprimerie à vendre. Dans la rue des Marais, une petite ruelle sombre de la rive gauche (devenue plus tard la rue de Visconti) se trouve, à côté de la maison où moururent en 1699 Jean Racine et en 1730 Adrienne Lecouvreur, au rez-de-chaussée, une petite boutique d'imprimeur, une véritable « presse »

comme on dit dans le jargon du métier. Son propriétaire, M. Laurence aîné, a depuis longtemps envie de
se retirer de cette affaire qui ne rapporte guère. Il ne
peut rien lui arriver de mieux que de trouver un bon
payeur, ou, tout au moins, quelqu'un qui promette de
bien payer et présente pour cela des cautions suffisantes.

Voici donc facilement et heureusement remplies
trois des quatre conditions nécessaires ; la quatrième
présente des difficultés plus sérieuses, car il est toujours plus facile d'acheter que de payer. Il faut à
Balzac pour sa nouvelle entreprise de cinquante à
soixante mille francs : trente mille pour acheter la
concession et la boutique, douze mille comme garantie du directeur technique Barbier, qui ne semble pas
pénétré des talents commerciaux de son patron. En
outre, des acquisitions nouvelles apparaissent indispensables dans l'atelier démodé et négligé par
l'ancien propriétaire. De ces cinquante à soixante
mille francs, on ne peut naturellement pas fournir le
premier sou quand on ne possède que quinze mille
francs de dettes. Par bonheur, ou plutôt pour son
malheur, Balzac trouve des cautions de poids ; et
justement là où on les attendait le moins. La famille
Balzac, où le père aussi bien que la mère ne dédai-
gnèrent jamais les spéculations et dont la fortune
s'élève à ce moment-là à environ deux cent mille
francs, a justement pour l'instant un peu d'argent
liquide. Contrairement à toute attente, on ne fait
aucune opposition au projet du fils. L'imprimerie,
c'est toujours une profession bourgeoise et sûre, pas
une chose en l'air comme le métier d'écrivain, et il est
probable qu'Honoré, en faisant donner toute son
imagination optimiste, s'entend à présenter son futur
métier comme si riche d'espoirs que le conseil de
famille décide de lui capitaliser la rente de quinze
cents francs qui lui a été autrefois promise. Sous la
garantie du père et de la mère de Balzac, une amie de
la famille, Mme Delannoy, fournit trente mille francs

comme fonds de roulement. Le reste, il semble que cette fois encore, ce soit Mme de Berny, toujours prête aux sacrifices, qui s'en soit chargée. Le 4 juin 1826 Honoré Balzac signale officiellement au ministère : « Je soussigné, imprimeur à Paris, déclare transporter mon domicile et mon établissement rue des Marais n° 17, faubourg Saint-Germain. » Le troisième acte de la tragi-comédie commerciale a commencé.

*
* *

Cette étrange imprimerie a été souvent décrite par la suite et une bonne partie des pages qui l'évoquent dans *Les Illusions perdues* et *La Maison du chat-qui-pelote* projettent une vive lumière derrière les vitres dépolies de ce grotesque atelier. Etroite et tortueuse la rue des Marais s'allonge entre Saint-Germain-des-Prés et le Quai Malaquais. Jamais un rayon de soleil ne tombe sur le pavé de l'étroite ruelle. Les hauts portails somptueusement ouvragés, qui donnent accès aux cours, témoignent que, au XVIIᵉ siècle, les carrosses venaient là attendre les gens de la haute société. Mais en deux siècles les valeurs et les goûts se transforment. Il y a longtemps que les aristocraties du sang et de l'argent se sont mises en quête de quartiers plus clairs et plus aimables et de petits artisans nichent maintenant avec leurs boutiques, dans cette ruelle négligée que la suie, la boue et l'âge rendent plus sombre encore.

La maison même que la nouvelle société Balzac et Barbier a choisie comme siège social n'a pas même l'avantage d'évoquer ce faste déchu. Elle s'est insolemment glissée à la place qu'occupait dans la rue un de ces hôtels de la noblesse, jadis aristocratiques ; le premier corps de bâtiments s'avance même jusqu'à la chaussée. C'est une bâtisse utilitaire, à bon marché ; le rez-de-chaussée ne se compose que d'une seule grande pièce, l'atelier. De cet atelier, un escalier de fer en colimaçon mène au premier étage où le nouveau patron a établi son domicile particulier : un vestibule, la cuisine obscure, une petite salle à manger avec une cheminée Empire, puis la pièce d'habitation et de travail véritable avec une petite alcôve. Balzac trouve là son premier vrai home et donne ses soins les plus tendres à cet appartement. Il tend les murs de percale bleu-clair et non de papier peint, il y installe ses livres dans leurs belles reliures, y amène quelques bibelots bon marché et tout ce qui peut plaire aux yeux de la femme secourable qui vient fidèlement le voir jour après jour en ces très dures années : « Elle est venue tous les jours comme un bienfaisant sommeil endormant les douleurs. »

On ne saurait mettre au compte du besoin de luxe ou de la légèreté ce petit asile que Balzac construit, comme une cabine sur la nef de son entreprise tout de suite ballottée par les flots ; car il prend vraiment au sérieux son nouveau métier. Depuis le petit matin, jusque tard dans la nuit il se tient en bras de chemise, le col ouvert, fumant sous l'effort, dans l'atelier torride tout plein de vapeurs d'huile et de papier humide, au milieu de vingt-quatre ouvriers, et lutte comme un gladiateur pour donner sans cesse aux sept presses d'imprimerie leur pâture. Pas de travail qui soit trop humble pour lui, pas de besogne qu'il écarte comme indigne de lui par vanité littéraire. Il corrige les placards, il aide à la composition, il fait les devis, il écrit de sa propre main les comptes (certains ont été conservés jusqu'à ce jour). Sans trêve, sa silhouette, qui déjà s'épaissit, se fraye un passage à travers les machines et les balles de papier encombrant la pièce, tantôt pour stimuler un ouvrier, tantôt pour aller, les mains encore noires d'huile et d'encre, dans le petit réduit vitré discuter sou à sou avec les libraires et les fournisseurs de papier au milieu du tumulte des presses qui ne cessent de gémir, de grincer, de faire un bruit de ferraille. Et personne de ceux qui, en ces années, s'adressent pour une commande ou pour une créance au patron d'imprimerie costaud et bien bâti, toujours en éruption, n'a jamais eu la moindre idée que ce petit bonhomme grassouillet, sans cesse en mouvement, si actif dans son travail, avec ses cheveux sales en désordre et son immense bagout pouvait être ou devenir le plus grand écrivain de son temps.

Balzac en ces années-là a vraiment dit adieu à ses hautes ambitions. Il est imprimeur, de toute la vigueur de son corps massif et de son âme indomptable. Son unique désir est de maintenir les presses en action et de lancer son entreprise. Fini le temps où il prétendait faire pénétrer les classiques dans les maisons et les cœurs du peuple français ! L'imprimerie Balzac et Barbier imprime indifféremment tout ce qu'elle peut décrocher et récolter en fait de commandes. L'Opus I de l'imprimeur Honoré Balzac n'est nullement un ouvrage de haute littérature, mais un prospectus : *Pilules antiglaireuses de longue vie ou grains de vie*. L'Opus II un plaidoyer pour une criminelle qu'un avocat ambitieux fait imprimer à ses frais, le troisième, l'annonce charlatanesque d'un remède magique : *Mixture brésilienne de Lepère, pharmacien*. Suivent toutes les commandes qui se présentent dans un méli-mélo bizarre, brochures, prospectus, livres scolaires, poésies, réclames, catalogues, niaiseries amusantes : *Boussole du commerce des bois de chauffage*, et *L'Art de mettre sa cravate de toutes les manières connues et usitées*. Il n'imprime qu'une seule de ses propres œuvres, un *Petit dictionnaire des enseignes de Paris par un batteur de pavés* qu'il a, semble-t-il, bâclé à toute vitesse pour un éditeur afin de se donner un peu de répit dans un pressant besoin d'argent.

Car, dès le début, les affaires vont mal et ce doit être avec un sentiment étrange que Balzac a lu les épreuves d'un des ouvrages dont l'impression lui fut confiée : *L'art de payer ses dettes et de satisfaire ses créanciers... ou manuel du droit commercial à l'usage des gens ruinés*. « Satisfaire ses créanciers » c'est là une technique qu'il n'a jamais su s'assimiler. Sa pre-

mière transaction financière montre tout de suite
comme les mêmes forces provoquent dans des mondes différents des effets opposés. Le même optimisme, la même vigueur d'imagination, qui, dans les
sphères de l'art, font surgir des mondes, mènent
irrémédiablement à la ruine dans celle du commerce.
Balzac trébuche dès la première marche. Pour se
procurer un petit fonds de roulement il a vendu à vil
prix au libraire Baudouin son stock de *La Fontaine* et
de *Molière,* vingt-deux mille francs les deux mille cinq
cents exemplaires. Cela ne faisait que huit francs le
volume au lieu de vingt francs primitivement fixés.
Mais Balzac se trouve dans une extrême détresse, et
signe. Dans son impatience d'avoir bientôt de
l'argent, il est un détail auquel il ne donne pas la
moindre attention : Baudouin, au lieu de ces vingt-
deux mille francs comptant, préfère lui donner vingt-
sept mille francs en traites sur deux libraires dont l'un
habite la province. Il ne voit que les cinq mille francs
de plus et mord à l'appât. Bientôt apparaît l'hameçon.
A l'instant où Balzac veut encaisser son argent, les
libraires, tous deux, se déclarent en faillite et Balzac,
endetté comme il est, ne peut attendre que la liquidation soit terminée. Pour avoir tout de même en mains
quelque chose, il décide de se payer sur le magasin du
libraire provincial et reçoit au lieu d'argent comptant,
des stocks de livres sans valeur : de vieilles éditions de
Gessner, Florian, Fénelon, Gilbert qui se sont couvertes de poussière dans les réserves de province. Et voilà
la comédie qui s'est déroulée : Balzac a imprimé avec
l'argent comptant que Mme de Berny lui a donné, La
Fontaine et Molière, il les a, quand ils se sont révélés
invendables, liquidés pour un tiers du prix primitif
afin d'avoir de nouveau de l'argent. Au lieu de cet
argent liquide il a maintenant d'autres livres aussi
invendables, au lieu de son papier bon à mettre au
pilon, d'autre papier à mettre au pilon dont la valeur
est peut-être le dixième de la valeur du premier. Tout
s'est passé comme chez Jean le Chanceux dans le

vieux conte allemand qui échange son or pour une
vache, sa vache contre une chèvre, sa chèvre contre
une oie, l'oie contre une pierre et qui voit en fin de
compte cette pierre disparaître au fond de l'eau.

Les œuvres de ces grands hommes périmés sont là,
ficelées et couvertes de poussière dans l'imprimerie
Balzac et Barbier. Mais par malheur les ouvriers qui
doivent payer comptant, en francs, leur nourriture,
leur boisson, leur logement et leurs vêtements,
n'entendent pas recevoir leur salaire de la semaine en
vieilles éditions de Fénelon, Florian, etc. Les fournisseurs de papier ne tardent pas non plus à flairer qu'il
souffle un mauvais vent. Ils refusent les chèques et les
effets de Balzac — qui, alors, n'avaient pas encore la
valeur de précieux autographes — et exigent âpre-
ment le paiement immédiat de leurs comptes. La
petite cage de verre de l'atelier n'est plus une cachette
suffisante, Balzac s'y montre de moins en moins, et,
surtout quand approche la fin de la semaine, il
s'absente de plus en plus longtemps. Il s'en va, errant
de porte en porte, pour demander une prolongation
de ses traites, pour soutirer un peu d'argent comptant
chez des banquiers, chez ses amis, chez ses parents.
Toutes les scènes d'humiliation dont il fera plus tard
l'inoubliable récit dans son *César Birotteau*, il les a
vécues en ces mois où il lutta désespérément pour la
vie de son entreprise.

Mais sa force herculéenne elle-même n'est plus en
mesure de retenir le toit sur sa tête. Au cours de l'été
1827 tout est perdu ; plus un sou dans le tiroir pour
payer les ouvriers. L'imprimeur Balzac a flanché,
comme auparavant l'éditeur, et encore auparavant le
poète de Cromwell. En droit et en bonne logique il ne
reste plus à l'imprimerie que deux options : ou bien la
faillite manifeste, ou bien la discrète liquidation.

Mais Balzac en choisit une troisième. Pareil à son
éternel pendant Napoléon, il ne se retire pas en
vaincu dans une île d'Elbe ; il risque son Waterloo.
Sans avoir rien appris des précédentes expériences, il

revient encore une fois à la méthode antérieure : sauver une entreprise depuis longtemps en faillite en l'agrandissant. Quand la maison d'édition n'avait plus été en état de flotter, il lui avait accroché l'imprimerie comme ceinture de sauvetage ; maintenant que l'imprimerie est en train de sombrer, il adjoint à l'entreprise en faillite une fonderie de caractères. Ce qu'il y a de tragique dans cette tentative, comme dans toutes celles de Balzac, c'est qu'au fond l'idée était juste. En lui, à côté de l'esprit romanesque, il y a un réaliste achevé, avec les vues claires d'un avocat, d'un homme d'affaires. En elle-même l'idée d'une édition des classiques en un volume n'était pas déraisonnable, elle s'est du reste réalisée par la suite sous une forme meilleure. La fondation d'une imprimerie n'était, elle aussi, nullement absurde en soi, en ces années-là la consommation des imprimés s'accrut rapidement. Et le troisième projet, celui de la fonderie, était même plein de promesses. Balzac a entendu parler d'un nouveau procédé d'impression la fonte-réotypie qu'un certain Pierre Durouchail a inventé. On devait grâce à lui réussir à obtenir de meilleurs résultats que par la stéréotypie ordinaire « sans se servir du creuset pour la fonte des matrices et sans avoir besoin de retourner les pages et de les corriger ». Balzac est immédiatement fasciné. Son œil voit à des dizaines d'années en avance et a tout de suite reconnu que dans cet âge à ses débuts, l'âge de l'industrie, toute simplification, tout procédé susceptible de faire baisser les prix sera décisif ; que dans ce siècle, les gros profits sur chaque article résulteront d'une invention qui diminuera les frais de production ou activera la fabrication. Et le problème de cette invention l'a — ses romans en font foi — inlassablement préoccupé. Ce n'est pas par hasard que, dans *Les Illusions perdues,* où se reflète l'époque de sa vie où il fut imprimeur, il fait rechercher à David Séchart un procédé de fabrication du papier dont l'exploitation rapportera des millions. Son Balthazar Claes dans *Recherche de l'Absolu,* son César Birotteau, inventeur de la Pâte Sultane, son peintre Frenhofer, son musicien Gambara, tous sont à la recherche d'un accroissement de l'efficience par une nouvelle coordination des forces. De tous les écrivains du temps, aucun, depuis Goethe, n'a suivi avec tant de curiosité et d'intérêt tous les progrès de la science. Ainsi, il s'en rend compte, avec le besoin d'imprimés qui s'accroît dans le monde de façon fantastique, la composition à la main et la fonderie à la main doivent nécessairement faire l'objet d'une amélioration mécanique. Cette fontéréotypie semble en tous cas un début plein de promesses et avec l'impatience de l'optimiste et le désespoir du banqueroutier tout ensemble, Balzac saute sur cette possibilité nouvelle.

Le 18 septembre 1827, alors que l'imprimerie est à l'agonie, une nouvelle société se trouve fondée. Barbier, son contremaître, en fait partie, puis un certain Laurent, le syndic de faillite de la typographie Gillet fils, rue Garancière. En décembre partent les premières circulaires. Laurent, semble-t-il, fournit le matériel, Barbier prend la direction, Balzac se charge de la propagande du nouveau procédé. C'en est fini du petit commerce pénible, de l'imprimerie au jour le jour. La nouvelle maison sera une entreprise de grand style. Balzac prépare un splendide album dans lequel tous les nouveaux caractères mis à la disposition des imprimeurs seront présentés en spécimens bien disposés ainsi que toutes les vignettes et ornements qui peuvent être fournis aux éditeurs grâce à la nouvelle invention. Le catalogue est déjà prêt quand Barbier, le troisième associé, déclare qu'il ne veut plus en être. Le navire menace de sombrer au port. Pour franchir cette passe difficile, Mme de Berny, la fidèle entre les fidèles, arrive encore une fois au secours. Elle se fait donner procuration par son mari et se substitue à Barbier défaillant dans ses obligations. Les neuf mille francs qu'elle ajoute à l'argent déjà perdu remettent pour un instant la barque à flot.

Mais c'est déjà trop tard. Le magnifique album, avec tous ses caractères qui devaient attirer les acheteurs et les commandes n'est pas prêt à temps, et, rendus inquiets par le départ de Barbier qui leur semblait le seul en qui ils pussent avoir confiance, les créanciers donnent l'assaut à la maison. Fournisseurs de papier et libraires veulent voir payer leurs comptes, les usuriers leurs traites, les ouvriers leur travail. Aucun n'écoute plus quand Balzac leur affirme que, grâce à la nouvelle entreprise, ils sont assurés de toucher des mille et des dix mille francs. Personne n'accepte plus de reconnaissance de dette ni de la firme Balzac et Barbier, ni de la firme Balzac et Laurent, ni d'Honoré Balzac. Le 6 avril 1828 la troisième société fondée pour douze ans est contrainte de se déclarer en faillite. Balzac fait banqueroute et trois fois banqueroute, comme éditeur, comme imprimeur et comme propriétaire d'une fonderie de caractères.

*
* *

Impossible de dissimuler plus longtemps la mauvaise nouvelle. Il faut mettre au courant la famille si on ne veut pas qu'elle apprenne d'abord par les journaux l'échec de son fils, la honte de la banqueroute jetée sur le nom de Balzac. L'avis de la débâcle de l'imprimerie et de la fonderie tombent comme un coup de tonnerre dans la maison paternelle. La mère cherche à dissimuler à son mari âgé de quatre-vingt-deux ans la perte du capital avancé et y réussit d'abord. Mais la famille doit-elle laisser simplement tomber le fils qui a mal tourné ou sauver son honneur commercial par de nouveaux sacrifices ? c'est la question qui se pose alors. Mme Balzac mère est une petite bourgeoise, économe, dure à la détente, cupide, défendant sou à sou avec acharnement ses économies. Elle traitait déjà son fils de prodigue quand il accrochait dans sa chambre une petite gravure et n'envoyait pas même un misérable argent de poche à l'enfant dans son internat. On devrait attendre d'elle qu'elle ne desserre pas les cordons de la bourse familiale encore fort bien garnie. Mais Mme Balzac mère est aussi bourgeoise dans un autre sens, inquiète pour sa bonne réputation et soucieuse de l'opinion publique. Que le nom de Balzac puisse paraître dans tous les journaux à la rubrique faillites, c'est une pensée que, devant les voisins et les parents, sa fierté bourgeoise ne saurait supporter. Elle se déclare donc — on imagine avec quel désespoir — prête à faire encore un sacrifice d'argent pour que soient évités l'ignominie, le déshonneur d'une faillite déclarée.

Un cousin, M. de Sédillaud, se charge à sa prière de la liquidation. Ce ne lui sera pas facile, car Balzac a si bien emmêlé les diverses entreprises et leurs obligations qu'il faut à M. de Sédillaud à peu près une année de travail pour établir la situation de l'actif et du passif, et satisfaire, au moins partiellement, les créanciers. Son premier soin, fort raisonnable, est de tenir complètement à l'écart Balzac lui-même. Les bâtisseurs de châteaux en Espagne et les fabricants de projets n'ont rien à faire dans une opération si délicate et si pénible. C'est seulement au bout d'un an, au milieu de 1828, que cette triste besogne est achevée. L'imprimerie, sur laquelle pèsent un peu plus de cent mille francs de dettes, est acquise avec le brevet par Barbier, pour soixante-sept mille francs, de sorte qu'il en résulte une perte nette de quarante à cinquante mille francs pour la famille Balzac. Mme de Berny qui a engagé quarante-cinq mille francs pour son amant reçoit, comme indemnité tout d'abord très insuffisante, la typographie, et la passe à son fils Alexandre de Berny pour qu'il en poursuive l'exploitation. Pour l'instant tous ceux qui ont fait confiance au génie de Balzac perdent des sommes considérables. Mais par une étrange ironie du destin, dès que l'écrivain les a quittées et qu'elles sont dirigées dans l'esprit pratique, réaliste, patient qu'exige le commerce, les deux affaires se mettent à prospérer. Et Balzac rentre dans le seul monde où il puisse déployer utilement son imagination, le monde de l'art.

*
* *

Maintenant que le cousin Sédillaud a tout juste mené à bien la liquidation de la firme Balzac et Barbier ainsi que celle de la firme Balzac et Laurent, c'est au tour de Balzac lui-même de faire son bilan. Au sens matériel il est écrasant. Le voici à vingt-neuf ans moins libre que jamais. Alors que l'adolescent de dix-neuf ans ne possédait rien et n'avait pas de dettes, il doit à vingt-neuf ans presque cent mille francs à sa famille et à son amie. Pendant dix ans il a travaillé en vain, sans arrêt, sans détente, sans joie. Il a enduré toutes les humiliations, couvert de son écriture, sous un nom d'emprunt, des milliers de feuilles ; comme homme d'affaires il est resté du matin au soir à son pupitre à moins qu'il ne fût à la chasse aux clients ou en bataille contre ses créanciers. Il lui a fallu vivre dans de misérables chambres et accepter le pain amer qui le tient dans la dépendance de sa famille ; et le voici, après un effort de Titan, cent fois plus pauvre et mille fois moins libre qu'auparavant. Ces cent mille francs de dettes, fruit des trois années de son activité commerciale, seront le rocher de Sisyphe qu'il remontera toute sa vie en déchirant presque ses muscles et qui toujours le précipitera à nouveau dans les abîmes. Cette première et unique faute de sa jeunesse le condamne à rester éternellement endetté ; jamais ne se réalisera le rêve de son adolescence, pouvoir travailler librement, être indépendant.

Mais en face de ce triste bilan des livres de commerce il y a un actif incomparable. Ce qu'a perdu l'homme d'affaires, le poète, le créateur d'images l'a gagné en une autre monnaie bien plus noble et qui a cours dans le monde entier. Jusqu'ici ce romantique ne dessinait que des caractères falots, étrangers à la vie et sa technique n'avait point d'originalité. Ces trois

années d'efforts et de luttes incessantes contre les
résistances du réel lui ont appris à découvrir le monde
tel qu'il est, avec ses drames quotidiens dont chacun,
dira-t-il plus tard, est aussi émouvant qu'une tragédie
de Shakespeare et aussi grandiose qu'une bataille de
Napoléon. Il a appris à connaître la puissance
immense, démoniaque de l'argent dans notre époque
matérialiste. Il sait que les luttes autour d'un chèque,
et d'une reconnaissance de dette, les intrigues et les
ruses qui, à toute heure, se déroulent dans les petites
boutiques aussi bien que dans les grands comptoirs
de Paris, ne mettent pas moins de forces en jeu que les
corsaires de Byron et les chevaliers au sang bleu de
Walter Scott. Pour avoir travaillé avec les ouvriers,
lutté contre les usuriers, marchandé sans répit avec
les fournisseurs, il a acquis une connaissance infiniment plus précise des rapports et des conflits sociaux
que ses grands contemporains : Victor Hugo, Lamartine et Alfred de Musset. Eux ne cherchent que le
romantique, l'exaltant, le grandiose, tandis que lui
sait aussi représenter dans l'homme la cruauté mesquine, la vile laideur, la puissance cachée. A l'imagination du jeune idéaliste est venue s'ajouter la vision
claire du réaliste, le scepticisme de l'homme trompé.
Pas de grandeur qui lui en impose à l'avenir, pas de
draperie romantique qui l'abuse, car il a plongé son
regard jusque dans tous les recoins de la machine
sociale, fait connaissance avec les intrigues dans lesquelles on lie ses débiteurs et les mailles à travers
lesquelles on échappe à ses créanciers. Il sait comme
on amasse une fortune et comme on la perd, comme
on conduit un procès et comme on fait carrière,
comme on jette l'argent par les fenêtres et comme on
l'épargne, comme on trompe les autres et comme on
se trompe soi-même. Il aura raison de le dire plus
tard : c'est parce qu'il a, dans sa jeunesse, passé par
tant de métiers différents et tiré au clair leur contex-
ture intime qu'il a pu vraiment peindre son temps. Et
ce sont justement ses plus grands chefs-d'œuvre, *Les*

Illusions perdues, La Peau de chagrin, Louis Lambert, César Birotteau, les grandes épopées de la bourgeoisie, de la Bourse et des affaires, qui seraient inimaginables sans les déceptions vécues de ses années de commerce. C'est seulement après que son imagination s'est amalgamée avec la réalité et l'a pénétrée, que peut être créée cette merveilleuse substance des romans de Balzac, cette mixture parfaite de réalisme et de fantaisie. Maintenant seulement que l'homme a sombré dans la vie pratique, l'artiste est mûr en lui pour construire son propre monde au-dessus de l'autre.

CHAPITRE VI

BALZAC ET NAPOLÉON

> Ce qu'il a entrepris par l'épée
> je l'accomplirai par la plume.

Dans un tel effondrement, on devrait s'attendre à le voir enterrer sous les décombres de tous ses espoirs démesurés sa confiance de spéculateur impatient. Mais au moment où la maison s'écroule sur lui, Balzac ne sent qu'une chose : c'est qu'il est de nouveau libre et peut recommencer sa vie. La vitalité qu'il a héritée de son père, et peut-être de toute une lignée de paysans inébranlablement tenaces, n'est pas le moins du monde atteinte par cette catastrophe et il ne lui vient pas à l'esprit de se couvrir les cheveux de cendres et de se vêtir d'un sac pour s'affliger sur l'argent perdu. Au fond, ce n'est pas son argent à lui qui s'est envolé et ses dettes seront pour lui, sa vie durant, en raison de leur énormité, aussi irréelles que les millions qu'il a rêvés. Jamais une défaite ne pourra plier son optimisme foncier. Ce qui casserait les reins à d'autres, des faibles, égratigne à peine la peau de ce géant du vouloir.

« A toutes les époques de ma vie mon courage s'était trouvé supérieur à mes misères. »

Toutefois, dans les premiers temps, il paraît indiqué, ne fût-ce que par des raisons de convenances, de ne pas trop se montrer ; et Balzac a en outre de

sérieux motifs de ne pas faire connaître à ses créanciers la porte de sa maison, d'éviter leurs visites
importunes. Comme un de ces Peaux-Rouges des
romans de Fenimore Cooper qu'il aimait tant, il pratique pendant un moment l'art de faire disparaître les
traces de ses pas, et comme, pour gagner sa vie, et ne
pas s'éloigner de Mme de Berny, il veut rester à Paris,
il lui faut changer de domicile et demeurer inconnu à
la police.

Il trouve son premier asile chez Henri de Latouche
avec lequel il s'était lié d'amitié dans les derniers
mois. Latouche, mieux introduit dans le monde du
journalisme parisien, prend dans une certaine
mesure par rapport à Balzac plus jeune et encore
totalement ignoré du public, le rôle d'un protecteur.
Sa nature féminine, plus ouverte et passive qu'originale, le rend, comme tous les écrivains à moitié
doués, aimable et complaisant au temps de ses succès, mais il s'aigrit et s'isole plus tard dans l'échec.
Bien qu'il n'eût guère de talent lui-même, cette apti-
tude particulière à flairer les talents des autres lui a
fait en quelque sorte partager leur immortalité. Ce
sera son mérite d'avoir sauvé pour la postérité les
poésies d'André Chénier que son frère jaloux avait
tenues cachées au fond d'un tiroir pendant un quart
de siècle, et s'il n'a pas écrit lui-même un seul poème
digne d'être cité, c'est à lui pourtant que sont adressés
quelques-uns des plus beaux qui soient dans l'art
lyrique français : les magnifiques strophes de Marceline Desbordes-Valmore dont il fut l'amant infidèle.
Ce n'est pas une moindre preuve de son flair que
d'avoir traité en camarade l'imprimeur en faillite,
alors que celui-ci, au seuil de sa trentième année,
n'avait pas encore écrit une ligne qui compte, et de
l'avoir plus que tout autre encouragé et exhorté à faire
une nouvelle tentative littéraire.

Sans doute Balzac ne tient pas longtemps dans sa
cachette auprès de ce compagnon aimable, mais fort
bavard. Pour travailler comme il fait, c'est-à-dire jour

et nuit, sans s'interrompre et sans être dérangé, il lui faut une solitude totale, une cellule, aussi petite qu'on voudra, mais toute à lui. Pour assurer au persécuté un peu de la tranquillité dont il a besoin pour sa nouvelle entreprise, sa sœur et son beau-frère Surville mettent leur nom à sa disposition ; car s'il louait un logement sous le sien propre la sonnette tinterait du matin au soir, sous la main des créanciers, de leurs émissaires, de leurs huissiers. Ainsi en mars 1828 un certain M. Surville, parfaitement inconnu, prend, dans la rue Cassini, un petit pavillon qui restera pour neuf ans le quartier général de Balzac et dont il peuplera les quatre ou cinq pièces des centaines, et des milliers de figures qui hantent ses rêves.

Cette rue Cassini présente par sa situation bien des avantages. C'est une rue du faubourg, voisine de l'Observatoire, aux confins de la ville, une rue de petites gens où on n'ira pas chercher un écrivain.

Paris n'est plus, et là, Paris est encore. Ce lieu tient à la fois de la place, de la rue, du boulevard, de la fortification, du jardin, de l'avenue, de la route, de la province, de la capitale ; certes il y a de tout cela, mais ce n'est rien de tout cela, c'est un désert.

Comme un chevalier brigand Balzac peut, de là, pousser une pointe « dans ce Paris à ses pieds qu'il veut conquérir » et il n'a d'autre part qu'à lever le pont-levis pour qu'aucune visite importune ne puisse le surprendre. Le secret de sa retraite n'est connu que de son ami le peintre Auguste Borget qui habite le rez-de-chaussée du pavillon et de la « dilecta » Mme de Berny, qui doit avoir aidé de ses conseils au choix de ce refuge : non seulement il n'y a qu'à tourner au coin de la rue pour arriver à son logement à elle, mais un étroit escalier de service mène directement de la cour par une porte dérobée dans la chambre de Balzac, en sorte qu'elle peut multiplier ses visites sans nuire à sa réputation.

L'appartement n'est coûteux que si on le compare à
celui de la rue Lesdiguières. Les trois petites pièces,
salon, cabinet de travail, chambre à coucher, avec une
coquette petite salle de bains, représentent un loyer
de quatre cents francs par an au lieu de n'en coûter
que soixante comme cette mansarde. Mais Balzac
s'entend à l'art dangereux de rendre onéreux ce qui
n'est pas cher. A peine a-t-il un appartement, et encore
sous un faux nom, qu'il ne résiste pas à la passion de
l'installer luxueusement. Tout comme Richard
Wagner, qui lui aussi, resta sa vie durant criblé de
dettes, Balzac éprouve le besoin de sentir autour de
lui un avant-goût de luxe tandis qu'il travaille pour
s'assurer une fortune. De même que Wagner, dans
chacune de ses résidences, commence par faire venir
le tapissier avec des rideaux de velours, des tentures
de damas, de lourds et épais tapis qui doivent créer
autour de lui l'atmosphère, Balzac a besoin autour de
la cellule monacale où il travaille d'un milieu somptueux, et — en cela aussi semblable à Wagner —, trop
somptueux, surchargé, vraiment de très mauvais
goût. Se meubler fut pour lui toute sa vie une jouissance et tout comme, dans ses romans, il lui faut avec
la science combinée d'un architecte, d'un tapissier,
d'un tailleur, d'un collectionneur, construire dans
tous leurs détails les plus infimes, les pièces, les
maisons, les châteaux pour en avoir une vision plastique, il lui faut aussi pour lui-même un cadre stylisé
adapté à sa personne. Pour l'instant ce ne sont pas
encore des objets précieux qui forment ce cadre
comme ce fut le cas plus tard : les bronzes italiens, les
tabatières d'or, les carrosses ornés de blasons, splendeurs d'un luxe de cocotte auquel il sacrifiera par la
suite le sommeil de ses nuits et une bonne part de sa
santé. Dans la rue Cassini ce ne sont d'abord que de
petites inutilités : pour l'instant Balzac part en chasse
chez tous les marchands de bric-à-brac et les antiquaires pour acheter des objets de décoration parfaitement inutiles : horloges, flambeaux de table, sta-

tuettes, et bibelots féminins destinés à garnir les
quelques meubles qu'il ajoute à ceux qu'il a malhon-
nêtement soustraits à ses créanciers de la rue des
Marais. Après sa famille c'est son ami Latouche qui
trouve lui aussi absurde ce goût efféminé des bibelots
quand on a les poches vides :

Vous êtes toujours l'homme qui choisit la rue Cassini
pour n'y pas habiter, qui s'en va partout excepté où les
marchés qui font vivre le rencontreraient, qui se grève de
tapis, de rayons d'acajou, de livres aussi beaux que chez une
bête, de pendules inutiles, de gravures ; qui me fait courir
tout Paris pour des flambeaux dont il ne s'éclaire jamais et
qui n'a pas trente sols de liberté en poche pour venir voir un
ami malade.

Mais peut-être n'éprouve-t-il la nécessité de ce
superflu extérieur que parce qu'il s'accorde harmo-
nieusement avec sa profusion intérieure. Le cabinet
de travail reste monacal et le restera toujours : la
petite table qu'il emporte d'un logement à l'autre avec
un superstitieux attachement, le bougeoir pour la
chandelle — Balzac travaille surtout la nuit — le
placard pour ses manuscrits et ses papiers. Mais il
faut que le salon soit coquet, la chambre à coucher, et
plus encore la salle de bains, doivent créer une atmosphère de volupté. A l'instant où il met le pied hors de
sa sombre cellule, hors de son rêve éveillé dans le
travail ascétique, il veut avoir autour de lui des
impressions de couleurs chaudes et sensuelles, des
étoffes moelleuses, entrer dans un nuage doré tombé
du ciel de la fortune, dans quelque chose qui dépasse
la vulgarité bourgeoise pour ne pas se réveiller trop
brusquement dans cette nouvelle réalité.
Mais où Balzac prend-il l'argent pour ces acquisitions ? Il ne gagne absolument rien, il a soixante mille
francs de dettes pour lesquelles il lui faut payer chaque année six mille francs d'intérêts ; comment peut-
il, lui qui arrivait à peine rue Lesdiguières à joindre
les deux bouts, quand il frottait lui-même sa chambre

et allait chercher l'eau à six rues de là pour économiser le sou du porteur d'eau, comment peut-il maintenant, avec ces dettes énormes, ajouter encore tout à coup ces dépenses superflues aux nécessaires ? Les héros de ses romans, les de Marsay, les Rastignac, les Mercadet, expliqueront pour lui ce paradoxe. Des douzaines de fois ils défendront la thèse que l'absence de dettes ou de petites dettes rendent économe, tandis que d'immenses dettes rendent prodigue. Quand il disposait de cent francs par mois rue Lesdiguières, Balzac tournait chaque franc sept fois dans ses doigts avant de le lâcher. Avec soixante mille francs de dettes, un chiffre astronomique pour lui, il est indifférent qu'on fasse relier les livres qu'on aime en toile bon marché ou en maroquin, qu'on rembourse quelques centaines de francs ou qu'on fasse plutôt des milliers de francs de nouvelles dettes. Ou bien — c'est là l'argumentation de ses héros, c'est ainsi que raisonne et que vit Balzac — ou bien on fait son chemin en devenant célèbre, en épousant une femme riche ou en faisant un coup de Bourse, et alors tout est récupéré, ou bien on flanche et alors, un peu plus ou un peu moins, les créanciers ne s'en apercevront guère. Mais Honoré Balzac est décidé à ne pas flancher. C'est maintenant seulement, il le sait, que commence la bataille véritable et non plus pour de maigres honoraires et des victoires fugitives dans d'obscures escarmouches, mais pour le grand triomphe définitif. Dans son pauvre cabinet de travail, tout petit, il n'y a sur la cheminée qu'un seul ornement : une statuette de plâtre de Napoléon que quelqu'un lui a donnée ou qu'il a peut-être choisie n'importe où. Et Balzac ressent le regard du conquérant du monde comme un défi personnel. Pour se stimuler à l'effort suprême il prend un bout de papier et écrit dessus :

« Ce qu'il a entrepris par l'épée, je l'accomplirai par la plume », et il le colle sur le socle.

Sans cesse il doit garder devant lui cet encouragement, cette exhortation à accepter les risques extrê-

mes ; et même à ne pas rester au-dessous de cet
homme, grand entre tous les hommes du siècle, qui
attendit aussi dans une mansarde de Paris d'année en
année avant de se faire, l'épée à la main, le maître de
son temps. Et avec une semblable résolution Honoré
Balzac s'assied à sa table pour conquérir le monde à
son profit avec une plume comme arme et quelques
rames de papier comme munitions.

*
* *

L'immense supériorité du Balzac de vingt-neuf ans
sur celui de dix-neuf consiste en ce qu'il sait maintenant quel travail il peut faire et quel travail il veut
faire. C'est seulement dans la lutte acharnée qu'il[1] a
senti sa force et en même temps reconnu la condition
péremptoire pour emporter un succès décisif :
concentrer et tendre sa volonté vers un but unique et
dans une seule direction. La volonté ne peut faire des
miracles si on l'engage en hésitant et si elle se disperse
entre les tendances les plus diverses. Seule une monomanie qui met la volonté au service d'une passion
unique, donne la puissance et se réalise. Balzac va
développer dans son œuvre cette « idée-mère » de sa
psychologie en d'innombrables variantes. Ses fautes,
les causes de son échec commercial, lui apparaissent
clairement après coup ; il ne s'est pas donné de toute
son âme aux affaires, il ne s'est pas concentré entièrement sur elles, il n'a pas fait la chasse au moindre
sou, à la moindre commande avec l'avidité passionnée du vrai commerçant. Il a, en marge de son métier,
écrit et lu des livres ; il n'a pas mis chaque nerf de son
corps, chaque pensée de son cerveau au service unique de son entreprise, de son imprimerie. S'il fait une
nouvelle tentative dans les lettres il faut qu'elle soit
plus passionnée, plus énergique que les précédentes.
Les conditions préalables sont assurées. Il s'est fait la
main sur ses innombrables essais anonymes ; maintenant qu'il a pris mille contacts avec la vie réelle, qu'il

a appris à connaître les hommes, observé, expérimenté sur son propre corps toutes les situations de la réalité, il dispose d'assez de matériaux pour occuper à les peindre une vie tout entière. Il a, en qualité d'écolier, servi cent maîtres, il a été soumis à toutes les nécessités de l'heure. Maintenant au seuil de la trentième année, son apprentissage est fini ; s'il engage toute sa volonté dans son œuvre, il va pouvoir être son propre maître.

Cette décision qu'il prend d'assumer une responsabilité envers lui-même et envers son œuvre, Balzac la manifeste déjà en décidant de publier son nouveau livre sous son propre nom. Aussi longtemps qu'il se cachait derrière des pseudonymes et ne cherchait rien d'autre que de livrer, aussi vite que possible, à l'impression un grand nombre de feuilles de marchandise imprimée de qualité courante pour empocher ses honoraires aussi vite que possible, il avait le droit d'être négligent, tous les blâmes, tous les éloges que ces barbouillages rapportaient ne s'adressaient qu'à un M. de Saint-Aubin ou à un Viellerglé imaginaires. Mais cette fois, il veut lancer la marque Honoré Balzac, il s'agit de percer à travers la masse serrée des auteurs et des livres ; il ne veut donc plus être confondu avec les petits faiseurs de romans-feuilletons et de griffonnages historiques dans le style d'Anne Radcliffe. Le Balzac de 1828 est décidé à se présenter à visage découvert ; à se mesurer avec les auteurs les plus célèbres et les plus accomplis de romans historiques, avec Walter Scott, pour lui disputer la palme ; et pas seulement pour l'atteindre, mais pour le dépasser. Sa préface au nouveau livre ouvre le tournoi par une sonnerie de fanfare.

L'auteur n'entend pas contracter l'obligation de donner les faits un à un, sèchement et de manière à montrer jusqu'à quel point on peut faire arriver l'histoire à la condition d'un squelette dont les os sont soigneusement numérotés. Aujourd'hui les grands enseignements que l'histoire

déroule dans ses pages doivent devenir populaires. D'après
ce système, suivi depuis plusieurs années par des hommes
de talent, l'auteur a tenté de mettre dans ce livre l'esprit
d'une époque et d'un fait, préférant la discussion au procès-
verbal, la bataille au bulletin, le drame au récit.

Pour la première fois depuis l'essai prématuré du
Cromwell, Balzac s'impose une tâche qui exige toutes
ses forces, et le monde va bientôt apprendre à son
immense stupéfaction quelle intense passion intérieure il y va décharger.

Il y a longtemps que Balzac médite le sujet de son
premier vrai roman. Parmi ses innombrables papiers
se trouvent des esquisses d'un récit *Le Gars* retraçant
un épisode du soulèvement de la Vendée contre la
République française. D'autre part il a préparé pour
un de ses factums anonymes des scènes qui se déroulent dans le milieu espagnol. Mais déjà le sens de la
responsabilité qui s'est exalté en lui, lui a fait percevoir combien sa documentation historique était
insuffisante dans ses anciens romans et que quiconque veut se rapprocher de la réalité n'a pas le droit de
peindre de simples coulisses autour de ses personnages, mais doit évoquer dans sa vie et sa vérité le
monde où ils évoluent. Quand autrefois il bâclait un
roman du Moyen Age quelques professeurs ou quelques spécialistes tout au plus pouvaient le prendre en
flagrant délit d'erreur. Mais la guerre de Vendée n'est
pas si éloignée dans le temps, des centaines de
témoins oculaires sont encore vivants qui ont pris
part à la lutte dans les compagnies des bleus ou dans
les bandes paysannes de Cadoudal. Cette fois donc
Balzac va au fond des choses. Il se procure dans les
bibliothèques des mémoires contemporains ; il étudie les rapports militaires et prend d'abondantes
notes. Pour la première fois il découvre que c'est le
petit détail véridique et insignifiant qui donne au
grand roman l'accent persuasif de la vie et non les
fresques tracées à grands traits, imitées d'écrivains

étrangers. Il n'est d'art que du vrai et du véridique ; il n'est point de personnages qui donnent l'impression de la réalité s'ils ne sont en rapports directs avec leur milieu, la terre, le paysage, l'ambiance spécifique de leur temps. Avec son premier roman personnel et original, le réaliste s'éveille chez Balzac.

*
* *

Il passe deux mois, trois mois à lire, à étudier ; il parcourt tous les mémoires qu'il peut atteindre, il se procure les cartes pour situer avec toute l'exactitude possible les mouvements de troupes et chacun des épisodes militaires, mais jamais un texte imprimé n'est capable de communiquer, même à cet imaginatif de génie, la vision directe et sensible des événements. Balzac ne tarde pas à s'apercevoir que, pour pouvoir décrire exactement le voyage de Mlle de Verneuil, il lui faut refaire en chaise de poste la même route que son héroïne ; qu'il ne saura rendre l'air, l'atmosphère, le vivant coloris du paysage, que s'il compare sa vision, peut-être trop brillante, avec la réalité.

Une bonne fortune a voulu que l'un des vieux combattants républicains de la campagne contre les chouans se soit retiré, comme général en retraite, à Fougères, dans la zone des opérations d'alors et que ce baron de Pommereul se trouve être un vieil ami de la famille Balzac. C'est là un hasard unique en son genre dont Balzac ne peut se dispenser de tirer parti, même s'il lui faut emprunter, ou se procurer l'argent du voyage par d'obscures besognes — les Balzacologues les plus avertis eux-mêmes ignorent combien de ces travaux de nègre il a exécutés à côté de son œuvre véritable. Il prend hardiment la liberté de s'excuser auprès du baron de Pommereul de ce que sa situation financière précaire l'oblige à s'inviter chez lui. Et le baron de Pommereul qui, probablement, s'ennuie ferme dans son trou perdu et qui, comme tous les vieux guerriers, est heureux de rencontrer quelqu'un qui prête une oreille attentive et un intérêt passionné au récit de ses exploits oubliés, répond par retour du courrier que Balzac peut venir.

Le romancier de vingt-neuf ans n'est pas encombré de bagages. Un vain snobisme ne l'oblige pas encore, comme plus tard, à choisir entre cent trente gilets le plus brillant et le plus précieux. Il ne voyage pas encore dans son carrosse à lui, accompagné d'un laquais en livrée ; c'est un jeune homme équipé modestement, piteusement même, qui grimpe à la place la moins chère de la diligence publique. Et ce luxe de la chaise de poste, il ne peut pas même se l'offrir jusqu'au terme du voyage ; c'est à pied, sur ses courtes jambes que, par économie, il lui faut trotter pendant la dernière étape et cette marche sur la grand-route ne ménage pas précisément la toilette déjà assez incorrecte du jeune écrivain. Quand il frappe, couvert de sueur et de poussière, à la porte du général de Pommereul, on le prend d'abord pour un vagabond. Mais à peine a-t-il mis le pied dans la maison, à peine s'est-il abandonné avec toute la fraîcheur de sa jeunesse à la joie de se sentir enfin au port, d'avoir pour quelques semaines ou quelques mois un lit et une bonne table, la première impression pénible disparaît. Mme de Pommereul a décrit par la suite cette première rencontre et nous donne une image sensible de la vie qui rayonnait alors des yeux, des paroles, de tous les gestes du jeune Balzac.

C'était un petit homme avec une grosse taille qu'un vêtement mal fait rendait encore plus grossière, il avait un bien vilain chapeau, mais aussitôt qu'il se découvrit, tout le reste s'effaça. Je ne regardais que sa tête. Vous ne pouvez pas comprendre ce front et ces yeux-là, vous qui ne les avez vus : un grand front où il y avait un reflet de lampe et des yeux bruns remplis d'or qui exprimaient tout avec autant de netteté que la parole. Il avait un gros nez carré, une bouche énorme qui riait toujours, malgré ses mauvaises dents. Il portait la moustache épaisse et ses cheveux très longs rejetés en arrière. A cette époque, surtout quand il nous arriva, il était plutôt maigre et nous parut affamé.

Il y avait dans tout son ensemble, dans ses gestes, dans sa manière de parler, de se tenir, tant de bonté, tant de naïveté, tant de franchise qu'il était impossible de le connaître sans l'aimer. Et puis, ce qu'il y avait de plus extraordinaire chez lui, c'était sa perpétuelle bonne humeur, tellement exubérante qu'elle devenait contagieuse.

Il est si bien soigné qu'il ne perd, à Paris, « cet embonpoint et cette fraîcheur » qu'après des semaines.

Il comptait partir quinze jours plus tard et reste deux mois. Il se fait raconter les événements, parcourt le pays, écrit et prend des notes. Il oublie Paris, il oublie ses amis, oublie même Mme de Berny à qui il a formellement promis d'envoyer un journal de ses impressions quotidiennes. Il vit dans cette intense monomanie qui restera chez lui la condition de tout succès, tout entier à son travail, et quelques semaines plus tard, à Paris, il peut déjà présenter achevée à Latouche une bonne partie de son roman.

Latouche dont l'unique talent est cet instinct pour le talent des autres, a tout de suite découvert en Balzac avec sa baguette de sourcier le grand écrivain naissant. Malheureusement sa certitude, si sérieuse et si absolue qu'elle puisse être, s'exprime sous une forme pratique. Il décide « de miser » sur ce futur favori et, connaissant sa situation misérable, il lui offre mille francs pour les droits du roman encore inachevé. Balzac n'a pas le choix ; bien qu'il ait déjà récolté pour ses productions d'autrefois, bâclées sans effort, quinze cents et même deux mille francs, il ne peut pas résister à mille francs comptant. Le marché est conclu et comme d'habitude, aux dépens de l'amitié. Latouche a une désagréable surprise. Habitué à considérer Balzac comme un travailleur expéditif et pressé, qui livre ponctuellement au jour dit le quantum convenu de meurtres, de poison, et de dialogue

sentimental, il doit constater à son grand dépit que,
cette fois, Balzac se fait rappeler à l'ordre. Il ne
remettra pas son texte avant d'en être intimement
satisfait. Puis, nouveau retard. A peine a-t-on arraché
à Balzac le manuscrit pour l'envoyer à l'imprimerie
que les épreuves reviennent corrigées et modifiées de
telle sorte qu'il faut recommencer la composition.
Latouche est furieux. On perd du temps et de l'argent
avec ces incessantes corrections — et il ne sera pas le
dernier éditeur à s'en plaindre. Mais Balzac ne se
laisse pas bousculer. Le sentiment de la responsabilité artistique a pris possession de l'ancien fabricant
de feuilletons. Pour la première fois il sent ce qu'il
doit au nom d'Honoré Balzac qu'il est décidé à rendre
immortel, et autant ses dettes matérielles le tourmen-
teront peu tout le temps de sa vie, autant il voit là une
obligation péremptoire.

*
* *

Au milieu de mars 1829 paraît enfin *Le Dernier
Chouan ou la Bretagne en 1800* d'Honoré Balzac —
pas encore « de » Balzac — en quatre volumes chez
l'éditeur Canel. Ce n'est pas un vrai succès, et c'est
justice. L'exposition et la composition trahissent
pour la première fois la main d'un grand poète épi-
que ; le paysage se déroule merveilleusement, tous les
faits militaires se présentent avec un magnifique
relief, les figures du général Hulot, de l'espion Corentin apparaissent directement modelées sur la vie et le
sens des arrière-plans politiques, qui, plus tard, donnera aux romans leur incomparable cachet historique, fait sortir de l'ombre où elle sut toujours se
dissimuler la figure de Fouché qui ne cessa de fasciner Balzac et présente le plus frappant contraste avec
celle de Napoléon. Seule l'intrigue en elle-même trahit encore son origine suspecte : le roman-feuilleton.

Mlle de Verneuil, extraite du roman de pacotille *Le
Guerillero* que Balzac avait autrefois fabriqué pour

ses obscurs clients, n'échappe nulle part à l'invraisemblance. La critique parisienne, qui malgré tous les efforts de Latouche et de Balzac pour la fouetter, se montre assez tiède, signale aussi à bon droit le « dévergondage du style » et l'auteur lui-même ne peut pas refuser d'en convenir : les longues années de nonchalance dans le griffonnage ont donné à sa main des habitudes de relâchement. Cinq ans plus tard après avoir amélioré le style avec tout le soin dont il était capable en vue d'une nouvelle édition, il écrit au baron Gérard à qui il envoie « sa première croûte restaurée » : « Quoi que je fasse, j'ai peur que l'écolier ne s'y montre toujours trop. »

Le public français lui non plus ne s'enthousiasme pas pour le nouveau Walter Scott ou Fenimore Cooper. Au cours d'une année entière quatre cent quarante-cinq exemplaires sont vendus à grand-peine. Ceux qui se sont trop pressés de faire confiance à Balzac ont encore une fois à payer leur confiance d'une sensible perte d'argent.

Un hasard vient réparer cet échec. Tandis que Balzac travaille encore aux Chouans, l'éditeur Levasseur, ayant eu la chance de repérer son domicile, se présente chez lui et lui rappelle de façon assez pressante qu'il lui a versé, il y a déjà un an, deux cents francs pour un *Manuel de l'homme d'affaires*, un de ces *codes* dont Balzac s'était chargé alors dans sa détresse financière. Balzac a depuis longtemps oublié cette convention, mais Levasseur ne démord pas de ses droits. Fâché d'avoir à interrompre son travail et à fabriquer, concurremment avec le roman qui lui tient à cœur, une œuvre de circonstance si insignifiante, Balzac fait à son créancier une proposition : il a parmi ses vieux manuscrits, un *Code conjugal* qu'il a même commencé à imprimer dans son atelier sous le titre de *Physiologie du mariage*. Si Levasseur est d'accord, il veut refondre pour lui ce vieux livre et payer ainsi sa dette pour le *Manuel de l'homme d'affaires*. Levasseur, se doutant bien qu'il n'y a aucun espoir de tirer de l'argent comptant de ce sans-le-sou, accepte la proposition.

Balzac se met à l'ouvrage. Peu de chose subsiste de l'œuvre ancienne. Au cours de ces dernières années, il a beaucoup lu Rabelais dont la verve et le brio se substituent à l'esprit glacé de son premier modèle, Sterne. Son amie Mme de Berny et aussi une nouvelle connaissance, la duchesse d'Abrantès, le fournissent d'anecdotes amusantes et ainsi, de sa détresse, et grâce à cette détresse, prend naissance un livre étincelant, spirituel, plein de souplesse et de variété, qui avec ses impertinents paradoxes, son aimable cynisme, son scepticisme plein d'humour, provoque la discussion. Et cette discussion qui s'engage tout de suite — sur un ton de bonne ou de mauvaise humeur — assure immédiatement le succès du livre. Les femmes surtout, elles qui par la suite prendront avec le plus de décision le parti de Balzac, se sentent à la fois piquées et amusées. Elles adressent en réponse des lettres sucrées ou aigres ; elles s'enthousiasment ou elles protestent ; mais en tout cas au cours des prochaines semaines on parlera dans tous les salons uniquement de ce livre. Balzac n'a pas encore percé, il n'est pas encore célèbre, mais une chose est acquise : la curiosité de Paris est en éveil au sujet de ce jeune écrivain : M. Balzac. On l'invite ; il lui faut commander chez son tailleur des vêtements convenables et de pompeux gilets ; la duchesse d'Abrantès le présente à Mme Récamier dont le salon est à cette époque la première bourse littéraire de la place. Dans la maison de commerce concurrente « Madame Sophie et Delphine Gay » il fait la connaissance de ses confrères déjà célèbres : Victor Hugo, Lamartine, Jules Janin ; encore un effort et le second des vœux qu'il a adressés à la vie va être accompli : celui de n'être pas seulement aimé, mais aussi célèbre.

*
* *

La voie n'est pas encore libre, mais la digue est pourtant rompue en un point et avec toute la violence d'un torrent retenu derrière un barrage, l'immense force productive de Balzac se précipite en cataracte. Depuis que Paris a eu la révélation de ce jeune écrivain au talent assez divers pour faire cuire à la fois dans le même four un plat de résistance comme un roman historique et un pâté épicé comme *La Physiologie du mariage*, le voici presque intimidé par le succès et par les nombreuses commandes. Mais ceux qui font à Balzac ces commandes ne soupçonnent pas eux-mêmes combien de choses, et combien diverses, est capable de fournir cet homme qui a mille tours dans son sac, ni la formidable réponse qu'il va faire à ce premier appel qui n'est pas encore bien pressant.

Ce que Balzac publie en ces deux années 1830-1831 — où son nom vient à peine de trouver quelque crédit : nouvelles, petits romans, articles de journaux, causeries, courtes histoires, feuilletons, considérations politiques, est presque sans exemple dans les annales de la littérature. Si on compte seulement, en ne s'attachant qu'à la quantité, les soixante-dix publications signées de son nom de l'année 1830 (il en a vraisemblablement écrit d'autres à côté sous de faux noms), et les soixante-quinze de l'année 1831, il lui a fallu rédiger, sans parler des corrections, un placard d'imprimerie de seize pages par jour. Il n'est pas de magazine, de revue, de journal où on ne voie soudain apparaître son nom. Il collabore au *Voleur*, à la *Silhouette*, à la *Caricature*, à la *Mode*, à la *Revue de Paris* et à des douzaines d'autres publications dans un méli-mélo bizarre. Il bavarde encore dans le style de feuilleton de ses anciens « Codes » sur une *Philosophie de la toilette*, une *Physiologie gastronomique*, écrit aujourd'hui sur Napoléon, pour passer demain à une *Étude de mœurs par les gants ;* se présente comme philosophe dans les *Considérations sur Saint-Simon et le saint-simonisme* ou bien divulgue les *Opinions de mon épicier*, étudie le *Claqueur* ou le *Banquier*, plaisante à nouveau sur la *Manière de faire une émeute* et encore sur la *Moralité d'une bouteille de champagne* ou *La Physiologie du cigare*.

Tant de diversité, tant d'esprit, ne serait pas en soi extraordinaire, dans le journalisme parisien. Mais ce qui est surprenant c'est qu'au milieu de ce brillant feu d'artifice, des chefs-d'œuvre accomplis apparaissent au jour ; tout d'abord, des chefs-d'œuvre de petit format, mais tels pourtant que, bien que rédigés en une nuit et à la même allure que ces publications éphémères, ils ont glorieusement franchi leur premier siècle, sans se laisser oublier. *Une passion dans le désert, Un épisode sous la Terreur, El Verdugo, Sarrasine* font apparaître d'un seul coup cet écrivain que personne ne connaît comme un petit-maître déjà insurpassable. Et à mesure que Balzac progresse plus avant il fait plus complètement la découverte de ses ressources. *Vires acquirit eundo :* ses forces s'accroissent à mesure qu'il avance. Dans ses tableaux de genre de la société parisienne : *Etude de femme, La Femme de trente ans, La Paix du ménage,* il crée un type féminin tout nouveau, celui de la femme incomprise, déçue par le mariage dans toutes ses attentes et tous ses rêves, qui dépérit dans la froide indifférence de son mari comme sous l'effet d'une maladie mystérieuse. Tout pénétrés encore de sentimentalité, ces récits à l'eau de rose qui nous semblent aujourd'hui manquer de réalisme et de vérité objective, sont justement ceux qui soulèvent l'enthousiasme du public. Les mille, dix mille, cent mille femmes, en France et dans le monde qui se sentent méconnues et déçues découvrent en Balzac le médecin qui le premier donne un nom à cette maladie. Mieux que de tout autre, elles se sentent comprises de cet homme qui excuse tous les faux pas, quand c'est l'amour qui les provoque, qui ose proclamer que ce n'est pas seulement la « femme de trente ans », mais aussi celle de quarante, et elle particulièrement, qui a le plus de droits à l'amour, parce qu'elle sait et comprend. Il est leur avocat, défend tous leurs écarts contre les lois de l'Etat et de la morale bourgeoise, et d'innombrables Mme d'Aiglemont croient se reconnaître dans ses figures idéalisées. Ses *Scènes de la vie privée* parues en avril 1830, sont lues non seulement en France, mais encore en Italie, en Pologne, en Russie avec le même enthousiasme, et avec la formule « la femme de trente ans », il annonce au monde entier un nouvel âge de l'amour.

Mais la variété, l'intensité des dons de cet écrivain qui s'est évadé de la cage obscure de la littérature de feuilletons pour sauter d'un bond de lion dans l'arène littéraire, va plonger dans l'étonnement un public bien plus relevé que ces lectrices féminines, portées au narcissisme et qui ne savent que s'apitoyer sur elles-mêmes devant leurs héroïnes favorites. A peine si toute la génération des auteurs déjà en renom a quelque chose d'égale valeur à comparer à une peinture comme celle de *L'Auberge rouge* dans sa concision serrée, puissante et tendue, et dans *Le Chef-d'œuvre inconnu*, Balzac, après n'avoir suscité d'abord que l'étonnement par la diversité de ses talents, révèle toute la profondeur de son génie. Ce sont justement les artistes qui sentent que jamais le secret le plus intime de l'art, le besoin de perfection, n'a été haussé jusqu'au tragique avec une pareille violence. Le génie de Balzac a commencé à refléter sur dix, quinze facettes un peu de sa lumière intérieure, mais c'est toujours à sa largeur, à sa plénitude, à sa diversité qu'il faudra le jauger. Seule la somme de ses forces donne toute son immense mesure.

Pour la première fois Balzac laisse soupçonner sa taille dans *La Peau de chagrin*, son premier vrai roman, parce qu'il y découvre son but futur : le roman conçu comme une coupe à travers la société tout entière, mêlant les classes supérieures aux inférieures, la pauvreté et la richesse, les privations et les prodigalités, les hommes de génie et la bourgeoisie, le Paris de la solitude et celui des salons, la puissance de l'argent et son impuissance. Le grand observateur, le critique pénétrant commence à imposer malgré lui au romantique sentimental la vérité. Ce qui est romantique dans *La Peau de chagrin* c'est l'idée de faire se dérouler dans le Paris de 1830 un conte oriental des mille et une nuits, peut-être encore les figures de la froide comtesse Fédora, qui aime le luxe au lieu d'aimer l'amour, et de son pendant, Pauline, la jeune fille aux possibilités illimitées d'amour altruiste. Mais le réalisme qui effraya ses contemporains dans la description de la vie de noceur et la peinture des années d'étudiant dérive directement de l'expérience personnelle de Balzac. Les discussions des médecins, la philosophie de l'usurier, ne sont plus des conversations de salons, mais elles manifestent des caractères sublimés et qui ont pris corps dans des mots. Après dix ans de vains tâtonnements et de recherches, Balzac se rend compte de sa véritable mission : devenir l'historien de son propre temps, le psychologue et le physiologue, le peintre et le médecin, le juge et le poète de ce monstrueux organisme qui s'appelle Paris, la France, le monde. Si sa première découverte était celle de son immense puissance de travail, la seconde, et qui n'est pas moins importante, est le but vers lequel il la doit diriger ; en le découvrant, Balzac s'est découvert lui-même. Jusque-là il n'a fait que sentir en lui, explosive et ramassée, une force irrésistible qui à la fin l'emporterait bien haut au-dessus de ses contemporains, dans une carrière cosmique.

Il y a des vocations auxquelles il faut obéir et quelque chose d'irrésistible m'entraîne vers la gloire et le pouvoir.

Jusqu'à *La Peau de chagrin*, et même plus tard, Balzac n'est pas plus persuadé que les lettres sont son vrai destin que Gœthe, même après le succès du *Werther* et du *Gœtz de Berlichingen* n'osa reconnaître que son talent original et unique était la poésie. En

fait Balzac est de ces grands génies dont la génialité se
fût manifestée sous quelque forme qu'ils eussent
choisie. On l'imagine bien sous la figure d'un second
Mirabeau, d'un Talleyrand, d'un second Napoléon,
comme grand faiseur, comme prince de tous les marchands de tableaux, comme roi de tous les spéculateurs. Aussi ne juge-t-il pas dans sa jeunesse que la
littérature est son don spécifique, et Gautier, qui le
connaissait bien, a peut-être raison quand il dit : « Il
ne possédait pas le don littéraire, chez lui s'ouvrait un
abîme entre la pensée et la forme ; cet abîme, surtout
dans les premiers temps, il désespérait de le franchir. »

La création littéraire n'était pas pour lui une nécessité et il ne la sentit jamais comme une mission. Il
considérait qu'écrire était une des nombreuses possibilités qui s'offraient à lui pour percer, pour dominer le monde par l'argent et par la gloire : « Il voulait
être un grand homme et il le fut par d'incessantes
projections de ce fluide plus puissant que l'électricité. »

Son génie véritable résidait dans la volonté et on
peut appeler hasard ou destin, *ad libitum,* le fait que
cette volonté s'est justement appliquée à la littérature.
Alors que ses premiers livres sont lus dans toutes les
parties du monde, et que Gœthe lui-même, à l'âge de
quatre-vingt-un ans, exprime à Eckermann sa sympathie étonnée pour ce talent qui dépasse tous les
autres ; alors que les revues cherchent toutes à
gagner, par l'offre des honoraires les plus splendides,
ce même homme qui, il y a un an encore, écrivait
comme un coolie méprisé : « Un port de lettre, un
omnibus, sont des dépenses que je ne puis me permettre et je m'abstiens de sortir pour ne pas user
d'habits », Balzac lui-même n'est pas persuadé qu'il a
assez de talent pour faire un écrivain. Il considère
encore les lettres, non comme la seule voie qui soit
pour lui possible et nécessaire, mais comme une des
multiples éventualités qui s'offrent à sa percée : « Tôt

ou tard la littérature, la politique, le journalisme, un mariage ou une grande affaire me feront une fortune », écrit-il encore à sa mère en 1832. Pendant un temps la politique exerça sur lui une attraction irrésistible. Ne serait-il pas mieux de réaliser la puissance de domination qu'il sent en lui en profitant des circonstances favorables du moment ? La révolution de Juillet 1830 a rendu le pouvoir à la bourgeoisie ; maintenant il y a place pour des jeunes gens énergiques. Un député peut désormais monter aussi vite qu'à l'époque napoléonienne un colonel de vingt-cinq ou de trente ans. Un moment Balzac est à peu près décidé à sacrifier la littérature à la politique. Il se jette dans les sphères orageuses des passions électorales et essaie à Cambrai et à Fougères de se faire nommer député, simplement pour « vivre la vie du siècle même », pour se tenir, la barre en mains, aux postes de responsabilité et de commandement. Si les électeurs s'étaient montrés mieux disposés, l'ambition et le génie de Balzac se seraient peut-être engagés dans une autre voie. Il aurait été à la place de Thiers, le guide politique des Français et peut-être même un nouveau Napoléon.

Par bonheur dans l'une et l'autre ville, les électeurs choisissent d'autres candidats et le seul danger qu'il coure maintenant, c'est qu'il trouve « une femme et une fortune », la « richissime veuve » à la recherche de laquelle il a été toute sa vie. Alors on aurait vu apparaître, chez Balzac, le jouisseur et non le géant du labeur car — il ne le sait pas encore — il faudra une immense pression pour tirer de lui un immense rendement. Pour les trente, pour les cinquante mille francs de rente d'une riche veuve, Balzac, au lieu de se river à la galère du travail, se serait, n'importe quand, même à l'époque de sa plus grande gloire, vendu au laisser-aller d'une destinée bourgeoise.

« Je me résignerais facilement au bonheur domestique », avoue-t-il à son amie Zulma Carraud et cet homme qui a toujours la meute à ses trousses, lui dépeint son rêve : vivre à la campagne et « faire de la littérature en amateur », écrire négligemment un livre à l'occasion.

Mais le destin, plus sage que les vœux intimes de Balzac, lui refuse cette satisfaction prématurée, parce qu'il veut de lui davantage. Il ferme au penseur politique qui est en lui la possibilité de prostituer son talent sur un banc ministériel, il refuse à l'homme d'affaires la chance de rafler par des spéculations la fortune dont il rêve, il écarte de son chemin toutes les riches veuves auxquelles il fait la chasse. Il transforme sa passion naissante pour le journalisme en une horreur et un dégoût de tout journalisme, simplement pour le rejeter et l'enchaîner à cette table de travail, d'où son génie ne pourra pas seulement dominer les milieux bornés de la Chambre des Députés, de la Bourse, des sphères élégantes et prodigues, mais le monde tout entier. Impitoyable comme un bourreau, il ramènera toujours au bagne de son travail, cet être qui au fond ne demande qu'à jouir sans mesure de la vie, de la puissance, de la liberté ; il saura déjouer toutes ses évasions, lui rivant des chaînes deux fois plus lourdes à chacune de ses tentatives de fuite. Au milieu des premières fumées de la gloire Balzac doit avoir vaguement soupçonné le fardeau de l'épuisant service qu'il accepte en même temps que sa tâche. Il se défend, il cherche à lui échapper. Jamais il ne cessera d'appeler de ses vœux le miracle qui l'arrachera d'un coup à cette prison, toujours il rêvera d'une grande spéculation, d'une femme riche, de quelque coup magique du destin. Comme la fuite ne lui est pas permise, ce qui s'impose à lui c'est de donner une forme artistique au réel, et ainsi la formidable force latente en lui devra étendre son action à des dimensions inconnues jusqu'ici dans les lettres. Sa mesure sera l'immense, l'illimité sa limite. A peine s'est-il mis à l'ouvrage qu'il sent la nécessité d'ordonner cette abondance et cette surabondance qui s'écoule de lui, afin qu'il la puisse dominer du regard, lui et les autres. Si son champ d'action doit être la production littéraire, il ne faut pas qu'elle se présente dans une succession fortuite d'images, mais s'élève d'échelon en échelon, suivant une hiérarchie fixée d'avance des passions et des formes de la vie terrestre. En envoyant son premier roman à un ami il l'accompagne déjà de cette formule : « Le système général de mon œuvre commence à se démasquer. »

Le voilà possédé de l'idée redoutable de faire réapparaître les personnages de sa création de volume en volume et, au moyen de ce défilé de types humains, d'écrire une histoire poétique de son temps englobant toutes les conditions sociales, les professions, les pensées, les sentiments et leurs mutuels rapports. Et dans la préface de ses *Romans et Contes philosophiques*, il charge Philarète Chasles de préparer le public. Il y a là le projet d'un ample tableau de ce temps :

Le premier panneau d'une série de fresques où l'auteur se proposerait de peindre la société et la civilisation contemporaines considérées comme décadentes par l'excès de la pensée et des égoïsmes individuels.

On le verra changer les couleurs de sa palette... parcourir tous les degrés de l'échelle sociale et montrer tour à tour le paysan, le mendiant, le pâtre, le bourgeois, le ministre... Il ne reculera pas même devant le roi et le prêtre.

A l'instant où l'artiste naît en Balzac, la grande vision de *La Comédie humaine* est déjà devant ses yeux et vingt années d'immense, d'incomparable labeur suffiront à peine à lui donner forme.

LIVRE II

BALZAC À L'ŒUVRE

CHAPITRE VII

L'HOMME DE TRENTE ANS

A partir de 1829, dans sa trentième année, à partir du moment où il se présente devant le public avec sa première œuvre véritable, Balzac est définitivement Honoré de Balzac, sa formation lente et errante est complètement achevée. L'homme, le créateur ont atteint dans l'art et la morale comme dans leur aspect physique des contours nettement arrêtés. Pas un trait décisif ne se modifiera plus dans sa figure. Les forces ménagées avec une économie sans exemple ont trouvé leur direction, le créateur s'est fixé sa tâche, l'architecte grandiose a établi — tout au moins, au début, sous la forme d'une ébauche approximative — le plan de son œuvre future, et Balzac se précipite au travail avec un courage de lion. Tant que son pouls battra à son poignet, le rythme ininterrompu de sa besogne journalière ne s'arrêtera pas, ne languira pas. Cet esprit qui ne connaît pas la mesure s'est fixé un but en soi inaccessible, mais seule la mort peut poser des bornes à sa volonté prométhéenne. Observer Balzac à l'œuvre, c'est peut-être le plus grandiose exemple que l'on puisse contempler de la continuité d'une activité créatrice dans la littérature des temps modernes. Comme un arbre puissant, nourri des sucs éternels de la terre, il dresse son tronc luxuriant, étendant toujours plus haut vers le ciel la ramure touffue de son œuvre jusqu'à ce que la hache l'abatte ;

solide à son poste, remplissant avec une patience proprement organique, la fonction qui lui fut dévolue par le destin : fleurir sans cesse, croître et donner des fruits toujours plus mûrs.

Dans la fécondité de son incessante renaissance Balzac restera dès lors toujours semblable à lui-même. Son aspect physique se modifie tout aussi peu que la structure de son caractère. Si l'on place ses portraits faits à cinquante ans à côté de ceux dessinés à trente ans on ne constate que des modifications de détails, pas de transformations profondes : quelques taches grises dans la chevelure, quelques ombres sous les yeux, une nuance jaunâtre dans le teint jadis si coloré, mais l'allure générale est exactement la même. A l'âge de trente ans sa figure a définitivement trouvé son originalité caractéristique. Le petit jeune homme maigre et pâle des années d'adolescence dont on ne savait rien dire de positif si ce n'est qu'il avait une « vague ressemblance » avec le jeune Bonaparte « avant la gloire » laisse réapparaître dans le cycle curieux de son développement physique, le « gros garçon joufflu de son enfance ». A l'instant même où il prend place à sa table de travail la nervosité, l'insécurité, l'impatience, l'instabilité font place à une silhouette puissante, sûre d'elle-même, débordante de force et de richesse et c'est son propre portrait qu'il trace dans la figure d'Arthez quand il écrit :

Tout ce qu'il y eut jadis d'ambition ardente et noble dans les yeux d'Arthez avait été comme attendri par le succès. Les pensées dont son front était gros avaient fleuri ; les lignes creuses de sa figure étaient devenues pleines. Le bien-être répandait des teintes dorées çà et là où, dans sa jeunesse, la misère avait mélangé les tons jaunes des tempéraments dont les forces se bandent pour soutenir des luttes écrasantes et continues.

Trompeuse, comme c'est le plus souvent le cas chez les artistes, la première impression que donne son visage est uniquement celle d'une bonhomie joviale.

Malgré la chevelure, généralement pas très propre, qui se dresse au-dessus du front dur et brillant, la matière tendre dont est fait ce visage — une peau molle et grasse, une barbe courte, souple et clairsemée, des masses aplaties et fondues — suggère des idées de laisser-aller, de jouissance. On imagine un grand mangeur qui dort beaucoup et travaille peu. C'est quand le regard se pose sur ses épaules, larges comme celles d'un portefaix, les épaules de son Vautrin, sur cette nuque de taureau résistante et musclée qui peut rester courbée sur la besogne douze ou quatorze heures sans se fatiguer, sur la poitrine d'athlète, qu'on commence à avoir un soupçon de cette force massive, qui est sa nature même et emporte tout sous son poids ; c'est seulement au-dessous du menton, mou et fondu, qu'il commence à donner l'impression de sa puissance. Ce corps est un bloc d'airain ; le génie de son corps, comme celui de son œuvre, est dans la masse, dans l'étendue, dans une indescriptible vitalité. Toute tentative d'interpréter le génie de Balzac d'après son visage est donc vaine et menteuse. Le sculpteur David d'Angers l'a essayé en surélevant le front et en en faisant surgir une sorte de bosse pour rendre sensible de quelque manière le travail de la pensée se faisant jour à travers le crâne... Le peintre Boulanger a tenté de dissimuler le ventre proéminent dans le froc blanc et de donner au petit bonhomme grassouillet une attitude tendue ; Rodin lui prête le regard extatique d'un homme qui s'éveille d'une hallucination tragique. Tous trois s'efforcent de truquer leur image en y introduisant des éléments démoniaques ou héroïques, avec le sentiment obscur que, pour manifester le génie sur ce visage qui n'a a en soi aucune prétention, il faut sublimer les traits de sa physionomie ; et Balzac fait la même tentative d'intensifier son expression quand il se dessine lui-même dans le portrait de son Z. Marcas :

Ses cheveux ressemblaient à une crinière, son nez était

court, écrasé, large et fendu au bout comme celui d'un lion, il avait le front partagé comme celui d'un lion par un sillon puissant, divisé en deux lobes vigoureux.

Mais la vérité doit impitoyablement constater que, comme tous les vrais génies représentatifs d'un peuple, comme Luther, comme Tolstoï, Balzac ressemble au peuple, que son visage est pour ainsi dire la somme d'innombrables visages anonymes de son terroir. Et dans ce cas particulier c'est — de nouveau comme chez Luther et chez Tolstoï — un visage vraiment populaire, vulgaire, tout bourgeois, plébéien même. En France, en effet, la spiritualité de la nation s'exprime en deux types physiques : l'un, aristocratique, affiné, raffiné, sublimé — par exemple chez Richelieu, Voltaire, Valéry —, et un autre dans lequel se manifeste la vigueur, la santé de la nation, le type de Mirabeau et de Danton. Balzac appartient tout à fait au type populaire, à l'espèce vulgaire, mais élémentaire, et n'a rien de commun avec les aristocrates, les décadents. Mettez-lui un tablier bleu et plantez-le derrière un comptoir de bistrot dans le Midi de la France, il vous sera impossible de distinguer cet individu bonhomme et jovial de n'importe quel aubergiste ne sachant ni lire ni écrire, qui sert du vin à ses clients et bavarde avec eux. Comme paysan derrière la charrue, comme porteur d'eau dans la rue, comme employé d'octroi, comme matelot dans un bordel de Marseille, partout Balzac, avec ses maniè-res et sa figure, serait à sa place normale. Balzac est lui-même, il est nature, en bras de chemise, habillé négligemment comme un paysan ou un prolétaire, comme le peuple dont il fait partie. Quand il essaie d'être élégant et de se donner des allures d'aristocrate, s'enduit de pommade, rejette ses mèches en arrière, quand, devant ses yeux qui pénètrent et voient tout, il tient d'un geste simiesque un lorgnon, pour imiter les dandys du Faubourg Saint-Germain, il donne tout simplement l'impression de s'être travesti. Comme dans son art sa force n'est pas là où il est artificiel, là où il pénètre dans une sphère philosophique ou sentimentale qui le rend faux, mais seulement là où il est peuple. Le génie de son corps lui aussi n'est nulle part ailleurs que dans la vitalité, la vigueur, la force.

Toutefois ce ne sont pas justement là des qualités qu'un portrait a le pouvoir de manifester aux yeux. Un portrait, c'est toujours pour ainsi dire une coupe faite dans la vie d'un film, une seconde de rigidité où l'on s'observe, un mouvement inachevé et pas plus qu'on ne peut imaginer d'après une seule page de son œuvre, la richesse, la variété, la fécondité sans exemple de son génie, on ne peut soupçonner, d'après les douzaines de portraits qui nous ont été conservés, le pétillement d'esprit, le brio, la bonne humeur, la profusion de vie qu'il doit avoir manifestés dans sa personne. Un coup d'œil superficiel n'apprend rien sur Balzac. Tous les rapports de ses contemporains sont d'accord là-dessus : quand ce petit bonhomme grassouillet, soufflant encore de l'effort qu'il fait pour grimper les escaliers, avec son habit brun mal boutonné, ses souliers à demi délacés, et sa crinière en désordre entrait dans une pièce et se laissait tomber lourdement dans un fauteuil, qui gémissait sous le poids inquiétant de ses quatre-vingt-cinq ou quatre-vingt-dix kilos, on était tout d'abord atterré. Comment, ce roturier grossier, graisseux, mal parfumé, c'est cela notre Balzac, le troubadour de nos sentiments les plus intimes, l'avocat de nos droits, se disent les dames avec stupéfaction ; et les autres écrivains présents louchent vers un miroir pour constater comme ils font meilleure figure, comme ils ont une allure plus intellectuelle. Un sourire se dissimule derrière maint éventail, les messieurs échangent des regards malicieux qui relèvent tout ce qu'il y a de manifestement bourgeois, de laisser-aller plébéien chez ce concurrent si dangereux sur le terrain littéraire. Mais dès l'instant où Balzac se met à parler, la première impression pénible s'évanouit en un clin d'œil, car un « torrent » se déchaîne dans une gerbe d'étincelles, d'esprit, et d'intelligence ; tout de suite l'atmosphère de la pièce se charge d'électricité ; il attire à lui comme un aimant l'attention de tous. Il parle de tout, tantôt il fait de la philosophie, tantôt il esquisse des projets politiques ; il connaît cent anecdotes, il raconte des histoires vraies et inventées qui, tandis qu'il les raconte, deviennent toujours plus fantastiques et invraisemblables ; il fait le malin, il raille, il rit, de ses petits yeux sombres jaillissent les éclairs dorés d'une malice qui ne se contient plus ; il se grise lui-même de sa force, il grise les autres. Au moment où il fait largesse de lui-même, il est incomparable.

Le charme original de Balzac, c'est cette force qui émane de sa personne comme de son œuvre. Chez lui toutes les fonctions s'accomplissent avec une intensité dix fois plus grande que chez les autres. Rit-il, les tableaux tremblent aux murs ; parle-t-il, les mots jaillissent : on ne voit plus les dents gâtées. Quand il voyage, il jette au postillon toutes les demi-heures de nouveaux pourboires pour qu'il pousse ses chevaux toujours plus vite, quand il calcule, les mille et les millions font la culbute les uns par-dessus les autres ; quand il travaille, il n'y a plus ni jour ni nuit ; pendant dix, quatorze, seize heures, il ne démarre pas et éreinte une douzaine de plumes d'oie. Quand il mange — voici comme le décrit Gozlan :

Ses lèvres palpitaient, ses yeux s'allumaient de bonheur, ses mains frémissaient de joie à la vue d'une pyramide de poires ou de belles pêches... Il était superbe de pantagruélisme végétal, sa cravate ôtée, sa chemise ouverte, son couteau à fruits à la main, riant, buvant, tranchant dans la pulpe d'une poire du doyenné...

Tout chez lui est un objet de jouissance, de passion, en tout il dépasse la mesure. Rien n'est plus étranger à son caractère que l'esprit mesquin. Balzac a la bonhomie et la naïveté enfantine des géants. Il ne s'inquiète de rien ; il ne peut faire autrement que de se dépenser lui-même dans une infinie prodigalité. Il n'ignore pas que sa présence massive met ses confrères à l'étroit et qu'ils le sentent et comme ils insinuent derrière son dos qu'il n'a pas de style et mille autres médisances. Mais son enthousiasme a pour chacun un mot aimable ; il leur dédicace ses livres et les cite les uns et les autres dans sa *Comédie humaine* en quelque endroit. Il est trop grand pour haïr. Nulle part dans son œuvre on ne trouvera une polémique contre qui que ce soit. Là où il calcule, il se trompe toujours parce qu'il applique des mesures trop grandes. S'il cherche noise à ses éditeurs et les tient à l'œil, ce n'est pas pour l'appétit de quelques francs, mais pour le plaisir de jouer avec eux et de leur montrer qu'ils ont trouvé leur maître. S'il ment, ce n'est pas pour tromper quelqu'un, mais pour la joie d'inventer et de faire une farce. Il sait qu'on raille par-derrière ses enfantillages, mais au lieu de les éviter, il les exagère, simplement. Il monte le coup à ses amis et s'aperçoit bien, avec son regard vif et pénétrant, qu'ils ne croient pas un mot de ce qu'il dit et qu'ils vont aller colporter tout cela le lendemain à travers Paris, mais cela ne l'empêche pas d'ajouter des mensonges encore plus salés ; cela l'amuse que les autres le considèrent comme une absurdité, comme quelque chose qui n'a point sa place dans leur vision du monde. Il s'attend aux caricatures et se caricature lui-même à la façon de Rabelais. Sur quoi vont-ils pouvoir gloser ? Il sait qu'avec les muscles tendus sous sa peau et derrière son front il est plus fort qu'eux tous et il les laisse faire.

Cette conscience de sa force repose chez Balzac sur son corps, sur son cerveau, sur son énergie. C'est pour ainsi dire une conscience dirigée dans le sens de la vie tout entière et non pas fondée par exemple sur la gloire ou le succès. Car en littérature, la confiance en soi de Balzac est plutôt fragile, même à trente-six ans, après *Le Père Goriot*, *La Peau de chagrin* et une douzaine d'autres chefs-d'œuvre impérissables. Sa vita-

lité ne résulte pas d'un examen approfondi, d'une
introspection et pas davantage du jugement des
autres ; elle est élémentaire. Il a conscience de sa
richesse intérieure et jouit de cette abondance sans
l'analyser ni la décomposer sous une anxieuse critique.

Je renferme dans mes cinq pieds deux pouces toutes les
incohérences, tous les contrastes possibles, et ceux qui me
croiront vain prodigue, entêté, léger, sans suite dans les
idées, fat, négligent, paresseux, inappliqué, sans réflexion,
sans aucune constance, bavard, sans tact, malappris,
impoli, quinteux, inégal d'humeur, auront tout autant raison que ceux qui pourraient dire que je suis économe,
modeste, courageux, tenace, énergique, négligé, travailleur,
constant, taciturne, plein de finesse, poli, toujours gai ;
celui qui dira que je suis poltron n'aura pas plus tort que
celui qui dira que je suis extrêmement brave, enfin savant
ou ignorant, plein de talents ou inepte ; rien ne m'étonne
plus de moi-même. Je finis par croire que je ne suis qu'un
instrument dont les circonstances jouent.

Que les autres réfléchissent là-dessus, qu'ils admirent ou qu'ils raillent, il va son chemin, le front haut,
plein de vaillance et de sérénité, sans soucis, à travers
les obstacles et les tourments avec l'indifférence d'un
élément. Qui sent en soi de telles forces a le droit
d'être négligent. Sa vanité est puérile, mais n'est pas
mesquine ; il a la sûreté et l'insouciance d'un individu
légèrement éméché.

Une nature de cette magnifique ampleur doit être
prodigue et Balzac l'est dans tous les sens du mot. Il
n'y a qu'un domaine où il ait bien été obligé de
s'habituer à l'économie : les relations de société. Quiconque n'a comme lui, ainsi qu'il l'a dit une fois,
« qu'une heure par jour à donner au monde », ne
trouve pas de place pour elles dans sa vie. Aussi
peut-on compter sur les doigts de la main les personnes avec lesquelles il a été vraiment lié. Il n'en est
peut-être pas plus de dix en tout qu'il ait vraiment

accueillies dans son intimité et elles sont déjà rassemblées autour de lui dans sa trentième année à l'exception de la figure la plus importante. Dans le domaine de l'amitié comme dans celui de la connaissance du monde et de la formation artistique, il ne s'est plus guère enrichi au cours des années qui vont suivre. Tout ce qu'il était susceptible de recevoir, il l'a acquis et fixé en lui avant cette époque. A partir de ce moment il n'est plus là pour personne, mais uniquement pour son œuvre, et seuls les personnages qu'il crée ont pour lui de la réalité et du poids.

Dans le cercle étroit, mais immuable, de ses amitiés, ce sont les femmes qui dominent. Les neuf dixièmes de ses lettres, plus peut-être même, leur sont adressés. C'est seulement devant elles qu'il peut céder à l'irrésistible besoin d'épancher de temps en temps en des confessions le trop-plein éternel de son cœur. C'est seulement devant elles qu'il peut « se mettre à nu » et de temps en temps une éruption, un soudain besoin de confidences, rompt le silence qu'il a gardé pendant des mois. Souvent même devant une femme qu'il n'a jamais vue ou qu'il ne connaît que superficiellement. Jamais une lettre intime ne s'adresse à un homme, pas même aux plus grands et aux plus célèbres de ses contemporains. Ni avec Hugo ni avec Stendhal, il ne s'est jamais expliqué sur ses conflits intérieurs ni sur les problèmes de la création artistique. Ce parleur obsédé par ses idées, qui, dans la vie, entend à peine les réponses de ses interlocuteurs et laisse libre cours à son imagination et à ses rodomontades, fait peu de cas de ses confrères, tant dans les rapports épistolaires que dans le commerce d'homme à homme. Dans la profusion de sa vie intérieure, il ne demande pas à l'amitié un stimulant, mais tout au contraire une détente. S'il choisit justement pour y répondre des lettres de femmes, ce n'est pas, comme il le dit en raillant à Théophile Gautier, parce que « cela forme le style » mais par un besoin plus profond, et dont il ne se rend peut-être pas lui-même clairement compte, de trouver la femme qui le comprenne. Epuisé par le travail, talonné par ses obligations diverses, écrasé de dettes, sans cesse repris et emporté par sa « vie torrentielle », il appelle constamment de tous ses vœux la femme qui sera en même temps pour lui mère, sœur, amante, et soutien comme fut Mme de Berny pendant les années de sa formation. Ce n'est pas le désir d'aventures, la sensualité, l'érotisme qui provoquent cette quête toujours renouvelée, mais au contraire un besoin passionné de repos. Qu'on ne se laisse pas induire en erreur par les *Contes drolatiques* et leur sensualité exubérante et vantarde, phallique même. Balzac n'a jamais été un Don Juan, un Casanova, un érotomane et ses vœux vont à la femme au sens bourgeois, tout ce qu'il y a de plus bourgeois même, « une femme et une fortune », il ne le cache pas. Avec une telle imagination, une telle capacité d'excitation intellectuelle, un homme n'a nul besoin d'aventures vulgaires. Balzac a assez de ressort en lui-même pour n'en point chercher ailleurs. Ce qu'il désire, sans en avoir entièrement conscience la plupart du temps, et à certains moments, en s'en rendant clairement compte, c'est une femme qui donne satisfaction aux deux pôles de son être : qui ne gêne pas son œuvre par ses exigences personnelles et qui libère son labeur de la malédiction de travailler pour de l'argent, qui apaise en lui les besoins sexuels et le décharge en même temps des embarras matériels. Et s'il se peut, il faudrait encore qu'elle satisfasse par son origine aristocratique son snobisme puéril.

Découvrir cette femme, ce fut le rêve — jamais réalisé — de toute sa vie ; ce qu'il cherche ne lui est jamais donné qu'à moitié, tantôt une partie, tantôt une autre et jamais pleinement — ou trop tard. Déjà la première liaison avec Mme de Berny renfermait en elle cette malédiction de ne combler qu'à demi ses vœux, parce que, comme il dit une fois, « le diable a si cruellement bousculé l'horloge des années ». En cette éducatrice de sa jeunesse, cette consolatrice de sa misère, qui le sauva à l'heure du danger et fut l'amante passionnée de son exubérance physique, il avait à vingt-trois ans rencontré en une seule femme tout ce qu'il cherchait. Mais ce qui, à la rigueur, était encore normal au début : les rapports d'un homme de vingt-trois ans avec une femme de quarante-six, devait devenir avec le temps, grotesque et contre nature. Même pour un homme qui vit d'illusion et peut imaginer Hélène dans toutes les femmes, même pour une nature aussi terriblement peu éclectique que celle de Balzac, il est pénible à trente ans d'être l'amant d'une femme de cinquante-quatre et en dépit de la souffrance de Mme de Berny — la plus sage des femmes elle-même, tant qu'elle est vivante, ne sait pas abdiquer — il devient peu à peu inévitable que cette liaison échappe aux exigences des sens et que la marée sexuelle se retire dans le domaine de l'amitié et des sentiments maternels.

Mais dès avant ce détachement progressif le tempérament charnel de Balzac a cherché à s'épancher ailleurs, et cela à la grande jalousie de son amie vieillissante, jalousie d'autant plus vive peut-être, que la nouvelle amie est aussi à l'automne de sa vie et de son charme physique. La duchesse d'Abrantès, veuve du général Junot, est déjà en 1829, à l'époque où Balzac fait sa connaissance à Versailles, un monument assez délabré. Tenue à l'écart de la cour des Bourbons, peu appréciée de la société, elle est en outre si irrémédiablement endettée qu'il lui faut trafiquer de ses souvenirs et faire remonter au jour, une année après l'autre, de vieux scandales réels ou imaginaires, pour vendre aux éditeurs un volume et puis un autre encore. Pourtant elle n'a aucune difficulté à dégager le jeune écrivain des liens un peu trop maternels de Mme de Berny et à l'attirer à elle, car elle a prise sur deux des éléments les plus puissants de sa nature : l'ardente curiosité qu'a l'artiste de comprendre l'histoire contemporaine comme une chose vivante, et la faiblesse la plus profonde de Balzac : son snobisme inassouvi et insatiable. Les titres et les noms aristocratiques ont, tout le long de sa vie, exercé un charme invincible, allant parfois jusqu'au ridicule, sur le fils petit bourgeois de Mme Balzac. Etre l'ami et même l'amant d'une duchesse, succéder dans son lit — non pas à l'empereur bien sûr, mais à un de ses généraux, à Murat, roi de Naples et au prince de Metternich, quel triomphe ! et qui devait, tout au moins pour une petite heure, le détourner de Mme de Berny dont la mère, après tout, n'avait été que la chambrière de Marie-Antoinette.

L'éternel roturier en Balzac se précipite de toute son ardeur et de toute sa vanité dans cette aventure, qui, vraisemblablement, ne présentait pas grande difficulté. Quel profit pour un futur historien de son temps, pour un homme imaginatif comme lui pour qui une petite étincelle suffit à illuminer l'horizon tout entier, que de se mettre « entre deux draps » avec cette femme qui sait tous les secrets de l'histoire ! La duchesse d'Abrantès a connu chez sa mère, Mme Permont, Bonaparte qui n'était encore qu'un maigre capitaine ; elle était au premier rang des nouveaux princes et des nouvelles princesses aux Tuileries, et elle a aussi, de l'escalier de service et de l'alcôve, observé l'histoire. Si les romans de Balzac qui se déroulent dans la sphère napoléonienne : *Une ténébreuse affaire*, *Le Colonel Chabert* sont tout saturés d'une documentation substantielle, il le doit à ces relations où l'amour véritable a bien moins de part que la mutuelle sensualité et la curiosité intellectuelle. Ces amours ne durent pas longtemps du reste et c'est une certaine camaraderie qui constitue entre eux le lien durable. Tous deux endettés, tous deux avides de jouissances, tous deux prêts à se livrer à d'autres passions, ils cherchent encore à s'aider l'un l'autre en bons camarades longtemps après que le feu de paille de leur courte inclination s'est consumé. La duchesse introduit Balzac chez Mme Récamier et chez d'autres aristocrates de sa connaissance ; lui de son côté, l'aide de son mieux à caser ses mémoires chez les éditeurs et peut-être a-t-il aussi secrètement collaboré à leur rédaction. Peu à peu elle s'efface de la vie de Balzac, et quand, après des années, il décrit la fin de cette compagne, trouvée morte — en incorrigible prodigue qu'elle était — dans une misérable mansarde de Paris, le ton, où se manifeste l'effroi, nous fait bien sentir qu'il l'avait depuis longtemps oubliée et que cette rencontre ne fut pour lui qu'un ardent mais fugitif épisode de sa jeunesse.

*
* *

A peu près à la même époque où se noue cette liaison passagère avec la duchesse d'Abrantès, entre dans la vie du romancier une autre femme, Zulma Carraud — la meilleure, la plus précieuse, la plus noble, la plus pure et en dépit de tout l'éloignement dans le temps et dans l'espace, la plus durable de ses amitiés. Du même âge que Laure, la sœur préférée de Balzac, Zulma Tourangin épousa en 1816 le capitaine d'artillerie Carraud, un homme « d'une stricte loyauté », dont le profond mérite, par suite d'une malchance particulière, ne fut pas apprécié. Pendant la période napoléonienne, tandis que ses camarades profitent sur les champs de bataille et dans les ministères des circonstances heureuses de la guerre et font des carrières fantastiques, ce probe et vaillant soldat a le malheur d'être retenu prisonnier sur les pontons anglais. Quand enfin il profite d'un échange, il est trop tard. Nulle part on ne peut trouver un emploi convenable à ce petit officier qui n'a eu en captivité aucune occasion de se faire des relations précieuses ou de gagner des décorations de guerre. On l'enterre d'abord dans de petites garnisons de province et finalement on en fait un directeur de la poudrerie nationale. La famille Carraud mène ainsi dans l'ombre une vie tranquille et étriquée. Zulma Carraud, qui n'est pas très jolie, et boite légèrement, a, sans l'aimer profondément, le plus grand respect pour le caractère plein de dignité de son mari et la plus grande pitié pour la mauvaise fortune qui a de bonne heure brisé ses ambitions et sa joie de vivre. Elle partage fidèlement ses soins entre lui et son fils, et comme c'est une femme supérieurement intelligente et qu'elle possède un tact du cœur vraiment génial, elle trouve le moyen de réunir autour d'elle, même dans un trou perdu, un cercle de gens honnêtes, dignes, sans être vraiment distingués et parmi eux un capitaine Periolas pour qui, par la suite, Balzac aura une particulière amitié et à qui il doit de précieux renseignements pour ses œuvres militaires.

La rencontre de Zulma avec Balzac dans la maison de sa sœur constitue pour tous deux un hasard particulièrement heureux. Pour cette femme cultivée aux idées généreuses, dont le niveau intellectuel est très au-dessus de son entourage et même au-dessus de celui des célèbres confrères et critiques de Balzac, c'est un événement dans sa vie étroite, de rencontrer un homme dont elle aperçoit aussi vite le génie poétique que les qualités rayonnantes et généreuses du cœur. Pour Balzac, de son côté, c'est une chance de connaître une maison où il puisse se réfugier quand il est épuisé par son travail, pourchassé par ses créanciers, écœuré par ses affaires d'argent, sans être porté aux nues par l'admiration des snobs ou donné en spectacle par des vaniteux. Toujours une chambre est préparée pour lui où il peut travailler tranquillement et, le soir, des gens de cœur l'attendent, de bons esprits avec lesquels il peut librement bavarder et goûter les joies d'une complète intimité. Ici il peut pour ainsi dire se montrer en bras de chemise, sans craindre d'être à charge à quelqu'un, et le sentiment d'avoir toujours un refuge à sa disposition pour les détentes si nécessaires après les périodes d'extrême tension le fait rêver des mois à l'avance de ces excursions vers les garnisons des Carraud, Saint-Cyr, Angoulême ou vers leur propriété de Frapesle.

Balzac ne tarde pas à se rendre compte de la valeur morale de cette femme tout à fait inconnue et sans prestige dont le génie secret est une surprenante faculté de faire don de soi-même dans la sincérité. Et alors commence une liaison qui ne se peut imaginer plus pure et plus belle. Il n'est pas douteux que Zulma Carraud ait aussi ressenti comme femme le charme unique en son genre de cette personnalité, mais elle retient son cœur d'une main sûre. Elle sait qu'aucune femme ne conviendrait autant qu'elle à cet esprit inquiet, une femme capable de « s'effacer » complètement devant cet être supérieur, et pourtant capable de le décharger discrètement de toutes les difficultés et de les écarter : « J'étais votre femme prédestinée », lui écrit-elle un jour, et lui de son côté : « Il me faudrait une femme comme vous, une femme désintéressée. » Il le reconnaît : « Un quart d'heure passé près de vous le soir vaut mieux que toutes les félicités d'une nuit près de cette belle. »

Mais Zulma Carraud est en même temps trop lucide pour ne pas savoir qu'elle est dépourvue d'attraits féminins et sensuels et ne peut ainsi satisfaire de façon durable un homme qu'elle met si haut au-dessus de tous, et surtout il est impossible à une telle nature de tromper ou d'abandonner un mari dont toute la vie repose sur la sienne. Elle met donc son point d'honneur à lui offrir une amitié, une « bonne et sainte amitié », comme il dit, exempte de toute vanité, de toute ambition et de tout égoïsme : « Je ne veux pas qu'il entre un grain d'amour-propre dans notre liaison. »

Comme elle ne peut être à la fois pour lui un guide et une amante, comme l'avait été autrefois Mme de Berny, elle souhaite vivement voir séparées l'une de l'autre ces deux sphères pour n'en être que plus entièrement celle qui vient à son aide dans toutes ses misères et elle s'écrie : « Mon Dieu ! Pourquoi le sort

ne m'a-t-il pas jetée dans cette ville qu'il vous faut
habiter ? Moi, j'aurais été tout ce que vous auriez
désiré comme affection... C'eût été le bonheur en
deux tomes. » Mais comme il n'est nullement possible
de diviser ainsi sa vie en deux sphères : celle des sens
et celle de l'esprit, elle cherche en elle-même un
expédient : « Je vous adopte comme mon fils. »

Elle veut donner pour tâche à sa vie de penser pour
lui, de prendre soin de lui, de l'aider de ses conseils ;
comme toutes les femmes dans la vie de Balzac elle
éprouve, elle aussi, le besoin d'offrir son amour sous
une forme maternelle à ce génie enfantin qui ne sait
pas organiser lui-même sa vie.

En fait Balzac n'a jamais trouvé — pas même parmi
les critiques et les artistes les plus célèbres de son
temps — un meilleur conseiller pour son art et sa vie
que cette petite femme ignorée, enterrée au fond de sa
province dans la banalité de sa vie familiale. En un
temps où l'œuvre de Balzac a bien auprès du public
un succès de mode, mais ne trouve pas encore la
moindre compréhension (1833), elle écrit avec cet
accent d'inébranlable honnêteté qui caractérise chacune de ses paroles : « Vous êtes le premier prosateur
de l'époque et, pour moi, le premier écrivain. Vous
seul vous êtes semblable et tout paraît fade après
vous. »

Sans doute ajoute-t-elle tout de suite après : « Pourtant, très cher, j'ai quelques scrupules de joindre ma
voix aux mille voix qui vous louent. »

Car un très sûr instinct lui fait craindre, dans le
succès de Balzac, la mode, la sensation. Justement
parce qu'elle connaît son grand cœur, parce qu'elle
aime ce « Balzac nativement bon et cordial derrière
toutes ses mousselines, derrière tous ses cachemires
et ses bronzes », elle craint — et non sans raison —
que son succès de snob dans les salons et son succès
matériel auprès des éditeurs ne deviennent un danger
pour son talent et pour son caractère. Son ambition,
c'est que ce génie, dont elle a reconnu avant tout le

monde l'originalité exceptionnelle dégage de lui-même ce qu'il peut produire de plus haut et de meilleur. « J'ai une avidité de votre perfection », reconnaît-elle ; et cette perfection est tout autre chose que « vos succès de salon ou de vogue (ceux-là, je les déplore, ils vous perdent pour l'avenir), c'est votre vraie gloire, votre gloire d'avenir dont je parle ; j'y attache autant d'importance que si je portais votre nom ou si je vous approchais d'assez près pour qu'elle rayonnât autour de moi ».

Elle s'impose comme un devoir d'être la conscience artistique de cet homme dont elle connaît aussi bien la grandeur et la bonté que le dangereux penchant à se dissiper et à céder par vanité enfantine aux avances mondaines. Et au risque de perdre cette amitié qui est ce qu'elle a de plus précieux dans la vie, elle exprime avec sa merveilleuse franchise ses réserves aussi bien que son approbation, se distinguant sciemment en cela des princesses et des dames de la haute société qui portent aux nues l'écrivain à la mode sans faire aucun choix dans son œuvre.

Dans toutes les années qui se sont écoulées depuis lors on ne saurait trouver des jugements et des critiques plus fondés que les siens et aujourd'hui encore, après un siècle, tous les éloges, toutes les réserves de cette inconnue, femme d'un capitaine d'Angoulême, portent plus exactement sur l'essentiel que tous les jugements de Sainte-Beuve et de la critique professionnelle. Elle admire *Louis Lambert, Le Colonel Chabert, César Birotteau* et *Eugénie Grandet,* tandis qu'elle éprouve un vif sentiment de malaise devant les récits de salon parfumés de *La Femme de trente ans,* reproche avec grande raison au *Médecin de campagne* d'être « trop pâté et trop plein d'idées » et marque de la répugnance pour la pseudomystique prétentieuse de *Séraphîta.* Avec une lucidité surprenante elle perçoit toujours tous les dangers qui menacent son ascension. Quand il veut s'engager dans la politique, elle le

met désespérément en garde : « Les *Contes drolatiques* valent mieux qu'un ministère. »

Quand il s'oriente vers le parti royaliste elle lui crie :
« Laissez la défense des personnes à la domesticité de
la cour et ne salissez pas votre juste célébrité de
pareilles solidarités. »

Elle proclame obstinément qu'elle gardera toujours sa tendresse à « la classe pauvre, tant calom-
niée, tant exploitée par les passions des riches... parce
que je suis peuple, peuple aristocratisé, mais toujours
sympathique à qui souffre l'oppression ».

Elle le met en garde quand elle voit comme il gâte
ses livres par la hâte avec laquelle il les bâcle : « Est-ce
écrire, lui dit-elle, que de le faire le couteau sous la
gorge, et pouvez-vous parfaire une œuvre que vous
avez à peine le temps d'écrire ? »

Et pourquoi cette hâte ? Simplement pour s'assurer un luxe qui peut convenir à un boulanger enrichi,
mais pas à un génie : « Celui qui a peint un Louis
Lambert devrait peu avoir besoin de chevaux
anglais ! Honoré, je souffre de ne pas vous voir
grand !... Ah ! J'eusse vendu chevaux et voiture, la
tenture perse même, plutôt que de donner à un
drôle... le droit de dire, et il le dira : Pour de l'argent,
on l'a toujours. »

Elle aime son génie, redoute ses faiblesses et le voit
ainsi avec angoisse précipiter sa production, se laisser accaparer par les salons aristocratiques, s'entourer, pour en imposer à cette « bonne société » qu'elle
méprise, d'un luxe inutile qui l'endette, et, dans sa
prévoyance trop justifiée, elle l'adjure : « Ne vous usez
donc pas avant le temps ! »

Avec son goût français très exigeant pour la liberté,
elle voudrait voir le plus grand artiste du siècle indépendant dans tous les sens, indépendant de l'éloge et
du blâme, du public et de l'argent et elle se désespère
parce qu'il tombe toujours dans de nouvelles servitu-
des et de nouvelles dépendances. « Forçat, vous le
serez toujours, votre vie décuple se consumera à

désirer et votre sort est de tantaliser pendant toute sa durée. »

Paroles prophétiques !

En un temps où les duchesses, les princesses le flattent et l'encensent, c'est un témoignage de l'honnêteté profonde de Balzac — mille fois plus sage que ne le laisseraient croire ses petites vanités — d'avoir non seulement accepté ces reproches durs et souvent violents, mais encore d'avoir toujours remercié cette amie véritable de sa sincérité : « Vous êtes mon public, lui répond-il, vous que je suis si fier de connaître, vous qui m'encouragez à me perfectionner. »

Il la remercie de l'aider à « arracher les mauvaises herbes dans son champ, vous que je n'ai vue ni entendue sans avoir gagné quelque chose de bon ».

Il sait que ses exhortations ne sont inspirées par aucun motif bas, qu'elles ne viennent ni de la jalousie ni de la morgue intellectuelle ; mais uniquement du souci loyal qu'elle a de l'âme immortelle de son art. Aussi lui fait-il une place particulière dans sa vie : « Je vous porte une affection qui ne ressemble à aucune autre et qui ne peut avoir ni rivale ni analogue. »

Plus tard, quand il adresse ses hommages à une autre, Mme de Hanska, cet « inaltérable privilège d'antériorité sur toutes ses affections » n'est nullement ébranlé. Il devient seulement moins expansif à l'égard de son amie d'autrefois, peut-être par suite d'un sentiment de malaise et d'une honte secrète. Tandis que, dans ses épanchements à Mme de Hanska et vis-à-vis de ses autres amies, il se donne des airs romantiques, dramatise, et ne cesse de jongler avec les colonnes de chiffres de ses dettes et les colonnes de pages de son travail précipité, il se sait incapable d'altérer la vérité, si peu que ce soit, devant cette femme sans qu'elle le sente, et les confidences se trouvent ainsi inconsciemment de plus en plus refoulées. Des années passent sans qu'il aille chercher dans sa maison le paisible refuge qui s'offrait à son travail — peut-être à son grand dommage — et l'unique fois que, Dieu sait au prix de quels sacrifices, elle vint à Paris, il est si absorbé dans sa besogne qu'il n'ouvre pas sa lettre et la laisse attendre quinze jours à une heure de sa maison, une réponse, une invitation qui ne vint jamais. Mais peu de temps avant sa mort, l'année même où, déjà condamné par les médecins, il peut enfin amener chez lui comme épouse Mme de Hanska, pour la conquête de laquelle il a lutté pendant quinze ans, il se recueille un moment pour jeter un regard sur sa vie tout entière, reconnaît que Zulma a été la plus précieuse, la plus sincère, la meilleure de ses amies et il prend la plume pour lui écrire : « Je n'ai jamais cessé de penser à vous, de vous aimer, de parler, même ici, de vous. »

*
* *

Balzac a beau toujours renchérir et exagérer, il n'a rien exagéré en faisant à ses rapports avec Zulma Carraud une place à part parmi toutes ses autres amitiés et au-dessus d'elles. Toutes ses autres liaisons — sauf celle, beaucoup moins pure, qui l'attache à Mme de Hanska et va dominer la fin de sa vie — restent plus ou moins épisodiques. La sûreté de son sens psychologique s'affirme dans l'amitié particulièrement étroite qui l'unit, entre toutes les femmes célèbres, à la noble Marceline Desbordes-Valmore à qui il a dédié une de ses plus belles œuvres. Pour aller vers elle, il gravit en soufflant les cent marches qui mènent à sa mansarde du Palais-Royal — une performance particulièrement méritoire chez cet obèse. Avec George Sand, qu'il appelle « son frère George », c'est une sorte de cordiale camaraderie, à laquelle, chose exceptionnelle à cette époque, ne se mêle pas la moindre note d'intimité érotique. Sa fierté l'empêche de prendre la quatorzième ou quinzième place dans la liste de ses amants et de partager son lit avec la moitié des gens de lettres parisiens : Alfred de Musset, Sandeau, Chopin, Sainte-Beuve. A l'arrière-plan se tiennent encore quelques vagues amantes de rencontre : cette Marie inconnue avec laquelle il a eu une courte liaison et probablement un enfant ; une Louise, dont on ne connaît pas non plus le nom de famille. Dans toutes les circonstances décisives de sa vie, Balzac s'est entendu magistralement à garder, sous une apparence d'expansivité et d'insouciance, une absolue discrétion quand il s'agissait de ses rapports intimes avec des femmes.

Ses amitiés masculines sont plus rares encore. Presque tous ceux à qui il s'est lié d'une cordiale tendresse furent des personnalités parfaitement insignifiantes, des inconnus. S'il cherche chez les femmes une détente dans son effort démesuré, chez les hommes Balzac cherche des amis sur qui il puisse se reposer. Comme la plupart des esprits créateurs qui se sont voués à une œuvre de vaste envergure, comme Goethe, comme Beethoven, Balzac ne choisit pas pour cela des esprits éminents qui lui apportent des suggestions, le stimulent dans la création et la compétition artistiques. Il lui suffit de gens à qui il puisse sans hésiter faire appel dans ses embarras, qui soient, en tous temps, à toute heure, à sa disposition pour l'obliger ou le distraire pendant les courts instants de répit que lui laisse son œuvre. Ce qu'il attend d'eux, c'est à peu près ce que l'on demande à la famille. De M. de Margonne, dans le château duquel, à Saché, il a fui Paris une douzaine de fois et trouvé un refuge heureux pour travailler, on sait par ailleurs peu de choses. Ses véritables amis parmi ses contemporains n'étaient nullement de la taille de Victor Hugo, de Lamartine, de Heine, de Chopin, qu'il a pourtant tous connus, mais — et c'est assez grotesque — un quincaillier, un médecin, un petit peintre, un tailleur. Depuis la rue Lesdiguières il ne peut se passer du quincaillier, le « petit père Dablin ». Il a vécu un certain temps dans la rue Cassini avec Auguste Borget, un peintre parfaitement insignifiant. Le docteur Nacquart reste jusqu'à sa mort son médecin et ne l'aide pas seulement au besoin de ses conseils techniques pour ses romans, mais l'aide aussi, quand il le faut absolument, à boucher, au moyen de quelques mille francs, le trou qui réapparaît sans cesse dans le sac de dettes que Balzac porte toute sa vie sur le dos. En dernière place sur la liste figure le tailleur de la rue de Richelieu, Buisson, qui eut assez d'esprit pour honorer le romancier avant la critique parisienne. Non seulement il lui fait crédit des années durant, mais il lui avance de l'argent à l'occasion et lui assure une cachette dans sa maison quand Balzac ne sait comment échapper à ses autres créanciers moins compréhensifs. Mais prêter de l'argent à un débiteur aussi reconnaissant que Balzac n'était jamais une mauvaise affaire et il a du moins payé toutes ses grandes et petites dettes au brave coupeur d'habits grâce à cette ligne de *La Comédie humaine* : « Un habit dû à Buisson suffit à un homme pour devenir roi d'un salon. » Par cette courte formule de réclame il a immédiatement élevé Buisson au rang de fournisseur de la bonne société. A côté de la petite monnaie de tous les jours les grands hommes disposent d'une monnaie particulière : ils peuvent payer en immortalité.

*
* *

Ce petit cercle qui entoure Balzac est, en somme, déjà fermé quand il entreprend son œuvre véritable. A trente ans, la période de réceptivité est close dans son existence. Il n'a plus besoin de stimulants, de lectures, d'acquisitions, de connaissances, d'hommes. Tout est prêt en lui et tout ce qu'il peut fournir d'esprit et de génie, de chaleur et d'effort, n'appartiendra plus qu'à son œuvre. Un grand arbre, écrit-il quelque part, dessèche le sol qui l'entoure. Pour porter des fleurs et des fruits il aspire à lui toutes les forces du voisinage. Bien que des rencontres occasionnelles l'aient mis en rapport avec des centaines de personnes, Balzac n'élargira plus le cercle d'intimité qu'il s'est déjà tracé à trente ans. Une seule figure y pénétrera encore plus tard : celle de Mme de Hanska, pour devenir le centre et le cœur de sa vie.

Chapitre VIII

BALZAC DANS LE MONDE
ET DANS L'INTIMITÉ

Un brusque succès personnel est toujours un danger pour un écrivain. En 1828, à l'âge de vingt-neuf ans, Balzac est un misérable petit coolie littéraire qui rédige pour les autres des écrits anonymes et bûche pour eux ; un commerçant en banqueroute endetté jusqu'au cou. Un an, deux ans plus tard, ce même Balzac est un des écrivains les plus célèbres d'Europe, lu en Russie, en Allemagne, en Scandinavie, en Angleterre, sollicité par les périodiques et les revues, recherché de tous les éditeurs, inondé de lettres admiratives. En un clin d'œil, l'un des vœux de sa jeunesse s'est réalisé : la gloire, immense, aveuglante, rayonnant sur le monde entier. Un tel succès eût enivré un homme plus pondéré que Balzac ; comment dût-il agir sur une nature portée à l'illusion et à l'optimisme comme la sienne ! Trop longtemps il est resté dans sa cellule, inconnu, pauvre, affamé, plein d'impatience et de désespoir, jetant en de courts instants un regard d'envie sur les autres — toujours eux ! — à qui allaient la fortune, les femmes, le succès, les surprises de la vie opulente et prodigue. Quoi d'étonnant à ce que ce sensuel désire savourer dans son existence, sous forme de jouissances personnelles tous ces murmures, tout ce bruit qui se fait autour de son nom, respirer, goûter, sentir, avoir dans la pupille, dans la

peau, la bonne chaleur des hommes, le souffle délicieux de la flatterie ; qu'il veuille, maintenant que le
monde l'attend, se montrer au monde comme une
personnalité publique et qui lui appartient ; que las
des humiliations, des rebuffades, de la longue servitude, des calculs, des économies, des emprunts, il ait
envie de s'abandonner aux séductions de sa propre
gloire, au luxe, à la richesse, à la prodigalité. La
grande scène du monde lui est ouverte, il le sait.
Balzac décide donc de se montrer à son public et de
jouer un rôle dans la vie mondaine.

Autant Balzac apporte de génie à son œuvre, autant
il a peu de dispositions pour ce rôle de grande vedette
de la société. Le cerveau humain est si étrangement
construit que nul ne saurait venir à bout de ses
propres défauts, si clairement qu'il en prenne intel-
lectuellement conscience, si riche que soit son expérience. La psychologie peut bien discerner les tendances néfastes de notre esprit, mais (c'est là un des
aspects contestables de la psychanalyse) même
quand on l'exerce sur soi-même, elle est incapable de
les vaincre. Prendre conscience de ses défauts est tout
autre chose que s'en corriger et nous voyons sans
cesse les esprits les plus sages impuissants contre
leurs petites folies dont tout le monde se moque.
Balzac n'a jamais réussi à dominer son penchant le
plus détestable : son snobisme, si conscient qu'il ait
dû être de sa puérilité et de son ridicule. L'homme qui
a créé l'œuvre la plus monumentale de son siècle et
qui eût pu passer devant les princes et les rois avec la
même indépendance que Beethoven, est affecté d'un
respect maniaque de l'aristocratie. Une lettre d'une
duchesse du Faubourg Saint-Germain a pour lui plus
de poids qu'un éloge de Goethe, devenir un Rothschild, habiter des palais, avoir des domestiques, des
voitures et une galerie d'œuvres d'art aurait peut-être
eu plus de prix pour lui que son immortalité, et pour
une authentique patente de noblesse, signée de ce
benêt de Louis-Philippe, il aurait vendu son âme.

Puisque son père est bien passé de la condition paysanne à l'aisance bourgeoise, pourquoi, lui, ne
passerait-il pas d'un saut dans l'aristocratie ? C'est
hier seulement qu'a pris fin l'ère des ascensions illimitées ; pourquoi serait-elle complètement close ? Si
un Murat, un Junot, un Ney, petit-fils d'ouvrier, de
cocher et d'aubergiste sont devenus ducs, grâce à des
charges de cavalerie et à des attaques à la baïonnette,
si maintenant les financiers, les parvenus de la
Bourse et les industriels se font anoblir, pourquoi
n'accéderait-il pas lui aussi à cette « haute » société ?
Peut-être cette même force qui, soixante ans plus tôt,
poussa Balzac le père vers Paris, loin de sa misérable
chaumière de La Nougarié continue-t-elle encore à
pousser inconsciemment le fils vers ce monde « supérieur » qu'il ne découvre pas dans les productions de
son génie, mais — quelle idée grotesque ! — dans un
milieu mondain jusqu'ici fermé. De telles conceptions ne relèvent pas de la raison. Par un inconcevable
paradoxe, pour « s'élever » à ces hautes sphères il va
s'avilir sa vie durant, pour vivre dans le luxe il va se
river à la galère du travail, pour se présenter avec
élégance se rendre ridicule, confirmant sans s'en rendre compte cette loi cent fois établie par lui-même
que quiconque est maître dans une certaine sphère
devient un bousilleur, dès qu'il s'essaye dans une
autre si elle ne lui convient pas.

Pour ses débuts dans le monde Balzac se met en
frais de toilette. Et d'abord : il ne faut pas se présenter
comme M. Balzac tout simplement ; ça sonne trop
mal, trop bourgeois dans le noble Faubourg. Balzac
bluffe donc en s'attribuant de sa propre autorité une
particule. A partir de *La Peau de chagrin* tous ses livres
paraissent sous le nom de « de » Balzac et malheur à
celui qui ose contester ce titre. Il lui donne à entendre
que c'est pure modestie s'il se nomme simplement
« de Balzac » puisqu'il descend du marquis d'Entraigues. Et pour rendre la chose plus plausible encore il
fait graver sur ses couverts et peindre sur son carrosse

ce blason d'emprunt. Après quoi il modifie de fond en comble son genre de vie. On ne prendra Honoré de Balzac pour un grand écrivain, raisonne-t-il, que s'il se présente d'une façon digne de sa situation. On ne prête qu'aux riches et dans un monde où seule compte l'apparence, il faut donc se donner l'apparence de posséder beaucoup pour recevoir beaucoup. Si un M. de Chateaubriand est propriétaire d'un château, si Girardin a deux chevaux de selle, si même un Jules Janin ou un Eugène Sue roulent carrosse, il faut bien qu'Honoré de Balzac ait un tilbury, avec, derrière, un laquais en livrée, pour qu'on ne le prenne pas pour un petit scribouillard. Dans la rue Cassini on s'installe au second étage, on se procure un mobilier de luxe et il ne faut pas qu'un élégant quel qu'il soit puisse dire qu'il est plus richement et plus chèrement vêtu qu'Honoré de Balzac. Pour son habit bleu il se fait faire, sur commande, des boutons d'or ciselés ; il faut que le brave Buisson lui taille à crédit les gilets de soie et de brocart les plus coûteux. Et c'est ainsi, sa crinière de lion couverte d'une couche épaisse de cosmétique, un petit face-à-main coquettement tenu entre les doigts, que le nouvel auteur pénètre dans les salons parisiens « pour se faire une réputation », comme s'il ne s'était pas déjà assuré par ses œuvres la conquête du monde et de la postérité.

*
* *

Mais quelle déception ! La « réputation » que Balzac se fait dans la société parisienne en s'y présentant en personne a un effet vraiment désastreux pour sa véritable réputation. Les essais de Balzac pour se donner l'allure d'un élégant ne seront, durant toute sa vie, qu'un perpétuel échec. Et d'abord les salons où il est admis ne sont pas encore ceux du Faubourg Saint-Germain, les palais des grandes ambassades, mais seulement les salons littéraires de Mme Delphine Gay et de sa fille Mme de Girardin, le boudoir de Mme Récamier, les salons de dames qui, parce que l'aristocratie officielle se tient à l'écart, veulent lui faire concurrence au moyen de l'aristocratie littéraire. Mais même dans ces cercles moins exigeants l'élégance pompeuse, prétentieuse, forcée, fait un effet catastrophique. Petit-fils de paysans, fils de bourgeois, incurable roturier, Balzac a une telle corpulence qu'il ne saurait, rien que pour cela, espérer se donner une silhouette et une allure aristocratiques. Il n'est pas de tailleur de la cour, pas de Buisson, pas de boutons en or, pas de jabot de dentelles qui puisse faire paraître distingué ce gras plébéien aux joues rouges, taillé à la hache, qui parle fort et sans discontinuer et s'introduit dans tous les groupes pour y éclater comme un boulet de canon. Il a un tempérament bien trop exubérant, bien trop excessif pour s'adapter à des manières discrètes et retenues. Vingt ans plus tard Mme de Hanska se plaindra encore de ce qu'il fourre en mangeant son couteau dans la bouche, de ce que ses bruyantes vantardises portent précisément sur les nerfs des gens qui seraient le mieux disposés à l'admirer. Elle lui reprochera son rire retentissant, sa loquacité débordante et passionnée qui coupe la parole à tout le monde. Seul un oisif, seule une nature tournée vers le dehors, trouvera assez de temps et de persévérance pour ne jamais se départir du souci de l'élégance — ce qui, en soi, constitue un art ; un Balzac qui s'est tout juste arraché à son travail pour une heure, trahit manifestement la hâte dans son accoutrement. Les couleurs de son habit et de son pantalon jurant ensemble, mettaient Delacroix au désespoir et à quoi sert le lorgnon d'or si les ongles des doigts qui le tiennent sont sales ; si les lacets de souliers se balancent dénoués sur les bas de soie ; à quoi sert le jabot si la graisse dont la crinière est empommadée dégoutte dessus dès qu'elle subit l'effet de la chaleur ? Balzac porte son élégance qui, par suite de la vulgarité de ses goûts, vise de plus en plus à la pompe et à l'extravagance, comme un laquais sa livrée. Sur lui ce qui est cher semble de la camelote, son luxe apparaît provocant, et l'ensemble — les innombrables caricatures qui nous sont parvenues de lui en font foi — contraint souvent ses admiratrices elles-mêmes à faire en cachette une moue derrière leur éventail.

Mais plus Balzac sent que la vraie élégance ne lui réussit pas, plus il cherche à renchérir. S'il ne peut faire bonne figure, il veut au moins faire sensation. S'il ne peut faire une impression plaisante par une discrète distinction, il faut au moins que toutes ses extravagances soient aussi fameuses qu'il l'est lui-même. Puisqu'on se moque de lui, il veut au moins donner à la moquerie une riche matière. C'est ainsi qu'après son premier échec Balzac imagine quelques objets bizarres qui, dit-il en riant, le rendront plus célèbre que ses romans. Il se fait faire une canne, grosse comme une massue, garnie de turquoises et met en circulation à ce sujet les bruits les plus étranges, par exemple : dans la pomme de cette canne se trouverait le portrait en costume d'Eve d'une mystérieuse amie de la haute aristocratie. Quand il pénètre dans la loge des Tigres aux Italiens avec cette canne (qui a coûté sept cents francs — de dettes), tout le public comme par enchantement, fixe ses regards sur lui et cet objet étrange inspire à Mme de Girardin un roman : *La Canne de M. Balzac*. Mais les dames n'en sont pas moins désabusées, aucune ne fait de ce troubadour de la femme son favori et les célébrités des salons parisiens, ses Rastignac, ses de Marsay, pour qui il est plein d'admiration, sentent qu'ils n'ont pas besoin d'engager la lutte contre un nouveau candidat qui se présente avec la brutalité massive d'un hippopotame ou d'un éléphant.

Balzac a aussi peu de succès auprès de ses collègues littéraires qui n'éprouvent aucune satisfaction à voir ce gros brochet faire tout à coup irruption dans leur étang à carpes. Une bonne partie d'entre eux n'a nullement oublié que cet auteur, devenu soudain célèbre, livrait hier encore, en qualité de « nègre », les plus misérables romans camelote à n'importe quel prix et pour tous les goûts. Surpris de son talent, inquiets de sa productivité fantastique, ils n'en seraient pas moins disposés à l'accueillir dans leur cercle. Malheureusement Balzac ne répond pas à cet empressement. En dépit de sa bienveillance foncière et de son enthousiasme pour les productions des autres — il existe à peine un écrivain contemporain dont il n'ait fait mention en bon camarade dans sa *Comédie humaine* ou auquel il n'ait dédié un livre —, il affecte à dessein une attitude hautaine à l'égard des littérateurs ses confrères. Il les brusque au lieu de s'entendre avec eux, garde le chapeau sur la tête en entrant dans la pièce, se défend d'employer le « nous » quand il s'agit de tentatives littéraires, et, au lieu de se montrer diplomate et de ménager la vanité d'autrui, il proclame bien haut qu'il ne se laissera nullement mettre sur le même plan que les Alexandre Dumas, les Paul de Kock, les Eugène Sue, les Sandeau, les Janin. Il blesse les écrivains par ses rodomontades sur ses honoraires ; il indispose les journalistes — « point d'auteur qui se soit si peu soucié des articles élogieux et de la réclame ». Il leur fait sentir qu'il n'a nul besoin de leurs complaisances et tout comme il se pose, non sans quelque mauvais goût, vis-à-vis de la société comme une « personnalité originale » par son élégance criarde et tapageuse, il ne cesse de souligner, dans sa sincérité naïve et imprudente, qu'on ne lui doit pas appliquer la même mesure qu'à tous les autres. Bien qu'il fasse tout cela avec la plus grande insouciance, en riant, d'un ton cavalier et avec une naïveté enfantine, les Parisiens n'en ressentent pas moins son attitude comme une provocation.

Et ainsi les faiblesses de Balzac sont trop manifestes pour ne pas présenter cent brèches ouvertes aux traits d'esprit et à la malice. Dans tous les journaux les railleries malveillantes fusent et pétillent. Balzac, le plus grand écrivain de son temps, devient la cible favorite des échos venimeux et des caricatures effrontées. La prétendue « bonne société » ne se venge de personne avec plus de virulence que de celui qui la méprise et ne peut cependant se passer d'elle. Balzac lui-même ne ressent pas profondément cet échec. Il a trop de vitalité, de tempérament, il voit les choses de trop haut pour sentir ces coups d'épingle, et aux petits sourires railleurs, à la moue, aux plaisanteries de ces fats ennuyeux, et de ces bas-bleus snobs, il ne répond que par le gros rire libre d'un Rabelais. Il ne répliquera pas à la méchanceté des journalistes aigris et des littérateurs impuissants par des polémiques mesquines, mais — en esprit créateur qui voit large jusque dans sa colère — par la fresque grandiose de la corruption littéraire des *Illusions perdues*. Ses vrais amis par contre souffrent de voir un homme dont ils admirent le génie se mettre par un snobisme vulgaire dans une situation qui l'avilit et donner pour un quart d'heure raison aux railleurs. La petite provinciale Zulma Carraud, si loin qu'elle se trouve placée, comprend plus vite que lui que ces fruits paradisiaques de la vie mondaine dont il rêve auront bientôt pour lui un goût fade et amer ; elle le conjure de ne pas être un « acteur », « dans un monde qui vous demande cent fois plus qu'il ne vous donne », et dans son amitié elle lui crie :

Honoré, vous êtes un auteur remarquable, mais vous étiez appelé à mieux que cela. La célébrité n'est pas pour vous, il fallait prétendre plus haut. Si je l'osais, je dirais bien pourquoi vous dépensez si vainement une si rare intelligence ! Tenez, laissez donc la vie élégante à qui elle doit tenir lieu de mérite, ou bien à ceux à qui de grandes plaies morales l'ont rendue nécessaire comme moyen de s'étourdir... Je me tourmente du désir de vous savoir ce que vous devriez être. Pardonnez-le-moi.

Mais il faudra encore à Balzac plus d'une amère expérience avant que l'ivresse de sa jeune gloire fasse place au désenchantement, avant qu'il reconnaisse la vérité de la loi qu'il a lui-même proclamée qu'on ne peut être en même temps maître dans deux sphères, mais seulement dans une seule, et que le sens de son destin n'est pas de briller dans un grand monde transitoire et voué à l'oubli, mais bien, en en peignant les sommets et les bas-fonds, de conférer à ce monde l'éternité.

*

* *

Nous avons, de ces années-là, un nombre fantastique de portraits de Balzac, amusants, malicieux, dédaigneux, spirituels et venimeux ; tous vus du foyer étroit, aveuglant, de la société et du journalisme parisiens : Balzac en habit bleu avec les boutons d'or ciselé et la précieuse massue, Balzac en pantoufles, Balzac en tilbury avec un groom et un domestique, Balzac le flâneur qui déchiffre toutes les enseignes pour trouver un nom convenable pour ses héros, Balzac le collectionneur furetant dans tous les magasins de bric-à-brac pour découvrir un Rembrant à sept francs et une coupe de Benvenuto Cellini pour douze sous. Balzac terreur de ses éditeurs, Belzébuth des typos contraints de peiner des heures sur chaque page de ses manuscrits, Balzac le menteur, le hâbleur, le mystificateur qui prêche la chasteté comme l'unique condition du travail créateur et change de femme plus souvent que de chemise, Balzac le goinfre, assis sur un tabouret enfilant trois douzaines d'huîtres et un beefsteak, avec une volaille par-dessus le marché, Balzac qui parle des millions que ses mines, son jardin, ses affaires doivent lui rapporter et se cache des semaines sous un faux nom parce qu'il ne peut payer une facture de mille francs.

Ce n'est pas un hasard si les trois quarts des images qui nous ont été transmises sont des caricatures et non des portraits, si ses contemporains ont noté deux mille anecdotes de lui, mais n'ont pas écrit un seul récit véridique et sérieux de sa vie. Tous ces faits manifestent nettement que la personnalité de Balzac n'a pas agi sur Paris comme celle d'un génie, mais d'un original et, en un certain sens, ses contemporains peuvent bien avoir vu juste. Balzac devait faire sur le public l'impression d'un excentrique parce qu'il est au vrai sens du mot, sorti de son centre dès qu'il quitte sa chambre, son bureau, sa besogne. Le vrai Balzac, le travailleur infatigable que connaît la littérature universelle, devait rester invisible à tous ces Gozlan, Werdet et Janin, ces oisifs et ces flâneurs parce qu'ils ne le connaissent que dans l'unique heure qu'il pouvait chaque jour donner au monde et non dans les vingt-trois heures intimes de sa solitude créatrice. Quand il allait parmi les hommes, c'était comme la demi-heure ou l'heure pendant laquelle un prisonnier a le droit de prendre l'air dans la cour de sa prison. De même que les fantômes, au dernier coup de minuit, doivent rentrer dans les ténèbres de la terre, il lui faut, après ce court moment de détente délirante et exubérante, revenir à son cachot et à son travail dont tous ces oisifs et ces plaisantins n'ont pas la moindre idée. Le vrai Balzac est celui qui, en vingt ans, à côté d'une foule de drames, de nouvelles et d'articles, a écrit soixante-quatorze romans dont la valeur ne faiblit presque jamais, et créé, dans ces soixante-quatorze romans, un monde à lui avec des centaines de paysages, de maisons, de rues et deux mille personnages typiques.

Voilà la seule mesure que l'on puisse appliquer à Balzac. C'est seulement à son œuvre que l'on peut juger sa vie réelle. Celui qui parut un fou à ses contemporains fut en réalité l'intelligence artistique la plus disciplinée de l'époque ; l'homme que l'on raillait comme le pire des prodigues fut un ascète avec la persévérance inflexible d'un anachorète, le plus grand travailleur de la littérature moderne. Le hâbleur dont ils se moquent, eux les gens normaux, bien équilibrés, parce qu'il jette de la poudre aux yeux et fait le malin en public, a, en réalité, fait surgir de son cerveau plus de choses que tous ses confrères parisiens pris ensemble ; c'est le seul homme peut-être dont on peut dire sans exagération qu'il s'est tué au travail. Jamais le calendrier de Balzac n'a été d'accord avec celui de son temps : quand pour les autres c'était le jour c'était pour lui la nuit, quand c'était la nuit pour les autres c'était le jour pour lui. Son existence ne se déroule pas dans le monde vulgaire, mais dans le sien propre, celui qu'il a créé ; le vrai Balzac, seuls les quatre murs de sa cellule de travail l'ont connu, observé et étudié. Aucun contemporain ne pouvait écrire sa biographie, ses œuvres l'ont écrite pour lui.

*
* *

Voici donc une journée de la vie réelle de Balzac et mille, dix mille journées ont ressemblé à celle-ci.

Huit heures du soir ; les autres ont depuis long-temps achevé leur travail, ils ont quitté leurs bureaux, leurs magasins, leurs usines, ils ont dîné parmi leurs relations, dans leur famille ou tout seuls. Maintenant ils s'en vont à leurs plaisirs. Ils flânent sur les boulevards, sont assis dans des cafés, se tiennent devant le miroir, faisant toilette pour le théâtre ou pour les salons ; lui, lui seul, Balzac, dort dans sa chambre où il a fait l'obscurité, assommé comme d'un coup de massue par un travail de seize, de dix-sept heures.

Neuf heures du soir, les représentations ont commencé, dans les salles de bal les couples tournoient, dans les maisons de jeu l'or sonne sur les tables, les amants s'enfoncent dans l'ombre des allées — Balzac dort toujours.

Dix heures du soir : dans un certain nombre de maisons les lumières s'éteignent déjà, les gens âgés s'en vont au lit, les voitures roulent plus rares sur le pavé, les voix de la ville se font plus discrètes — Balzac dort toujours.

Onze heures : les représentations touchent à leur fin, dans les réunions mondaines, dans les salons, les serviteurs accompagnent les derniers hôtes à la maison, les restaurants retombent dans les ténèbres, les promeneurs disparaissent, seule une dernière vague de gens qui rentrent chez eux déferle encore bruyamment sur les boulevards pour se disperser par les petites rues latérales — Balzac dort toujours.

Enfin — minuit ! Paris repose dans le silence ; des millions d'yeux se sont fermés, des milliers et des milliers de lumières se sont éteintes. Maintenant que les autres dorment, c'est pour Balzac l'heure du travail ; maintenant que les autres rêvent, il est temps pour lui de veiller. Maintenant que, pour le monde, le jour est fini, commence sa journée. Maintenant personne ne peut le déranger, pas de visiteur qui l'importune, pas de lettre qui le trouble, les créanciers qui le poursuivent ne peuvent venir frapper à sa porte, les émissaires des imprimeries ne peuvent le pousser à la besogne. Devant lui, un immense délai : huit heures, dix heures de totale solitude et Balzac a besoin pour son immense travail de cet immense délai. Il le sait : tout comme les hauts fourneaux qui fondent et transforment en acier que rien ne brise le minerai glacé et friable ne doivent pas refroidir, ainsi la tension visionnaire ne peut s'interrompre en lui. Une hallucination aussi totale que la sienne ne doit pas s'arrêter dans son vol de feu. « Il faut que la pensée ruisselle de ma tête comme l'eau d'une fontaine. Je n'y conçois rien moi-même. »

Comme tous les grands artistes, Balzac ne connaît d'autre loi que celle de son œuvre : « Il m'est impossible de travailler quand je dois sortir et je ne travaille jamais seulement pour une ou deux heures. »

Seule la nuit, la nuit qui ne connaît ni limites ni coupures, permet cette continuité du travail et c'est en vue de ce travail qu'il bouscule les aiguilles de l'horloge et fait — démiurge dans sa sphère personnelle — de la nuit le jour et du jour la nuit.

Un coup discrètement frappé à la porte par le domestique l'a réveillé. Balzac s'est levé, il met son froc. Une longue expérience lui a fait choisir ce vêtement comme le mieux adapté à sa besogne. Comme le guerrier son armure, comme le mineur son vêtement de cuir conformes aux exigences du métier, l'écrivain a adopté cette longue robe blanche de chaud cachemire en hiver, de fine toile en été, parce qu'elle obéit aisément à tous les mouvements, laisse le cou libre pour respirer, vous réchauffe sans pourtant vous serrer — et peut-être aussi parce que, comme le froc pour le moine, elle lui rappelle qu'il est en service, voué à une mission plus haute et qu'il a renoncé aussi longtemps qu'il la porte au monde réel et à ses séductions. Un cordon tressé (plus tard une chaîne d'or) retient vague autour du corps ce froc blanc de dominicain, et de même que le moine porte la croix et le scapulaire, les armes de la prière, de même y pendent les ciseaux et le coupe-papier, les instruments de son travail. Quelques pas encore de long en large dans ce vêtement moelleux et souple pour que les dernières ombres du sommeil se détachent de lui et que le sang circule plus vif dans ses veines ; alors Balzac est prêt.

Le serviteur a allumé sur la table les six bougies dans les chandeliers d'argent et rabattu entièrement les rideaux, comme s'il voulait ainsi donner l'impression que le monde extérieur est évanoui. Car Balzac ne veut plus mesurer maintenant le temps à sa mesure véritable, mais à celle de son travail. Il ne veut pas savoir quand va venir l'aube, quand il va faire jour, quand Paris, quand le reste du monde se réveilleront. Rien de ce qui est réel ne doit plus se manifester autour de lui ; les livres sur les murs tout alentour, les parois, les portes et les fenêtres et tout ce qu'il y a derrière eux se résorbent dans les ténèbres de la pièce. Seuls les êtres qu'il crée de sa propre substance vont maintenant parler, agir et vivre ; son monde à lui surgit et garde seul sa réalité.

Balzac s'assied à sa table, à cette table « où je jette ma vie comme l'alchimiste son or dans le creuset ».

C'est une petite table rectangulaire quelconque, et pourtant il l'aime plus que ce qu'il a de plus précieux. Sa canne en or avec les turquoises, son argenterie péniblement amassée, ses livres luxueusement reliés, sa gloire, il ne les aime pas autant que ce petit meuble muet à quatre pieds qu'il a fait passer d'une maison à l'autre, sauvé des ventes aux enchères et des catastrophes, comme un soldat sauve de la mêlée un frère de son sang. Car cette table est l'unique confident de sa joie la plus profonde, de son tourment le plus amer, elle seule est le témoin muet de sa véritable vie : « Elle a vu toutes mes misères, connu tous mes projets, entendu toutes mes pensées, mon bras l'a presque usée à force d'y promener quand j'écris. »

Pas un ami, pas un homme sur terre n'en sait autant sur lui, pas une femme n'a connu avec lui autant de nuits d'ardente intimité. C'est devant cette table que Balzac a vécu, devant elle qu'il s'est tué au travail.

Encore un dernier regard : tout est-il prêt ? Comme tout travailleur vraiment fanatique Balzac est pédant dans sa besogne ; il aime ses outils comme un soldat son arme et a besoin, avant de se lancer dans la bataille, de la savoir aiguisée à point. A gauche un tas de feuilles blanches, des feuilles d'un certain papier soigneusement choisi, du même format. Il faut qu'elles soient légèrement bleuâtres pour ne pas éblouir et fatiguer l'œil au cours de ce travail qui dure des heures. Il faut qu'elles soient particulièrement lisses pour ne pas offrir de résistance à la plume d'oie dans sa course rapide ; il faut qu'elles soient minces, car combien en a-t-il encore à remplir cette nuit : dix, vingt, trente, quarante ? Les plumes sont préparées avec le même soin, des plumes de corbeau, il n'en veut point d'autres ; à côté de l'encrier — non pas du précieux encrier de malachite que lui ont offert des admirateurs, mais de l'encrier tout simple de ses années d'étudiant — il a en réserve une ou deux bouteilles d'encre. Toutes les précautions sont prises pour que rien ne vienne gêner le progrès régulier de son ouvrage. A droite, sur la table étroite, un carnet où il note à l'avance ses trouvailles et ses idées pour les chapitres à venir. Rien d'autre : pas de livres, pas de notes, pas de matériaux accumulés. Tout est achevé en lui avant qu'il se mette à la besogne.

Balzac se rejette en arrière et retrousse la manche du froc pour donner plus d'aisance à sa main droite, la main qui écrit. Puis il s'excite encore, comme un cocher son cheval, en s'interpellant lui-même sur un ton à demi plaisant. C'est comme quand un nageur lève les bras en l'air et fait jouer ses articulations avant de se jeter à l'eau la tête la première.

Balzac écrit, écrit et écrit sans arrêt, sans trêve. Une fois enflammée, son imagination continue de flamber et de s'embraser comme dans un incendie de forêt où le brasier gagne de plus en plus vite de tronc en tronc, toujours plus chaud, toujours plus ardent. La plume dans sa fine main féminine court si rapide sur le papier que le mot peut à peine suivre la pensée. Plus il écrit, plus Balzac abrège les syllabes ; avancer, avancer, ne pas hésiter surtout, ne pas rester en plan, il ne peut s'arrêter, briser sa vision intérieure, et il ne cessera que quand la main sera paralysée par la crampe ou quand ce qu'il écrit s'effacera devant son regard aveuglé de fatigue.

Une heure, deux heures, trois heures, quatre heures, cinq heures, six heures et quelquefois sept heures et huit. Plus de voitures dans la rue, aucun bruit dans la maison et dans la pièce, sauf le léger grincement de la plume sur le papier et de temps à autre le froufrou de la feuille qu'il met de côté. Déjà, dehors, le jour commence à poindre ; Balzac n'en sait rien. Pour lui le jour, c'est seulement ce petit cercle de lumière autour des bougies et il n'existe pas d'autres êtres humains que ceux qu'il est en train de créer, pas d'autres destins que ceux qu'il invente en écrivant. Il n'y a plus ni espace, ni temps, plus d'autre monde que l'unique cosmos qu'il a fait naître.

*
* *

Parfois la machine menace de s'enrayer. La volonté la plus démesurée ne peut rien contre les limites naturelles des forces. Au bout de quatre, de six heures d'écriture et de création ininterrompues Balzac sent qu'il ne peut aller plus loin. La main est paralysée, les yeux se mettent à pleurer, son dos lui fait mal, le sang bat à un rythme menaçant contre les tempes brûlantes, la tension dans ses nerfs se relâche. Un autre s'arrêterait alors, prendrait du repos, s'estimerait heureux d'avoir fourni son plein effort. Mais Balzac, avec sa volonté démoniaque, ne cède pas. Il faut atteindre le but fixé quitte à éreinter sa monture. Si la bête paresseuse ne veut plus avancer, faisons-lui tâter du fouet ! Balzac se lève — ce sont ses seules et maigres pauses au milieu de son travail — et s'en va à la table allumer sa cafetière.

Car le café, c'est l'huile noire qui seule remet toujours en route cette fantastique machine-outil ; aussi est-il plus précieux à Balzac, pour qui seul le travail a de l'importance, que le manger, le boire, que toute autre jouissance. Tandis qu'il déteste le tabac parce qu'il n'est pas un stimulant, parce qu'il ne porte pas à cette démesure qui est pour lui la véritable mesure : « Le tabac détruit le corps, attaque l'intelligence et hébète les nations », il a chanté au café le plus beau des hymnes que lui ait dédiés un poète.

Le café tombe dans votre estomac, dès lors tout s'agite : les idées s'ébranlent comme les bataillons de la Grande Armée sur le terrain de bataille et la bataille a lieu. Les souvenirs arrivent au pas de charge, enseignes déployées ; la cavalerie légère des comparaisons se développe par un magnifique galop ; l'artillerie de la logique accourt avec son train et ses gargousses ; les traits d'esprit arrivent en tirailleurs ; les figures se dressent, le papier se couvre d'encre car la lutte commence et finit par des torrents d'eau noire, comme la bataille par sa poudre noire.

Sans café, pas de travail, ou du moins pas cet incessant travail auquel s'est voué Balzac. En même temps que son papier et sa plume il emporte partout avec lui son troisième outil : sa cafetière, à laquelle il est habitué comme à sa table, comme à son froc. Il n'abandonne à personne la préparation de ce poison stimulant que personne d'autre ne préparerait pour lui aussi noir, aussi fort, aussi excitant. Et de même qu'il choisit avec un fétichisme superstitieux une seule espèce de papier, une certaine forme de plume, de même il dose et mélange les espèces de café selon un rite spécial. « Ce café se composait de trois espèces de grains : Bourbon, Martinique et moka. Il achetait le Bourbon rue du Mont-Blanc, le Martinique rue des Vieilles-Audriettes, chez un marchand qui sans doute n'a pas encore oublié cette glorieuse recette et le moka dans le faubourg Saint-Germain, rue de l'Université, mais je ne saurais plus dire chez quel marchand quoique j'aie accompagné bien des fois Balzac dans ses achats. C'était chaque fois une demi-journée de marche à travers Paris, mais un bon café valait cela pour lui. »

Comme le café, ainsi que tous les stimulants, exige pour agir des doses toujours plus fortes, Balzac est obligé de s'administrer toujours plus de cet élixir meurtrier à mesure que ses nerfs menacent de se détendre. Il écrit d'un de ses livres qu'il ne l'a achevé que grâce à des flots de café. En 1845 au bout de près de vingt ans d'abus, il avoue que tout son organisme est empoisonné par cet incessant « doping » et se plaint de ce que l'effet devienne de plus en plus faible.

Le temps que durait jadis l'inspiration produite par le café diminue ; il ne donne plus maintenant que quinze

jours d'excitation à mon cerveau, excitation fatale, car elle
me cause d'horribles douleurs d'estomac.

Et si cinquante mille tasses de café trop fort (un
statisticien les a évaluées à ce chiffre) ont accéléré
l'œuvre gigantesque de *La Comédie humaine,* elles ont
en même temps amené son cœur, d'une solidité à
toute épreuve, à flancher avant l'heure. Le Dr Nacquart qui, comme ami et médecin, l'a observé toute sa
vie, notera expressément comme la cause de sa mort :
« une ancienne affection du cœur souvent exaspérée
par le travail de nuit et par l'usage, ou plutôt par l'abus
du café, auquel il avait dû recourir pour combattre la
propension naturelle de l'homme au sommeil ».

*
* *

Enfin huit heures ; un léger coup frappé à la porte.
Auguste, le serviteur, entre et apporte sur un plateau
un modeste déjeuner. Balzac se lève de sa table. Il n'a
pas posé sa plume depuis minuit. Voici maintenant
un instant de repos. Le domestique ouvre les rideaux,
Balzac va à la fenêtre et jette un regard sur Paris qu'il
veut conquérir. A cet instant il prend conscience pour
la première fois depuis des heures et des heures qu'à
côté de son monde il y en a un autre, à côté du Paris
de son imagination un Paris réel qui se rend au travail
à présent que le sien à lui est provisoirement terminé.
Maintenant les boutiques s'ouvrent, maintenant les
enfants vont à l'école. Les voitures se mettent à rouler ; dans mille pièces des employés et des commerçants s'installent à leurs comptoirs. Lui seul, seul
entre des centaines de mille, a déjà achevé sa besogne.
Pour détendre son corps épuisé et lui rendre sa
fraîcheur en vue du nouvel effort qui l'attend, Balzac
prend un bain chaud. D'ordinaire il reste une heure
dans sa baignoire — semblable en cela à son grand
émule Napoléon. C'est le seul endroit où il puisse, à
l'abri des importuns, réfléchir sans immédiatement

coucher ses pensées sur le papier, s'abandonnant nu à la joie de créer, de modeler, de rêver, sans subir en même temps la servitude du travail physique. Mais à peine a-t-il remis son froc que déjà on entend des pas devant la porte. Des émissaires des diverses imprimeries qu'il occupe sont là — comme les estafettes de Napoléon maintiennent pendant la bataille le contact entre le poste de commandement et les bataillons qui exécutent les ordres. Le premier réclame un nouveau manuscrit ; le manuscrit tout frais de la dernière nuit dont l'encre n'est pas encore tout à fait sèche. Car tout ce que Balzac écrit doit partir aussitôt pour l'imprimerie, non seulement parce que le journal ou l'éditeur l'attendent comme une dette venue à échéance — toujours le roman est vendu et engagé avant d'être écrit — mais aussi parce que Balzac, dans l'état de transes où le met sa création visionnaire, ne sait pas ce qu'il écrit ni ce qu'il a écrit. Son œil lui-même ne peut avoir, pour l'examiner, une vue d'ensemble du fouillis de ce qu'il vient de rédiger. C'est seulement quand les colonnes sont formées, paragraphe par paragraphe, bataillon par bataillon et défilent, que le généralissime en Balzac sait s'il a gagné la bataille ou s'il faut renouveler l'assaut.

D'autres émissaires des imprimeries, des journaux ou de l'éditeur apportent des épreuves toutes fraîches des manuscrits que Balzac a écrits avant-hier et donné la veille à la presse, et en même temps les secondes épreuves des placards précédents. Des tas de papiers fraîchement imprimés, encore humides, deux douzaines, trois douzaines, souvent cinq ou six douzaines de placards submergent et couvrent la petite table exigeant de multiples lectures.

Neuf heures : la pause a pris fin : « Je me repose d'un travail dans un autre. » Dans l'immense hâte et la continuité de sa production Balzac ne maintient ses forces qu'en variant, dans son labeur, le genre de besogne.

Mais la lecture des épreuves n'est pas, comme pour

la plupart des écrivains, un travail plus facile où l'on retouche, où l'on lime, mais une entière refonte, une seconde création. Lire des épreuves ou plutôt, les rédiger à nouveau, c'est chez lui un acte créateur tout aussi décisif que la première rédaction. Car à vrai dire Balzac ne corrige pas les premiers placards déjà imprimés, il s'en sert seulement comme d'un brouillon. Ce que le visionnaire a esquissé dans la hâte fiévreuse de l'inspiration, l'artiste scrupuleux l'étudie maintenant, le juge, le modifie et le transforme. Il n'est rien à quoi Balzac ait donné plus de peine, de passion et de force qu'à cette plasticité de sa prose qui ne prend forme que peu à peu, par stratifications successives. En tout ce qui touche à sa mission intime, à son travail, il est tyrannique et pédant, lui dont, dans tout autre domaine, la nature est prodigue et prend toutes choses de haut. Aussi veut-il que les imprimeurs lui présentent ses épreuves dans des conditions particulières. Avant tout il faut que les feuilles soient grandes et longues en double format pour que le texte imprimé soit là comme l'as dans une carte et qu'il reste à droite, à gauche, en haut et en bas quatre fois, huit fois plus de place pour les corrections et les améliorations. En outre les placards doivent être tirés non pas comme d'ordinaire sur du papier jaunâtre et bon marché, mais sur des feuilles blanches afin que toutes les lettres se détachent nettement du fond et qu'ainsi l'œil ne se fatigue pas.

Et maintenant à la besogne ! Un rapide coup d'œil — Balzac possède comme son Louis Lambert le don de saisir d'un seul regard six à sept lignes — et la main passe déjà là-dessus une plume furieuse. Balzac est mécontent. Mauvais : tout ce qu'il a écrit hier et avant-hier est mauvais, le sens est obscur, les phrases embrouillées, le style défectueux, la composition gauche ! Il faut que tout soit refait, mieux, plus net, plus clair ; il est saisi d'une sorte de fureur — on s'en aperçoit à la plume qui crache, aux fentes et aux traits qui sabrent toute la feuille. C'est comme une charge de cavalerie qui se précipite de toute sa masse sur la troupe serrée, formée en carré. Ici la plume donne un coup de sabre qui déchire une phrase et la rejette à droite, à gauche ; il pique un mot, des paragraphes entiers sont arrachés comme par la griffe d'un lion et d'autres se glissent à leur place. Il fait tant de corrections que les signes familiers aux typos ne suffisent bientôt plus. Il lui faut en imaginer d'autres. Bientôt la place va manquer, car voici longtemps qu'il y a plus de choses dans les marges que dans la page imprimée. Un nouveau texte, muni de signes magiques, remplace en haut, en bas, à droite, à gauche celui qu'il vient de barrer ; la page, si blanche et si nette au début, est recouverte comme d'une toile d'araignée de traits qui se rencontrent, se coupent, se corrigent eux-mêmes ; en sorte que, pour trouver de la place, il tourne la feuille et continue à écrire au verso. Mais ce n'est pas assez ! La plume ne trouve plus de blancs, les chiffres et les numéros qui doivent guider le malheureux typographe n'y suffisent plus. Alors prenons les ciseaux et coupons quelques paragraphes superflus. On attrape du papier blanc, cette fois de plus petit format pour le distinguer nettement du premier texte et on le fixe avec de la colle. Ce qui constituait le début est inséré au milieu, on refait le début, et à la pelle, à la pioche, on retourne tout ce terrain. Et ainsi, une couche recouvrant l'autre, l'écriture mêlée à l'impression, muni de chiffres, barbouillé, un vrai méli-mélo, le placard retourne à l'imprimerie, cent fois plus indéchiffrable et illisible que le manuscrit primitif.

Dans les salles de rédaction, devant les presses, tout le monde se serre en riant autour de ces griffonnages quand ils arrivent. « Impossible », déclarent les typographes les plus expérimentés, et bien qu'on leur propose double salaire, ils refusent de « faire plus d'une heure de Balzac » par jour. Il s'écoule des mois avant que l'un ou l'autre d'entre eux apprenne l'art de déchiffrer ces hiéroglyphes et il faut alors qu'un correcteur spécial revoie leurs essais très hypothétiques.

Mais quelle erreur s'ils s'imaginent que leur tâche est alors finie ! Car quand, le lendemain ou le surlendemain, les épreuves, entièrement composées à nouveau, retournent chez Balzac, il se jette sur ce texte nouvellement imprimé avec la même fureur que sur le premier. Une fois encore il bouleverse tout le plan péniblement établi, encore une fois il couvre la feuille de haut en bas de ratures et de taches, pour renvoyer la nouvelle épreuve aussi illisible et aussi embrouillée que l'ancienne. Et souvent il en va ainsi une troisième, une quatrième, une cinquième, une sixième, une septième fois, avec cette seule différence qu'il ne démolit plus des paragraphes entiers, pour les faire disparaître ou les modifier, mais seulement des lignes et, à la fin, seulement des mots. Balzac a repris jusqu'à quinze et seize fois les épreuves de certains de ses ouvrages, et on n'a une idée de sa productivité qui ne se peut comparer à rien sur terre que si on la mesure en songeant qu'en vingt ans il n'a pas seulement écrit une fois ses soixante-quatorze romans, ses nouvelles et ses essais, mais que les œuvres définitives représentent en fait sept à dix fois cet effort déjà gigantesque en lui-même.

*
* *

Rien ne peut faire renoncer Balzac à cette coûteuse méthode, ni la détresse financière, ni les instances de ses éditeurs qui tantôt le pressent de reproches amicaux, tantôt ont recours aux poursuites judiciaires. Il a perdu des douzaines de fois la moitié ou même la totalité des honoraires de ses œuvres en payant de sa poche les frais énormes de ces transformations et de ces refontes. Mais sur ce point capital de sa morale artistique, Balzac est inflexible. Un jour, un éditeur de journaux publie la suite d'un roman sans attendre la dernière des innombrables épreuves et le définitif bon à tirer ; Balzac rompt avec lui toutes relations. Lui qui, en toute autre chose, apparaît léger, précipité, et avide d'argent, est ici, où la perfection de son œuvre et son honneur d'artiste sont en cause, le plus consciencieux, le plus tenace, le plus intraitable, le plus énergique batailleur de la littérature moderne. Ces placards d'imprimerie, seuls témoins auxquels il puisse se fier, il les aime d'autant mieux qu'il est seul à connaître la somme fantastique d'énergie, de sacrifices, la passion de perfection qu'exigent ces cinq, ces dix transformations successives, accomplies dans les ténèbres du laboratoire à l'insu des lecteurs qui ne voient que le résultat achevé. Ils sont sa fierté, moins la fierté de l'artiste en lui que celle du travailleur, de l'ouvrier infatigable ; et pour chacune de ses œuvres il réunit un exemplaire de ces feuilles couvertes de retouches, gâchées par son travail : la première version, la seconde, la troisième, jusqu'à la dernière et les fait relier avec le manuscrit chaque fois en un volume énorme formant souvent environ deux mille pages au lieu des deux cents de l'édition définitive. Comme Napoléon, son modèle, distribuait les titres de princes et les blasons de ducs à ses maréchaux et à ses serviteurs fidèles, ainsi il fait don d'un des manuscrits de son immense empire, l'empire de *La Comédie humaine*, comme de la chose la plus précieuse dont il puisse disposer.

Je ne donne jamais ces choses qu'à ceux qui m'aiment, car elles témoignent de mes longs travaux et de cette patience dont je vous parlais. C'est sur ces terribles pages que se passent mes nuits.

C'est Mme de Hanska qui en reçoit la plus grande part, mais aussi Mme de Castries, la comtesse Visconti ainsi que sa sœur Laure sont également l'objet de cette distinction. La réponse du Dr Nacquart à qui, en témoignage de gratitude pour ses longs services de médecin et d'ami, il remet les épreuves du *Lys dans la vallée*, montre bien qu'il ne les donne qu'aux rares personnes qui savent apprécier à leur juste valeur ces documents uniques. Celui-ci écrit :

Ce sont de pareils monuments qu'il faudrait offrir aux yeux qui croient que le beau artistique s'improvise ! Quelle leçon aussi pour le public qui se persuade que les produits intellectuels qu'il accueille avec tant de légèreté ont été conçus et achevés avec la même facilité ! Je voudrais que ma bibliothèque eût un de ses compartiments au centre de la place Vendôme pour que les amis de votre génie devinssent aussi les appréciateurs de votre consciencieuse ténacité.

En effet, en dehors des carnets de Beethoven, il est à peine quelque document où le combat de l'artiste avec l'ange ait trouvé une expression plus sensible que dans ces volumes. La force élémentaire qui anime l'écrivain, l'énergie titanique qu'il apporte à son travail, s'y révèlent de façon plus impressionnante que dans toutes les anecdotes des contemporains. Seul qui les connaît, connaît le vrai Balzac.

*
* *

Trois heures, quatre heures durant, Balzac travaille à ses épreuves, retouche, améliore. Cette « cuisine littéraire », comme il dit plaisamment, remplit chaque fois toute la matinée et s'exécute sans trêve ni repos, avec le même acharnement, la même passion que le travail de la nuit. C'est seulement à midi que Balzac écarte le tas de feuilles pour faire un léger repas : un œuf, une tartine beurrée ou un peu de pâté. Cet homme d'un naturel jouisseur, aimant par suite de son origine tourangelle, les mets gras et lourds, les rillettes savoureuses, les chapons croustillants, la viande saignante et abondante, connaissant les vins rouges et blancs de son terroir comme le musicien ses partitions, s'interdit pendant le travail toute jouissance. Il le sait, manger fatigue, et il n'a pas de temps à donner à la fatigue. Il ne doit pas, il ne veut pas se permettre de se reposer. Déjà il rapproche le fauteuil de la petite table et la besogne se poursuit, se poursuit sans trêve : des épreuves ou des esquisses, ou des notes ou des lettres, mais toujours du travail, sans arrêt, sans interruption.

Enfin, vers cinq heures, Balzac jette sa plume et aussi le fouet qui le pousse en avant. C'est assez ! De toute la journée, et cela souvent pendant des semaines, il n'a pas vu un être humain, pas jeté un regard par la fenêtre, pas lu un journal. Maintenant le corps surmené, l'esprit surchauffé, a le droit de se reposer enfin. Le domestique sert le repas du soir. Parfois vient, pour une demi-heure ou pour une heure un éditeur qu'il a convoqué ou un ami. La plupart du temps il reste seul réfléchissant ou rêvant d'avance à ce qu'il va créer demain. Jamais ou presque jamais il ne met le pied dans la rue. La fatigue est trop écrasante après une activité si énorme. A huit heures, quand les autres commencent à sortir, il se couche et dort aussitôt, à poings fermés, d'un sommeil profond et sans rêves ; il dort comme il fait toute chose, sans mesure, de façon plus absolue que tout le monde. Il dort, pour oublier que tout le travail qu'il a fait ne le dispense pas de celui qu'il doit faire demain, après-demain et jusqu'à sa dernière heure. Il dort jusqu'à minuit où le serviteur entre, allume les bougies, et où son labeur recommence.

*
* *

Ainsi travaille Balzac, sans s'interrompre pendant des semaines et des mois, ne s'accordant aucun repos tant que l'œuvre n'est pas achevée. Et alors les périodes de trêve sont bien courtes elles aussi ; « une bataille succède à l'autre », un ouvrage suit l'autre, point après point, dans l'immense broderie qui constitue l'œuvre de sa vie. « C'est toujours la même chose, des nuits, des nuits et toujours des volumes ! Ce que je veux bâtir est si élevé, si vaste ! » soupire-t-il avec désespoir. Souvent il craint, avec toute cette besogne, de passer à côté de la vie véritable. Il tire sur les chaînes qu'il s'est forgées lui-même : « En un mois, il me faut faire ce que d'autres ne pourraient faire en un an et plus. »

Mais travailler est devenu pour lui une nécessité, il ne peut plus s'en passer : « Quand je travaille, j'oublie mes peines, c'est ce qui me sauve. »

La diversité de son travail n'en interrompt pas la continuité : « Quand je n'écris pas mes manuscrits, je pense à mes plans, et quand je ne pense pas à mes plans et ne fais pas de manuscrits j'ai des épreuves à corriger. Voici ma vie. »

Et il passe sa vie entière avec cette chaîne du labeur au pied. Même quand il s'échappe elle sonne derrière lui. Pas de voyage sans manuscrit, même quand il est amoureux et rejoint une femme, la passion érotique doit se subordonner à cette servitude plus haute. Quand il s'annonce à Genève, chez Mme de Hanska, chez la comtesse de Castries, brûlant d'impatience, ivre de désir, une lettre prévient en même temps la bien-aimée qu'elle ne le verra jamais avant cinq heures du soir. C'est seulement après les douze ou quinze heures qui appartiennent inéluctablement à sa table de travail qu'il se donne aux femmes. D'abord l'œuvre, ensuite l'amour ; d'abord *La Comédie humaine*, ensuite le monde, d'abord la besogne, ensuite — à vrai dire jamais — la jouissance.

Cette fureur seule, ces excès de travail qui le minent lui-même, cette monomanie, expliquent le miracle de *La Comédie humaine* composée en un peu moins de vingt ans. Mais cette productivité à peine imaginable est encore plus incompréhensible si on ajoute au travail purement artistique les écrits pratiques, privés, les écrits d'affaires. Tandis que Goethe ou Voltaire ont sans cesse sous la main deux ou trois secrétaires, et qu'un Sainte-Beuve lui-même a quelqu'un à sa solde pour exécuter tous les travaux préliminaires, Balzac s'est acquitté seul de toute sa correspondance, de toutes ses affaires. A part le dernier document émouvant où sa main sur son lit de mort ne peut plus tenir la plume et où il ajoute seulement à la lettre écrite par sa femme : « Je ne peux plus lire ni écrire », toutes les pages de son œuvre, toutes les lignes de sa correspondance sont de sa main. Tous les contrats, tous les achats et toutes les ventes, tous les documents d'affaires et toutes les emplettes, tous les billets de dettes et tous les chèques, toutes les plaintes en justice et toutes les répliques, il s'en est chargé lui-même sans aucun secours, sans avocat, sans conseiller. Il fait en personne les achats de la maison, les commandes chez le tapissier et les fournisseurs, et s'occupe même en outre, plus tard, des finances de Mme de Hanska, donne des conseils à sa famille. C'est un gaspillage de forces, un excès de travail presque pathologique. A certains moments il a conscience que cet abus contre nature doit fatalement le mener à sa perte : « Parfois il me semble que mon cerveau s'enflamme. Je mourrai sur la brèche de l'intelligence. »

Le repos après ces excès de travail ininterrompu de deux, de trois semaines, au cours desquelles il n'a pas mis le pied dans la rue, est toujours dangereusement semblable à un effondrement. Il s'affaisse comme un héros blessé après la victoire. « Je dors dix-huit heures et ne fais rien pendant les six autres. »

Quand Balzac se repose de ses excès de travail, c'est encore de la démesure, et encore de la démesure dans le sens contraire quand il trouve assez de force après l'achèvement de son œuvre pour se ruer au plaisir. Quand il se lève après l'ivresse du labeur et s'en va hors de sa cellule parmi les hommes, il garde encore en lui cette ivresse ; quand il rentre dans la société, dans les salons, lui qui pendant des semaines n'a entendu ni une voix étrangère ni sa propre voix, il parle, il parle, il fanfaronne sans se soucier des autres : c'est comme une force amassée qui s'écoule en écumant dans le rire, les railleries. Lui qui, dans ses romans, procure à l'un, des millions et les ravit à l'autre, si, encore égaré dans un monde régi par d'autres chiffres, il pénètre dans un magasin, il jette l'argent autour de lui sans raison, sans calculer, sans compter. Chacun de ses actes garde quelque chose de la fantaisie et de l'exagération du roman ; il faut que tout se passe dans la joie. Comme quelqu'un de ces rudes matelots d'autrefois, robustes et débordants de vie, qui, après n'avoir pas vu la terre pendant un an, n'avoir pas dormi dans un lit, n'avoir pas touché une femme, quand le navire rentre au port après mille périls, jette violemment sa bourse pleine sur la table, se saoule, fait du vacarme et donne libre cours à son explosive joie de vivre en cassant les vitres ; comme un pur-sang resté trop longtemps à l'écurie ne s'en va pas tout de suite tranquillement au trot, mais commence par filer comme une fusée pour décharger la force tendue dans ses muscles et sentir l'ivresse de la liberté, ainsi Balzac dans les courts répits qu'il s'accorde entre deux ouvrages, se délivre de son ascèse, de sa tension, de sa séquestration.

Et alors arrivent les petits nigauds, les Gozlan, les Werdet, les journalistes miteux qui débitent jour par jour leurs misérables gouttes d'esprit pour quelques sous, et ils se moquent, comme les nains de Lilliput, du géant déchaîné ! Ils prennent note des petites anecdotes qui circulent et s'empressent de les faire imprimer. Quel niais ridicule, et vaniteux, et puéril, ce grand Balzac ! Il n'est pas d'imbécile qui ne se sente plus malin que lui. Il n'est parmi eux personne qui comprenne qu'après une exagération si monstrueuse de l'effort, il serait anormal qu'un pareil halluciné se comporte normalement. Qu'il tienne gentiment registre de chaque franc et place comme un commerçant ses économies à quatre pour cent. Que lui, tout à l'heure encore tout-puissant, mage et souverain dans le monde du rêve, se meuve dans le monde réel selon les règles mondaines des salons. Que lui, dont le génie découle de l'exagération créatrice se comporte avec une sagesse de diplomate et calcule froidement comme eux-mêmes. Tout ce qu'ils peuvent caricaturer c'est l'ombre grotesque que sa silhouette gigantesque projette en passant sur le mur du temps. Aucun contemporain n'a connu son être véritable, car, de même qu'il n'est permis aux fantômes du conte de quitter leur monde qu'une heure pour paraître sur la terre, ainsi Balzac ne peut jouir que de quelques brefs instants de liberté pour rentrer toujours ensuite dans le cachot où il travaille.

CHAPITRE IX

LA DUCHESSE DE CASTRIES

Le travail, l'immense travail, ce sera jusqu'à sa dernière heure la véritable forme de l'existence de Balzac et il aime ce travail, ou plutôt, il s'aime dans ce travail. Au milieu de son tourment créateur il jouit avec une joie mystérieuse de son énergie démoniaque, de sa puissance créatrice, de sa force de volonté qui tire de son corps herculéen et de son élasticité intellectuelle le maximum et plus que le maximum. Il jette ses jours et ses nuits dans cette forge ardente et peut dire fièrement de lui : « Mes débauches sont des volumes. »

Mais même quand une volonté aussi tyrannique la dompte, la nature ne se laisse pas entièrement asservir et elle se défend contre ce qu'il y a d'anormal dans une existence qui ne connaît que des satisfactions imaginaires et cherche à se tuer à l'ouvrage. Parfois — et de plus en plus fréquemment — Balzac est assailli au milieu de sa passion pour son œuvre par le sentiment cruel de gâcher à cette besogne ses meilleures années ; de ne trouver dans la création littéraire, même sous sa forme la plus sublimée, qu'un succédané de la vie véritable. « J'essaie de confiner ma vie dans mon cerveau », déclare-t-il à Zulma Carraud, mais il n'y réussit pas entièrement. L'artiste, qui, quand même, est toujours un jouisseur, gémit sous la monotonie ascétique de sa tâche quotidienne, l'homme en lui réclame des épanchements plus ardents que ceux des mots s'écoulant sur le papier indifférent. Le créateur, qui dans son œuvre a fait surgir de son rêve des centaines de femmes aimantes, en veut, en exige une qu'il puisse aimer.

Mais comment trouver une telle femme ? Là encore le travail jaloux lui barre la route de la vie : Balzac n'a pas le temps de chercher une femme, une amante. Enchaîné quatorze et quinze heures à son bureau, sacrifiant les autres au sommeil et aux affaires urgentes, il n'a pas l'occasion d'entreprendre sa quête en flânant, et il est touchant de le voir charger sans cesse les deux ou trois personnes en qui il a vraiment confiance — sa sœur et Zulma Carraud — de lui trouver l'épouse qu'il lui faut, celle qui le libérera de sa tension secrète et des désirs qui le torturent.

La gloire soudaine modifie curieusement ici la situation et tandis que Balzac désespère déjà de réussir à trouver une femme, les femmes se mettent à le rechercher. Elles aiment toujours, entre tous, les écrivains qui s'occupent d'elles, et la partialité de Balzac peignant en elles des victimes malheureuses et incomprises de l'homme, son indulgence qui excuse toutes leurs fautes, sa sympathie pour toutes celles que l'on abandonne, que l'on repousse, que l'âge a fanées, n'a pas seulement attiré sur lui la curiosité des Parisiennes et des Françaises. De tous les coins imaginables de la province, d'Allemagne, de Russie, de Pologne arrivent des lettres à ce connaisseur des sommets et des abîmes.

Balzac est, en général, un correspondant négligent. Trop épuisé par son travail, il répond rarement à une lettre et c'est en vain que l'on cherche dans sa correspondance des discussions sur des sujets intellectuels avec les esprits distingués de son temps. Mais ces lettres de femmes l'intéressent, le rendent heureux, le calment. Pour un homme d'imagination comme lui, vivant sans cesse dans les transes de la création, la possibilité d'un roman à vivre s'attache à chacune d'elles, et dans son besoin de faire don de lui-même, il lui arrive parfois d'anticiper dans son enthousiasme sur une union heureuse et d'écrire à des femmes totalement inconnues des confessions et des aveux qu'il refuse à ses amis les plus proches.

Un jour, le 5 octobre 1831, une lettre de femme qui l'intéresse particulièrement lui est réexpédiée à Saché où il s'est réfugié pour travailler chez ses amis Margonne. L'imagination de Balzac, on le sait par ses romans, a la faculté de s'enflammer d'une ardeur créatrice sur les plus petits détails. Cette fois encore ce sont des remarques superficielles et insignifiantes, le choix du papier, l'écriture, la façon particulière de s'exprimer qui lui en donnent le pressentiment : cette femme, qui signe non pas de son vrai nom, mais d'un pseudonyme anglais, doit être une dame de haut et même de très haut rang. Son imagination se met immédiatement en branle. Ce doit être une belle femme, jeune, malheureuse, une femme qui doit avoir fait bien des expériences douloureuses et tragiques, et appartient en outre à la plus haute noblesse ; une comtesse, une marquise, une duchesse.

La curiosité — peut-être aussi le snobisme — ne le laisse pas en repos. Aussitôt il adresse à l'inconnue « dont il ne sait ni l'âge, ni les circonstances de la vie » une lettre de six pages. Tout d'abord il ne veut que se défendre du reproche de frivolité que toutes ses correspondantes à la suite de la lecture de *La Physiologie du mariage* élèvent contre lui. Mais cet homme de la perpétuelle démesure ne saurait s'en tenir à une ligne moyenne. Quand il admire, il faut qu'il tombe en extase ; quand il travaille, il peine comme un galérien ; quand il s'épanche auprès de quelqu'un, il faut que ce soit une surabondance, une orgie de confessions. A cette correspondante anonyme, tout à fait inconnue, il ouvre son cœur sans aucune retenue. Il lui confie qu'il ne veut épouser qu'une veuve et la dépeint sous des couleurs à demi sentimentales, à demi violentes. De cette femme dont il ignore tout, il fait, longtemps avant ses plus proches amis, la confidente de « sa pensée intime et future » ; il lui raconte que *La Peau de chagrin* n'est que la première pierre d'un édifice monumental — la future *Comédie humaine* — qu'il veut construire, « les prémisses d'un ouvrage que je serai fier d'avoir tenté, même en succombant dans cette entreprise ».

La correspondante inconnue doit avoir été bien surprise de recevoir, au lieu d'une réponse polie, d'une causerie littéraire, une confession aussi intime du célèbre écrivain. Sans aucun doute elle lui a répondu sur-le-champ ; entre Balzac et la duchesse rêvée s'établit un échange de lettres (qui ne nous a malheureusement été conservé qu'en partie) dont la conséquence est que tous deux deviennent curieux de se connaître personnellement. L'Inconnue n'est pas sans savoir quelque chose de Balzac, quelques commérages sont bien venus à ses oreilles et le portrait du romancier a passé dans maint journal. Mais lui, ne connaît rien d'elle ; comme sa curiosité, son impatience ont dû grandir : cette inconnue sera-t-elle jeune, sera-t-elle belle, sera-t-elle une de ces âmes tragiques qui réclament un consolateur ? Sera-ce seulement un bas-bleu sentimental, une fille de commerçants gâtée par son savoir, ou bien sera-t-elle vraiment (rêve téméraire) une comtesse, une marquise, une duchesse ?

*
* *

Et, triomphe du psychologue, la correspondante inconnue est vraiment une marquise, une future duchesse, et non pas comme son ancienne amante la duchesse d'Abrantès, une duchesse fraîchement anoblie par l'usurpateur corse, mais du meilleur sang bleu, authentique Faubourg Saint-Germain. Le père de la marquise et future duchesse Henriette Marie de Castries est le duc de Maillé, qui fut maréchal de France et dont la noblesse remonte jusqu'au XIᵉ siècle, sa mère une duchesse de Fitz-James, donc une Stuart, appartenant ainsi à la race royale. Son mari, le marquis de Castries, de son côté est le petit-fils du célèbre maréchal du même nom et le fils de la duchesse de Guines ; il était donc à peine possible que la manie presque maladive d'aristocratie de Balzac pût être satisfaite de façon plus splendide que par cet arbre généalogique aux ramifications si imposantes dans les deux sens. Par l'âge également la marquise répond parfaitement à l'idéal de Balzac. Avec ses trente-cinq années elle peut représenter la « femme de trente ans » et même son type le plus balzacien, car c'est une sentimentale, une femme malheureuse et déçue qui a déjà derrière elle un roman d'amour non moins célèbre dans la société parisienne que *La Peau de chagrin*, et que le plus grand des confrères de Balzac, Stendhal, a utilisé, et même par anticipation, pour sa première œuvre, *Armance*.

Balzac n'a pas besoin de se donner beaucoup de peine pour apprendre tous les détails de cette histoire romantique. À l'âge de vingt-deux ans la jeune marquise, alors une des plus belles aristocrates de France, une femme fluette, élancée, aux cheveux blond-Titien, a fait la connaissance du fils du tout-puissant chancelier Metternich. La marquise devient passionnément amoureuse du jeune homme, héritier de la beauté mâle et du charme mondain de son père, mais non de sa robuste santé et comme la haute noblesse de France vit encore dans la tradition du XVIIIᵉ siècle, du siècle des Lumières, son mari serait prêt à tolérer discrètement l'intimité passionnée de ces jeunes gens. Mais avec une décision et une sincérité qui n'enthousiasment pas seulement Stendhal, mais aussi toute la société parisienne, les deux amants dédaignent tout compromis, Mme de Castries abandonne le palais de son époux, le jeune Metternich son éclatante carrière. Que leur importe le monde, la société — ils ne veulent que vivre l'un pour l'autre et pour aimer. Le couple romantique voyage donc dans les paysages les plus beaux d'Europe menant une vie libre et nomade, en Suisse, en Italie, et bientôt un fils — auquel plus tard l'empereur d'Autriche conférera le titre de baron d'Aldenburg — devient le gage adoré de leur bonheur.

Mais ce bonheur est trop parfait pour être durable. La catastrophe s'abat du ciel serein. La marquise fait à la chasse une chute de cheval malheureuse et se brise la colonne vertébrale. Depuis lors elle a peine à se mouvoir et doit passer la plus grande partie du jour étendue sur une chaise longue ou dans son lit sans que Victor de Metternich puisse longtemps l'entourer de ses soins et de sa tendresse, car peu après, en novembre 1829, il succombe à la phtisie. Cette perte atteint la marquise plus durement encore que n'avait fait la chute de cheval. Incapable de rester plus longtemps seule dans tous ces paysages dont la beauté ne lui était apparue si délicieuse que dans le reflet de son amour, elle revient à Paris, mais non pas dans la maison de son époux, ni dans la société dont elle a choqué les principes de façon si provocante. Elle coule ses jours dans le palais de famille de ses parents de Castellane, entièrement retirée du monde et à la place de ses amis d'autrefois, ce sont les livres qui maintenant lui tiennent seuls compagnie.

Etre d'abord touché par une lettre, puis amicalement appelé par une telle femme dont la situation, l'âge, le destin répondent aux plus hardis de ses rêves, voilà qui a dû chez Balzac faire vibrer passionnément la fibre poétique aussi bien que la fibre snob dans son cœur. Une marquise, une future duchesse, une « femme de trente ans », une « femme abandonnée » qui le distingue ainsi, lui, petit-fils de paysans, fils de petits bourgeois ! Quel triomphe sur tous les autres, les Victor Hugo, les Dumas, les Musset qui n'ont comme épouses que des bourgeoises et comme amies que des actrices, des femmes de lettres ou des cocottes ! Et quel triomphe encore si on pouvait réussir à se vanter de quelque chose de plus qu'une simple amitié, s'il pouvait, lui dont la passion s'échauffe déjà au titre d'une femme, après une simple petite noble comme Mme de Berny, après une parvenue de l'aristocratie comme la duchesse d'Abrantès, devenir l'amant ou même l'époux d'une vraie duchesse de la vieille France, successeur d'un prince de Metternich après avoir été déjà auprès de la duchesse d'Abrantès le successeur du prince Metternich son père ! Balzac attend dans une extrême impatience l'invitation à rendre visite à son illustre correspondante. Le 28 février, une lettre lui apporte enfin ce témoignage de confiance, et tout de suite il répond qu'il se hâte d'accepter cette « offre généreuse » « au risque de perdre sensiblement à une connaissance personnelle ».

Et Balzac répond si vite, si hâtivement, avec tant de bonheur et de ravissement à cette lettre venue du Faubourg Saint-Germain, qu'il ne s'arrête point à une autre lettre qui arrive sur sa table le même jour, une lettre de Russie, écrite par une autre femme et signée l'« Etrangère ».

*
* *

Un homme d'imagination du genre de Balzac ne saurait évidemment manquer de s'éprendre de la duchesse de Castries. Il n'a pas besoin du tout de la voir pour cela : fût-elle affreuse ou folle ou acariâtre ou méchante, cela ne nuirait en rien à ses sentiments, car tous les sentiments chez lui, même l'amour, sont soumis à la puissance supérieure de sa volonté et avant même que Balzac ait fait toilette — et avec quel soin —, mis des vêtements neufs, et soit monté en voiture pour se rendre au palais Castellane, il est déjà décidé à aimer cette femme et à être aimé d'elle. Comme il le fit plus tard pour la rédactrice de la seconde lettre, celle qui n'est pas encore décachetée, il a vu, sans la connaître, en Mme de Castries la figure idéale à laquelle il va donner dans le roman de sa vie le rôle de l'héroïne.

Et en fait les premiers chapitres se passent exactement comme son imagination les a conçus. Dans un salon meublé avec le goût le plus discret et le plus noble, allongée sur un canapé Récamier, une jeune femme l'attend, qui n'est plus trop jeune, un peu pâle, un peu lasse, une femme qui a aimé et connaît l'amour, une femme qui, dans son abandon, a besoin d'être consolée. Et, chose étrange, cette aristocrate qui, jusqu'ici, n'a fréquenté que des princes et des ducs, cette amoureuse qui a eu pour amant un fils de prince, svelte et distingué, n'est pas déçue par lui, le plébéien gras et trapu, à qui il n'est pas de tailleur dont l'art puisse donner l'élégance et l'aspect soigné ; de ses yeux pleins de vie elle suit, avec intelligence et gratitude, sa conversation passionnée. C'est le premier grand écrivain dont elle fait la connaissance, un homme venu d'un autre monde, et en dépit de toute sa réserve, elle sent avec quelle compréhension, quelle pénétration excitante et émouvante il vient à elle. Une heure, puis deux, puis trois s'écoulent dans le charme de cette conversation et malgré toute sa fidélité au mort qu'elle aime, elle ne peut se défendre d'un sentiment d'admiration pour cet homme extraordinaire que le destin lui a envoyé. Pour elle dont la vie sentimentale a plus de retenue, c'est une amitié qui commence, pour Balzac qui passe en tout la mesure, une ivresse : « Vous m'avez si bien accueilli, lui écrit-il, vous m'avez accordé de si douces heures, que je crois qu'il n'y a plus de bonheur pour moi que par vous. »

Les rapports deviennent de plus en plus cordiaux ; les semaines et les mois suivants la voiture de Balzac se présente chaque soir au palais Castellane et tous deux bavardent jusque tard après minuit. Il l'accompagne au théâtre, il lui écrit des lettres, il lui lit ses nouvelles œuvres, il lui demande conseil, il lui fait don de ce qu'il a de plus précieux à offrir, les manuscrits de *La Femme de trente ans*, du *Colonel Chabert* et du *Message*. Pour la femme restée seule qui, depuis des semaines et des mois, n'a fait que s'abandonner au deuil de celui qu'elle a perdu, c'est une sorte de bonheur qui a commencé avec cette amitié intellectuelle ; pour Balzac c'est une passion.

Par malheur l'amitié ne suffit pas à Balzac. Sa vanité masculine et peut-être sa vanité de snob, veulent davantage. Avec une ardeur, avec une violence toujours plus grandes, il lui dit son désir. Toujours plus pressant, il exige d'elle des signes de son assentiment. De son côté la duchesse de Castries est trop femme pour ne pas se sentir inconsciemment flattée, dans son malheur même, par l'amour d'un homme dont elle estime et admire le génie ; elle l'écoute, elle ne se défend pas avec une froideur hautaine des petites privautés de cet amant passionné. Peut-être — encore qu'il ne faille pas se fier entièrement à la peinture de Balzac dans son roman de vengeance écrit plus tard : *La Duchesse de Langeais* — va-t-elle même jusqu'à le provoquer :

Non seulement cette femme m'accueillit, mais encore elle déploya pour moi, sciemment, les ressources les plus captivantes de sa redoutable coquetterie. Elle voulut me plaire et prit d'incroyables soins pour fortifier, pour accroître mon ivresse. Elle usa de tout son pouvoir pour faire déclarer un amour timide et silencieux...

Mais quand sa cour commence à approcher du point dangereux, elle l'arrête avec une décision qui ne se dément jamais. Peut-être veut-elle rester fidèle à l'homme qu'elle vient de perdre, au père de son enfant auquel elle a sacrifié sa situation sociale et son honneur bourgeois, peut-être se sent-elle arrêtée et humiliée par son infirmité physique, peut-être est-ce ce qu'il y a de plébéien et de vulgaire dans la personne de Balzac qui la paralyse, peut-être, et non sans raison, craint-elle que, dans sa vanité, il ne divulgue aussitôt en public cette liaison aristocratique. Et ainsi elle se borne à ne lui permettre, comme dit Balzac dans *La Duchesse de Langeais* : « que les menues et progressives conquêtes dont se repaissent les amants timides », et se refuse obstinément à confirmer le don de son cœur en y ajoutant celui de sa personne. Pour la première fois Balzac est obligé de constater que sa volonté, même quand il la tend désespérément, n'est pas toute-puissante. Au bout de trois, de quatre mois, en dépit de la cour la plus pressante, de ses visites quotidiennes, de son activité de publiciste en faveur du parti royaliste, de toutes les humiliations de son orgueil, il n'est toujours que l'ami littéraire et non l'amant de Mme de Castries.

*
* *

L'esprit le plus fin lui-même est toujours le dernier à s'apercevoir que sa conduite commence à devenir indigne de lui. Sans qu'ils en aient nettement conscience, les quelques vrais amis de Balzac ont eu le sentiment d'un changement dans son attitude en public. Ils le voient avec gêne s'équiper en dandy, chercher avec un lorgnon de la « loge infernale » du théâtre des Italiens une certaine loge, s'engager en des entretiens passionnés dans les salons royalistes des ducs de Fitz-James et de Rauzan, où d'ordinaire on ne considère les bourgeois, même quand ce sont des écrivains, des peintres, des musiciens ou des hommes d'Etat de grande renommée, que comme des laquais sans livrée. Ses amis sont trop habitués à ces envolées de snob dans le royaume de l'extravagance pour les ressentir comme une menace pour sa gloire ou son prestige. Mais ils s'inquiètent, lorsque, tout à coup, leur Honoré de Balzac se présente comme écrivain politique dans la feuille ultra-réactionnaire *Le Rénovateur* pour vanter avec enthousiasme la féodalité et faire en public des révérences à la duchesse de Berry. Ils connaissent assez le caractère de Balzac

pour savoir qu'il n'est pas de cette vile espèce qui se
vend pour de l'argent et un instinct leur dit qu'une
main quelconque le mène dans ces ruelles sombres de
la politique. Sa plus vieille amie, Mme de Berny, à qui
il a soigneusement laissé ignorer sa correspondance
et ses visites chez la duchesse de Castries, est la
première à l'avertir. Bien que, par les traditions de sa
famille et comme filleule de Louis XVI et de Marie-
Antoinette, elle ait plutôt des sympathies royalistes,
elle éprouve quelque gêne à voir Balzac se mettre tout
à coup à battre en public le tambour pour les ultras et
l'invite instamment à ne pas devenir « l'esclave de ces
gens-là ». Avec son expérience la vieille dame se rend
compte que ces milieux, sans avoir de véritable
estime pour le talent de Balzac, exploitent simplement son snobisme : « Ils ont toujours été ingrats par
principe et ne changeront pas pour toi seul, ami. »

Avec plus de sûreté et de décision encore Zulma
Carraud lui écrit lorsque, déçue et honteuse, elle se
voit contrainte de lire l'hymne de Balzac à la duchesse
de Berry qui tentait alors d'assurer le trône à son fils,
petit-fils de Charles X : « Laissez la défense des personnes à la domesticité de la cour et ne salissez pas
votre juste célébrité de pareilles solidarités. »

Au risque de perdre une amitié qui est le bien le plus
précieux de sa petite existence obscure, elle dit impitoyablement à son grand ami combien, justement
parce qu'elle aime son génie, elle a horreur de la
servilité pour laquelle quelques titres pompeux ont
plus de prix que la noblesse intime d'une attitude
pleine de droiture : « Vous tenez à l'aristocratie fixe, à
l'aristocratie privilégiée ; puissiez-vous ne jamais
vous réveiller de cette illusion ! »

Ni l'une ni l'autre de ses vraies amies ne sait encore
si ce sont des chaînes d'or ou des chaînes de roses
avec lesquelles une main habile a attaché Balzac au
carrosse assez branlant du parti royaliste. Elles ont
seulement le sentiment qu'il perd sa liberté sous

l'empire de quelque contrainte, qu'il devient infidèle à
lui-même.

*
* *

Balzac gaspille cinq mois, de février à juin, presque
la moitié d'une année, auprès de Mme de Castries,
dans le rôle de Sigisbée, comme un amant qu'on
tolère avec bienveillance, mais dont on n'exauce
point les vœux. Soudain, au début de juin, il quitte
Paris et se rend chez ses amis Margonne au château
de Saché. Que s'est-il passé ? La passion s'est-elle
éteinte tout à coup ou bien la confiance de Balzac en
lui-même est-elle tombée au point que ce platonicien
malgré lui renonce au siège de la forteresse imprena-
ble ? Pas le moins du monde. Balzac est encore entièrement sous le charme de cette passion construite par
son ambition et sa volonté, bien que, avec le don de
seconde vue de l'artiste, il se rende compte déjà de la
vanité de ses efforts. Avec une franchise désespérée il
avoue enfin sa situation à Zulma Carraud :

Mais il faut que j'aille grimper à Aix, en Savoie ; courir
après quelqu'un qui se moque de moi, peut-être ; une de ces
femmes aristocratiques que vous avez en horreur sans
doute ; une de ces beautés angéliques auxquelles on prête
une belle âme ; une vraie duchesse bien dédaigneuse, bien
aimante, fine, spirituelle, coquette, rien de ce que j'ai encore
vu ! Un vrai phénomène qui s'éclipse et qui dit m'aimer, qui
veut me garder au fond d'un palais, à Venise... (car je vous
dis tout à vous !) et qui veut que je n'écrive plus que pour
elle ; une de ces femmes qu'il faut absolument adorer à
genoux quand elles le veulent et qu'on a tant de plaisir à
conquérir ; la femme des rêves ! Jalouse de tout. Ah ! il
vaudrait bien mieux être à Angoulême, à la Poudrerie, bien
sage, bien tranquille à entendre sauter les moulins et à
s'empâter dans les truffes... et à rire et à causer — que de
perdre son temps et sa vie !

Mais si Balzac interrompt maintenant pour un moment son service de troubadour, abandonne Paris et la duchesse de Castries, les motifs en sont plus terrestres et plus vulgaires que cette lucidité de sa vision intérieure. Une de ces catastrophes financières qui s'amassent et se déchargent soudain sur sa tête avec la régularité d'un orage d'été s'est à nouveau déclarée. Pour Balzac qui, à l'inverse de Midas, transforme non en or, mais en dettes tout ce qu'il touche, une catastrophe matérielle ne manque jamais d'arriver quand il devient amoureux d'une femme, quand il s'offre un voyage ou quand il tente quelque spéculation. Comme son budget est toujours en équilibre instable, le temps qu'il prend à son travail ouvre toujours un trou supplémentaire dans ses finances déjà en piteux état. Les nombreuses soirées qu'il gâche dans le salon de la duchesse de Castries au lieu de les passer à sa table de travail, celles qu'il passe au théâtre, la loge aux Italiens, représentent déjà à eux seuls deux romans non écrits et en même temps que les recettes diminuent, les dépenses se sont accrues de façon inquiétante. L'idée malheureuse qu'il a eue de se donner le rôle de prétendant du grand monde aux allures aristocratiques, a fait monter ses dettes dans des proportions folles. Rien que les deux chevaux du tilbury avec lequel il se rend au palais de Castellane ont mangé pour plus de neuf cents francs d'avoine ; le ménage avec trois domestiques, les vêtements neufs, tout ce pompeux train de vie se font sentir de façon toujours plus inquiétante. Les factures impayées, les traites venues à échéance arrivent chaque jour avec la même régularité que naguère les épreuves. Il y a longtemps que ce ne sont plus les créanciers, mais les huissiers qui assiègent la rue Cassini. Et comme il n'y a qu'une chose qui puisse sauver Balzac : le travail, et qu'il lui faut du calme pour ce travail il n'y a qu'une solution : la fuite ; fuir de Paris, fuir l'amour, fuir ses créanciers, fuir là où on ne peut le trouver et l'atteindre.

Naturellement l'ouvrage que Balzac a sur le métier est déjà vendu d'avance. Le dernier jour avant son départ il a encore signé deux contrats et touché quinze cents francs pour avoir pendant les prochains mois de l'argent de poche. Mais on lui en arrache quatorze cents juste avant le départ et c'est avec cent vingt francs en tout qu'il parvient à se réfugier enfin dans la diligence qui l'emmène à Saché. Là son séjour est assuré. Là, au château de ses amis Margonne, il n'a rien à dépenser. Tout le jour et la moitié de la nuit il écrit dans sa chambre et n'apparaît que pour une ou deux heures aux repas. Mais tandis qu'il est là tranquille les frais de son ménage luxueusement installé à Paris n'en courent pas moins. Il faut que quelqu'un mette de l'ordre, réduise les dépenses, lutte à sa place contre les créanciers, apaise les fournisseurs, et, pour ce dur et difficile service Balzac ne connaît qu'une personne, une femme dure et difficile elle-même : sa mère. Après avoir cherché pendant des années à échapper à sa tutelle il lui faut, maintenant qu'il est devenu un grand écrivain célèbre, avoir humblement recours à son sens de l'économie, à son habileté en affaires qui lui ont gâché sa jeunesse.

La capitulation du fils orgueilleux et volontaire est un triomphe pour la vieille femme ; elle défend avec courage et énergie cette cause perdue. Elle réduit le train de vie, congédie les domestiques superflus, bataille contre les fournisseurs et les huissiers, vend le tilbury et les chevaux gloutons. Sou par sou, franc par franc elle essaie de mettre de l'ordre dans les finances de son fils, ruinées par sa folle passion et sa manie des grandeurs. Mais elle n'en reste pas moins elle-même bientôt impuissante devant l'assaut toujours plus serré des créanciers. Le loyer n'est pas encore payé et le propriétaire veut prendre en gage les meubles. Le boulanger, pour sa part, réclame — on peut à peine comprendre qu'un seul homme ait consommé tant de pain — une facture impayée de plus de sept cents francs ; tous les jours d'autres traites, d'autres effets de crédit qui passent de main en main sur le marché financier parisien, sont présentés au paiement. Désespérée Mme Balzac envoie lettre sur lettre à son fils qui doit commencer par écrire ses manuscrits depuis longtemps vendus et n'est pas en état d'arracher seulement un franc de plus aux éditeurs et aux journaux. Même en travaillant vingt-quatre heures par jour il ne pourrait rattraper ce que ces six mois de snobisme et de passion amoureuse lui ont coûté. La littérature, Balzac s'en rend compte, ne peut le sauver. Aussi songe-t-il à nouveau — bien étrange projet pour un homme soi-disant si passionnément épris — au vieux remède : un riche mariage. Dès le printemps, tout en s'enflammant d'un amour romantique pour la duchesse de Castries, Balzac, faisant deux parts des affaires de cœur et de celles de son cerveau, a très logiquement, très sérieusement courtisé une jeune fille, Mlle de Trumilly que la mort de son père a mis en possession d'une fortune dont elle dispose. Sa demande fut écartée pour des raisons que nous ne connaissons point. Dédaigné par la riche orpheline il revient à son ancienne ambition : épouser une riche veuve et assurer ainsi définitivement la paix de son cœur aussi bien que de son travail. Dans son désespoir Balzac ne charge pas seulement sa mère, mais encore sa vieille amie Mme de Berny de lui chercher, avec toute la diligence possible, une grosse rentière qui soit veuve et de le sauver ainsi de la honte d'une seconde banqueroute. Et en fait on la découvre cette riche veuve, la baronne Deurbroucq qui, par-dessus le marché, s'enthousiasme pour l'œuvre du romancier Honoré de Balzac. Il se trame un petit complot. Au cours de l'été, cette frégate dorée doit toucher terre dans le voisinage de Saché sur ses propriétés de Méré et Balzac fourbit déjà toutes ses armes, tout son pouvoir de séduction, pour s'emparer de ce précieux butin. Pour préparer l'assaut de ce cœur de veuve, il lui expédie, à son autre château de Jarzé, ses œuvres avec des dédicaces pressantes. Peut-être son impatience de faire enfin la connaissance de ce jeune homme intéressant grandira-t-elle ainsi ? Trois fois par semaine il interrompt son travail pour aller de Saché à la propriété voisine et savoir si elle ne serait pas arrivée.

Mais par malheur la riche baronne ne manifeste aucune intention de quitter son magnifique château de Jarzé et elle en serait vraisemblablement encore moins pressée si elle soupçonnait combien Balzac a hâte de devenir amoureux de ses rentes. Elle le fait attendre, attendre. Chaque jour arrivent de Paris des lettres sinistres et chaque jour le maigre argent de poche va s'amenuisant. Sur ses cent vingt francs notre prétendant au mariage n'a plus sur lui que quelques pièces blanches. Il ne peut plus sans être importun jouir au-delà d'une semaine ou deux de l'hospitalité de Saché. Ainsi s'évanouira le dernier espoir de rencontrer sans éveiller les soupçons celle qui doit le sauver. Balzac ne sait plus à quel saint se vouer et dans son désespoir se trouve tout proche du suicide : « Avoir tous les chagrins de mes travaux d'artiste et ceux que me font mes embarras et mes affaires, c'est à quitter la vie. »

Si on lit les lettres écrites par Balzac en ces jours de catastrophe, on serait porté à admettre que, dans un tel état de désarroi et de désespoir, l'artiste a été tout à fait incapable de produire, ou tout au moins de créer une œuvre typique. Mais quand il s'agit de cet être d'exception, toutes les déductions logiques se trouvent inexactes ; au lieu de ce qu'on pouvait prévoir toujours ce sont les choses les plus invraisemblables qui se produisent. Les deux mondes dans lesquels il vit, le réel et l'imaginaire, sont chez lui pour ainsi dire imperméables l'un à l'autre. Balzac le créateur peut se concentrer et se murer si parfaitement dans sa concentration qu'il ne sait et ne sent rien des tempêtes qui donnent l'assaut à son existence extérieure ; Balzac le visionnaire, dont la main rapide à la

lueur vacillante de la bougie déroule les destins et les
figures sur les feuillets successifs, n'a rien de commun
avec l'autre Balzac dont les chèques sont contestés et
les meubles saisis. Il n'est en rien affecté par les
sentiments et les désespoirs de sa personnalité publique ou privée ; tout au contraire, c'est quand sa
situation extérieure devient désespérée que l'artiste
manifeste en lui toute sa force. Les embarras pratiques se transforment mystérieusement en lui en une
plus profonde concentration. Rien de plus vrai que
cet aveu : « Mes meilleures inspirations ont toujours
brillé aux heures d'extrême angoisse. »

C'est seulement quand il est pourchassé et traqué
de tous côtés que Balzac se précipite dans son travail
comme le cerf aux abois dans le fleuve. Jamais le
secret intime de son être ne se révèle mieux qu'au
cours de cet été d'orages et de dépression. Tandis que
d'un côté il écrit encore des lettres d'amour à sa
duchesse inaccessible, tout en s'en allant trois fois par
semaine attendre sa riche veuve, tandis qu'il fait à
nouveau chaque jour le compte de sa monnaie liquide
en train de s'épuiser et que les lettres sinistres de sa
mère pleuvent sur lui réclamant de l'argent, de
l'argent, de l'argent, tandis qu'il jongle avec ses traites
venues à échéance, les prolonge et fait prendre
patience aux éditeurs envers qui il a des obligations,
tandis qu'il retarde de semaine en semaine par les
artifices les plus incroyables une inévitable banqueroute financière, l'effondrement de son train de maison, la perte de son honneur bourgeois, cet autre
Balzac qui est en lui écrit au cours de ce même mois
son œuvre la plus profonde, la plus riche de pensée, la
plus ambitieuse, par laquelle il prétend d'un coup
dépasser tout ce qu'il a créé auparavant et tous ceux
qui créent à côté de lui : *Louis Lambert*. Ce livre veut
marquer qu'il rompt avec tout son passé de romancier mondain, *fashionable*, romantique, favori des
dames. Se mettre ainsi à une œuvre qui n'a pas la
moindre chance d'être appréciée d'un vaste public ou

d'être comprise de lui, juste à ce moment où les circonstances lui sont favorables et où il pourrait aisément conquérir le succès matériel dont il a un si pressant besoin au moyen de n'importe quel roman palpitant d'amour ou de mœurs, voilà qui témoigne en faveur de son honnêteté intellectuelle. Alors que les libraires et les éditeurs attendent de lui une œuvre nouvelle dans le style de Walter Scott ou de Fenimore Cooper, il applique toutes ses forces à une tragédie purement intellectuelle et tente de dresser à côté du Manfred de Byron et du Faust de Goethe sa conception originale d'une personnalité tout entière dominée par l'intelligence.

Cette œuvre ambitieuse, rarement appréciée et seulement de quelques-uns, est restée fragmentaire au sens élevé du mot. Dans la figure de Louis Lambert en laquelle se reflète sa propre jeunesse, avec ses ambitions et ses idées les plus intimes, Balzac aborde un immense problème. Il veut montrer que le génie accompli qui, dans l'ascétisme total élève sa puissance de concentration à une suprême intensité ne peut plus supporter la vie terrestre, que la surcharge d'idées, que la fièvre excessive doivent finalement faire éclater sous leur pression le cerveau, la boîte crânienne qui les contient. La tragédie de la monomanie, cent fois renouvelée dans son œuvre, est ici transposée dans la sphère de la passion intellectuelle — et c'est un problème qui touche aux limites de la pathologie. Balzac a ici largement devancé sa génération en éclairant les mystérieux rapports du génie et de la folie.

Balzac réussit vraiment dans les premiers chapitres qui, dans l'évolution de Louis Lambert, représentent la formation de son propre génie, à rendre vraisemblable l'existence de cette figure imaginaire à laquelle il prête ses idées fondamentales : la « Théorie de la volonté », cet ouvrage qui doit définitivement éclairer les mystérieux rapports de la psychologie et de la physiologie, et dévoiler ainsi la nature intime de l'homme. On n'exagère pas quand on met sur le même plan, comme pure conception, le *Louis Lambert* qui lui aussi « aspire à l'impossible » et se trouve lui aussi anéanti par l'excès de sa soif de connaître et le *Faust* avec lequel consciemment ou non Balzac voulait se mesurer. Mais la différence fatale c'est que Goethe a consacré au *Faust* soixante ans de sa vie, tandis que Balzac a dû livrer au bout de six semaines le manuscrit achevé à l'éditeur Gosselin. C'est pour cela qu'il accole pour trouver une espèce de conclusion une ennuyeuse histoire d'amour, modelée dans la glaise, au bloc de marbre de sa figure primitive. Les théories philosophiques de son héros ne trouvent leur expression définitive que dans une improvisation rédigée en toute hâte, en sorte qu'on ne peut considérer qu'avec une admiration mêlée de regrets cette œuvre qui, plus que toute autre, donne la mesure de ses possibilités. Chef-d'œuvre inachevé, en dépit de sa conclusion factice, il demeure l'esquisse la plus géniale écrite de la main de Balzac et marque, à l'intérieur de son œuvre, le sommet de son ambition intellectuelle.

*
* *

A la fin de juin, Balzac, épuisé et surmené, envoie à son éditeur parisien le manuscrit terminé — mais en réalité, malgré toutes les retouches ultérieures définitivement inachevé et gâché. Les six semaines passées à Saché ont bien été employées à plein au service de l'art, mais elles n'ont apporté à sa situation précaire aucune modification. La riche veuve ne s'est pas présentée et il ne lui est pas possible de rester plus longtemps chez ses amis. Manifestement Balzac a honte de mendier encore son argent de poche auprès de ces vieux nobles pleins de distinction qui lui ont offert une généreuse hospitalité et de trahir ainsi sa lamentable situation. Par bonheur il a toujours à sa disposition un autre refuge : il sait que ses braves camarades, les Carraud, seront heureux de l'accueillir à leur foyer ; devant eux, qui sont également de pauvres bougres, il n'a pas besoin de dissimuler. Il peut bien avouer la vérité et confesser que lui, le célèbre Honoré de Balzac, n'a plus assez d'argent en poche pour faire ressemeler ses souliers. Les cent vingt francs, avec lesquels il a quitté Paris ont fondu de telle sorte qu'il ne peut plus s'offrir le luxe d'utiliser la chaise de poste pour quitter le château de Saché. Pour économiser les quelques pièces d'argent qui lui restent le ci-devant propriétaire du tilbury et des beaux chevaux anglais s'en va à pied de Saché jusqu'à Tours sous le soleil torride. C'est là seulement qu'il prend la diligence pour Angoulême où il débarque tellement à sec que son premier soin est d'emprunter trente francs au commandant Carraud.

Ces bons amis ont eux-mêmes subi mainte catastrophe ; ils rient de bon cœur de la situation grotesque où se trouve Balzac, sympathisent avec lui, et lui donnent tout ce que leur amitié peut lui offrir : une chambre tranquille pour son travail, leur gaîté, leur cordialité dans les conversations du soir. Comme toujours, au bout de quelques heures Balzac se sent plus heureux chez ces braves amis bourgeois, tout dévoués, que chez tous les comtes et les comtesses. Le travail n'est qu'un jeu pour lui. Il écrit en ces quelques jours *La Femme abandonnée*, quelques *Contes drolatiques* et se débarrasse de la correction des épreuves de *Louis Lambert*. Tout serait parfait si, presque chaque matin, une nouvelle lettre de sa mère n'arrivait de Paris réclamant de l'argent, de l'argent, de l'argent. Les créanciers ne se laissent plus lanterner. Mais comment trouver les mille et les dix mille qui sont maintenant absolument nécessaires, alors qu'on a déjà dû se faire violence pour taper de trente francs ses amis sans fortune ? Alors sonne pour Balzac une heure sombre. Trois ans, quatre ans durant il a réussi à échapper à la tutelle de sa famille. En ces années triomphales il s'est vanté avec ostentation de rembourser un jour à sa mère tout ce qu'elle lui a prêté.

Dans l'ivresse du succès, dans la conscience enfin éveillée de son talent, il a vécu comme un millionnaire. Il a compté sur ses belles relations et, en cas de besoin, sur la riche veuve ou la riche orpheline. Et voilà que maintenant, comme l'enfant prodigue, il lui faut se réfugier de nuit sous le toit à porcs de la maison et demander humblement l'aide des siens. Lui, le favori du Faubourg Saint-Germain, l'écrivain célèbre, le cavalier servant d'une duchesse, il lui faut, comme un pauvre enfant désespéré, en quête d'une aide, implorer sa « mère aimée » de se procurer à tout prix, sous sa propre garantie, dix mille francs pour le sauver de la faillite manifeste. C'est son travail, son honneur qui sont en jeu.

Et en vérité le miracle se produit : Mme Balzac obtient d'une vieille amie, Mme Delannoy, une avance de dix mille francs pour le prodigue repenti. A vrai dire ce n'est pas sans beaucoup de sel et de poivre que l'on offre cette tranche de pain au fils affamé. Il lui faut courber bien bas sa tête géniale sous le joug sévère de la famille. Il lui faut promettre de mettre fin immédiatement à sa vie de luxe. Le pécheur pardonné s'engage solennellement à renoncer de ce jour à toutes extravagances ruineuses et à organiser sa vie modestement, bourgeoisement et économiquement comme il l'a vu faire dans la maison de ses parents, ainsi qu'à payer ponctuellement toutes ses dettes avec les intérêts des intérêts.

Un miracle a sauvé Balzac, mais chaque fois que l'ordre va s'installer dans sa vie un instinct plus profond réagit en lui qui a besoin du chaos et de la détresse, et provoque de nouveaux désordres. Balzac ne peut respirer que dans une atmosphère embrasée ; la démesure reste l'unique mesure à sa taille. Son tempérament sanguin est étrangement porté à oublier les désagréments, et les obligations, si elles ne sont pas pressantes, sont comme si elles n'étaient pas. En réfléchissant dans le calme Balzac devait se dire que cet emprunt n'avait nullement atténué son déficit

financier. En fait il ne s'est est rien passé si ce n'est que
vingt ou trente petites dettes pressantes, à des fournisseurs, des souscripteurs de billets de complaisance, des domestiques et des tailleurs se sont transformés en une nouvelle dette unique de dix mille
francs à Mme Delannoy. Mais Balzac n'a d'autre
impression que celle de sentir le lacet à son cou un
peu plus lâche, et à peine peut-il respirer que déjà sa
poitrine s'enfle. Tant que Louis Lambert l'occupait,
que la crise financière l'étouffait, il n'a pas pensé à
Mme de Castries et en son for intérieur il a considéré
la partie comme perdue. Maintenant que ses dettes ne
sont plus pressantes, le voici repris du désir de risquer
sa dernière mise. La duchesse lui a plusieurs fois écrit
au cours de l'été, l'a invité à venir la voir à Aix en
Savoie et à l'accompagner, avec son oncle le duc de
Fitz-James, dans son voyage d'automne en Italie.
L'état désespéré de ses finances avait empêché Balzac
de s'arrêter même à cette pensée séduisante. Maintenant que quelques louis sonnent à nouveau dans sa
bourse la tentation devient irrésistible. En fin de
compte cette invitation aux bords du lac du Bourget,
dans le paysage de Jean-Jacques Rousseau, est tout de
même plus qu'une simple politesse. A-t-on le droit de
dédaigner un pareil signe de tendresse ? Peut-être
l'inaccessible duchesse qu'il sait pourtant sensuelle
« comme mille chattes » ne s'est-elle refusée à lui à
Paris que par crainte des cancans et de ses connaissances. Dans la divine nature l'aristocrate du Faubourg Saint-Germain fera, peut-être, à des désirs
naturels, un accueil plus naturel. N'est-ce pas au bord
des lacs suisses que le poète de Manfred, Lord Byron,
a trouvé le bonheur ? Pourquoi serait-il refusé au
poète de Louis Lambert ?

Chez un homme d'imagination les désirs deviennent aisément des illusions. Mais, même dans les
rêves les plus extravagants d'un artiste, l'observateur
qui est en lui reste en éveil. Trois vanités se livrent
bataille en Balzac : la vanité du snob, l'amour-propre

de l'homme résolu à conquérir enfin cette femme qui sans cesse l'attire à elle et ne se laisse pas prendre, et la prétention, chez un homme de sa valeur, de ne pas être berné par une coquette mondaine, de renoncer plutôt à elle. Jour après jour il discute avec Zulma Carraud, la seule personne à qui il puisse parler à cœur ouvert, s'il doit aller à Aix. La résistance de cette honnête amie qui, d'instinct, et peut-être, par suite d'une inclination refoulée pour Balzac, déteste une rivale aristocratique, devrait mettre en garde l'ami hésitant contre un voyage qui ne peut mener à rien. Cette duchesse du Faubourg Saint-Germain, elle n'en doute pas un instant, ne se compromettra pas dans des « amours plébéiennes » malgré toute son admiration littéraire. Mais en voyant avec quelle impatience passionnée Balzac ne souhaite rien d'autre dans toutes leurs conversations que de la voir appuyer sa résolution, quelque chose se durcit en elle. Elle ne veut pas risquer le soupçon de lui avoir déconseillé, par une jalousie mesquine, de tenter sa chance la plus éclatante. Qu'il fasse lui-même l'expérience ; que son snobisme reçoive une leçon nécessaire ! Ainsi elle prononce enfin la seule parole que Balzac attend d'elle : « Partez pour Aix ! » Les dés sont jetés, le 22 août, il monte en diligence.

*
* *

Balzac est resté toute sa vie trop peuple, trop petit-fils de paysans pour ne pas être superstitieux et de la façon la plus simpliste. Il croit aux amulettes, garde au doigt un anneau porte-bonheur avec de mystérieux caractères orientaux, et, à la veille de presque tous les événements décisifs de sa vie, il a, tout comme une midinette parisienne, grimpé l'escalier d'une tireuse de cartes ou d'une diseuse de bonne aventure. Il croit à la télépathie, aux messages mystérieux, aux avertissements irrésistibles de l'instinct. Sa confiance en ces prémonitions devrait, cette fois,

lui faire dès le début, interrompre son voyage. Il
commence en effet par un accident. A une station de
relais, tandis que, alourdi par sa corpulence alors déjà
considérable, il descend du siège de la diligence, les
chevaux se remettent à tirer. Balzac s'écroule de tout
son poids et se déchire la jambe jusqu'à l'os au mar-
chepied. Tout autre aurait interrompu sa route et
soigné la blessure, d'ailleurs assez suspecte. Mais les
obstacles ne font jamais que redoubler la volonté de
Balzac. Après un pansement de fortune il se fait
transporter allongé dans la voiture jusqu'à Lyon et de
là à Aix où il arrive se traînant péniblement à l'aide
d'un bâton, en une bien mauvaise posture pour un
fougueux amant.

Avec de touchants égards la duchesse lui a préparé
là « une jolie petite chambre ». La pièce a une vue
magnifique sur le lac et les montagnes, elle est en
outre, selon le désir de Balzac, aussi bon marché que
possible : deux francs par jour. Jamais dans sa vie
Balzac n'a pu jusqu'ici travailler avec autant de calme
et si à son aise. Mais ces égards de la duchesse sont en
même temps de la prudence. La chambre ne se trouve
pas dans l'hôtel qu'elle habite elle-même, mais à
quelques rues de là et, par suite, seules les relations
mondaines sont possibles et les visites intimes du soir
se trouvent exclues.

Car c'est seulement le soir — Balzac s'en est fait une
loi expresse — qu'il veut et peut voir la duchesse. Le
jour doit, selon sa règle sévère, être exclusivement
consacré au travail. La seule concession qu'il fasse,
c'est que, à cause d'elle, il ne fera commencer qu'à six
heures du matin les douze heures de travail qui commencent d'ordinaire à minuit. Au lever du soleil il est
à sa table et n'en bouge pas jusqu'à six heures du soir.
Pour quinze sous on lui apporte dans sa chambre des
œufs et du lait, son unique nourriture. C'est seulement après ces douze heures impitoyablement res-
pectées qu'il appartient à la duchesse — laquelle,
hélas, ne veut toujours pas lui appartenir. Elle mani-

feste bien à son égard toute l'amitié imaginable ; tant
que sa jambe malade n'est pas guérie, elle le mène en
voiture au lac du Bourget et à la Chartreuse et tolère
avec patience et indulgence ses emballements. Au
cours des longues soirées de causeries, elle lui prépare le café d'après la formule qu'il préfère, elle le
présente au casino à ses élégants amis de la haute
aristocratie, elle l'autorise même à l'appeler de ce
prénom, réservé à leur intimité et qu'il lui a donné :
Marie, au lieu du prénom officiel, Henriette. Mais elle
ne lui permet pas grand-chose de plus. Il n'a servi de
rien qu'il lui adressât déjà d'Angoulême l'ardente
lettre d'amour de Louis Lambert sous une forme qui
l'obligeait à sentir que chaque mot lui était destiné. Il
ne lui sert de rien de se faire envoyer de Paris en toute
hâte une demi-douzaine de gants jaunes, un pot de
pommade et un flacon d'eau de Portugal. Parfois, en
acceptant patiemment certaines privautés, en les pro-
voquant même, elle semble lui faire une promesse.

Toutes les joies de l'amour existaient en germe dans la
liberté de ses regards expressifs, dans les câlineries de sa
voix, dans la grâce de ses paroles. Elle faisait voir qu'il y
avait en elle une noble courtisane.

Au cours d'une promenade romantique aux bords
du lac on en vient même à un baiser, ravi ou permis,
mais chaque fois que Balzac réclame une preuve
suprême d'amour, quand le troubadour des « femmes
abandonnées » et des « femmes de trente ans » veut
se faire payer dans la monnaie des *Contes drolatiques*,
la femme de ses désirs redevient duchesse à la dernière minute. Déjà l'été touche à sa fin, déjà aux rives
romantiques du lac du Bourget, les arbres se colorent
et perdent leurs feuilles, et le nouveau Saint-Preux n'a
toujours pas fait plus de progrès auprès de son

Héloïse que six mois plus tôt dans le haut salon froid
du palais Castellane au Faubourg Saint-Germain.

*
* *

L'été touche à sa fin. Sur la Promenade les flâneurs
sont de plus en plus clairsemés, les gens distingués se
préparent à partir. La duchesse de Castries elle aussi
fait ses préparatifs de départ. Mais elle ne songe pas à
rentrer à Paris, elle veut d'abord aller passer quelques
mois en Italie avec son oncle, le duc de Fitz-James, à
Gênes, à Rome, et à Naples et Balzac est invité à les
accompagner tous deux dans ce voyage. Il ne peut pas
avoir d'illusions sur l'indignité de la situation dans
laquelle il s'est mis par son attitude de soupirant qui
fait éternellement sa cour en vain. On s'en rend
compte au ton désespéré dans lequel il écrit à son
amie Zulma Carraud : « Pourquoi m'avez-vous laissé
aller à Aix ? » Et ensuite : « Un voyage en Italie coûte
cher et doublement cher parce que c'est une perte de
temps, parce que cela représente des heures de travail
perdues et des jours de travail perdus dans la diligence. » Mais d'un autre côté quelle tentation pour un
artiste « à qui les voyages élargissent les vues, de voir
Rome et Naples et de les voir avec une femme élégante et intelligente, avec une femme que l'on aime et
dans le carrosse d'un duc ». Balzac se défend encore
une fois contre ses pressentiments intimes, puis il
cède. Au début d'octobre le voyage en Italie commence.

Genève est la première étape vers le Midi et la
dernière pour Balzac. C'est là qu'a lieu une explication avec la duchesse sur laquelle nous n'avons pas de
détails. Il semble qu'il lui ait posé une sorte d'ultima-
tum et cette fois le refus a dû prendre une forme
blessante. Sans aucun doute la duchesse l'a touché de
la façon la plus cruelle au point le plus sensible, dans
son honneur viril ou sa dignité personnelle, et dans sa
vanité, car il s'en retourne d'une traite à toute allure

plein d'une sombre fureur et d'une honte brûlante, résolu à se venger de cette femme qui, pendant des mois, l'a mené par le bout du nez. Dès ce moment sans doute il prend la résolution de donner une réplique à cette humiliation en la peignant manifestement et sans retenue. Le roman (tout à fait manqué) *La Duchesse de Langeais* qu'il intitula d'abord : « Ne touchez pas la hache » mettra plus tard avec assez de mauvais goût tout Paris dans la confidence des détails de l'affaire. Par politique tous deux maintiennent encore certaines relations superficielles de société ; Balzac s'offre le luxe d'un geste chevaleresque et donne d'abord lecture de ce roman qui fait son portrait à l'héroïne réelle. Elle y répond d'un geste encore plus noble, en autorisant ce portrait peu flatteur de sa personne. La duchesse de Castries prend en Sainte-Beuve un autre directeur de conscience littéraire, un autre partenaire pour les causeries et Balzac déclare sans ambages : « Je me dis qu'une vie comme la mienne ne doit s'accrocher à aucun jupon de femme et que je dois suivre ma destinée largement et voir un peu plus haut que les ceintures. »

*
* *

Comme un enfant qui malgré tous les avertissements s'est démené jusqu'au moment où il s'est cogné contre une pierre se réfugie saignant et honteux dans les bras de sa mère, Balzac s'en va de Genève à Nemours chez Mme de Berny, sans toucher Paris. Il y a dans ce retour à la fois une déclaration d'amour et une rupture. De la femme qu'il ne désire que par vanité et qui se refuse à lui par calcul ou par indifférence il se réfugie auprès de celle qui lui a tout sacrifié et tout donné : son amour, ses conseils, son argent, et qui l'a mis au-dessus de tout, au-dessus de son mari, de ses enfants et de son honneur dans le monde. Jamais il n'a eu si clairement conscience de ce qu'elle fut pour lui, cette première femme aimée, de ce qu'elle demeure pour lui, que maintenant où elle ne représente plus qu'une maternelle amie ; jamais il n'a si puissamment senti tout ce qu'il lui doit et pour manifester dignement cette gratitude, il lui dédie le livre qui resta pour lui toute sa vie l'œuvre la plus chère, *Louis Lambert*, avec sur le premier feuillet la dédicace : « *Et nunc et semper dilectae*, à celle dont j'ai fait choix maintenant et pour toujours. »

CHAPITRE X

BALZAC FAIT LA DÉCOUVERTE
DE SON SECRET

Si l'on en croyait Balzac lui-même son affaire avec Mme de Castries aurait été une tragédie, qui lui aurait porté d'incurables blessures. « J'abhorre Mme de Castries, écrit-il sur le mode pathétique, car elle a brisé ma vie sans m'en redonner une. »

A une autre correspondante inconnue il écrit même : « Cette liaison qui restait, par la volonté de cette femme, dans les conditions les plus irréprochables, a été l'un des plus grands chagrins de ma vie. »

Avec un homme qui transpose sans cesse sa vie en une vie romancée il faut s'habituer à de telles exagérations dramatiques. Sans aucun doute Mme de Castries a, par son refus, porté un coup sensible à l'orgueil masculin et au snobisme prétentieux de Balzac. Mais c'est un homme dont la personnalité a des racines bien trop profondes et dont la concentration sur lui-même est bien trop grande pour que le oui ou le non d'une femme puisse « briser sa vie ». L'aventure avec Mme de Castries ne fut pas une catastrophe, mais simplement un épisode dans son existence. Le véritable Balzac n'est nullement aussi aigri et désespéré qu'il le prétend dans ses confessions romantiques aux amies inconnues. Il ne songe nullement comme le général Montriveau qui, dans *La Duchesse de Langeais*, tient son rôle, à marquer au fer rouge l'aristocratique coquette. Au lieu de crier vengeance, il reste tranquillement en commerce épistolaire avec elle et lui fait des visites. Ce qui, dans le roman, se manifeste en tempêtes et en tourmentes, en orages et en tragédies, se dégonfle dans la réalité, lentement et paisiblement, en « faibles relations de politesse ». Balzac — soit dit sans vouloir l'offenser — n'est jamais véridique quand il se dépeint lui-même. Comme romancier il exagère, il renchérit par devoir professionnel ; il cherche ainsi à tirer de chaque rencontre le maximum de possibilités et il serait d'ailleurs absurde que l'imagination, sans cesse active en lui, restât tout à coup indifférente, impuissante et improductive, devant les phénomènes de sa propre existence.

Celui qui fait le portrait de Balzac est donc contraint de récuser le témoignage de son modèle. Il ne doit pas se laisser aveugler par la pathétique déclaration de l'artiste, et admettre, comme il l'affirme à sa sœur, que ce petit incident — une comtesse lui a refusé ce qu'en France on nomme « la bagatelle » — aurait été à l'origine de la maladie de cœur qui l'emporta. En réalité c'est à peine si Balzac fut jamais en meilleure santé, plus énergique, plus laborieux, à peine si sa force créatrice donna jamais plus pleine adhésion à la vie, qu'en ces années-là. Le témoignage de ses œuvres a plus de valeur que ses paroles et que ses lettres. Ce qu'il a créé, rien que dans les trois années qui suivent, suffirait à constituer l'œuvre d'une vie et à faire de lui le premier artiste de son temps. Mais sa force est si immense et si intacte, son courage si téméraire, qu'il ne considère tout cela que comme un début et une besogne de déblayage préalable à sa tâche propre : devenir « l'historien des mœurs du XIXᵉ siècle ».

*
* *

Depuis ses premiers succès avec *Les Chouans, La*

Physiologie du mariage, *La Peau de chagrin*, et les romans plus sentimentaux du Faubourg Saint-Germain, Balzac sait qu'il est une puissance et même une grande puissance. Il a pris conscience de sa force ; à sa propre surprise il s'est aperçu que la littérature était son don personnel et qu'avec sa plume il pouvait conquérir le monde comme Napoléon avec son épée. Et s'il ne se souciait que du succès, que de faire de l'argent — comme il semble parfois quand on lit ses lettres —, des centaines de mille et des millions, alors il devrait continuer à gaver le public de cette pâture qui lui plaît. Les femmes de tous les pays lui restent fidèles, il pourrait devenir le héros des salons, l'idole des femmes déçues, le favori des délaissées, un concurrent heureux pour ses confrères qui visent moins haut : Alexandre Dumas et Eugène Sue. Mais avec la conscience de sa force, une plus grande ambition s'est allumée en lui. Au risque de perdre ceux de ses lecteurs qui ne demandent qu'à se passionner grossièrement pour une intrigue et ceux qui ne recherchent qu'une fade sentimentalité, il ose, justement en ces années-là, s'écarter de plus en plus de son public. Étonné lui-même de l'amplitude de son talent, il veut connaître ses limites, il veut savoir ce dont il est capable, il sent lui-même, en créant avec un étonnement toujours nouveau, combien vaste est sa mesure et qu'elle renferme en elle tout un monde.

Les œuvres de cette période de 1832 à 1836 frappent au premier regard par leur diversité. Personne ne pourrait d'abord supposer que l'auteur de *Louis Lambert* et de *Séraphîta* peut être aussi celui des *Contes drolatiques*, grivois et presque lascifs, et encore moins qu'il a vraiment écrit en même temps ces œuvres, qu'en fait Balzac a, en un même jour, corrigé les épreuves de *Louis Lambert* et rédigé quelqu'une de ces histoires plaisantes. Et cela ne s'explique que comme un essai pour se mettre lui-même à l'épreuve, pour se donner en quelque sorte du champ en vue des créations futures, pour voir jusqu'où il peut atteindre en hauteur et en profondeur. De même qu'un architecte, avant d'arrêter son plan d'un bâtiment en projet commence par en examiner les dimensions et par calculer quelles portées il aura à soutenir, ainsi Balzac fait une première estimation de ses forces et établit les fondements sur lesquels va surgir la construction de sa divine *Comédie humaine*.

*
* *

D'abord Balzac se fait la main dans les *Contes drolatiques*. Ces farces, écrites dans le style de Rabelais, en un vieux français fabriqué de toutes pièces, ne sont rien autre chose que jeux d'imagination, des récits et même des récits de seconde main. Il y donne libre cours à son exubérance. Pas trace d'effort en ces contes, point de réflexion ni d'observation ; le simple jeu de l'inspiration y règne. Ils sont écrits d'une plume très légère et on sent comme il jouit de cette légèreté. Ce qu'il y a en lui de Français, d'homme du peuple, de mâle, se donne libre cours en une franche et joyeuse sensualité. Il a plaisir à faire la nique à la censure. Ici il laisse enfin à son tempérament la bride sur le cou. De toutes ses œuvres c'est celle qui s'accorde le mieux à cet homme gras, aux joues rouges, à la bouche sensuelle. Ici son rire qui, dans les salons, rend un son si peu distingué, son rire éclatant et tonitruant, se distille en champagne. C'est Balzac aux heures de bonne humeur. Et si la vie n'avait pas été si dure pour lui, si elle l'avait laissé souffler davantage, nous aurions, au lieu des trois dizains, les cent histoires qu'il annonçait dans le prospectus.

C'est là la frontière par en bas, celle de l'extrême relâchement, de la liberté, du dérèglement, le tribut payé à son tempérament. Mais en même temps il cherche le plus haut point d'ascension de sa force dans ces œuvres qu'il appelle « philosophiques ». Son

ambition l'incite à prouver que le « succès de mouchoir » qu'il a remporté avec ses figures de femmes
sentimentales ne lui suffit pas. Depuis qu'il a appris à
se connaître lui-même il ne veut plus se laisser
méconnaître par les autres. Parvenu à maturité et
dans le plein sentiment de sa force, il veut prouver
qu'un romancier de son rang a pour tâche de hausser
le roman à la dignité du grand art en y discutant les
problèmes décisifs de l'humanité : sociaux, philosophiques, religieux. En face des hommes qui restent
dans la règle de la société, obéissent à ses lois, s'adap-
tent à ses proportions, il veut présenter des personnalités qui se tiennent en marge de la raison
moyenne. Il veut étudier la mission véritable du chef
et la tragédie de tous ceux qui s'écartent du cercle du
commun et se risquent dans la solitude ou s'emmu-
rent dans le cachot d'une chimère. L'époque où Balzac subit dans sa propre vie une défaite est en même
temps celle de son extrême hardiesse et de sa témérité.

Dans ces œuvres Balzac se propose de créer des
êtres humains qui se sont assigné à eux-mêmes les
tâches les plus hautes, à proprement parler des tâches
irréalisables. Son effort suprême s'applique à des
hommes qui succombent sous l'excès de leur effort,
aux génies, à des personnalités qui perdent le contact
avec la réalité. *Louis Lambert* était la première tentative dans ce domaine : le philosophe qui tente de
résoudre les derniers problèmes de la vie et qui
s'abîme dans la démence. C'est un motif qu'il va varier
durant toute sa vie en mille formes diverses. Il va,
dans *Le Chef-d'œuvre inconnu*, représenter le peintre
qui, dans son besoin de perfection, dans sa manie de
se dépasser, parachève encore la perfection jusqu'à ce
que son effort suprême anéantisse pour ainsi dire la
matière. Son musicien Gambara dépasse les limites
de son art, reste seul à entendre les harmonies de sa
musique, tout comme Louis Lambert reste seul à
comprendre ses pensées et Frenhofer ses visions. Le

chimiste Claes dans *La Recherche de l'absolu* se
consume dans la quête de l'élément dernier. Tous ces
Icares de l'esprit sont engagés dans la recherche de
l'Absolu.

A côté de ces génies de l'art et de la science il
représente en même temps le génie moral et religieux
dans *Le Médecin de campagne* et dans *Séraphîta*. Il est
indirectement redevable du *Médecin de campagne* à
sa visite chez la duchesse de Castries. Au cours d'une
excursion faite avec elle chez la comtesse d'Agoult on
lui avait parlé d'un médecin du pays, le docteur
Rome, qui, par le rayonnement de sa personnalité,
par son action humaine et humanitaire, avait colo-
nisé une région perdue et y avait ramené la classe
paysanne presque ruinée à une activité judicieuse et
féconde. Ce récit, joint à la splendeur du paysage, fit
sur Balzac une forte impression. Les ambitions réfor-
matrices de Jean-Jacques Rousseau pénétrèrent pour
ainsi dire en lui avec son décor familier. Alors que,
dans ses autres romans, il se contente de faire la
critique de la société, il prétend ici passer à l'effort
constructif et ébaucher un plan susceptible de donner
une solution au problème social. Il veut montrer
qu'on peut aussi faire œuvre créatrice dans la réalité,
qu'un individu vraiment génial est capable de créer
avec le fragile matériel humain, une œuvre qui brave
le temps et s'impose comme modèle, tout aussi bien
qu'avec des sons, des couleurs ou des idées.

Son essai *Seraphitus-Seraphîta* est peut-être plus
téméraire encore. Alors que le docteur Bénassis ne se
retire du monde et de la société que pour faire naître
un monde meilleur, Balzac veut créer ici un être qui
s'arrache entièrement à tout ce qui est terrestre, et
« sublime » à ce point l'amour intellectuel que les
marques de l'appartenance sexuelle elles-mêmes
s'effacent. Le penseur réaliste qui, dans la personnalité du docteur Bénassis, s'attaquait à la solution des
problèmes pratiques avec une étonnante richesse de

connaissances, aborde maintenant la sphère des idées mystiques de Swedenborg.

Ces deux ouvrages, *Le Médecin de campagne* et *Séraphîta*, ne sont pas, à proprement parler, des réussites, et leur échec, qui fut si sensible à l'auteur, n'était pas injustifié. A le voir se donner, lui, le réaliste, des attitudes religieuses, on doute de sa sincérité. Les œuvres qui prétendent apporter la solution dernière de problèmes éternels ne sauraient être écrites avec tant de désinvolture, ni surtout présentées en articles successifs pour des journaux qui les ont payées d'avance. *Louis Lambert* et *Séraphîta* ne marquent pas le sommet de l'art de Balzac, mais le summum de son effort. Il a compris et peint l'homme de génie comme seul un génie sait en peindre un autre. Il n'y a réussite que là où l'artiste décrit des artistes. *Le Chef-d'œuvre inconnu* restera un chef-d'œuvre, et des plus purs ; mais la philosophie ne s'accommode pas de la hâte, ni la religion de l'impatience. Ce que ces livres manifestent, c'est seulement le savoir inouï, l'universalité, le ressort, la surprenante ascension de son esprit à la hauteur de tous les problèmes, même du plus ardu : le problème religieux. Balzac s'est élevé là au plus haut point où il pût atteindre.

*
* *

Entre le conteur et le penseur l'observateur tient le milieu. Son véritable domaine est la réalité. Aussi Balzac trouve-t-il son plein équilibre dans les romans où il devient « l'historien de son temps ». Son premier grand succès est *Le Colonel Chabert*, et, en ces années-là le second est *Eugénie Grandet*. Il a découvert la loi qui dorénavant dominera son œuvre : représenter la réalité, mais en y introduisant un dynamisme plus vigoureux, parce qu'il est limité à un petit nombre d'individus. Jusque-là il empruntait à l'esprit romantique l'élément romanesque de ses ouvrages : d'une part, le travesti historique, d'autre part, le fantastique et le mysticisme qui lui fournissaient des matériaux comme dans *La Peau de chagrin*, *Séraphîta*, *Louis Lambert*. Mais maintenant il découvre qu'il y a dans l'histoire contemporaine, si on sait l'observer, tout autant d'intensité. Peu importe le sujet, le décor, les draperies ; ce qui compte, c'est le dynamisme. Si on réussit à charger assez les hommes de passion, on obtient les mêmes effets et de façon plus naturelle et plus vraisemblable. L'intensité, elle n'est pas dans le coloris, ni dans l'affabulation, mais seulement et toujours dans les êtres humains. Il n'y a pas de sujets ; tout est sujet. Sous l'humble toit du vigneron Grandet il ne se trouve pas moins de passion en puissance que dans la cabine du corsaire de *La Femme de trente ans*. Au moment où la petite Eugénie Grandet, si banale et simplette qu'elle soit, met, sous le regard de son père avare, un morceau de sucre de plus dans le café du cousin Charles qu'elle aime, elle déploie tout autant de courage que Napoléon se précipitant le drapeau à la main sur le pont de Lodi. Dans son effort pour tromper les créanciers de son frère, le vieux grippe-sous développe tout autant de ruse, de souplesse, de ténacité que Talleyrand au Congrès de Vienne. Ce n'est pas le milieu qui donne à l'œuvre son prix, mais le dynamisme. La pension Vauquer dans *Le Père Goriot*, où se trouvent douze jeunes étudiants, peut être un foyer de vie tout aussi intense que le laboratoire de Lavoisier ou le cabinet de travail de Cuvier. Créer, c'est donc savoir regarder, concentrer et sublimer, savoir tirer le maximum d'effets, mettre à nu la passion en tout être passionné, découvrir la faiblesse dans la puissance, faire surgir les forces qui sommeillent. *Eugénie Grandet* est un premier pas dans cette voie ; le dévouement s'élève dans cette simple et pieuse enfant à un tel degré d'exaltation qu'il atteint presque à la religion. L'avarice du vieux Grandet devient démoniaque, tout comme la fidélité de la vieille servante dans sa laideur. Dans *Le Père Goriot* la tendresse paternelle devient également une puissance créatrice, atteint à la monomanie. Tous les personnages sont exactement vus et leur secret est dévoilé. On n'a qu'à les laisser agir les uns sur les autres, qu'à mettre en contact les mondes divers, à laisser mauvais ce qui est mauvais et bon ce qui est bon ; à présenter comme des forces la lâcheté, la ruse, la bassesse, sans porter aucun jugement moral. L'intensité est tout ; celui qui la possède en lui-même et qui sait l'atteindre, celui-là est un artiste.

C'est en ces années-là que Balzac a découvert son grand secret : tout est sujet ; la réalité est une mine inépuisable quand on s'entend à la fouiller. Il n'est besoin que d'observer comme il faut et chaque homme devient un acteur de *La Comédie humaine*. Il n'y a pas de haut ni de bas : on peut tout choisir et — c'est là pour Balzac le point capital — on *doit* tout choisir. Qui veut peindre le monde ne peut laisser de côté aucun de ses aspects, tous les échelons de l'échelle sociale doivent être représentés, le peintre tout comme l'avocat et le médecin, le vigneron, la concierge, le général et le fantassin, la comtesse, la petite prostituée des rues, le porteur d'eau, le notaire et le banquier. Car toutes ces sphères réagissent les unes sur les autres, toutes se touchent. De même il faut représenter tous les caractères : l'ambitieux et l'avare, l'intrigant et l'honnête homme, le prodigue et le cupide — toutes les variétés du genre humain et toutes les variétés de son jeu. Pas besoin d'inventer sans cesse de nouveaux personnages, on peut, en les groupant convenablement, reproduire les mêmes figures ; faire intervenir un ou deux médecins pour tous les médecins, un banquier pour tous, de façon à faire tenir dans le cadre étroit d'un seul ouvrage toute l'immensité d'un monde. Le sentiment devient de plus en plus net chez Balzac que, pour dominer toute cette surabondance, il lui faut enfin un plan : un plan de vie, un plan de travail ; le sentiment que lui, le vrai romancier, ne doit pas juxtaposer des œuvres successives, mais les pénétrer les unes les autres, qu'il lui

faut donc être « un Walter Scott plus un architecte ».
Les « peintures de la vie individuelle » ne suffisent
pas ; l'essentiel ce sont les « rapports qu'elles ont
entre elles ».

Balzac n'a pas encore découvert la conception de
La Comédie humaine dans toute son extension, et il
faudra dix années avant qu'il en discerne nettement le
plan. Mais une chose est déjà certaine pour lui : c'est
que, dans son œuvre, un ouvrage ne saurait se poser à
côté de l'autre et sur le même plan, mais qu'il doit la
construire en étages successifs. Il écrit le 26 octobre
1834, ignorant encore les dimensions que son œuvre
prendra réellement :

Je crois qu'en 1838 les trois parties de cette œuvre gigantesque seront, sinon parachevées, du moins superposées, et
qu'on pourra juger de la masse. Les *Etudes de mœurs*
représenteront tous les effets sociaux sans que ni une situation de la vie, ni une physionomie, ni un caractère d'homme
ou de femme, ni une manière de vivre, ni une profession, ni
une zone sociale, ni un pays français, ni quoi que ce soit de
l'enfance, de la vieillesse, de l'âge mûr, de la politique, de la
justice, de la guerre ait été oublié. Cela posé, l'histoire du
cœur humain tracée fil à fil, l'histoire sociale faite dans
toutes ses parties, voilà la base. Ce ne seront pas des faits
imaginaires, ce sera ce qui se passe partout. Alors la
seconde assise est les *Etudes philosophiques* ; car après les
effets viendront les *causes*. Je vous aurai peint dans les
Etudes de mœurs les sentiments et leur jeu, la vie et son
allure. Dans les *Etudes philosophiques* je dirai *pourquoi les
sentiments, sur quoi la vie* ; quelle est la partie, quelles sont
les conditions au-delà desquelles ni la société, ni l'homme
n'existent ; et après l'avoir parcourue (la société) pour la
décrire, je la parcourrai pour la juger. Ainsi, partout, j'aurai
donné la vie : du type en l'individualisant, à l'individu en le
typisant... Puis, après les effets et les causes, viendront les
Etudes analytiques dont fait partie *La Physiologie du
mariage* ; car après les effets et les causes doivent se rechercher les principes. Les mœurs sont le spectacle, les causes
sont les coulisses et les machines. Les principes, c'est
l'auteur ; mais à mesure que l'œuvre gagne en spirale les

hauteurs de la pensée, elle se resserre et se condense. Il faut vingt-quatre volumes pour les *Etudes de mœurs*, il n'en faudra que quinze pour les *Etudes philosophiques* et il n'en faut que neuf pour les *Etudes analytiques*. Ainsi l'homme, la société, l'humanité seront décrites, jugées, analysées, sans répétitions et dans une œuvre qui sera comme les *Mille et Une Nuits* de l'Occident.

Quand tout sera fini, mon fronton sculpté... mon dernier coup de peigne donné, j'aurai eu raison ou j'aurai eu tort ; mais après avoir fait la poésie, la démonstration de tout un système, j'en ferai la science dans l'*Essai sur les forces humaines*. Et sur les bases de ce palais, moi, enfant, et rieur, j'aurai tracé l'immense arabesque des *Cent contes drolatiques*.

Et dans l'enthousiasme et l'effroi de la tâche qui s'offre à lui il s'écrie : « Voilà l'œuvre, voilà le gouffre, voilà le cratère, voilà la matière ! »

Cette conscience de la tâche qu'il a devant lui conditionne dorénavant la vie de Balzac. Lui qui, il y a un ou deux ans, se sentait encore un débutant, il prend, dans le sentiment de la force qui lui est propre et de la grandeur de sa mission, conscience de sa personnalité, dure comme l'airain et que rien ne saurait plus ébranler.

En septembre 1835 il proclame :

Je veux gouverner le monde intellectuel en Europe ; encore deux ans de patience et de travaux et je marcherai sur toutes les têtes de ceux qui voudraient me lier les mains, retarder mon vol ! Les persécutions, l'injustice, me donnent un courage de bronze.

Il le sait, il a devant lui une œuvre, derrière lui un public ; et il est ainsi décidé à ne composer avec personne, à ne plus s'accommoder aux vœux des éditeurs et des journaux. Les petits désagréments et les petits soucis n'ont plus aucune prise sur lui. Il dicte ses conditions aux éditeurs, remplace l'un par l'autre dès qu'il ne fait plus complètement droit à ses exigences et à ses vœux, il se sépare des plus puissan-

tes revues de Paris dès qu'elles se permettent une
inconvenance, même aux temps des plus amères difficultés financières, et tourne avec mépris le dos aux
journalistes qui s'imaginent dominer l'opinion publique. Qu'ils dénigrent à leur guise tel ou tel ouvrage ;
ils sont bien impuissants à arrêter l'œuvre véritable,
l'œuvre d'ensemble qu'il aperçoit devant lui dans des
proportions toujours plus vastes, toujours plus auda-
cieuses. Ils peuvent bien l'attaquer, le railler, et l'insul-
ter dans des entrefilets piquants ; essayer de le ridiculiser dans des anecdotes malicieuses. Ils peuvent
traîner à travers les revues ses caricatures ; sa vengeance sera celle du créateur ; il peindra cette
engeance dans sa puissance, et en même temps dans
son impuissance, au cours de ses romans, il peindra
en traits ineffaçables sur le mur du siècle, dans *Les
Illusions perdues*, la corruption systématique de l'opinion publique, le trafic des réputations et des valeurs
spirituelles. Ses créanciers peuvent le poursuivre de
leurs traites et de leurs plaintes judiciaires ; ils peuvent saisir ses meubles ; ils ne pourront pas emporter
une seule pierre, une seule motte de terre de ce monde
qu'il va bâtir. Rien ne saurait plus l'ébranler depuis
que le plan est là, et la force, pour une œuvre dont il
sait qu'un seul homme a eu l'audace de l'esquisser et
qu'un seul homme est capable de la dominer : lui.

LIVRE III

LE ROMAN VÉCU

CHAPITRE XI

L'INCONNUE

La tâche que Balzac voit maintenant clairement s'étendre devant lui est formidable, et il ne se fait aucune illusion sur la somme ou plutôt sur l'immensité du travail qui sera nécessaire « pour être à la tête de l'Europe littéraire, remplacer Byron, Walter Scott, Goethe, Hoffmann ».

Selon ses calculs il lui faut au moins vivre jusqu'à soixante ans. Pendant ces trente années ou presque qu'il a devant lui, il ne pourra pas rester oisif un an, un mois, une semaine, et à vrai dire pas une journée. Il lui faudra passer à sa table de travail nuit après nuit, remplir un feuillet après l'autre, un volume après l'autre. Il ne restera rien pour le plaisir ou le bien-être et quand enfin les dettes seront éteintes et que les billets de cent mille tant désirés afflueront, il ne restera pas un moment pour en jouir. Balzac n'ignore pas quel prix une tâche pareille exige en renoncement ; il sait qu'il devra risquer dans cette aventure son cerveau, son sommeil, ses forces, sa vie tout entière. Mais il ne craint rien, car le travail est en même temps sa joie et c'est seulement dans cette tension constante de son énergie qu'il prend conscience de sa vitalité et en jouit. Mais il est encore une chose dont il a besoin pour pouvoir l'emporter dans cette lutte : un peu de sécurité sous ses pas. C'est justement maintenant qu'il s'engage dans une entreprise où son existence entière est en jeu que le violent désir des données primitives de la vie devient sans cesse plus passionné, plus impatient. Avoir une femme, une maison, ne plus être tourmenté par les exigences du sang, ne plus être traqué par des créanciers, ne plus avoir à batailler contre des éditeurs, à mendier des avances, ne plus être obligé de trafiquer de ce qui n'est pas encore écrit ! Ne plus vivre dans une chasse incessante, ne plus être éternellement poursuivi, ne plus gaspiller un tiers de sa vigueur intellectuelle à ces intrigues et à ces ruses par lesquelles on tient à distance les huissiers, mais consacrer toute sa force à « ce monument durable plus par la masse et l'amas des matériaux que par la beauté de l'édifice ».

Se détendre dans la vie extérieure pour pouvoir concentrer sur l'œuvre toute sa tension. Mener une vie simple dans le monde réel pour pouvoir vivre tranquille dans ce monde qui est sa création à lui. Pour qu'il soit à la hauteur de sa tâche, il faut que son vœu d'autrefois se réalise enfin : « Une femme et une fortune ! »

Mais comment la découvrir, cette femme, qui doit introduire tout cela dans sa vie : apaiser ses sens, payer ses dettes, protéger son travail, et, par-dessus le marché, satisfaire son incurable snobisme par son origine aristocratique et ses manières éblouissantes ? Comment la trouver, alors que, travaillant seize heures, il n'a pas le temps de la chercher ? Et puis Balzac est trop perspicace pour ne pas savoir combien, avec ses allures plébéiennes et ses mauvaises manières, il a le dessous dans les salons en face des élégants professionnels. Mlle de Trumilly a repoussé ses avances ; l'aventure avec Mme de Castries lui a enseigné que, même en mettant en jeu la passion la plus totale, il ne devient pas séduisant. Il est trop fier, trop timide aussi pour gaspiller son temps, ce temps qui ne se peut retrouver, en une cour qui n'en finit point. Et qui donc autrement chercherait pour lui une femme ? De ses excellentes amies, l'une, Mme de Berny, malgré ses cinquante-quatre ans, n'est guère disposée à faire choix elle-même de celle qui la remplacera, et l'autre, la délicieuse Zulma Carraud, comment lui dénicherait-elle, dans son cercle de petites bourgeoises miséreuses et provinciales, la millionnaire, l'aristocrate ? Il faudrait un miracle. La femme dont il rêve, il faudrait que ce soit elle qui le cherche, lui qui n'a ni le temps, ni le courage, ni l'occasion de se mettre en quête d'une épouse.

En bonne logique, on ne peut s'attendre à cela. Mais dans la vie de Balzac, c'est toujours justement l'invraisemblable qui devient réel. Sans le connaître personnellement, ou peut-être, justement parce qu'elles ne savent rien de sa personne, et n'ont qu'une idée romantique et exaltée de « leur » poète, des femmes s'adressent à Balzac. Il ne cesse de recevoir leurs lettres, parfois deux ou trois en un même jour, et plus d'une d'entre elles nous a été conservée. Ce sont les lectrices qui écrivent à Balzac, toujours des femmes curieuses, parfois aussi en quête d'aventures. La duchesse de Castries n'est pas la seule de ses connaissances avec laquelle il ait été mis en rapport par le facteur. Une troupe de tendres amies, dont nous ne connaissons la plupart du temps que le prénom : Louise ou Claire ou Marie ont finalement suivi dans la maison leur correspondance anonyme et l'une d'elles en a même emporté un enfant illégitime. Mais au lieu de ces simples amourettes, un amour véritable ne pourrait-il pas débuter ainsi ?

Aussi Balzac lit-il avec un soin particulier les lettres de femmes ; elles renforcent son sentiment de tout ce qu'il pourrait être pour l'une d'elles, et il suffit qu'une note, une ligne, éveille sa curiosité psychologique pour qu'il réponde longuement, lui qui n'écrit que de façon tout à fait sommaire même aux plus en vue de ses contemporains. Pour cet homme qui s'est luimême enchaîné à sa table de travail, pour qui les rideaux baissés de son bureau détournent pendant des journées entières tout regard de la ville et du monde, c'est toujours comme si le vent apportait dans la pièce un parfum doux et séducteur quand ces lettres arrivent. En les lisant, il se rend compte avec plus de sensualité que chez les critiques et dans les appréciations officielles, que de lui émanent des vibrations auxquelles c'est justement l'élément le plus délicat du monde, les femmes, qui sont le plus sensibles.

Parfois, quand le travail presse, Balzac met les lettres de côté. C'est ainsi que reste d'abord négligée la lettre venue de Russie scellée du cachet « Diis ignotis » et signée du mot mystérieux : l'Etrangère, arrivée en ce fatal 28 février 1832 où Balzac reçut de Mme de Castries pour la première fois l'invitation à lui faire visite dans le faubourg Saint-Germain. Mais par la suite cette lettre décidera de toute la vie de l'écrivain.

Balzac lui-même eût été incapable d'imaginer pour un roman d'amour romantique un début plus comique et plus exotique que la situation où cette lettre prend naissance. Milieu extérieur : un château en Wolhynie, un de ces manoirs de la noblesse qui s'étalent largement au-dessus de la plaine et font une impression d'autant plus imposante qu'ils se dressent là, solitaires dans le vide. Pas de ville dans le voisinage, pas de véritable village, rien que les huttes basses aux toits de chaume des serfs, et, tout autour, des champs, les champs fertiles de la fertile Ukraine et des forêts sans fin, aussi loin que s'étend la vue. Tout cela appartient au riche baron russe-polonais Waclaw de Hanski.

Au milieu de cette pauvreté et de cet esclavage le château est muni de tout le luxe européen. Il contient de précieux tableaux, une riche bibliothèque, des tapis orientaux, des services anglais en argent, des meubles français et des porcelaines chinoises. Dans les écuries, des chevaux, des carrosses et des traîneaux se tiennent prêts pour les sorties en voiture et à cheval. Mais toute cette armée de serfs, de domestiques, de valets, de palefreniers, de cuisiniers et de gouvernantes ne saurait défendre M. de Hanski et sa femme Evelina contre un terrible ennemi, contre l'ennui qui résulte de cet isolement. M. de Hanski, âgé d'environ cinquante ans et de santé délicate n'est pas, à la différence de ses voisins, un chasseur passionné, un joueur enragé, ni un buveur effréné, et l'administration de ses terres ne l'occupe guère ; il ne sait du reste que faire des millions dont il a hérité. Les milliers d'« âmes » qu'il possède n'apportent pas davantage à son âme prosaïque la vraie joie. A ses côtés sa femme, comtesse Rzewuska, dont la beauté fut jadis célèbre, souffre davantage encore de la privation totale de toute excitation et de toutes relations intellectuelles. L'atmosphère de la maison de ses parents, une des familles les plus distinguées de la noblesse polonaise, a fait d'un commerce spirituel un besoin pour elle. Elle parle français, anglais, allemand ; elle a du goût littéraire et ses centres d'intérêt sont ceux du monde occidental, si lointain hélas.

Mais à Wierzchownia, pas une âme, nulle part, pour stimuler son esprit dans des relations amicales. Les maîtres des domaines voisins sont des compagnons sans culture et sans esprit et les deux parentes pauvres que Mme de Hanska a prises chez elle comme dames de compagnie, Saveryna et Dyoniza Wylezynska, n'ont pas grand-chose à raconter. Le château, trop grand et perdu dans la solitude, est, six mois de l'année, enfoui dans la neige et ne reçoit aucune visite. Au printemps on va une fois à un bal à Kiew et, tous les trois ou quatre ans peut-être, une fois à Moscou ou à Saint-Pétersbourg. A part cela les jours s'écoulent aussi vides et aussi ternes les uns que les autres. Et le temps passe toujours plus stupidement, le temps qui ne reviendra jamais. En onze ou douze ans de mariage Eva de Hanska a donné à son mari, presque de vingt-cinq ans plus âgé qu'elle, six enfants (cinq selon certains). Tous sont morts, seule une fille lui est restée. Elle ne pourra plus guère en

238 *Balzac*

donner d'autres à cet homme, vieilli avant l'âge, et elle-même a trente ans ; une femme robuste, appétissante, un peu trop corpulente déjà. Mais elle ne va pas tarder à être vieille et sa vie se sera passée sans qu'elle ait vraiment connu la vie.

Tout comme en hiver la neige et en été les champs s'étendent à perte de vue, l'ennui s'étend sur cette maison. Le seul événement de la semaine est la venue du courrier. Il n'y a pas encore de chemins de fer. Une fois par semaine on va prendre en traîneau ou en voiture à Berditcheff les précieux envois venus des pays enchantés de l'Ouest. Mais alors, quelle journée ! Les Hanski, qui sont riches, se sont abonnés aux journaux étrangers dans la mesure où ils sont autorisés par la censure russe, avant tout au journal conservateur de Paris *La Quotidienne* et à tout ce qui existe en France en fait de revues littéraires. En outre le libraire leur envoie régulièrement toutes les nouveautés. Or l'éloignement relève l'importance des événements, les mêmes journaux que Paris parcourt distraitement, on les lit ici, à l'autre bout du monde cultivé, avec attention de la première à la dernière syllabe et de même tous les livres. Il n'est pas de feuille parisienne où les nouveautés littéraires soient critiquées et discutées aussi à fond qu'ici dans le cercle étroit de la famille. Le soir, Mme de Hanska, assise entre ses deux nièces et Henriette Borel, la gouvernante suisse de sa fille, échange avec elles ses idées sur ses dernières lectures. Parfois, pas souvent, M. de Hanski ou le frère de Mme de Hanska, Adam Rzewuski, quand il est en visite chez elle, prennent part à la conversation. On discute le pour et le contre, chaque petit fait divers du lointain et fabuleux Paris se transforme en une affaire passionnante. On parle et on rêve des acteurs, des poètes, des hommes politiques comme d'êtres divins et inaccessibles. Là, dans ces châteaux à l'écart du monde, la gloire n'est pas un vain souffle, mais le reflet de la splendeur céleste, là on prononce encore avec vénération le nom d'un artiste.

Par une de ces longues soirées d'hiver, en 1831, une controverse particulièrement vive est engagée. On discute sur un nouvel écrivain parisien, un certain Honoré de Balzac, qui, depuis un an, tient tout le monde en haleine : les femmes surtout sont à la fois enthousiastes et hostiles. Quel livre splendide les *Scènes de la vie privée* ! Jamais écrivain n'a si profondément pénétré dans l'âme de la femme. Quel sens des abandonnées, des aigries, des repoussées ; quelle touchante indulgence pour toutes leurs fautes et leurs faiblesses ! Mais peut-on s'expliquer que cet homme à la sensibilité si fine, si plein de compassion ait pu écrire en même temps *La Physiologie du mariage*, ce livre froid, ironique, cynique, odieux ? Comment un génie peut-il s'avilir de la sorte ; comment un homme, qui sait comprendre et défendre les femmes, peut-il les railler et les abaisser ainsi ? Et puis ce nouveau roman, *La Peau de chagrin*. Il est splendide, bien sûr. Mais comment le héros du livre, cet aimable jeune poète, aimé d'une aussi noble jeune fille que Pauline, peut-il l'abandonner pour une coquette froide et mondaine, comment peut-il tomber sous le joug d'une femme aussi méprisable que la comtesse Fédora ? Non, un tel écrivain, un génie comme ce M. de Balzac devrait avoir meilleure opinion des femmes ; il ne devrait dépeindre que les nobles âmes et ne pas avilir son talent à la peinture de pareilles comtesses et de si frivoles bacchanales. Quel dommage qu'il ne reste pas fidèle à ce qu'il y a de meilleur dans son âme ! Il faudrait que quelqu'un lui dise une fois, pour de bon, ce qu'il en pense !

Mais — propose quelqu'un dans le petit cercle — pourquoi pas nous ? Ecrivons donc à M. de Balzac ! Les dames prennent peur ou bien rient. Non, cela ne se peut. Que dirait M. de Hanski si sa femme, si Evelina de Hanska écrivait des lettres à un personnage tout à fait étranger ? On n'a pas le droit d'enga-

ger son nom à la légère. Ce M. Honoré de Balzac ne
doit-il pas être un assez jeune homme, et comment se
fier à quelqu'un qui fut assez frivole pour écrire une
Physiologie du mariage ? Et qui sait quel usage un
Parisien de ce genre pourra bien faire d'une telle
lettre ! Toutes les suppositions, toutes les craintes,
rendent l'aventure plus piquante encore et finalement
on décide de rédiger en commun une lettre à
M. Honoré de Balzac, à Paris. Pourquoi ne pas mystifier lui-même une bonne fois ce mystérieux individu
qui tantôt divinise les femmes, tantôt se moque
d'elles ? On va donc confectionner une lettre, très
romantique, très sentimentale, très pathétique et
abondamment assaisonnée d'admiration, une vraie
charade sur laquelle il se cassera la tête. Mme de
Hanska ne signera pas, cela va de soi, et même ne
l'écrira pas de sa main. Ce sera son frère, ou bien
Mlle Borel, la gouvernante, qui transcrira le texte et
pour rendre le mystère encore plus mystérieux pour
M. de Balzac on scellera la lettre avec le cachet « Diis
ignotis ». Ce sera un hommage de « Dieux inconnus »
qui le rappelleront à sa vraie nature et non une
terrestre Mme de Hanska, très terrestrement mariée.

Malheureusement cette lettre ne nous a pas été
conservée. Nous ne pouvons nous faire qu'une idée
approximative de son contenu par analogie avec une
autre lettre échappée au grand autodafé, et qui, écrite
plus tard, date de la période où Mme de Hanska
composait encore les lettres de l'Etrangère en joyeuse
compagnie, en collaboration avec sa table ronde et les
faisait mettre au net par la gouvernante Mlle Borel.
Quand ce fut une correspondance pour de bon, elle
n'écrivit sûrement plus des phrases comme : « Au
moment où je lus vos ouvrages je m'identifiai à vous,
à votre génie ; votre âme m'est parue lumineuse. Je
vous suivis pas à pas. » Ou bien : « Votre génie me
semble sublime, mais il faut qu'il devienne divin. »
Ou encore : « Vous avez en peu de mots tout mon être,

j'admire votre talent, je rends hommage à votre âme ;
je voudrais être votre sœur. »

C'est sur ce ton — et l'on sent de quel cœur la table
ronde applaudit à chaque période pompeuse, à chaque phrase réussie — qu'a dû être écrite cette première lettre que nous ne connaissons pas. Peut-être
même la chaleureuse admiratrice y est-elle encore
mieux parvenue à rendre plus piquant le mystère. Car
lorsque cette mixture de sincère admiration, de
mystification et de verve arrive chez Balzac le
28 février 1832 par l'intermédiaire de l'éditeur Gosselin et après toutes sortes de détours, elle remplit
entièrement son objet qui était d'agacer le romancier,
de s'imposer à sa pensée, de le fasciner. Les lettres
enthousiastes écrites par des mains féminines ne sont
pas d'ordinaire un événement pour lui. Elles
n'avaient toutefois jusqu'ici leur origine que dans un
rayon assez étroit : Paris, tout au plus la province.
Une lettre venue d'Ukraine est, en soi, pour un auteur
de cette époque, un fait bien plus singulier que ne
serait aujourd'hui une lettre venue de Polynésie, et à
cette distance, alors immense, Balzac mesure avec
fierté la portée de sa jeune gloire. A l'étranger aussi on
commence à s'occuper de lui ; il ne s'en est que
vaguement rendu compte jusqu'ici et ne soupçonne
pas le moins du monde que Goethe lui-même, le
prestigieux vieillard de Weimar, discute avec Eckermann de *La Peau de chagrin*. D'un coup cette lettre
d'une lointaine admiratrice lui fait percevoir qu'il a
pénétré dans ce pays même d'où son émule Napoléon
a dû se retirer en vaincu, lui fait sentir qu'il a commencé à le rattraper et à fonder sur le monde une
domination plus durable que celle de son idole. Et en
outre, tout comme dans la lettre de la duchesse de
Castries, il y sent le fluide de l'aristocratie qui l'enivre.
Il ne saurait s'agir d'une petite gouvernante, d'une
petite bourgeoise autodidacte : il n'y a que la très
haute aristocratie en Russie qui écrive un français si
parfait et seules des familles tout à fait riches peuvent

s'offrir le luxe, à cette époque où les taxes postales sont élevées, de faire venir régulièrement de Paris toutes les nouveautés. Aussitôt l'imagination toujours tendue de Balzac se met à travailler surabondamment. Ce doit être une jeune femme, certainement une belle femme, une noble, mieux que cela : elle appartient sûrement à la haute noblesse. Une heure plus tard sa conviction est déjà inébranlable : l'Inconnue n'est pas une simple comtesse, mais une princesse, et dans la première ivresse il parle tout de suite à ses autres amis de la « divine lettre de la princesse russe ou polonaise », la montre à Zulma Carraud et sans doute aussi à quelques autres.

Jamais Balzac n'a laissé sans réponse la lettre d'une princesse régnante ou non et il lui aurait sans aucun doute répondu dans le premier emballement. Mais l'Inconnue qui bien plus tard encore lui assurera : « Pour vous, je suis l'Étrangère, et je le serai toute ma vie. Vous ne me connaîtrez jamais », n'a donné ni nom, ni chiffre, ni adresse. Alors comment la remercier ? Comment rester en rapports, comment se mettre en relations avec la lointaine admiratrice ? Avec l'ingéniosité indispensable au romancier, Balzac imagine tout de suite un expédient. La nouvelle édition revue et augmentée des *Scènes de la vie privée* est à l'impression et l'une des nouvelles ajoutées n'est encore dédiée à personne. Il envoie donc à l'imprimerie pour en faire faire un fac-similé le sceau « Diis ignotis » de la lettre et inscrit au-dessous la date à laquelle il a eu en mains le message de l'Inconnue : 28 février 1832. En ouvrant le nouveau volume qu'elle recevra certainement de son libraire, l'admiratrice sentira avec quelle délicatesse et quelle discrétion un écrivain sait remercier une inconnue de distinction et qu'il répond princièrement à un hommage princier.

Par malheur la fidèle compagne de ses années sans gloire, Mme de Berny, continue à lire amicalement ses épreuves et cette femme de cinquante-six ans prend peu de joie aux dieux inconnus ou plutôt aux déesses qui rentrent dans la vie de son protégé. A sa demande ce « muet témoignage de mes sentiments secrets » doit disparaître avant le tirage définitif et l'Inconnue, ainsi que sa table ronde n'apprennent point comment, avec leur lettre romanesque et mystérieuse, elles ont mis en branle au-delà de toute attente, l'imagination débordante de Balzac.

*
* *

Mais les expéditeurs de Wierzchownia, passionnés par leur jeu, n'ont jamais attendu de réponse à leur canular. Ils ont lancé leur lettre comme une fusée dans le ciel ; le ciel répond-il aux fusées ? Une semaine ou deux, peut-être trois, ils ne cessent d'imaginer dans leur désœuvrement comment cette lettre enthousiaste de l'Inconnue, calligraphiée par Mlle Borel et ornée du sceau latin a bien pu agir sur M. de Balzac. La folle du logis poursuit sa course extravagante, ils se demandent ce qu'on aurait bien pu trouver et ajouter encore pour exciter davantage sa curiosité, sa vanité littéraire. A la fin la table ronde fabrique une seconde lettre de l'Inconnue et probablement aussi une troisième. Ainsi quelques soirées se trouvent encore gaîment remplies. Au lieu du whist, de l'hombre ou de la patience on se livre maintenant dans la maison de Mme de Hanska à un nouvel amusement : on écrit à M. de Balzac des lettres tendres, romantiques, pathétiques, enthousiastes et mystiques.

C'est là un jeu plein d'entrain. Mais il est dans la nature du jeu que, au bout d'un certain temps, ou bien il commence à vous ennuyer, ou bien il vous entraîne à courir plus de risques. Peu à peu la curiosité se met à chatouiller les joueurs ; M. de Balzac a-t-il seulement reçu ces lettres que l'on compose avec tant d'art, d'astuce et de bonne humeur ? Peut-être pourrait-on savoir, par quelque stratagème, s'il s'en trouve agacé ou flatté ; ou bien si, tout compte fait, il est dupe au

point de croire vraiment à ces sentiments de l'Inconnue. De plus Mme de Hanska projette de faire au
printemps un voyage vers « l'Occident » avec son
mari. Peut-être pourrait-on continuer plus aisément
de Suisse cette correspondance et à la fin recevoir
peut-être une réponse, une lettre, une ligne de la main
du célèbre écrivain.

La curiosité rend toujours ingénieux, aussi Mme de
Hanska décide-t-elle, le 7 novembre, d'accord avec
ses intimes, d'écrire encore une « lettre de l'Inconnue » (la première qui nous ait été conservée). A la
suite d'épanchements pleins de flamme la question y
est posée de savoir si Balzac désire recevoir d'autres
lettres de l'Inconnue, s'il est homme à « saisir cette
étincelle électrique qui me semble la vérité éternelle ». Et à la suite de ce pathos dont on demeure
accablé, Mme de Hanska lui fait la proposition
d'accuser tout au moins réception, noir sur blanc, de
sa lettre. Mais comme elle ne songe nullement à lui
confier son nom et son adresse, elle lui propose le
procédé, alors fort peu courant, de l'insertion dans un
journal : « Un mot de vous dans *La Quotidienne* me
donnera l'assurance que vous avez reçu ma lettre et
que je puis écrire sans crainte. Signez A l'E.H. de B. »

Mme de Hanska doit avoir une belle peur quand le
8 janvier 1833 elle reçoit le numéro de *La Quotidienne*
de Paris du 9 décembre et y trouve ces lignes dans les
annonces : « M. de B. a reçu l'envoi qui lui a été fait ;
il n'a pu qu'aujourd'ui en donner avis par la voie de ce
journal et regrette de ne pas savoir où adresser sa
réponse. A l'E.H. de B. »

Dans le premier effroi qui fait affluer son sang au
cœur elle a sans doute éprouvé un sentiment de
bonheur : Balzac, le grand, le célèbre Balzac, veut lui
écrire, veut lui répondre ! Mais ensuite elle doit avoir
ressenti quelque honte de ce qu'il ait vraiment pris au
sérieux les déclarations tarabiscotées rédigées par
elle et la table ronde. Doit-elle vraiment lui écrire
encore ? En a-t-elle le droit ? D'un coup la situation

échappe au plaisant et commence à devenir sca-
breuse. Car son mari, simple gentilhomme campa-
gnard, pointilleux sur tout ce qui touche à l'honneur
et aux convenances, ne sait rien de la mystification
que sa femme, ses nièces et la gouvernante se sont
permise et qui est restée une innocente plaisanterie
tant que cette Inconnue demeurait une création commune et anonyme. Si maintenant elle se met à entretenir avec Balzac une correspondance sérieuse, elle
ne le peut que derrière le dos de son époux et sans que
ses complices le sachent. Il lui va falloir jouer la
comédie devant son mari, et, comme dans toute vraie
comédie, elle aura besoin d'une confidente qui dissimule ce commerce épistolaire clandestin.

Sans aucun doute Mme de Hanska a de vifs scrupules. Elle a l'impression que, en établissant des
rapports directs, elle s'engage dans une aventure qui
ne se peut concilier avec les exigences de son rang ni
avec celles de la droiture personnelle. Mais d'autre
part quel charme piquant dans ces relations défendues, quelle tentation cette attente d'une lettre autographe de l'écrivain célèbre ! Et quel attrait aussi
cette occasion de se styliser soi-même dans une figure
de roman !

Au premier moment Mme de Hanska ne semble pas
tout à fait décidée et, bien femme en cela, elle laisse
les choses en suspens. Elle répond bien tout de suite
à Balzac, mais le ton est tout autre que dans les lettres
précédentes. Plus d'enthousiasme délirant et confus,
plus de phrases vagues, mais simplement la nouvelle
qu'elle a l'intention de partir prochainement en
voyage et de séjourner tout près de la France. Elle
souhaite bien une correspondance, mais seulement
dans la mesure où elle serait personnellement garantie de toute compromission et de toute indiscrétion :

Je voudrais bien avoir une réponse de vous, mais il faut
prendre tant de précautions, tant de détours, que je n'ose
encore me fixer à rien ; je ne voudrais pas cependant rester

dans l'incertitude sur mes lettres et j'aviserai à vous indi-
quer par ma première un moyen certain de correspondre
librement, en comptant toutefois sur votre parole d'honneur de ne pas chercher à connaître la personne qui prendra vos lettres : je serais perdue si on savait que je vous écris
et que je reçois de vos lettres.

Le ton a complètement changé, c'est Mme de
Hanska elle-même qui écrit, et l'on perçoit pour la
première fois quelque chose de son caractère véritable : une femme, qui, même quand elle risque une
aventure, réfléchit froidement et clairement. Si elle
fait un faux pas, elle le fera la tête haute et la raison en
éveil.

*
* *

Un nouveau conflit surgit alors pour sa fierté. La
curiosité, la vanité, l'attrait du jeu la pressent d'engager une correspondance lorsque Balzac a répondu
dans *La Quotidienne*. Mais une lettre de Paris est un
trop grand événement à Wierzchownia pour qu'elle
puisse parvenir en ses mains sans être remarquée.
Quand le courrier arrive, toute la maison est en émoi,
chacun envie à l'autre les envois qui lui sont destinés.
Il est ainsi parfaitement impossible de faire disparaître une lettre aux yeux de son mari et de sa parenté. Si
elle risque une correspondance secrète, il lui faut
encore faire partager son secret à une troisième ini-
tiée. Mme de Hanska a bien, dans la personne de la
gouvernante de sa fille, une confidente parfaitement
sûre, d'un dévouement à toute épreuve, d'une entière
docilité. Henriette Borel, familièrement appelée
Lirette, appartient à une pieuse famille bourgeoise de
Neuchâtel. Depuis des années elle vit dans ce château
perdu d'Ukraine, et il est naturel que la jeune fille
vieillissante qui n'a jamais trouvé un homme sur son
chemin, qui vit à l'étranger, loin de sa famille et de ses
amis, ait donné aux Hanski tout son attachement.

Quand commença la comédie épistolaire elle était dans la confidence et il est quasi certain que les premières lettres, rédigées sur le ton de la « plaisanterie », furent écrites de sa main. Maintenant que Mme de Hanska a le projet de se charger personnellement de la correspondance à l'insu des autres intéressés, il n'est pas de fausse adresse qui lui paraisse moins susceptible d'éveiller les soupçons. Qui pourrait supposer qu'une lettre de Paris pour Mlle Henriette Borel vient d'Honoré de Balzac ? Sans aucun doute la petite bourgeoise pieuse et un peu simplette donne son assentiment, sans soupçonner à vrai dire combien cette innocente complaisance peut l'engager profondément dans le domaine des entremetteuses. Par cette fidélité, par cette absolue discrétion à l'égard de Mme de Hanska, elle commet à vrai dire une infidélité à l'égard de M. de Hanski et ce conflit dont elle n'avait pas conscience alors entre deux devoirs semble par la suite, quand les rapports entre Mme de Hanska et Balzac prirent une forme coupable, avoir complètement bouleversé cette âme droite et honnête. La malheureuse Henriette Borel considéra plus tard comme le crime de sa vie cette complicité dans une supercherie, son rôle d'entremetteuse dans un adultère, cette trahison à l'égard de M. de Hanski qui lui avait toujours témoigné une amicale confiance. Il semble qu'assez vite ce conflit ait provoqué chez elle certains sentiments d'hostilité contre Mme de Hanska et jamais non plus elle ne put surmonter une antipathie profonde contre Balzac lequel, de son côté, l'a immortalisée dans la cousine Bette. La conscience de sa faute éclate à la mort de M. de Hanski. Immédiatement après sa sépulture elle déclare ne pas vouloir rester plus longtemps dans la maison, et, pour expier la faute d'avoir été complice d'un péché mortel, elle se réfugie dans un couvent.

Toujours est-il que, grâce à sa complaisance, une correspondance régulière devint possible. L'Inconnue peut alors donner à Balzac l'adresse d'un intermédiaire, et, toute possédée de l'attrait piquant du jeu, elle attend avec une impatience croissante de savoir si le célèbre écrivain va répondre.

Et maintenant, que l'on imagine la surprise de Mme de Hanska quand ce n'est pas seulement une lettre, mais deux qui lui arrivent de lui. L'une, que nous connaissons et par laquelle débute la correspondance avec l'Inconnue, est de nature à enivrer et à remplir de confusion tout ensemble la châtelaine de Wierzchownia. Balzac a pris entièrement au sérieux la machination des lettres enthousiastes, « malgré la défiance perpétuelle que quelques amis me donnent contre certaines lettres semblables à celles que j'ai eu l'honneur de recevoir de vous ».

Il se laisse « entraîner par sa confiance ». Alors qu'elle doit être tourmentée du sentiment désagréable de l'avoir attiré à elle par pure moquerie, il lui dépeint avec son exaltation coutumière l'enthousiasme que ses lettres ont éveillé en lui :

Vous avez été pour moi l'objet des plus doux rêves.

Et ailleurs, adoptant le ton forcé de l'Inconnue et l'exagérant encore :

Si vous eussiez vu mon regard, vous y auriez reconnu tout à la fois la reconnaissance de l'amant et les religions du cœur, la tendresse pure qui lie le fils à la mère... tout le respect de l'homme jeune pour la femme et les espérances délicieuses d'une longue et fervente amitié.

De telles phrases qui pour nous sont du très mauvais, du pire Balzac et ont le relent des romans de pacotille de sa jeunesse, devaient naturellement être enivrantes pour une femme incomprise dans la sombre Ukraine. Quelle bonté, quelle cordialité, quelle largesse bien digne d'un poète, quelle générosité de vouloir en retour lui dédier à elle, l'Inconnue, une nouvelle ! Le premier mouvement de Mme de Hanska serait de répondre par une semblable sincérité à un homme, et même à un homme si célèbre, qui lui donne ainsi sa confiance illimitée. Mais par malheur voici qu'un détail fatal vient refroidir sa joie. Presque en même temps — peut-être un peu avant, peut-être un peu plus tard, nous ne savons, ces feuilles n'ont pas été conservées —, une seconde lettre de Balzac lui est parvenue répondant également aux siennes. Et la lettre A est d'une tout autre écriture que la lettre B. Laquelle a donc été écrite par Balzac et qui a écrit l'autre ? Se peut-il qu'il ait simplement voulu la duper et lui fasse écrire maintenant par une seconde ou une troisième personne pour s'amuser, tout comme elle a fait elle-même ? Est-elle mystifiée par celui qu'elle voulait mystifier ? Se joue-t-il d'elle ou prend-il la chose au sérieux ? Elle ne cesse de comparer les deux lettres. Enfin elle se décide à répondre à Balzac et le prie de s'expliquer sur l'écriture et le style des deux documents qui portent tous deux sa signature.

Ce serait maintenant le tour de Balzac d'être dans l'embarras. Toujours bousculé, toujours soumis dans son travail à des pressions extérieures, il a oublié, en expédiant sa réponse à Mme de Hanska, celle qu'il lui a fait adresser peu auparavant. Depuis que les lettres de lectrices enthousiastes sont devenues assez nombreuses, il a imaginé, pour ne pas perdre son temps d'une part, et d'autre part pour ne pas contrarier ses admiratrices, l'expédient de faire répondre à ses lettres en son nom par l'amie en qui il a toute confiance, Zulma Carraud. Zulma Carraud, qui ne connaît pas la jalousie, et qui dans son ennuyeux trou de province a largement le temps, s'amuse à trier les épanchements de dames inconnues et à y répondre dans le style de son ami Balzac. La divine lettre de la princesse russe était, à ce qu'il semble, tombée dans son lot et elle s'était acquittée de ses fonctions dans les conditions habituelles.

Balzac s'aperçoit immédiatement de la gaffe qu'il a faite. Un autre se serait senti gêné ou bien aurait honnêtement dit la vérité. Balzac, lui, n'est jamais embarrassé et jamais — ou tout au plus rarement — il ne dira à l'Inconnue la vérité sur lui-même. Toute leur correspondance restera jusqu'à la fin aussi peu sincère qu'à ses débuts. Pour un romancier comme Balzac les invraisemblances ne seront jamais un obstacle sérieux. Grandiose et impertinent il fait donc une culbute logique par-dessus les incertitudes de sa correspondante inquiète :

Vous m'avez demandé compte de mes deux écritures avec défiance ; mais j'ai autant d'écritures qu'il y a de jours dans l'année... Cette mobilité vient d'une imagination qui peut tout concevoir et rester vierge comme la glace qui n'est souillée par aucune de ses réflexions.

Non, qu'elle lui fasse confiance et n'aie pas peur « qu'il s'agisse d'une plaisanterie ». Et le même homme qui est déjà en train d'écrire les libidineux *Contes drolatiques* se prétend « un pauvre enfant, victime hier et encore victime demain de ses pudeurs de femme, de sa timidité, de ses croyances ». Cet enfant timide — une qualité que l'on ne connaissait pas encore à Balzac — se met maintenant à faire « naïvement » des aveux à l'Inconnue. Il dépeint « son cœur qui n'a été connu que d'une seule femme au monde ».

Pendant dix, douze, seize pages ces confessions assez vagues coulent de source. Il parle de son style, de son travail qui le force « à renoncer à la femme, à ma seule religion terrestre », de sa solitude, et il faut admirer la prudence avec laquelle il laisse déjà percer un ton légèrement amoureux :

Vous que je caresse comme une illusion, écrit-il à l'Inconnue, qui êtes dans tous mes rêves comme une espérance... vous ne savez pas ce que c'est que de peupler la solitude d'un poète d'une figure douce dont les formes sont attrayantes par le vague même que leur prête l'indéfini.

Et il n'a pas encore en mains quatre lettres d'elle en tout, il ne sait pas encore son nom, il n'a pas encore vu un portrait d'elle qu'il confesse dans la troisième lettre :

> Je vous aime, Inconnue, et cette bizarre chose n'est que l'effet naturel d'une vie toujours vide et malheureuse... Si cette aventure devait arriver à quelqu'un, c'était à moi.

Devant ces épanchements de Balzac nous avons d'abord une sensation de malaise. Tous ces prétendus sentiments sonnent faux. Ils laissent un mauvais arrière-goût de sentimentalité romantique. On ne peut se défendre du soupçon que Balzac se monte la tête pour s'imposer de force une passion délirante qu'il n'est pas encore capable d'éprouver sincèrement. D'après le seul échantillon que nous connaissions de la correspondance de Mme de Hanska — elle a, après la mort de Balzac, sagement brûlé les lettres qu'elle lui avait adressées — ces lettres ne peuvent rien avoir contenu d'autre que l'étalage de sentiments supraterrestres et d'une mélancolie mièvre et affectée. Dans ses autres correspondances, celles qu'elle adresse à son frère, pas une seule ligne ne révèle une personnalité marquante. Mais le romancier explique inconsciemment lui-même dans une phrase de sa lettre ce qui, autrement, resterait inexplicable : « Il faut que je me crée des passions. »

Il veut se créer un roman d'amour. La duchesse de Castries lui a gâché sa première esquisse, il fait maintenant un nouvel essai, dans les nuages, avec cette Inconnue. D'instinct il agit ainsi dans le style du temps. A l'époque romantique le public parisien et européen n'attend pas seulement de ses écrivains qu'ils lui donnent des romans passionnants ; mais encore qu'ils se trouvent eux-mêmes au centre d'un roman se déroulant dans les sphères du grand monde. Pour gagner les cœurs un auteur doit avoir une affaire aussi sensationnelle et publique que possible et dont on parle beaucoup. Byron, par ses aventures et ses relations avec la comtesse Guiccioli, Liszt par l'enlèvement de Mme d'Agoult, Musset et Chopin par leurs rapports avec George Sand, Alfieri par sa vie commune avec la comtesse Albany ont gagné la faveur du public au moins autant que par leurs œuvres. Balzac, plus ambitieux de succès mondains que littéraires, n'entend pas rester en arrière, mais dépasser les autres. L'idée d'avoir des relations avec une grande dame le fascine toute sa vie. Et si, au lieu de lui dire poliment merci, il accable cette « princesse russe ou polonaise » inconnue d'aveux brûlants et de caresses voilées, ce n'est nullement naïveté, comme il le prétend, mais volonté bien arrêtée de se forger un roman personnel, de se créer une passion. Toujours chez lui, le sentiment s'est soumis à la volonté. Toujours chez lui c'est la volonté qui est l'élément premier, la force essentielle qui domine et dirige toutes les autres.

C'est ainsi seulement que l'on peut comprendre ses premières lettres à l'Inconnue : introduction à un roman qui, il l'espère, ne sera pas tributaire de l'inspiration, mais des événements. L'un des personnages principaux est l'Inconnue qui ne prendra forme et contours que dans les chapitres ultérieurs et qui n'intéresse d'abord que par le lointain mystérieux où elle baigne et par sa haute condition sociale. Comme la Béatrice de son roman, elle vit dans un château perdu à l'écart de la capitale, incomprise ; une Ariane dans l'attente de Thésée, le libérateur. A cette femme il va donner dans le futur roman le grand rôle d'amoureuse. Comme amant, il lui oppose une transposition de lui-même ; non pas ce Balzac qu'il est réellement, mais un adolescent romantique aspirant au « pur amour » et sous les pas duquel la vie sombre n'a, jusqu'ici, semé que des épines.

Qu'on examine trait par trait l'image que Balzac arrange de lui-même pour l'Inconnue. Il vit solitaire dans la grande ville. Il n'a personne à qui il puisse confier ses pensées les plus intimes. Toutes ses passions ont été déçues, pas un de ses rêves ne s'est accompli. Tout le monde méconnaît la bonté de son cœur : « Je suis le sujet de toutes les langues mauvaises, vous ne sauriez imaginer les bêtises qui se débitent sur moi, les calomnies, les inculpations folles. »

Personne, personne à Paris et dans le monde ne le voit tel qu'il est : « Il n'y a qu'une chose vraie, ma vie solitaire, un travail croissant et des chagrins. »

Ainsi, dans son désespoir, il s'est abîmé dans son travail « comme Empédocle dans son volcan pour y rester ».

Ce « pauvre artiste » méprise l'argent, il méprise la gloire, il n'est qu'une chose à laquelle il aspire, ce Parsifal de trente-cinq ans : l'amour.

Mon unique passion, toujours trompée... m'a fait observer les femmes, me les a fait étudier, connaître et chérir, sans autre récompense que celle d'être compris à distance par de grands et nobles cœurs. J'ai écrit mes désirs, mes rêves... Personne ne veut de l'amour qui est dans mon cœur, l'amour que je veux et qui chez moi fut méconnu constamment.

Et pourquoi ?

J'aime trop, sans doute... J'ai connu les plus grands sacrifices, j'ai été jusqu'à rêver un seul jour de bonheur complet par année pour une jeune femme qui eût été comme une fée pour moi. J'eusse été content et fidèle. Et me voici m'avançant dans la vie à trente-quatre ans, me flétrissant dans des travaux de plus en plus exigeants, ayant déjà perdu de belles années, n'ayant rien de réel.

Pour hâter le développement du roman, Balzac, avec l'extrême mobilité de sa vie sentimentale, s'introduit dans le monde des idées de cette princesse romanesque, et sans doute aussi un peu pieuse, qui n'aurait guère de sympathie pour un bohème ou un Casanova et exige sans doute de l'artiste la pureté et la foi. L'aspiration à l'amour doit ainsi se colorer de mélancolie ; il convient de se mettre un peu de ce fard byronien du désespoir de vivre pour donner à la sentimentalité le véritable ton romantique. Mais après ce prélude, mûrement médité, dans lequel Balzac a manifesté de façon poignante sa sincérité, sa pureté, la sûreté de son commerce, sa solitude délaissée, il passe à l'attaque en un rapide crescendo. Le technicien qu'il est n'ignore pas qu'un roman, pour devenir passionnant, doit se mettre en branle dès le premier chapitre. Dans la première lettre l'Inconnue n'était que « l'objet de ses rêves » ; quinze jours plus tard, dans la seconde, il la caresse déjà « comme une image de rêve » ; dans la troisième, à peine trois semaines plus tard, se trouve déjà le mot « je vous aime, Inconnue ! » ; dans la quatrième, il « l'aime déjà trop sans l'avoir vue » et ne doute pas que ce soit elle, elle seule, le couronnement de la vie qu'il ne cesse de rêver.

Si vous saviez avec quelle ardeur je me lance vers ce que j'ai si longtemps désiré ! De quel dévouement je me sens capable.

Deux lettres encore et l'Inconnue — quelle honteuse trahison à l'égard de Mme de Berny et de Zulma Carraud — est devenue le cœur « où pour la première fois il trouve consolation ». Déjà il s'adresse à elle comme à son « cher et pur amour », « son trésor de joie », ou « son cher ange aimé ». Déjà elle est devenue l'unique, sans qu'il ait vu un portrait d'elle, sans qu'il sache son âge ou seulement son nom, déjà elle est la souveraine et maîtresse de son destin :

Demain, je briserais ma plume, si vous le vouliez ; demain, nulle femme n'entendrait ma voix. Je demanderais grâce pour la Dilecta qui est ma mère ; elle a bientôt cinquante-huit ans, vous ne sauriez en être jalouse, vous si jeune ! Oh, prenez, acceptez tous mes sentiments et gardez-les comme un trésor ! Disposez de mes rêves, réalisez-les !

une série de lettres qui ne nous ont pas été conservées, de la manière dont une rencontre secrète pourrait être mise en scène sans éveiller l'attention. On lui fait savoir qu'il doit descendre Hôtel du Faubourg, tout près de la villa André, où il trouvera des instructions plus précises. Balzac est emballé. A peine a-t-il la patience d'attendre que, à la suite de l'introduction romantique, la vie elle-même se charge de lui écrire le chapitre décisif du roman qu'il a imaginé : la rencontre corporelle des deux âmes faites l'une pour l'autre. Vite il adjure encore sa correspondante lointaine : « O mon amour inconnu, ne vous défiez pas de moi, ne croyez pas de mal de moi, je suis un enfant plus frivole que vous ne croyez, mais pur comme un enfant et aimant comme un enfant. »

Pour écarter tout soupçon, il se déclare prêt à voyager sous un nom d'emprunt, celui de M. d'Entraigues, ou marquis d'Entraigues. Il est convenu qu'il ne doit venir d'abord à Neuchâtel que pour quelques jours, et ensuite, au mois d'octobre, passer un mois avec son « ange aimé » — qu'il ne connaît pas encore. Il lui reste à vrai dire un autre tour de force à exécuter auparavant : tromper ses amis sur le but véritable de son voyage. Ni Zulma Carraud, ni Mme de Berny, qui reste toujours jalouse, ne doivent soupçonner la cause mystérieuse de ce soudain départ pour la Suisse. Mais en romancier-né, éprouvé et expérimenté, Balzac n'est jamais longtemps à court de motifs. Il lui faut aller à Besançon, raconte-t-il à ses connaissances, afin de s'y procurer, pour l'impression de son prochain ouvrage, un papier d'un genre spécial. Après quoi, il se jette dans la chaise de poste et part pour Neuchâtel, changeant sans cesse de chevaux, à cette vitesse folle, forcenée, à laquelle il fait toutes choses. Le 25 septembre, après quatre nuits passées dans les secousses de la voiture, il y débarque à ce point fatigué qu'il commence par prendre une chambre dans un autre hôtel. A celui du Faubourg, qui lui a été indiqué, il trouve alors la lettre si impa-

tiemment attendue, l'invitant à se rendre le lendemain 26 septembre, entre une heure et quatre heures,
sur la Promenade pour y rencontrer son « ange
chéri ». C'est tout juste s'il a encore la force d'écrire
vite un billet pour annoncer son arrivée et la sup-
plier : « Donnez-moi, par grâce, exactement votre
nom ! »

Car jusqu'ici, Balzac ne connaît ni le visage, ni le
nom de la femme à qui il a juré un éternel amour !

*
* *

Ici, le lecteur du roman d'amour que Balzac a fait
surgir de son imagination qui ne connaît aucune
contrainte, devrait sentir son cœur frémir d'impatience : la grande scène approche, la rencontre des
âmes innocentes. La Grande Inconnue, la princesse
de rêve, va enfin se montrer sous ses apparences
terrestres ; leurs regards à tous deux vont se chercher,
se rencontrer, sur cette promenade célèbre dans le
monde par sa beauté. Que va-t-il se passer ? Le poète
sera-t-il à la fin déçu de trouver au lieu d'une forme
idéale, au lieu de l'aristocrate de haut rang, un être
insignifiant, falot ? Ne sera-t-elle pas déçue, quand,
soudain, au lieu du poète éthéré, mince et pâle, aux
regards de flamme et de mélancolie tout ensemble, un
gros monsieur aux joues écarlates va s'avancer vers
elle, plus semblable à un marchand de vin de Touraine ou à un petit rentier bien nourri qu'au poète des
incomprises, qu'à M. de Balzac ? Vont-ils se fuir ou se
comprendre ? Comment vont-ils se reconnaître ?
Quelle sera leur première parole ?

Par malheur cette scène importante dans le roman
vécu de Balzac ne nous a justement pas été transmise.
Il existe bien quelques légendes. Selon l'une d'elles, il
aurait déjà auparavant aperçu Mme de Hanska à la
fenêtre de la villa André et aurait été ravi dans l'extase
en constatant comme elle était identique à sa vision
prophétique. Selon d'autres, elle l'aurait reconnu tout

de suite d'après ses portraits et serait allée à lui. Selon d'autres, elle n'aurait pu dissimuler sa première déception devant la vulgarité extérieure de ce troubadour. Mais ce ne sont là que des gloses postérieures et arbitraires ; ce qui est certain, c'est simplement qu'au cours de cette première rencontre clandestine, on doit avoir imaginé quelque procédé ingénieux pour que Mme de Hanska puisse présenter Balzac de la façon la plus naturelle à son mari sans défiance, comme une relation mondaine. Toujours est-il que, dès le soir de ce même jour, l'écrivain fut introduit de la manière la plus correcte auprès de la famille Hanski et qu'au lieu de transposer sur le plan pratique ses déclarations théoriques d'amour à son « ange chéri », il doit se contenter de faire la conversation avec M. de Hanski et la nièce que l'on a amenée.

M. de Hanski n'est guère causeur, quelque peu original ; un homme cultivé, plein de respect pour toute distinction littéraire ou sociale. Il est flatté de faire la connaissance d'un écrivain d'une telle renommée et charmé de sa conversation pétillante, ingénieuse. Il invite M. de Balzac à les retrouver les jours suivants. Pas un soupçon ne lui vient à l'esprit naturellement. Et comment aussi pourrait-il supposer que sa femme, née Rzewuska, se laisse écrire en secret de brûlantes lettres d'amour par un bourgeois d'un tel calibre et d'un tel embonpoint ? Au contraire, il accueille Balzac de la façon la plus cordiale, l'invite dans sa villa, ils font des promenades ensemble. Amabilité et cordialité qui deviennent extrêmement gênantes pour le romancier, car il n'a pas fait un voyage de quatre jours et de quatre nuits dans la chaise de poste pour raconter à la famille Hanski des anecdotes littéraires, mais pour attirer l'Inconnue, l'« Etoile Polaire » du ciel dans ses bras.

Au total Mme de Hanska ne réussit que deux ou trois fois à échapper à la surveillance sans se faire remarquer et pour une heure bien courte : « Un damné mari ne nous a pas quittés pendant cinq jours d'une seconde ; il allait de la jupe de sa femme à mon gilet », écrit amèrement Balzac à sa sœur. Et il n'est pas douteux que la vierge pieuse, Henriette Borel, ait tendu entre eux sa cloison. Rien que de très courts tête-à-tête dans l'ombre de la Promenade ou bien dans un coin discret de la rive du lac. Mais à sa grande surprise, « je craignais de ne te pas plaire », Balzac remporte dans ces premiers combats d'avant-garde une petite victoire grâce à son éloquence enflammée. Mme de Hanska qui, dans sa solitude ukrainienne, n'a jamais rencontré un être de nature aussi ardente et qui peut se donner à elle-même l'excuse qu'on ne saurait avoir la cruauté de briser le cœur sensible d'un artiste, souffre les déclarations d'amour de Balzac et se laisse même prendre, à l'ombre d'un grand chêne, un baiser ; don qui, si l'on tient compte de la brièveté de la rencontre, était bien de nature à faire naître, en attendant mieux, chez un homme moins optimiste que Balzac, l'espoir qu'une femme si vite conquise accordera davantage dans une autre occasion — lui accordera tout dans une autre occasion.

*
* *

Balzac rentre ravi à Paris. Et dans son cerveau et dans son sang, l'enthousiasme continue à sonner ses fanfares bien qu'il lui faille passer quatre jours et quatre nuits sans sommeil sur l'impériale de la diligence entre des Suisses aussi corpulents que lui. Mais de quelle importance sont ces petits désagréments en face du triomphe que viennent de connaître sa faculté divinatoire, son flair poétique, et son énergie ? Tous ses espoirs sont dépassés. L'Inconnue est si parfaitement faite pour être l'héroïne du roman vécu qu'il rêve que son imagination n'aurait pu trouver mieux. D'abord, elle n'a pas comme les partenaires de ses amourettes antérieures, atteint l'âge canonique, et si elle n'a pas vingt-six ans comme elle prétend le lui faire croire — pour ne pas être en reste avec ses inexactitudes à lui — elle n'a tout de même pas plus de trente-deux ans, une silhouette robuste, élégante, sensuelle, un *bel pezzo di carne* comme diraient les Italiens. Il ne faut pas trouver étrange que Balzac, avec ses habitudes professionnelles d'exagération, vante en elle un chef-d'œuvre de beauté. Un portrait de l'excellent peintre de miniatures viennois, Daffinger, confirme les avantages qu'il célèbre : « les plus beaux cheveux noirs du monde, la peau suave et délicieusement fine des brunes, une petite main d'amour... un œil traînant qui... devient d'une splendeur voluptueuse. »

Mais le portrait, manifestement un peu flatté de Daffinger, laisse en même temps percevoir une tendance inquiétante à l'opulence des formes ; un double menton se prépare, les bras sont trop puissants, quelque lourdeur se manifeste dans les proportions. Les yeux, petits et sombres, ont le regard un peu vague des grands myopes. Le visage n'est pas clair, sans arrière-pensées, mais, comme son caractère, plein de sous-entendus et de recoins mystérieux. Mais ce n'est pas le seul aspect physique qui provoque en Balzac une telle ivresse. Il a toujours rêvé une aventure d'amour avec une femme du monde ; voici qu'il a vraiment trouvé en elle une « grande dame », une femme cultivée, ayant beaucoup lu, possédant plusieurs langues, intelligente — ses lettres à son frère le prouvent — éblouissante dans ses manières qui en imposent profondément au roturier Balzac. Et puis, nouvelle extase, elle descend d'une des familles les plus distinguées de la noblesse polonaise et quelqu'une de ses lointaines tantes fut Marie Leczinska, reine de France. Ainsi, ces mêmes lèvres sur lesquelles lui, petit-fils de paysans, a pu déposer en secret un baiser, ont, c'est du moins ce que rêve Balzac, le droit d'appeler le roi de France mon cousin. Quelle ascension ! D'abord une Mme de Berny, de petite noblesse de robe, puis presque une duchesse, Mme d'Abrantès, noblesse militaire, trouble encore comme le vin nouveau, puis presque une vraie duchesse du Faubourg Saint-Germain, la duchesse de Castries, et maintenant la véritable arrière-petite-nièce d'une reine ! Et ce n'est pas assez ! M. de Hanski n'est ni comte ni prince, comme Balzac s'était trop pressé de le rêver, mais il a un autre avantage, le plus grand à ses yeux : il est immensément riche. Les millions et les millions que dans ses romans, l'écrivain fait surgir passionnément de son imagination, il les possède en bonnes valeurs d'Etat russes, en champs et en forêts, en biens et en serfs. Et un jour, sa femme — non, sa veuve — les possédera. De même que Balzac découvre l'une après l'autre les qualités de Mme de Hanska, il découvre aussi maintenant chez le gentilhomme une série de traits importants et sympathiques : d'abord il est de vingt ou vingt-cinq ans plus âgé que sa femme ; secondement, il n'est pas très aimé d'elle, troisièmement, sa santé laisse beaucoup à désirer et sa femme, sa femme convoitée et déjà conquise, pourra vraisemblablement bientôt être à lui, Balzac, avec tous ses millions et ses relations. Un homme qui, comme lui depuis les jours de détresse de la rue Lesdiguières, ne rêve que d'une chose : mettre d'un seul coup de l'ordre dans sa vie, transformer la misère qui le traque, la servitude et les humiliations, en richesse, en luxe, en prodigalité, en jouissances de la vie, en libre activité purement artistique, cet homme doit, on le comprend, être grisé en voyant toutes ces possibilités proches de se réaliser, grâce à une fantastique aventure, par le moyen d'une femme qui l'attire physiquement et qu'il ne déçoit pas. A partir de ce moment, il va appliquer toutes ses énergies, la force de volonté incomparable, unique en son genre de Balzac et la ténacité, la patience également incomparables de Balzac à faire la conquête de cette femme. Désormais Mme de Berny, la Dilecta, jadis élue pour maintenant et pour toujours, peut rentrer dans l'ombre. Seule doit planer au-dessus de sa vie « l'Etoile Polaire », « la chère et seule femme que le monde contient pour moi ».

CHAPITRE XII

GENÈVE

Le voyage de Neuchâtel avait été une reconnaissance stratégique. Balzac a exploré un terrain et l'a reconnu parfaitement favorable à l'attaque décisive. Mais la citadelle ne deviendra mûre pour l'assaut, elle ne sera contrainte à capituler, que si le tacticien, dont les plans sont établis à longue échéance, retourne à Paris chercher des munitions. S'il doit le mois prochain ou le suivant, se présenter en amant, en prétendant, devant cette femme habituée au luxe, être reçu à table, sur le pied d'égalité, dans une famille de millionnaires, il lui faut faire grande figure, descendre dans un hôtel convenable, être à la hauteur de la situation. Balzac sait maintenant ce qui est en jeu ; il se rend compte de tout ce que ce roman d'amour, ce roman qu'il veut vivre avec Mme de Hanska et qui s'est révélé dès ses débuts si prometteur, doit lui rapporter au sens matériel et au sens social du mot. Aussi son énergie, déjà incomparable, s'amplifie-t-elle encore et il n'exagère point quand il dit : « J'ai des amis ici qui sont stupéfaits du féroce *vouloir* que je déploie en ce moment. »

Il arrive enfin à souffler un peu au milieu de sa détresse financière, lui qui, d'ordinaire, ne sait comment échapper à ses dettes et à ses engagements. Il trouve un éditeur, ou plutôt une éditrice en Mme Veuve Béchet qui lui paie vingt-sept mille francs

Balzac

les douze volumes des *Etudes de mœurs au XIXe siècle*, constituées en partie par une réédition des *Scènes de la vie privée* avec les *Scènes de la vie de province* et les *Scènes de la vie parisienne*. C'est la vente d'un travail dont la plus grande partie reste à faire ; cela représente du moins, pour les conditions d'alors, un magnifique contrat, « qui va retentir dans notre monde d'envie, de jalousie, de sottise et faire jaunir encore la bile jaune de ceux qui ont l'audace de vouloir marcher dans mon ombre ».

Balzac est ainsi en mesure de satisfaire tout au moins les créanciers les plus pressants — pas sa mère naturellement, ni Mme de Berny. Et si, après s'être trop hâté de triompher, il doit déjà écrire quinze jours plus tard : « Jeudi j'ai quatre à cinq mille francs à payer, et, littéralement parlant, je n'ai pas un sou », ces petites « batailles auxquelles il est habitué » ne l'inquiètent pas beaucoup. Il sait ce qu'il peut gagner par son travail en deux ou trois mois. Il sait que les journées de Genève peuvent décider de son proche avenir et peut-être de sa vie entière :

Donc maintenant il faut travailler jour et nuit. Quinze jours de bonheur à conquérir à Genève, voilà les paroles que je trouve gravées en dedans de mon front et qui m'ont donné le plus fier courage que j'aie jamais eu.

Cette fois Balzac n'exagère pas. Rarement dans sa vie il a travaillé plus intensément et en même temps fait de meilleur ouvrage que dans l'ivresse de ce sentiment qu'il ne besogne pas seulement pour des honoraires déterminés, pour se libérer un moment, mais dans le sens du vœu le plus intime de son être : assurer définitivement sa vie. Ses œuvres confirment ses paroles quand il dit :

Je crois qu'il arrive plus de sang à mon cœur, plus d'idées à ma cervelle, plus de force dans mon être à ce penser. Aussi je ne doute pas de faire de plus belles choses animé par ce désir.

Ce n'est pas seulement matériellement, en quantité, que Balzac cherche en ces mois à battre tous ses records, mais aussi au sens artistique et moral. Au cours de ses conversations avec Mme de Hanska et dans sa correspondance il a perçu chez elle une certaine antipathie contre les « œuvres frivoles » comme *La Physiologie du mariage*, et ce lui est un sentiment désagréable qu'elle puisse le juger, lui qui se donne comme l'amant romantique et pur, d'après les *Contes drolatiques* récemment parus. Il veut prouver qu'il est aussi capable de grands et nobles sentiments, tout possédé de pensées humanitaires et même religieuses. Son *Médecin de campagne*, dans son sérieux trop tendu, dans ses exigences bien trop hautes pour le public qui l'a suivi jusqu'alors, doit manifester qu'il ne se délasse dans les œuvres mineures qu'accidentellement quand il se trouve d'humeur enjouée, mais que sa vraie force reste tournée vers un véritable idéalisme. En même temps il achève *Eugénie Grandet*, un de ses chefs-d'œuvre impérissables, et apporte ainsi deux nouveaux témoignages indiscutables de son caractère, de sa valeur artistique, de sa valeur humaine.

Tandis que Balzac se prépare si résolument et si énergiquement à la grande scène décisive du roman d'amour de sa vie, il ne néglige pas de forger de loin le fer rouge pendant qu'il est chaud. Chaque semaine il écrit à sa « chère épouse d'amour » des lettres brûlantes où le cérémonieux « vous » a depuis longtemps fait place au tutoiement intime. Il lui assure « qu'une nouvelle vie bien délicieuse » vient seulement de commencer pour lui, qu'elle est à ses yeux « la chère et seule femme que le monde contienne ». Il aime tout en elle, « l'accent un peu gras, la bouche de bonté et de volupté ». Il est effrayé de voir « combien sa vie est à elle » et « qu'il n'y a plus de femmes au monde, il n'y a plus qu'elle ». Il se met dès le début dans la posture de l'inférieur, du « pauvre esclave », du moujik qui ose lever les yeux sur sa noble maîtresse. Il se livre à

elle les mains liées pour toute sa vie. Si on l'en croyait,
jamais encore depuis le début du monde un homme
n'aurait éprouvé pour une femme un amour aussi
illimité. Pas de semaine, pas de jour même où il ne
lance contre la lointaine forteresse de telles bombes
incendiaires.

Tu me plais chaque jour davantage, chaque jour tu te
loges plus dans mon cœur ; je ne trahis jamais un amour
aussi grand !

Pour chasser les soupçons d'immoralité — à son
grand effroi Mme de Hanska s'est procuré un exemplaire de *Contes drolatiques* — il lui déclare : « Tu ne
sais pas combien est vierge mon amour », et il lui fait
cet aveu : « Depuis trois ans je suis chaste comme une
jeune fille », ce qui fait une impression d'autant plus
surprenante qu'il vient de confier fièrement à sa sœur
qu'il est devenu père d'un enfant naturel.

Tout en cherchant ainsi sans scrupules à briser
d'avance avec son artillerie lourde toute résistance
chez l'Elue, il travaille en même temps habilement à
des galeries souterraines qui doivent lui permettre de
gagner la bienveillance du malencontreux mari. A
côté des lettres intimes adressées à « l'ange de son
cœur » et à « son amour » il lui en écrit d'autres où le
« vous » garde poliment les distances et qui commencent par « Madame » — manifestement destinées
celles-là à être montrées à M. de Hanski. Elles doivent
donner l'impression que M. de Balzac éprouve pour
toute la famille, y compris la fille, la nièce, la dame de
compagnie et même l'époux, une sympathie singulière et vient spécialement à Genève pour passer
quelques semaines en cette délicieuse compagnie.
Par une attention particulière il envoie à M. de
Hanski, qui collectionne les autographes, un manuscrit de Rossini et sollicite, avec une touchante modestie, la permission de dédier à son épouse le texte
original d'*Eugénie Grandet*. Ce qui à vrai dire reste

caché au brave mari, c'est que, au dos de la feuille de titre se trouve inscrite secrètement au crayon la date où Balzac arrivera à Genève. Il ne se doute pas encore que deux personnes vivant depuis des années à ses côtés, sa femme et la pieuse gouvernante suisse, collaborent derrière son dos au roman de la vie de M. de Balzac.

En décembre tous les préparatifs sont terminés. Balzac a seulement voulu attendre à Paris la parution d'*Eugénie Grandet* et le livre a été pour lui un triomphe qui met dans l'embarras même les plus haineux de ses adversaires et remplit de façon inattendue, mais bien conforme à ses vœux, la caisse du voyage. Jamais Balzac n'a été de meilleure humeur, jamais son cœur n'a été plus joyeux ni sa volonté plus tendue que ce 25 décembre 1833 où il arrive à l'Hôtel de l'Arc à Genève et trouve comme premier salut un précieux anneau dans lequel est serti, invisible, un des cheveux noirs tant admirés ; anneau plein de promesses qui, comme un talisman, ne quittera plus son doigt de toute sa vie.

*
* *

Balzac reste quarante-quatre jours en tout à Genève. A vrai dire douze heures de chacune de ces journées appartiennent au travail. En même temps qu'il célébrait d'avance, sous la forme hymnique, la béatitude dont il va jouir à Genève grâce à la proximité de son ange, il a envoyé à cet ange son inflexible emploi du temps, d'après lequel, même à Genève, il travaillera de minuit à midi. Le tâcheron Balzac ne connaît pas de trêve, même au paradis. Seules les heures de l'après-midi seront consacrées à la famille Hanski ou, dans l'intimité amoureuse, à Mme de Hanska. Les autres sont dédiées à un sentiment tout opposé : la vengeance. Balzac a emporté son manuscrit de *La Duchesse de Langeais* dans lequel il retrace sa malheureuse aventure avec Mme de Castries, pour le revoir précisément à Genève, dans cette même ville où il a subi le refus définitif et même blessant de la duchesse. Ce n'est pas sans raisons qu'il se remet maintenant à ce roman, il a sans aucun doute le dessein de faire, par ce moyen, une pression psychologique sur Mme de Hanska. Si, soir après soir, dans ses lectures, il lui montre comme un écrivain sait se venger d'une coquette qui s'est jouée de son amour sans lui accorder la dernière faveur, la femme à qui il fait la cour et dont il exige impatiemment cette preuve suprême de tendresse, sera, consciemment ou non, intimidée et craindra d'être jetée elle aussi, par cette main impitoyable, au purgatoire du mépris public. Et quand on lit les lettres de Balzac, on voit comme il sait habilement battre les cartes dans ce jeu. En même temps que, d'une part, par sa haine — violemment retouchée — contre la duchesse de Castries, il montre à l'objet de sa passion comme il est impitoyable à l'égard de celle qu'il n'a pu fléchir, il lui fait sentir en même temps par l'enthousiasme enfantin et fidèle — également fortement retouché — avec lequel il parle de Mme de Berny, quelle reconnaissance un poète sait marquer à une femme qui s'est donnée à lui tout entière, corps et âme et sans réserves. Si peu que nous sachions de leurs entretiens secrets aux heures où ils se rencontrèrent à la dérobée, il n'est cependant nullement douteux que les efforts de Balzac aient avant tout tendu à « contraindre l'ange à descendre sur la terre » et à lui accorder ce que la duchesse de Castries lui avait refusé dans cette même ville.

A cette dernière exigence Mme de Hanska — on le voit dans les lettres et les adjurations de Balzac — oppose d'abord une résistance décidée. On a l'impression qu'elle n'a pas en Balzac une confiance absolue. Les biographes et les psychologues ont follement discuté pour savoir si oui ou non Mme de Hanska avait jamais aimé Balzac ; comme si ce concept de l'amour avait une signification précise, nettement définie et immuable et n'était pas soumis à des fluctuations, ne se heurtait pas à des obstacles, à des résistances. Si, comme en témoigne la suite de sa vie, elle était par nature violemment sensuelle, la passion ne la faisait nullement agir inconsidérément, et la pensée de son rang, de sa bonne renommée, de sa condition sociale n'a cessé d'être pour elle un frein. Ses petits yeux noirs, tout myopes qu'ils fussent, avaient toujours une vision claire des choses, son front de marbre, que Balzac admirait tant, savait froidement garder pour lui ses pensées. Depuis le début Mme de Hanska est attentive à maintenir cette aventure, dans laquelle elle s'enlise toujours plus qu'elle ne le voulait réellement, dans les limites de ce qui n'engage à rien, bien différente en cela de Balzac qui pousse avec impatience aux gestes définitifs. Toute sa vie son attitude à cet égard reste incertaine parce qu'elle a pour lui des sentiments divers dans différentes sphères et le juge de diverses manières. Elle admire l'écrivain, tout en voyant bien certaines de ses faiblesses. En un temps où la critique parisienne, hargneuse et mesquine, le plaçait encore sur le même plan qu'Alexandre Dumas et tous les autres faiseurs de romans, elle discerne sa grandeur qui domine le siècle. Mais du même regard dangereusement clair elle démasque les exagérations de comédien dans ses extases amoureuses. Son oreille, toujours attentive, et par suite devenue plus fine, perçoit ses petits manques de sincérité et ses mensonges de circonstance. Et l'aristocrate qu'elle est souffre des mauvaises manières, du mauvais goût, de la prétention au grand homme de l'incorrigible plébéien, même au moment où, comme femme, elle succombe à sa fougue érotique. Tout le hachisch dont Balzac pimente ses lettres ne saurait l'obliger à fermer tout à fait ses yeux vigilants. Elle aspire avec vanité, avec curiosité le violent parfum exotique des hommages, mais sans se laisser enivrer. Une lettre à son frère, qui remonte aux jours de Neuchâtel, montre comment, dès le début, son regard domine la situation :

J'ai enfin fait la connaissance de Balzac, et tu te demanderas si mon engouement pour lui, ainsi que tu l'appelles, continue, ou bien si j'en ai été guérie. Tu te souviens que tu as toujours prédit qu'il mangerait avec son couteau et se moucherait dans sa serviette. Eh bien, s'il n'a pas tout à fait commis ce dernier crime, il s'est certainement rendu coupable du premier. Comme de raison cela est pénible à voir, et bien des fois lorsque je l'ai vu commettre ce que nous appelons fautes de mauvaise éducation, j'ai été tentée de le corriger comme je corrigerais Anna dans un cas pareil. Mais tout ceci est « surface ». L'homme lui-même a quelque chose qui vaut bien mieux que de bonnes ou de mauvaises manières, il a du génie qui vous électrise et vous transporte dans les plus hautes régions intellectuelles, ce génie qui vous emporte hors de vous-même, qui vous fait réaliser et comprendre tout ce qui a manqué à votre vie. Tu me diras de nouveau que je suis une exaltée, mais je t'assure que ce n'est nullement le cas, car certainement mon admiration pour lui ne me rendra jamais aveugle quant aux défauts de Balzac qui sont nombreux, mais il m'aime et je sens que cet amour est la chose la plus précieuse que j'aie jamais possédée, et qu'à partir d'aujourd'hui il jouera dans mon existence le rôle d'une torche lumineuse qui sera constamment devant mes yeux éblouis, mes pauvres yeux qui parfois sont si fatigués en contemplant toutes les mesquineries et petits côtés du monde et des gens dont je suis entourée.

On peut considérer ces lignes de « l'Inconnue » comme plus sincères que toutes les lettres de Balzac. Comme femme, elle ne peut s'empêcher de se sentir fière d'être aimée par un homme d'un tel génie. Elle est assez ambitieuse pour comprendre que, destinataire d'une telle correspondance, elle devient la gardienne d'un document qui bravera le temps et que l'obscure petite châtelaine d'Ukraine, la femme en soi insignifiante et improductive, devient une figure historique. Au fond son attitude est étrangement analogue à celle de Mme de Castries également heureuse et fière d'être courtisée, fêtée, adorée et même d'être en butte aux pressantes sollicitations du célèbre écrivain, mais qui n'éprouvait pas assez de passion, assez de délire amoureux, pour se compromettre avec lui. Elle aussi le repousse quand il la presse : « Aimons-nous et ne me refuse pas ce qui fait tout accepter ! »

Elle est manifestement sensible à ce qu'il y a de pénible et de déshonnête à se glisser voilée dans la chambre d'hôtel de Balzac à l'insu de son mari avec la connivence de la gouvernante dont elle a acheté l'âme. Vraisemblablement aussi certaines vantardises ou certains bavardages du romancier ont ébranlé sa confiance et elle craint qu'il soit capable d'aller ébruiter ou même exploiter littérairement le don qu'elle lui ferait d'elle-même. Mais il lui jure que ce don ne ferait qu'accroître sa tendresse, sa gratitude :

Tu verras que la possession augmente, grandit l'amour... comment te dire que je suis ivre de la plus faible senteur de toi, que je t'aurais possédée mille fois, tu m'en verrais plus ivre encore.

Et les semaines passent ainsi. De minuit à midi Balzac travaille à son roman destiné à l'impression et décrit rageusement la duchesse de Langeais refusant à son amant la dernière preuve d'amour ; tandis que, l'après-midi, il cherche à briser la résistance d'une femme, qui ne veut pas se donner à lui.

Mais cette fois, la volonté de Balzac est devenue de la fureur. La fortune, enfin, lui fait signe. Au bout de quatre semaines de résistance obstinée l'ange descend dans la chambre de l'hôtel de l'Arc pour l'adultère : « Hier, pendant toute la soirée, je me disais : elle est à moi. Oh ! les anges ne sont pas si heureux en Paradis que j'étais hier ! »

*
* *

Il a maintenant atteint son point culminant le roman d'amour, construit avec une technique magistrale selon la formule romantique, que l'artiste s'était

proposé de vivre. Balzac a réalisé cette chose invraisemblable : il s'est représenté dans ses rêves comme
une jeune et belle et riche aristocrate une femme qu'il
n'avait jamais vue et il a eu raison. Sans la connaître
il a brigué ses faveurs et elle est devenue son amante.
Triomphe de sa volonté démoniaque et grandiose :
d'une illusion amoureuse il a fait une réalité. Son
roman vécu n'est pas moins riche en surprises, n'est
pas moins passionnant, ne présente pas moins de
figures et de situations inattendues que *La Comédie
humaine*.

Mais le roman n'est pas encore achevé. Il n'a atteint
que son premier sommet. Les deux amants se sont
rencontrés. Eve et Honoré se sont enlacés, ils se
jurent une tendresse et une fidélité éternelles. Mais
que va-t-il advenir maintenant ? Que vont entreprendre maintenant ces deux êtres chimériques, entraînés
par leur aventure, enivrés par leur passion ? Où vont-
ils s'en aller maintenant avec leur amour chercher un
refuge ? Mme de Hanska va-t-elle le suivre à Paris ?
Va-t-elle laisser en plan le vieux mari qu'elle n'aime
pas ? Ou bien, va-t-elle plus bourgeoisement demander le divorce pour devenir, selon le droit et les convenances, l'épouse d'Honoré de Balzac ; échanger son
château et ses millions pour l'honneur de porter ce
nom ? Que vont-ils faire ces amants qui, semble-t-il,
ne peuvent plus vivre l'un sans l'autre ni un jour ni
une heure ? Quelle solution romanesque Balzac, dans
son ingéniosité, va-t-il imaginer ici ?

Mais Balzac, dans son roman vécu comme en toutes choses, n'est pas seulement un grand créateur
d'illusions, c'est aussi un grand réaliste. Dès le début,
dans le plan de sa vie il a glissé la formule : « Une
femme et une fortune », et rien ne l'excite tant dans sa
passion pour Mme de Hanska que de savoir qu'elle est
justement Mme de Hanska, aristocrate et millionnaire. Et l'« Etoile Polaire » ne songe pas davantage à
s'installer définitivement dans un appartement de
petits bourgeois parisiens pour aller ouvrir tous les

jours la porte aux créanciers importuns de son mari. Au lieu d'un enlèvement, d'un divorce avec duel et autres solutions romanesques, c'est, après la chute, un pacte sans mystères et presque commercial que concluent entre eux les deux amants. Ils se promettent de se communiquer chaque jour leurs sentiments, les événements de leur vie, et prennent tout de suite la précaution de s'offrir l'un à l'autre une cassette pour conserver les lettres qu'ils ont l'intention de s'écrire jusqu'à ce que... ; eh bien jusqu'à ce que M. de Hanski veuille bien avoir l'amabilité de ne plus se trouver sur leur chemin. En attendant, on tâchera de se rencontrer de temps en temps sans éveiller les soupçons de façon que la situation sociale de Mme de Hanska n'en souffre pas naturellement et qu'elle ne donne pas prise aux cancans et au scandale. Le nouvel Abélard et la nouvelle Héloïse, l'amant et l'amante, se lieront pour l'éternité, dès que Mme de Hanska sera devenue, par la mort de son époux, châtelaine de Wierzchownia et héritière de ses millions.

Pareille promesse après une telle débauche de passion pourra paraître à des natures sentimentales un peu froide et calculée. Mais Balzac, dans son ivresse, ne ressent rien de ce que cette solution a de pénible. Quelle importance ont pour lui une ou deux années. Car l'époux maladif et atrabilaire ne peut pourtant pas, pense-t-il, vivre plus longtemps. Son optimisme, son inébranlable optimisme lui dit que là où s'est produit un miracle, un autre doit suivre. Ainsi il serre cordialement la main au mari qui ne soupçonne rien et sur lequel tous deux, en pensée, jettent déjà leurs pelletées de terre, le remercie de son hospitalité et de divers précieux cadeaux et Mme de Hanska s'en va avec son époux, sa famille et sa suite faire un voyage d'agrément en Italie, tandis que Balzac revient à Paris à sa table de travail.

CHAPITRE XIII

VIENNE : LES ADIEUX

Balzac est rentré à Paris avec une fraîcheur et un enthousiasme nouveaux, plus que jamais chargé d'énergie. Il a pris sa revanche de la défaite subie ; l'homme en lui a eu pour la première fois le dernier mot en face d'une femme qui lui opposait une sérieuse résistance. Jamais son courage, sa force, ne furent plus grands que dans cet instant. Pour la première fois il aperçoit une possibilité de mettre de l'ordre dans son existence pratique sans cesse menacée encore par les caprices du destin et les catastrophes. Sa vie devra rester jusqu'à son dernier souffle une « vie torrentueuse » ; ainsi le veut le dynamisme de sa nature. Mais ce torrent bouillonnant qui jette aux vents son écume et ses embruns a du moins trouvé un but précis et une nette direction. A partir de cet instant Balzac a un plan de vie bien déterminé qu'il va suivre avec cette énergie que nul autre n'a reçue en partage et qui se déchaîne, inflexible et furieuse, contre lui-même, piétinant sans égards sa santé et ses aises. Il veut achever en dix ans *La Comédie humaine*, et cette œuvre, la plus audacieuse du siècle, exigerait normalement le travail de dix hommes pendant toute leur vie. Il veut conquérir cette femme, en faire son épouse, afin qu'elle apaise sa sensualité, satisfasse par sa haute origine sa vanité sociale, et le rende, avec ses millions, indépendant des éditeurs,

des journaux et de la contrainte toujours plus insupportable, de produire dans une atmosphère de serre.

C'est une des tactiques les plus géniales de Balzac
de savoir cacher de la façon la plus sûre ses vrais
secrets sous des confidences qui semblent ingénues et
sous de terribles rodomontades. S'il fait parade de
fabuleux honoraires, c'est généralement pour ne pas
laisser deviner combien il est endetté. Quand il porte
sur son habit des boutons en or et entretient un
équipage, c'est pour dissimuler qu'il doit au boulanger le pain du mois. S'il démontre à Gautier et à
George Sand, par des arguments irrésistibles, que le
poète ne peut conserver pour son œuvre sa flamme et
sa tension qu'au prix d'une chasteté absolue, c'est
seulement pour éviter que l'on soupçonne les femmes
qui viennent le voir en cachette. En un temps où les
autres romantiques affichaient leurs relations et
s'efforçaient de tout leur pouvoir d'informer de leurs
drames d'amour tous leurs lecteurs — des amours
aussi théâtrales que possible — à tous les stades,
avant, pendant, après, Balzac a été d'une discrétion
exemplaire. A partir du moment où il a rencontré
l'Inconnue en personne, c'est le silence total même
devant les plus intimes amis. En dehors de la lettre
écrite à sa sœur dans la première griserie, il ne fait
mention de son nom devant personne. Zulma Carraud qui, en son temps, avait été chargée de rédiger la
réponse à « la divine lettre de la princesse russe ou
polonaise » ne perçoit plus jamais une allusion et
encore moins Mme de Berny ou la duchesse de Castries. Il conserve toute sa correspondance dans une
cassette dont il a toujours la clef sur lui. La dédicace
de *Séraphîta* est si vaporeuse dans son lyrisme que,
parmi des douzaines de dédicaces à des ducs, à des
comtes et à des aristocrates étrangers, hommes et
femmes, elle ne peut frapper personne. Dix ans
durant ses amis les plus proches n'ont pas eux-mêmes
la moindre idée qu'il y ait quelque part une Mme de
Hanska. Et tandis qu'avec des accents de fierté et de

triomphe il annonce son plan de conquête du monde par *La Comédie humaine*, il tait obstinément, habilement, efficacement l'existence de cette femme qui dorénavant reçoit toutes ses confessions, tient sous sa garde tous ses manuscrits et qu'il a choisie pour le tirer de la galère et assurer son indépendance.

Il se garde bien surtout d'en toucher un mot à Mme de Berny chez qui il se rend peu après son retour de Genève. La « dilecta » doit ignorer que (pour employer ses propres paroles) il a élu une « praedilecta ». Il sait qu'il lui faut la ménager et lui garder jusqu'au dernier moment l'illusion qu'elle a été la seule confidente de ses secrets, car la santé de Mme de Berny a rapidement décliné et les médecins ne lui laissent là-dessus aucun doute : elle n'a plus longtemps à vivre. Que cette vieille femme décrépite ait été il y a peu de temps encore son amante, cela lui semble presque inconcevable :

Quand même la santé reviendrait — et je l'espère — il me sera toujours douloureux de voir le triste changement de la vieillesse. Il semble que la nature se soit vengée tout à coup, en un moment, de la longue protestation faite contre elle et le temps.

On dirait un symbole : à l'heure où le soleil se lève, la lune pâlit. A l'instant où Balzac a décidé de faire d'une femme l'unique souveraine de sa vie, l'autre s'en va qui lui avait tout donné.

Peut-être cette visite de Balzac immédiatement après les jours de Genève a-t-elle été provoquée par un secret sentiment de culpabilité. S'il s'éloigne d'elle, il ne faut pas pourtant qu'elle le sache ou le soupçonne. C'est un instant de trêve après les jours de tension violente. Une fois encore en sa présence il peut songer au passé, aux voies sombres, tortueuses, rocailleuses et épineuses où il a cheminé sous sa conduite. Mais ensuite il s'agira de s'engager dans la nouvelle route qui doit enfin le conduire à la liberté, à

la gloire, à la richesse, à l'immortalité. Muni de nouvelles forces, détendu, résolu, Balzac se rue au travail.

*
* *

Jamais peut-être dans son existence sans cesse
surmenée, surchauffée jusqu'à faire sauter la soupape de sûreté, Balzac n'a tant travaillé, si bien travaillé, avec tant de bonheur et de gloire qu'après son
retour de Genève. Est-ce le triomphe, le premier vrai
triomphe viril, est-ce la volonté de convaincre cette
femme qu'elle s'est donnée et promise à un partenaire
digne d'elle, ou bien le désir plus réaliste de gagner et
de ramasser assez d'argent pour pouvoir aller rejoindre l'épouse d'amour dans un voyage où il se présenterait en grand seigneur avant qu'elle disparaisse
dans ce royaume des ombres : l'Ukraine ? En tout cas,
au cours de sa production de Titan, Balzac lui-même
n'a jamais produit autant que cette année-là. Les
médecins inquiets l'invitent à se ménager et lui-même
a peur parfois de s'effondrer : « J'ai commencé à
trembler, j'ai peur que la fatigue, la lassitude,
l'impuissance ne me prennent avant que j'aie édifié
mon œuvre. »

Mais il écrit livre après livre, plusieurs ouvrages en
même temps, l'un à côté de l'autre. Et quels ouvrages :
« Jamais imagination n'aura été dans de si différentes
sphères. »

En un an il achève *La Duchesse de Langeais*, rédige
en cent nuits, de juin à septembre, *La Recherche de
l'absolu* et en même temps, en octobre le début de
Séraphîta, en novembre, en quarante jours son
immortel chef-d'œuvre *Le Père Goriot*, en décembre et
dans les mois suivants *Un drame au bord de la mer*, *La
Fille aux yeux d'or*, *Melmoth réconcilié*, de nouvelles
parties de *La Femme de trente ans* et ébauche déjà
dans sa tête le plan de *César Birotteau* et du *Lys dans
la vallée*. Impossible ! dirait-on, mais pour Balzac non
seulement l'impossible est possible, mais bien plus

encore. Car pendant ce temps il refond d'anciens romans : donne aux *Chouans*, à *La Peau de chagrin*, au *Colonel Chabert* une forme nouvelle, commence en collaboration avec Jules Sandeau une pièce de théâtre, compose ses *Lettres aux écrivains français du XIXe siècle*, bataille avec ses éditeurs, et en outre, écrit encore ponctuellement, fidèlement, ses cinq cents pages de lettres et de journal à l'« épouse d'amour ».

*
* *

Tandis que Balzac, comme un Sisyphe de la littérature, roule et roule jour après jour le roc de son travail, Mme de Hanska vit en Italie des jours de parfait loisir. La caravane passe d'un hôtel de luxe à l'autre, Mme de Hanska se promène et flâne, fait faire son portrait, fait des achats à vider les magasins, et l'on peut imaginer quel charme violent dut avoir pour une femme cultivée, jusque-là confinée en Russie, la découverte de Venise, de Florence, de Naples. Tout ce dont Balzac est privé, elle l'a en abondance ; elle a du temps, du loisir ; de la joie, de l'argent et l'on ne peut découvrir dans la correspondance le moindre indice d'un désir d'interrompre ce doux farniente à cause de son grand amant et d'aller se jeter dans ses bras. Par contre on ne peut souvent se défendre du sentiment que, dans toute cette aventure amoureuse, Mme de Hanska s'intéresse beaucoup moins à la personne de Balzac qu'à ses lettres. Elle ne cesse d'exiger en souveraine ce tribut de lui, alors qu'elle-même dans son oisiveté, dans son loisir — que de fois Balzac s'en plaint — ne répond qu'assez irrégulièrement et chichement à son énorme prodigalité. Pendant toute l'année de voyage elle peut, dans chaque station, attendre les lettres de son fidèle et obéissant moujik.

Certes à présent, la forme et le climat de ces lettres doivent nécessairement être différents. Il semble qu'une correspondance secrète, comme à Wierzchownia, à Neuchâtel ou à Genève, ne soit plus pos-

sible, peut-être en raison de la surveillance de la
censure italienne sur la poste restante ou parce que
même un époux aussi placide dans sa confiance béate
que M. de Hanski eût été intrigué par tous ces messages venus de Paris pour la gouvernante suisse.
Balzac doit donc adresser officiellement sa correspondance à Mme de Hanska et la styliser de telle sorte
qu'elle puisse être lue également par son mari. Donc
pas de tutoiement intime, mais un « vous » plein
de respect ; on n'écrit plus à « l'ange céleste », à
« l'épouse d'amour », mais à « Madame » que l'on
prie courtoisement chaque fois de saluer « le Grand
Maréchal d'Ukraine » et Anna et Mlle Borel et toute la
caravane. Plus de protestations d'amour éternel ;
finie — on respire — la phraséologie de l'esclave.
Balzac écrit à Mme de Hanska comme si, pendant les
semaines de Genève, il avait simplement trouvé en
elle une amie infiniment vénérée, s'intéressant aux
choses littéraires, infaillible dans son jugement à qui
il se sent obligé de rendre compte de tous les détails de
sa vie. Il faut donner l'impression que, au cours des
semaines de Genève, il s'est lié si intimement à la
famille tout entière que c'est pour lui un besoin de
continuer à bavarder avec elle au moins par écrit.

   Balzac ne serait pas le grand et habile écrivain qu'il
est s'il ne glissait subrepticement dans ces lignes de
simple causerie de petites allusions secrètes qu'elle
seule peut comprendre. Quand il exprime sa passion
pour les paysages suisses, elle sait bien à qui s'adresse
cette nostalgie. Et la voici une seconde fois engagée
dans le jeu du mystère et du danger.

   Ces lettres envoyées en Italie et plus tard celles
expédiées à Vienne n'ont pas seulement été écrites
pour entretenir M. de Hanski dans l'illusion de la
nature purement intellectuelle et littéraire de leur
amitié, mais aussi pour maintenir Mme de Hanska
dans la tranquille certitude qu'elle est toujours son
unique amour et qu'il lui reste immuablement fidèle,
même dans l'éloignement. Il semble qu'au cours de

ces étranges fiançailles où l'on oubliait un mari encore vivant, Mme de Hanska ait exigé de Balzac — ou que celui-ci, avec sa témérité coutumière lui ait promis — de rentrer tout de suite dans son ancien état de « chasteté ». En tout cas les lettres de Balzac renchérissent les unes sur les autres pour proclamer sa solitude, cet isolement, cette horreur du monde qui remplissent non seulement ses jours, mais aussi ses nuits. Il ne cesse de parler de sa vie monacale et affirme : « Jamais solitude ne sera plus complète que la mienne. » Ou bien « Je suis seul comme un rocher au milieu de la mer. Mes perpétuels travaux ne sont du goût de personne. » Ou encore : « Me voilà tout aussi seul que pourrait le désirer la femme la plus ambitieuse de l'amour. »

Mais par malheur Mme de Hanska ne semble guère ajouter foi à ses protestations. A Genève, elle s'est rendu compte, en femme avisée, en observatrice pénétrante, que Balzac ressemble bien peu aux portraits romantiques et pathétiques qu'il trace de lui dans ses lettres. Elle sait comme son imagination est prête à tout moment à le servir, elle a, sans aucun doute, pris des douzaines de fois en flagrant délit de mensonge ce conteur sans scrupules et peut-être sont-ce précisément les rencontres intimes à l'hôtel genevois qui l'ont fait apparaître sous un tout autre aspect que celui d'un ascète timide, inexpérimenté et peu au courant des choses de l'amour. En outre un assez bon service de renseignements a l'air de fonctionner derrière son dos. Ce n'est sans doute pas tout à fait sans arrière-pensées que Mme de Hanska a donné à Balzac à son départ de Genève, des recommandations pour l'aristocratie russe et polonaise et les rapports qui doivent lui être parvenus du cercle des Potocki et des Kisselew lui font paraître douteux que, dans une inviolable et laborieuse solitude, il ne passe vraiment son temps qu'à s'affliger sur la maladie de Mme de Berny. Balzac est trop connu à Paris pour ne pas avoir été vu quand, deux fois par semaine, il paraît dans la « loge des tigres » et toujours dans l'ombre d'une très belle aristocrate également connue de toute la ville. Il ne peut non plus rester ignoré que le pauvre galérien a loué, outre sa maison de la rue Cassini, un second logement dans la rue des Batailles, qu'il a acheté chez le premier joaillier de Paris la fameuse canne de sept cents francs, dont — il en convient lui-même — on parle davantage que de toutes ses œuvres. Mme de Hanska doit lui avoir signifié de quelque manière qu'elle n'a pas la simplicité de se laisser duper, car visiblement Balzac est mis au pied du mur. Il ne cesse de l'assurer — dans les lettres officielles il s'agit de l'amitié, mais ce ne peut être pris par elle que dans un sens — que l'inconstance et l'infidélité sont inconciliables avec sa nature. Pour le cas où on signalerait à son amie quelque fait à sa charge il cherche habilement à prendre les devants au moyen de cette parade qui doit donner le change : « Il y a des femmes qui se vantent d'être à moi, de venir chez moi. »

Mais tout cela n'est que mensonge, calomnie, exagération. C'est seulement dans le sentiment de sa profonde solitude — « soupirant après une poésie qui me manque et que vous connaissez » (on songe à l'air de *Figaro* « Elle comprendra bien ») — qu'il s'est voué à la musique. Non, cela n'a rien à voir avec la société, avec le monde.

Entendre la musique, c'est mieux aimer ce qu'on aime. C'est voluptueusement penser à ses secrètes voluptés, c'est vivre sous les yeux dont on aime le feu, c'est entendre la voix aimée.

Mais la « châtelaine » n'a plus confiance dans le « moujik » bien que, ou peut-être parce qu'il sait si merveilleusement exprimer et transformer toutes choses. Et comme ses rapports avec Balzac ne peuvent subsister que dans la confiance — il n'est rien que, comme grande dame, Mme de Hanska ait redouté davantage de sa part que l'indiscrétion — il semble qu'il se soit établi dans leurs relations une certaine réserve qui inquiète Balzac. Avec l'été prend fin le voyage en Italie, la caravane se rend à Vienne pour y passer l'hiver. Au printemps M. de Hanski ramènera son épouse dans le maudit château au bout du monde civilisé. Alors l'« Etoile Polaire », cette lueur d'espérance au ciel de Balzac aura disparu pour toujours. Ainsi donc un revoir, un renouvellement, un nouvel embrasement, une renaissance à la vie des relations intimes est nécessaire s'il ne veut pas perdre celle qu'il a une fois gagnée. Dans le grand jeu où sa vie est en cause, il n'a pas le droit de lâcher son triomphe le meilleur. En route donc pour Vienne ! Un prétexte n'est pas difficile à donner. Il explique à tous ses amis, et aussi à M. de Hanski, que pour son roman *La Bataille* projeté depuis des années, il lui faut absolument connaître Aspern et Wagram. Cependant l'automne passe et l'hiver, Balzac ne peut partir. C'est toujours le même empêchement sous des formes diverses : un roman qui n'est pas encore achevé, des honoraires dont il a absolument besoin auparavant, une dette qu'il veut payer pour pouvoir en contracter une nouvelle plus importante. Mais pour ne pas laisser s'éteindre le feu déjà à peu près consumé avant de pouvoir le ranimer dans son ancienne ardeur au souffle de tempête de sa présence, il écrit lettre sur lettre, laissant toujours espérer de nouveau un prochain revoir.

*
* *

Un malheureux hasard est tout près de le frustrer à tout jamais de cette rencontre. A la fin de juin la caravane Hanski revient à Vienne et comme les envois secrets, l'an passé, y ont merveilleusement fonctionné, Balzac croit pouvoir, après tant de mois de renoncement, envoyer à Mme de Hanska, poste restante, une lettre enflammée à la lecture de laquelle le mari n'aura point de part. Plus de « Madame » cette fois, plus de « vous » de convention, pas d'aimable souvenir au Grand Maréchal M. de Hanski, pas de saluts pour Mlle Séverine et Henriette Borel, mais des torrents d'ardente tendresse.

Oh mon ange, mon amour, ma vie, mon bonheur, ma force, mon trésor, ma bien-aimée, quelle horrible contrainte ! Quelle joie d'écrire de cœur à cœur.

Ainsi débute cette frénétique lettre d'amour de Balzac, qui, secoué pour ainsi dire de joie et de désir, annonce qu'il va se mettre en route le 10 août pour Baden, près de Vienne, vers les Hanski.

J'irai comme le vent, il m'est impossible de t'en dire davantage, car pour pouvoir aller là, ce sont des efforts de géant. Mais je t'aime d'une force surhumaine.

Après « six mois de désir, d'amour comprimé », il veut enfin « baiser ce front idolâtré, sentir ces cheveux aimés que j'ai gardés autour du cou ».

Trois jours passés près d'elle lui permettraient de reprendre « de la vie et de la force pour mille ans ».

Par malheur cette lettre à la « chère blanche Minette » ou une autre d'une égale intimité tombe aux mains de M. de Hanski qui jusqu'ici ne se doutait de rien et il semble qu'il se soit produit une scène violente dont nous ignorons tout. Car Balzac qui, dans l'intervalle, avait dû par suite de difficultés financières, différer son départ, est tout à coup obligé de prendre la plume pour expliquer à M. de Hanski ce qui l'a amené à envoyer à Mme de Hanska cette indéniable déclaration d'amour. La tâche n'est pas facile en présence de faits aussi clairs. Mais un romancier de la puissance inventive de Balzac et qui ne craint pas l'invraisemblance n'a·pas grand-peine à imaginer une fable acceptable. Avec la même audace avec laquelle, au début de leur correspondance, il avait servi à Mme de Hanska l'histoire des diverses écritures dont il disposait dans ses divers états d'âme, il présente au cocu irrité un joli conte. Mme de Hanska, « la nature la plus pure, la plus enfant, la plus grave, la plus rieuse, la plus instruite, la plus sainte et la plus philosophe que je connaisse » lui avait dit un soir en riant « qu'elle voudrait bien savoir ce que c'était qu'une lettre d'amour ». A quoi il avait répondu en riant lui aussi : « une lettre de Montoran à Mme de Verneuil », songeant à une lettre dans le style des deux figures principales de son roman *Les Chouans* et ils avaient innocemment plaisanté là-dessus. Se souvenant de ces folles plaisanteries Mme de Hanska lui avait écrit de Trieste : « Oubliez-vous Marie de Verneuil ? » Cela lui avait rappelé qu'il voulait lui montrer le modèle d'une vraie lettre d'amour et il en avait envoyé deux de ce genre à Vienne — ces lettres que M. de Hanski avait trouvées vraisemblablement avec autant de surprise que d'indignation.

Présenter à un homme, tout de même intelligent, une telle explication comme croyable, c'est le prendre pour un imbécile. Mais la suite est déjà sensiblement plus habile. Il raconte en effet que Mme de Hanska aussitôt après la première lettre — donc avant la découverte des deux documents compromettants par M. de Hanski — lui aurait adressé une réponse pleine de courroux. « Vous ne sauriez croire combien je fus atterré de ma sottise quand elle me répondit si froidement à cause de la première, quand je savais qu'il y en avait une seconde. »

Au lieu donc ou bien d'avouer sans détour au mari trompé qu'il l'a trompé ou bien de s'excuser près de lui d'un malentendu, Balzac prie — et c'est là un véritable trait de génie — le gentleman de Hanski de bien vouloir prendre parti pour lui et l'aider à apaiser la colère de l'innocente, de la pudique, de l'inaccessible Mme de Hanska. Le fait même que Mme de Hanska ait oublié cette plaisanterie au sujet des lettres de Mme de Verneuil prouvait — étrange logique

— que la lecture d'une lettre d'amour, même quand on la lui présentait comme un échantillon plaisant, lui faisait déjà l'impression d'une grossière inconvenance.

La négligence de Mme de Hanska est une bien noble attestation de ma niaiserie et de sa sainteté. C'est ce qui m'a consolé.

Que M. de Hanski veuille bien, « si l'amitié, même perdue, a encore ses droits », servir de bienveillant intermédiaire pour présenter à Mme de Hanska le troisième volume de ses *Etudes de mœurs* avec les manuscrits. Et si elle ou bien lui-même ne jugeait pas convenable de recevoir encore de lui, l'indigne plaisantin, des marques d'amitié, « alors brûlez, je vous en prie, et les volumes et les manuscrits ».

Même si Mme de Hanska voulait bien lui accorder « un pardon généreux et entier », il ne se pardonnerait cependant jamais d'avoir froissé et blessé un instant cette noble âme.

Je suis destiné sans doute à ne plus vous revoir et je puis bien vous en exprimer de vifs regrets. Je n'ai pas tant d'affections autour de moi que je puisse en perdre une sans larmes.

Bien loin de s'excuser auprès de l'époux, Balzac, avec une adresse admirable, invite même le mari trompé à le prier de continuer à correspondre avec sa femme et de persister à leur garder une sereine amitié.

M. de Hanski eut-il vraiment l'âme assez enfantine pour ajouter foi aux explications absurdes de Balzac ? Ou bien s'est-il consolé philosophiquement, en songeant que de toutes manières, dans quelques mois, sa femme serait séparée par des milliers de lieues de son amant ? Ou bien — c'est le plus vraisemblable — Mme de Hanska, qui ne veut pas renoncer à la précieuse correspondance et au rôle de « l'immortelle amante » l'a-t-elle incliné à l'indulgence ? Nous savons seulement que les deux époux se prêtent avec une naïveté apparente à la comédie bien arrangée par Balzac. M. de Hanski lui envoie une lettre — qui malheureusement ne nous a pas été conservée — et Mme de Hanska accorde magnanimement son pardon au pécheur car un mois plus tard il peut écrire : « Je reprends ma correspondance suivant l'ordre de Votre Beauté (B majuscule, comme pour Altesse, Hautesse, Grandeur, Sainteté, Excellence, Majesté), car la beauté est tout cela. »

Le pauvre moujik, après s'être un temps suffisant prosterné dans la poussière, rentre en grâce auprès du châtelain, et de la châtelaine de Wierzchownia. Il lui est permis de continuer à égayer par ses lettres Madame et Monsieur et de raconter à sa noble protectrice les événements de sa mesquine existence ; il lui est permis même, avant que la caravane Hanski retourne en Ukraine, de faire encore une fois une humble visite à Vienne.

*
* *

Le malentendu, qui, nous le savons, ne prêtait nullement à malentendu, est maintenant écarté pour la forme. Balzac pourrait et devrait partir pour Vienne. Mais novembre, décembre, puis janvier, février et mars passent et toujours se présentent de nouveaux obstacles, ou plutôt un seul grand obstacle : Balzac n'a pas d'argent pour le voyage. Il a travaillé avec une intensité, une persévérance, et une inspiration qui, même chez lui, ce Titan du travail, restent inimaginables. Il a achevé *Le Père Goriot*, ce chef-d'œuvre qui ne passera point, trois autres romans, une série de nouvelles et s'est assuré le plus grand succès qu'il ait connu jusqu'ici et les honoraires les plus élevés. Mais ce que sa main droite, sa main d'écrivain amasse rapidement en un travail acharné et en même temps inspiré, sa main gauche, sa main de prodigue le jette par les fenêtres. Il n'a payé qu'une toute petite partie de son nouvel appartement, et de son installation qui, selon ses lettres à Mme de Hanska, n'est nullement pour lui, mais pour Jules Sandeau. Les joailliers, les tailleurs, les tapissiers se sont partagé d'avance entre eux les revenus du *Père Goriot* et de la séraphique *Séraphîta*. Une fois de plus le calcul de Balzac : s'assurer un seul mois de liberté « par cinq mois de travail exorbitant » a été un mauvais calcul et il doit avouer : « Je suis profondément humilié d'être si cruellement attaché à la glèbe de mes dettes, de ne pouvoir rien faire, de ne pas avoir la libre disposition de moi-même. »

Mais c'est maintenant, semble-t-il, Mme de Hanska qui se met à le presser. Elle a eu une peine extrême à retenir à Vienne jusqu'au printemps sous toutes sortes de prétextes M. de Hanski qui veut rentrer sur ses terres. Avril est le dernier délai. Confiante en la promesse de Balzac de monter en voiture aussitôt après l'achèvement de *Séraphîta* avec le manuscrit qui lui est destiné, elle obtient encore une prolongation du séjour jusqu'en mai. Impossible d'attendre plus longtemps cet homme sur qui on ne peut compter, qui imagine toujours de nouvelles raisons et de nouveaux retards. Si Balzac ne vient pas maintenant le roman aura probablement trouvé pour toujours sa conclusion. Balzac se rend compte qu'il ne doit pas tarder plus longtemps. Comme ce mariage après la mort de M. de Hanski lui semble la chance décisive de sa vie, il ne peut pas ménager sa mise. *Séraphîta* est bien vendue et engagée, mais pas encore achevée. Cela ne fait rien, il la terminera à Vienne. Il n'a pas le sou, mais cela ne le gêne point. Toute l'argenterie de la rue Cassini s'en ira au Mont-de-Piété, on arrachera des avances aux éditeurs et aux journaux ; on souscrira quelques nouveaux billets. Le 9 mai il quitte Paris et arrive le 16 à Vienne.

*
* *

Le voyage de Balzac à Vienne est de nature à
permettre d'approfondir considérablement ce que
l'on considère couramment comme les caractères
propres du génie et on aurait peine à trouver un
exemple plus parfait des folies dont peut être capable
le cerveau justement le mieux organisé, le plus souverain. Là où rayonne une vive lumière les ombres
sont épaisses : une faiblesse, une puérilité qui passe-
rait inaperçue chez un homme normal ou ne provo-
querait qu'un sourire sans malice, doit nécessairement faire une impression grotesque chez un Balzac
qui connaît les hommes comme seul Shakespeare les
a connus. En lui l'artiste s'est dépassé dans *Le Père
Goriot,* ses adversaires les plus acharnés eux-mêmes,
que seul jusque-là le volume inconcevable de son
travail inquiétait et agaçait, sont contraints malgré
eux de s'incliner devant son génie. Le public l'honore,
les journaux ont reconnu la force d'attraction du nom
de Balzac ; la simple annonce d'un de ses romans fait
grossir leur tirage ; de toutes les villes, de tous les pays
montent les hommages. Il ne peut plus méconnaître
qu'il est devenu une grande puissance, qu'il se place
sur le même plan que n'importe quel prince d'Europe.

Mais — et c'est là la tache d'ombre dans le cerveau
rayonnant du romancier — avec toute cette gloire,
avec la conscience d'une œuvre qui compte dans
l'histoire du monde, Balzac est dominé par la vanité
enfantine d'en imposer justement par ce qu'il n'a pas
et n'est pas ; petit-fils de paysans il veut être apprécié
comme aristocrate ; criblé de dettes il veut passer
pour riche. Il sait, par des lettres de Mme de Hanska,
que la haute société viennoise l'attend avec impatience, et le voici dès lors saisi de l'ambition inconcevable et funeste, de se présenter comme un égal à ces
aristocrates et à ces millionnaires à qui — leur attitude à l'égard de Beethoven en est la preuve — rien

n'en impose ici-bas que la souveraineté et l'indépendance du génie. Il ne faut pas tout de même que les
Esterhazy, les Schwarzenberg, les Lubomirsky, les
Liechtenstein puissent considérer un M. de Balzac
comme un pauvre homme de lettres miséreux. Aussi
s'équipe-t-il avec une extrême élégance — à son sens
— mais en réalité à la façon d'un vrai parvenu.
L'auteur de *Louis Lambert* et du *Père Goriot* se munit
des accessoires les plus pompeux : « une canne qui
fait jaser tout Paris, une lorgnette divine que mes
chimistes ont fait faire par l'opticien de l'Observatoire, puis des boutons d'or sur mon habit bleu, des
boutons ciselés par la main d'une fée. »

Il va de soi que le futur époux d'une Rzewuska —
toujours Balzac voit, par anticipation, ses vœux réa-
lisés — ne roulera pas vers Vienne comme le commun
des mortels dans une vulgaire diligence. Le noble
M. de Balzac, qui, en route se donne même le titre de
marquis, se commande un carrosse, paré du blason
des d'Entraigues auquel il n'a cependant aucun droit
et emmène avec lui un serviteur en livrée — une folie
qui, à elle seule, dévore cinq mille francs et en outre,
— comme c'est vexant ! — n'est remarquée de personne au cours du séjour à Vienne. Les malheureuses
trois semaines de ce voyage, dont il passe la moitié
devant son bureau à l'hôtel et un tiers dans son
coûteux carrosse, lui reviennent en tout à quinze
mille francs qu'il lui va falloir gagner par des centaines et des centaines de nuits de travail sur sa galère
parisienne.

Les Hanski qui habitent le troisième arrondisse-
ment, le quartier chic des diplomates, ont retenu pour
Balzac une chambre dans le voisinage immédiat, à
l'Hôtel de la Poire d'Or. Une chambre bien curieusement choisie, comme on ne tardera pas à s'en rendre
compte, car dans le lit même où va dormir Balzac
s'est suicidé peu de temps auparavant Charles Thi-
rion, secrétaire du comte Rasumowski, marié secrètement à sa belle-sœur la comtesse Lulu Türheim, un

pistolet dans la main droite et un roman de Balzac dans la main gauche. A peine l'écrivain a-t-il franchi le seuil qu'il apprend comme il est célèbre et adoré à Vienne — il aurait pu se passer du valet en livrée et du blason d'emprunt. Toutes les avanies qu'il a subies dans le Faubourg Saint-Germain et de la part de ses confrères haineux, les voici réparées ici. La plus haute aristocratie brigue l'honneur de le recevoir dans ses palais. Le prince Metternich, qui tient le plus haut rang après l'empereur, a triomphé de Napoléon et domine toute la diplomatie européenne (par-dessus le marché le prédécesseur de Balzac auprès de la duchesse d'Abrantès), invite chez lui le célèbre écrivain, bien qu'il n'en ait pas lu grand-chose, et lui raconte, au cours de cette longue conversation, une plaisante anecdote sur laquelle Balzac construira plus tard sa pièce de théâtre : *Paméla Giraud*.

Bien que tous ces nobles noms historiques soient une manne pour la folie aristocratique de Balzac, il ne peut pas accepter toutes les invitations parce que Mme de Hanska a mis l'embargo sur lui pour son cercle à elle. Ce n'est qu'à ses plus proches amis de la noblesse polonaise, les Lubomirsky, les Lanskoronski qu'elle prête quelquefois son cavalier servant. Il ne fait la connaissance d'aucun écrivain ou savant sauf de l'orientaliste baron Hammer-Purgstall qui lui fait cadeau d'un Bedouk, un talisman — gardé superstitieusement et respectueusement par Balzac jusqu'à sa fin —, et un petit poète, le baron de Zedlitz, qui tombe du ciel en n'entendant le grand, le vénéré, le célèbre Balzac ne parler que d'honoraires et d'argent.

Pour lui ces journées sont une griserie. C'est ici, à l'étranger, qu'il connaît et saisit pour la première fois le triomphe napoléonien qui consacre sa situation et son œuvre littéraire, cette consécration qui lui sera précieuse entre toutes : celle de la haute aristocratie. Tous ces noms qu'il prononce avec respect s'effacent devant le sien. Au milieu de toutes ces tentations il est bien difficile même à un Balzac de rester fidèle à son programme de travail et d'achever le matin, dans sa chambre d'hôtel, la rédaction d'une œuvre aussi ésotérique, mystique, religieuse, d'une œuvre de renoncement au monde comme *Séraphîta*, pour figurer l'après-midi dans le « grand monde » comme pièce de choix. Balzac s'acquitte de quelques corrections d'épreuves, visite les champs de bataille d'Aspern et d'Essling, pour prendre des notes en vue de son roman projeté *La Bataille* ; il passe beaucoup de temps dans l'orbite de Mme de Hanska, mais il semble que, pour l'heure du berger, Vienne soit moins propice que Neuchâtel ou Genève. Après l'incident de la lettre interceptée, Mme de Hanska est tenue à une extrême prudence et la gloire même de Balzac veille jalousement sur sa vertu. Avant son départ il lui faut confesser mélancoliquement : « Nous n'aurons ni une heure ni une minute. Ces obstacles attisent une telle ardeur que je fais bien, crois-moi, de hâter mon départ. »

A vrai dire un autre motif encore que cette ardeur précipite finalement son départ : ses notes impayées. Bien qu'il ait, de Vienne, tiré irrégulièrement un chèque sur son éditeur Werdet, ses fonds baissent tous les jours par suite de son train de vie princier. Le 4 juin, au moment du départ, il ne peut même plus donner un pourboire au domestique de l'hôtel et se trouve contraint de se faire prêter lamentablement un ducat par Mme de Hanska.

Sans s'arrêter, à cette même allure furieuse dans laquelle il fait toutes choses, il file d'un trait vers Paris où il rentre sept jours plus tard. C'est la dernière fois d'ici sept ans qu'il verra Mme de Hanska. Le premier volume vraiment passionnant et passionné de cette histoire d'amour conçue comme un roman vécu a pris fin, et, ainsi qu'il l'a fait si souvent dans ses travaux littéraires, Balzac interrompt pour des années son ouvrage pour se consacrer à d'autres projets plus pressants et plus séduisants...

LIVRE IV

SPLENDEUR ET MISÈRE
DU ROMANCIER BALZAC

CHAPITRE XIV

1836 : L'ANNÉE DES CATASTROPHES

Il arrive parfois dans la nature que deux ou trois orages, venus de diverses régions, se heurtent en un point où ils se déchargent alors avec une violence décuplée. Ainsi, de tous côtés, les malheurs fondent sur Balzac à son retour de Vienne, lorsqu'il rentre à Paris en son trop coûteux équipage avec son laquais galonné. Il lui faut maintenant payer de soucis son insouciance. Interrompre son travail, c'est toujours pour lui une catastrophe. Comme un forçat qui a scié ses chaînes et fait une tentative d'évasion il lui faut passer, pour chaque mois de liberté, une année de plus sous le joug.

Tout d'abord, c'est le vieil ulcère à demi guéri de sa vie — la famille — qui se réveille juste à ce moment. Sa sœur, Mme de Surville, est malade, son mari a des soucis d'argent et Mme Balzac ne maîtrise plus ses nerfs, car son fils préféré, Henri, un propre-à-rien qu'on avait lancé à grand-peine au-delà des océans, est rentré des Indes, sans ressources, ramenant par-dessus le marché une femme de quinze ans plus âgée que lui. Il faut qu'Honoré, le grand, le tout-puissant Honoré, lui procure une situation et rembourse enfin ses propres dettes à sa mère. Honoré qui n'a pas un sou en poche et dont les journaux racontent méchamment qu'il est disparu de Paris parce qu'il ne pouvait faire honneur à ses engagements ! Jusqu'ici, chaque fois que la famille le poursuivait de ses exigences et de ses reproches, quand sa mère lui faisait la vie dure, Balzac s'était réfugié auprès de la mère de son cœur, Mme de Berny, pour y trouver consolation. Mais cette fois, c'est à lui de la consoler. La « Dilecta » est gravement malade. Son affection cardiaque s'est aggravée à la suite de violentes émotions. Elle a perdu un de ses fils et une fille est devenue folle. Désemparée et sans forces elle-même, elle ne peut plus conseiller son ami cher. Il lui faut même renoncer à sa fonction qui la remplit de joie : relire avec lui les épreuves de ses livres, parce que la lecture excite trop ses nerfs ébranlés et ce serait son tour à lui, qui ne sait plus à quel saint se vouer, de venir en aide à cette femme découragée et condamnée.

Mais il se trouve cette fois dans une situation particulièrement mauvaise. Balzac n'a pas seulement des dettes d'argent, des dettes sous forme d'avances reçues et d'effets à payer — ce ne serait chez lui rien d'anormal — mais pour la première fois depuis des années sa production n'est pas à jour avec ses contrats. Depuis ses premiers succès, Balzac, conscient de sa puissance de travail, a pris la dangereuse habitude de se faire payer d'avance ses ouvrages par les journaux et les éditeurs contre un engagement de livraison à une certaine date. Ce qu'il produit est hypothéqué avant qu'il se soit mis à écrire la première ligne et c'est alors entre sa plume et l'échéance une course folle. En vain ses amis l'ont mis en garde contre cette fatale méthode et c'est précisément la meilleure de tous, Zulma Carraud, qui n'a cessé de le conjurer de renoncer à quelques canifs d'or ciselé et à quelques cannes-massues ornées de pierres précieuses plutôt que de se dépraver ainsi dans une production précipitée.

Mais Balzac reste obstinément fidèle à cette pratique. Puisque son crédit littéraire est le seul qu'il possède, il jouit en quelque sorte de sa puissance en obligeant les éditeurs à acheter chat en poche, à lui compter des espèces sonnantes et trébuchantes pour un roman dont rien n'existe que le titre ; et peut-être même a-t-il besoin de cette contrainte d'une date, de ce fouet derrière son dos, pour s'obliger à ce maximum de travail.

Et puis ce Balzac, criblé de dettes, c'est la première fois qu'il se trouve endetté envers lui-même. Pour pouvoir s'offrir le luxe de tenir, à Vienne, le rang d'un prince, il avait, avant son départ, puisé de l'argent et des avances partout où il avait pu en faire apparaître. Non seulement il a vendu une nouvelle édition de ses romans-feuilletons publiés sous le nom de M. de Saint-Aubin, mais encore, à la *Revue des Deux Mondes* un ouvrage encore à écrire, *Les Mémoires de deux jeunes mariées*. En outre il doit toujours à Buloz la fin de *Séraphîta*, déjà payée depuis longtemps, et qui a même commencé de paraître voici des mois. Mais cela ne l'émeut nullement : l'achèvement de *Séraphîta* demande, selon ses calculs, huit jours (plus exactement huit nuits) et il aura vite fait de l'écrire à Vienne dans son hôtel « A la Poire d'Or ». Pour les *Mémoires de deux jeunes mariées* il compte huit jours. En rentrant il pourra donc tout de suite obtenir des avances pour un nouveau roman.

Mais pour la première fois Balzac se manque de parole à lui-même. Son calendrier ne comporte pas de jours fériés et le malheur veut qu'à Vienne il en introduise un certain nombre. Il succombe à la tentation de se faire présenter par Mme de Hanska à l'aristocratie autrichienne et polonaise ; il va se promener en voiture avec elle, il passe les nuits à bavarder au lieu de les passer devant sa table de travail. Buloz attend en vain la fin de *Séraphîta* et doit en interrompre la publication ; ses abonnés ne le prennent pas trop mal car ils ne savent trop quel parti tirer de ce livre mystique à la Swedenborg et d'un pathétique déplaisant. Ce qui est pire, c'est que de l'autre roman, les *Mémoires de deux jeunes mariées*, pas une ligne non plus n'est écrite. Il en a perdu le goût et

l'élan parce que, au cours de son voyage à Vienne —
toujours les voyages favorisent l'inspiration de Balzac
— un autre sujet, *Le Lys dans la vallée*, a commencé à
l'attirer. Il offre à Buloz pour s'acquitter de sa dette ce
nouvel ouvrage à la place du texte promis et lui
expédie tout de suite de Vienne le début.

Buloz accepte la substitution. Il imprime le début
du *Lys dans la Vallée*. Mais comme Balzac n'a pas tenu
son engagement de livrer ponctuellement la fin de
Séraphîta, il se croit autorisé à récupérer cette dette
d'une autre manière. Depuis quelque temps paraît à
Saint-Pétersbourg une *Revue étrangère* qui a l'ambition de mettre à la disposition des lecteurs russes la
littérature contemporaine française en même temps
que Paris ou si possible, avant même la publication à
Paris. Moyennant une certaine somme, Buloz, en
exécution d'un contrat, passe à cette revue des articles de la *Revue des Deux Mondes* et de la *Revue de
Paris* et en vend à Saint-Pétersbourg les placards.
Balzac étant à cette époque l'écrivain français le plus
recherché et le plus lu, Buloz n'a aucun scrupule à
vendre en Russie les placards du *Lys dans la vallée* —
le romancier ne lui doit-il pas de l'argent ? il n'osera
pas lui chercher noise.

Mais à peine, de retour à Paris, Balzac apprend-il
cela, qu'il saute sur Buloz comme un lion blessé, et ce
n'est pas tant le côté matériel de l'affaire qui l'exas-
père dans le procédé de Buloz, que de se sentir atteint
et trahi dans sa conscience artistique. Balzac avait
envoyé à Buloz le premier manuscrit. Buloz l'avait
fait imprimer sous cette forme et en avait envoyé les
épreuves à Saint-Pétersbourg, où la *Revue étrangère*
les prit en charge, sans autre correction de la main de
l'auteur. Or, on y a déjà insisté, le premier placard ne
constitue pour Balzac qu'une esquisse grossière sur
laquelle son véritable travail ne fait que commencer
et, comme toujours, il exige de la *Revue des Deux
Mondes* quatre ou cinq ou peut-être davantage
d'épreuves avant de donner son bon à tirer. On peut

comprendre la colère de Balzac quand soudain tombe sous ses yeux la *Revue étrangère* de Saint-Pétersbourg où ces chapitres ont paru dans la première esquisse qu'il n'aurait jamais voulu savoir imprimée sous cette forme imparfaite, au lieu du texte parachevé, autorisé par lui. Ce qu'autrement il ne consent pas à montrer même aux amis les plus intimes, le premier brouillon, avec ses faiblesses et ses maladresses techniques, une main traîtresse l'a vendu ici au public comme son œuvre, comme la production artistique de Balzac ! C'est à bon droit qu'il se juge trompé ; Buloz a abusé de son absence. Il décide de rompre immédiatement tous rapports avec lui et d'intenter un procès à la *Revue des Deux Mondes*.

*
* *

Les amis de Balzac les mieux intentionnés sont stupéfaits en apprenant cette décision. Buloz, du fait qu'il tient en mains la rédaction des deux plus grandes revues, fait figure à Paris d'une puissance. Il peut aussi bien faire monter le cours d'un auteur à la Bourse littéraire que le ruiner. Quatre cinquièmes des écrivains et des journalistes de Paris sont directement ou indirectement sous sa coupe. Son influence s'exerce sur la rédaction des grands quotidiens. S'il entre en conflit ouvert avec lui, Balzac, déjà peu aimé de ses confrères, ne trouvera nulle part un journal, un ami, qui ose se soustraire à cette terreur et lui servir de témoin ou lui prêter son aide. Buloz peut, on l'en prévient, nuire de cent façons à son prestige : il peut le faire ridiculiser par des entrefilets et des attaques ; il peut intimider ses éditeurs et agir même sur les libraires. Donc, pas de procès, recommandent les conseillers bien intentionnés. Car même si, formellement, Balzac le gagne, il est, en fait, perdu d'avance. L'individu ne peut rien contre une force anonyme aux multiples racines.

Mais là où est en cause son honneur d'artiste,

Balzac ne connaît pas d'hésitations. C'est justement à Vienne, à l'étranger, qu'il a senti à nouveau qui il est et que la haine et l'envie l'empêchent seules de compter à Paris pour ce qu'il est réellement. Balzac connaît sa force et la sait inébranlable. Les défaites et les humiliations ne font que la tendre plus vigoureusement et plus victorieusement. Jamais il n'a répondu à des attaques isolées ; elles lui étaient trop indifférentes, trop mesquines. Mais provoquer la meute tout entière, la presse dans toute sa corruption, sa malveillance, son hypocrisie, et lui tenir tête, tout seul, c'est pour lui une sorte de jouissance. Il repousse toutes les tentatives de conciliation, il porte plainte contre Buloz et le laisse porter plainte contre lui pour non-exécution de ses engagements. Et ce procès déborde naturellement du tribunal dans les journaux et dans la littérature. Buloz fait éclater toutes ses mines. Dans la *Revue de Paris* paraissent les plus odieuses diffamations contre Balzac. On n'épargne pas sa vie privée, on l'accuse ouvertement de s'être conféré la noblesse contre tout droit, on révèle l'activité littéraire et les collaborations de ses années d'esclavage, ses dettes sont étalées au grand jour, son caractère bafoué. En même temps Buloz mobilise l'arrière-ban de sa clientèle littéraire — il oblige l'un après l'autre des écrivains à déclarer que c'est un usage courant de passer des articles aux publications étrangères sans rémunération supplémentaire aux auteurs, et, comme la *Revue de Paris* et la *Revue des Deux Mondes* constituent sa mangeoire, tout le brave bétail de Buloz approuve de la tête à chaque claquement de fouet. Au lieu de prendre fraternellement parti pour leur collègue, au lieu de défendre comme artistes les droits de leur profession, Alexandre Dumas, Eugène Sue, Gozlan, Jules Janin, une douzaine d'autres parmi ceux qui croient faire l'opinion de Paris, et, en réalité, ne doivent un maigre prestige qu'à leur propre pression sur l'opinion publique, se liguent pour produire une déclaration contre Balzac.

Seuls Victor Hugo, au-dessus de toute bassesse, comme toujours, et George Sand se refusent à ce honteux service de laquais.

Devant le tribunal, Balzac gagne facilement la partie pour l'essentiel. Les juges rendent l'arrêt — important pour toute la corporation littéraire, qu'un écrivain ne peut être contraint à des dommages et intérêts quand il ne livre pas une œuvre promise parce qu'il n'a plus le goût ou la possibilité de l'achever, et Balzac est simplement tenu de restituer à Buloz les avances perçues. C'est une victoire, mais une victoire à la Pyrrhus. Balzac a perdu dans ce procès des semaines et des semaines avec ses avocats, au tribunal, en polémiques, et s'est en outre mis sur le dos toute la meute des journalistes parisiens. A lutter sans cesse contre tous le plus fort lui-même gaspille ses forces.

*
* *

Quoi qu'il en soit, gagné au sens juridique, ce procès est aussi pour Balzac au sens moral un apport de forces, sous forme d'expérience. Il vient une fois de plus de constater combien ses propres héros, les Vautrin, les De Marsay, les Rastignac, les Rubempré, ont raison quand ils défendent sans réserve ce principe : « Rends-toi fort, et on te respectera. » Acquiers des forces, n'importe lesquelles, par l'argent, par l'influence politique, par le triomphe militaire, par la terreur, par les femmes, mais en tout cas acquiers des forces. Ne vis pas désarmé, sans quoi tu es perdu. Il ne suffit pas d'être indépendant, il faut encore mettre les autres sous sa dépendance. C'est seulement quand les gens sentent que vous pouvez les prendre par leurs faiblesses, c'est seulement quand on est redouté qu'on devient leur maître et seigneur.

Jusque-là Balzac avait pensé avoir du pouvoir grâce à ses admirateurs, à ses lecteurs. Mais ils sont disséminés sur tous les pays du monde. Sa force n'est pas militarisée, organisée, elle ne fait pas peur aux autres, elle provoque seulement l'envie. Les dix mille, les vingt mille, cent mille fidèles lecteurs, ils ne peuvent, ignorants comme ils sont, lui porter secours contre la clique de quarante ou cinquante lèche-bottes et bavards qui font à Paris l'opinion publique et la dominent. Il est donc temps de conquérir son indépendance comme écrivain le plus lu et — il le sait en son for intérieur — le plus grand de France. Balzac décide donc de se rendre maître d'un journal et ainsi de détourner les eaux des revues, ces forteresses de l'opinion publique qui l'ont exclu et bafoué, retranchées derrière leurs sacs d'or.

Depuis 1834 une petite feuille *La Chronique de Paris* paraît deux fois par semaine seulement et à vrai dire sans que le public s'en aperçoive. Qu'elle soit de la tendance légitimiste la plus ultra, ce n'est pas pour troubler Balzac. Que financièrement, cet organe poussif ne se traîne que péniblement, de numéro en numéro, qu'il ne jouisse d'aucune réputation, n'éveille aucun intérêt, ce n'est pas pour lui un obstacle. Il est persuadé qu'un journal, où écrit régulièrement Honoré de Balzac, à qui il confie ses œuvres, est, du coup, remis à flot. Et puis, quel fameux étrier pour entrer enfin à cheval dans l'arène politique ! Car en dépit de tous ses échecs dans ce domaine Balzac rêve toujours de devenir député, pair de France, et ministre ; toujours la puissance politique visible, qui tombe sous les sens, l'attire, avec ses crises et ses revirements orageux.

Comme les actions de *La Chronique de Paris* sont en soi presque sans valeur, il réussit à former une espèce de société et à s'y assurer la majorité. Il est vrai que, dans cette affaire fort embrouillée, il accepte avec son optimisme habituel la lourde obligation de subvenir aux dépenses nécessaires pour faire vivre le journal. A peine le contrat est-il conclu que Balzac s'engage de toute son énergie dans l'entreprise. Autour de lui ne tarde pas à se grouper un comité de rédaction, de jeunes talents dont un seul membre, Théophile Gautier, restera son ami et représentera dans sa vie une acquisition véritable. Cédant comme toujours à son snobisme plutôt qu'il ne se fie à son regard critique, il engage comme secrétaires deux jeunes gens de la haute aristocratie : le marquis de Belloy et le comte de Grammont. Mais les collaborateurs, les rédacteurs et les secrétaires sont à vrai dire chose accessoire quand on a comme chef un Balzac dont l'énorme puissance paye à elle seule pour une douzaine. Dans le premier élan, tant qu'il reste encore sous le charme de sa nouvelle activité, Balzac assure à lui seul la rédaction de presque tout le texte de la feuille. Il s'y exprime à la fois sur tous les sujets imaginables — articles politiques, littéraires, polémiques — et il l'agrémente par-dessus le marché d'une série de ses meilleures nouvelles. Pour le premier numéro paru sous sa direction en janvier 1836 il écrit en une seule nuit *La Messe de l'athée*, ce chef-d'œuvre en miniature, que suivent *L'Interdiction*, *Le Cabinet des antiques*, *Facino Cane*, *Ecce Homo*, *Les Martyrs ignorés*. A toutes les heures du jour il se précipite à la rédaction pour se renseigner, encourager, faire des suggestions, stimuler, électriser. En même temps, poussé par le désir de la puissance et peut-être par le désir de se venger et de dépasser d'un bond toutes les autres revues, il se lance dans une propagande de grand style. Les 10, 14, 17, 22, 24, 27 janvier il organise chez lui, rue Cassini, des dîners de grand luxe, où les vins coulent à flots, auxquels il invite ses plus importants collaborateurs, et cela tout en restant redevable des deux derniers termes, quatre cent-soixante-treize francs soixante-dix centimes, que le propriétaire est contraint de faire recouvrer par l'huissier.

Mais pour l'illusionnisme de Balzac ce ne sont là que des investissements qui rapporteront cent fois, mille fois. La curiosité que Paris manifeste pour son journal le grise tout à fait, et, quatre semaines après la parution du premier numéro, il embouche la trom-

pette pour sonner prématurément à Mme de Hanska
une de ses fanfares de victoire : « *La Chronique de
Paris* me prend tout mon temps. Je ne dors plus que
cinq heures. Mais si vos affaires et celles de M. de
Hanski vont bien les miennes commencent à prospérer. Les abonnements se font en une abondance mira-
culeuse et ce que je possède a pris une valeur de
quatre-vingt-dix mille francs de capital en un mois. »

Cette cotation de ses quelques actions dans *La
Chronique de Paris* à quatre-vingt-dix mille francs
n'est valable à vrai dire qu'à la Bourse privée de ses
espoirs — la moins sûre de toutes les institutions
bancaires. Dans ses rêves Balzac se voit déjà maître
de Paris ; bientôt Buloz viendra, courbant l'échine,
lui poser sur la table cent mille francs contre la
promesse de quitter *La Chronique de Paris* et de
revenir chez lui. Bientôt tous les confrères qui le
raillaient et le combattaient tout à l'heure iront humblement quémander la faveur du journal dont
l'influence est considérable, les ministres et les députés seront contraints d'adopter la politique de M. de
Balzac.

Mais malheureusement ces abonnés qui affluent ne
sont qu'une fiction poétique de Balzac et les rapports
financiers présentent des chiffres sensiblement plus
modestes. Les autres actionnaires ont moins de
génie, mais des vues plus nettes ; ils se débarrassent
discrètement de leurs parts et Balzac doit vendre les
siennes pour une fraction du prix d'émission. A peine
sent-il que l'entreprise ne se lance vraiment pas
que son enthousiasme l'abandonne. La rédaction
l'ennuie, il se montre de plus en plus rarement à ses
collaborateurs et collègues, sa contribution devient
sans cesse plus maigre et l'affaire prend fin cette
même année comme s'achèvent, en ce monde terrestre, toutes les entreprises de Balzac : par une débâcle
totale et un fardeau accru de dettes. Six ou huit mois
d'un travail fou aboutissent à ce résultat paradoxal,
ou plutôt à ce résultat normal chez Balzac, sa fortune

ne s'est point accrue, il ne s'est point libéré de ses obligations antérieures, mais il a quarante mille francs de nouvelles dettes. Un voyage autour du monde, dans le farniente et la jouissance, aurait été une meilleure affaire que cette nouvelle spéculation. Et ce n'est pourtant pas la dernière ! Toujours quand Balzac devient infidèle à sa sphère, son génie et son intelligence lucides sont en défaut. Antée sur son propre sol, il devient la risée des nains dès qu'il passe sur un terrain étranger. Il avait annoncé : « En 1836 je serai riche » ; au bout de quelques mois à peine il lui faut avouer : « Je ne suis pas plus avancé en 1836 qu'en 1829. »

*
* *

Le procès avec Buloz, l'échec de *La Chronique de Paris* ne sont toutefois que les pièces de choix dans la collection du calendrier de cette année, en laquelle presque chaque jour apporte avec lui un nouveau désagrément. « L'excellente Mme Béchet » s'est subitement muée en une « odieuse Mme Béchet » qui exige rigoureusement les volumes en retard depuis que son ancien employé M. Werdet s'est établi à son compte, entraînant Balzac dans sa dissidence. Werdet de son côté n'a pas assez de capitaux pour financer Balzac qui, de Vienne, a inconsidérément tiré des traites sur lui. Pour se procurer des ressources, Balzac essaie d'imprimer à son propre compte la nouvelle édition des *Contes drolatiques*. Au lieu de craindre l'eau froide comme chat échaudé, et, après sa banqueroute dans l'édition, de ne plus mettre la main à de pareilles affaires, Balzac, pour se remettre à flot, achète du papier à crédit et fait exécuter à crédit cette réimpression. A peine le tirage est-il achevé qu'un incendie éclate dans le magasin et trois mille cinq cents francs dont il avait maintenant un plus grand besoin que jamais s'en vont littéralement en fumée.

Balzac ne sait plus où se mettre à l'abri de ses

créanciers. Il barricade sa porte rue Cassini et démé-
nage à la cloche de bois ses meubles les plus précieux
et ses livres dans un nouvel appartement rue des
Batailles, loué avant son voyage sous le nom d'une
veuve Durand. Comme dans la rue Cassini il y a là un
escalier dérobé par lequel il peut s'enfuir au cas où un
huissier ou quelque autre visiteur importun réussirait à parvenir jusqu'à la porte de son domicile. Mais
arriver à la porte de la veuve Durand, c'est un tour de
force. Avec ce plaisir enfantin d'artiste qu'il prend à
mettre autour de sa vie du romantisme et de la
légende, Balzac imagine un système à lui de mots de
passe qui changent sans cesse. Seul qui sait pronon-
cer le « Sésame, ouvre-toi » du moment peut espérer
franchir la triple enceinte. Son ami Gautier raconte
plus tard par exemple, que si l'on veut pénétrer
jusqu'à la mystérieuse « veuve Durand » il faut dire
au portier un certain jour : « C'est la saison des pru-
nes. » Alors seulement le cerbère laisse franchir le
seuil au visiteur. Mais ce n'est là que la première
épreuve. Sur le palier se tient le domestique de
confiance de Balzac à qui on doit murmurer le
numéro deux : « J'apporte des dentelles de Belgique. » et c'est seulement quand on peut encore pro-
noncer à la porte la troisième formule : « Mme Ber-
trand est en excellente santé », que la veuve Durand se
transforme en un Balzac à la face épanouie.

Tous les stratagèmes ingénieux que Balzac décrit
dans ses romans, les chèques, les effets différés tirés
sur de tierces personnes, les ruses pour obtenir des
remises du tribunal, ou pour éviter d'accepter des
citations en se rendant inaccessible par la poste, les
mille astuces par où on tient à distance ses créanciers,
et dans lesquelles son Lapalferine est passé maître, il
les a lui-même expérimentés, et sa connaissance précise des lois, son habileté, son ingéniosité et son
audace sans scrupules remportent tous les jours de
nouveaux succès. Ses billets foisonnent chez les éditeurs, chez les banquiers, chez les usuriers ; point

d'huissier à Paris qui n'ait un ordre de saisie contre M. Honoré de Balzac. Mais pas un ne réussit à « parler à sa personne » et encore moins à obtenir un paiement.

Mais voici que, en plus de tous ces limiers, Balzac, par orgueil ou peut-être par bravade, a encore mis à ses trousses d'autres autorités en frondant ouvertement la loi. Selon une nouvelle ordonnance tout bourgeois est tenu de servir dans la garde nationale pendant quelque temps. Pour le strict légitimiste qu'il est, le roi Louis-Philippe est un usurpateur et n'a aucun ordre à lui donner. En outre ce serait dommage de perdre ainsi un temps chèrement payé. Il considère — avec raison — comme indigne de lui d'être obligé de baguenauder avec un flingot, dans un coin quelconque, déguisé en soldat, pendant que les imprimeries, les journaux, les éditeurs du monde entier attendent ses livres. Des négociations amiables auraient probablement permis de trouver quelque moyen d'exempter de cette obligation un citoyen du format corporel et littéraire de Balzac. Mais lui n'accepte pas de compromis. Il ne donne aucune réponse à l'ordre d'appel. Trois fois il est convoqué pour se justifier et comme il ne prend pas la peine de tenir compte de ces citations, le conseil de discipline de la garde nationale le condamne à huit jours de prison. Balzac rit de son bon rire rabelaisien à s'en faire péter le ventre.

Quel toupet ! Le frapper d'une peine disciplinaire, lui, Balzac ! Prétendre mettre au « chose » le maréchal de la littérature européenne parce qu'il n'a pas voulu prendre en mains un flingot ! Eh bien, qu'ils essayent ! Il est ravi d'engager une joyeuse partie de cache-cache avec la police chargée d'appréhender le réfractaire récalcitrant. Qu'ils l'arrêtent ! Mais d'abord, il faut qu'ils le trouvent ! Ces imbéciles galonnés apprendront qu'ils n'ont pas sous leur képi assez de matière grise pour le rouler.

Pendant des semaines et des semaines Balzac se

rend invisible. C'est en vain qu'à toutes les heures du jour, les émissaires de la Sainte Hermandad font irruption dans la rue Cassini, toujours M. de Balzac est en voyage et parti sans laisser d'adresse — ce même M. de Balzac qui dans la matinée recueille des avances chez ses éditeurs et fait encore une apparition dans la loge des Italiens. Quelle rigolade d'apprendre du brave domestique combien de fois dans l'intervalle les moustachus se sont présentés, et mieux encore, d'écouter caché derrière une tapisserie, ces idiots, sérieux comme des papes, prendre leurs renseignements sur l'introuvable. Voilà qui va donner au prochain roman du brio ; fameuse inspiration pour la lutte de Vautrin et des Pacquards contre Corentin Peyrade et autres limiers de police. Mais un matin, le 27 avril, le roi Louis-Philippe gagne la partie. Un commissaire de police avec deux détectives qui ont fait le guet pendant des heures pénètrent derrière lui dans la rue Cassini et une demi-heure plus tard, le panier à salade le dépose dans la prison de police, l'« Hôtel de Bazancourt » que la voix publique appelle familièrement l'« Hôtel des Haricots ». Qu'il ait dû purger jusqu'au bout sa peine, cela montre combien son prestige était mince dans son pays. Ce même homme que, à l'étranger, l'aristocratie se dispute, devant qui s'ouvrent toutes les ambassades, que Metternich, dont la diplomatie fait la loi à l'Europe entière, a invité à venir le voir, doit du 27 avril au 4 mai rester dans la prison de police sans jouir de la moindre faveur. Il est là dans une immense salle au milieu d'une horde d'inculpés des plus basses classes sociales qui jouent, crient, rient. La plupart sont des travailleurs et n'ont pas voulu sacrifier deux journées au service de la garde bourgeoise, parce qu'en perdant leur salaire, ils auraient exposé à la faim femme et enfants. La seule faveur qu'obtienne Balzac c'est d'avoir une table et une chaise et alors tout le reste lui est égal. Il s'acquitte de la correction de ses épreuves dans cet enfer dantesque avec la même concentration que dans la solitude de son cabinet de travail. Le plaisant récit qu'il fait de l'aventure dans une lettre à Mme de Hanska montre qu'il n'a point perdu sa bonne humeur. Son sentiment de l'honneur n'est nullement atteint par ce séjour en prison qui excite plutôt son goût français pour la farce. Il jouit même plutôt avec un certain bien-être de la certitude de se sentir protégé par l'Etat pendant huit jours contre tous ses créanciers et huissiers. Condamné à perpétuité aux galères du travail, éternel débiteur pourchassé, il est habitué à une plus dure geôle que l'« Hôtel des Haricots ». Retrouver sa liberté ce sera, pour lui, reprendre le combat jour après jour, nuit après nuit.

Six mois durant, Balzac résiste à ces coups de massue. Il soupire bien à l'occasion : « Aussi, littéralement parlant, je me tue. » Ou encore : « La tête me pend comme à un cheval las. »

Malgré sa constitution de fer, il perçoit un premier avertissement sous la forme d'un accès de vertige. Son fidèle médecin lui recommande de se ménager. Il lui conseille d'aller passer deux ou trois mois à la campagne et de prendre un plein repos. Balzac suit son conseil, mais à moitié seulement. Il se rend dans sa Touraine familière chez ses amis Margonne, dans son vieil asile, mais pas pour y prendre le repos que le docteur Nacquart lui a imposé ; pour travailler au contraire, pour travailler si sauvagement, si fanatiquement, avec une telle concentration, que ce bourreau de travail a rarement dans sa vie fourni lui-même pareil effort. Toujours Balzac s'aperçoit que ce ne sont pas les spéculations, les affaires et les riches mariages qui le tireront des situations désespérées, mais ceci et rien d'autre : sa mission personnelle, l'art pour lequel il est né, auquel il est voué. Pour l'artiste il est un remède que le médecin ne peut pas prescrire aux autres malades : il peut, lui seul, réagir contre la détresse en la décrivant. Il peut transposer ses amères expériences dans des créations émouvantes et transformer en liberté créatrice les dures contraintes que la vie exerce sur lui. C'est sous de telles contraintes que Balzac plie quand il arrive à Saché. La veuve Béchet, qu'un nouveau mariage a mis sous la coupe d'un époux impitoyable en affaires, a obtenu un arrêt judiciaire d'après lequel Balzac doit livrer dans les vingt-quatre heures les deux volumes in-octavo des *Etudes de mœurs* encore en retard et payer cinquante francs pour chaque journée de retard dans la livraison. Balzac veut donc « faire en dix jours les deux volumes qui m'étaient réclamés » et se débarrasser de ce fardeau ; et là où la volonté de Balzac entre en jeu le miracle ne manque jamais de se produire. Il voit qu'il a deux choses à faire « éteindre le dernier de mes traités en satisfaisant Mme Béchet et faire un beau livre. Et j'ai vingt jours ! »

Et il réussit dans cette double tâche. Jamais Balzac ne crée de plus grandes œuvres que dans l'extrême détresse. En huit jours il imagine *Les Illusions perdues* et en écrit toute la première partie : « Toutes mes forces étaient tendues, j'écrivais quinze heures par jour, je me levais avec le soleil et j'allais jusqu'à l'heure du dîner sans prendre autre chose que du café à l'eau. »

Ce livre, écrit pour gagner à la course une sentence judiciaire, est une œuvre capitale. On dirait que Balzac a fait sortir de lui-même avec de furieux coups de fouet ses sentiments intimes et ses vœux les plus secrets pour soumettre à l'examen les périls qui le menacent au plus profond de lui-même. *Les Illusions perdues* sont une peinture des mœurs du temps, d'un réalisme et d'une ampleur tels que la littérature française n'en a pas encore connu, et accessoirement, mais dans les profondeurs, un examen de conscience décisif de Balzac. En deux personnages il expose ce que devient un écrivain — ou ce qu'il peut devenir — s'il reste sévèrement fidèle à lui-même et à sa mission, et où il se trouve entraîné en cédant aux tentations d'une célébrité rapide et vulgaire. Lucien de Rubempré, c'est son danger le plus intime, Daniel d'Arthez, son suprême idéal. Balzac n'ignore pas sa double nature. Il sait qu'au fond de lui se cache, enveloppé au milieu de la société d'une totale solitude, un artiste qui s'efforce inlassablement, obstinément, vers la perfection, se refuse à toute concession, à tout compromis. Mais il discerne aussi sa seconde nature, le jouisseur qui est en lui, le prodigue, l'esclave de l'argent qui ne cesse de retomber à ses petites vanités et reste sans défense contre les séductions du luxe. Pour tremper son âme, pour se contraindre à garder devant les yeux les périls menaçant un artiste qui trahit son art pour le succès temporel, il peint un écrivain qui cesse de tenir bon et, qui, cédant une fois à la tentation, se laisse aller au fil de l'eau. Son Lucien de Rubempré s'appelle en réalité Chardon et s'est, lui aussi, attribué de sa propre autorité un titre de noblesse. Il arrive à Paris, jeune idéaliste, avec un volume de poésies — le *Cromwell* de Balzac — dans l'espoir de faire son chemin par son seul talent. Un hasard heureux le conduit dans un « Cénacle » de jeunes gens qui commencent leur carrière comme étudiants pauvres dans les mansardes du Quartier Latin et qui, par leur esprit de sacrifice à la mission qu'ils ont devant les yeux, constituent l'élite future de la France. Ce sont les amis de Louis Lambert. D'Arthez en est le poète, Bianchon le médecin, Michel Chrestien le philosophe. Tous dédaignent les succès éphémères, les yeux fixés sur leur tâche à venir à laquelle ils se sont voués. Grâce à Daniel d'Arthez en qui Balzac a mis la vigueur de caractère et la patience de son meilleur moi, Lucien de Rubempré est admis dans le cercle de ces jeunes gens honnêtes et purs. Mais au lieu de rester fidèle à la noblesse d'âme de ses compagnons, il se laisse tenter par le désir d'en imposer à la noblesse héréditaire du Faubourg Saint-Germain. Il lui faut le succès rapide, l'argent, l'admiration, la faveur des femmes, la puissance politique et, comme les vers ne se laissent pas échanger en cette

monnaie, il se vend au journalisme. Il prostitue son
talent — comme jadis Balzac — en des travaux sans
valeur et faciles, destinés seulement à l'heure qui
passe ; il se ravale au niveau des fabricants littéraires,
des manœuvres de l'opinion publique, il devient souteneur d'un journal et souteneur d'une femme aussi,
et, tandis qu'apparemment il monte dans l'estime
générale par ses succès éphémères, comme une de ces
innombrables bulles dans le marais de la production
littéraire, il s'enlise en réalité de plus en plus profondément. Avec cette cruelle expérience qu'il doit à des
années de servage dans le journalisme, avec toute
l'amertume qu'il a sucée dans sa haine de cette clique,
Balzac démasque toute l'exploitation de l'opinion
publique, des théâtres, de la littérature parisienne,
dans ce monde où les gens, parce qu'ils sont pourris
jusqu'aux moelles, se soutiennent mutuellement et,
en même temps, se combattent par-derrière. Et bien
qu'elles ne se présentent que comme une coupe dans
le Paris d'alors et dans un milieu étroitement limité
Les Illusions perdues sont un tableau d'ensemble,
valable pour tous les temps. C'est un livre de fierté et
d'indignation, une mise en garde : ne pas sombrer
dans la vulgarité par impatience et avidité, rester fort,
devenir de plus en plus fort en exaspérant sa résistance ! Dans les heures d'extrême détresse Balzac
trouve toujours le vrai courage d'être lui-même et
c'est précisément dans les pires catastrophes de sa vie
qu'il crée ses œuvres les plus personnelles et les plus
grandioses.

Chapitre XV

VOYAGE EN ITALIE

Cette année catastrophique, avec tous ses procès,
ses saisies, ses plaintes en justice, banqueroutes, difficultés de tous genres, avec les heures passées dans la
prison d'Etat et les innombrables autres passées dans
la prison du travail, Balzac l'a retracée dans ses lettres
à Mme de Hanska avec la délectation d'un flagellant
et, parfois, avec un pathétique qui vous entraîne.
Mais on ne peut s'empêcher de soupçonner que la
prolixité avec laquelle, de semaine en semaine, il
fournit les bulletins de ses soucis et de ses défaites n'a
pour objet que de dissimuler à l'amie lointaine des
événements réels et importants de sa vie. Et voici ce
qui, plus que tout, fait pénétrer l'immense, l'exceptionnelle vitalité de Balzac : précisément en cette
année où il a vraiment toute une meute à ses trousses,
— et produit pourtant au beau milieu de tout ce
tumulte quatre ou cinq chefs-d'œuvre — il trouve
encore le temps et le goût d'avoir une vie personnelle,
et même une vie riche et aventureuse. Rien n'est plus
faux que de l'imaginer, d'après le tableau qu'il trace
lui-même de son existence, comme un ascète, un serf
dont la corvée ne prend jamais fin et qui, dans ses
heures de liberté, s'effondre épuisé. En réalité c'est
justement dans ces courts instants de trêve que lui
laissent les affaires et le travail qu'il oublie tous ses
soucis et vit le plus intensément, se laissant aller çà et

là aux exagérations et aux prodigalités. On ne comprend pas l'homme en Balzac tant qu'on ne connaît pas son dernier secret : une indifférence découlant d'un immense sentiment de sécurité à l'égard de tout ce qu'on appelle communément le destin et les épreuves du destin. Il y a en lui quelque chose — et c'est peut-être la substance intime de sa personnalité — qui ne prend aucune part aux catastrophes de sa vie extérieure et considère ces tempêtes avec la même curiosité passionnée avec laquelle on contemple de la terre ferme une mer en furie. Jamais le fait que le matin les huissiers viennent carillonner à sa porte ne l'empêche l'après-midi d'acheter chez le joaillier, pour ces mêmes quelques cents francs qu'on lui réclamait et qu'il n'a pas, un bibelot parfaitement superflu. C'est en cette même année 1836, où l'étiage de ses dettes atteint jusqu'à cent quarante mille francs et où il est obligé littéralement d'emprunter à son tailleur, à son médecin l'argent d'un repas, qu'il commande, à la suite de la fameuse « canne de M. de Balzac » : la massue sur laquelle Mme de Girardin a bâti un roman, une seconde canne, en corne de rhinocéros, pour six cents francs, un canif en or pour cent quatre-vingt-dix francs, une chaîne pour quatre cent vingt francs, acquisitions qui sembleraient plutôt d'une cocotte qui vient de piller un nabab que d'un pauvre « moujik », d'un « esclave du travail » et d'un ascète convaincu. Il y a en lui une force compensatrice qui tend à un constant équilibre : plus il s'endette, plus il veut se donner par ces bagatelles coûteuses, l'illusion du luxe. Plus les circonstances pèsent sur lui, plus haut monte, comme dans un baromètre, le mercure de sa joie de vivre ; plus il est écrasé sous la meule, plus violemment il veut jouir. Sans cette antithèse sa vie serait folie. C'est elle seule qui la rend grandiose, qui en fait le constant épanchement de forces élémentaires qui se déchargent en explosions et en éruptions comme un volcan en activité.

Aussi 1836, l'année des crises les plus graves, est-

elle en même temps l'année la plus chaudement enso-
leillée, la plus violemment orageuse ; une année
exceptionnelle pour le vin de luxe et de sensualité
dans la vie de Balzac. La joie qu'il prend à mystifier, à
faire disparaître les faits comme un prestidigitateur,
cette joie qui a toutes les audaces et se joue de la
vraisemblance, jamais on ne la peut mieux goûter
qu'en comparant le récit autobiographique de sa vie,
tel qu'il le présente dans ses lettres à Mme de Hanska,
avec sa biographie véritable. Ainsi il écrit à l'« épouse
d'amour » dans son Wierzchownia, bien lointain heureusement, que, pour se retirer au plus profond de la
solitude, il a loué, en plus de son logement de la rue
Cassini, une mansarde où, inaccessible aux amis les
plus intimes, il vit seul nuit et jour comme un moine
aux cheveux gris, vieux et las, « une cellule inaccessible à tous, même à sa famille ».

En réalité cette « mansarde » cette cellule, que Balzac aurait par pitié sous-louée de son ami Sandeau,
est l'appartement le plus luxueux, pour l'installation
duquel il ne recule devant aucun frais. Bien qu'il y ait,
rue Cassini, largement assez de mobilier pour quatre
pièces, on achète — neuf — tout l'ameublement chez
le tapissier de luxe Moreau, sur le boulevard des
Capucines. Auguste, son domestique, reçoit même
une nouvelle livrée, bleue avec un gilet rouge, pour
laquelle Balzac paye, ou plutôt, doit, trois cent
soixante-huit francs. Le clou de la prétendue cellule
de moine est un boudoir qui conviendrait mieux à
une « dame aux camélias » qu'à un écrivain. Mais
c'est l'entassement des choses précieuses, la sensualité des couleurs bien choisies qui enthousiasme Balzac au point que, dans *La Fille aux yeux d'or,* il en
donne une description précise :

La moitié du boudoir décrivait une ligne circulaire mollement gracieuse, qui s'opposait à l'autre partie parfaitement carrée, au milieu de laquelle brillait une cheminée en
marbre blanc et or... (On entrait) par une porte latérale que

cachait une riche portière en tapisserie et qui faisait face à une fenêtre. Le fer à cheval était orné d'un véritable divan turc, c'est-à-dire un matelas posé par terre, mais un matelas large comme un lit, un divan de cinquante pieds de tour, en cachemire blanc relevé par des bouffettes en soie noire et ponceau, disposées en losanges. Le dossier de cet immense lit s'élevait de plusieurs pouces au-dessus des nombreux coussins qui l'enrichissaient encore par le goût de leurs agréments. Ce boudoir était tendu d'une étoffe rouge, sur laquelle était posée une mousseline des Indes cannelée comme l'est une colonne corinthienne, par des tuyaux alternativement creux et ronds, arrêtés en haut et en bas dans une bande d'étoffe couleur ponceau sur laquelle étaient dessinées des arabesques noires. Sous la mousseline le ponceau devenait rose, couleur amoureuse que répétaient les rideaux de la fenêtre, qui étaient en mousseline des Indes doublée de taffetas rose et ornés de franges ponceau mélangé de noir. Six bras en vermeil supportant chacun deux bougies étaient attachés sur la tenture à d'égales distances pour éclairer le divan. Le plafond au milieu duquel pendait un lustre en vermeil mat, étincelait de blancheur, et la corniche était dorée. Le tapis ressemblait à un châle d'Orient, il en offrait les dessins et rappelait les poésies de la Perse, où des mains d'esclaves l'avaient travaillé. Les meubles étaient couverts en cachemire blanc, rehaussé par des agréments noirs et ponceau. La pendule, les candélabres, tout était en marbre blanc et or. La seule table qu'il y eût avait un cachemire pour tapis. D'élégantes jardinières contenaient des roses de toutes les espèces, des fleurs ou blanches ou rouges.

On songe au goût douteux pour les tapisseries de Richard Wagner qui ne sentait vraiment venir l'inspiration que parmi cet amoncellement pompeux de soie et de cachemire. Ce n'est nullement pour provoquer l'inspiration que Balzac, lui, a besoin de tout cela — elle se présente devant la table la plus simple — mais à des fins beaucoup plus réalistes. En montrant à son ami Fontaney ce « fameux canapé blanc », il laisse échapper, lui si discret d'ordinaire, cet aveu souriant : « Je l'ai fait exécuter lorsque j'étais sur le point d'avoir une dame de la haute volée ! Dame, c'est qu'il lui fallait un beau meuble ! elle était habituée à cela. Quand elle s'est trouvée sur le canapé, elle n'a pas été mécontente. »

Mais même si Fontaney ne s'était pas empressé de noter cette déclaration dans son journal, on pourrait néanmoins, d'après le genre du nouvel appartement, en avoir une petite idée. Chaque fois que Balzac s'équipe à neuf et veut se transformer en élégant, il est amoureux. Chaque fois que Balzac installe voluptueusement une nouvelle pièce, il attend une amante. Ses sentiments, comme ses soucis, se traduisent toujours en d'interminables comptes. Ainsi il avait, en son temps, acquis un groom et une voiture pour faire sa cour à la duchesse de Castries, c'est pour elle qu'avait été acheté le premier canapé. Pour Mme de Berny on avait paré la chambre à coucher de la rue des Marais. Pour l'amour de Mme de Hanska il s'était fait envoyer à Genève une douzaine de paires de gants et des pommades, et pour aller à Vienne il avait loué un carrosse particulier. Voici donc un paradoxe de plus après tous les autres : précisément dans l'année où il s'engage avec l'« épouse d'amour » pour l'éternité, Balzac a été plus violemment amoureux que jamais. Précisément dans l'année où il décrit dans toutes ses lettres la torture de sa chasteté, il a noué les relations les plus passionnées et les plus libres ; et les splendides épanchements des lettres d'amour à l'« Unique » que toute une génération a lus avec émotion ont été écrits avant et après les rendez-vous avec une autre.

Cette nouvelle amante qui joue dans sa vie un rôle d'autant plus important qu'il le cache et le dissimule avec un soin extrême, c'est — ô ironie ! — indirectement grâce à Mme de Hanska qu'il a fait sa connaissance. Lors de son départ de Genève celle-ci avait donné à son amant, au mari à qui elle s'était secrètement promise, une lettre d'introduction pour la comtesse Apponyi, femme de l'ambassadeur d'Autriche à Paris, et Balzac qui, dans sa manie aristocratique,

trouve toujours, en dépit de son travail, du temps
pour les princesses régnantes ou non, et pour les
comtesses, fait aussitôt une visite à l'ambassade. Au
cours d'une des grandes réceptions en 1835, il remarque une femme d'environ trente ans, d'une extrême
beauté, blonde, grande, aux formes épanouies, les
épaules nues, la démarche libre et sensuelle, qui se
laisse admirer et courtiser sans la moindre vergogne.
Mais ce n'est pas la beauté de cette femme qui, à elle
seule, enflamme Balzac. Il reste jusqu'à un certain
point un éternel plébéien dans sa vie amoureuse : la
situation sociale, le nom aristocratique d'une femme
l'intéressent toujours plus que sa personne. Et il lui
suffit d'apprendre que cette nouvelle « Etrangère »
est une comtesse Guidoboni-Visconti pour être déjà
amoureux. Les Visconti étaient ducs de Milan, les
Guidoboni sont une des premières familles de la
noblesse italienne. Les Rzewuski eux-mêmes sont
ainsi distancés dans leur arbre généalogique par cette
noblesse de potentats de la Renaissance. Irrésistiblement attiré et oubliant tout à fait ses promesses et ses
serments d'éternelle fidélité, Balzac s'approche de
cette jolie femme.

A y regarder de plus près il apparaît que la belle
étrangère n'est pas comtesse de naissance et n'est pas
non plus italienne. Elle s'appelle de son nom de jeune
fille Sarah Lowell, est née à Aeol Park près de Londres, en 1804, et descend d'une famille anglaise tout à
fait étrange et spleenétique dans laquelle sévit une
véritable épidémie de suicides et de passions violentes. Sa mère, célèbre elle aussi pour sa beauté, met fin
à sa vie dès qu'elle se sent vieillir ; un de ses frères en
fait autant ; un autre frère sombre dans l'ivrognerie,
sa sœur cadette est atteinte de démence religieuse.
Seule personnalité normale dans cette famille d'exaltés, la belle comtesse s'en tient aux passions éroti-
ques. En apparence froide comme une Anglaise,
blonde et flegmatique, elle cède sans résistance
morale et sans emballement particulier au premier

aventurier qui la provoque. Ce faisant, il lui plaît d'oublier complètement qu'elle a un époux dans le comte Guidoboni-Visconti, et ce mari tranquille, modeste, qu'elle doit avoir épousé au cours de quelque voyage, ne la trouble nullement de sa jalousie.

Emilio Guidoboni-Visconti a de son côté des passions qui ne croisent jamais celles de sa femme, quelque peu scandaleuses. Il chérit la musique comme le véritable amour de sa vie ; digne en cela d'être immortalisé dans une nouvelle de E. T. A. Hoffmann. Ce descendant des grands condottieri ne connaît pas de plus grand plaisir que de se trouver devant un pupitre dans l'orchestre d'un théâtre quelconque parmi les autres pauvres musiciens mal payés et de pouvoir y jouer du violon. Outre leurs palais de Paris et de Vienne, les Guidoboni-Visconti ont une maison à Versailles et c'est là qu'il se tient soir après soir à son pupitre. Dans quelque ville qu'il se rende, ce dilettante idéal implore partout modestement la faveur de gratter des cordes dans un orchestre. Le jour, il prend plaisir à jouer au pharmacien. Il éprouve une joie enfantine à mélanger, tel un alchimiste du Moyen Age, tous les ingrédients possibles, les met en bouteilles et colle proprement des étiquettes sur ces flacons et ces fioles. C'est pour lui une corvée de fréquenter la société. Il ne se sent bien que dans l'ombre et ainsi ne se met nullement à la traverse des amants de sa jolie femme et se montre aimable et complaisant à l'égard de chacun d'eux, parce que cela lui permet de rester tranquillement dans sa chère musique.

Pour la troisième fois — après M. de Berny, après M. de Hanski — Balzac a la chance de tomber sur un mari qui, à demi par esprit chevaleresque, à demi par indifférence, ne fait point obstacle à ce que sa femme se laisse faire la cour par un écrivain célèbre. Avec toute l'ardeur et l'impatience qui lui sont propres il va droit au but. Dans les jours qui suivent toutes ses heures de liberté appartiennent exclusivement aux

Visconti ; il leur rend visite à Neuilly, il va chez eux à Versailles, partage avec eux la loge des Italiens et, en avril 1835, à peine un trimestre après son retour de Genève, il confesse — pas à sa grande directrice de conscience Mme de Hanska naturellement, mais à son amie sûre Zulma Carraud : « Depuis quelques jours je suis tombé sous la domination d'une personne fort envahissante et je ne sais comment m'y soustraire, car je suis comme les pauvres filles, sans force contre ce qui me plaît. »

Mais la comtesse de son coté hésite encore à se laisser envahir par Balzac. Elle vient bien de congédier son précédent amant, le prince Koslowski, par l'intermédiaire duquel elle a donné un fils à son mélomane d'époux, mais ne sait pas encore au juste s'il aura comme premier successeur le comte Lionel de Bonval, une des grandes vedettes de la société parisienne, plutôt que Balzac. D'autre part celui-ci ne peut se donner de tout son élan à son nouvel engouement, car les romans réclament son temps, la lutte contre les créanciers ne peut être négligée et d'autre part il ne veut pas laisser refroidir l'autre fer qu'il forge. Par ses amis russes et polonais, les Koslowski, les Kisselew et autres colporteurs de cancans pleins d'obligeance, Mme de Hanska a été mise au courant de la soudaine passion de Balzac pour la musique. Elle sait qu'il a échangé la loge d'Olympe Pélissier, la maîtresse de Rossini — une loge de tout repos —, pour celle des Visconti et comme elle est décidée à jouer pour la postérité le rôle de prima donna dans la vie de Balzac, elle l'accuse dans ses lettres de déloyauté et d'infidélité. Il semble que lors de ces fiançailles étranges, conclues par-delà l'époux encore vivant, qui, ne soupçonnant rien, ne s'en souciait guère, elle ait exigé de Balzac une fidélité absolue et ne lui ait concédé comme unique détente que des « filles, de petites filles quelconques » — donc des aventures sans aucun relief au point de vue moral et qui ne la sauraient compromettre devant la société.

Et elle connaît assez Balzac pour savoir qu'il écrira à la comtesse Guidoboni-Visconti des lettres tout aussi passionnées, tout aussi grandiloquentes, tout aussi exaltées qu'à elle-même, bien qu'elle ait conscience d'en avoir acquis le monopole par le don de sa personne. Finalement — on ne renonce pas avec indifférence à une future veuve de millionnaire — il ne reste à Balzac rien d'autre à faire pour l'apaiser que d'entreprendre ce coûteux et romanesque voyage à Vienne afin de donner à Mme de Hanska l'assurance qu'elle est la seule et unique amante de son cœur. Vient ensuite l'été à Saché où il travaille à s'acquitter de ses engagements. C'est en août 1835 que reprend la course avec Lionel de Bonval pour la conquête de la belle comtesse. Balzac gagne la partie, Balzac devient l'amant de la comtesse Visconti et, selon toute vraisemblance — si l'on peut ajouter foi à ce livre suspect, bien informé, d'un anonyme : *Balzac mis à nu* — il devient également le père de ce Lionel Richard Guidoboni-Visconti qui naquit le 20 mai 1836 ; l'un des trois petits coucous qui n'ont hérité ni du nom, ni du génie de leur père.

*
* *

Bien qu'elle ait été cinq ans durant l'amante, l'amie dévouée, celle qui ne se lasse jamais d'aider dans toutes les misères, la comtesse Guidoboni-Visconti passe contre toute justice à l'arrière-plan dans les biographies de Balzac, et cela par sa faute. Comme c'est si souvent le cas dans la vie, ce qui compte, ce n'est pas l'effort des gens, les résultats qu'ils ont acquis, mais leur empressement, leur habileté à se faire valoir. La comtesse Visconti n'a jamais cherché la gloire littéraire et ainsi son image s'est trouvée totalement éclipsée par celle de Mme de Hanska, infiniment plus vaniteuse, plus ambitieuse, plus soucieuse d'arriver à ses fins et qui, dès l'origine, s'efforça de tenir le rôle de « l'immortelle amante ». Balzac ne

serait pas Balzac s'il n'avait au temps de sa passion
écrit également à Mme Visconti des lettres exaltées.
Mais elle ne les a point numérotées ni conservées
d'avance dans une cassette, pour l'impression. Que ce
fût par indolence, que ce fût parce que, dans son
orgueil souverain, elle ne voulait pas être affichée ni
mise en feuilleton après leur mort à tous deux, elle a
dès le début renoncé à toute espèce de renommée
dans l'histoire littéraire pour se donner à lui dans sa
vie d'autant plus cordialement, ouvertement, et sans
réticences. Mais aussi par là elle s'est affranchie de
tout ce qu'il s'attache de pénible aux rapports entre
Balzac et Mme de Hanska et les gâte pour qui y
regarde de plus près. Même aux temps de sa prétendue grande passion cette aristocrate avisée et ambitieuse ne cessa jamais de songer à sa « situation », à
son rang social et mondain, à sa place dans l'histoire
littéraire. Vingt ans durant, on sent en Mme de
Hanska la crainte incessante de se compromettre
pour Balzac ou par Balzac. Elle eût voulu garder
toujours chaude sa place d'honneur dans la vie du
grand homme sans rayonner elle-même de véritable
chaleur. Elle veut avoir en Balzac son amant, son
troubadour, mais en grand secret : Oh ! si ses parents
distingués allaient l'apprendre ! Elle veut posséder
ses lettres, ses manuscrits, mais par le ciel, pas
d'éclat, pas de scandale ! Elle se glisse en cachette
dans sa chambre d'hôtel, et s'exprime en public sur
un ton de blâme glacial sur le compte de cet étrange
M. de Balzac. Elle joue devant M. de Hanski la fidèle
épouse tout en se promettant d'avance à Balzac pour
le temps de son veuvage, afin de garder en lui un
sigisbée. Elle ne renonce ni à son mari ni à ses
millions, elle ne risque pas un atome de sa réputation
sans tache, et même quand elle est devenue libre elle
ne peut vraiment pas se décider à la mésalliance. On
sent toujours dans sa conduite l'intention, le calcul, la
mesquinerie, la prudence et même quand, une fois ou
deux, elle se donne à lui à Genève, on a plutôt le

sentiment d'une aumône, d'un geste involontaire de curiosité, vite regretté, que d'un don libre, conscient et généreux de tout son être.

En face de cette liaison pleine d'insincérité, de mesquine jalousie, et de froids calculs, la comtesse Visconti dans son immoralité apparente fait une impression de grandeur et de souveraine indépendance. A peine décidée à se lier avec Balzac, elle se donne à lui, tout entière, passionnément — son portrait dans *Le Lys dans la vallée* en porte témoignage — et il lui est totalement indifférent que tout Paris le sache et en parle. Elle se montre avec lui dans sa loge, elle le prend dans sa maison quand il ne sait plus où se mettre à l'abri de ses créanciers, elle habite porte à porte avec lui aux Jardies. Devant son mari elle ne joue nullement l'écœurante comédie de l'épouse fidèle, et de la même façon dont elle ne souffre de lui aucune jalousie, elle ne tourmente point de son côté Balzac, comme sa lointaine rivale, par une mesquine surveillance et une jalousie qui trahit la sécheresse du cœur. Elle lui laisse sa liberté et rit de ses aventures. Elle ne ment pas et ne le contraint pas à s'appliquer à mentir, comme il est sans cesse obligé de le faire devant l'autre, dans ses lettres. Bien que dix fois moins riche que les Hanski elle l'aide en mainte occasion, tantôt en lui procurant des commandes, tantôt de son argent comptant, à sortir d'embarras ; comme une amante véritable et une amie tout ensemble — manifestant à chaque instant l'audace, la franchise, la liberté d'une femme qui ne se soumet à aucune société, à aucune morale rigide et à aucune hiérarchie, mais fait simplement ses volontés ouvertement et librement.

Cette franchise, à vrai dire, rend impossible à Balzac de dissimuler ces relations à Mme de Hanska. Peut-être parviendrait-il encore à nier que les scènes d'amour passionnées de Lady Dudley du *Lys dans la vallée* sont une reproduction directe des premières extases qu'il doit à la comtesse — « ne va-t-on pas jusqu'à prétendre que j'ai fait le portrait de Mme Visconti ? » écrit-il à Mme de Hanska en s'étonnant avec une feinte naïveté de la méchanceté du monde. Mais il ne peut intercepter les rapports envoyés à Wierzchownia par des correspondants russes et polonais qui relatent, avec tous les détails imaginables, des faits de notoriété publique. Naturellement c'est une pluie de lettres « pleines de doutes et de reproches », mais Balzac continuant à compter sur la mort et sur les millions de M. de Hanski, soutient vaillamment son mensonge et prétend n'avoir en l'autre qu'une amie idéale sur qui on peut merveilleusement faire fond. Pour avoir l'air sincère il chante de la façon la plus raffinée la louange de « cette amitié qui me console de bien des chagrins ». Il écrit à Mme de Hanska :

Madame de Visconti, dont vous me parlez, est une des plus aimables femmes, et d'une infinie, d'une exquise bonté. D'une beauté fine, élégante, elle m'aide à supporter la vie. Elle est douce et pleine de fermeté, inébranlable et implacable dans ses idées, dans ses répulsions. Elle est d'un commerce sûr, elle n'a pas été fortunée, ou plutôt sa fortune et celle du comte n'est pas en harmonie avec ce nom splendide.

Mais il ne dit cela que pour clore cet hymne par un élégiaque : « Malheureusement je la vois très rarement. »

Il sait probablement que Mme de Hanska, renseignée de façon beaucoup plus sûre que par ses lettres à lui, ne le croira guère. Mais au fond peut-être n'y attache-t-il plus beaucoup d'importance. En ces années-là l'éclat de l'« Etoile Polaire » commence à pâlir quelque peu, elle brille si loin à mille lieues de là, à la frontière de l'Asie, et la santé de M. de Hanski se révèle solide et promet longue vie. De même que, dans l'histoire, les vivants ont raison contre les morts, en amour, qui est près des yeux est près du cœur et la comtesse Visconti est proche, cette femme jeune, belle, passionnée, sensuelle, toujours prête à l'accueillir sans lui être jamais à charge. Et ainsi c'est avec elle que dans les années qui viennent, il vit sa vraie vie, tout en imaginant et en racontant à Mme de Hanska une vie fictive destinée à la cassette.

*
* *

Evelina de Hanska a la prétention d'être la femme qui comprend le mieux Balzac ; elle veut être son guide, sa conseillère, et il se peut fort bien que, par son goût littéraire, par son jugement critique, elle dépasse de cent coudées la comtesse Visconti. Mais celle-ci saisit mieux les besoins de l'homme en Balzac. Elle discerne et comprend la soif de liberté qui tourmente cet artiste traqué, pourchassé, gémissant sous le poids de ses contraintes incessantes. Elle a été témoin de tout ce dont il a été accablé en cette fatale année 1836, elle le voit fatigué, épuisé, tout possédé d'un besoin de détente, de diversion. Au lieu de le river jalousement à elle comme l'autre, elle organise, non sans quelque mise en scène, avec la géniale intelligence du cœur, la seule chose qui puisse maintenant lui rendre sa fraîcheur, sa puissance créatrice : un voyage en Italie que Balzac, depuis sa malheureuse aventure avec Mme de Castries, désire de toute son âme, et même un voyage qui ne lui coûte rien.

Le comte Guidoboni-Visconti possède dans la succession de sa mère, des créances en Italie qu'il lui est difficile de recouvrer. Personnellement inapte à la moindre transaction commerciale, ce musicomane qui vit hors du monde a déjà renoncé à lutter pour son héritage. Alors la comtesse découvre, plutôt elle imagine une ingénieuse combinaison d'après laquelle il enverra au-delà des Alpes leur commun ami dont il connaît l'énergie et les aptitudes commerciales, pour tirer l'affaire au clair. Elle obtient l'accord de son brave homme d'époux, et Balzac, qui vient de rentrer de Saché et ne sait où se mettre hors d'atteinte de ses créanciers, est manifestement enchanté. Le notaire lui remet des pleins pouvoirs — sans doute aussi une certaine somme pour ses frais de route — et c'est ainsi qu'il peut enfin, en juillet, monter dans la chaise de poste et entreprendre le voyage si longtemps rêvé au pays de l'amour.

A cette première générosité la comtesse Visconti en ajoute une autre encore. Il va de soi qu'elle ne saurait accompagner Balzac dans sa mission : il n'y a qu'un mois qu'elle est devenue mère de ce Lionel Richard qu'elle est en droit de considérer comme un gage de sa tendresse. Mais ce qui est plus surprenant, ce qui témoigne du désintéressement de son amour, c'est qu'elle ne fait aucune objection au choix du compagnon de voyage de son ami : un gracieux jeune homme aux cheveux noirs coupés courts du nom de Marcel et dont les autres familiers de Balzac n'ont encore jamais entendu parler. Le seul homme qui eût pu donner sur lui des renseignements est le tailleur de Balzac, Buisson. Le romancier s'est présenté chez lui peu de temps avant, avec une jeune femme aux cheveux noirs à laquelle il a fait confectionner un costume d'homme et une redingote grise qui sied à merveille à la jeune dame — pas si parfaitement cependant que rien ne trahisse en elle le sexe faible à un œil quelque peu perspicace. Au lieu d'aller chercher aventure au pays de l'amour, Balzac, par cette téméraire mascarade, crée lui-même son aventure de voyage.

Balzac a pêché cette nouvelle amante, comme presque toutes ses amies et ses relations, par la voie de la correspondance. C'est, comme la plupart de ses maîtresses, une femme mariée, mariée elle aussi à un époux complaisant. Mme Caroline Marbouty s'ennuie à Limoges auprès d'un haut fonctionnaire de justice. Aussi écrit-elle à Balzac, l'avocat général de toutes les femmes déçues et incomprises de France, une lettre romanesque. A cette époque, en 1835, le grand avocat n'a justement pas le temps de lui répon-

dre. Elle lui cherche donc un substitut. Dans l'ordre
alphabétique c'est Be qui vient après Ba et elle arrive
— tout comme la duchesse de Castries — à Sainte-
Beuve qui se montre plus aimable. Il l'invite à venir à
Paris et elle se présente, jolie, ardente, rayonnante de
jeunesse. Hélas, le sec et pompeux Sainte-Beuve ne se
trouve pas de son goût et c'est en vain qu'il la célèbre
dans un sonnet plein d'envolée. Elle tente sa chance
en frappant encore une fois à l'autre porte et Balzac,
qui depuis son succès auprès de Mme de Hanska, s'est
mis à apprécier les femmes plus jeunes que lui, ne se
comporte nullement comme Joseph en présence de
cette agressive Mme Putifar. La première visite, la
prise de contact, se prolonge déjà trois nuits dans le
fameux boudoir de la rue des Batailles et la jeune
femme, dans sa fraîcheur, convient si bien à son goût
et à son appétit qu'il lui propose de faire avec lui un
voyage en Touraine. Mme Marbouty a diverses raisons de ne pas s'y résoudre. Mais quand, à son retour
de Saché, il lui fait la proposition de s'en aller avec lui
en Italie aux frais de son autre amie, elle se déclare
avec enthousiasme toute prête à participer à cette
bonne farce et à l'accompagner, déguisée en page ; car
un voyage en terre romantique doit avant tout être
romantique.

Un seul des amis parisiens de Balzac est témoin de
cette comédie en travesti : Jules Sandeau. Venu rue
Cassini pour prendre congé de lui, il voit soudain une
jeune dame aux cheveux coupés courts arriver en
fiacre et se précipiter avec une connaissance manifeste des aîtres dans la chambre de Balzac. Il en est
encore à faire la moue sur cette nouvelle acquisition
de son ami — qui prône si éloquemment en société la
chasteté comme condition primordiale de la productivité artistique — lorsque, quelques minutes plus
tard, un élégant jeune homme en manteau gris descend en riant ; la cravache à la main, ce même escalier, afin d'arrimer dans la chaise de poste une petite
malle qui contient du linge pour huit jours et aussi un

costume féminin pour le cas de besoin. Derrière lui,
jouissant comme un enfant du succès de sa plaisanterie, Balzac descend les marches d'un pas sonore,
s'assied à côté du jeune page, et, une minute plus tard,
la voiture roule vers l'Italie.

Charmant départ ! En route les espoirs de Balzac
sont comblés et les plus amusantes aventures nais-
sent de ce quiproquo. Les moines de la Grande Chartreuse ne se font aucune illusion sur la redingote bien
remplie et les culottes tendues du jeune Marcel ; ils
interdisent l'entrée du couvent au sexe dangereux. La
jeune nymphe s'en console en prenant dans un torrent voisin, sans autre costume que cette même redingote, un bain improvisé. Le Balzac des *Contes drolatiques* rentre largement dans ses frais en cette aventure, et, après une course à toute allure au-dessus du
Mont Cenis où l'on risque de se casser le cou, le jeune
couple, ou plutôt M. de Balzac en compagnie de son
valet de chambre Marcel, arrive à Turin.

Tout individu raisonnable aurait ici mis fin à cette
farce qui n'était pas sans dangers, ou bien, comme il
convient à un couple illégitime, serait descendu dans
quelque hôtel écarté pour ne pas attirer l'attention.
Mais Balzac aime à tout pousser à l'extrême. Sans se
gêner il se dirige sur l'hôtel le plus chic de la ville,
l'Hôtel de l'Europe situé juste en face des fenêtres du
palais royal et retient pour lui et son compagnon les
deux plus belles chambres contiguës. Naturellement
dès le lendemain la *Gazetta Piemontese* annonce
l'arrivée du célèbre écrivain. Aussitôt toute la société
aristocratique est curieuse de voir Balzac et sa
fameuse canne dont le succès, comme il le prétend,
est aussi grand que celui de ses ouvrages et « menace
de prendre des proportions européennes ». Les
laquais des grandes maisons déposent des invitations, tout le monde rivalise pour faire la connaissance de Balzac. Par l'entremise d'aristocratiques
amis on va jusqu'à mettre à sa disposition pour une
excursion des chevaux des écuries royales.

Balzac qui ne sait jamais résister à l'admiration des princesses, des comtesses, des marquises, accepte les avances de l'aristocratie piémontaise. Après n'avoir connu pendant des mois et des années que les visites de ses créanciers et des huissiers crasseux et maussades, il est flatté dans sa vanité d'être reçu au seuil des palais, ordinairement inaccessibles aux bourgeois, avec tous les honneurs qu'on rend à un prince étranger. Mais il ne sait pas résister à la tentation diabolique d'emmener avec lui dans ces maisons distinguées la petite provinciale en costume d'homme et provoque ainsi de nouvelles complications telles qu'il n'eût pu lui-même en inventer dans ses romans de plus extravagantes. On ne tarde pas à découvrir dans les salons chic que ce jeune Marcel, tout comme son homonyme dans *Les Huguenots* de Meyerbeer, est une dame déguisée, et comme personne ne tient pour possible que Balzac ait l'insolence d'introduire dans les palais de la noblesse piémontaise quelque concubine anonyme, voici que court un bruit étrange : on sait que la célèbre collègue de Balzac, George Sand, a les cheveux coupés courts, fume le cigare et la pipe, porte un pantalon et change d'amant plus souvent que de mouchoir. Il y a peu de temps elle était en Italie avec Alfred de Musset, pourquoi ne viendrait-elle pas cette fois avec Honoré de Balzac ? Et voilà la pauvre Mme Marbouty serrée de près de tous côtés par des messieurs et des dames qui lui parlent littérature, voient partout des mots d'esprit et s'efforcent de récolter un autographe de George Sand.

Alors la plaisanterie commence à devenir gênante, même pour un homme du calibre de Balzac. Il lui faut toute sa présence d'esprit et son adresse pour déchiffrer cette charade compliquée. Il avoue en confidence le déguisement au marquis Félix de Saint-Thomas en ayant bien soin évidemment de le couvrir soigneusement d'un voile de moralité : « Elle s'est reposée sur mon âme pour un inviolable secret et une retenue

scipionesque. Elle sait qui j'aime et y trouve la plus
forte des garanties. »

Tout de même il sent qu'il est temps d'en finir avec
cette farce avant qu'elle ne dégénère en scandale,
règle assez heureusement les affaires de ses amis
Visconti et se hâte de quitter la ville où pour la
première fois de sa vie il a été parfaitement heureux.
Trois semaines sans travailler, sans batailler avec ses
éditeurs, plus de corrections d'épreuves, plus de
créanciers, plus de confrères malveillants ! Pour la
première fois il regarde avec des yeux où brille la joie
de vivre, non plus seulement le monde qu'il crée, mais
le monde réel.

Une des dernières étapes est Genève, cette ville de
son destin. C'est là que la duchesse de Castries l'a
dédaigné ; c'est là qu'il a fait la conquête de Mme de
Hanska, il y dort maintenant sans soucis à côté de la
petite Mme Marbouty. Si on en croyait tant soit peu
ses lettres à Mme de Hanska il n'aurait rien fait
d'autre à Genève que s'abandonner à de doux souvenirs et songer avec des larmes de mélancolie à l'amie
disparue. La réalité est sensiblement moins romantique, mais par contre beaucoup plus réjouissante.
Alors que d'ordinaire Balzac, dans son impatience de
reprendre le travail, fait presque crever aux postillons
leurs chevaux et file de Genève à Paris en cinq jours et
cinq nuits, il se donne cette fois, où il est en compagnie d'une jeune brunette qui ne prend rien au tragique, dix jours pleins pour le retour, s'arrêtant chaque
nuit dans un autre endroit et il n'est pas probable qu'il
ait passé ces nuits dans la seule pensée sentimentale
et mélancolique de l'« Etoile Polaire » lointaine.

*
* *

Le 21 août Balzac rentre à Paris et d'un seul coup,
c'est la fin de cette période enchanteresse. Sur les
portes, les placards des huissiers ; sur la table, des
piles de comptes impayés. Dès la première heure il

apprend que Werdet, son éditeur, va vers la faillite. Tout cela n'est pas pour étonner ou pour émouvoir particulièrement Balzac ; il le sait et ne cessera de l'éprouver à nouveau, pour chaque instant de liberté qu'il s'accorde il est d'autant plus durement étranglé par le poing du destin. Mais dans le tas des lettres indifférentes et ennuyeuses en voici une bordée de noir. Alexandre de Berny lui annonce que sa mère est morte le 27 juillet. Et dans toutes les lettres de Balzac on voit à quelles profondeurs cette nouvelle l'a ébranlé. Depuis des mois il était préparé à cette perte ; avant son départ il avait fait une dernière visite à la « Dilecta » et l'avait trouvée trop faible pour pouvoir encore prendre plaisir au témoignage de gratitude qu'il donnait au monde dans la figure de Mme de Mortsauf du *Lys dans la vallée*. Mais quelle honte, quelle douleur doit-il éprouver à la pensée d'avoir couru gaîment et sans souci l'aventure d'amour en Italie avec l'insignifiante Mme Marbouty, tandis qu'elle était en train de mourir ; de n'avoir pas été à son lit de mort, de n'avoir pas entendu ses dernières paroles et d'avoir peut-être plaisanté et ri, sans se douter de rien dans les salons de Turin pendant qu'on mettait en terre celle qui l'avait aimé la première et mieux que toutes les autres. Dans les premiers jours qui suivent son retour il quitte Paris pour aller sur sa tombe ; un sentiment intérieur lui dit qu'une époque de sa vie est révolue et qu'avec cette morte, c'est sa jeunesse à lui qu'on a mise en terre.

CHAPITRE XVI

L'ANNÉE CRUCIALE

La mort de Mme de Berny marque une des grandes
coupures dans la vie de Balzac. Celle qui l'a éduqué,
protégé, celle qui lui a enseigné l'amour, la confiance
en soi, la « Dilecta », la vraie mère, n'est plus là pour
le défendre, le prendre sous sa garde, l'encourager. En
dépit de l'aimée lointaine d'Ukraine et de celle qui est
là, toute proche, aux Champs-Elysées, il est seul, plus
seul que jamais dans sa vie. Avec cette mort s'éveille
en lui quelque chose de nouveau, un sentiment que
cette nature débordante de vitalité, d'optimisme, de
foi en son étoile n'avait jamais connu, une angoisse,
une mystérieuse, insondable angoisse qui pénètre
tout son être. La peur de ne pas avoir assez de forces
pour accomplir l'œuvre qu'il s'est assignée, la peur de
succomber trop tôt, la peur de négliger pour son
travail la vie véritable. Qu'ai-je fait de ma vie, que
vais-je en faire ? se demande Balzac. Il se regarde
dans son miroir : des cheveux gris, une bande entièrement chauve dans sa chevelure déjà bien clairsemée. C'est l'effet des soucis et du combat quotidien où
il est traqué d'œuvre en œuvre. Les joues sont jaunâtres et bouffies, un double menton au-dessus d'un
corps obèse : c'est l'effet des nuits interminables
devant son bureau, les rideaux retombés, dans la
prison où il s'est enfermé lui-même, sans air, sans
mouvement, sans liberté. Voilà dix-sept ans que cela

dure, jour après jour, mois après mois, dix mille, cent mille feuillets couverts d'écriture, cinq fois cent mille placards corrigés, un livre après l'autre ; et puis, à quoi a-t-il abouti ? A un résultat insuffisant, du moins insuffisant pour lui. De *La Comédie humaine*, cette œuvre qui doit devenir aussi grande et aussi vaste que les cathédrales de France, seuls jusqu'ici quelques piliers ont été dressés, le toit n'est pas encore posé qui doit tout dominer de sa voûte, il n'a pas encore construit une seule des tours qui doivent escalader le ciel ! Pourra-t-il jamais achever tout cela ? Ce terrible gaspillage de ses forces qu'il se permet depuis des années ne prendra-t-il point sa revanche ? Deux fois, trois fois déjà, il a perçu un petit craquement inquiétant dans la machine surchauffée ; des accès soudains de vertige, une immense lassitude avec un sommeil pareil à la mort ; des crampes d'estomac provoquées par le café noir dont il abuse follement, mais qui l'excite. Ne serait-il pas temps de souffler, de vivre comme tout le monde, de se reposer et de jouir au lieu de poursuivre cet inexorable enfantement qui, sans cesse, recommence, où il se vide éternellement de sa propre substance, puise éternellement à sa propre source, tandis que les autres, les heureux, les sans-soucis ne font que recevoir de la vie ses largesses ? Qui donc, en dehors de cette morte, lui a su gré de ce sacrifice frénétique, de ce renoncement forcené ? Que lui a donné ce travail ? Un peu de gloire, beaucoup de gloire même, accompagnée de combien de haines, de combien d'envie, de quels dégoûts ! Il est une chose qu'il n'a pu conquérir, la plus importante, la plus substantielle, la plus désirée : la liberté, l'indépendance. Il y a sept ans qu'il est reparti à zéro, avec cent mille francs de dettes et a travaillé pour dix, pour vingt, prenant sur son sommeil, usant ses forces. Il a écrit trente romans ; le faix en est-il allégé ? Non, il a presque doublé. Il lui faut recommencer chaque jour à se vendre aux journaux, aux éditeurs, à grimper jusqu'au cinquième étage les escaliers des usuriers infects et trembler comme un voleur devant les huissiers. A quoi bon travailler et travailler de la sorte quand ce travail ne vous libère pas ? Dans sa trente-septième année, dans cette année cruciale, Balzac s'aperçoit qu'il a pris la vie par le mauvais bout parce qu'il a trop peu joui et livré traîtreusement son existence tout entière à une besogne qui laisse inassouvis ses vœux les plus ardents.

Vis autrement ! crie en lui une voix intérieure qui se fait pressante. Ne laisse pas ainsi voltiger autour de toi — mais seulement à distance, cet essaim de femmes ; jouis de la douceur sensuelle de leur chair. Ne reste pas éternellement assis à ton bureau, voyage, repose tes yeux fatigués sur de nouvelles images, enivre dans la jouissance ton âme épuisée. Fais sauter tes chaînes de galérien, jette-les derrière toi. Au lieu de pousser toujours en avant dans une atmosphère de fièvre, attarde-toi à respirer la molle haleine du loisir. Ne deviens pas vieux avant l'âge ; ne t'impose pas sans cesse des tourments et des ennuis. Evade-toi, évade-toi ! et avant tout, deviens riche, riche tout de suite par n'importe quel moyen — mais surtout pas par des écrits et encore des écrits ! Voici cet homme de trente-sept ans possédé d'une soif de vie toute nouvelle, bien plus brûlante, bien plus aventureuse que tout ce qu'il a jamais connu auparavant. Jusqu'ici il avait jeté dans son œuvre toute sa passion et c'est seulement depuis son premier succès auprès de Mme de Hanska que l'homme érotique s'est vraiment éveillé en lui. Maintenant, une aventure n'attend pas l'autre ; en une année il cueille plus de femmes que jadis en dix ans. A côté de la comtesse Guidoboni-Visconti, la petite Caroline Marbouty ; en même temps qu'elle une jeune noble bretonne, Hélène de Valette ; par la voie ordinaire de la correspondance il cherche à aguicher une inconnue, Louise ; il devient un habitué de certains soupers fins où les plus célèbres cocottes de Paris — les modèles de la « Torpille » et d'« Aquilina » — ne ménagent ni leurs grâces ni leurs artifices.

Depuis que son œil a vu le ciel d'azur de l'Italie, depuis que sa main et son cerveau se sont reposés quelques semaines dans la béatitude du loisir, il se met soudain à faire peu de cas du labeur qui était tout pour lui. Voyager, vivre, jouir, c'est, à partir de la trente-septième année, l'ardent besoin, le rêve de Balzac. Plus de travail, plus de gloire. Maintenant que l'ombre a frôlé son cœur de sa fraîcheur, le besoin de jouissance, de jeu, de liberté se déchaîne follement en lui.

Cela fait honneur à Mme Guidoboni-Visconti d'avoir compris cette aspiration de Balzac et, au lieu de river servilement à elle son amant, de lui avoir facilité une seconde fois, sous le même prétexte, le voyage en Italie. Elle sait qu'à Paris il ne parvient pas à échapper à ses créanciers. Les huissiers, qui, en vain, l'ont cherché pendant des mois rue Cassini, ont fini par découvrir l'appartement secret de la rue des Batailles, en sorte qu'il doit se réfugier dans un hôtel meublé de la rue de Provence ; mais voici déjà que les limiers de la justice l'ont levé. Elle le voit épuisé, las de cette lutte éternelle. A nouveau il a besoin de vivre en paix une courte trêve dans son existence éternellement traquée. Au lieu de lui faire la leçon ou de le tracasser de sa jalousie, elle lui donne, à cet incorrigible, ce dont il a plus besoin que de bons conseils : la possibilité d'être lui-même pendant quelques mois, un homme libre et sans soucis. Elle persuade à nouveau le comte de charger leur ami du règlement définitif de ses affaires et le 12 février 1837, Balzac passe les Alpes, seul cette fois, car il y a longtemps qu'il s'est fatigué de cette Mme Marbouty, un peu collante, et Théophile Gautier qui devait l'accompagner doit y renoncer au dernier moment.

Six jours passés au Tessin dans la diligence, devant les plus divins paysages d'Europe et tous les ennuis ont pris leur envol dans l'azur. Génial par sa réceptivité, par sa faculté de retenir, Balzac est également génial par sa capacité d'oubli, et on imagine aisément

que, à l'instant où il descend à l'Hôtel « Bella Vene-
zia » à Milan, il oublie, il laisse derrière lui dettes et
misères, engagements et tracas, car ici, il n'est plus le
même homme que chez lui. Ici il n'est plus M. Honoré
de Balzac, condamné par décision judiciaire à payer
tant et tant de francs ici, tant et tant là, sous la menace
de la prison pour dettes, obligé de sortir subrepticement par la porte de derrière quand les huissiers
frappent à la porte de devant — ici il est le célèbre
écrivain dont les journaux annoncent respectueusement l'arrivée, et deux heures plus tard, sa venue est
l'événement sensationnel de la ville. La comtesse
Maffei l'emmène en promenade ; il va à la Scala dans
la loge du prince Portia en compagnie de la sœur de
celui-ci, la comtesse Sanseverino, la princesse Bel-
gioioso et la marquise Trivulzio l'invitent chez elles.
Tous les grands noms sonores d'Italie, immortalisés
dans l'histoire, s'inclinent devant le sien et les militaires autrichiens le gâtent tout autant. Le gouverneur
l'invite à dîner, le commandant des troupes se met à sa
disposition, le premier sculpteur de la ville, Putinatti,
sollicite l'honneur de faire de lui une statuette, que
Balzac, plus tard, offre, non pas à Mme de Hanska,
mais à la comtesse Visconti. Le jeune prince Portia
l'accable de présents et se plie à tous ses désirs,
attentif au moindre signe ; on imagine la fierté et le
bonheur de Balzac, l'incurable roturier, quand, à la
prière de princes et de princesses en chair et en os, il
doit donner dans des albums sa signature, qu'il mettait, à Paris, au bas des traites et des reconnaissances
de dettes.

Les écrivains, se sentant un peu rabaissés par le
culte qu'on rend à cet étranger, se montrent un peu
plus froids. Grisé par les titres nobiliaires de ses
protecteurs, Balzac ne leur a prêté qu'une oreille
distraite. Une rencontre avec Manzoni se déroule
assez mal ; l'auteur du *Père Goriot* qui n'a pas lu les
Promessi Sposi ne sait parler à l'auteur de ce chef-
d'œuvre que de lui-même.

Au milieu de toutes ces visites, de toutes ces invitations et de ces fêtes, Balzac n'oublie toutefois pas ce qui l'amène : mettre en ordre les affaires de succession du comte Visconti, et, parce qu'il s'y connaît en affaires — bien entendu, tant qu'il ne s'agit pas des siennes — il réussit à arranger les choses selon les désirs de l'intéressé. Et comme, cette fois, il a toutes les chances, c'est à Venise qu'il lui faut se rendre pour terminer toute la transaction. C'est la ville qu'il voulait d'abord visiter avec la duchesse de Castries, puis avec Mme de Hanska, la ville de son *Facino Cane*, qui maintenant l'appelle.

La première journée le déçoit. Venise est privée de sa couleur. Il pleut, il bruine, il neige. Mais, avec le premier soleil, la passion artistique s'épanouit chez Balzac. Avec sa faculté unique de saisir et d'aspirer en lui les choses nouvelles, il est partout, il voit tout : les musées, les églises, les palais, les théâtres ; et rien ne prouve si bien sa merveilleuse puissance intuitive que la façon dont, en ces quelques journées fugitives, il s'imprègne de l'atmosphère, de l'histoire, des mœurs, de l'âme de la ville. Il passe en tout neuf jours à Venise, il en perd la moitié en affaires et en visites, et pourtant, malgré les milliers de romans sur Venise et les dix mille descriptions de la cité, pas un poète, ni Byron, ni Goethe, ni Stendhal, ni d'Annunzio n'a projeté sur la ville une aussi vive lumière que Balzac dans sa nouvelle *Massimilla Doni* qui est en même temps une des plus parfaites exégèses de la musique. Comment l'œil d'un individu a-t-il pu ainsi, en passant, saisir l'essentiel, comment un homme qui ne connaissait que quelques bribes d'italien a-t-il su de la sorte faire vivre dans des personnages et sublimer la noble sensualité italienne ? Inconcevable ! Et toujours on s'aperçoit à nouveau que l'intuition pour Balzac est en même temps une pénétration, une science qu'il n'a pas eu besoin d'apprendre, qu'il possède par une opération magique.

Avec cette unique semaine à Venise — qui, par la

suite, s'est si merveilleusement éternisée dans son
œuvre —, le point culminant du voyage en Italie est
franchi. A son retour à Milan il est accueilli avec plus
de froideur. Insouciant comme toujours, bavard,
parce qu'il était de bonne humeur et sans défiance, il
avait, dans la société vénitienne, un peu trop jasé à
tort et à travers, selon sa vieille habitude qui, déjà à
Vienne, avait fait mauvaise impression ; un peu trop
parlé d'argent, de ses honoraires, de ses dettes et ce
qui fit encore plus mauvais effet, traité quelque peu de
haut Lamartine et Manzoni. Un des écrivains présents n'eut rien de plus pressé que de communiquer
les remarques dédaigneuses de Balzac sur Manzoni à
un journal de Milan où l'on fut extrêmement choqué
de se voir si mal payé d'une généreuse hospitalité.
Balzac jugea bon de partir sans plus tarder. Mais à la
suite de ce premier malheur un autre l'attendait. En
raison de quelque menace d'épidémie on le retint en
quarantaine à Gênes d'où il voulait regagner Nice par
la Riviera. Ce n'est là, en apparence, qu'un petit
désagrément, mais qui sera par la suite le point de
départ d'un autre bien plus fâcheux. Nous ignorons
ce qui l'amena à modifier ses plans et à rouler vers
Livourne, puis vers Florence au lieu de rentrer à
Paris. Il y arrive seulement le 3 mai au bout de presque un trimestre d'absence. Tout un trimestre, le
premier dans sa vie, au cours duquel Balzac n'a pas
écrit une ligne, pas lu une seule épreuve, pas touché
une plume, pendant lequel il a seulement vécu,
appris, joui.

*
* *

   C'est pour le romancier un instant sinistre, celui où
la diligence approche de la banlieue parisienne. Il sait
ce qui l'attend après ces bienheureuses semaines de
doux farniente. Il sait que les comptes impayés doivent s'être accumulés et entassés sur sa table de
travail, qu'on a saisi son tilbury avec tout ce qui était

susceptible de saisie, que *La Maison Nucingen* et *La Femme supérieure* qu'il s'était fait payer d'avance par *La Presse* ne sont pas encore livrés, que les cinquante mille francs, accordés avant le départ par son nouvel éditeur Bohain, se sont depuis longtemps envolés en fumée. Mais la situation est pire encore. Au cours de la liquidation de son ancien éditeur Werdet des chèques ont été présentés que Balzac avait garantis avec trop de libéralité, comptant les faire considérer ensuite comme chèques de complaisance ; les créanciers ont obtenu une « prise de corps ». Si on peut mettre la main sur lui, Balzac, hier encore hôte de princes et de marquises, va faire connaissance avec la prison pour dettes.

Son premier soin doit donc être de ne pas se laisser prendre. Il a, pour l'instant, deux domiciles : l'un, rue Cassini, est toujours à son nom et il en a sauvé ses meubles, le second dans la rue des Batailles, est censé appartenir à une veuve Durand ou à un docteur Mège et le troisième, son pied-à-terre de la rue de Provence. Mais tout comme après quinze années de guerre, les troupes autrichiennes et prussiennes avaient appris la tactique napoléonienne, ses créanciers ont fini par éventer toutes ses feintes. Les multiples mots de passe et les fausses déclarations de domicile ne sont d'aucun secours. Malgré ses trois appartements il n'a en fait plus de toit sur la tête. Le plus grand écrivain de France est obligé de se terrer comme un galérien évadé. Il voudrait bien maintenant échanger sa célébrité, dont il a joui si largement en Italie, contre un complet anonymat. Se réfugier chez des amis absolument sûrs comme les Carraud à Frapesle, où une chambre est toujours à sa disposition, cela même est trop dangereux ! Son arrivée serait connue dès avant qu'il descende de la chaise de poste.

Il s'adresse dans sa détresse à son ancien secrétaire de *La Chronique de Paris*, le jeune comte Belloy, et le supplie de lui donner « une chambre, le secret, du pain et de l'eau accompagnés de salade, d'une livre de mouton, une bouteille d'encre et un lit ».

Plus de rideaux de soie, plus de canapés de damas, plus de canifs d'or, plus de cannes en corne de rhinocéros à six cents francs ; rien qu'une table pour son travail et un lit pour dormir ; le voilà revenu dix-sept ans en arrière, au temps de la mansarde de la rue Lesdiguières.

Mais pour une raison quelconque Belloy ne peut lui donner asile. En cet instant dangereux c'est encore l'amie éprouvée, la comtesse Guidoboni-Visconti qui le sauve pour la seconde fois. Infiniment plus hardie que Mme de Hanska, qui, à cinquante ans, craindra toujours les « on-dit » de ses amis et connaissances, elle accueille son amant dans sa demeure 54, avenue des Champs-Elysées, où la plus sévère claustration lui est imposée. Il ne doit pas se risquer dans la rue, ni se montrer aux visiteurs et aux amis de la maison, il ne peut jeter un coup d'œil sur le printemps que caché derrière les rideaux. Mais une cellule monacale n'a rien d'effrayant pour Balzac ; surtout si elle n'est séparée que par une porte de la chambre à coucher d'une voluptueuse amante. Il se rue au travail d'un merveilleux élan. En deux mois à peine il achève là *La Maison Nucingen*, *La Femme supérieure*, les derniers *Contes drolatiques* et travaille à une nouvelle : *Gambara*.

Rarement des effets impayés et des créanciers impatients ont eu l'art d'inspirer plus vivement la production littéraire et Balzac, pour qui les soucis et les dettes n'existent que tant qu'il les sent brûler sa peau, aurait vraisemblablement continué à produire ici en gardant toute sa bonne humeur. Mais voici qu'un jour les huissiers frappent aussi à cette porte sacrée. Comme toujours c'est une Dalila qui trahit Samson. Une de celles qu'il aima avant la comtesse Visconti, peut-être cette Caroline Marbouty qu'il n'a pas emmenée une seconde fois en Italie, ne peut-elle se résoudre à laisser à sa rivale l'hôte qu'elle garde à son foyer conjugal. Elle a dénoncé son refuge à la police. Les huissiers sont dans le salon de la comtesse et posent cette amère alternative : ou bien le paiement immédiat des effets, ou bien le transport à la prison pour dettes. Une fois encore éclate la générosité de Mme de Visconti ; bien qu'elle ne soit pas riche elle-même, elle paye, et les huissiers doivent se retirer.

Par malheur, au grand dépit de Balzac, ce rachat de l'amant ne reste pas secret. Ce scabreux incident passe de la *Gazette des tribunaux* dans les journaux et Balzac qui s'obstine dans son jeu stupide et se représente à Mme de Hanska à mille lieues de distance comme un malheureux et un solitaire est bien obligé d'avouer :

Ces gens chargés d'emprisonner les débiteurs m'ont trouvé grâce à la trahison, et j'ai la douleur de compromettre les personnes qui m'avaient généreusement donné asile. Il a fallu pour ne pas aller en prison, trouver dans l'instant, l'argent de la dette de Werdet, et par conséquent, m'en grever vis-à-vis de ceux qui me l'ont prêté.

Certes il a négligé de confesser à sa correspondante jalouse le nom de la femme qui l'a sauvé. Toujours dans les rapports entre Balzac et la comtesse Visconti, c'est uniquement de son côté à elle que sont le courage et la générosité.

*
* *

Ce sont toujours les femmes qui sauvent Balzac dans ses embarras extrêmes. Maintenant que les plus récalcitrantes de ses dettes, les dettes criardes, à tout le moins, sont payées, il peut revenir la tête haute et sans se cacher à son lieu de travail ordinaire, chez les Margonne dans sa chère Touraine où personne ne l'importune ni ne le gêne, et où le séjour ne lui coûte rien. Cette fois encore sa réplique aux tracasseries est un chef-d'œuvre : *César Birotteau*. Quelle matière

pouvait mieux convenir à un romancier qui vient
d'échapper à la prison pour dettes que le roman d'un
homme endetté qui, vraiment bien malgré lui, par
simple crédulité, s'empêtre dans des spéculations, et
se trouve ensuite pourchassé, tourmenté, injurié,
avili, par toutes les astuces des avocats, des créanciers, des tribunaux. Tout ce que, au cours des derniers mois, des dernières années il a expérimenté
dans sa chair, les vaines démarches pour trouver du
crédit, les amis sur qui on ne peut compter, les traites
et les billets impitoyables, l'infernale vengeance de
l'argent sur tous ceux qui ne le servent pas de toute
leur âme, prend forme dans cette grande épopée
bourgeoise — un monde qui jamais auparavant ne
s'était ouvert aux lettres françaises. Cette histoire de
la minuscule faillite d'un petit bourgeois donne aux
grands romans, souvent plus grands que nature, de
La Comédie humaine, un pendant reposant et met
ainsi en relief la vérité de son monde où rien ne
manque. Encore une fois il a réussi à extérioriser, en
des types humains qui s'imposent, tout ce qui, hier
encore, pesait sur lui.

A l'automne, Balzac rentre à Paris, libre, joyeux,
rendu à la santé.

CHAPITRE XVII

LES MINES D'ARGENT DE SARDAIGNE

1836, 1837 sont des années de tension, de catastrophes. Si la vie de Balzac était soumise aux règles normales, 1838 devrait amener enfin un revirement. En été, la comtesse Visconti a éteint les dettes pressantes. *César Birotteau*, achevé en deux mois à peine, assure à l'auteur les plus hauts honoraires qu'il ait connus jusqu'ici : vingt mille francs, rien que pour la première publication dans un journal, une somme vraiment énorme pour ce temps où l'argent avait bien plus de valeur et où les impôts étaient inexistants. Le cours de Balzac est coté si haut que, avec son incomparable puissance de travail, avec sa réserve de matériaux inutilisés, il peut facilement gagner dans l'année soixante à cent mille francs. En deux ans, tout en vivant confortablement et sans précipiter le moins du monde le rythme de son travail il pourrait payer ses dettes. A peine a-t-il jamais eu une meilleure occasion de mettre de l'ordre dans sa vie tourmentée, maintenant que ses romans rapportent chaque année davantage, que la grande édition d'ensemble se prépare, que son prestige littéraire est devenu européen. Mais c'est le sens profond de sa vie de ne pas se soumettre à l'ordre ; toujours, au moment où le ciel commence à s'éclaircir, il attire sur lui de nouveaux orages par ses caprices — qui, au fond, ne manifestent que les lois organiques de sa nature. Juste quand le port est en vue il vire de bord pour se précipiter dans la tempête. Juste à l'instant où sa vie semble s'ordonner, il y remet le désordre par deux immenses folies.

Les folies de Balzac ont une particularité typique : en leurs débuts elles sont parfaitement raisonnables. Toutes ses spéculations se fondent sur des observations saines et nettes et sont régulièrement et exactement calculées. Son imprimerie et sa fonderie de caractères étaient, ses successeurs en ont fait la preuve, des entreprises parfaitement viables. *La Chronique* aurait pu, avec des collaborateurs aussi brillants, devenir le premier journal de Paris. Ce qui gâte les affaires de Balzac — et quelquefois aussi ses romans — c'est que la passion le rend impatient et l'impatience passionné. Il ne tarde pas à voir trop grand et ne sait pas s'en tenir aux proportions normales qu'il s'était d'abord assignées. Sa faculté de hausser les personnages et les événements jusqu'au grandiose, cette force élémentaire de son génie, lui devient fatale là où il lui faut faire des calculs précis et même mesquins.

Le nouveau projet de Balzac est lui aussi absolument logique et né du besoin aussi légitime que compréhensible de l'artiste de s'assurer enfin, pour lui et pour son travail, la tranquillité tant désirée. Depuis des années, il a devant les yeux le rêve de tous les créateurs : une petite maison quelque part à l'écart dans la verdure où on peut vivre entièrement pour sa tâche sans être dérangé par les hommes ; une villa Délices comme celle de Voltaire, un Montmorency comme celui de Rousseau, un Vaucluse comme celui de Pétrarque. Pour l'écrivain en formation Paris était le séjour rêvé tant qu'il pouvait encore vivre et observer sans être surveillé. Mais maintenant que c'est lui qu'on observe, que chaque incident de sa vie privée est rapporté aux journaux, que les journalistes et les créanciers s'arrachent des mains la sonnette à la porte de sa maison, Balzac se sent limité dans sa liberté personnelle, sa concentration artistique est compromise. Alors pourquoi rester plus longtemps à Paris ? Les temps sont révolus où il lui fallait relancer les rédactions et les éditeurs. Comme les rois de France régnaient sur leur royaume, de Blois ou de Versailles, il peut aussi, d'un trou perdu quelconque, dominer le public et la presse. D'autre part il est las de demander chaque été l'hospitalité tantôt aux Margonne, tantôt aux Carraud, ou à d'autres amis et d'habiter chez eux. Comme tous les paysans et tous les petits rentiers, Balzac, à l'âge de trente-huit ans, veut avoir à lui sa modeste petite villa. Il avait longtemps nourri le projet d'acquérir, pour y établir le foyer de son travail, une simple maison de campagne : « La Grenadière », en Touraine, sans renoncer pour cela à son appartement parisien. Mais il n'avait jamais pu trouver l'argent. Maintenant Balzac est devenu économe — ses aventures les plus folles commencent toujours par des essais pour alléger son budget — et il modifie ses décisions antérieures. Pourquoi avoir une maison d'été à la campagne et un appartement à Paris ? Ne vaut-il pas mieux, n'est-il pas moins coûteux de chercher, dans quelque coin pittoresque de la banlieue, une maisonnette qu'on habitera d'un bout à l'autre de l'année à l'abri des exigences fatigantes de la grande ville, et cependant assez près pour pouvoir y aller en voiture à chaque instant pour ses affaires ou son plaisir ?

Balzac n'a pas besoin de chercher longtemps pour découvrir l'endroit convenable. Un individu doué de sa mémoire démoniaque se souvient toute sa vie de chaque colline, de chaque maison sur laquelle son regard s'est fixé avec intérêt, ne fût-ce qu'une minute. Et c'est ainsi qu'il a gardé bon souvenir de la vallée de Sèvres et de Ville-d'Avray, aperçue au cours de ses innombrables voyages à Versailles, quand il y allait voir d'abord la duchesse d'Abrantès, puis la comtesse Visconti. Là il pense retrouver « toute la fraîcheur, l'ombre, les hauteurs, la verdure d'un fond de vallée suisse ».

Quel délice de laisser, après la fatigue du travail, du haut des collines de Sèvres, son regard errer sur le vaste paysage et sur les lacets de la Seine, de n'avoir d'autres voisins que ces vignes, ces jardins et ces champs, et pourtant d'être au voisinage immédiat de ce Paris qu'il s'est juré de dominer ! Oh, bâtir là une petite maison, avec seulement l'indispensable adaptée au travail comme un gant, une petite maisonnette pas chère qui le débarrasse une fois pour toutes du souci trimestriel du terme !

Avec sa rapidité de décision coutumière, Balzac se met en devoir de faire l'acquisition dans cet « obscur village », comme il écrit à Mme de Hanska, d'une « toute simple cabane ». En septembre 1837 il signe, avec le ménage Valet, le contrat par lequel il acquiert un terrain de huit ares vingt-huit centiares ainsi qu'une petite maison et des annexes pour le prix de quatre mille cinq cents francs. C'est, pour les habitudes de Balzac, une toute petite spéculation et, considérée comme affaire, parfaitement raisonnable. Pour un homme qui gagne cinquante à quatre-vingt mille francs par an, l'achat d'une parcelle de ce genre, admirablement située, pour quatre mille cinq cents francs n'entre pas sérieusement en ligne de compte ; huit jours, quinze jours et la dépense est amortie, le rêve de tant d'années réalisé.

Mais dès que Balzac touche de l'argent, le démon s'en mêle, le même démon qui contraint le joueur à doubler sa mise, à la quadrupler, à la décupler ; à peine a-t-il son bout de terrain qu'il ne lui suffit plus. Il a appris, on ne sait comment, que le chemin de fer projeté vers Versailles établira juste au-dessous de sa propriété la gare de Sèvres. Tout de suite Balzac se dit, avec une exacte intuition des choses cette fois encore, que, dans un proche avenir, les terrains situés au voisinage de cette gare prendront de la valeur. Donc, achetons des terrains ! Et Balzac, perdant naturellement toute mesure dans sa fièvre, achète des terres à droite et à gauche aux petits paysans et propriétaires qui ne tardent pas à s'apercevoir que cet impatient, dans sa hâte et son avidité, leur payera n'importe quel prix. Au bout de quelques semaines Balzac, qui a depuis longtemps oublié son rêve de petite maison et voit déjà en pensée des arbres fruitiers et d'immenses cultures surgir dans son magnifique parc, sans prendre conseil de personne, sans même regarder de près ou faire examiner les terrains par des gens compétents, a déjà acheté quarante ares et dépensé, rien que pour les terres, dix-huit mille francs, sans qu'une seule pierre de la maison ait été posée, sans qu'un seul arbre ait été planté ou un mur construit.

Mais pour lui une dépense n'est pas une dépense tant qu'elle reste encore une dette. Il jouit de sa lune de miel de propriétaire ; à quoi bon se casser la tête avant que la maison soit construite pour savoir comment on la payera ? Pourquoi donc aurait-on une plume, cet instrument magique qui, en un tour de main, vous transforme du papier couvert d'écriture en billets de mille francs imprimés ? Et puis les arbres fruitiers qu'il va planter dans les terres encore en friche, rapporteront à eux seuls une fortune. Qu'adviendrait-il, par exemple, s'il faisait là une plantation d'ananas ? Personne encore en France n'a eu l'idée de faire pousser des ananas en serre sous ce bon et chaud soleil, au lieu de les faire venir par bateau de pays lointains. Rien qu'avec cela, en s'y prenant bien — c'est le calcul qu'il fait devant son ami Théophile Gautier — on peut gagner cent mille francs c'est-à-dire trois fois ce que cette maison lui coûtera. Et d'ailleurs elle ne lui coûtera absolument rien car il a amené ses fidèles amis, les Visconti, à participer à cette splendide affaire de terrains, et tandis qu'il va, sur le devant, bâtir sa maisonnette, ils se feront remettre en état la vieille chaumière à côté et lui payeront pour cela un loyer convenable — donc il n'y a pas lieu de se faire de soucis.

Et en fait, Balzac ne se fait pas de soucis — il n'en a qu'un : celui d'en avoir vite fini. Avec la même impatience avec laquelle, dans le roman, il bâtit les destinées, il veut voir sa maisonnette construite. Une armée d'ouvriers arrive, maçons, menuisiers, charpentiers, jardiniers, peintres et serruriers. On met tout en train immédiatement ; ici on dresse en toute hâte un mur de soutènement, là on creuse les fondations du chalet de Balzac, ici on trace des chemins et on met du gravier, là on plante quarante pommiers, quatre-vingts poiriers et des espaliers. En un clin d'œil les environs de l'« obscur village » sont transformés, envahis par cette atmosphère de tumulte dont Balzac a besoin comme tonique pour vivre. Une semaine après l'autre il grimpe en soufflant la colline pour aiguillonner les ouvriers, tout comme, en ses voyages, il aiguillonne les postillons et les pousse en avant. Cela coûtera ce que cela voudra, il faut qu'au printemps 1838 tout soit prêt et tout serait parfait s'il pouvait obliger les arbres fruitiers à porter leurs fruits pour cette échéance qu'il leur a fixée et non en automne.

Les travaux durent des semaines, jusqu'au cœur de l'hiver. Les murs montent et, en même temps, les dépenses. Peu à peu Balzac se sent frôlé par un léger malaise. L'argent du *César Birotteau*, il l'a mis dans la terre, les éditeurs ont été traits jusqu'à la dernière goutte et ne donnent plus la moindre avance, son travail personnel ne marche pas, par suite de l'impatience avec laquelle il attend son nouveau foyer. Selon la loi qu'il a établie lui-même, une passion suce toujours à l'autre sa force. Comme au temps de l'imprimerie, Balzac, parti de spéculations médiocres au début, les a amplifiées à des dimensions telles qu'il n'est plus de taille. Et tout comme jadis il ajoutait à l'imprimerie une fonderie de caractères pour compenser une folie par une plus grande, le voilà lancé sur une autre affaire qui doit le sauver de sa spéculation sur les terrains. Cent mille francs de dettes supplémentaires, on ne peut pas les couvrir en faisant des économies et pas davantage par un travail littéraire ; mais seulement en gagnant d'un coup un million. La littérature ne saurait vous faire faire une fortune rapide ; il faut trouver autre chose et Balzac croit avoir trouvé. Et ainsi, avant que commence le printemps où il devait prendre possession de sa maison et de son jardin, il disparaît soudain de Paris sans laisser de traces ; personne ne sait où il est passé. Tout ce qu'il donne à entendre de son plan c'est ceci : « J'aurai la liberté, plus d'ennuis matériels ; je serai riche ! »

*
* *

Cette affaire, par où Balzac voulait devenir d'un coup millionnaire, est une folie d'un calibre vraiment balzacien et rend un son si invraisemblable que dans un roman, on se refuserait à l'admettre, comme manquant de sens psychologique et mal inventée. Si tous ses détails n'étaient établis par des documents, on n'aurait pas le courage de raconter cette extravagance d'un génie. Mais dans la vie de Balzac revient toujours avec une sinistre précision ce phénomène paradoxal : le même cerveau qui, dans ses créations, domine et pénètre toutes les situations d'un regard infaillible, fonctionne avec une naïveté et une crédulité puériles en présence de la réalité. Calculateur et psychologue sans pareil tant qu'il a à dépeindre un Grandet, un Nucingen, Balzac devient subitement dans la réalité la proie du plus grossier attrape-nigaud et se laisse plus aisément tirer l'argent de la poche qu'un vieil habitué des loteries. La même situation, à la hauteur de laquelle il se trouve comme artiste, avec une souveraine maîtrise, le laisse dans sa propre vie désemparé et inéducable. De cette coexistence des lumières et des ombres dans le même cerveau il n'y a pas dans toute sa biographie un exemple plus aveuglant que la chasse au trésor.

Pendant l'été 1836 Balzac écrit sur ce sujet une de

ses plus géniales nouvelles, un joyau impérissable de l'art : *Facino Cane*. Il raconte comment, au cours d'une noce de petites gens, il est frappé par un joueur de clarinette au milieu des trois musiciens, un vieillard aveugle de quatre-vingts ans, au chef majustueux, dans lequel, avec son regard magique, il soupçonne tout de suite un destin mystérieux. Il engage la conversation avec lui ; le vieux joueur de clarinette, émoustillé par quelques verres, lui confie qu'il est le dernier rejeton de la famille princière des Cane, un ancien sénateur vénitien, et qu'il a passé des années en prison. Au cours d'une évasion à travers les murs de son cachot il s'est trouvé dans la chambre du trésor des procurateurs où est entassé l'or et l'argent de la République, des millions et des millions. Seul il connaît l'emplacement, mais devenu aveugle par suite de son long emprisonnement, il est hors d'état d'emporter le trésor. Pourtant il sait exactement où il se trouve et, si quelqu'un voulait risquer avec lui le voyage de Venise, ils seraient tous deux les hommes les plus riches de la terre. Et il saisit son auditeur, donc Balzac, par le bras et le conjure de venir avec lui en Italie.

Tout alentour on rit de ce fou. Les autres musiciens ont déjà entendu l'histoire sans y croire et Balzac, lui aussi, le narrateur de la nouvelle de 1836, ne songe pas à suivre Facino Cane à Venise et à lui payer le voyage. Il ne s'engage pas dans cette affaire extravagante et laisse le pauvre fou mourir à l'hospice des aveugles sans essayer de s'assurer son héritage. Dans la nouvelle qu'il imagine, Balzac agit tout à fait judicieusement, comme tout homme raisonnable agirait. Mais il en est tout autrement quand, à peine un an plus tard, l'épisode dont il a eu une vision à l'avance s'insère dans sa vie. La même situation se présente trait pour trait telle qu'il l'a inventée.

Au retour de son second voyage en Italie en avril 1837, Balzac avait eu la malchance d'être retenu en quarantaine à l'hôpital de Gênes. Une quarantaine est une des choses les plus ennuyeuses qui vous puissent arriver, une sorte d'emprisonnement sans prison — on est libre et pourtant on ne l'est pas ; on ne peut pas travailler, aller se promener et la seule occupation qui vous reste est de s'entretenir avec ses compagnons d'infortune. Un de ces compagnons d'infortune, pas un musicien aveugle cette fois, mais un simple marchand, du nom de Giuseppe Pezzi, raconte tout à fait par hasard et certainement sans la moindre intention de duper Balzac ou de l'entraîner dans une spéculation, quels trésors restent encore à exploiter dans son pays. Ainsi par exemple en Sardaigne, les anciennes mines d'argent sont abandonnées parce qu'on s'imagine que les Romains les ont déjà épuisées. En réalité, dit-il, les Romains avec leurs procédés rudimentaires n'ont su tirer du plomb qu'une faible partie du métal fin, et les scories qui restent là en monticules considérés comme sans valeur contiennent encore en réalité un haut pourcentage d'argent que la technique moderne pourrait extraire. Celui qui saurait obtenir la concession — et il serait sûrement possible de l'avoir aujourd'hui à vil prix — ferait fortune en peu de temps.

Ainsi bavarde à table ce bon signor Pezzi et ce qu'il dit là est même exact. La métallurgie moderne sait en effet tirer d'un minerai un tout autre pourcentage de métal précieux, et d'innombrables mines, qui, il y a deux mille ans, ont été abandonnées comme improductives, connaissent aujourd'hui une brillante exploitation. Seulement le bon Giuseppe Pezzi ne sait pas dans quel tonneau de poudre il jette son étincelle. Balzac, qui avec sa faculté d'évoquer rapidement les choses, a automatiquement, au moment même où on lui fait un récit, les objets devant les yeux, croit déjà voir l'argent se détacher avec son éclat blanc de la gangue grise du plomb, se laminer et prendre la forme d'écus sortant de la frappe, des centaines de mille, des millions, des milliards et cette simple pensée suffit déjà à lui faire perdre la tête. C'est comme quand on donne un verre d'eau-de-vie à un enfant. Il presse le candide Pezzi de faire tout de suite analyser les scories par les meilleurs chimistes. Pour lui ce serait un jeu d'enfant de trouver les capitaux pour une affaire aussi sûre — n'importe quelle affaire est pour l'ardent optimiste qui dort en Balzac une affaire sûre dès qu'on la lui propose — ils s'assureraient tous les deux leur part, leur grosse part et deviendraient tous deux riches, immensément riches. Le brave signor Pezzi, déconcerté par l'enthousiasme entraînant de ce monsieur inconnu venu de Paris, devient un peu plus réticent, mais promet à Balzac de ne pas perdre la chose de vue et de lui envoyer à Paris les échantillons de minerai désirés.

A partir de ce moment Balzac est empoisonné par l'idée folle que les mines d'argent de Sardaigne seraient son salut, qu'elles ne paieraient pas seulement la nouvelle maison, « les Jardies », mais aussi ses dettes, feraient enfin de lui un homme libre. Tandis que, dans la situation, imaginaire, de *Facino Cane* il tient le chercheur de trésors pour un fou, c'est lui qui, maintenant, est affolé par cette idée. Finissons vite *César Birotteau*, pendant ce temps-là signor Pezzi, lui, aura déjà envoyé les échantillons de minerai, et alors, tout de suite en route pour la grande entreprise avec un capital et des experts !

Mais les semaines passent et les mois, *César Birotteau* est depuis longtemps achevé ; signor Pezzi n'a toujours pas envoyé les échantillons. Balzac s'inquiète. En fin de compte n'a-t-il pas lui-même, par son enthousiasme, fait voir à cet imbécile quelle affaire colossale reste là en friche ; le gredin essaye-t-il maintenant d'avoir la concession tout seul et sans l'y associer ? Alors il n'y a qu'un moyen de le gagner de vitesse : aller soi-même aux renseignements en Sardaigne. Malheureusement pour ce futur brasseur de millions, les quelques centaines de francs qu'il faut investir dans l'affaire pour le voyage lui font défaut et, pour le moment, Balzac ne sait comment se les procurer. Il pourrait bien aller voir son ami Rothschild ou d'autres grands financiers et leur soumettre son plan. Mais Balzac, naïf, et il faut même dire bête, comme toujours quand il s'agit de ses propres transactions, croit que M. Pezzi n'a confié qu'à lui le grand secret et s'il en laissait transparaître quelque chose devant quelqu'un, l'idée lui serait volée par les grands capitalistes comme à son David Séchard des *Illusions perdues*, le secret du papier à bon marché. Il ne se confie qu'au commandant Carraud. Dans l'imagination exaltée de Balzac, ce brave officier mis au rancart, qui, pour tuer le temps, fait parfois de petites expériences, est devenu « un grand chimiste qui possède un secret pour retirer l'or et l'argent de quelque manière et en quelque proportion qu'il soit mêlé à d'autres matières sans grands frais ».

L'obligeant Carraud estime que l'idée mérite discussion, mais ne se montre disposé ni à faire le voyage, ni à y engager des capitaux. C'est seulement de sa mère, habituée de longue date à spéculer, et qui se décide toujours à sortir de l'argent de son bas de laine, que Balzac trouve à emprunter quelques centaines de francs. Le reste, il l'obtient du docteur Nacquart et de son tailleur, et, au milieu de mars 1838, voici Honoré de Balzac parti en Sardaigne pour exploiter à son profit les mines d'argent.

Il est clair que ce voyage constitue une Donquichotterie du genre le plus absurde et doit finir lamentablement. Car même si le projet était viable — et ici son intuition a encore une fois vu juste — comment un écrivain qui de sa vie n'a jamais visité une mine pourrait-il en deux ou trois jours apprécier son rendement ? Balzac n'emporte aucun instrument de mesure, et, en eût-il, il ne saurait déterminer les quantités et les pourcentages. Il n'a pris conseil d'aucun expert sérieux. Il ne sait pas suffisamment l'italien et n'est pas capable de se faire comprendre de façon convenable. Ne voulant mettre personne dans la confidence il ne s'embarrasse pas de lettres de recommandation, il n'a pas d'argent pour se procurer des renseignements, il ne sait à quelles autorités il doit s'adresser pour obtenir la concession, et même s'il le savait, les connaissances commerciales de base lui font défaut tout autant que les capitaux. Il dit bien : « Il suffit que je me procure un échantillon de la chose. » Mais où se trouve au juste « la chose » et quelle est-elle ? Les monticules de scories qui s'élèvent quelque part, depuis longtemps envahis par les broussailles, ou le minerai dans les mines éboulées ? Un ingénieur des mines expérimenté emploierait lui-même des mois à des constatations pour lesquelles Balzac s'en remet simplement à son coup d'œil magique.

Mais lui ne dispose pas même de ces mois, car le temps est pour lui de l'argent et comme il n'a pas d'argent il lui faut se hâter. Dès le début il court à l'allure balzacienne coutumière. Il passe cinq jours et cinq nuits sans sommeil entre Paris et Marseille sur le siège de la diligence et ses ressources sont si maigres qu'il se nourrit de lait pour dix sous par jour. Mais les événements ne se montrent pas disposés à adopter l'allure balzacienne. A Marseille il apprend qu'on ne voit pas quand il y aura un bateau pour la Sardaigne et qu'il n'a d'autre ressource que de faire le détour par la Corse, d'où peut-être, alors, on pourra passer avec une barque en Sardaigne.

C'est un premier pavé qui tombe dans le magasin de porcelaine de ses espoirs et après avoir reçu cette douche qui le rafraîchit sensiblement, il continue sa route vers Toulon, non sans avoir écrit mélancoliquement à ses amis Carraud :

Dans quelques jours j'aurai, pour mon malheur, une illusion de moins, car c'est toujours au moment où l'on touche au dénouement qu'on commence à ne plus croire.

Après une traversée particulièrement mauvaise il arrive avec un sérieux mal de mer à Ajaccio. Nouvelle épreuve pour son impatience : cinq jours de quarantaine sous prétexte que le choléra a éclaté à Marseille, et, au bout de ces cinq jours, encore quelques journées stupidement perdues, parce qu'il doit attendre que quelque barque veuille bien faire voile vers la Sardaigne. Trop agité, trop bouleversé pour pouvoir employer ce temps au travail, Balzac bat le pavé d'Ajaccio, visite la maison natale de son grand rival Napoléon et maudit Giuseppe Pezzi qui l'a embarqué dans cette folie. Le 2 avril il peut enfin passer en Sardaigne dans la barque d'un pêcheur de corail, sans autre nourriture que les poissons pêchés en route. A Alghiero, nouvel arrêt, nouvelle torture pour son impatience, encore une fois cinq jours de quarantaine. Enfin, le 12 avril, il peut mettre le pied sur le sol qui cache si jalousement ses futurs millions. Tout un mois s'est écoulé sans qu'il ait seulement vu un grain d'argent.

Et maintenant aux mines. Elles ne sont qu'à trente kilomètres. Mais depuis l'époque romaine les routes ont disparu. Il n'y a ni chemin, ni voitures dans ce pays dont la population, comme l'écrit Balzac, n'est pas plus cultivée que les Polynésiens ou les Huns. Les gens sont demi-nus, en guenilles, les maisons sans poêles, pas de gîte à l'étape, pas d'auberges. Balzac qui, depuis des années, n'est pas monté à cheval doit laisser secouer sur la selle ses cent kilos, quatorze et quinze heures durant. Et, quand il parvient à Nurra, c'est pour y trouver définitivement évanouis tous ses espoirs. Même si les mines d'argent étaient productives, il ne peut plus les exploiter. Il arrive trop tard. Son ancien voisin de table, Giuseppe Pezzi, encouragé par l'enthousiasme de Balzac, a, dans l'intervalle, employé ces dix-huit mois sans perdre de vue son but. Il s'est bien gardé d'écrire un roman immortel, de faire construire une maison au milieu des plantations d'ananas, mais il a assiégé les bureaux, les questures et les préfectures jusqu'à ce qu'il ait obtenu, par décret royal, le droit d'entreprendre l'exploitation des

scories abandonnées. Le voyage de Balzac a donc été
parfaitement inutile. Comme Napoléon après Waterloo tout ce qu'il veut, c'est regagner en toute hâte
Paris « son cher enfer ». Mais l'argent dont il dispose
n'y suffit pas et il lui faut se rendre de Gênes à Milan
afin d'y emprunter au nom des Visconti la somme
nécessaire pour rentrer chez lui. Et cette fois, c'est un
triste séjour, sans princes, ni comtes, ni pompeuses
réceptions. Fatigué, aigri, mais pourtant indemne
dans sa vigueur, l'éternel banqueroutier arrive en juin
à Paris.

Bilan de l'aventure : Balzac a perdu trois mois de
travail, gaspillé de l'argent inutilement pour gagner
de l'argent, exposé sa santé, ses nerfs, sans raison,
dans une stupide aventure, ou pour mieux dire dans
une aventure qui, pour lui, était stupide. Car — tragique ironie — comme dans tous ses projets, comme
dans ceux de l'imprimerie, de la fonderie de caractères, de la spéculation sur les terrains des « Jardies », il
a calculé juste, sa vision intuitive ne l'a pas trompé. Le
projet qui devait le faire riche en a enrichi d'autres.
Quelques dizaines d'années encore et les mines
d'argent qui s'étaient présentées à ses yeux sous
l'aspect de monticules sans valeur seront en pleine
exploitation et en pleine prospérité. En 1851 elles
occupent 166 ouvriers, neuf ans plus tard, en 1860, il
y en a déjà 2 038, encore neuf ans plus tard 9 171, et
la société des « Minas d'argentiera » encaisse en monnaie sonnante et trébuchante les millions que le
romancier voyait dans ses rêves. Le flair de Balzac
n'est jamais en défaut, mais c'est toujours au seul
artiste qu'il accorde ses faveurs tandis qu'il l'égare dès
qu'il cherche à franchir les limites de sa sphère propre. Quand Balzac applique son imagination à l'effort
artistique, elle lui apporte des centaines de mille et
crée en outre des œuvres immortelles ; mais s'il tente
de transformer en argent comptant ses illusions, ce
ne sont plus que des dettes et, par suite, un travail
décuplé, centuplé, qui en résultent.

Avant son départ il avait écrit à son amie ces mots prophétiques : « Mais quel retour si j'échoue, il faudra passer bien des nuits pour rétablir l'équilibre et maintenir la position. »

Il le sait, ce qui l'attend, c'est ce qui l'attend à chaque retour : des semonces, des factures, des procès, des reproches, des exigences, et un travail sans fin. Tout cela est cette fois, doublé, décuplé. Au milieu de ces sombres pressentiments une seule chose lui donnait du courage : pouvoir se réfugier tout de suite dans sa maison terminée pour y « rattraper le temps perdu ». Nouvelle déception. Le terrain est « lisse comme la main », la maison n'est pas encore couverte, il ne peut se mettre à son travail parce que les architectes, les maçons, les terrassiers, ont trop mollement mené le leur ; Balzac a une fois de plus oublié que les autres hommes ne savent point marcher à son pas. Alors son impatience se décharge sur eux ; il les aiguillonne de toute sa fureur, et la dernière solive n'est pas fixée, que, malgré la défense de son médecin qui tenait pour nuisible le séjour dans une maison en construction, il s'y installe. Ses meubles n'ont pas encore été transportés de la rue des Batailles, le marteau et la scie bruissent encore tout le jour, car on est en train de refaire à neuf le pavillon pour la comtesse Visconti. On recouvre les chemins de gravier et d'asphalte, on achève à grand bruit, avec une hâte qui sera fatale, les murs de clôture de la propriété. Mais dans le chaos, Balzac, l'homme aux illusions incurables, jouit de son œuvre comme si elle était déjà achevée et dans le premier enthousiasme il décrit ainsi son nouveau foyer :

Ma maison est située sur le revers de la montagne ou colline de Saint-Cloud, adossée au parc du Roi, à mi-côte, au midi. Au couchant j'embrasse tout Ville-d'Avray ; au midi je vois sur la route de Ville-d'Avray qui passe au bas des collines où commencent les bois de Versailles, et, au levant, je passe au-dessus de Sèvres, et mes yeux s'étendent sur un immense horizon, au bas duquel gît Paris, dont la fumeuse atmosphère estompe le bord des célèbres coteaux de Meudon, Bellevue, par-dessus lesquels je vois les plaines de Montrouge et la route d'Orléans, qui conduit à Tours. C'est d'une étrange magnificence et d'un ravissant contraste.

Au bout de ma propriété est l'embarcadère du chemin de fer de Paris à Versailles dont le remblai comble la vallée de Ville-d'Avray sans rien ôter de mes plans de vue.

Ainsi, pour dix sous et en dix minutes, je puis passer des Jardies à la Madeleine, en plein Paris. Tandis qu'à la rue des Batailles, à Chaillot et à la rue Cassini, il me fallait une heure et quarante sous, au moins. Aussi, grâce à cette circonstance, les Jardies ne seront jamais une folie et leur prix sera énorme. J'ai la valeur d'un arpent terminé au midi par une terrasse de cent cinquante pieds et entouré de murs. Il n'y a encore rien de planté, mais cet automne, nous ferons de ce petit coin de terre un éden de plantes, de senteurs et d'arbustes. A Paris ou aux environs, on a tout pour de l'argent ; ainsi j'aurai des magnolias de vingt ans, des tilleuls de seize ans, des peupliers de douze ans, des bouleaux, etc., rapportés avec leur motte ; du chasselas, venu dans les paniers pour pouvoir le récolter dans l'année. Oh ! cette civilisation est admirable. Aujourd'hui mon terrain est nu comme la main. Au mois de mai, ce sera des potagers, du fruit, etc. Il faudra pour cela une trentaine de mille francs et je veux les gagner pendant cet hiver.

La maison est un bâton de perroquet. Il y a une chambre à chaque étage et il y a trois étages. Au rez-de-chaussée une salle à manger et un salon ; au premier un cabinet de toilette et une chambre à coucher ; au second le cabinet de travail où je vous écris au milieu de la nuit. Le tout est flanqué d'un escalier qui ressemble à une échelle. Il y a tout autour une galerie pour se promener à couvert et qui règne ainsi par conséquent au premier étage. Elle est soutenue par des pilastres en briques. Ce petit pavillon à l'italienne est peint en brique avec des chaînes en pierre aux quatre coins et l'appendice où est la cage de l'escalier est peint en coutil rouge. Il n'y a place que pour moi.

A soixante pieds en arrière, vers le parc de Saint-Cloud, sont les communs, composés au rez-de-chaussée d'une cuisine et d'un office, garde-manger, etc., d'une écurie, d'une remise et d'une sellerie, salle de bains, bûcher, etc. Au premier un grand appartement à louer si je veux et au second des chambres de domestiques et une d'amis. J'ai une source d'eau qui vaut la célèbre source de Ville-d'Avray, car c'est la même nappe et mon promenoir environne carrément toute la propriété. Rien n'est encore meublé, mais tout ce que je possède à Paris va venir, petit à petit, ici...

Je vais rester là jusqu'à ce que ma fortune soit faite et je m'y plais déjà tant que, quand j'aurai acquis le capital de ma tranquillité, je crois que j'y finirai mes jours en paix, donnant, sans tambour ni trompette, démission de mes espérances, de mes ambitions, et de tout.

Voilà ce qu'écrit Balzac. Les rapports des visiteurs et des amis ont un tout autre son, chez tous, sans exception, on perçoit, en sourdine, quelque chose comme un rire péniblement contenu et même les meilleurs, ceux dont les intentions à son égard sont les plus pures, ont peine à garder leur sérieux quand il leur expose, avec sa faconde qui vous grise, les splendeurs de sa propriété. La maisonnette, qui anticipe d'étrange façon sur les idées architecturales de Le Corbusier et de son école, a une ressemblance suspecte avec une cage d'oiseau vide. Dans le jardin, que Balzac dans ses rêves transforme en un paradis, quelques minces arbres fruitiers élèvent çà et là vers le ciel leurs pauvres petits bras, aucune herbe ne pousse encore sur la terre glaiseuse. Octobre passe et novembre, et toujours une bande d'ouvriers bruyants se démène sur le terrain alentour parce qu'il n'est pas de jour où Balzac n'imagine un nouvel embellissement. Tantôt il projette des serres pour ses ananas qu'il veut vendre à Paris avec un bénéfice colossal, puis ce sont des vignes de Tokaï qu'il veut planter, pour produire un vin d'une chaleur jusqu'ici inconnue, puis il commande un portail de pierre portant en lettres énormes l'inscription « Les Jardies » d'où une verte charmille doit conduire à l'entrée. En même temps il surveille l'installation de la maison voisine pour la comtesse Visconti, qui en effet, ne tarde pas à suivre son amant sur la colline « solitaire », en fait, si bruyante. Les comptes ne sont pas encore payés : les

quarante-trois mille francs pour les travaux de construction, les quatre mille pour le tapissier, les mille
francs pour le serrurier, les dix mille autres pour les
achats supplémentaires de terrain. Rien ne croît
encore dans le jardin paradisiaque que les lourds
intérêts hypothécaires. Déjà c'est la catastrophe.

Balzac s'est trop fié dans ses achats au magique
coup d'œil balzacien, a trop mené les choses à l'allure
balzacienne. La vue magnifique, et les rêves témérai-
res de pépinières en fleurs et de vins généreux lui ont
fait négliger de demander à un homme compétent
l'expertise du terrain qui n'est que de la glaise molle et
glissante. Un matin il est réveillé par un fracas de
tonnerre et se précipite ; ce n'est pas le tonnerre qui
gronde, mais le coûteux mur de soutènement qui a
cédé. Balzac est désespéré.

A vous, ma sœur d'âme, écrit-il à Zulma Carraud, je puis
confier mes derniers secrets ; or je suis au fond d'une
effroyable misère. Tous les murs des Jardies se sont écrou-
lés par la faute du constructeur qui n'avait pas fait de
fondations ; et tout cela, quoique de son fait, retombe sur
moi, car il est sans un sou, et je ne lui ai encore donné que
huit mille francs en acompte.

Mais il ne peut se passer de ces murs ; ils sont pour
lui le symbole de son retranchement du monde et
assurent en lui le sentiment de la propriété. Aussi
faut-il que des ouvriers viennent les reconstruire, et
puis quelques jours passent, quelques nuits pluvieu-
ses et le sinistre tonnerre recommence. Le sol instable
a de nouveau cédé, de nouveau le mur s'est effondré.
A cela s'ajoutent de nouvelles contrariétés : le voisin,
sur les terres duquel a roulé l'avalanche de pierres,
porte plainte et menace d'un procès. « Qui terre a
guerre a », c'est le thème de son roman *Les Paysans* ;
les soucis du propriétaire, Balzac doit les sentir passer profondément dans sa vie, aussi profondément
que jadis *Les Illusions perdues*, et par-dessus le mar-

ché la joie maligne de tout Paris. Tous les journaux sont pleins d'histoires sur la maison dans laquelle Balzac, architecte génial, a oublié l'escalier. Les visiteurs rentrent chez eux en riant et racontent comment il leur a fallu grimper au péril de leur vie à travers l'éboulis. Les anecdotes, les vraies et les fausses, poussent plus dru que les arbres et les fleurs de Balzac. Il s'isole de plus en plus sévèrement, ne reçoit plus d'invités : rien n'y fait ; les vieux habitués de la rue Cassini et de la rue des Batailles, les huissiers et leurs recors, n'ont pas peur de grimper la colline pierreuse dans la louable intention de mettre Balzac un peu plus au large dans son étroite maison en débarrassant les pièces des meubles les plus précieux. Dans cette Thébaïde, où Balzac n'aurait voulu vivre que pour son travail et pour le paysage, le vieux jeu recommence. Pour gâter à M. Loyal la joie qu'il prend à venir le voir, Balzac, chaque fois que, de la tour de guet, on annonce l'approche d'un étranger suspect, fait passer ses objets de valeur chez son amante. Quand l'atmosphère est redevenue saine et quand l'huissier qui n'a rien trouvé dans la cage à perroquet qu'un bureau, un lit de fer et quelques meubles sans valeur, s'en est allé déçu, on ramène le mobilier avec de grands éclats de rire.

Ce jeu avec ses créanciers, auquel l'écrivain prend un plaisir enfantin et qui constitue la seule joie qu'il doive à ce combat qui dura toute sa vie, réussit pendant quelques mois. A la fin il tombe sur un vrai Gobseck — peut-être celui-là a-t-il appris dans les romans de Balzac l'art de pincer les débiteurs récalcitrants. A la grande joie des amateurs de scandale parisiens, cet usurier dépose une plainte, non contre Balzac, non contre sa maîtresse, mais contre le pauvre cocu tout à fait incapable de se défendre : le comte Guidoboni-Visconti. Aux termes de cette plainte le comte est accusé : « soit en recélant une partie du mobilier du sieur Balzac, soit en coopérant au transport dudit mobilier hors de la propriété des Jardies, d'avoir contribué sciemment à soustraire aux créanciers du sieur de Balzac une valeur considérable qui formait leur gage, qu'ainsi il leur avait causé un préjudice dont il devait réparation ».

C'est la fin du rêve des Jardies. Balzac n'en peut plus. La cabane lui a coûté cent mille francs, plus qu'à un autre une maison aux Champs-Elysées. La comtesse Visconti elle aussi en a assez. Les incessantes histoires d'argent ont définitivement gâté les rapports entre elle et son amant, et elle quitte les Jardies. Balzac lui-même ne peut se décider à renoncer tout à fait à sa chimère d'être propriétaire. Il essaye encore le subterfuge d'une vente fictive pour quinze mille francs dans l'espoir de pouvoir dans quelques années, faire une rentrée triomphale. Mais cette illusion deviendra aussi peu réalité que toutes les autres. Il lui faut encore une fois se mettre en quête d'une nouvelle cachette. Il trouve un logement dans une maison de la rue de Passy. C'est le seul de tous ses domiciles qui nous ait été conservé et que nous connaissions et vénérions encore aujourd'hui sous le nom de « la maison de Balzac ».

Chapitre XVIII

SPÉCULATIONS SUR LE THÉÂTRE

« Tout est devenu pire, le travail et les dettes. » En cette phrase lapidaire Balzac, à l'âge de quarante ans, résume sa situation et les trois années qu'il a passées dans sa maison de campagne des Jardies ne sont qu'un effort ininterrompu, désespéré, toujours voué à de nouveaux échecs pour payer les Jardies. Jamais il n'a si fiévreusement travaillé et cependant il lui faut constater que même au rythme de cinq romans par an, les dettes qu'il a en six endroits ne se peuvent éteindre. C'est en vain qu'il tire de tous ses fonds de tiroirs des travaux commencés, qu'il bricole même, à titre anonyme, pour un brave artisan qui voudrait bien avoir la Légion d'honneur, un recueil de maximes de Napoléon, prêtant, au faîte de sa gloire, son talent à l'incapacité et à la vanité des autres. Des sommes comme celles dont il a besoin, on ne saurait les réunir par son travail, mais seulement par magie. Et comme les mines de Nurra lui ont refusé leur argent il essaie maintenant d'extraire de l'or d'une nouvelle mine.

C'est avec une extrême répugnance, tout à fait à contrecœur, que Balzac se contraint à travailler pour le théâtre. Il sait parfaitement que sa tâche n'est pas d'écrire des comédies, mais qu'il est élu pour créer *La Comédie humaine*. Un instinct intime le lui dit : ses dons originaux ne sauraient s'épanouir pleinement sous la forme dramatique. Ce qui fait l'originalité du roman de Balzac, ce ne sont pas les grandes scènes, mais les lentes transformations chimiques des caractères, leurs attaches avec leur milieu, avec le paysage. Son style, c'est comme un fleuve qui roule sa masse ample, et puissante, rien d'autre, et ce n'est pas par hasard que tous ses romans mis au théâtre ont échoué. Chacune de ses figures dans le cadre étroit d'une coulisse, manque de naturel, parce que là, le jeu délicat des nuances, la logique des transitions n'ont rien à faire.

Et cependant, en concentrant sa volonté, en ramassant ses forces, le génie de Balzac se serait probablement élevé à la maîtrise dans l'art dramatique comme dans le roman. Mais il ne songe pas un instant à tendre sa volonté dans cet effort ni à y appliquer toute sa force. Les rêves qu'il faisait autrefois, rue Lesdiguières, de devenir un nouveau Racine ou un nouveau Corneille sont depuis longtemps évanouis. Pour l'instant, il ne considère le théâtre que comme un moyen de gagner de l'argent en dehors de la littérature, comme une froide spéculation qui lui est au fond indifférente et à laquelle, dans sa conscience artistique, il n'attribue pas plus de valeur qu'à ses plantations d'ananas ou à ses transactions boursières sur des titres des chemins de fer du Nord. Froidement, cyniquement, il écrit avant son départ pour la Sardaigne à Mme Carraud : « Si j'échoue dans ce que j'entreprends, je me jetterai à corps perdu dans le théâtre. »

Ce n'est rien de plus pour lui qu'une « dernière ressource qui me promet plus de profit que mes livres ». Il calcule, le crayon à la main, que le succès d'une pièce peut rapporter cent mille et deux cent mille francs. Il va de soi qu'on n'est pas certain d'obtenir du premier coup un tel triomphe. Mais si l'on écrit dans l'année dix, vingt pièces, on peut calculer avec une certitude mathématique qu'on gagnera une fois le gros lot.

Cette façon de calculer, en prévoyant vingt ou trente pièces par an, montre tout de suite combien Balzac est peu disposé à se donner de la peine pour ses drames. Il compte les lancer du même geste détaché, avec lequel on jette un louis d'or sur la table de la roulette, car ce n'est pas le mérite, mais le hasard qui décide. La conception qu'il se fait de sa future production dramatique est d'une parfaite netteté. Le travail essentiel, le plus important, le plus pénible, c'est de trouver un directeur de théâtre avec lequel on conclut un contrat aussi avantageux que possible et à qui on fait payer des avances aussi importantes que possible. Pour ce difficile travail il faudra mettre en jeu tout le prestige de son nom, toute l'intensité de son éloquence, et toute son imagination. Cela acquis, il ne restera plus à faire que la besogne accessoire, livrer le drame à la date convenue, un jeu d'enfant, en comparaison du travail d'Hercule qui consiste à extraire dix ou vingt mille francs d'avances. Des idées, un Balzac en a par centaines et en outre, une douzaine d'essais de jeunesse dorment dans ses tiroirs. On se procurera donc un « nègre », quelque jeune homme pas cher, à qui on racontera l'affabulation et à l'œuvre duquel ensuite, en une ou deux nuits, on donnera de l'éclat et du brio en quelques coups de plume. De cette manière, sans perdre plus de deux ou trois jours à chacune des pièces, on pourra commodément de la main gauche produire ses dix ou vingt drames par an, tandis que la main droite écrira, avec le même soin et la même passion que par le passé, les œuvres véritables, les romans.

*
* *

La tâche d'écrire un ouvrage dramatique qui rapporte cent mille francs paraît si insignifiante à Balzac qu'il ne se donne même pas la peine de chercher un collaborateur vraiment au courant. Il prend le premier venu, celui qui se trouve sur son chemin, Charles

Lassailly, un bohème, dont personne n'a entendu
parler, qui n'a jamais fait de théâtre et chez qui les
critiques, même les plus bienveillants, sont bien inca-
pables de découvrir un grain de talent. Où a-t-il mis la
main sur ce pauvre petit névrosé ? — une caricature
ambulante, avec sa face lugubre, son nez à la Cyrano,
et sa chevelure pendante qui évoque le mal du siècle
— personne ne saurait le dire. Peut-être l'a-t-il rencontré dans la rue ou dans un café ; en tout cas, sans
s'informer davantage de ses aptitudes, il traîne sa
victime complètement abasourdie vers les Jardies où
Lassailly devient son hôte et collaborateur, dans
l'intention de se mettre le jour même avec lui à une
tragédie. En réalité c'est une comédie qu'on met en
train, une des plus bouffonnes dans la vie de Balzac.

Le malheureux Lassailly, en effet, ne sait pas le
moins du monde ce que Balzac attend de lui quand
celui-ci, avec son bagout fougueux, l'entraîne à Ville-
d'Avray. Il n'a pas la moindre idée d'une pièce de
théâtre, pas la moindre idée de la façon dont on écrit
pour la scène. Pour commencer il n'est pas question
de cela non plus, mais après l'avoir bombardé en
cours de route de ses mille projets et plans, Balzac
commence par donner copieusement à manger au
pauvre bougre famélique. L'heure du repas de Balzac
c'est cinq heures. La table est bien garnie et le verre du
piteux bohème rempli de vins comme il n'en a encore
jamais bu. La température monte visiblement et
peut-être serait-il maintenant en état de délibérer
avec Balzac dans le feu de l'inspiration. Mais à sa
grande surprise, à six heures, le dîner fini, Balzac se
lève et enjoint à Lassailly d'aller se mettre au lit.

Celui-ci, pour qui, comme pour tous les bohèmes,
la véritable journée ne commence que le soir et qui ne
s'est sans doute jamais couché à six heures de l'après-
midi, n'ose pas faire la moindre résistance. Il se laisse
mener dans sa chambre, se déshabille docilement, et
grâce aux vins qu'il vient d'ingurgiter, s'endort à
poings fermés.

Il dort, il dort. Mais au plus fort de son sommeil, à minuit, quelqu'un vient le secouer. Devant son lit Balzac apparaît comme un fantôme dans son froc blanc et lui donne l'ordre de se lever. Il est temps d'aller au travail.

Le pauvre bougre, qui n'est pas habitué à cette interversion balzacienne du jour et de la nuit, se met sur pied en soupirant, il n'ose résister à son maître et à son hôte, et doit dans l'état de somnolence et d'égarement où il se trouve, écouter un plan de Balzac en vue d'une pièce. A six heures celui-ci lui permet de se remettre au lit ; dans la journée, tandis que l'autre travaille à son roman, il devra faire l'ébauche des premières scènes pour présenter le soir son premier texte à une révision en commun.

Minuit ! L'infortuné Lassailly se sent le cœur anxieux. Rien qu'à l'idée de cette heure absurde il dort mal et travaille plus mal encore naturellement. Le texte lamentable qu'il apporte est rejeté à la séance de minuit et on lui impose une nouvelle tâche. En vain pendant quelques jours, Lassailly met à la torture son cerveau épuisé. Les bons repas n'ont plus de saveur pour le pauvre esclave, le sentiment d'être obligé de discuter depuis minuit jusqu'au matin lui fait perdre le sommeil, et une nuit, quand Balzac s'approche du lit, son collaborateur s'est évadé. A sa place Balzac trouve sur la table une lettre.

Je suis obligé de renoncer au travail que vous aviez bien voulu me confier avec une extrême obligeance. J'ai passé la nuit sans rien trouver qui fût digne d'être écrit pour remplir les conditions dramatiques de votre plan. Je n'osais vous le dire moi-même, mais il est inutile que je mange plus longtemps votre pain, je suis au désespoir d'ailleurs que la stérilité de mon intelligence ait si mal servi en cette occasion la bonne volonté que j'avais de me tirer d'embarras par un coup inespéré du sort.

Cette désertion est si soudaine que Balzac n'a pas le temps de chercher un autre collaborateur et doit ainsi

achever lui-même *La Première Demoiselle* ou comme
il l'a appelée plus tard, *L'Ecole des ménages,* pour aller
toucher au théâtre de la Renaissance les six mille
francs d'avances promis. Tandis qu'il travaille au dernier acte, il n'y a pas moins de vingt typographes qui
composent ensemble l'acte I et il peut ainsi au bout de
quelques jours seulement livrer ce premier-né. Mais
maintenant Balzac doit s'apercevoir que la gloire d'un
romancier est parfaitement indifférente aux directeurs de théâtre et qu'ils ne se soucient pas moins des
futures recettes que lui-même de ses avances. Le
directeur refuse froidement d'accepter la pièce. Voici
encore une fois un rêve de cent mille francs dissipé au
vent de la réalité et Balzac n'a rien fait de plus
qu'écrire un nouvel épisode de ses *Illusions perdues.*
   Un autre serait humilié et refroidi. Mais chez Balzac les échecs ne font que provoquer le redoublement, le décuplement de son énergie. Les choses se
sont-elles passées autrement avec ses romans ? Ne
l'a-t-on pas éconduit là aussi ; n'a-t-on pas cherché
pendant des années à le décourager ? Sa nature
superstitieuse va jusqu'à voir dans ce premier échec
une garantie certaine de succès futur.

   Ma carrière au théâtre aura les mêmes événements que
ma carrière littéraire : ma première œuvre sera refusée.

   Donc écrivons une nouvelle pièce, faisons un nouveau contrat.
   Avec la méthode de Balzac — il est incorrigible —
de dramatiser romans et dialogues au lieu d'écrire un
véritable drame, la nouvelle pièce ne vaudra pas
mieux. Mais cette fois le contrat est meilleur. Instruit
par sa première expérience, Balzac ne s'expose plus à
l'humiliation de se voir refuser un manuscrit. Le
directeur de la Porte Saint-Martin, Harel, doit s'engager d'avance à accepter la nouvelle œuvre qui n'est
pas encore écrite et à la représenter immédiatement.
Balzac a appris par un heureux hasard que Harel a

besoin absolument et tout de suite d'une pièce à succès. Aussi lui propose-t-il une adaptation théâtrale de son *Vautrin*. Harel est aussitôt tout feu et tout flamme. *Vautrin* est, grâce au *Père Goriot*, et aux *Illusions perdues*, une figure si populaire que, sur la scène, surtout si Frédérick Lemaître l'incarne, il fera véritablement sensation. Enfin deux illusions, celle du dramaturge et celle du directeur de théâtre se sont fraternellement rejointes. On signe un contrat et chacun des deux spéculateurs se promet déjà d'innombrables millions de profit.

Cette fois Balzac se met à l'œuvre avec plus d'énergie. Pour avoir mieux en main le directeur du théâtre, il quitte pour quelques semaines les Jardies et s'installe dans l'appartement de son tailleur Buisson, dans la rue de Richelieu, à cinq minutes du théâtre, de façon à pouvoir assister à toutes les répétitions et préparer pratiquement son triomphe. Il agit à l'avance sur la presse, fait faire de gigantesques affiches, prend contact avec les acteurs. Il se charge de tout avec son « courage surhumain ». Chaque jour on le voit dans son froc de travail, sans chapeau, dans son vieux pantalon ample, la languette de ses souliers pendante, arriver tout soufflant pour discuter avec les acteurs les scènes particulièrement sensationnelles ou faire réserver à la caisse des places pour toutes ses connaissances, car il est persuadé d'avance que cette première va réunir le Tout-Paris aristocratique et intellectuel. Il n'y a qu'une unique petite chose qu'il oublie dans cette agitation et c'est d'écrire la pièce elle-même. Il a déjà expliqué à peu près l'affabulation au directeur et mis au courant chacun des acteurs, mais maintenant il faut que les répétitions commencent pour de bon : Harel n'a toujours pas de manuscrit et pas un des acteurs n'a vu un texte. Balzac promet qu'ils auront l'un et l'autre dans les vingt-quatre heures, que tout est prêt depuis longtemps — pour lui, tout projet prend l'aspect de la réalité — et que le lendemain les répétitions pourront commencer.

Son fidèle Théophile Gautier, une des rares personnes dont on ne puisse pas considérer le récit comme une charge, expose comment Balzac prétend parvenir à écrire en vingt-quatre heures une pièce en cinq actes. Balzac a convoqué pour un pressant échange de vues, son petit état-major de quatre ou cinq amis sûrs chez le tailleur Buisson, où il est descendu. Théophile Gautier arrive bon dernier, salué par un large rire de Balzac qui s'impatiente déjà et, dans son froc de moine, va et vient comme un lion en cage :

Enfin, voilà le Théo ! Paresseux, tardigrade, unau, aï ! Dépêchez-vous donc. Vous devriez être ici depuis une heure ; je lis demain à Harel un grand drame en cinq actes !

Vient ensuite une scène délicieuse que Gautier raconte dans ses *Souvenirs romantiques* :

Et vous désirez avoir notre avis, répondîmes-nous en nous établissant dans un fauteuil comme un homme qui se prépare à subir une longue lecture. A notre attitude Balzac devina notre pensée et il nous dit de l'air le plus simple :

— Le drame n'est pas fait.

— Diable, fis-je, eh bien il faut faire remettre la lecture à six semaines.

— Non. Nous allons bâcler le dramorama pour toucher la monnaie. A telle époque, j'ai une échéance bien chargée.

— D'ici à demain, c'est impossible. On n'aurait pas le temps de le recopier.

— Voici comment j'ai arrangé la chose. Vous ferez un acte. Ourliac un autre, Laurent-Jan le troisième, de Belloy le quatrième, moi le cinquième, et je lirai à midi comme il est convenu. Un acte de drame n'a pas plus de quatre ou cinq cents lignes. On peut faire cinq cents lignes de dialogue dans sa journée et dans sa nuit.

— Contez le sujet, indiquez le plan, dessinez-moi en quelques mots les personnages et je vais me mettre à l'œuvre, répondis-je passablement effaré.

— Ah ! s'écria-t-il avec un air d'accablement superbe et

de dédain magnifique, s'il faut vous conter le sujet, nous n'aurons jamais fini.

Nous ne pensions pas être indiscrets en posant cette question qui semblait tout à fait oiseuse à Balzac.

D'après une indication brève arrachée à grand-peine nous nous mîmes à brocher une scène dont quelques mots seulement sont restés dans l'œuvre définitive, qui ne fut pas lue le lendemain, comme on peut bien le penser. Nous ignorons ce que firent les autres collaborateurs ; mais le seul qui mît sérieusement la main à la pâte fut Laurent-Jan auquel la pièce est dédiée.

D'après ces préliminaires on peut imaginer ce que cela a pu donner. En cent ans de théâtre français c'est à peine s'il a jamais été bâclé un drame aussi misérable que ce *Vautrin* que Harel, pour éviter la banqueroute, avait annoncé à l'avance comme un grand chef-d'œuvre. En vain Balzac achète-t-il la moitié des places, au cours des trois premiers actes l'atmosphère reste glaciale et même gênée. Les vrais amis se sentent mal à l'aise de voir le nom de Balzac attaché à une comédie à sensation si vulgairement bâtie, comme il nous est aujourd'hui encore pénible de trouver cette caricature grotesque d'une figure grandiose imprimée dans les œuvres complètes de Balzac. Au quatrième acte le mécontentement se déchaîne manifestement en tempête. Pour entrer en scène en général mexicain, Frédérick Lemaître avait fait choix d'une perruque qui avait une ressemblance suspecte avec la coupe de cheveux de Louis-Philippe. Quelques royalistes se mettent à siffler. Le prince d'Orléans quitte ostensiblement sa loge et la représentation s'achève dans un tumulte fou.

Le lendemain le roi interdit la pièce que Balzac, lui, n'aurait jamais dû autoriser. Pour imposer silence à Balzac le directeur des Beaux-Arts au ministère lui offre en sous-main cinq mille francs de dédommagements pour l'interdiction. Bien que criblé de dettes Balzac refuse. Il veut se tirer de cette lamentable défaite au moins avec un triomphe moral. Mais cette catastrophe elle-même est incapable de corriger l'incorrigible. Trois fois encore il tentera sa chance. *Les Ressources de Quinola* et *Paméla Giraud*, toutes deux supérieures d'un degré à Vautrin, tomberont de la même manière. Et quant à la seule pièce qui ne soit pas tout à fait indigne de son génie : *Le Faiseur (Mercadet)*, il ne sera plus là pour assister à la représentation. Chaque fois qu'il cherche à faire des affaires en dehors de sa tâche véritable, il en subit les amères conséquences et songe mélancoliquement au mot d'esprit, si sage, de Heine qui, le rencontrant sur le boulevard avant la représentation de *Vautrin*, lui avait donné le conseil amical de s'en tenir au roman : « Prenez garde ! Celui qui est habitué à Brest ne s'accoutume pas à Toulon. Restez dans votre bagne ! »

La construction des Jardies, les mines d'argent de Nurra, la fabrication des pièces de théâtre — ces trois grandes folies montrent que, à quarante ans, il est resté, dans toutes les choses de cette terre, aussi naïf, confiant, inéducable qu'il était à vingt ou à trente ans. Ses folies sont comme son œuvre : elles ont encore grandi dans toutes les dimensions, elles sont devenues fantastiques, plus instinctives, plus grotesques, plus démoniaques. Mais nous, à qui la distance donne une vue plus nette, il ne nous convient pas d'oublier sa lucidité, comme le firent ses contemporains irrespectueux, en constatant son aveuglement ; de nous laisser dissimuler ses œuvres créatrices par ses folies ruineuses. Ce même Balzac, en ces mêmes années où les journaux sont pleins de piquantes anecdotes sur les plantations d'ananas aux Jardies ; où les critiques, les journalistes et le public font gorges chaudes de ses avortons dramatiques, continue à œuvrer infatigablement à sa tâche essentielle : *La Comédie humaine*. Au milieu de ses spéculations sur les terrains, tandis qu'il fonde un nouveau journal, parmi les procès et les affaires, il continue avec la même inébranlable ténacité à bâtir son monde à lui. Au bruit des marteaux des ouvriers, dans l'éboulement des murs des Jardies, il achève la grandiose seconde partie des *Illusions perdues* et travaille en même temps à la suite des *Splendeurs et Misères des courtisanes*, au *Cabinet des antiques*, au roman *Béatrix*, puissant dans sa conception, mais dont l'exécution est moins réussie. Il compose des œuvres aussi accomplies que le roman politique *Une ténébreuse affaire*, le récit réaliste : *La Rabouilleuse* ; les *Mémoires de deux jeunes mariées*, et à côté de cela la nouvelle musicale écrite de main de maître : *Massimilla Doni ; La Fausse Maîtresse, Ursule Mirouët, Z. Marcas, Pierrette ; Une fille d'Eve, Le Secret de la princesse de Cadignan, La Muse du département, Le Martyr calviniste, Pierre Grassou ;* en plus une douzaine d'études, des travaux préparatoires au *Curé de village*, et des fragments des *Petites Misères de la vie conjugale*. De nouveau dans ces quatre années de tempête s'inscrit une œuvre qui par son ampleur et sa densité littéraire constituerait chez un autre la glorieuse production d'une vie entière. Rien de la confusion extérieure ne pénètre dans la sphère de féconde lucidité où s'élabore cette œuvre, pas la moindre trace des excentricités qui font rire, dans l'absolue concentration de ses créations dont certaines, comme *Massimilla Doni, Pierre Grassou, Une ténébreuse affaire, La Rabouilleuse* et *La Fausse Maîtresse*, dépassent par la logique de la composition, la maîtrise du style, ailleurs souvent négligé et verbeux, toutes les productions antérieures. C'est comme si la secrète amertume, laissée par ses déceptions et ses échecs, avait, comme un acide bienfaisant, dissous lentement, partout, tout ce qu'il y avait encore de doucereux et de sentimental dans ses premières œuvres et qui nous faisait percevoir le goût du temps pour le romanesque et l'inauthentique. Plus il avance dans la vie, plus l'existence le malmène, plus Balzac devient réaliste. Il perçoit les situations et les rapports des hommes d'un œil toujours plus pénétrant et plus défiant ; il prend, de l'enchaînement des événements, une conscience de plus en plus prophétique. Le Balzac de la quarantième année est plus près de nous que le Balzac de la trentième, ces dix ans l'ont rapproché d'un demi-siècle de notre époque.

Mais ces œuvres, toute cette production d'un Titan, ne suffisent pas encore à épuiser la tension, l'activité de Balzac en ces années. Muré dans son travail, il a, derrière ses rideaux baissés, des vues plus nettes sur le monde que tous les autres et deux ou trois fois, il se laisse aller à essayer de faire l'épreuve de son action sur la matière vivante. A Paris quelques écrivains ont enfin essayé de s'unir pour la défense de leurs droits ; ils ont fondé la *Société des Gens de Lettres*. Un tout petit groupe impuissant se réunit parfois autour d'une table pour arrêter des résolutions qui, par suite de la négligence des participants, en restent au stade du papier noirci et disparaissent sous la poussière dans les classeurs des ministères. Balzac est le premier à s'apercevoir que les écrivains, s'ils tenaient vraiment ensemble et prenaient conscience de leur mission, pourraient constituer une force. Avec la fougue de son énergie, il cherche à faire de cette falote entreprise une arme sérieuse pour la défense des droits littéraires — ici encore, comme dans toutes ses conceptions, en avance sur son époque de plusieurs dizaines d'années grâce à la vigueur de sa vision.

Jamais Balzac n'est plus énergique, plus conscient de son but, que quand il est aigri. Et il a de bonnes raisons d'être personnellement aigri. Chacun de ses livres, avant que ne soit sèche l'encre d'imprimerie, est reproduit en Belgique par des pirates qui ne lui paient pas un sou d'honoraires. Tous les pays étrangers sont inondés de ces éditions qui se vendent meilleur marché parce qu'elles ne paient pas de droits d'auteur et sont composées sans soin. Mais il ne considère pas les choses sous un angle personnel, il s'agit pour lui de l'honneur de la profession et de sa situation dans le monde. Il esquisse le *Code littéraire de la Société des Gens de Lettres* resté, dans la république des lettres, un document de même importance historique que la Déclaration des droits de l'homme pour la République française et la Déclaration d'indépendance pour l'américaine. Il fait des conférences à Rouen, il essaye cent et cent fois d'unir les auteurs pour une action commune. Mais des résistances se produisent, des dissensions mesquines se font jour, et Balzac se retire d'une société qui n'est pas assez grande pour ses idées ni assez active pour sa fougue. Immanquablement le même phénomène se répète : dans le monde de la réalité, cet homme, le plus puissant de son siècle, est sans action.

Il doit en faire l'épreuve une seconde fois au cours de ces années. Un certain notaire, du nom de Peytel, un triste personnage, avait été condamné à mort par les jurés pour le meurtre de sa femme et de son serviteur, et à bon droit sans doute. Peytel, ancien journaliste, toujours en difficultés d'argent, avait, en fin de compte, épousé une créole qui louchait, mais possédait une jolie fortune, et sur la conduite antérieure de laquelle couraient des bruits fâcheux. Le serviteur de ses parents, qu'elle a pris chez elle, aurait été lui aussi son amant et une nuit, à son retour d'une localité voisine, elle est tuée avec lui. Peytel, après un sévère interrogatoire, doit avouer avoir tué le valet. Le meurtre du domestique pouvait encore s'excuser, mais les jurés sont unanimement d'avis que Peytel a profité de cette bonne occasion de se débarrasser aussi de sa femme pour entrer en possession de son héritage.

Ce Peytel, Balzac l'a bien connu à ses débuts au journal *Le Voleur* et psychologiquement l'affaire l'intéresse. Peut-être a-t-il envie de continuer la tradition inaugurée par Voltaire dans l'affaire Calas et que Zola, plus tard, dans l'affaire Dreyfus doit clore si brillamment : celle de l'écrivain français champion du droit, défenseur des innocents et des malheureux. Il laisse en plan ses travaux — et cela représente pour lui le dernier des sacrifices — fait avec Gavarny le voyage de Belley pour s'entretenir avec le condamné. Son imagination, facile à enflammer, le persuade que Peytel n'a tiré que pour sa légitime défense et que c'est seulement par hasard, dans l'obscurité, que la femme en fuite a été atteinte. Il rédige aussitôt un mémoire qu'il présente à la cour de Cassation, un chef-d'œuvre de perspicacité juridique et de logique judiciaire. Mais la cour considère toute requête qui ne vient pas des autorités officielles comme non avenue et ne se saisit que de l'instance en nullité du défenseur régulier. La demande de celui-ci est également rejetée ainsi que le recours en grâce au roi. Le romancier qui a engagé dans l'affaire du temps, de l'argent, et toute sa passion, subit une écrasante défaite. Peytel est exécuté.

Une troisième fois encore elle lui est répétée cette leçon que sa passion l'empêche toujours de comprendre, et qui l'invite à ne pas mettre à l'épreuve sur la réalité des forces puissantes seulement dans l'irréel. Quatre ans ont suffi à lui faire oublier la catastrophe de *La Chronique de Paris* et les quinze ou vingt mille francs que lui a coûtés ce journal de malheur. A la longue Balzac ne peut résister à l'envie de parler directement à son temps, de manifester ses idées politiques, littéraires, sociales. D'autre part il est las de se mettre dans la dépendance des journaux où, il le sait, toute pensée libre est mutilée, frelatée ou réduite au silence ; et comme par l'indépendance absolue de son attitude, il s'est fait des ennemis des journalistes, des éditeurs et des rédacteurs, il lui faut, pour ne pas étouffer, se créer de temps en temps à lui-même un organe de diffusion où il puisse épancher la surabondance de ses idées.

Cette fois il lui donne le nom de *Revue Parisienne* et il ne doute pas de son succès, car il est décidé à remplir la feuille pour ainsi dire à lui seul. Le monde va-t-il se boucher les oreilles quand Honoré de Balzac, l'unique politicien et penseur libre et indépendant en France, proclamera chaque semaine ses conceptions politiques, quand Honoré de Balzac, le maréchal de la littérature, rendra compte lui-même de tous les nouveaux livres importants, de toutes les pièces de théâtre, quand Honoré de Balzac, le premier romancier de l'Europe, publiera là ses nouvelles et ses romans ? C'est seulement ainsi que le succès est sûr, seulement s'il n'abandonne rien aux autres. Ce qui autrement exige le travail de cinq hommes, il s'en charge tout seul, tout en assistant à des répétitions théâtrales et en écrivant des romans. Il assure la direction financière, il rédige la feuille tout entière, et l'écrit tout seul. Il lit les épreuves, discute avec les imprimeurs, pourchasse et pousse au travail les typographes, contrôle la diffusion, du matin au soir la veste ouverte, suant et fumant, descendant quatre à quatre de la salle de rédaction à l'imprimerie, et remontant de l'imprimerie à la rédaction, écrivant en hâte un article au milieu du tumulte sur une table sale et donnant en même temps des instructions. Un visiteur apprend avec stupéfaction que le gros homme, au costume malpropre et déchiré, qui lit des épreuves à une table et qu'il a pris pour un vulgaire typo est Balzac, le fameux écrivain, le seigneur du fabuleux château de Ville-d'Avray.

Il y a trois mois que Balzac travaille ainsi. Rien que ce qu'il écrit pour le journal en ce trimestre remplirait trois ou quatre volumes normaux. Mais il ne va pas tarder à perdre une illusion de plus. Ni Paris ni le monde n'ont envie de savoir ce qu'Honoré de Balzac pense de la politique et ses idées littéraires, philophiques, sociales elles non plus n'intéressent pas particulièrement. Au bout de trois mois Balzac laisse le journal et le journal laisse Balzac en plan. Voici encore une fois inutilement gaspillée une dépense de forces sans exemple.

*
* *

Pas si stupidement pourtant et pas tout à fait en

vain. Car si, dans ses trois mois d'existence, la *Revue Parisienne* n'avait rien publié d'autre que l'unique article de Balzac sur *La Chartreuse de Parme*, elle aurait déjà bien mérité de la littérature française. Jamais la générosité intime de Balzac et la surprenante perspicacité de son intelligence artistique ne se sont manifestées de façon plus grandiose que dans cet hymne qui annonce le livre complètement inconnu d'un auteur totalement inconnu et nous avons peu d'exemples dans la littérature universelle d'un si sûr instinct de la camaraderie. Pour pouvoir rendre justice à la magnifique spontanéité avec laquelle le plus grand romancier de France tend ici cordialement et librement la palme à son plus grand rival dans le roman et essaie — en cela encore en avance de cent années sur son temps — de l'élever à la place de choix qui lui revient, il faut se rendre compte de la situation qu'occupaient, aux yeux du public, ces deux hommes à leur époque. En 1840 Balzac est célèbre d'un bout de l'Europe à l'autre ; Stendhal par contre, complètement ignoré, au point que les journaux qui signalent son décès, quand seulement ils le signalent, l'appellent Stenhal au lieu de Stendhal et écrivent son véritable nom Bayle au lieu de Beyle. Dans l'énumération des écrivains français, il n'en est fait nulle mention ; on vante, on loue, on blâme, on caricature les Alphonse Karr, les Jules Janin, les Sandeau, les Paul de Kock, des littérateurs diligents, dont tout le monde aujourd'hui ignore les écrits, et tandis que leurs factums se répandent à dix milliers d'exemplaires, il ne se vend de *L'Amour* de Stendhal que vingt-deux volumes, de sorte qu'il l'appelle lui-même en plaisantant un livre sacré parce que personne n'ose y toucher. *Le Rouge et le Noir* n'atteint pas du vivant de Stendhal la seconde édition.

Tous les critiques professionnels passent à côté de Stendhal sans le voir et sans le lire. Sainte-Beuve ne juge pas bon de prendre la peine de donner son sentiment sur *Le Rouge et le Noir* à sa parution et quand il le fait plus tard, c'est sur un ton assez dédaigneux. « Ses personnages n'ont point de vie, ils ne sont que des automates construits avec raffinement. » *La Gazette de France* écrit : « M. de Stendhal n'est pas un fou bien qu'il écrive des livres extravagants. » Et ce n'est que longtemps après sa mort que sera connu l'éloge de Goethe dans les *Conversations avec Eckermann.* Balzac par contre, avec son coup d'œil prompt et sûr, a perçu dès les premières œuvres de Stendhal la rare intelligence et la maîtrise psychologique de cet homme, qui ne fait paraître des livres que de temps en temps, comme un vrai dilettante, pour sa jouissance personnelle et sans véritable ambition. Balzac saisit chaque occasion de tirer son chapeau à cet inconnu. Dans *La Comédie humaine* il fait allusion au processus de cristallisation dans l'amour que Stendhal a été le premier à décrire et renvoie à ses récits de voyage en Italie. Mais Stendhal est trop modeste pour profiter de ces marques de sympathie en se rapprochant du grand, du célèbre écrivain ; il ne lui envoie pas même ses livres. Par bonheur son fidèle ami, Raymond Colomb, se charge d'attirer l'attention de Balzac en le priant de s'intéresser à cet auteur méconnu de tous. Balzac lui répond aussitôt, le 20 mars 1839 :

J'ai déjà lu, dans *Le Constitutionnel,* un article tiré de *La Chartreuse* qui m'a fait commettre le péché d'envie. Oui, j'ai été saisi d'un accès de jalousie à cette superbe et vraie description de bataille que je rêvais pour les *Scènes de la vie militaire,* la plus difficile portion de mon œuvre ; et ce morceau m'a ravi, chagriné, enchanté, désespéré. Je vous le dis naïvement. Aussi ne vous étonnez pas si je saute sur votre offre : si j'envoie chercher le livre et comptez sur ma probité pour vous dire ma pensée. Le fragment va me rendre exigeant (20 mars 1839).

Un petit esprit eût été aigri en voyant la scène principale de son futur roman, la description d'une bataille napoléonienne traitée avant lui par un autre avec une si totale maîtrise. Balzac rêve depuis dix ans de ce roman *La Bataille*. Lui aussi veut donner au lieu de la description sentimentale, héroïque, une relation honnête, historique, valable, et cependant en même temps, visuelle. Voici que Stendhal l'a fait et qu'il vient trop tard. Mais toujours un artiste qui dispose d'une grande richesse intérieure est un esprit généreux et large. Celui qui a devant lui cent plans de cent œuvres n'est pas atteint ni blessé dans son amour-propre parce qu'un de ses contemporains crée lui aussi un chef-d'œuvre. Et Balzac célèbre comme un chef-d'œuvre, comme le plus grand chef-d'œuvre de son époque *La Chartreuse de Parme.* Il l'appelle le « chef-d'œuvre de la littérature à idées » et déclare avec grande raison : « Ce grand ouvrage ne pouvait être conçu et exécuté que par un homme de cinquante ans dans toute la force de l'âge et dans la maturité de tous ses talents. »

Il donne une magistrale analyse de l'action intérieure et relève la maîtrise dans la peinture de l'âme italienne sous tous ses aspects et dans toutes ses variantes. Et chacune de ses paroles a gardé sa valeur jusqu'à ce jour.

La surprise et l'effroi de Stendhal sont touchants quand, dans son isolement de Civittavecchia où il est consul, il reçoit, pourrait-on dire, tout à fait à l'improviste, le choc de ce compte rendu. Il n'en croit pas ses yeux tout d'abord. Il n'a jusqu'ici perçu sur son travail que des papotages insignifiants et mesquins. Cette fois, c'est la voix d'un homme qu'il vénère et cet homme le salue fraternellement. Et l'on sent tout son émoi dans la lettre qu'il envoie à Balzac et qui s'efforce en vain de cacher son émotion : « J'ai été bien surpris hier soir, Monsieur. Je pense que jamais personne n'a été traité ainsi dans une revue et par le meilleur juge de la matière. Vous avez eu pitié d'un orphelin abandonné au milieu de la rue. » Et il le remercie de « cet article charmant, tel que jamais écrivain ne le reçut d'un autre ».

Mais avec une netteté de vues égale à la sienne sur le terrain artistique, il accepte cette fraternité qui lui est offerte par celui qui, comme lui, a été dédaigneusement évincé de l'Académie. Il sent que tous deux travaillent pour une autre époque que la leur : « La mort nous fait changer de rôle avec ces gens-là ; ils peuvent tout sur nos corps pendant leur vie ; mais à l'instant de la mort, l'oubli les enveloppe à jamais. »

Merveilleux témoignage de cette mystérieuse similitude des esprits dans leur essence qui fait qu'ils se reconnaissent toujours et s'écoutent. Ces deux artistes se regardant les yeux dans les yeux, par-dessus le tumulte, le tintamarre et l'agitation d'une littérature éphémère, silencieux, calmes, tranquilles, sûrs de leur supériorité. Rarement le regard magique de Balzac s'est manifesté plus splendide qu'ici, où parmi les milliers et les milliers de livres de son temps, c'est justement celui-là, le plus ignoré, qu'il vante. Mais dans le monde d'alors la défense de Stendhal n'a pas plus de succès que la défense de Peytel ; comme celui-ci fut condamné par les autorités judiciaires, celui-là fut condamné et enterré ignominieusement par les autorités littéraires. Là encore le plaidoyer enflammé est passé inaperçu et resté vain, autant qu'on puisse dire d'un acte de grandeur morale, qu'il ait des résultats ou non, qu'il a été vain.

*
* *

En vain, en vain, en vain ! Trop souvent Balzac a prononcé ce mot. Trop souvent il en a fait l'expérience dans sa vie. Il est maintenant âgé de quarante-deux ans, il a écrit cent volumes, fait surgir de son cerveau toujours en éveil deux mille figures et parmi elles, cinquante ou cent qui sont inoubliables. Il a créé un monde et le monde, lui, ne lui a rien donné en échange. Il est à quarante-deux ans plus pauvre qu'il n'était dans la rue Lesdiguières il y a vingt ans. Alors il avait mille illusions, elles se sont envolées aux

quatre vents. Deux fois cent mille francs de dettes,
voilà le profit de son travail. Il a fait la cour aux
femmes, elles se sont refusées à lui ; il a construit une
maison, on la lui a hypothéquée et enlevée ; il a fondé
des journaux, ils sont allés à la ruine ; il s'est essayé
dans les affaires, elles n'ont pas réussi ; il a été candidat à un poste parlementaire dans le gouvernement
de son pays, il n'a pas été élu ; il a été candidat à
l'Académie, on l'a évincé. Tout ce qu'il a essayé a été
vain ou semble vain. Est-ce que son corps, est-ce que
son cerveau dévoré de fièvre, son cœur qu'il fouette,
vont pouvoir tenir longtemps dans cet éternel effort
surtendu pour se dépasser lui-même ? Aura-t-il vraiment encore assez de forces pour achever son œuvre :
La Comédie humaine ? Pourra-t-il encore, un jour,
comme les autres hommes, se reposer, voyager, vivre
sans souci ? Pour la première fois Balzac connaît des
moments de découragement. Il songe sérieusement à
quitter Paris, la France, l'Europe et à s'en aller au
Brésil. Il y a là, paraît-il, un empereur Don Pedro qui
le sauvera et lui offrira un foyer. Balzac fait venir des
livres sur le Brésil, il rêve, il réfléchit. Car il sent que
cela ne peut plus durer ainsi. Il faut qu'un miracle
intervienne pour le sauver de l'inutile servage, il faut
qu'il survienne tout d'un coup quelque chose qui le
libère de sa galère, lui apporte la détente, après cet
excès de tension qu'il ne peut plus supporter.

Va-t-il se produire, se produire encore à la dernière
heure, ce miracle ? Balzac lui-même, amateur d'illusions, ose à peine l'espérer. Mais voilà qu'un matin, le
5 novembre 1842, comme il se lève de son bureau
après une nuit passée au travail, le domestique lui
apporte les lettres. Il en est une parmi elles dont
l'écriture lui est familière, mais l'enveloppe est autre
qu'à l'ordinaire, bordée de noir, cachetée de cire
noire. Il la déchire. Mme de Hanska lui écrit que M. de
Hanski est mort. La femme qui s'est promise à lui, à
laquelle il s'est promis est veuve et héritière de millions. Le rêve, le rêve déjà à demi oublié s'est réalisé

soudain. *Incipit vita nuova*, voici que s'ouvre la vie nouvelle, heureuse, paisible, insouciante. La dernière illusion de Balzac a commencé, la dernière pour laquelle il veut vivre et dans laquelle il veut mourir.

LIVRE V

LE CRÉATEUR
DE LA COMÉDIE HUMAINE

CHAPITRE XIX

LA CONQUÊTE DE MADAME DE HANSKA

La lettre du 5 janvier 1842 est le grand, le dernier tournant dans la vie de Balzac. Le passé redevient d'un seul coup présent et avenir. A partir de cet instant, sa formidable volonté se tend vers un but unique : renouveler la vieille liaison avec Mme de Hanska, transformer les fiançailles en mariage, la promesse en réalité.

Cette réalisation exige toutefois un extraordinaire effort. Car au cours des dernières années, les rapports avec Mme de Hanska étaient devenus de plus en plus formels, de plus en plus froids et faux. La nature à la longue ne se laisse pas faire violence. Balzac et Mme de Hanska ne se sont pas vus pendant sept ans. Par suite de ses embarras d'argent, et peut-être en raison de sa liaison avec la comtesse Visconti, Balzac n'a pas pu aller à Wierzchownia. Mme de Hanska de son côté n'a pas pu ou n'a pas voulu décider son mari à un nouveau voyage qui lui eût permis de rencontrer son amant, et comme l'amour — de même que la flamme a besoin de l'oxygène qui l'anime — a besoin, à la longue, du voisinage immédiat, de la présence de l'amant, les relations perdent peu à peu leur caractère passionnel. C'est en vain que Balzac, dans ses lettres, s'efforce de retrouver le ton primitif de l'extase ; cela sonne un peu faux et personne ne sent plus nettement que Mme de Hanska comme son ardeur est factice.

Elle sait par ses parents et ses connaissances de Paris que la comtesse Visconti habite aux Jardies porte à porte avec le romancier. L'escapade avec Mme Marbouty a fait trop de bruit et l'on comprend l'irritation de Mme de Hanska devant les mensonges de Balzac cherchant par des tours de passe-passe à escamoter ces faits sous des plaintes désespérées au sujet de sa solitude, de ses dettes, de ses soucis, puis sous ses protestations d'éternelle fidélité. Peu à peu un ton aigre se mêle à leur correspondance. Mme de Hanska ne peut, semble-t-il, cacher son mécontentement de ce que Balzac exige d'elle qu'elle croie vraiment à la description de sa vie monacale, économe, de sa vie d'ermite. Elle doit avoir assez nettement exprimé ses doutes sur sa sincérité, car son ami, traqué par ses créanciers, épuisé par son travail, et peut-être aussi conscient de ne pas jouer franc jeu, réplique avec vivacité. Il ne peut supporter de se voir reprocher de haut ses « extravagances » par une femme qui, auprès de son mari, mène une existence ennuyeuse peut-être, mais confortable et sans soucis. Dans sa colère il l'apostrophe vivement :

Je vous en prie, ne vous mêlez jamais de conseiller ni de blâmer les gens qui se sentent au fond de l'eau et qui veulent revenir à la surface. Jamais les gens riches ne comprendront les malheureux.

Et, avec plus de vivacité encore quand elle parle de la « légèreté naturelle de son caractère » :

En quoi suis-je léger ? Est-ce parce que depuis douze ans, je poursuis sans relâche une immense œuvre littéraire ? Est-ce parce que, depuis six ans, je n'ai qu'une affection dans le cœur ? Est-ce parce que, depuis douze ans, je travaille nuit et jour à m'acquitter d'une dette énorme que ma mère m'a mise sur le corps par le plus insensé calcul ? Est-ce parce que, malgré tant de misères, je ne me suis ni asphyxié ni brûlé la cervelle ni jeté à l'eau ?... Légèreté de caractère ! Certes vous faites ce qu'aurait fait un bon bourgeois, qui, voyant Napoléon se tourner à droite, à gauche et de tous les côtés pour examiner son champ de bataille, aurait dit : « Cet homme ne peut pas rester en place ; il n'a pas d'idée fixe ! »

A la fin elle est devenue sans objet cette correspondance entre deux amants qui ne se sont pas vus pendant sept ans et qui, depuis longtemps, se sont adaptés chacun de leur côté à leur vie particulière. En sa fille adulte, Mme de Hanska a trouvé une amie en qui elle a cent fois plus confiance qu'en ce fougueux amant qui toujours exagère. Elle n'a plus besoin de confident et n'a, dans sa vie sûre et étroite, aucun secret à confier. Balzac de son côté, l'impatient Balzac, lassé de sa longue attente, commence à oublier une promesse qui, vraisemblablement, ne s'accomplira jamais. En 1839 il écrit à Zulma Carraud de bien vouloir penser à lui si elle rencontre quelque part une femme, riche de deux cent mille francs, ou seulement de cent mille « à la condition que la dot puisse être rendue liquide pour ses affaires ». Puisque les millions de M. de Hanski restent si délibérément attachés à M. de Hanski, son rêve d'épouser une princesse est fini pour lui. Ce n'est plus l'Etoile Polaire qu'il désire, mais une femme quelconque pourvu toutefois qu'elle paye ses dettes, qu'elle représente bien et convienne comme maîtresse de maison aux Jardies. En sa quarantième année le réaliste est revenu de ses extravagances fantasques à la vieille exigence du temps de sa jeunesse : « Une femme et une fortune. »

Au fond, la correspondance devrait maintenant prendre fin. Elle pourrait aller s'amenuisant comme celle avec la fidèle Zulma Carraud, devenue, elle aussi, à charge à Balzac parce qu'elle exige de lui trop de sincérité. Mais l'un et l'autre, Mme de Hanska et Balzac, se refusent à y renoncer. Mme de Hanska a eu plus de goût peut-être pour la correspondance avec Balzac que pour Balzac lui-même. Cette humble besogne de tâcheron, accomplie pour elle par le plus grand écrivain vivant, cette femme orgueilleuse en est presque venue à la considérer comme ce qu'il y a de plus important dans sa vie. Elle n'a aucune raison de rompre les relations. Balzac de son côté s'est fait une douce habitude de ce constant retour sur lui-même. Il a besoin de quelqu'un à qui il puisse raconter ses soucis, exposer ses travaux, avec qui il puisse calculer ses dettes. Tout comme elle a l'arrière-pensée de garder cette correspondance, il jouit lui aussi à l'idée de la savoir conservée en quelque lieu secret. Aussi continuent-ils tous deux à s'écrire, de plus en plus brièvement, de plus en plus rarement à vrai dire. Tantôt Balzac se plaint de « la rareté de ses envois », « des délais qui s'écoulent entre ses lettres », tantôt c'est à elle de se plaindre qu'il écrive trop peu. Et alors il s'indigne à nouveau qu'elle puisse mettre sur le même pied sa correspondance à lui et la sienne propre. Elle vit, elle, « dans une entière solitude et sans avoir beaucoup à faire », tandis que lui, toujours pressé par le temps, n'en pouvant plus de ses quinze heures d'écriture et de corrections, doit prendre chaque page d'une lettre sur son œuvre, sur sa besogne payée, sur son sommeil. En incurable homme d'affaires, il n'hésite pas à faire remarquer qu'une longue lettre qu'il lui adresse à elle, la millionnaire, lui coûte à lui, l'endetté, les deux cents, trois cents, cinq cents francs que lui eussent rapportés le même nombre de pages rédigées pour un journal ou pour un livre. Elle peut donc bien lui écrire tous les quinze jours. Et quand elle réplique à cela, semble-t-il, qu'elle n'écrira point s'il n'écrit pas, lettre pour lettre, il fulmine :

Ah ! Je vous trouve enfin excessivement petite, et cela me fait voir que vous êtes de ce monde ! Ah ! vous ne m'écriviez plus parce que mes lettres étaient rares ! Eh bien, elles étaient rares parce que je n'ai pas toujours eu l'argent pour les affranchir et que je ne voulais pas vous le dire. Oui, ma détresse a été jusque-là, et au-delà. C'est bien horrible et bien triste, mais c'est vrai, comme l'Ukraine où vous êtes.

Oui, j'ai eu des jours où j'ai fièrement mangé un petit pain sur les boulevards.

Les petites chicanes deviennent de plus en plus vives, les intervalles entre les envois de plus en plus longs, pour la première fois — juste avant cette lettre décisive — un trimestre entier s'écoule sans que Balzac prenne la plume ; tous deux sont, on le sent, irrités l'un contre l'autre, chacun commence à trouver l'autre négligent, ou peu aimant, ou peu sincère. Et chacun rend l'autre responsable de ce que cet échange de lettres, commencé en fortissimo et en prestissimo, perde son appassionato et menace lentement de s'enliser.

*
* *

En réalité la faute ne retombe pas sur l'un ou sur l'autre, mais c'est leur liaison, elle-même, primitivement prévue pour une courte période et devant aboutir à une union définitive qui, dans son essence, est fausse et contre nature. Dans ces étranges fiançailles, conclues sans tenir compte du mari — qui restera encore huit ans en vie — Mme de Hanska a imposé à Balzac une condition : la fidélité. Elle a tout au moins exigé qu'il ne recherche la satisfaction de ses besoins sexuels qu'avec des professionnelles et ne s'engage en aucun cas dans quelque aventure d'amour tant soit peu sérieuse avec une autre femme. Une telle exigence aurait pu être remplie s'il s'était agi d'un délai de trois ou de six mois. Mais elle devient foncièrement absurde dans des fiançailles de durée illimitée et la jalousie de Mme de Hanska, qui n'est au fond qu'une résistance de son orgueil, commence à irriter Balzac : « Voyons », lui écrit-il une fois sans ambages après tant de mensonges et d'omissions :

Un homme est-il une femme ? Peut-il rester de 1834 à 1843 sans femme ? Tu es assez instruite, médicalement parlant, pour savoir qu'on irait à l'impuissance et à l'imbécillité. Tu disais : « des filles ». J'aurais pu être dans un état semblable à celui de l'ami G(eorges), à Rome. Mets en balance le besoin impérieux de distraction qu'ont les gens d'imagination en travail perpétuel, les misères, les lassitudes, etc., et le peu de fautes que tu as à me reprocher, la façon cruelle dont elles ont été punies, et tu ne parleras du passé que pour déplorer que nous ayons été séparés.

Mais tout est vain. Mme de Hanska, qui pourtant avait eu l'occasion de se convaincre personnellement de l'ardeur sexuelle de cet amant qu'elle délaisse, reste, dans ce domaine, follement susceptible. Au lieu de pardonner, tout simplement, à cet homme de trente-cinq, de quarante ans, qui, somme toute, n'est tout de même pas un coureur de femmes, mais qui fait devant le monde entier la preuve de son sérieux et de sa passion intellectuelle, les rapports avec la comtesse Visconti et pour commencer ses petites escapades avec Mme Marbouty, Hélène de Valette et quelques anonymes, elle lui reproche sans discontinuer son inconstance, sa légèreté. Vivant elle-même avec son mari dans la richesse et le confort, cette même femme qui, depuis des années, n'a pas fait le moindre sacrifice demandé à un artiste pourchassé et traqué, emporté d'une œuvre à l'autre dans une perpétuelle ivresse, de vivre au point de vue sexuel une vie monacale, au point de vue matériel une vie de petit employé des postes, de ne se permettre aucune détente, aucun luxe, aucune aventure, et d'écrire, d'écrire, d'écrire et d'attendre, d'attendre, d'attendre jusqu'à ce que, peut-être — mais seulement peut-être —, elle se décide, après la mort du chevalier de Hanski, à récompenser le troubadour de son renoncement et de sa persévérance. Mme de Hanska a raison sur bien des points, c'est incontestable ; le manque de sincérité de Balzac dans les lettres qu'il lui adresse dépasse la mesure. Au lieu de revendiquer clairement, ouvertement sa liberté sexuelle et humaine, au lieu d'affirmer son droit à mener sa vie selon les lois de sa nature, il fait le silence dans ses lettres sur toutes les réalités essentielles et se donne l'allure d'être le plus solitaire des solitaires. Il ment sur ses rapports avec Mme de Visconti comme un écolier qui a peur de la férule du maître. Dans une inexplicable servilité il ne sait pas opposer aux exigences autoritaires de sa souveraine un vrai courage viril et à son sentiment provincial de la divinité de l'aristocrate, celui de la dignité de l'artiste. Mais à travers ses petites ruses et ses petits mensonges, Balzac dit tout de même la vérité quand il ne cesse d'affirmer à Mme de Hanska qu'il ne cherche nullement les aventures, mais aspire au contraire à sortir d'une existence aventureuse pour trouver le calme et la stabilité. Une légère fatigue commence à miner cet homme de quarante ans ; l'incessant combat avec les éditeurs, les rédacteurs, les journalistes lui répugne ; il ne veut plus chaque semaine, chaque mois, être de nouveau contraint de calculer, de marchander, de solliciter des délais, d'insister. Ballotté sans cesse depuis vingt ans, dans une constante tempête, dans un incessant danger, il voudrait trouver le calme dans un port. Il en a assez des femmes qu'il ne peut prendre que dans de courtes pauses, dérobées au travail, assez de ces aventures où il faut se cacher et dissimuler — empoisonnées et assombries en outre par l'existence d'un mari complaisant ou aveugle. « Je vous jure », écrit-il le 4 septembre 1838 à son amie Zulma Carraud,

que j'ai donné la démission de toutes mes espérances, de tous mes luxes, de toutes mes ambitions ! Je veux une vie de curé, une vie simple et paisible. Une femme de trente ans qui aurait trois ou quatre cent mille francs et qui voudrait de moi, pourvu qu'elle fût douce et bien faite, me trouverait prêt à l'épouser ; elle payerait mes dettes et mon travail, en cinq ans, l'aurait remboursée.

C'est cette femme qu'il avait, dans son rêve, cru trouver en Mme de Hanska.

Mais peu à peu il devient impossible de centrer toute sa vie sur une amante qui réside à mille lieues de là et qui peut-être n'est plus depuis longtemps telle qu'il l'a vue et possédée il y a six ou sept ans. L'« Etoile Polaire » est trop loin pour éclairer et combler sa vie. En 1842, dans sa quarante-troisième année, la promesse par laquelle il s'est engagé en 1833 n'est déjà plus valable. Insensiblement l'« Epouse d'amour » redevient l'« Inconnue », une femme, née de son rêve, à qui il raconte une vie de rêve ; et cela même n'a plus le charme de jadis, car c'est devenu une habitude à laquelle on continue à s'adonner de temps en temps et presque avec indifférence. Ce fervent amateur d'illusions ne croit plus lui-même à l'illusion de son union avec Mme de Hanska. Il est évanoui, il est dissipé ce rêve d'amour et de millions ; qu'il s'en aille donc rejoindre les autres « illusions perdues ».

*
* *

Et voilà, tout à coup, au matin du 5 janvier, cette lettre, scellée de noir, la lettre qui lui annonce que le 10 novembre 1841 M. de Hanski est décédé ; cette lettre qui d'un coup fait affluer le sang à son cœur et le secoue au point que ses mains tremblent. L'inimaginable, ou plutôt, ce que depuis des années déjà, il n'osait plus imaginer, s'est produit ; la femme à laquelle il s'est promis est soudain libre, elle est veuve aujourd'hui et en possession de tous les millions rêvés, elle est pour lui l'épouse idéale : noble, jeune, intelligente, femme du monde, elle a belle allure, elle va le libérer de ses dettes, le rendre à son œuvre, l'éduquer pour des productions plus hautes, relever son prestige, apaiser ses sens. Il l'a aimée, il en fut aimé, et dans cette seconde, comme sous l'effet d'une décharge électrique, il l'aime après cette longue période d'oubli, de toute sa passion d'autrefois. Cette

simple feuille de papier, il le sent tout de suite, transfigure sa vie entière. Tout ce qu'il a espéré, rêvé,
attendu, a soudain pris un visage, son visage à elle, et,
il le sait, il n'a plus qu'une chose à faire, conquérir
cette femme qu'il a déjà une fois conquise, la conquérir maintenant pour toujours.

Ce bouleversement intime, on le sent dans la lettre
qu'il lui adresse en réponse. Balzac ne se comporte
pas seulement honnêtement, sagement, virilement ;
il fait plus, il agit sincèrement en ne manifestant pas
subitement, après coup, une grande affection pour le
disparu. Il n'essaye pas hypocritement de consoler de
la perte de son mari cette femme dont il sait qu'elle ne
l'aimait que modérément ou pas du tout. Il ne vante
pas en des formules affectées les mérites quelconques
du défunt ; il n'y a qu'une chose dont il se défende :
c'est, si fort qu'il ait désiré sa femme, d'avoir souhaité
la mort de cet étranger :

Quant à moi, chère adorée, quoique cet événement me
fasse atteindre à ce que je désire ardemment depuis dix ans
bientôt, je puis, devant vous et Dieu, me rendre cette justice
que je n'ai jamais eu dans mon cœur autre chose qu'une
soumission complète et que je n'ai point souillé, dans mes
plus cruels moments, mon âme de vœux mauvais. On
n'empêche pas certains élans involontaires. Je me suis
souvent dit : « Combien ma vie serait légère avec elle ! » On
ne garde pas sa foi, son cœur, tout son être intime sans
espérance.

A ce tournant de sa vie il n'éprouve d'autre bonheur
que de pouvoir désormais lui écrire « à cœur ouvert ».
Il l'assure que rien en lui n'a changé, que depuis
Neuchâtel elle est sa vie et il la supplie :

Ecrivez-moi que votre existence sera toute à moi, que nous
serons maintenant heureux sans aucun nuage possible.

Et maintenant les lettres se succèdent à vive allure.
Pour Balzac les fiançailles sont redevenues en un clin

d'œil réalité et l'amour, déjà presque éteint, s'est soudain embrasé à nouveau dans la passion. Qu'est-ce
qui peut encore venir à la traverse de leur union ? Il
voit soudain toutes choses avec d'autres yeux, à commencer par lui-même. Il y a un an, dans ses lettres qui,
sans qu'il en ait conscience, avaient pris la teinte de la
mélancolie et de la solitude, il se peignait comme un
vieil homme grisonnant, fatigué, obèse, incapable
d'avoir une idée, menacé d'apoplexie et de coups de
sang. Maintenant il dépeint sa personne à la fiancée
de ses rêves sous les plus attrayantes couleurs. Les
cheveux gris et la fatigue ont subitement disparu :

> Je n'ai que quelques cheveux blancs épars et l'étude m'a
> conservé, sauf l'embonpoint, qui revient à l'homme tou-
> jours assis. Je ne crois pas avoir changé depuis Vienne, et
> j'ai le cœur si jeune que le corps s'est maintenu sous la
> rigidité monacale de mon existence. Enfin j'ai encore
> quinze ans de quasi-jeunesse, absolument comme vous, ma
> chère, et je donnerais bien en ce moment dix ans de ma
> vieillesse pour hâter l'heure où nous nous reverrons.

Déjà son imagination travaille avec son activité
coutumière sur toute la vie qui s'ouvre à lui. Mme de
Hanska doit se hâter de chercher pour sa fille un mari
« intelligent et capable, riche avant tout, afin que sa
fortune vous permette, moyennant une certaine
somme, de disposer de vos droits ». Ainsi elle sera
libre matériellement, comme elle est maintenant
libre moralement et juridiquement pour lui et pour
leur vie commune, telle qu'il l'a rêvée et même plus
belle qu'il n'a osé la rêver. Mais maintenant, pas un
mois à perdre, pas une semaine, pas un jour ! Il veut
immédiatement mettre en ordre toutes ses affaires et
se rendre à Dresde pour être plus proche d'elle,
l'immensément aimée. Il est prêt, plus prêt que
jamais, il l'aime comme il ne l'a jamais aimée. Et, on
le sent, ce démon d'impatience n'a jamais encore
dans sa vie rien attendu avec une aussi ardente impatience que ce seul mot de ses lèvres : « Viens ! »

Au bout de six semaines, le 21 février, c'est enfin la réponse. Nous n'en connaissons pas le texte, cette lettre a été détruite avec toutes les autres lettres de l'Inconnue. Mais nous savons ce qu'elle contient, un net refus de toutes les avances de Balzac, un Non sans ambiguïté à son désir de venir immédiatement près d'elle. Avec une « tranquillité glaciale » Mme de Hanska rompt les fiançailles juste à l'instant où lui fait appel, comme une chose qui va de soi, à la promesse donnée. « Vous êtes libre », lui écrit-elle avec une netteté tranchante, et elle lui en expose vraisemblablement les raisons en détail. Elle n'a plus aucune confiance en lui. Pendant sept ans il n'a pas cédé au besoin de la voir, mais il a bien trouvé du temps et de l'argent pour aller plusieurs fois en Italie, et par-dessus le marché, en compagnie. En cela et sans doute aussi autrement, il a violé les conditions de sa promesse... C'est fini. Définitivement fini. Elle ne veut plus vivre que pour sa fille et ne jamais la quitter. « Si ma pauvre enfant m'était enlevée, je mourrais. » Elle ne veut pas se partager. Ce dut être, on le sent à la réponse désespérée de Balzac, une lettre dure comme un coup de hache, tranchant à la fois dans leurs racines toutes ses espérances.

Ce Non de Mme de Hanska, est-il sincère et définitif ou bien n'est-ce qu'un moyen de l'éprouver, une fausse sortie de cette femme fière et vaniteuse pour l'amener à prétendre à elle de façon plus pressante encore ? Problème dangereux, difficile à résoudre qui nous amène au cœur de leurs relations fort compliquées et nous oblige à examiner à fond l'attitude de Mme de Hanska devant Balzac.

C'est là un examen qui demande une extrême prudence psychologique et on ne saurait ramener tout ce complexe sentimental à la banale alternative : Mme de Hanska a-t-elle aimé Balzac, ne l'a-t-elle pas aimé ? Ces simplifications sont aussi commodes qu'elles sont étroites et par suite fausses et injustes dans une situation qui comportait une foule d'obsta-

cles et de contradictions extérieurs et intérieurs. Pour
qu'une femme aime avec une grande passion, il lui
faut avant tout une capacité illimitée de se donner. En
ce sens Mme de Hanska n'était nullement capable
d'aimer — ou tout au moins d'aimer Balzac. Fière de
sa noblesse, autoritaire, pleine d'elle-même, capricieuse, intolérante, elle est pénétrée d'un sentiment
de sa supériorité sociale qui lui fait réclamer l'amour
comme un tribut qui lui est dû, qu'elle accepte d'un
cœur généreux ou qu'elle repousse. Elle ne se donne
elle-même, et cela apparaît tout au long de la correspondance, qu'avec de constantes réserves. Les relations sont *a priori* celles de supérieur à inférieur ; il y
a de la condescendance dans son abandon, et Balzac
accepte depuis le commencement, le rôle subalterne
qu'elle lui assigne. Quand il se nomme son moujik,
son serf, son esclave, il trahit par là inconsciemment
un certain masochisme dans son attitude. Balzac est
servile et sans dignité masculine dans tous ses rapports avec les femmes, il se place en face d'Evelina de
Hanska dans une posture d'absolue soumission et
son constant agenouillement, son adoration extatique, le sacrifice total de sa valeur propre, et de sa
personnalité, rendent souvent ses lettres à Mme de
Hanska choquantes pour un observateur impartial.
On est agacé et peiné de voir un des génies les plus
puissants de tous les temps, rester courbé tout au
long de sept années, pour baiser les pantoufles d'une
aristocrate de province, tout au plus médiocre au
fond ; s'abîmant dans l'humilité, s'avilissant jusqu'au
néant. S'il est quelque chose qui rende défiant à
l'égard de Mme de Hanska et de son tact tant vanté
par ses défenseurs, c'est que, non seulement elle ait
souffert cette soumission servile de Balzac, mais
qu'elle ait même favorisé et peut-être exigé cette
adoration extatique. Nous ne pouvons nous libérer de
l'impression qu'une femme, si elle avait eu vraiment
conscience de la grandeur du romancier, n'aurait pas
toléré cette attitude d'infériorité pénible et inconve-

nante et aurait dû le relever de cet agenouillement
pour le mettre sur le même plan qu'elle et même se
soumettre à ses désirs, à sa volonté. Mais, il ne subsiste là-dessus aucun doute, Mme de Hanska était
incapable de cette sorte d'amour. C'était pour elle une
joie, une satisfaction d'orgueil, de se laisser ainsi
adorer par un homme comme Balzac, dont elle sentait le génie et dans une certaine mesure elle lui a
aussi rendu cet amour. Mais toujours — et c'est capital — avec condescendance, comme si elle l'exauçait,
comme si elle y consentait dans sa générosité. Le
« brave Balzac » ou bien le « pauvre Balzac », ce ton,
dans ses lettres à sa fille, le seul être avec qui elle soit
sincère, est révélateur. Elle fut assez intelligente pour
reconnaître la valeur de cet homme, elle fut assez
sensuelle et assez femme pour jouir de sa violente
sensualité, et tout en ayant conscience de ses faiblesses, tout en sachant qu'on ne pouvait se fier à lui, elle
n'en a pas moins eu pour lui une absolue sympathie ;
mais tout au fond, Mme de Hanska dans cette liaison
n'a fait que s'aimer elle-même, et Balzac seulement
dans la mesure où il flattait son égoïsme et il le flattait
certes par l'aventure dont elle a été, grâce à lui,
l'héroïne, par son adoration sous toutes les formes
ardentes et poétiques imaginables, par la vie qu'il a
apportée dans une existence jusque-là banale, par
cette griserie et cette richesse débordante dont cette
femme, dans son bon sens positif, n'eût jamais été
capable. Une personnalité ainsi entichée de fierté
nobiliaire, de préjugés de caste ne pouvait éprouver la
tendresse, l'abandon, l'indulgence et là où manifestement elle aime : dans le sentiment qu'elle a pour sa
fille, il ne s'agit encore que du culte d'elle-même. Au
cours des années où elle a mené la vie commune avec
Balzac, ce n'est pas lui qui fut son confident intime,
toujours ce fut à sa fille, une petite sotte écervelée,
qu'elle se confia sans réserves, tandis que pour Balzac, Balzac le plébéien, l'intrus, l'étranger, il reste

toujours dans son cœur une dernière citadelle impénétrable.

Elle n'en a pas moins été son amante, elle s'est donnée à lui et vraisemblablement jusqu'à l'extrême limite du dévouement dont sa nature réfléchie était capable dans sa sagesse suspecte. Elle s'est donnée à lui dans la mesure où une épouse aristocrate peut s'abandonner sans se rendre la vie impossible avec son mari et sans se compromettre auprès de sa caste. Et le véritable problème, l'épreuve cruciale de ses sentiments, commence pour elle au moment où, par la mort de M. de Hanski, elle devient libre. L'héritière de Wierzchownia, née comtesse Rzewuska, doit alors décider si elle peut épouser son moujik et troubadour, génial certes, mais endetté, prodigue, un troubadour sur qui on ne peut faire fond et dont les manières restent incurablement plébéiennes. Il va falloir choisir entre deux aristocraties, celle du sang et de l'argent et celle du génie et de la gloire.

Dans le secret de son cœur, Mme de Hanska a toujours redouté cette décision et une des lettres à son frère dont les originaux n'ont pu encore être contrôlés exprime parfaitement l'état de son âme :

... Je suis parfois contente que je n'aie pas à arriver à une décision quant à épouser l'homme que tu sembles redouter d'avoir pour beau-frère. Cependant, je sais que je l'aime, peut-être plus que tu ne le supposes. Ses lettres sont le grand événement de ma vie si solitaire ; je les attends, je désire lire dans leurs pages toute l'admiration dont elles sont remplies, je suis fière d'être quelque chose qu'aucune autre femme n'a été pour lui. Car il est un génie, un des plus grands que la France a produits, et lorsque je m'en souviens, toute autre considération disparaît et s'évanouit dans l'orgueil qui remplit mon âme à la pensée d'avoir gagné son amour, quoique si indigne de lui. Et cependant, lorsque nous sommes seuls ensemble, je ne puis pas m'empêcher de voir certaines incongruités, de souffrir à la pensée que d'autres que moi peuvent aussi les remarquer et en tirer leurs propres conclusions. Je voudrais, dans de pareils moments, crier tout haut mon amour et ma fierté, et reprocher à tous ces gens, de ne pas voir ce qui est tellement évident pour moi. Je préfère ne pas penser à ce que serait ma position si M. de Hanski venait à mourir. J'espère que je saurai faire mon devoir ainsi que j'ai toujours essayé de faire, ainsi que notre père nous a appris que nous devons faire, mais peut-être qu'au fond de mon âme je suis contente que je ne me trouve pas appelée à prendre une décision, tout en oubliant dans certains moments tout au monde, excepté le seul fait que ce grand homme est prêt à tout me sacrifier, à moi qui ai si peu de choses à lui offrir en échange.

Cette même promesse, sur laquelle Balzac fonde toutes ses espérances, est pour elle un constant objet d'inquiétude et de dépression. Qu'elle commence par différer toute décision, et ne laisse pas d'abord approcher d'elle son fougueux amant dont elle redoute le tempérament entraînant, rien de plus naturel. La situation de Mme de Hanska n'est nullement aussi simple et facile que Balzac se le représente à Paris. Ce n'est qu'en apparence que la mort de M. de Hanski l'a rendue libre. En réalité elle l'a seulement fait retomber davantage encore sous la coupe de sa famille. Ses oncles et ses tantes dans les propriétés voisines, ses nièces à la maison, ses parents de Saint-Pétersbourg et de Paris sont tous au courant de son amitié romanesque avec M. de Balzac et tous sont unis dans l'angoisse de voir la belle veuve de Wierzchownia, les bons millions de M. de Hanski, s'en aller à un Français, à quelque parvenu de la littérature qui, avec ses belles phrases et ses lettres romantiques, a tourné la tête à la riche veuve. L'un des parents engage aussitôt une action judiciaire contestant le testament de M. de Hanski et la communauté de biens avec sa femme. Le procès est renvoyé à la cour de Kiew où il est perdu par Mme de Hanska. Il lui faut aller à Saint-Pétersbourg faire appel devant la juridiction suprême et devant le tsar pour entrer en possession de ses droits. Pendant ce temps-là ses parents l'obsèdent de tous côtés de leurs racontars et de leurs insinuations contre le romancier, et surtout l'affreuse tante Rosalie qui le déteste à mort comme elle hait tous les Français et non sans motifs : pendant la Révolution sa tante a été guillotinée comme espionne, elle-même a, tout enfant, connu la Conciergerie, et la pensée qu'une Rzewuska puisse épouser le fils d'un membre de la Commune rouge prête à ses exhortations et à ses pressions une véhémente haineuse. Même si elle le voulait, Mme de Hanska ne pourrait faire venir maintenant Balzac en Russie ; cela gâterait son procès, compromettrait sa situation, et, pis encore peut-être, la rendrait ridicule si l'étranger se montrait avec ses mauvaises manières et ses extravagances enfantines, dans les cercles de la noblesse de Saint-Pétersbourg et chez ses parents prétentieux. Elle n'a donc d'autre choix que de l'éconduire sans ménagements. Si elle le fait sous une forme si dure et si blessante, c'est peut-être simplement un moyen de mettre à l'épreuve la sincérité et la solidité de son affection.

*
* *

Ce refus est pour Balzac un coup de tonnerre. En rêveur habitué à laisser son imagination donner forme à ses vœux et à ses songes jusqu'en leurs détails les plus infimes, il a déjà préparé son voyage à Dresde, peut-être même déjà cherché à rassembler la somme nécessaire. Il a fait à Mme de Hanska des suggestions sur la façon de réserver à sa fille la fortune qui lui revient, tout en s'en assurant à elle-même les intérêts. Il a déjà vécu en pensée le mariage, les voyages, bâti des maisons et des châteaux en Espagne et peut-être même les a-t-il déjà installés jusqu'au dernier tableau et jusqu'au dernier meuble. Et maintenant cette lettre avec ce froid, sec et clair : « Vous êtes libre », avec le « Non » sans ambiguïté, définitif.

Mais là où Balzac a une fois appliqué sa volonté, il n'accepte pas de refus. Il est habitué aux résistances, elles ne font que provoquer, qu'exalter ses forces. Chaque semaine, presque chaque jour, il écrit des lettres pressantes, implorantes, suppliantes, il accable Mme de Hanska de protestations de fidélité, d'amour ; voici tout à coup revenus, après avoir été au cours des dernières années, mises nettement en sourdine, les explosions de passion, l'exaltation, les extases des lettres adressées à Neuchâtel et à Genève.

Vous ne savez pas combien je me suis attaché fortement à vous. Je m'y suis attaché pour tous les biens humains ; l'amour, l'amitié, l'ambition, la fortune, l'orgueil, la vanité, le souvenir, le plaisir, la certitude et par la foi en vous que j'ai mise au-dessus des biens des créatures.

Tout ce qu'il a écrit depuis lors l'a seulement été pour elle et en pensant à elle, il le jure. Elle a été « celle au nom de qui tout s'est accompli ».

Il se déclare prêt à toutes les concessions. Ce n'est ni demain, ni après-demain qu'elle doit tenir sa promesse. Elle n'a qu'à lui fixer une date, un jour quelconque, une année à laquelle il puisse se cramponner de toute son espérance.

Hélas, mon ange aimée, je ne demandais pas grand-chose à mon Eve ; je ne voulais que ceci : dans dix-huit mois, dans deux ans, nous serons heureux ! Je ne voulais que ce « nous » et un terme.

Il lui jure qu'il n'en peut plus si elle ne lui donne enfin un espoir, si, à la fin, elle ne vient pas, « vous et la tranquillité » :

Je ne puis plus soutenir cette lutte tout seul après quinze ans de constants travaux ! créer, toujours créer ! Dieu n'a créé que pendant six jours !

L'idée seule de leur réunion l'enivre, le rend fou :

O chère, vivre enfin cœur à cœur, l'un pour l'autre et sans

entrave ! Il y a des moments où cette pensée me rend idiot, et je me demande comment ces dix-sept mois se sont passés, moi ici, vous là-bas ! Quel pouvoir que le pouvoir de l'argent ! Quel triste spectacle que de voir les plus beaux sentiments dépendre de cela ! Se voir enchaîné, cloué dans Passy, quand le cœur est à cinq cents lieues ! Il y a des jours où je m'abandonne à des rêves. Je me figure que tout est aplani, que la sagesse, la prudence, le savoir de la « Reine » ont triomphé, qu'un mot m'a dit « Venez ! » Et je me suppose en route ; dans ces jours-là, je ne suis pas reconnaissable. On me demande ce que j'ai... Je dis : « Mes ennuis vont finir : j'ai de l'espoir ». Et on dit : « Il est fou. »

A peine apprend-il qu'elle s'est rendue à Saint-Pétersbourg pour veiller à son procès, qu'il se met déjà à calculer combien de jours dure le voyage et combien il coûte. Quatre cents francs du Havre à Saint-Pétersbourg et quatre cents francs le retour, deux cents francs du Havre à Paris. Il imagine en toute hâte les prétextes les plus absurdes pour donner à son voyage l'apparence d'une nécessité. Il explique qu'il aurait dû déjà depuis longtemps aller à Saint-Pétersbourg pour y organiser un théâtre français. Puis c'est une compagnie de navigation que veut fonder son beau-frère qui pourra construire des bateaux à un prix particulièrement avantageux ; il a été chargé par elle de présenter en Russie ses offres de services. Soudain il se découvre — peut-être à la pensée que la censure ouvre ses lettres — une « sympathie » pour l'empereur de Russie parce que celui-ci est le seul véritable autocrate parmi les souverains et il déclare « qu'il ne verrait aucun inconvénient à devenir sujet russe ».

Et cela continue ainsi lettre après lettre. L'impatience, l'exaltation, se déchargent en un véritable feu roulant. Février, mars, avril, mai, l'été et l'hiver passent, puis encore un autre printemps, un autre été ; dix-huit mois après la mort de M. de Hanski le mot n'est toujours pas prononcé, le mot tant désiré : « Viens ! » Enfin, en juillet, la permission est là et l'argent du voyage est réuni. Exactement dix ans après qu'il l'a vue pour la première fois, en juillet 1843, il débarque de Dunkerque à Saint-Pétersbourg et va directement dans la maison Kutaisoff où habite Mme de Hanska. Elle se trouve — c'est assez symbolique — dans la rue Grand-Million.

Chapitre XX

LA COMÉDIE HUMAINE

Dans sa quarante-troisième année, Balzac, déjà un peu usé par la lutte et le surmenage, n'a plus devant les yeux qu'un seul but : il veut mettre de l'ordre dans sa vie, déposer le fardeau de ses dettes, échapper à tous ceux qui le traquent pour achever en paix son œuvre gigantesque. Il sait qu'il n'est pour cela qu'un moyen : la conquête de Mme de Hanska et d'une partie au moins des millions de M. de Hanski. Celui qui, cent fois, a fait face au destin devant la table de jeu, après avoir toujours perdu, toujours risqué de nouveau, joue tout maintenant sur une seule carte : cette femme. Les dix-huit mois qui s'écoulent avant qu'il soit autorisé à venir à Saint-Pétersbourg, il essaye désespérément de les employer à se donner, comme prétendant, plus de prestige devant elle et sa famille. Les Rzewuski, il le sait, et toute la clique d'aristocrates pleins de morgue qui, dans leur entourage, leur renvoient comme un miroir l'image de leur orgueil, regarderont toujours un Honoré de Balzac, petit-fils de paysans avec un faux « de » devant son nom, comme un individu d'une classe inférieure, fût-il le plus grand artiste du siècle. Mais que penseraient-ils d'un M. de Balzac qui se ferait élire à la Chambre des Pairs, d'un personnage politique influent qui se ferait confirmer le « de » par le Roi et même élever à la dignité de comte ? Ou que diraient-ils d'un M. de Balzac, membre de l'Académie française ? Quand on est académicien, on a tant de dignité officielle qu'on ne peut plus être personnellement ridicule. Et puis, on n'est plus un sans-le-sou ; on perçoit deux mille francs par an, et, si on fait partie de la commission du dictionnaire — une place inamovible — on touche jusqu'à six mille francs par an. Et l'on porte en outre l'habit brodé de palmes, en sorte qu'une Rzewuska n'a pas lieu d'avoir honte d'une mésalliance. Ou bien que dirait-on d'un Balzac millionnaire, d'un homme qui écrirait six pièces par an, et, avec ses six pièces, tiendrait à année entière les six plus grandes scènes de Paris et engrangerait ainsi un demi-million, peut-être même tout un million en douze mois ?

Pour s'assurer de haute lutte l'égalité sociale avec Mme de Hanska, Balzac tente de faire passer toutes ces possibilités dans le domaine du réel. Il s'efforce d'accéder, par ces trois escaliers, dans la sphère inaccessible des Rzewuski ; mais sur ces trois escaliers, le gros homme impatient glisse et dégringole. Pour l'élection à la Chambre, il est trop tard : il ne peut se procurer à temps le capital exigé pour être inscrit sur la liste électorale. A l'Académie, il n'a pas plus de chance — et n'en aura pas davantage plus tard. Comme on n'ose pas contester sérieusement ses titres, on trouvera mille prétextes pour l'évincer. Tantôt on juge sa situation financière trop embrouillée ; on ne peut laisser siéger sous la coupole sacrée de l'Institut un individu que des huissiers et des usuriers attendraient à la porte. Tantôt on objecte ses nombreuses absences de Paris, et c'est encore un de ses ennemis acharnés, un de ceux qui en secret l'envient, qui lance la formule la plus sincère pour caractériser la situation : « M. de Balzac est trop imposant pour nos fauteuils. » A part Victor Hugo et Lamartine, il les rejetterait tous dans l'ombre.

Donc, écrivons vite deux « dramoramas » pour éteindre tout au moins les dettes scandaleuses, les

« dettes criardes », celles qu'on entend crier jusqu'à Wierzchownia. L'un, *Paméla Giraud*, ce drame bourgeois qu'il a fait, pour les quatre cinquièmes, fabriquer par deux « nègres » sans talent, est accepté au Vaudeville. L'autre, *Les Ressources de Quinola*, est déjà en répétition à l'Odéon, et Balzac est décidé à venger ainsi solennellement l'échec du *Vautrin*, à obtenir un gigantesque succès.

Mais, comme d'ordinaire, il n'applique pas son effort où il faut, savoir, au travail. Les répétitions commencent avant que le cinquième acte soit achevé, ce qui indispose l'actrice principale, Mme Dorval, au point qu'elle renonce à son rôle. Ce qui intéresse surtout l'auteur c'est de faire de la première soirée la plus brillante que Paris ait jamais vue et d'y remporter un triomphe sans exemple. Il faut qu'on aperçoive, aux places les plus en vue, tout ce qui à Paris a nom et prestige. Il ne faut laisser se glisser dans le théâtre ni un ennemi, ni un siffleur qui retourne le public par des interruptions ou des sifflets comme à *Vautrin*. Pour y parvenir Balzac convient avec le directeur du théâtre que, pour la première, pas un billet ne sera distribué sans passer par ses mains, et le temps qu'il emploierait mieux à sa table de travail à retoucher la pièce à moitié achevée, il le passe à la caisse et au bureau du théâtre.

Le plan de bataille est de grand style et digne de Balzac. A l'avant-scène, il y aura les ambassadeurs et les ministres, les fauteuils d'orchestre seront occupés par les chevaliers de Saint-Louis et les Pairs ; les députés et les hauts fonctionnaires seront placés dans la seconde galerie, les financiers dans la troisième, et la riche bourgeoisie dans la quatrième. En outre on garnira la salle de jolies femmes aux places les plus en vue, des dessinateurs et des peintres sont convoqués et chargés de fixer pour l'éternité, l'illustre tableau de cette soirée.

Balzac, comme toujours, commence par spéculer juste. Les bruits de la brillante première qui se prépare font sensation à Paris ; les gens se pressent à la caisse et offrent même le double, le triple du prix du billet. Mais ensuite, avec une cruelle logique, il arrive ce qui arrive toujours quand Balzac spécule, il tend l'arc au point qu'il le brise. Au lieu d'accepter le double et le triple du prix des billets, il fait courir le bruit que la salle est complètement louée de sorte que les gens décident de prendre patience et d'attendre la seconde ou la troisième représentation de cette pièce sensationnelle. Et au soir du 19 mars 1842, au moment où le public de choix doit arriver, il apparaît que, par suite de la fausse tactique de l'auteur, les trois quarts de la salle restent vides et les gens qui sont venus pour s'admirer réciproquement sont dès l'abord indisposés. En vain le directeur du théâtre, Lireux, envoie-t-il dans la salle au dernier moment une horde de claqueurs, et fait-il distribuer gratis des cartes à qui veut entrer, l'échec est inévitable. Plus la pièce tourne au tragique, plus les spectateurs sont gais. On ne vient aux représentations suivantes que pour jouer son rôle dans les scènes de scandale : on trompette, on siffle, on chante en chœur :

C'est M. de Balzac
Qu'a fait tout ce mic-mac.

Pas une seule fois l'auteur n'est appelé — et ce serait bien inutile, car l'effort qu'il a fait pour garnir le théâtre l'a tellement épuisé, qu'après la fin de la représentation on le trouve endormi dans sa loge. C'est seulement après coup qu'il apprend qu'une fois encore — après combien d'autres ! — les centaines de mille francs rêvés ont disparu dans le dessous de la scène. Toujours le sort, sous ses terribles coups, le ramène à sa destinée particulière et quand il se plaint désespérément à Mme de Hanska d'être contraint d'écrire, si *Les Ressources de Quinola* échouent, qua-tre volumes de romans, nous ne nous associons pas à sa plainte ; car les romans et les nouvelles que Balzac,

sous la pression de sa situation, écrivit en ces années
de 1841 à 1843, sont parmi ses créations les plus
puissantes et nous ne les posséderions peut-être pas si
ses mauvais mélodrames avaient eu du succès.

*
* *

Dans ces romans de la période de maturité, les
manies mondaines et aristocratiques qui rendent parfois si pénibles les œuvres de la précédente période,
disparaissent progressivement. Son regard a peu à
peu appris à pénétrer la prétendue haute société qu'il
adorait avec le respect involontaire du plébéien de
naissance. Les salons du Faubourg Saint-Germain
ont de plus en plus perdu pour lui leur magie. Ce ne
sont plus les vanités, les petites ambitions du grand
monde, ou les grandes ambitions des petites comtesses et marquises qui excitent désormais sa puissance
créatrice, mais les grandes passions. Plus Balzac
devient amer sous les coups de l'expérience et des
déceptions, plus il devient vrai. La sentimentalité
doucereuse qui gâtait ses meilleures œuvres de jeunesse — comme une tache d'huile un précieux vêtement — commence à se dissiper. La perspective s'élar-
git tout en se précisant. Dans *Une ténébreuse affaire* un
rayon de lumière crue frappe les dessous de la politique napoléonienne. Dans *La Rabouilleuse* il fait apparaître une audace dans l'investigation sexuelle à
laquelle ne s'était risqué aucun de ses contemporains.
Le problème de la perversion et de la sujétion sexuelle
n'a été abordé par personne aussi hardiment que par
Balzac dans la figure du vieux docteur Rouget faisant
à soixante-dix ans sa maîtresse de la Rabouilleuse de
treize ans. Et quelle figure ce Philippe Bridau, non
moins amoral que Vautrin, et qui n'est plus mélodra-
matique, phraseur ni pathétique, mais d'une terrible
et inoubliable véracité. Il achève en outre *Les Illusions perdues*, la grande fresque de son temps, et à
travers tout cela jette d'une main légère *Ursule*

Mirouët, un peu invraisemblable dans ses artifices
spirites, mais où toutes les figures sont splendides et
véridiques, *La Fausse Maîtresse, Les Mémoires de deux
jeunes mariées, Albert Savarus, Un début dans la vie,
Honorine, La Muse du département*, une douzaine de
fragments. A nouveau, en trois ans, ce créateur infatigable, incomparable, a produit ce qui, pour un
autre, constituerait l'œuvre d'une vie.

*
* *

Les créations de son esprit sont devenues peu à peu
si nombreuses qu'il est à peine possible de les embrasser du regard, et Balzac, qui veut décidément mettre
de l'ordre dans sa vie, songe maintenant à classer ses
œuvres selon un plan d'ensemble. Si dure que fût la
pression de ses créanciers, il s'est toujours ménagé
prudemment une dernière réserve : l'édition de ses
œuvres complètes. Même au plus fort de sa détresse il
s'est toujours gardé de vendre les droits sur l'un
quelconque de ses livres pour tout le temps de sa vie
et n'a jamais concédé qu'une édition ou quelques
éditions ; il s'est réservé la propriété de ses droits
d'auteur. Prodigue de toutes les manières, il n'en a pas
moins conservé entièrement intact le plus précieux de
tous ses biens et attendu l'instant propice pour pouvoir présenter fièrement à tous, amis et ennemis, dans
une vue d'ensemble, ce qu'il avait produit.

Le voici venu cet instant. En prétendant à la main
de la veuve du millionnaire Wenceslas de Hanski il
apportera sa propre richesse. Car lui aussi, il est
millionnaire : il peut disposer d'un million de lignes,
de cinq cents fascicules, de vingt volumes, et à peine
a-t-il manifesté son intention que trois éditeurs,
Dubochet, Furne et Hetzel s'associent pour acquérir
ensemble et financer l'œuvre puissante que chaque
année qui vient doit encore grossir. Le contrat relatif
aux œuvres complètes est conclu le 2 octobre 1841 et
donne aux éditeurs « le droit de faire, à leur choix et

dans le temps de publication qui leur paraîtrait convenable deux ou trois éditions des œuvres publiées par lui jusqu'à ce jour, ou qui le seraient pendant la durée des présentes et dont la première sera tirée à trois mille exemplaires. Cette édition sera faite dans le format in-8° et aura... environ vingt volumes, plus ou moins selon les nécessités de l'œuvre complète ».

Il touche quinze mille francs à titre d'avances, le règlement complémentaire d'un tantième de cinquante centimes par volume se fera après la vente du quarante millième volume.

Par là Balzac s'est assuré, au moyen de sa production ancienne, une rente qui doit nécessairement s'accroître d'année en année et il garde les mains libres pour ses ouvrages à venir. La seule clause du contrat qui soit pour lui une charge, c'est de son plein gré qu'il l'accepte : il doit régler de ses deniers les frais d'impression des corrections d'auteur si elles dépassent cinq francs par placard. Et Balzac, incapable de résister à la tentation de retoucher le style de ses œuvres encore une fois — la seizième ou la dix-septième —, devra payer cette passion du prix de cinq mille deux cent vingt-quatre francs, vingt-cinq centimes.

Les éditeurs n'élèvent qu'une objection. Le titre *Œuvres complètes* ne leur plaît pas. Il est trop général, trop peu alléchant. Ne pourrait-on en imaginer un qui exprime que toute cette œuvre, où réapparaissent les mêmes personnages, où se trouve évoqué un monde dans lequel est enclose la société tout entière avec ses hauts et ses bas possède, au fond, une unité ?

Balzac est d'accord. Déjà dix ans auparavant, lorsque, dans l'avant-propos d'une édition d'ensemble de ses romans, il prêtait sa plume à Félix Davin, il a senti lui-même que, dans la vision du monde, complète en son unité, qu'il avait devant les yeux, chaque roman particulier n'était qu'une partie d'un tout dont elle était inséparable. Mais comment trouver un titre qui

exprime le contenu total de cette vision du monde ?
Balzac balance, hésite. Un hasard heureux vient à son
aide. Son ami et ancien secrétaire de rédaction de
Belloy, rentre justement d'un voyage en Italie où il
s'est beaucoup intéressé à la littérature italienne et a
lu *La Divine Comédie* dans le texte original. Et soudain jaillit une pensée féconde : pourquoi ne pas
mettre en face de *La Divine Comédie*, *L'Humaine
Comédie*, en face d'une construction théologique un
édifice sociologique ? Eurêka ! Le titre est trouvé : *La
Comédie humaine*.

Balzac est dans l'enthousiasme et les éditeurs ne
sont pas moins enchantés. Voici qu'ils le prient de
rédiger une préface aux œuvres complètes pour expliquer au public ce titre nouveau qui n'est pas sans
prétention. Balzac n'y est guère disposé ; sans doute
ne veut-il pas gaspiller son temps précieux à une
besogne de si peu de rapport. On n'a qu'à prendre,
pour expliquer au lecteur ses buts et ses intentions, la
préface de Félix Davin, dont il a lui-même écrit les
neuf dixièmes dans l'avant-propos aux *Etudes de
mœurs du XIXᵉ siècle*. Puis il suggère que George Sand,
son excellente amie, pleine d'esprit et de bienveillance, écrive l'introduction aux œuvres complètes. Bien contre son gré, Balzac est finalement amené
à changer d'avis par une lettre habile de son éditeur
Hetzel qui l'invite à se comporter en honnête père et
à ne pas renier son enfant. Il lui fait en même temps
de très heureuses suggestions, lui conseille de s'expliquer bien tranquillement, avec toute l'objectivité et la
modestie possibles : c'est là la seule attitude digne et
convenable quand on a produit ce qu'il a fait. Il n'a
qu'à s'imaginer qu'il est vieux et a pris devant lui-
même le recul nécessaire, qu'à parler comme parle-
rait l'un des personnages de ses romans et cette
introduction indispensable aura du poids.

C'est ainsi qu'est née la célèbre préface à *La Comédie humaine*. Elle est en effet rédigée avec plus de
calme, d'objectivité, avec moins de passion qu'on

n'eût pu l'attendre de Balzac. Sa sagesse pratique a reconnu le bien-fondé des avis de Hetzel et trouvé son chemin entre la grandeur du sujet et la modestie de sa personne. Et ce ne doit pas être une de ses exagérations coutumières quand il écrit à Mme de Hanska que cette préface de seize pages à peine lui a coûté plus d'effort que d'ordinaire tout un roman. Balzac y expose un système du monde qu'il a créé en le comparant avec celui de Geoffroy Saint-Hilaire et de Buffon. De même que, dans la nature, les espèces animales se différencient selon leur milieu, de même les hommes dans la société. Si l'on veut écrire une « histoire du cœur humain » en présentant trois à quatre mille individus, il faut qu'un exemplaire au moins figure chacune des couches de la société, chacune de ses formes, chacune de ses passions. Et l'auteur aura besoin de tout son talent d'invention pour « relier ses compositions l'une à l'autre de manière à établir une histoire complète dont chaque chapitre est un roman, chaque roman une époque ».

Grâce à l'infinie variété de la nature humaine l'artiste — et voici le programme à proprement parler — n'a besoin que d'observer car « le hasard est le plus grand romancier du monde ; pour être fécond il n'y a qu'à l'étudier. La société française allait être l'historien et je ne devais être que le secrétaire. En dressant l'inventaire des vices et des vertus, en rassemblant les principaux faits des passions,... en choisissant les événements principaux de la société, en composant des types par la réunion des traits de plusieurs caractères homogènes, peut-être pouvais-je arriver à écrire l'histoire oubliée par tant d'historiens, celle des mœurs ». Cette œuvre, que malheureusement Rome, Athènes, Memphis, la Perse et l'Inde ne nous ont pas laissée, sa tâche est de l'accomplir pour la France du XIXe siècle. Il veut décrire la société contemporaine et en même temps faire apparaître le « moteur social » qui l'anime. Par là Balzac reconnaît le réalisme comme imposé au roman, bien qu'il n'ait point de sens s'il n'est vrai dans tous ses détails et n'exprime pas en même temps l'exigence d'un monde meilleur. A larges traits il expose son plan :

Les *Scènes de la vie privée* représentent l'enfance, l'adolescence et leurs fautes, comme les *Scènes de la vie de province* représentent l'âge des passions, des calculs, des intérêts, et de l'ambition. Puis les *Scènes de la vie parisienne* offrent le tableau des goûts, des vices et de toutes les choses effrénées qu'excitent les mœurs particulières aux capitales où se rencontrent à la fois l'extrême bien et l'extrême mal.

Après avoir peint dans ces trois livres la vie sociale, il restait à montrer les existences d'exception qui résument les intérêts de plusieurs ou de tous, qui sont en quelque sorte hors de la loi commune : de là les *Scènes de la vie politique.* Cette vaste peinture de la société finie et achevée, ne fallait-il pas la montrer dans son état le plus violent ; se portant hors de chez elle, soit pour la défense, soit pour la conquête ? De là les *Scènes de la vie militaire*, la portion la moins complète encore de mon ouvrage, mais dont la place sera laissée dans cette édition, afin qu'elle en fasse partie quand je l'aurai terminée. Enfin les *Scènes de la vie de campagne* sont en quelque sorte le soir de cette longue journée, s'il m'est permis de nommer ainsi le drame social. Dans ce livre se trouvent les plus purs caractères et l'application des grands principes d'ordre, de politique, de moralité.

Et il termine en larges accords :

L'immensité d'un plan qui embrasse à la fois l'histoire et la critique de la société, l'analyse de ses maux et la discussion de ses principes, m'autorise, je crois, à donner à mon ouvrage le titre sous lequel il paraît aujourd'hui : *La Comédie humaine*. Est-ce ambitieux ? N'est-ce que juste ? C'est ce que, l'ouvrage terminé, le public décidera.

La postérité a décidé que ce titre n'était pas trop prétentieux, bien que l'œuvre, telle qu'elle se présente aujourd'hui, ne soit que le torse d'une œuvre d'art qui eût été plus noble encore, mais la mort a arraché à Balzac le ciseau des mains avant son achèvement.

Selon sa constante habitude de tirer des traits sur l'avenir, l'artiste anticipe sur les faits quand il parle de trois à quatre mille individus. *La Comédie humaine*, dans l'état incomplet où nous l'avons aujourd'hui, contient seulement — ce « seulement », on ne l'écrit pas sans honte — deux mille personnages. Mais une nomenclature de 1845 montre que ces trois à quatre mille types humains existaient dans l'inépuisable cerveau de Balzac avec toute la variété de leurs destins. A côté des romans achevés, il nomme l'un après l'autre par leur nom les romans non encore écrits et on ne lit pas cette liste avec moins de tristesse que celle des drames perdus de Sophocle et des tableaux disparus de Léonard de Vinci. Sur les cent quarante-quatre volumes mentionnés il n'en est pas moins de cinquante que Balzac n'a pu exécuter, mais le plan fait apparaître le puissant édifice dans lequel il avait déjà ébauché jusque dans le détail les multiples formes de la vie contemporaine.

Le premier roman devait s'appeler *Les Enfants*, le second et le troisième *Un pensionnat de demoiselles* et *Un intérieur de collège* ; le monde du théâtre devait avoir son volume particulier, la diplomatie, les ministères, les savants, les élections, les manœuvres des partis en province et à la ville, devaient apparaître avec toutes leurs techniques. Dans plus de douze romans, dont seuls *Les Chouans* ont été écrits, il se proposait de chanter l'Iliade de l'armée française à l'époque de Napoléon : les Français en Egypte, les batailles d'Aspern et de Wagram ; les Anglais en Egypte, Moscou, Leipzig, la campagne de France, et jusqu'aux pontons, les soldats français en captivité. Un livre était réservé aux paysans, aux juges, aux inventeurs. Et au-dessus de ces études descriptives devaient se placer, pour les éclairer, les études analytiques : une *Pathologie de la vie sociale*, une *Anatomie des corps enseignants*, et un *Dialogue philosophique et politique sur la perfection du XIXᵉ siècle*.

La présentation de son œuvre doit avoir donné à

Balzac un sentiment de fière tranquillité. Pour la première fois il a montré au monde ce qu'il veut et s'est nettement mis à part de tous ces écrivains autour de lui, dont pas un n'aurait eu le courage et pas un le droit d'entreprendre seulement une œuvre aussi immense. Mais lui en a déjà produit les quatre cinquièmes. Il se donne un délai de quelques années, cinq ans, six ans, et tout sera fait. De l'ordre intérieurement dans son œuvre comme extérieurement dans sa vie. Et ensuite, de toute son énergie, il se mettra à une tâche qu'il n'a pas encore sérieusement entreprise, ou, s'il y a parfois mis hâtivement la main, qu'il n'a pas dominée jusqu'ici : se reposer, vivre, jouir, être heureux.

CHAPITRE XXI

PREMIER EFFONDREMENT

M. de Hanski était mort en novembre 1841 et Balzac, dans son inébranlable optimisme, avait espéré que la veuve n'attendait que la fin de l'année de deuil pour tenir sa promesse. Mais les mois passent l'un après l'autre. Toujours elle l'arrête quand il veut aller la trouver à Saint-Pétersbourg où elle s'occupe de son procès d'héritage. Il lui faut attendre un an et demi jusqu'à l'été 1843 avant qu'elle cède enfin à ses instances. A vrai dire la situation n'est pas simple pour elle. Un homme comme Balzac est trop célèbre pour pouvoir venir en Russie sans éveiller l'attention. Depuis les jours de l'impératrice Catherine aucun écrivain français jouissant vraiment d'une réputation mondiale n'est venu dans la ville de la Néva et l'arrivée de Balzac ferait une impression considérable. Il serait observé, et il en serait de même pour elle qui fréquente exclusivement la haute société, est reçue même par le tsar. Les potins iraient leur train, inévitablement. Tant que vivait M. de Hanski, le séjour de Balzac pouvait s'interpréter comme une visite amicale faite à toute la famille ; il eût été l'hôte du maître de maison, et cela aurait protégé sa présence de toute interprétation douteuse. Mais sa visite à une veuve aurait le sens de fiançailles quasi officielles. Et si même — ce qui n'est nullement le cas — Mme de Hanska souhaitait le mariage autant que Balzac, il ne dépend pas d'elle qu'il en soit ainsi. Selon les lois en vigueur l'autorisation du tsar est nécessaire à une union avec un étranger. On ne peut transférer des valeurs hors du pays sans une permission particulière. Mme de Hanska n'est donc pas aussi indépendante ni aussi riche que l'a rêvé l'écrivain ou qu'elle l'eût été dans tout autre pays après la mort de son mari. Ce qu'elle possède, ce sont, pour employer une expression moderne, des roubles bloqués, qu'elle ne pourrait libérer et faire passer en France que par des moyens illégaux. A cela s'ajoute encore la résistance de sa famille. Cette famille, et particulièrement tante Rosalie voient en Balzac, non pas le génie, l'homme supérieur, mais un individu endetté et immoral qui mène à Paris avec toutes sortes de femmes une vie légère, et cherche à tourner la tête à une riche veuve pour restaurer sa déplorable situation financière. Peut-être, on ne sait, Mme de Hanska aurait-elle assez de volonté pour triompher de toutes les résistances de ses aristocratiques parents. Mais il lui faut en outre avoir égard à sa fille qui n'est pas encore mariée, qu'elle aime follement et qu'elle n'a pas laissée seule un jour depuis sa naissance. Non seulement une mésalliance la rendrait elle-même impossible dans la société russe, mais aussi la comtesse Anna dont toutes les chances de mariage se trouveraient compromises.

Ce n'est donc ni méchanceté, ni froideur, ni aversion, comme on l'a dit souvent à tort, si Mme de Hanska fait attendre si longtemps Balzac. En lui permettant le voyage à Saint-Pétersbourg elle accomplit au contraire un acte de courage qui fait apparaître à tous, tout au moins la possibilité d'un projet de mariage. Mais pour Balzac lui aussi ce déplacement est un sacrifice. A l'époque des diligences, la Russie est plus loin de Paris qu'aujourd'hui le Japon. Pour lui, le temps n'est pas seulement de l'argent, plus encore peut-être que pour tout autre ; comme d'habitude, il ne peut pas même trouver la somme nécessaire au voyage. Il est contraint de différer ses paiements et de déplacer ses échéances. Il sait que, coûte que coûte, il lui faut se présenter en personne à Mme de Hanska et lui parler ; des lettres ne sauraient, à elles seules, changer ses sentiments. Il doit venir lui-même, la persuader, la dompter comme jadis à Genève. Balzac vend tous les manuscrits qu'il a dans ses tiroirs et même quelques écrits inachevés. Vite, à toute allure, il termine la pièce de théâtre, *Paméla Giraud*, dans l'espoir de trouver à son retour ses droits perçus sur les représentations. Au cours de l'été 1843 il s'embarque enfin à Dunkerque ; le 17 juillet, après une mauvaise traversée, il arrive à Saint-Pétersbourg.

*
* *

Dans l'élégant salon du palais Kutaisoff, rue Grand-Million, où réside Mme de Hanska, ce dut être un étrange revoir. Dix ans environ se sont écoulés depuis leur première rencontre ; durant huit ans ils ne se sont pas vus l'un l'autre. Pendant ce temps-là, Balzac n'a pas changé. Il a bien engraissé un peu, il a dans les cheveux quelques mèches grises, mais son dynamisme est le même. Les natures imaginatives ont en elles une éternelle jeunesse. Mais huit ans, c'est beaucoup dans la vie d'une femme. Déjà la miniature peinte à Vienne par Daffinger — qui, sûrement, ne voulait pas manquer à la politesse — présente une dame d'un certain âge ; cette mère de sept enfants a perdu sa fraîcheur. Pour Balzac, à vrai dire, si on en croit ses lettres, elle est toujours la même, ou plutôt plus jeune et plus belle que jamais ; après la longue séparation il manifeste son amour dans une sensualité plus impatiente et plus violente. Peut-être Mme de Hanska avait-elle espéré que, ne la voyant plus dans le mirage de ses rêves, mais dans la réalité de son âge mûr, il renoncerait à son dessein. Pas le moins du monde : il presse au mariage, tous ses plans sont

arrêtés. Il a même apporté les recommandations
nécessaires pour faire établir l'acte devant le consul.

Mais Mme de Hanska lui fait prendre patience. Il
semble qu'elle n'ait pas absolument dit non ; sans
doute a-t-elle seulement déclaré qu'elle ne pouvait
consentir à cette union, tant que sa fille n'était pas
elle-même mariée. C'est là du moins un délai bien
établi. Encore un an ou dix-huit mois — cela ne peut
pas demander davantage. Comme Jacob sert pour
Rachel, Balzac sert pour Mme de Hanska. Les six
premières années, il a attendu la mort de M. de
Hanski, voici que commence la seconde période
d'attente : jusqu'à ce que la fille ait trouvé un mari.

Nous ne savons pas grand-chose de ces journées de
Saint-Pétersbourg. En été, l'aristocratie russe est
dans ses terres ; la ville est vide. Balzac semble n'avoir
pas vu grand-chose. Pas un mot sur l'Ermitage et ses
tableaux. Possédé comme il était d'une seule pensée,
il n'a probablement vécu que pour son unique but :
faire la conquête définitive de la bien-aimée. Il s'en va
avec une promesse, cette fois par la voie de terre, par
Berlin.

*
* *

En novembre, Balzac est de retour à Paris, et ce
retour, comme toujours, le précipite dans la mer des
tempêtes. Quatre mois perdus sont déjà à eux seuls
une catastrophe pour un homme dont la vie consiste
en une course incessante contre le temps. L'enfer est
de nouveau déchaîné. Sa mère, qui pendant son
absence a tenu sa maison, « continue à le tourmenter
comme un véritable Shylock ». Encore une fois il a
tout joué sur une carte. L'esprit chimérique qu'il est
incorrigiblement a cru que sa pièce *Paméla Giraud*
travaillerait pour lui en son absence, chaque soirée
devrait rapporter autant qu'il dépenserait là-bas en
Russie en une semaine. Il pourrait se reposer au
retour. En cours de route, il apprend déjà que cette

pièce est encore tombée. Elle est moins banale que le *Vautrin*, plus vivante et plus vraie que *Les Ressources de Quinola*, mais les journalistes parisiens ne lui ont pas pardonné ses attaques contre la corruption de la presse de la capitale. Ils critiquent les représentations du Théâtre de la Gaîté avec tant de violence qu'il faut les interrompre.

Tout est contre lui. Les actions du chemin de fer du Nord qu'il a achetées pour spéculer — on se demande avec quel argent — sont en baisse. La liquidation de sa propriété des Jardies lui donne des soucis. Sa candidature à un siège à l'Académie échoue. Le voici encore une fois à deux doigts de la catastrophe totale. Encore une fois il lui faut payer avec des nuits de travail chaque instant où il respire en liberté.

Mais son malheur fait notre bonheur. Comme le théâtre ne rend pas, comme le bouillant fabricant de « dramoramas » subit, à la scène, échec sur échec, il est contraint de revenir au roman. Il lui faut se remettre à son œuvre capitale : *La Comédie humaine* dont les volumes sortent maintenant l'un après l'autre à vive allure (cela commence par des réimpressions, après révision, des *Scènes de la vie privée* et des *Scènes de la vie parisienne*). Il négocie avec les revues et les journaux et conclut un accord sur la publication des *Paysans* qui doivent devenir un de ses chefs-d'œuvre. Balzac a travaillé des années à ce roman ; mais les projets qu'il diffère trop longtemps constituent toujours un péril. Il a déjà calculé ce que l'ouvrage lui rapportera : quatorze mille francs pour la première publication dans *La Presse* — ses plus hauts honoraires dans les journaux, soixante centimes la ligne — plus douze autres mille francs pour l'édition en volume, donc au total vingt-six mille francs. Déjà *La Presse* a annoncé la parution ; quatre-vingt mille lignes environ sont écrites, voilà que, tout à coup, tout s'arrête. Balzac n'en peut plus. La roue a trop tourné. Il y a des limites, même à la puissance de travail d'un

Balzac. Sa vitalité exceptionnelle ne peut résister plus longtemps à un tel gaspillage de toutes ses forces.

*
* *

Il a été miné lentement au début. Le tronc se dresse encore gigantesque ; il porte encore des fruits en abondance ; il renouvelle encore chaque année son feuillage ; mais au cœur, déjà, les vers le rongent. Il se plaint de plus en plus souvent de sa santé qui décline. Ainsi en avril 1844 :

Je suis tombé dans la période bienfaisante d'un sommeil irrésistible. La nature ne *veut* plus rien faire ; elle se repose. Elle n'est plus sensible au café. J'en ai pris des flots pour achever M(odeste) M(ignon). C'est comme si j'eusse bu de l'eau. Je me réveille à trois heures et je dors. Je déjeune à huit heures, j'éprouve le besoin de redormir et je redors.

Il a les traits tirés, de l'enflure, des maux de tête, des mouvements convulsifs des yeux et commence à se demander s'il aura la force d'écrire la seconde partie des *Paysans* :

Je suis entré dans une période d'horribles souffrances nerveuses à l'estomac, causées par l'abus du café. Il me faut absolument le repos. Ces douleurs affreuses, sans exemple, m'ont pris depuis trois jours. J'ai cru la première fois à quelque accident... Oh je suis bien énormément fatigué. J'ai calculé ce matin que j'ai fait depuis deux ans quatre volumes de *La Comédie humaine*. Dans vingt et quelques jours d'ici je ne serai plus bon qu'à mettre en malle-poste.

Et encore :

Me voilà tout épuisé comme Jacob dans sa lutte avec l'ange devant six volumes à écrire, et quels volumes ! La France entière a ouvert les yeux et les oreilles sur cette œuvre. Les voyageurs de la librairie, les lettres que je reçois, tout est unanime ; j'ai touché la plaie générale. *La Presse* a gagné cinq mille abonnés. On m'attend, et je suis comme un sac vide.

Mais ce n'est pas simple fatigue corporelle. L'âme elle aussi en a assez. « Avoir du repos » enfin ! Vivre un peu, sortir enfin de l'éternel esclavage. Il a le sentiment que seule Mme de Hanska peut le sauver, qu'auprès d'elle seule il pourra mettre de l'ordre dans sa vie :

Il y a un moment où l'on a la folie de l'espérance et j'en suis là. J'ai tellement tendu toute ma vie vers ces buts que je sens tout craquer en moi.

La littérature ne l'intéresse plus qu'à peine, il n'a pas la tête à son travail ; aussi écrit-il mal. Ce ne sont plus des personnages étrangers qui hantent ses rêves, c'est sa propre vie qu'il rêve de modeler :

En 1846 nous aurons une des plus délicieuses maisons de Paris, je n'aurai plus un sou de dettes et j'ai pour cinq cent mille francs de travail, à peu près, à faire pour *La Comédie humaine*, sans compter l'exploitation de cette affaire qui représente au moins cela. Je suis donc, belle dame, un parti d'un million et plus, si je ne meurs pas. Si je n'épouse pas, selon votre mot, une pauvresse, vous n'épousez pas non plus un pauvre. Nous serons deux charmants vieillards, mais, par l'amour, comme Sismondi et sa femme. Malheur à qui restera le dernier ! La vie lui sera bien amère.

Mais pour le moment nous ne sommes encore qu'en 1844. Un rayon de lumière est apparu, il est vrai. Mme de Hanska s'est décidée à quitter sa brousse ukrainienne et à venir à Dresde. Sa fille, la comtesse Anna, s'est fiancée avec un riche aristocrate, Georg Mniszech, et ainsi — c'est du moins ce que pense Balzac dans sa confiance inébranlable — tout obstacle est écarté et le temps est venu où Jacob pourra conduire Rachel dans sa maison. Mais voici une nouvelle déception. Mme de Hanska va bien à

Dresde pour y passer l'hiver avec sa fille et son futur gendre, mais les prières de Balzac qui voudrait être autorisé à l'y aller voir sont vaines. Craint-elle la société russe ou les parents qu'elle pourrait y rencontrer ? La compagnie de Balzac lui est-elle physiquement désagréable ? Tient-elle surtout à retarder le mariage ? On ne sait. En tout cas elle ne le laisse pas venir. Le seul signe de vie qu'il reçoive d'elle à cette époque lui impose une corvée désagréable.

Au lieu de le rejoindre elle-même elle lui envoie sa confidente, sa dame de compagnie, Henriette Borel, la Lirette de la correspondance. Mlle Borel a déclaré soudain vouloir quitter la maison des Hanski et entrer au couvent. Etrange décision chez une calviniste suisse ! Il semble que d'obscurs mobiles interviennent ici. La mort de M. de Hanski paraît avoir provoqué chez elle un rude choc, soit que la vieille fille fût liée de quelque manière à M. de Hanski, soit qu'elle se sentît complice de l'adultère de sa femme. En tout cas ses rapports avec Mme de Hanska se sont tendus ; ils passent à l'hostilité secrète. L'ancienne confidente devient une ennemie haineuse. C'est à cela que font allusion certains traits de *La Cousine Bette* de Balzac, à laquelle elle a servi de modèle. Son rôle de confidente a pris fin. On n'a plus besoin d'elle. Et c'est maintenant à Balzac qu'incombe la difficile mission de s'occuper de la vieille fille devenue hystérique. Il lui faut avoir pour elle des ménagements, car il est son obligé, et il est chargé par Mme de Hanska de faire toutes les démarches nécessaires pour sa conversion. Balzac perd son temps en visites chez les hauts dignitaires ecclésiastiques et dans les couvents susceptibles de recevoir une pareille novice. Il vient finalement à bout de tout et assiste lui-même à la cérémonie de la prise de voile. Ainsi disparaît la

dernière confidente des premiers chapitres du roman
« l'Inconnue ».

*
* *

Au printemps 1845 enfin, arrive la nouvelle que
Mme de Hanska souhaite le voir. Aussitôt, sans se
soucier des milliers de lecteurs qui attendent la suite,
des journaux qui lui ont versé d'avance des honoraires et maudissent cet homme sur qui on ne peut
compter, Balzac jette ses manuscrits dans son tiroir.
La littérature le laisse indifférent. C'est le roman de sa
vie qui le réclame. Il a fait assez ; il a droit au repos. Il
a dû éprouver un immense dégoût de cette éternelle
pression qu'exerce sur lui son travail intellectuel, de
la vulgarité des affaires, des dettes, des échéances.
Comme un esclave il fait sauter ses chaînes et disparaît indifférent à ce qui va pouvoir se passer derrière
son dos. Sa mère peut bien batailler avec les créanciers ; le rédacteur en chef Girardin n'a qu'à se
débrouiller comme il voudra avec ses abonnés ; ces
messieurs de l'Académie qui lui ont fait faire anti-
chambre peuvent attendre éternellement. Tout ce
qu'il veut maintenant c'est vivre, vivre comme tout le
monde.

Nous ne savons pas grand-chose de ce séjour à
Dresde. Point de lettres de Balzac puisqu'il est tous les
jours avec Mme de Hanska. Mais on sent que cela a dû
être une période heureuse, joyeuse, sans soucis. Balzac s'entend à merveille avec la famille. Le jeune
fiancé de la comtesse, le comte Mniszech, n'est pas un
homme particulièrement intelligent ni plein de tact ;
il est un peu extravagant et collectionne avec passion
les insectes. Mais il a bon cœur. Sa fiancée, la comtesse Anna, est une jeune fille insignifiante, avide de
plaisir. Tous aiment à rire et à s'amuser et on peut
imaginer ce que, dans leur ennui, Balzac représente.
Et lui aussi, il rit au lieu de travailler, il jouit lui aussi
de cette existence frivole. En souvenir d'une comédie

qu'il a vue à Paris il appelle leur petit groupe la
« troupe des Saltimbanques ». Comme une compagnie théâtrale ils s'en vont en tournée, mais sans
donner de représentations : ils se font bien plutôt
donner la comédie par le monde.

Car on ne séjourne pas à Dresde. Ils voyagent
ensemble, vont à Cannstadt, à Karlsruhe, à Stras-
bourg. L'influence de Balzac sur la famille est telle
qu'il sait persuader à Mme de Hanska d'aller également donner une représentation à Paris, incognito à
la vérité. En principe Paris est un domaine interdit
aux Russes ; le tsar ne permet pas à ses sujets de
séjourner en France où sévit la Révolution. Mais
Balzac est passé maître dans l'art d'écarter les difficultés de ce genre. Sous le nom de sa sœur il procure
à Mme de Hanska un passeport de voyage ; la comtesse Anna est inscrite sous le nom de sa nièce Eugénie. Il loue pour elles à Paris, rue Basse, une petite
maison. Et il jouit alors de l'indescriptible plaisir de
leur montrer la capitale. Qui donc est, comme lui,
capable de servir de guide dans Paris ? Il donne des
explications, et des commentaires, et, ce faisant, jouit
de Paris comme un visiteur étranger. En août ils vont
tous ensemble à Fontainebleau, à Orléans, à Bourges.
Il leur montre Tours, sa ville natale. De là, ils gagnent
Rotterdam, La Haye, Anvers et Bruxelles. On y
séjourne un moment, ensuite Georg Mniszech se
charge de chaperonner les deux dames tandis que
Balzac regagne Paris. Mais, dès septembre, le voici
accouru à Baden-Baden où il passe avec eux quinze
jours. Puis la troupe des « Saltimbanques » s'en va,
sans soucis, faire un tour en Italie. Ils voyagent en
bateau de Chalon à Lyon, de là à Avignon ; à la fin
d'octobre ils sont à Marseille en route pour Naples.
Son vieux rêve de voir l'Italie avec une amante s'est
réalisé. Ce que lui refusa la duchesse de Castries, voici
que maintenant il l'obtient de la comtesse Rzewuska.

Au cours de tous ces voyages, Balzac n'écrit pas un
mot. Lui qui d'ordinaire est quinze heures à sa table

de travail, n'envoie pas même de lettres. Les amis n'existent plus pour lui, ni les éditeurs, ni les rédacteurs, ni les dettes. Il n'y a que cette femme et la liberté. *La Comédie humaine* est oubliée, l'immortalité lui est devenue indifférente. Cet esprit d'un format plus grand que nature doit avoir énormément joui. L'homme qui, pendant dix années, a fait largesse de sa vie intérieure et s'est vidé de sa substance plus que jamais n'a fait un mortel, suce maintenant un suc nouveau, rassemble des forces. L'homme heureux se tait. Il est un de ces artistes que seule la misère amène à créer.

Et les dettes, les engagements qu'il a pris ? Un voile est soudain tombé sur tout cela. Autant qu'on peut en faire le calcul — personne n'a réussi à pénétrer complètement dans le labyrinthe des manipulations financières de Balzac —, ce ne serait pas son argent qui aurait couvert les dépenses du voyage. Il semble que dès lors une certaine communauté de biens entre eux deux ait commencé. Mme de Hanska n'était pas résolue à l'épouser, mais elle était décidée à partager avec lui sa vie, son destin, son argent, pour quelques années, sans s'engager définitivement. Lui, le génie, avait des sentiments bourgeois ; elle, l'aristocrate, avait plus de liberté d'esprit. Etre avec lui sans soucis en compagnie de sa fille et de son futur gendre, elle trouve cela délicieux. Et peut-être n'y a-t-il qu'une chose qu'elle redoute : être seule avec lui.

Si on soumettait sans signature à un lecteur non averti les lettres de Balzac écrites en ces années 45 et 46 et si on lui demandait la profession, les inclinations essentielles de leur auteur, il répondrait certainement : un marchand d'antiquités, ou un collectionneur de tableaux, à moins que ce ne soit un spéculateur en terrains, un agent immobilier. A tout le moins il ne soupçonnerait pas là un romancier. Et en effet, à cette époque, l'achèvement de *La Comédie humaine* préoccupe beaucoup moins profondément Balzac que la maison qu'il veut faire bâtir pour sa future femme avec l'argent dont elle héritera et le produit de ses travaux à lui. Pour cet amateur d'illusions délicieusement incurable, toujours les espoirs sont déjà des certitudes. Cette fois encore il met la charrue devant les bœufs, ou plutôt il amène la charrue devant la place vide où devraient se trouver les bœufs. En 1845 Balzac ne possède ni maison, ni terrain où il puisse bâtir une nouvelle demeure et, pour commencer, il ne possède pas l'argent pour acheter le terrain où bâtir le palais. Il n'en commence pas moins déjà à installer de toute son ardeur cette maison qui n'existe pas encore. Le voici atteint d'une nouvelle manie : la bric-à-bracologie. La maison qui doit abriter une Rzewuska, petite-nièce d'une reine, doit être une chambre au trésor, une galerie de tableaux, un musée. Ce grandiose extravagant, chez qui on vient tous les deux mois faire la saisie pour quelque deux ou trois cents francs qu'il ne peut payer, se met très sérieusement à rivaliser avec le Louvre, l'Ermitage, les Offices, les palais royaux et impériaux. Il veut lui aussi avoir pendus aux murs de sa galerie son Holbein, son Raphaël, son Sebastiano del Piombo, son Van Dyck, son Watteau, son Rembrandt, les chefs-d'œuvre de tous les temps. Il lui faut dans son salon les meubles antiques les plus précieux, les porcelaines choisies de Chine et de Saxe, les boiseries les plus merveilleuses. Il faut que ce soit une demeure de rêve comme le château d'Aladin.

Comment Balzac se procure-t-il, sans avoir les capitaux nécessaires, des tableaux de Holbein ou du Tintoret pour orner sa maison ? Le plus simplement du monde ; en ramassant chez les brocanteurs et les petits revendeurs toutes sortes de vieilles croûtes et de prétendues occasions et en les baptisant ensuite des Holbeins et des Tintorets. Le goût de la spéculation, hérité de sa mère, trouve soudain une soupape dans cette chasse aux antiquités. Peu importe où il s'arrête ; dans chaque ville il faut qu'il furète chez les revendeurs. C'est vraiment une attraction magnétique. Ici il achète des cadres, là des tableaux, là des vases, là des girandoles. Il passe des journées en recherches chez les antiquaires. De Naples, de Gênes, de Dresde, de Hollande, arrivent avant même qu'il sache où les diriger — et la plupart du temps sans qu'il puisse payer le transport — des caisses d'objets précieux pour le futur palais Balzac. Naturellement, malgré son génie, il ne s'entend pas le moins du monde à apprécier la véritable valeur des objets et le plus petit commerçant est plus fort que lui. Mais il fait des affaires dans une sorte d'ivresse. Comme un homme pris de fièvre a des hallucinations, ainsi Balzac voit constamment dans tous ces achats des bénéfices fous. Dès 1846, ce mendiant, cet éternel endetté estime son avoir à quatre cent mille, à cinq cent mille

francs et ses lettres à Mme de Hanska contiennent
sans cesse de nouveaux bulletins de ses extraordinaires réussites.

Mme de Hanska n'a jamais été portée elle-même à
l'économie. Elle, et aussi sa fille, ont également la
manie de faire des achats et les joailliers de la rue de
la Paix ont en elles de bonnes clientes. Elle s'entoure
surtout de ces objets de toilette prétentieux que le
siècle aime incrustés d'or ciselé, exagérément précieux. Mais elle sait tout de même compter bien qu'en
gros chiffres. Elle a, semble-t-il, mis à la disposition
de son ami une somme d'environ cent mille francs —
le trésor louloup d'après le surnom de leur correspondance —, pour l'achat et l'installation d'une maison.
Le point de départ est, comme toujours chez Balzac,
excellent. Il veut meubler sa demeure de bons meubles anciens qu'il achètera. S'il savait attendre l'occasion propice, il pourrait, avec les modestes cent mille
francs de Mme de Hanska, acquérir une belle maison
et l'installer confortablement, richement même. Mais
Balzac ne peut pas attendre, il ne peut pas se retenir.
D'acheteur occasionnel le voilà devenu aussitôt collectionneur, spéculateur possédé de sa manie. Et
alors qu'il a bien raison de dire que, comme écrivain,
il peut rivaliser avec n'importe lequel de ses contemporains, c'est une stupidité chez lui de vouloir se
mesurer comme acheteur de tableaux avec les rois et
les princes et de vouloir s'offrir un Louvre, en deux ou
trois ans bien entendu et presque sans argent. Toujours passe à travers sa vie cette ligne fine comme un
souffle qui sépare la raison de la folie. Mme de
Hanska s'inquiète parfois et invite à la sagesse. Balzac
lui démontre alors avec des calculs compliqués qu'il
agit avec une extrême prudence, qu'il est économe et
habile. Et on se fatigue parfois de cette manie de se
duper constamment soi-même.

Mais il est bien amusant de suivre une fois ces
affaires de Balzac et de voir comment le futur propriétaire de la galerie de tableaux fait de l'argent.

Ainsi il achète par exemple un service de « vieux Chine » pour trois cents francs et triomphe : « J'ai eu cela pour trois cents francs. Dumas a payé quatre mille pour le même. Ça vaut au moins six mille. »

Au bout de quelque temps à vrai dire il est moins fier de constater que la porcelaine de Chine a été fabriquée en Hollande. « Ce n'est pas plus chinois que moi. » Et il ajoute tristement : « Crois-moi, collectionner du bric-à-brac, c'est une science. »

Bien sûr cela ne l'empêche pas de continuer à cultiver joyeusement cette science. On n'a qu'à voir combien d'excellentes affaires il a faites en un seul jour (le 15 février 1846) : « J'ai flâné pendant trois heures pour acheter : Primo : une tasse jaune (cinq francs) qui vaut bien cent francs ; c'est une merveille. Secundo : une tasse qu'on a offerte à Talma, bleu de Sèvres, empire, d'une richesse incalculable, car il y a dessus un bouquet de fleurs peint qui a dû coûter cinq louis (vingt francs). Tertio : six chaises d'une richesse royale, incrustées de bois, des fleurs, des bouquets pour le salon vert. J'en garderai quatre et avec deux, je ferai une causeuse. C'est une affaire d'or. Voilà, sauf les portes, le mobilier de ce petit salon terminé (deux cent quarante francs). »

Ce même jour il trouve encore, toujours en flânant : « Deux vases de Sèvres ; cela a dû coûter cinq ou six cents francs. (Garde-moi le secret, j'ai eu cela pour trente-cinq francs.) C'est une occasion comme je n'en ai jamais vu. On ne sait pas ce que c'est que Paris. Avec du temps et de la patience, tout s'y trouve à bon marché. Quand tu verras la tasse jaune, royale, que j'ai eue pour cinq francs, tu ne voudras jamais me croire. »

En même temps il marchande encore un lustre « qui vient d'un mobilier de l'empereur et pèse deux cents livres. Le cuivre vaut deux francs cinquante le kilo et j'aurai le lustre pour sa valeur intrinsèque : quatre cent cinquante francs, donc absolument pour rien. Tu seras logée comme une reine, entourée de ce que les arts ont de plus royal, de plus somptueux, de plus élégant et il nous restera des capitaux ».

Car il est persuadé que personne n'achète meilleur marché que lui : « Je veux que tu reconnaisses que ton louloup est aussi bon administrateur que bon travailleur et économe. Je fouille tous les coins de Paris. De jour en jour les belles choses doublent de prix. »

Il lui arrive bien parfois de petits malheurs qu'il va même jusqu'à constater : « Je trouve la miniature de Mme de Sévigné, faite du temps de Louis XIV pour cent francs. La veux-tu ? C'est un chef-d'œuvre. »

Le lendemain il rectifie : « La miniature est affreuse. »

Mais par bonheur il a déjà fait une autre trouvaille formidable : « J'ai un portrait extrêmement ressemblant de votre grand-tante la Reine de France, d'après Coypel, évidemment faite dans son atelier et qui, pour vous, sera un portrait de famille. Rassure-toi, ô louloup, c'est acheté pour la valeur du cadre. »

Une semaine plus tard il sait déjà que ce n'est pas un Coypel, mais « seulement » un Lancret. Heureusement le cadre tout seul vaut, soi-disant, quatre-vingts francs pour un marchand. Et il n'a payé pour le tout que cent trente francs. On est tenté parfois de douter de sa raison quand il écrit : « Le petit paysage rond est un Ruisdael. Miville m'envoie le Natoire et le Holbein pour trois cent cinquante francs. »

Quand on songe que, dans son *Cousin Pons*, le même Balzac commente, à la même époque, l'immense valeur d'un Holbein, on est obligé de se demander si l'idée ne lui est pas venue un seul instant de savoir pourquoi c'est précisément à lui que ces imbéciles de marchands de tableaux ont cédé les Holbeins pour trois cents francs. Mais il ne se pose pas cette question, il rêve ; il laisse courir son imagination et il achète. A tous les coins de rues il y a quelque affaire fantastique qui l'attend : « Paris est littéralement pavé de telles occasions ! » Le revers de ces magnifiques affaires n'apparaîtra qu'au moment de la liquidation. La vente aux enchères à l'Hôtel Drouot après la mort de sa femme en donne un bilan impitoyable. On n'a plus jamais entendu parler des vrais Holbeins et des Ruisdaels authentiques. Pas une collection où se trouve un tableau tant soit peu digne d'être mentionné qui soit signalé comme provenant « de la galerie Balzac ». Les prix qu'atteignirent ses plus belles pièces de choix furent catastrophiques. Il n'a pas vu cela. Mais déjà de son vivant il a fait une expérience. L'histoire de ses meubles lui montre — ou aurait dû lui montrer — combien il est plus facile d'acheter que de vendre. Et c'est là une leçon qu'il aurait dû déjà retenir lors de la spéculation sur les Jardies qu'il acquit pour cent mille francs et dut céder pour quinze mille.

Le 21 décembre 1843, il voit chez un antiquaire quelconque un bureau et une vieille commode, selon toute vraisemblance de la marchandise italienne de série. Mais du même regard fantaisiste avec lequel il reconnaissait un jour sans hésiter dans un bric-à-brac une montre quelconque comme « la montre de la reine Henriette d'Angleterre » il affirme : « Ce meuble ferait l'orgueil d'un palais. Il s'agit du secrétaire et de la commode, faits à Florence, pour Marie de Médicis et qui portent ses armes. Ils sont tout en ébène avec des incrustations de nacre, d'une richesse, d'un choix, et d'un dessin à faire pâmer feu Sommerard. J'ai été ébloui. Cela mérite d'être placé au Louvre. »

On peut faire apparaître ici, comme sur un exemple typique, combien chez Balzac, la spéculation est inséparable de l'intuition. En lui se manifeste au même moment que l'enthousiasme, le désir de faire une affaire. Le premier instinct qui s'éveille était encore du domaine de l'esthétique, avec une nuance patriotique même : « On se doit de sauver ce souvenir des Médicis et de la protectrice de Rubens des mains des bourgeois. J'écrirai vingt pages pour cela. »

Mais déjà il ajoute en même temps : « Mais au point

de vue de la spéculation, il y a deux mille francs à gagner. »

Le lendemain 22 décembre, Balzac a acheté les deux meubles pour mille trois cent cinquante francs (heureusement payables en grande partie dans un an). Et par-dessus le marché on lui fait cadeau d'une illusion encore plus absurde que la plupart des précédentes.

J'ai fait une grande découverte historique et vais la vérifier ce matin. La commode seule est de Marie de Médicis, le secrétaire doit porter les armes de Concini ou celles du duc d'Epernon et sur le secrétaire, il y a des M très amoureusement encadrés. Ceci démontrerait l'intimité de Marie de Médicis avec l'un ou l'autre de ses favoris. Elle a donné sa commode et a fait faire le secrétaire. Le maréchal d'Ancre, maréchal pour rire, a, sur le secrétaire, des canons et des attributs de guerre en nacre.

Tout ce qu'il y a d'exact dans cette histoire fantaisiste, c'est uniquement que Concini, le futur maréchal d'Ancre, a bien été effectivement le favori de la reine Marie. Tout le reste est naturellement imagination romanesque. Mais pour Balzac les deux objets sont, en l'espace d'une journée, devenus sensiblement plus précieux. Il a déjà fixé leur nouveau prix et a aussi déjà un acheteur en vue : « La commode à elle seule vaut quatre mille et je la vendrai au Roi pour le musée du Sommerard en gardant pour moi le secrétaire. Je la ferai proposer au château avant tout, car la place de ceci est au Louvre. »

Ce bénéfice, qui n'est encore qu'une espérance, n'est naturellement destiné dans l'imagination de Balzac qu'à faire de nouvelles affaires, magnifiques et faciles : « Si je pince trois mille francs à Louis-Philippe pour la commode, je serai bien heureux, car j'aurai dans les seize cent cinquante francs de gain ; un petit fonds pour travailler dans le bric-à-brac et augmenter nos trésors. »

Mais Mme de Hanska — comme c'est étrange ! —

n'a pas confiance en cette splendide affaire et blâme sa folie des meubles. Balzac lui répond : « Le meuble va être vendu. Il me donnera de l'argent et une des deux pièces pour rien. »

En commerçant retors, il cherche à obtenir plus de succès dans cette vente par des notes dans les journaux qui lui font de la réclame : « C'est l'article du *Messager*, que vous verrez sans doute répété dans *Les Débats* qui a soulevé l'attention. »

Le 11 février paraît en effet dans *Le Messager* la description des fameux meubles rédigée par Balzac : « Un de nos plus célèbres écrivains, grand amateur d'antiquités, vient de retrouver, par l'effet du hasard, un meuble d'une très grande valeur historique. C'est la commode qui ornait la chambre à coucher de Marie de Médicis. Ce meuble, un des plus magnifiques objets d'art qui se puissent voir, est en ébène plein... »

Mais le roi, semble-t-il, ne veut rien savoir de cette pièce de choix, venue des trésors de sa noble devancière. A la fin quelques antiquaires se présentent, alléchés par la réclame des journaux. Déjà Balzac triomphe : « Il y a un acquéreur qui veut bien payer dix mille francs mes deux meubles florentins pour les revendre vingt mille à la Couronne. Il promet mille francs à Dufour, le marchand. Je ne veux vendre que la commode. On vient de toutes parts, même les marchands de curiosités, et il y a la plus ébouriffante admiration. »

Mais après y avoir regardé de plus près, les acheteurs et les admirateurs ont bien l'air de s'être retirés. En mars rien n'est encore conclu et tout autre que lui serait alors convaincu de son erreur. Balzac au contraire voit en imagination les prix qui montent sensiblement.

J'ai celui des deux meubles que je veux garder. C'est au-dessus de tout éloge, de toute expression d'admiration. Mais je ne les conserverai ni l'un ni l'autre. Le plus célèbre de nos marchands de curiosités a estimé cela soixante mille francs. L'ouvrier qui l'a remis à neuf estime le secrétaire à vingt-cinq mille francs de travail et dit qu'on a dû y être occupé trois ans. Les arabesques sont dignes de Raphaël. Je vais voir si, à Londres, le duc de Sunderland, un pair ou un Robert Peel quelconque veut le payer trois mille livres sterling. Il sortira payant mes dettes de chez moi ou je le garderai.

Un mois s'écoule de nouveau et pas une des trois mille livres ne s'est montrée. Mais Balzac ne cède pas. Avec une admirable ténacité il a échafaudé un nouveau projet. Il va faire paraître dans *Le Musée des Familles* une reproduction de ces « meubles royaux » et le journal devra lui payer cinq cents francs le droit de publication. Comme cela les deux objets ne lui coûteront plus treize cent cinquante mais huit cent cinquante francs.

Cependant le printemps passe, l'été passe, sans que la reproduction ait été publiée et sans qu'un acquéreur se soit présenté. Voici en octobre un rayon d'espoir : « Une grande nouvelle ! Rothschild a envie de mes meubles florentins, et va venir sans doute les voir chez moi. Je veux quarante mille francs. »

Cela signifie qu'après n'avoir pas réussi malgré toute sa réclame, pendant tout le cours d'une année, à gagner sur son achat les trois mille francs rêvés, Balzac, sur une vague formule de politesse, élève le chiffre à quarante mille. De la visite de Rothschild, on n'entend plus jamais parler. Par contre il est question du duc de Devonshire et Balzac soupire : « Si cela réussissait ! Oh ! quel changement ! »

Mais il va de soi que cela ne réussit pas. Il n'y a pas de changement ; il n'y en aura jamais. Il fait l'année suivante une dernière tentative auprès du roi de Hollande et dans son désespoir, il demande maintenant la somme tout à fait folle de soixante-dix mille francs, donc dix fois le prix qu'il n'a pas pu obtenir à Paris. Il va jusqu'à mobiliser son ami Théophile Gautier dans cette entreprise.

J'ai besoin de Gautier pour un feuilleton sur mes meubles florentins. Il n'y a plus que pour huit jours de gravure et j'en aurai des épreuves à envoyer au roi de Hollande. Cela fera beaucoup de tapage.

Mais tout ce tapage finit lui aussi par s'apaiser. Il n'a jamais touché soixante-dix mille, ni cinquante mille, ni même cinq mille francs pour ces deux meubles royaux. Et la mort seule lui a épargné d'apprendre quelle somme ridicule ils ont été payés à la vente aux enchères de l'Hôtel Drouot.

*
* *

Les meubles et la porcelaine, les coffres et les commodes s'entassent les uns sur les autres pour la future maison. Trésors difficiles à garder, car, comme par le passé, les créanciers sont aux trousses de Balzac. Il est donc temps de songer avant tout à la maison qui sera mise au nom de Mme de Hanska, ce qui la rendra intangible. Là encore le point de départ de Balzac est relativement modeste. Selon ses vues, tous deux mèneront à Paris une « existence excessivement simple ». Cette vie toute simple coûtera tout de même au moins quarante mille francs par an. On ne peut pas s'en tirer à meilleur marché, explique-t-il, car Victor Hugo, qui dépense vingt mille, « vit comme un rat ».

Acheter une maison, ce n'est pas pour Balzac comme pour les autres mortels faire simplement l'acquisition d'un immeuble dans lequel on puisse loger. Acheter, c'est toujours vouloir faire une bonne affaire.

L'idée d'avoir une maison ne m'est venue depuis trois ans que par économie. Faire une bonne affaire en ayant une maison est une idée naturelle.

Il se met donc en quête et, là où il découvre quelque chose il veut absolument se persuader que c'est bon marché. Ainsi une maison à Passy doit bien revenir à cent mille francs. Mais, d'après ses calculs, ça ne fait en réalité que soixante mille :

Car on va faire à Passy une route qui coûtera cinq cent mille francs pour éviter la montagne. Elle passera à douze pieds au-dessous de notre rocher dont on achètera un morceau, ce qui fait, dit-on, dix mille francs d'indemnité ; puis il y a pour trente mille francs de terrain à vendre rue Franklin.

En décembre il voit un terrain à Mousseaux : « Nous pourrions sûrement y doubler notre capital. » Puis il découvre une maison, rue Montparnasse : « Elle nous irait comme un gant. »

Il n'y a qu'un petit malheur : « Il faut la démolir en partie. » L'intérieur devrait être entièrement transformé. Cela coûterait cent vingt mille francs. Mais ces faux frais sont très faciles à récupérer en faisant en outre l'acquisition d'autres terrains sur lesquels on réalise des bénéfices. C'est le vieux système de ses années de début quand il annexait à la maison d'édition, l'imprimerie et à l'imprimerie, la fonderie de caractères.

Au printemps, c'est la campagne qui attire ses regards. On n'y vit pas seulement pour rien, on peut encore attendre tranquillement que les prix des terrains montent. Le capital donne des rentes. Comme la vie est simple ! « Une vigne à Vouvray nous rapportera et ne nous coûtera que vingt à vingt-cinq mille francs. »

Mais ce serait fou d'acheter un vignoble quand on peut avoir en Touraine tout un château avec des vignes et des arbres fruitiers, des terrasses et une vue superbe sur la Loire. Est-ce que cela ne revient pas à deux cents ou trois cent mille francs ? Balzac l'aura pour rien et il sait compter : « Tu vas sauter de joie.

Moncontour est à vendre ! Ce rêve de trente ans de ma vie va se réaliser, ou peut se réaliser. »

On n'aura à payer comptant que vingt mille francs, tout au plus. Après quoi on vendra une partie des terres par parcelles ; les vignobles de la propriété, à eux seuls, représentent déjà — d'après les calculs les plus sûrs, établis sur la moyenne de dix années — les intérêts du capital à cinq pour cent. De ces vignobles on peut aussi aliéner facilement dix arpents et réaliser ainsi quarante à cinquante mille francs. Cela couvre intégralement le prix d'achat. Et à la fin de la lettre le ton redevient lyrique : « Te souviens-tu de Moncontour, de ce joli petit château à deux tourelles qui se mire dans la Loire, qui voit sur toute la Touraine ? »

Un ancien camarade d'école négocie pour lui. Mais ce projet-là, lui aussi, est peut-être encore trop mesquin. Balzac est convaincu que seules les tout à fait grosses affaires sont avantageuses : « Les petites choses sont hors de prix parce que les petites fortunes abondent. Il faut un gros morceau pour faire une bonne affaire. »

Alors, pourquoi pas le château de Saint-Gratien ? Il appartient à M. de Custine qui s'y est ruiné, tout comme Balzac aux Jardies. « Saint-Gratien lui coûte trois cent mille francs et il m'a parlé de le vendre cent cinquante au premier mot. Il finira par donner cela à rien ! »

Mais M. de Custine n'est pas un Balzac et il semble n'avoir tout de même pas donné sa propriété pour rien. Balzac est contraint de continuer ses recherches, et c'est seulement au cours de l'automne 1846 qu'il finit par trouver sa maison : le pavillon Beaujon dans la rue Fortunée. Il date du XVIIIe siècle et a appartenu à un riche fermier général avant la Révolution. C'est là qu'on transporte les tasses royales, les commodes princières et les secrétaires, les vrais Holbeins et les Ruisdaels et les lustres qui pèsent cent livres. Cela deviendra le Musée Balzac, son Louvre, le monument de son art de faire sortir du néant des chefs-d'œuvre. Mais quand plus tard son ami Gautier visite la maison et déclare avec stupéfaction que Balzac a vraiment dû devenir millionnaire, il s'en défend, mélancoliquement. « Non, mon ami. Je suis plus pauvre que jamais. Rien de toute cette splendeur ne m'appartient. Je ne suis que le portier et le gardien de ce palais. » Car, par précaution, à cause des créanciers, il continue d'abord lui-même à habiter le modeste ermitage de Passy où se trouve sa table de travail. Et c'est cette simple maison, avec ses manuscrits — et non les tapis, les affreux bronzes et les candélabres du pavillon Beaujon — qui est pour nous le vrai musée Balzac. C'est une loi de la vie que les hommes, et même les natures les plus géniales, ne mettent pas leur fierté là où se trouve leur valeur véritable, mais qu'ils veulent en imposer, être admirés et honorés pour des choses de bien moins de prix et beaucoup plus faciles. Balzac collectionneur en est un exemple caractéristique.

LIVRE VI

DERNIÈRES VICTOIRES
ET MORT DE BALZAC

Chapitre XXIII

LES DERNIERS CHEFS-D'ŒUVRE

Les années 1843, 1844, 1845 sont des années d'impatience intérieure. On sent que la monomanie du travail, cette force primitive de Balzac, est rompue ou plutôt interrompue. Lui qui, pendant une quinzaine d'années, fut sans trêve actif et créateur, est, en ces années-là, principalement collectionneur, au sens propre comme en un sens plus relevé. Il ne collectionne pas seulement les montres, les porcelaines, les tableaux ou les meubles, mais tout ce que la vie lui a jusqu'ici refusé : les heures de loisir, les promenades avec une femme, les longues nuits d'amour que personne ne menace en pays étranger et l'admiration de ses lecteurs de choix. Toute son activité féconde a changé de direction : au lieu de s'efforcer d'achever le manuscrit d'un roman, il s'efforce de mener à bonne fin le roman de son existence.

On sent dans son art au cours de ces années-là que la vitalité de Balzac s'est tournée vers la vie et détournée de la création. En 1841, 1842, il avait encore donné des œuvres grandioses comme *Une ténébreuse affaire*, ce roman politique qui, en dépit d'invraisemblances de détails, présente l'image incomparablement plastique d'une grande intrigue politique, ou *La Rabouilleuse*, dont ses contemporains ne soupçonnent pas la modernité ni la profondeur et qui traite du problème de la servitude sexuelle. Il a encore achevé

Les Illusions perdues, cette coupe dans le monde
parisien de l'art et du théâtre, le monde de l'artifice et
des succès artificiels. Suivent les *Splendeurs et Misères des courtisanes* où le monde de la littérature côtoie
celui de la finance. La figure de son Vautrin réapparaît
et il y mêle les thèmes de ses anciennes œuvres
comme dans un immense panorama. Bien qu'il glisse
parfois dans le feuilleton et le roman policier il fixe
dans ce livre, plus que dans tout autre, l'image de
Paris et de la société parisienne. C'est là que l'artiste
s'est vengé du journalisme avec tous ses dangers et de
l'argent qui l'a toujours séduit comme il séduit ses
personnages.

Mais il ne peut déjà plus achever le roman *Les
Paysans* qui doit montrer l'antagonisme de la ville et
de la campagne et traiter un grand problème social.
La lutte engagée à Paris, à la Bourse et dans les lettres
conserve à la campagne, chez les paysans, sa forme
primitive. Là ce ne sont pas des valeurs invisibles et
insaisissables qui sont en cause, mais la terre, le sol,
chaque coin de terrain. Balzac a travaillé des années
à ce roman. Il sent que ce doit être un ouvrage décisif
il s'y remet sans cesse ; il essaie de se forcer la main en
publiant la première partie. Mais il lui faut s'interrompre. Alors il passe en ces années à d'autres travaux plus humbles, moins importants. Il ajoute au
roman *Béatrix* — dans lequel seuls les premiers chapitres ont la valeur d'un chef-d'œuvre — une fin
artificielle, sentimentale et sans vigueur. Il écrit de
petites choses comme les *Misères de la vie conjugale*
qui n'est que son ancienne *Physiologie du mariage*,
réchauffée, assaisonnée il est vrai de beaucoup
d'esprit et de charme. La nouvelle *Modeste Mignon*,
dont Mme de Hanska lui a donné le sujet et qu'il lui a
pour cela dédiée (« à sa Polonaise ») pourrait être
d'un de ses imitateurs. On ne sent nulle part la griffe
du lion, la vraie concentration de l'écrivain. Il a établi
pour toute production véritable, la loi de la monomanie et le voilà qui en fournit lui-même négativement la

preuve. Lui qui a dit une fois qu'un artiste est obligé de se refaire la main quand il est resté un certain temps loin de son travail, il quitte maintenant trop souvent son atelier. On ne peut pas écrire quand on passe sa journée à la recherche de maisons et quand on furète chez les antiquaires. Dans ses lettres de cette époque il y a des pages entières sans un mot sur son travail ou même simplement sur ses plans de travail ; il n'est question que de meubles, de sociétés, de niaiseries. Il a rompu la règle de la concentration.

*

* *

Balzac le sent lui-même ; ce travailleur accompli connaît sa main. Il sait qu'il a perdu la joie au travail depuis qu'il a fait la connaissance de l'autre joie, « celle de se donner simplement à la vie ». En janvier 1846 il écrit à Mme de Hanska à Naples : « L'esprit, l'intelligence ne bougent pas, toutes mes jouissances sont au service de mes souvenirs ; tout m'ennuie, tout m'est désagréable. »

Il ne s'irrite plus de ce que *Les Paysans* n'avancent pas ou *Les Petits Bourgeois* (une œuvre assez insignifiante déjà en soi). Il ne travaille plus que pour liquider ses dettes et parfois on a le sentiment que l'art ne lui tient plus du tout à cœur. Cela viendra plus tard une fois la maison installée. Soudain il laisse tout en plan et s'en va, en mars, à Rome.

De retour, il se remet à écrire lettre sur lettre à Mme de Hanska avec la formule ordinaire : « Il va falloir travailler énormément. » Il s'imagine une fois encore que, s'il se mettait à la besogne jour et nuit pendant trois mois (« en ne m'interrompant que quinze jours pour nous marier »), il réussirait sûrement à se libérer entièrement des soixante mille francs de dettes qui lui restent encore à payer. Mais nous n'entendons toujours pas parler d'inspiration artistique.

Enfin, le 1ᵉʳ juillet, il écrit : « Depuis vingt-quatre

heures je me sens d'une activité dévorante », et le 12 :
« Je travaille à la conception des *Paysans* et d'une
nouvelle... »

Le 14 juin, voici le plan de deux œuvres : « Voici ce
que je vais écrire : Primo : l'histoire des parents pauvres, *Le Bonhomme Pons* qui fait deux à trois feuilles
de *La Comédie humaine,* puis *La Cousine Bette* qui en
fera seize, puis *Les Méfaits d'un Procureur du Roi*. »

La nouvelle s'est dédoublée. Mais Balzac ne discerne toujours pas l'ampleur et la profondeur de son
plan. Il croit toujours — les dimensions annoncées
des ouvrages le prouvent — que ce seront de courts
récits et non des romans.

Il n'a fait jusqu'ici que calculer la longueur et quand
Balzac fait cela, c'est qu'il ne considère les livres que
du point de vue de l'argent qu'ils lui rapporteront. Il a
déjà compté que *Les Paysans, Les Petits Bourgeois* et
La Cousine Bette amèneront la fin sans retour du
régime des dettes. Mais soudain sa vieille ambition se
réveille en lui. Au cours de la conception de l'ouvrage,
il a de nouveau conscience de sa mission artistique et
la joie de produire, la volonté de créer une œuvre
véritable ont repris — enfin ! — possession de lui. Le
même jour (16 juin), il s'assigne sa tâche :

Le moment exige que je fasse deux ou trois œuvres
capitales qui renversent les faux dieux de cette littérature
bâtarde et qui prouveront que je suis plus jeune, plus frais
et plus grand que jamais. Le vieux musicien est le parent
pauvre, accablé d'injures, plein de cœur. La cousine Bette
est la parente pauvre, accablée d'injures, vivant dans l'intérieur de trois ou quatre familles et prenant vengeance de
toutes ses douleurs.

Cela fait du bien, après tout le bavardage sur les
affaires d'argent, les spéculations sur les terrains, les
actions des chemins de fer du Nord, et les services de
porcelaine, de voir de nouveau à l'œuvre sa volonté de
création artistique. Selon son vieux et funeste système il commence bien par discuter du prix avec les

éditeurs, avant même d'avoir une vue d'ensemble des dimensions de ses romans. Mais ensuite il se rue à l'ouvrage. Le vieil emploi du temps de travail est remis en vigueur. On rencontre une remarque qui décèle que toutes les distractions et les agitations de la vie extérieure avec les incessants envois des antiquaires lui sont maintenant à charge :

Je voudrais bien que toutes mes caisses fussent maintenant déballées. Les belles choses attendues, l'inquiétude de savoir en quel état elles sont, agissent sur moi trop vivement, surtout en l'état d'irritation que me donne la fièvre continue de l'inspiration et de l'insomnie. J'espère avoir fini le vieux musicien pour lundi en me levant tous les jours à une heure et demie du matin comme aujourd'hui que me voilà rétabli dans mes heures.

D'un trait, avec une rapidité merveilleuse même pour Balzac, il fait le plan du roman. Le 20 juin, on trouve la formule si rare chez lui : « Je suis très content du *Vieux Musicien*. J'ai tout à inventer pour *La Cousine Bette*. »

Après quoi on apprend qu'un des tableaux arrivés a attrapé une éraflure, que le Bronzino qu'il a acheté ne doit pas être authentique, on parle de dettes et de tailleur. Mais le 28 juin *Le Cousin Pons* est achevé. Balzac pousse un cri de joie comme on n'en a plus entendu depuis des années :

Mon cœur aimé, je viens de terminer *Le Parasite* car c'est le titre définitif de ce qui s'est appelé *Le Bonhomme Pons*, *Le Vieux Musicien*, etc. C'est pour moi du moins un de ces chefs-d'œuvre d'une nécessaire simplicité qui contiennent tout le cœur humain. C'est aussi grand et plus clair que *Le Curé de Tours* ; c'est tout aussi navrant. J'en suis ravi, je t'en apporterai l'épreuve. Je vais me mettre sur *La Cousine Bette*, roman terrible, car le caractère principal sera un composé de ma mère, de Mme Valmore et de ta tante Rosalie. Ce sera l'histoire de bien des familles.

Sa rancune contre sa mère, la destinée de Lirette, confidente du roman de sa vie avec Mme de Hanska en ses débuts, tout cela intervient dans le récit. Et en même temps *Le Cousin Pons* est déjà à l'impression que, selon sa méthode de travail, il le récrit. L'impatience de l'artiste s'allie à celle de l'homme d'affaires. Il ne travaille toujours pas assez vite au gré de ses exigences.

Hélas ! Nous voici au quinze juillet — soupire-t-il, au lieu de remercier Dieu d'avoir fait en quinze jours un tel chef-d'œuvre —, et c'est à peine si j'aurai fini *Les Parents pauvres* ! *Les Parents pauvres* font douze feuilles et près de dix mille francs en comptant la librairie.

Il va de soi qu'il ne peut tenir ces délais stupides et en août l'œuvre n'est pas encore achevée. Le 12 août il écrit en un seul jour vingt-quatre pages. Et à peine le brouillon est-il terminé qu'il se jette sur les corrections d'épreuves. Il travaille jusqu'au total épuisement physique. Son médecin est stupéfait, raconte Balzac lui-même :

Ni lui ni aucun de ses confrères et amis médecins ne conçoivent qu'on puisse soumettre le cerveau à de pareils excès. Il me dit et me répète d'un air sinistre que cela tournera mal ; il me supplie de mettre au moins quelque intervalle dans ces débauches de cervelle (comme il les appelle). Les efforts de *La Cousine Bette*, improvisée en six semaines, l'ont effrayé. Il m'a dit : « Cela finira nécessairement par quelque chose de fatal. » Le fait est que je me sens moi-même en quelque façon atteint ; je cherche dans la conversation, très péniblement parfois, les substantifs. Il est bien temps que je me repose.

Au milieu du travail de correction, il va en septembre à Wiesbaden pour puiser auprès de Mme de Hanska de nouvelles forces. Mais ensuite il pourra vraiment se reposer. Il a créé au cours de cet été ses chefs-d'œuvre.

Car ces deux romans *Le Cousin Pons* et *La Cousine Bette*, sortis du plan primitif des *Parents pauvres*, sont ce qu'il a produit de plus grand. Ici, au sommet de sa vie, Balzac atteint le plus haut sommet de son art. Jamais son regard ne fut plus clair, sa main d'artiste plus sûre, plus impitoyable. C'est un Balzac reposé qui a écrit ces chefs-d'œuvre et non plus un homme traqué, recru de fatigue qui s'acharne à écrire. En eux, plus aucun faux idéalisme, plus de ce romantisme doucereux qui rend pour nous irréelles et par suite sans action plus d'une de ses œuvres antérieures. Toutes ses expériences amères constituent dans ces volumes la véritable découverte du monde. Tous ont été écrits par un homme que plus rien n'éblouit, à qui plus rien n'en impose, ni les succès extérieurs, ni le luxe, ni l'élégance. Et si *Le Père Goriot* et *Les Illusions perdues* avaient déjà quelque chose du *Roi Lear*, ces derniers romans ont tout le tranchant du *Coriolan*. Toujours c'est quand il s'élève au-dessus de son temps que Balzac est le plus grand ; là où il ne cherche pas à plaire à son époque, mais crée des valeurs absolues. *La Cousine Bette* et aussi *Le Cousin Pons* ne se passent à Paris que par hasard et également par hasard dans la première moitié du XIXe siècle. On pourrait les transposer dans l'Angleterre, l'Allemagne, la France, l'Amérique d'aujourd'hui, dans tous les pays, dans tous les temps, parce qu'ils décrivent des passions élémentaires. Dans sa galerie des monomanes, cette fois des érotomanes, voici le baron Hulot, le collectionneur Pons — quelles figures ! Après cette « Torpille » un peu trop dans le style de *La Dame aux camélias*, des *Splendeurs et Misères des courtisanes*, la fille séduite par excellence, arrangée au goût parisien, après cette courtisane un peu théâtrale, voici la putain de race, cette Mme Marneffe, la bourgeoise qui se vend à tout le monde. Et à côté l'incomparable *Cousine Bette* ; cette Lirette haussée jusqu'au démoniaque, la vieille fille qui ne sait jouir de rien, mais envie seulement, qui fait l'entremetteuse avec une

mauvaise joie secrète. Et encore la tragédie du parent
pauvre, du cousin Pons, supporté tant qu'il a encore
un peu d'éclat ; le ressort de l'avidité dans la maîtresse
de maison, Mme Cibot, tous ces roublards, ces gre-
dins, qui sont à l'affût de l'argent et trompent les purs,
les naïfs. Ce que Vautrin parmi les précédentes figures
manifestait peut-être avec trop de pathétique, ressort
ici avec une extrême intensité du simple contraste.
Dans ces derniers romans il a atteint un réalisme, une
vérité du sentiment, il projette sur les passions une
lumière qui n'ont plus été dépassés dans la littérature
française.

*
* *

C'est à peine si jamais un artiste a pris congé de son
art avec plus d'éclat que Balzac dans ces œuvres
d'arrière-saison. D'après elles on peut estimer ce que
La Comédie humaine serait devenue s'il lui avait été
accordé de travailler avec pleine efficacité pendant
dix ou même seulement pendant cinq années encore.
Dans *Les Paysans* il se serait attaqué au conflit décisif
de la ville et de la campagne et nous aurait montré le
véritable paysan, comme il a montré le vrai Paris, et
non pas certes le paysage parfumé d'un Jean-Jacques
Rousseau avec ses enfants de la nature dans leur
pureté. Dans *La Bataille* et les autres romans de la vie
militaire, il aurait représenté la guerre, telle qu'elle
était en réalité, non plus sous la forme lyrique dans
laquelle, naguère avec *Le Médecin de campagne,* il a
chanté Napoléon. Déjà dans *Une ténébreuse affaire* il
avait fait mesurer le chemin parcouru en passant
d'une conception légendaire de l'histoire à une représentation réaliste. Il aurait montré le monde du théâtre, la vie dans les pensionnats de garçons et de jeunes
filles au stade de la première enfance, les savants, les
diplomates, les mœurs des députés, l'émeute en Vendée, les Français en Egypte, les Anglais en Espagne et
les guerres coloniales en Algérie. On ne peut imaginer

ce que cet homme qui, en dix semaines, fut capable de faire sortir pour ainsi dire du néant *La Cousine Bette* et *Le Cousin Pons* aurait pu créer encore. Dans le théâtre même où jusque-là, en suivant de mauvais modèles, il en était resté au mélodrame, il était justement en train de se libérer. *Le Faiseur*, appelé ensuite *Mercadet*, la comédie dans laquelle un débiteur triomphe de son créancier, est sa première œuvre de maître dans ce domaine et la pièce fut après sa mort l'unique grand succès scénique d'un drame de Balzac. Jamais ses forces n'avaient été plus splendidement tendues. On sent que c'est maintenant seulement que, dans le roman comme au théâtre, il sait vraiment ce qu'il y a à faire, que c'est maintenant seulement qu'il a pris conscience de l'essence même de sa mission.

Mais le corps et aussi l'âme sont désormais définitivement épuisés. A peine Balzac a-t-il achevé ces deux œuvres qu'il laisse tout en plan ; il veut se reposer, se reposer profondément. Il veut partir, s'en aller aussi loin que possible, et ne pas se contenter d'un court voyage. Il sent qu'avec ces dernières grandes œuvres, il s'est acquis le droit au repos. Et ainsi il quitte la France et s'en va en Ukraine à Wierzchownia chez Mme de Hanska.

CHAPITRE XXIV

BALZAC EN UKRAINE

A l'automne 1846 il avait semblé un moment que Balzac dans sa vie tourmentée et surmenée, allait enfin atteindre le repos. Le prétexte par lequel Mme de Hanska ne cesse de lui faire prendre patience : l'obligation où elle se trouve de marier d'abord sa fille chérie avant de pouvoir songer elle-même à se remarier, n'est plus valable. Le comte Mniszech épouse à Wiesbaden, le 13 octobre 1846, la comtesse Anna. Balzac assiste au mariage et le voici de nouveau plein d'espérances. Il a eu soin de se procurer ses papiers, sous prétexte qu'il avait besoin de les fournir en vue de la Légion d'honneur. Il a fait d'importants préparatifs pour pouvoir faire célébrer discrètement son mariage à Metz où peu de gens le connaissent et connaissent Mme de Hanska. Le maire de Metz, avec qui il a quelques relations, a été acquis à ce plan. L'inscription sur les registres de l'état civil, seule valable en France, sera faite à la mairie, la nuit, dans un complet incognito. Deux des témoins, le fils du docteur Nacquart, son ami et son médecin, et une autre de ses connaissances, doivent venir de Paris à cet effet. Mme de Hanska restera jusqu'au dernier moment à Sarrebruck en terre allemande et n'arrivera à Metz que le soir. Le mariage religieux aura lieu ensuite en Allemagne ; l'évêque de Metz ou le curé de Passy donneront leur autorisation et le curé de Wiesbaden pourra alors célébrer leur union. Ces précautions romanesques et compliquées sont, semble-t-il, nécessaires, parce que le mariage doit rester ignoré en Russie. Balzac se fait pressant : « J'attends ta prochaine réponse. Et je te dis qu'à chaque heure, je vis en toi. C'est vrai maintenant en un double sens. » Car certaines circonstances rendent le mariage plus urgent encore. Il n'est pas douteux que les magnifiques semaines d'intimité italienne ont eu des suites. Mme de Hanska, en dépit de ses quarante-cinq ans, attend un enfant. Avec sa hâte et son optimisme habituels Balzac est persuadé que ce sera un garçon et il lui a déjà trouvé un nom : Victor-Honoré.

Mais Mme de Hanska ne peut se décider. Elle ne veut pas, maintenant non plus, se séparer de sa fille. Au lieu de se marier elle-même, elle préfère accompagner celle-ci en voyage de noces et Balzac est obligé de ramasser dans sa serviette tous les papiers péniblement réunis, de renoncer à tout ce plan qu'il a si soigneusement mis sur pied et de revenir bredouille s'asseoir à Paris devant les épreuves du *Cousin Pons* et de *La Cousine Bette*. On peut trancher comme on voudra la question de savoir si Mme de Hanska a vraiment aimé Balzac, mais une chose est certaine : entre Balzac et sa fille c'est toujours vers celle-ci qu'à penché son choix. Ni le mariage d'Anna, ni plus tard son propre mariage n'ont pu briser les rapports particulièrement intimes entre la mère et la fille. Quant à ses amants et maris, elle les a traités de haut, avec une certaine indifférence.

En février de l'année suivante Balzac doit encore se rendre précipitamment à Forbach quand Mme de Hanska a décidé de revenir à Paris. Entre eux, les choses se passent toujours ainsi : quand elle part en voyage, il lui faut l'accompagner, quand elle veut venir c'est à lui d'aller la chercher. Il s'est donné une fois pour toutes le rôle de l'humble moujik, du valet. L'homme pour qui chaque journée a une infinie valeur, dont le travail est précieux au monde entier, doit attendre dévotement un signe d'elle. Et immédiatement il laisse tout en plan et court à Genève, à Naples, à Neuchâtel, à Vienne ou à Forbach, passant en route les jours et les nuits pour lui présenter ses hommages.

Le second séjour à Paris de Mme de Hanska est entièrement entouré de mystère. Ils font sans doute ensemble des plans pour la nouvelle maison. L'enfant vient au monde : c'est une fausse couche, à moins qu'il ne soit mort tout de suite ; les circonstances ne sont pas tirées au clair, c'est facile à comprendre. C'était une fille et Balzac écrit, avec toute l'indélicatesse naïve d'un père, que ce fait a atténué son chagrin : « Je désirais tant un Victor-Honoré. Un Victor ne quitterait pas sa mère. Nous l'aurions eu vingt-cinq ans autour de nous. Car nous avons encore tout ce temps-là à vivre ensemble. » Mais maintenant encore Mme de Hanska remet à plus tard le pas décisif. Elle trouve toujours de nouveaux prétextes. Il lui faut toujours un nouveau répit et on a l'impression que, plus elle le connaît intimement, plus s'accroît sa crainte de se lier à lui définitivement. Cette fois elle prétend qu'il lui faut absolument retourner à Wierzchownia pour y mettre de l'ordre dans ses affaires. Docilement Balzac la reconduit à Forbach pour revenir lui-même ensuite à sa table de travail à Paris.

*
* *

Balzac, dans son éternel optimisme, a espéré la rejoindre bientôt. Il n'avait plus à achever que *Les Paysans* qui lui ont été payés d'avance ; avec une pièce de théâtre une seconde dette de quinze mille francs, qu'il a contractée près de ses vieux amis les Visconti, va être réglée. Mais pour la première fois son organisme n'est plus docile. Ce dut être pour Balzac une chose terrible. Le miracle de *La Cousine Bette* ne se reproduit pas. Les médecins le mettent en garde. Lui-même n'est plus sûr de lui. Et les éditeurs, les directeurs de journaux eux aussi, deviennent défiants. Il y a des années que le rédacteur de *La Presse* Girardin lui a payé les honoraires des *Paysans* ; deux fois il a commencé à publier le roman dans sa feuille, confiant en l'énergie de Balzac, fameuse dans tout Paris, et qui ne laisse jamais dans l'embarras un journal ou un éditeur ; dans le plus mauvais cas il remplace une œuvre par une autre s'il n'y a pas moyen de faire autrement. Cette fois Girardin déclare qu'il lui faut avoir en mains le manuscrit complet avant de pouvoir à nouveau commencer la publication. Et alors Balzac, pour la première fois dans sa vie, doit capituler sur le champ de bataille littéraire. Pour la première fois dans sa vie il lui faut dire : « Je ne peux pas ! » Pour se dissimuler à lui-même sa défaite, il se procure — personne ne sait comment ni où — un peu d'argent et rembourse l'avance à l'exception d'un petit reliquat. C'est la rançon qu'il paye pour se libérer du cachot où il a été réduit en servitude un quart de siècle. Et le voilà qui va se réfugier à l'autre bout du monde, à Wierzchownia, pour y aller quérir sa fiancée, s'y marier et enfin, enfin, revenir vivre en chef de famille, en millionnaire, sans soucis et indépendant, dans sa nouvelle petite maison. Plus rien ne l'occupe que cette idée de son bonheur futur ou plutôt, ce rêve de donner une forme définitive à sa vie. Et c'est pour l'amour de cette petite maison qu'il fait aussi une sorte de paix avec sa mère qu'il hait au fond, et au sujet de laquelle il ne peut s'exprimer dans ses lettres avec assez d'amertume. Il charge cette femme de soixante-dix ans qui seule connaît ses intentions et sur la dure main, sur l'âpreté paysanne de laquelle il peut compter, de la mission de veiller sur ce bien précieux, tout comme jadis il a eu recours à elle, quand dans la lutte contre ses créanciers, il a été obligé de s'enfuir de la maison de la rue Cassini. Chaque fois qu'il a besoin de quelqu'un qui soit tout à fait sûr, c'est toujours à cette vieille femme qu'il s'adresse. Et il lui donne des instructions étranges, qui font presque songer à celles que l'on trouve dans ses nouvelles : ainsi elle doit de temps en temps effrayer le domestique en lui annonçant que M. de Balzac va revenir dans quelques jours. Elle doit faire cela chaque semaine. « Ça tiendra les gens en haleine. »

Il faut qu'elle veille soigneusement sur la petite maison où sont entassés tous ses trésors. « Mme de Hanska a les plus grandes inquiétudes pour cette habitation qui renferme tant de richesses. Elles sont le fruit de six ans d'économies. On pourrait y voler quelque chose ou il arriverait bien quelque malheur », écrit-il à sa sœur. Et il fait observer avec satisfaction à sa mère : « Aucun des deux serviteurs ne sait lire ni écrire. Tu es la seule qui connaisse mon écriture et ma signature. »

C'est à ce moment qu'il s'aperçoit pour la première fois, qu'il n'a au fond personne d'autre que cette vieille femme.

Après quoi, il part pour son long voyage.

*
* *

S'en aller à Wierzchownia c'est au temps de Balzac une aventure. Il peut dire avec raison : « J'ai fait le quart du diamètre de la terre... Si j'avais doublé le chemin, je me serais trouvé par-delà l'Himalaya. »

Il fallait alors à un voyageur ordinaire au moins quinze jours pour une telle expédition. Balzac, qui, là aussi, a l'ambition de faire des choses extraordinaires, file d'un trait, sans faire de halte. En une semaine à peine il est au but et tombe à l'improviste chez ses amis huit jours avant la lettre qui devait annoncer son arrivée.

Sa première impression touche à l'extase. Le cœur aisément inflammable de Balzac est toujours prêt à s'enthousiasmer, mais rien ne peut le griser comme la richesse. Et il est riche, certes, ce Wierzchownia ; c'est maintenant seulement qu'il voit de ses yeux dans

quelle opulence vraiment seigneuriale vivent ses
amis. Le château, avec ses enfilades de pièces, lui fait
l'effet d'un Louvre. Le domaine n'est pas une propriété ordinaire, il est aussi grand qu'un département
français. Il admire la riche et lourde terre de
l'Ukraine, qui donne des moissons sans être jamais
fumée, les vastes champs qui appartiennent aux
Hanski, la foule des domestiques. Et le Balzac réac-
tionnaire s'extasie sur ces serviteurs qui « s'étalent
exactement à plat ventre, frappent trois fois la terre
du front, et vous baisent les pieds. On ne sait se
prosterner qu'en Orient. C'est là seulement où le mot
"pouvoir" a un sens ».

Il contemple cette débauche d'argenterie et de porcelaine, ce luxe en toutes choses. Et il imagine comment ont grandi ces Rzewuski ou ces Mniszech dont
les ancêtres ont possédé des domaines de la taille de la
moitié de la France. Ce comte Mniszech a sur ses
terres quarante mille « âmes », comme il dit de ses
paysans. Mais il lui en faudrait quatre cent mille s'il
voulait cultiver vraiment ses propriétés. Ici tout est
profusion ; on mène la vie à grandes guides, comme
Balzac l'a rêvé. Dans ce château il se sent dans son
élément.

*
* *

Pour la première fois dans son existence Balzac n'a
pas besoin de songer à l'argent. Tout ce qu'il peut
désirer est à sa disposition : la chambre, les domestiques, les chevaux, les voitures, les livres. Pas de créanciers qui viennent le déranger et c'est à peine si les
lettres peuvent l'atteindre. Mais personne ne saurait
échapper à sa nature. Balzac a un besoin impérieux
de penser les choses sous le rapport de l'argent.
Comme un compositeur transpose ses sentiments,
ses états d'âme en musique, ses impressions se trans-
posent en calculs. Il reste un incurable spéculateur. Il
est à peine arrivé à Wierzchownia, il ne fait que

traverser les forêts du domaine des Hanski, que déjà, au lieu de jouir de la splendeur murmurante du vert feuillage, il considère les arbres pour leur intérêt commercial. Le voici de nouveau qui suit son vieux rêve de faire fortune en une fois, par un grand coup. Les échecs de l'imprimerie, de la fonderie de caractères, des mines d'argent de Sardaigne, et des actions de Rothschild dans les chemins de fer du Nord — tout cela ne lui a rien appris. Balzac a vu du bois, et aussitôt il propose à son futur beau-fils, Mniszech, une spéculation sur le bois. A la frontière russe on est en train de construire le chemin de fer qui va bientôt relier la Russie à la France. Et Balzac, avec son impatience coutumière, trace déjà au crayon la ligne qui reliera les forêts de ses amis au marché français.

Or en ce moment la France, où il se fait une énorme consommation de bois de chêne pour les traverses de chemin de fer, manque presque de bois de chêne. Je sais que les bois de chêne ont doublé presque de prix dans les constructions et dans la menuiserie en bâtiment.

Et là-dessus il calcule et calcule. Il faut tenir compte du transport de Brody à Cracovie. De là, le chemin de fer va bien jusqu'à Paris, mais avec quelques interruptions : il n'y a pas encore de ponts sur l'Elbe à Magdebourg, ni sur le Rhin à Cologne, ce qui fait qu'il faut transborder au cours du voyage les traverses bon marché d'Ukraine au passage des deux fleuves et « le transbordement de soixante mille poutres semblables n'est pas une petite affaire ». Il suppose lui-même dans son devis que chacune de ces poutres de chêne revient à dix francs à l'achat et coûte vingt francs de port, mais on coupera ces poutres en traverses de dix pieds de longueur seulement ; on s'adressera à des banquiers, on intéressera l'administration des chemins de fer du Nord qui, peut-être, dans son propre intérêt, allégera les frais. Et si on a seulement cinq francs de bénéfice par poutre, cela fait après déduction de tous les faux frais un profit de quatre cent vingt mille francs. « Cela vaut la peine d'y penser. »

Inutile d'ajouter que cette dernière spéculation de Balzac resta elle aussi sur le papier.

*
* *

Balzac se laisse gâter pendant ces mois à Wierzchownia. Il va à Kiew avec les jeunes dames et raconte, dans un récit de ce voyage, comme on l'y a accablé d'attentions. Un riche Russe allume chaque semaine un cierge pour lui et promet aux domestiques de Mme de Hanska de gros pourboires s'ils lui révèlent quand il doit revenir afin qu'il puisse le voir. Dans le château, Balzac habite un délicieux petit appartement, composé d'un salon, d'un cabinet et d'une chambre à coucher ; le cabinet est en stuc rose avec une cheminée, des tapis superbes et des meubles commodes, les croisées sont toutes en glace sans tain, en sorte que « je vois le paysage de tous les côtés ». Il projette de grandes excursions et des voyages jusqu'en Crimée et au Caucase et on ne peut que regretter qu'elles n'aient pas eu lieu. Mais il ne fait aucun travail ou pour ainsi dire aucun. En ces dernières années, quand Mme de Hanska est présente, il ne fait jamais de besogne sérieuse. Pour elle, pour sa fille et pour son gendre, Balzac est le « bilboquet », l'amuseur, tandis que, chez ses autres amis, les Carraud ou les Margonne, on lui témoigne le plus haut respect dû à l'artiste, en n'accaparant point son temps et en ne se souciant de lui que quand il en manifeste lui-même le désir. Chez eux, il a travaillé ; ici c'est autre chose. Il y a autour de ces femmes indolentes et gâtées, qui n'ont de leur vie fait œuvre de leurs dix doigts, une atmosphère où n'a point de place le vrai, l'intense effort.

Soudain, en janvier, au plus dur de l'hiver, Balzac repart pour Paris. Il fait ce voyage par vingt-huit degrés de froid. C'est soi-disant un paiement complémentaire pour ses malheureuses actions des chemins de fer du Nord qui le chasse ; peut-être aussi l'inquiétude au sujet de sa maison qui le saisit à nouveau. Mme de Hanska le laisse naturellement partir seul ; pas un mot de la promesse ou du mariage. Plus elle le connaît, plus elle hésite. Elle sait qu'ici, en Ukraine, elle vit dans une totale sécurité, dans l'opulence et sans soucis aucuns. Elle s'est probablement aperçue qu'avec cet incorrigible prodigue et spéculateur, elle n'aurait sans doute jamais de paix à Paris. Aussi le laisse-t-elle, sans grands scrupules, s'en aller, tout souffrant qu'il est ; elle se contente de lui jeter sur les épaules au moment de l'adieu une grosse fourrure russe.

*
* *

A chaque retour d'un voyage de quelque importance, Balzac, tout le temps de sa vie, même avant de franchir le seuil de sa maison, s'est attendu à des catastrophes qu'il a du reste la plupart du temps provoquées. Cette fois, à peine a-t-il mis le pied sur le sol français, qu'éclate la révolution de février 1848. La monarchie est balayée et ainsi disparaît pour lui, monarchiste convaincu et même légitimiste, toute chance de carrière politique. Il se propose bien le 18 mars dans *Le Constitutionnel* comme député au cas où on le lui demanderait, mais naturellement il ne lui parvient aucune invitation. Il n'y a qu'un club parisien, la « Fraternité Universelle » qui manifeste quelques velléités de l'inscrire sur la liste des candidats s'il est disposé à présenter sa profession de foi. Mais il s'y refuse fièrement. Qui le veut comme député doit avoir depuis longtemps appris dans les volumes de ses œuvres complètes, quelles sont ses convictions politiques. Il est typique pour lui qu'ayant prévu, comme écrivain, les transformations sociales avec tant de netteté et les ayant justifiées, il soit toujours

dans la politique pratique — comme dans ses affaires
— du mauvais côté.

Et aussi dans d'autres domaines il subit déception
sur déception. Les actions des chemins de fer du Nord
ont continué à baisser ; les succès de théâtre, toujours
espérés, ne se sont pas produits. Il n'a pas livré la
pièce *Pierre et Catherine,* promise depuis longtemps.
Par contre il en rapporte une autre de Russie, le
« drame intime » *La Marâtre.* Il est bien représenté le
25 mai au Théâtre historique, mais au milieu de
l'agitation politique, il n'obtient pas de vrai succès. Sa
pièce la plus importante : *Mercadet,* est acceptée unanimement par le comité de lecture de la Comédie-
Française, mais la représentation est différée. Il n'est
pas question de romans en ces temps-là. Il semble
voué complètement à la scène. Il rêve d'un groupe-
ment de tous les grands écrivains dramatiques qui
écriraient ensemble leurs œuvres théâtrales et enri-
chiraient ainsi l'art dramatique en France.

Mais tout cela, vraisemblablement, n'a guère
d'importance pour lui. Le temps des ambitions littéraires est passé. La seule chose qui compte, c'est sa
maison. On y a fait bien des choses en son absence,
mais elle n'est toujours pas achevée. Le contraste
entre le luxe qui s'y déploie et la pauvreté personnelle
de Balzac est immense. Il ne peut plus obtenir d'avances des éditeurs devenus méfiants. Il n'a plus de
nouveaux manuscrits à offrir et reste gravement
endetté envers le dernier d'entre eux, Souverain. Il est
mal avec les journaux. Parfois il a dû avoir le sentiment qu'on l'a oublié. Mais la haine a meilleure
mémoire que l'amour. Le premier jour où il entend
parler du retour de Balzac, Emile de Girardin, à qui,
avant son voyage, il a remboursé ses avances sur *Les
Paysans* à l'exception d'un petit reliquat de sept cent
vingt et un francs quatre-vingt-cinq centimes,
réclame cette petite somme. Quinze jours plus tard il
attaque le romancier en justice et Balzac est
condamné à payer. Les temps de sa splendeur sont

passés où il pouvait exiger soixante centimes la ligne. Il lui faut donner au *Musée des Familles*, pour un prix dérisoire, une nouvelle, *L'Initié*, afin d'avoir de quoi manger. Il est plus pauvre que jamais. Toutes les sources sont taries. Il a été absent trop longtemps. Et puis il a un peu honte d'emprunter de l'argent tout en engageant pour la « modeste maison » de la rue Fortunée des dépenses insensées. Il y fait tendre les murs de damas d'or, sculpter et orner les portes de marqueteries d'ivoire. Sa bibliothèque, un meuble affreux pour notre goût, incrusté d'écaille, coûte quinze mille francs. Après la mort de Mme de Balzac elle ne trouvera que péniblement acheteur à l'Hôtel Drouot pour cinq cents francs. Jusqu'à l'escalier qui doit être recouvert de tapis précieux ! Partout des vases chinois, des porcelaines, des coupes de malachite ; tout un luxe, vrai ou faux, s'étale. La « grande galerie » est l'orgueil de Balzac ; c'est pour elle qu'il a fait choix de cette maison dont le plan est fort malheureux et qui sans doute ne pouvait, à cause de cela, se vendre qu'à un homme dénué de sens pratique comme lui. C'est une rotonde allongée, couverte en verre. Les murs sont peints blanc et or ; quatorze statues y font cercle. Là, dans des armoires d'ébène se trouve le bric-à-brac, les magnifiques occasions, les objets d'art qu'il a achetés à Dresde, à Heidelberg, ou à Naples en ses heures de flânerie pour les rassembler ici — le vrai voisine avec le faux, le bon goût avec le mauvais. Aux murs sont pendus les soixante-six tableaux de la galerie Balzac, le prétendu Sebastiano del Piombo, un prétendu paysage d'Hobbema, un portrait que Balzac attribue sans hésiter à Dürer.

Le contraste entre sa folle prodigalité pour ce palais d'une part, sa pauvreté personnelle et ses dettes de l'autre, doit nécessairement amener des frictions avec sa famille. Balzac ne peut dire la vérité aux siens, il faut qu'il trouve sans cesse de nouvelles explications pour justifier le retard que met Mme de Hanska à la conclusion du mariage. Tantôt il déclare qu'il a écrit directement au tsar pour solliciter son autorisation, mais qu'elle lui a été refusée. L'histoire est très vraisemblablement une pure invention. Une autre fois, il parle de procès compliqués qui retiennent Mme de Hanska en Russie. Toujours il cherche à la représenter aux prises avec de graves difficultés financières. Un jour il raconte qu'elle a mis toute sa fortune sur la tête de sa fille et ne peut plus en disposer elle-même ; une autre fois c'est toute la moisson qui serait brûlée. En réalité Mme de Hanska a été toute sa vie immensément riche, mais Balzac cherche toujours à diminuer en présence des siens l'écart entre sa situation et celle de son amie. Les deux familles s'affrontent : ici chez les Rzewuski l'inexorable tante Rosalie ne cesse de dissuader sa nièce et représente l'écrivain parisien comme un gaspilleur à qui on ne peut se fier et un incurable fou qui la compromettrait et dissiperait la fortune des Hanski — là, la vieille Mme Balzac et sa sœur ne voient dans la fiancée de leur fils et de leur frère qu'une aristocrate hautaine et prétentieuse, une personne froide et égoïste qui veut l'avilir au rang de ses valets et l'a fait courir, malgré sa mauvaise santé, de-ci, de-là, tout autour de la moitié du globe.

La mère de Balzac, à soixante-dix ans, a assumé patiemment sa fonction de gardienne du palais de la rue Fortunée. Elle a la tâche difficile et ingrate de se battre avec les fournisseurs, et de marchander, d'évincer les créanciers, de surveiller les domestiques et de tenir la caisse. La vieille femme prend vaillamment et efficacement tout cela sur ses épaules. Mais elle sent bien que son autorité dans la nouvelle maison ne durera que tant que l'installation ne sera pas achevée. Elle sait qu'on ne l'a appelée que pour donner un coup de main, elle est bien sûre qu'on ne lui laisserait pas même une petite chambre par-derrière dans la splendide demeure, s'il plaisait pour de bon à cette princesse russe ou polonaise de s'y installer. On la balayera hors du palais avec le dernier grain de pous-

sière. Elle n'aura même pas le droit d'accueillir la
femme de son fils à la porte de la maison sur laquelle
elle a si longtemps veillé — et les faits ont justifié cette
crainte. Jusqu'ici Mme de Hanska n'a pas même
daigné une fois prendre contact, ne fût-ce que par une
ligne de lettre, avec la mère de son amant et fiancé ; à
plus forte raison ne l'a-t-elle jamais remerciée de sa
peine.

Une amertume bien justifiée s'accumule. Ce n'est
pas une fois, par exemple, mais dix fois, que la question se pose de savoir si cette septuagénaire a le droit
de se permettre de prendre l'omnibus de la rue Fortunée à Suresnes pour aller voir sa fille. Pour elle deux
sous sont une dépense considérable ; pour le palais
qu'elle administre en intendante les comptes montent
à des mille et à des dix mille. Tout s'y prépare en vue
d'une existence princière où il n'y a point place pour
cette bourgeoise pur sang qu'est Mme Balzac. La
famille regarde ainsi cette parente appartenant à
l'aristocratie russe d'un œil fort sceptique. Elle
s'étonne — et n'a peut-être pas tort — que cette
héritière de tant de millions ne songe même pas à
payer les dettes que son fiancé a faites auprès de sa
vieille mère ou tout au moins ne lui constitue pas, par
devant notaire, une rente viagère qui tienne compte
de ses droits. Malgré toutes les protestations
d'Honoré il ne peut lui échapper que Mme de Hanska
diffère le mariage et derrière ce refus elle soupçonne
l'orgueil, non sans raison. D'autre part Mme de
Hanska a sans aucun doute la plus vive répulsion à
venir à Paris où elle serait obligée de fréquenter cette
vieille mère, cette sœur, ce beau-frère et toute cette
canaille bourgeoise ou même de mener la vie commune avec eux. Le palais, avec tout son luxe doré,
n'apporte à Balzac que des désagréments ; jamais il

n'en pourra vraiment jouir. Chaque fois que cet homme veut jouir, il en est puni par le destin.

*
* *

Peut-être Balzac a-t-il espéré, maintenant que la maison est pour ainsi dire finie, que Mme de Hanska allait se décider à venir. Mais il apparaît nettement à chaque occasion que les sentiments de tendresse et le désir d'une liaison durable n'existent guère que chez l'une des parties, chez le grand écrivain, et que la châtelaine de Wierzchownia n'a pas la moindre envie de s'installer dans la maison de la rue Fortunée. Balzac doit donc, bon gré mal gré, se décider à la fin de septembre, avant que ne commencent les rigueurs de l'hiver — sous lesquelles il a tant souffert au cours de son voyage de retour en janvier —, à parcourir à nouveau un quart du tour du globe terrestre pour tenter une fois encore — après combien d'autres ! — de traîner à l'autel cette amante rétive.

Auparavant il s'efforce encore une fois de conquérir un fauteuil à l'Académie. La mort de Chateaubriand et d'un autre immortel dont le nom a aujourd'hui depuis longtemps sombré dans l'oubli, a rendu vacants deux fauteuils et Balzac a posé sa candidature. Il faudrait, selon la coutume parisienne, faire des visites chez les trente-huit autres académiciens qui doivent l'appuyer. Mais Balzac n'en a plus le temps. Il doit retourner en Russie avant la venue de l'hiver ; aussi abandonne-t-il au destin le résultat du scrutin. L'issue de l'incident est lamentable — plus lamentable à vrai dire à notre sens pour l'Académie que pour le romancier : deux voix en tout se portent sur le créateur de *La Comédie humaine.* Un certain comte de Noailles et un autre personnage dont les immortels mérites n'ont laissé aucune trace obtiennent les fauteuils et l'habit vert. Il faut dire à l'honneur de Balzac qu'il prend acte avec dignité et dans le sentiment de sa supériorité de cette troisième rebuffade. Il se contente de prier expressément un de ses amis de découvrir qui étaient les deux académiciens courageux pour qu'il puisse leur dire sa gratitude.

*
* *

En octobre, Balzac arrive de nouveau à Wierzchownia. Mais cette fois son enthousiasme a baissé d'un ton. Wierzchownia n'est plus un paradis, mais bien un « désert ». « Ah, quinze jours en Ukraine te feraient trouver la rue Fortunée bien ravissante ! » écrit-il à sa mère. Il ne cesse d'insister, d'un ton presque anxieux, sur l'accueil qu'on lui a fait comme à « un hôte très choyé ».

Les personnes avec lesquelles je vis sont excellentes pour moi, mais je ne suis encore qu'un hôte très choyé et un ami dans la véritable acception du terme. On connaît ici toutes les personnes de ma famille, et mes chagrins sont très vivement partagés ; mais que faire contre des impossibilités ?

« On » — il ne désigne jamais Mme de Hanska autrement que par « on » dans ces lettres à sa famille — daigne enfin s'apercevoir qu'il a là-bas à Paris, une mère et une sœur. Mais entre les lignes, et même, dans le texte, tout à fait expressément, on peut lire qu'il se passe à Wierzchownia quelque chose qui n'est pas normal. Les « impossibilités », ce sont, semble-t-il, avant tout, les dépenses impossibles que Balzac a faites à Paris. Mme de Hanska aurait été, et non sans raison, effrayée par les sommes folles dépensées là-bas pour une maison que vraisemblablement elle n'a aucune envie d'habiter. Balzac veut maintenant tout à coup freiner les frais et il écrit à Paris : « C'est assez te dire que les sacrifices ont un terme et qu'il ne faut lasser personne, pas même les gens qui nous sont le plus attachés. Ces perpétuelles dettes de la maison n'ont pas été sans faire un mauvais effet et, si quelque nouvelle affaire survenait, je ne sais pas si mon avenir n'en serait pas atteint. »

Il semble qu'il y ait eu des scènes violentes : « On est fâché d'avoir engagé une si forte somme. »

Mme de Hanska a dû constater une nouvelle fois que les talents de calculateur de Balzac ont besoin d'un sérieux contrôle. La maison, qu'il avait d'abord estimée à cent mille francs, coûte déjà maintenant avec l'installation intérieure, trois cent mille. Et même une femme riche à millions comme Eva de Hanska doit commencer à trouver cela inquiétant. L'irritabilité qui règne à Wierzchownia est contagieuse. Balzac écrit à la maison des lettres maussades et sa mère répond aigrement. Une de ces lettres tombe dans les mains de Mme de Hanska. De nouvelles difficultés surgissent et Balzac essaie de rejeter toute la faute sur sa famille et de la rendre responsable de l'ajournement du mariage. Déjà on parle d'une vente possible de la maison de la rue Fortunée, tout simplement : « Elle est ici riche, aimée, considérée, elle n'y dépense rien ; elle hésite à aller dans un endroit où elle ne voit que troubles, dettes, dépenses et visages nouveaux ; ses enfants tremblent pour elle ! »

Balzac à son tour est pris de peur et fait des tentatives insensées pour réaliser des économies. Soudain, voilà qu'il faut renvoyer la bonne ; son salaire et sa nourriture, c'est vraiment trop. On se contentera de François, le serviteur ; il est indispensable à la garde des trésors accumulés. Et Balzac tombe dans des extrêmes encore plus grotesques. Il écrit — du fin fond de l'Ukraine — à sa sœur, à Suresnes, pour lui demander si, à son retour, elle ne pourrait pas lui envoyer tous les lundis sa cuisinière qui préparerait d'avance pour lui et le domestique le bœuf pour la semaine entière. Et lui, qui comptait naguère par millions, n'aligne plus maintenant que les chiffres les plus modestes.

Il ne me reste pas deux cents francs, et, après cela, je n'aurai plus de ressources qu'au théâtre, où je prévois que, même avec des chefs-d'œuvre, on ne fera pas de recettes.

Une telle dépression est nouvelle chez Balzac. Elle trahit qu'il est miné, qu'il n'est plus lui-même. Sa vitalité a reçu le coup fatal. L'organisme prend sa revanche. Les avertissements étaient venus de tous côtés ; il n'y a pas assez pris garde. Voici maintenant tous les organes sérieusement atteints. Il ne faut plus qu'un choc et même pour une constitution aussi vigoureuse que la sienne ce sera l'effondrement.

Le malheureux voyage à Wierzchownia était lui-même une imprudence. Cet enfant de la Touraine n'est pas habitué au climat russe. Une bronchite se déclare et trahit en même temps le mauvais état de son cœur que son fidèle ami, le docteur Nacquart, avait déjà jugé suspect en 1842. Quand il peut enfin quitter le lit, il n'a plus sa vivacité d'allure. Il perd le souffle à chaque pas ; il se fatigue rien qu'à parler. Il est « maigre comme en 1819 » ; « la maladie a fait de lui un enfant ». On ne peut plus songer à un travail quelconque. « Depuis toute une année je n'ai plus rien gagné. » Qu'il doive quitter son vêtement de travail, le froc monacal, cela nous fait l'effet d'un symbole. « J'ai eu, pour ma maladie, une robe de chambre qui destitue à jamais les robes blanches des Chartreux. »

On ne peut songer à un retour pendant l'hiver russe. Il faut même renoncer aux voyages projetés à Kiew et à Moscou. Il est soigné par deux médecins allemands : le docteur Knothe et son fils. Ils font l'essai d'une cure par le citron qui nous fait une impression très moderne. Mais cela n'apporte qu'un mieux momentané. Le corps ne veut plus se tendre dans un véritable effort ; tantôt c'est un organe, tantôt c'est l'autre qui flanche. A un moment ce sont les yeux, puis la fièvre revient, et après c'est une nouvelle pneumonie.

Nous n'avons, sur l'attitude de Mme de Hanska,

que des allusions, mais ce qui est sûr, c'est que les
rapports ne furent pas des meilleurs. Elle s'était
d'abord emballée pour l'écrivain célèbre et s'était
sentie flattée d'accueillir ses hommages ; puis il avait
été « bilboquet », l'amusant plaisantin, qui vous
tenait compagnie avec son éternelle bonne humeur, le
spirituel compagnon de voyage de la troupe des « Saltimbanques ». Maintenant il n'est plus qu'une charge.
Les deux femmes avides de plaisir, la mère et la fille, se
sont réjouies depuis des mois à la pensée de la grande
foire de Kiew. On y a loué une maison, on a fait
prendre les devants aux voitures, aux domestiques,
au matériel, on a acheté des toilettes par douzaines.
Et maintenant, à cause de la maladie de Balzac —
peut-être aussi à cause des mauvaises routes — le
départ est sans cesse différé. Quant à Balzac que sa
pneumonie retient au lit, sa seule joie est que les deux
dames viennent à l'occasion lui présenter les robes
neuves avec lesquelles elles vont ensuite aller à leurs
distractions.

Bien sûr, dans les lettres à sa famille, il est toujours
enthousiaste comme d'un être supraterrestre de son
Eva et de sa toute superficielle et simplette enfant.
Mais pourtant il a dû être alors baigné dans une
atmosphère de solitude — il a dû se sentir tout à fait
un étranger parmi ces femmes gâtées de la fortune
qui ne pensaient qu'à leur plaisir. Car tout d'un coup
il se rappelle ses vieux amis. Pendant des années
Mme de Hanska a rejeté dans l'ombre toutes ses
autres relations. A peine a-t-il écrit à Zulma Carraud,
la plus fidèle et la plus compréhensive de ses amies, le
guide de sa jeunesse. Voici qu'elle lui revient en
mémoire. Voici qu'il songe à nouveau au soin qu'elle
a pris de lui et imagine comme elle l'aurait veillé en
pareille situation.

Oh oui ! il y a si longtemps qu'il n'a pensé à elle que
la formule ordinaire : « Chère » ou bien « Cara » ne se
présente pas sous sa plume. « Ma bien chère et bonne
Madame Zulma », commence-t-il comme s'il s'agis-

sait d'une connaissance devenue tout à fait étrangère.
Mais il ne tarde pas à retrouver le vieux ton familier et
l'on sent la mélancolie dans ces lignes :

Mes nièces et ma sœur m'ont à deux reprises donné de
bien tristes nouvelles de vous et si je ne vous ai pas écrit,
c'est que je ne le pouvais pas. J'ai été bien près de la mort du
pauvre Soulié, car j'ai vu éclater ici une terrible maladie de
cœur, préparée par mes quinze ans de travaux forcés et
voilà huit mois que je suis entre les mains d'un docteur qui,
en pleine Ukraine, se trouve être un grand médecin, attaché
au palais et aux terres des amis chez lesquels je suis. Le
traitement a été interrompu par une de ces terribles fièvres
dites moldaves qui, des marécages du Danube, arrivent à
Odessa et ravagent les steppes. Cela s'appelle une intermit-
tence céphalalgique et elle m'a duré deux mois. Il n'y a que
huit jours que j'ai repris le traitement de la maladie chronique du cœur et avant-hier mes nièces m'ont envoyé une
lettre où l'on me dit que vous espérez garder Frapesle, mais
que vous avez vendu les terres. Ces mots, Frapesle,
Mme Carraud, etc., ont réveillé tous mes souvenirs avec
tant d'intensité que, quoique tout travail, même celui d'une
lettre à écrire, me soit interdit, j'ai voulu vous dire pourquoi
et comment je n'ai pu écrire que quelques lettres d'affaires
depuis février dernier, afin que vous ne croyiez pas que les
vrais amis s'en vont et que vous sachiez que je n'ai jamais
cessé de penser à vous dans ces années, de parler de vous,
même ici où l'on connaît Borget depuis 1833...

Comme la vie est autre, vue du haut de cinquante ans et
que souvent nous sommes loin de nos espérances ! Vous
souvenez-vous de Frapesle quand j'y endormais Mme Des-
grès ? J'ai endormi, je crois, bien du monde depuis. Mais
que de choses, que d'illusions jetées en même temps par-
dessus le bord. Et croiriez-vous que, sauf l'affection qui va
croissant, je ne sois pas plus avancé là où je suis ! Quelle
rapidité pour l'éclosion du mal et quels obstacles pour les
choses du bonheur ! Non, c'est à donner le dégoût de la vie.
Voilà trois ans que j'arrange un nid qui a coûté ici une
fortune, hélas, et il manque les oiseaux. Quand viendront-
ils ? Les années courent, nous vieillissons et tout se flétrira,
même les étoffes et les meubles du nid. Vous voyez, chère,

que tout n'est pas rose, pas même pour ceux qui, en apparence, ont la fortune.

Il écrit maintenant aussi à Mme Delannoy qui l'a si souvent aidé à se libérer dans ses embarras financiers et à qui il n'a jamais exprimé vraiment sa gratitude. Cet homme qui ne peut jamais payer ses dettes d'argent semble avoir quelque obscur besoin d'éteindre, avant qu'il soit trop tard, ses dettes de tendresse et de reconnaissance. Peut-être Balzac sait-il déjà lui-même qu'il est condamné.

Chapitre XXV

MARIAGE ET RETOUR AU FOYER

Peut-être Balzac a-t-il une vague idée de son état, mais les médecins, eux, ont la certitude qu'il est perdu, et on doit admettre qu'ils n'ont pas dissimulé à Mme de Hanska leur sentiment. Et maintenant que, elle en est sûre, l'union sera brève, elle se décide à réaliser le dernier vœu de l'homme qui pendant tant d'années a aspiré à sa main, le vœu le plus cher de sa vie. Elle sait qu'en faisant ce pas, elle ne court pas un gros risque ; il ne pourra plus gaspiller beaucoup d'argent. Le « bon Balzac » est devenu le « pauvre Balzac » et elle éprouve une certaine pitié, comme en éprouvent les dames de qualité pour un vieux et fidèle serviteur quand il souffre sur son lit de mort. Et ainsi on prépare le mariage pour le mois de mars 1850.

Il aura lieu à Berditcheff, le chef-lieu de province le plus proche ; au printemps le couple ira à Paris habiter la maison enfin terminée. Rien ne peint plus vivement l'impatience de cet être imaginatif, que les instructions qu'il donne, dès maintenant, de si loin, pour leur arrivée. C'est un bulletin précis qu'il adresse à sa mère.

Tu trouveras dans le grand bol de Chine qui est au-dessus de l'armoire brune de la première pièce d'en haut du côté du salon de marqueterie l'adresse d'un jardinier des Champs-Elysées ; ce jardinier est déjà venu en 1848 chez moi, pour voir ce qu'il fallait de fleurs par quinzaine, pour garnir la maison et faire un prix pour toute l'année. Il s'agissait de six à sept cent-cinquante francs par an. Comme je devais partir, j'ai ajourné cette dépense qui ne peut être faite que si les fonds suffisent et si elle plaît à une personne qui, d'ailleurs, adore les fleurs. Donc ce jardinier ayant garni une fois la maison, aura des bases pour faire avec toi le marché. Tâche d'avoir de belles fleurs, sois exigeante.

Voici ce qui doit être garni : 1° la jardinière de la première pièce ; 2° celle du salon en japon ; 3° les deux de la chambre en coupole ; 4° de petites bruyères du Cap dans les deux petitissimes jardinières de la cheminée de la pièce grise en coupole ; 5° les deux grandes jardinières des deux paliers de l'escalier ; 6° de petites bruyères du Cap dans les deux bols montés par Feuchère.

C'est ainsi qu'il prend ses dispositions dès avant son mariage, des semaines avant de pouvoir entrer dans sa maison. On voit quelle merveilleuse imagination est encore en travail dans ce malade, avec quelle précision sa mémoire fonctionne encore jusque dans les plus petits détails. Il connaît chaque meuble, il sait où se trouvent chaque vase et chaque jardinière. Il est déjà en pensée là-bas, rue Fortunée, prenant les devants sur ses noces, sur le long voyage de retour.

*
* *

Le 14 mars, le mariage est célébré en l'église Sainte-Barbe dans la capitale provinciale ukrainienne de Berditcheff. La cérémonie doit avoir lieu dans la plus stricte intimité ; on veut éviter d'attirer l'attention ; personne n'est invité, personne n'est au courant. Elle a lieu à sept heures du matin, presque à l'aube. L'évêque de Jitomir, sur lequel on avait compté, n'est pas venu ; mais Balzac a du moins la satisfaction de voir son union bénie par un abbé de la haute aristocratie, un comte Ozarowski. Comme témoins, il n'y a là qu'un parent de l'abbé et le gendre, le comte

Mniszek. Aussitôt après la cérémonie ils rentrent à Wierzchownia.

L'un des matins suivants — c'est comme si le bonheur lui avait rendu la santé —, Balzac se met à son bureau et rédige, en usant encore une fois de son grand style napoléonien, le communiqué de sa dernière, de sa plus grande victoire. Il écrit à sa mère, à sa sœur, à son ami et médecin, le docteur Nacquart, et à Mme Zulma Carraud.

Voici ce qu'il dit à sa vieille amie Zulma, à qui il répète une fois encore dans cette lettre que, quand on l'a questionné ici sur ses amitiés, c'est elle qu'il a nommée en premier :

Donc, il y a trois jours, j'ai épousé la seule femme que j'aie aimée, que j'aime plus que jamais, et que j'aimerai jusqu'à la mort. Cette union est, je crois, la récompense que Dieu me tenait en réserve pour tant d'adversités, d'années de travail, de difficultés subies et surmontées. Je n'ai eu ni jeunesse heureuse, ni printemps fleuri ; j'aurai le plus brillant été, le plus doux de tous les automnes. Peut-être à ce point de vue, mon bienheureux mariage vous apparaîtra-t-il comme une consolation personnelle en vous démontrant qu'à de longues souffrances, la providence a des trésors qu'elle finit par dispenser.

Il cachette les lettres et n'a plus qu'une pensée : les suivre, rentrer enfin à la maison.

Aucun billet, pas une ligne de sa femme n'accompagne cette correspondance. Même en cet instant, il n'est pas parvenu à provoquer chez elle un geste de bonne volonté et Balzac est obligé d'envoyer à sa mère cette excuse bien embarrassée :

Ma femme avait l'intention d'écrire quelques lignes au bas de cette lettre, mais le courrier attend et elle est au lit, les mains tellement enflées qu'elle ne peut t'écrire ; elle te mettra ses soumissions dans ma première lettre.

Balzac doit payer chacun de ses bonheurs. Il ne peut partir : les routes sont encore couvertes de neige et inutilisables. Et même si la circulation était possible, son état de santé s'oppose à tout voyage. Il a commandé trop tôt les fleurs pour la maison de la rue Fortunée. Le corps affaibli subit de nouveaux assauts.

J'ai une rechute grave de ma maladie de cœur et de poumon. Nous avons perdu beaucoup de terrain sur ce qui avait été gagné... Mes yeux ont une tache noire qui n'a pas encore disparu et qui couvre les objets, et cela m'empêche encore d'écrire... Je tâche aujourd'hui d'écrire pour la première fois depuis ce coup d'air.

On se serait attendu à ce que, maintenant du moins, Mme Eva adresse quelques mots à la mère de Balzac pour la rassurer sur la santé de son fils. Mais Balzac doit ajouter craintivement : « Ma femme n'a pas une minute à elle ; d'ailleurs ses mains sont si prodigieusement enflées par suite de l'humidité du dégel... »

Quinze jours plus tard, le 15 avril, Balzac doit à nouveau tendre toute son énergie pour pouvoir adresser une lettre à sa mère : « C'est à peine si je puis y voir pour t'écrire ; j'ai un mal d'yeux qui ne me permet pas de lire ni d'écrire. »

Et toujours, Mme de Balzac, née Rzewuska, ne peut se décider à envoyer quelques lignes à la vieille femme. Il est encore obligé de présenter une mauvaise excuse : cette fois la mère est retenue au chevet de sa fille malade. Elle le prie donc « de te présenter ses respects ». En ce qui le concerne il lui faut avouer : « Je ne vais pas bien du côté du cœur et du poumon. Tout mouvement me syncope la parole et la respiration. »

Enfin ils se décident à partir et c'est un voyage épouvantable. Dès Brody à la frontière polonaise, Balzac se trouve dans un état d'extrême faiblesse. Il n'a aucun appétit et souffre d'une transpiration abondante qui l'abat de plus en plus. Des amis le reconnaissent à peine en le voyant. De Dresde il écrit le 11 mai 1850 :

Nous avons mis un grand mois à faire le chemin qui se fait en six jours. Ce n'est pas une fois, c'est cent fois que nos vies ont été en danger. Nous avons souvent eu besoin de quinze ou seize hommes et de crics pour nous retirer des bourbiers sans fond où nous étions ensevelis jusqu'aux portières. Enfin nous voilà ici, en vie, mais malades et fatigués. Un pareil voyage use la vie pour dix ans, car juge de ce que c'est que de craindre de se tuer l'un et l'autre où l'un par l'autre quand on s'adore.

Il est arrivé à cette étape de son voyage dans un total épuisement et à demi aveugle. Il ne peut plus monter une marche et se demande s'il pourra même continuer sa route vers Paris : « Ma santé est si déplorable... Ce terrible voyage a aggravé ma maladie. »

Bien que ses yeux lui refusent tout service, il lui faut lui-même écrire cette lettre et une fois de plus il est obligé de trouver des excuses au manque d'égards de sa femme : « Ma femme est très sensible à tout ce qu'il y a pour elle dans vos lettres ; mais ses mains ne lui permettent pas d'écrire » (11 mai 1850).

Chose étrange ! ces terribles rhumatismes qui paralysent ses doigts ne l'empêchent pas de fureter chez les joailliers de Dresde et de s'acheter pour vingt-cinq mille francs un magnifique collier de perles. Et cette femme qui, au cours de tous ces mois, n'a pas pu envoyer un mot à la mère et à la sœur de son mari est parfaitement en état de raconter cet achat à sa fille d'une écriture claire et ferme. Qu'en cet instant où Balzac est au lit dans sa chambre d'hôtel, épuisé et incapable de faire usage de ses yeux, elle ne songe à rien d'autre qu'à ce collier de perles trahit bien un manque de cœur caractérisé. Et il est également caractéristique que, dans cette lettre, il soit encore le « bon, cher ami », un fardeau qu'elle consent à traîner avec elle parce qu'elle sait que cela ne peut plus durer longtemps.

Sous ces lignes indifférentes on ne peut que soupçonner les conflits qui se sont déroulés en ces jours de Dresde. Mais il faut que Balzac joue son rôle jusqu'à la fin : « Je compte sur toi pour faire comprendre à ma mère qu'il ne faut pas qu'elle soit rue Fortunée à mon arrivée », écrit-il à sa sœur.

Il a une peur manifeste de la rencontre des deux femmes et a recours à cette excuse maladroite : « Sa dignité serait compromise dans les déballages auxquels elle nous aiderait. »

La vieille femme avait bien raison d'être défiante. Au cours de tous ces mois elle a fidèlement veillé sur les trésors, surveillé les domestiques, discuté avec les fournisseurs. Elle savait bien que la hautaine princesse russe ne voudrait pas la voir dans sa maison. On ne lui a plus laissé qu'un soin : préparer les fleurs pour la réception, ensuite elle n'aura qu'à s'en aller en silence, avant que le couple fasse son entrée. François, le serviteur, doit attendre à la porte et introduire dans sa maison princière de Paris Mme de Balzac, née Rzewuska. Il devra allumer toutes les lumières dans les chambres et les escaliers ; il faut que ce soit une entrée solennelle. Mais la vieille dame Balzac a eu le pressentiment de tout cela et s'est depuis longtemps rendue discrètement chez sa fille à Suresnes.

*
* *

Sur le retour de Balzac qui doit payer tous ses rêves de bonheur d'un lourd tribut dans la vie réelle, la malédiction s'abat de nouveau. Il restera pour l'éternité non seulement l'auteur, mais le héros douloureux des *Illusions perdues*. L'arrivée à Paris devant la maison de la rue Fortunée se déroule en une scène telle qu'il n'en aurait pu imaginer de plus sinistre dans un de ses romans. Ils ont fait en chemin de fer la dernière étape et le train a pris du retard. Il fait nuit noire quand ils arrivent tous deux en voiture. Balzac est plein d'impatience et d'attente ; il se demande si ses instructions ont été suivies exactement et à la lettre. Il a indiqué avec précision tous les détails ; il sait où doit se trouver chaque jardinière et chaque vase, combien de bougies doivent brûler, comment le serviteur doit les recevoir, une girandole de fleurs à la main.

La voiture s'arrête enfin. François a tenu parole. La maison est éclairée du haut en bas. Mais il n'y a personne à la porte. Ils sonnent ; pas de réponse. Balzac tire et tire la sonnette. La maison illuminée reste muette. Quelques voisins se rassemblent. On pose des questions, mais personne ne sait rien. Madame reste dans la voiture tandis que Balzac envoie le cocher chercher un serrurier pour forcer la porte. Tout comme il a réalisé de force son mariage, il lui faut pénétrer de force dans sa propre maison.

C'est ensuite une scène fantastique. On trouve François, le domestique, dans une des chambres. Il est devenu fou. A cet instant même il a perdu l'esprit et il faut le transporter, cette nuit même, dans un hospice d'aliénés. Et c'est pendant qu'on maîtrise et emmène ce furieux que Balzac introduit Madame, née Rzewuska, dans le foyer où il l'appelait de tous ses vœux.

CHAPITRE XXVI

LA MORT DE BALZAC

Jusqu'à la fin, la loi du destin de Balzac se reproduit invariablement : il ne peut donner forme à ses rêves qu'en ses livres, jamais dans sa vie. Dans l'ardeur de son désir il a, au prix d'indicibles peines et de sacrifices désespérés, installé cette maison pour y vivre « pendant vingt-cinq ans » avec la femme qu'il a enfin conquise. En réalité, il n'y entre que pour y mourir. Il s'est arrangé un cabinet de travail tout à fait selon ses goûts pour y achever *La Comédie humaine*. Les plans sont faits pour plus de cinquante nouvelles œuvres. Mais il n'écrira plus une ligne dans cette salle de travail. Ses yeux refusent maintenant tout service et la seule lettre de lui que nous ayons de la rue Fortunée est bouleversante. Elle est écrite à l'ami Théophile Gautier et de l'écriture de dame Eva, seule une ligne du post-scriptum a été griffonnée péniblement par lui : « Je ne puis plus lire ni écrire. »

Il s'est fait faire une bibliothèque avec les armoires ornées des marqueteries les plus coûteuses, mais il ne peut plus ouvrir un livre. Son salon est tendu de damas d'or, c'est là qu'il voulait recevoir la plus haute société de Paris. Mais personne ne vient lui rendre visite. Toute parole est déjà pour lui plus qu'il ne peut supporter et les médecins lui interdisent jusqu'au plus petit effort pour parler. Il a installé sa grande galerie avec les tableaux qu'il aime pour faire à tout

Paris une surprise sensationnelle avec l'incomparable collection, rassemblée là dans le plus grand secret. Il a imaginé comme il présenterait et expliquerait à ses amis, écrivains et artistes, ses chefs-d'œuvre, l'un après l'autre. Mais le palais plein de joie qu'il avait rêvé est devenu pour lui une sinistre oubliette. Il est couché, solitaire, dans l'immense maison, où parfois, craintive comme une ombre, sa mère seule vient le voir. Car sa femme — là-dessus tous les témoins sont d'accord — manifeste la même absence de véritable sollicitude, la même cruelle indifférence qui était nettement apparue au cours du voyage et pendant le séjour à Dresde.

Son attitude se fait jour irréfutablement dans les lettres à sa fille. Il y est question en de niais bavardages, de dentelles, de parures et de robes neuves. C'est à peine si une ligne trahit un souci véritable du mourant. « Bilboquet », c'est le nom du plaisantin, de la joyeuse époque des « saltimbanques », c'est le nom qu'elle donne à l'homme presque aveugle qui peut à peine se traîner, en soufflant, dans un escalier : « Bilboquet est arrivé ici dans un état pire, bien pire qu'il ne fut jamais. Il ne peut plus marcher et a de constantes syncopes. »

Tous ceux qui le voient savent que Balzac est perdu. Il n'y a qu'une personne qui ne le croie pas, ou ne veuille pas le croire : lui-même. Il a l'habitude de braver les difficultés et de rendre l'impossible réalisable. Aussi, dans son optimisme immense et invincible, n'abandonne-t-il pas la lutte maintenant non plus. Parfois une petite amélioration se fait sentir et il retrouve la voix. Alors il rassemble ses forces et parle avec un des visiteurs venu pour prendre de ses nouvelles.

Il discute de questions politiques, il manifeste sa confiance. Il essaie de faire illusion aux autres comme il s'illusionne lui-même. Tout le monde doit croire qu'il tient encore en lui son ancienne force en réserve.

Et parfois son tempérament indomptable se manifeste dans une dernière flambée.

Mais au début de l'été, plus de doute. On appelle en
consultation quatre médecins, les docteurs Nacquart,
Louis, Roux et Fouquier et il ressort de leurs délibé-
rations qu'on ne s'en remet plus qu'aux calmants et à
de légers stimulants administrés de temps en temps ;
pour le reste, on a l'air de l'avoir déjà condamné.
Victor Hugo, qui ne s'est lié avec lui qu'en ces dernières années et qui, en ces semaines, a fait preuve d'une
magnifique amitié, le trouve déjà étendu immobile, le
visage fiévreux sans rien d'autre de vivant que les
yeux. Alors Balzac commence à s'inquiéter lui-même.
Il se plaint de ne pouvoir achever *La Comédie
humaine* ; il parle de ce qu'il doit advenir de ses
œuvres après sa mort. Il presse son médecin, le fidèle
docteur Nacquart, de lui dire sincèrement combien
de temps il lui reste à vivre. Et il lit sur le visage du
vieil ami sa véritable situation. Est-ce vraiment exact
— ou bien n'est-ce qu'une pieuse légende ? — on
raconte que, dans le désarroi de ses pensées, il appelait Horace Bianchon le médecin à qui, dans sa *Comédie humaine,* il fait réaliser des miracles scientifiques.
« Ah oui ! je sais. Il me faudrait Bianchon, Bianchon
me sauverait, lui ! »

Mais le dénouement approche inexorablement, et
ce sera une mort épouvantable, plus horrible que
celle qu'il a décrite chez l'un de ses héros. Victor Hugo
raconte dans ses souvenirs la visite qu'il fit au chevet
du mourant :

> Je sonnai. Il faisait un clair de lune voilé de nuages. La rue
> était déserte. On ne vint pas. Je sonnai une seconde fois. La
> porte s'ouvrit. Une servante m'apparut avec une chandelle.
> — Que veut Monsieur ? dit-elle. — Elle pleurait.
> Je dis mon nom. On me fit entrer dans le salon qui était au
> rez-de-chaussée, et dans lequel il y avait, sur une console,
> opposée à la cheminée, le buste colossal de Balzac par
> David. Une bougie brûlait sur une riche table ovale posée au

milieu du salon et qui avait en guise de pieds, six statuettes
dorées du plus beau goût.

Une autre femme vint qui pleurait aussi et qui me dit :
— Il se meurt. Madame est rentrée chez elle. Les médecins
l'ont abandonné depuis hier. Il a une plaie à la jambe
gauche. La gangrène y est. Les médecins ne savent ce qu'ils
font. Ils disaient que l'hydropisie de Monsieur était une
hydropisie couenneuse, une infiltration, c'est leur mot, que
la peau et la chair étaient comme du lard et qu'il était
impossible de lui faire la ponction. Eh bien, le mois dernier,
en se couchant, Monsieur s'est heurté à un meuble historié,
la peau s'est déchirée et toute l'eau qu'il avait dans le corps
a coulé. Les médecins ont dit : « Tiens ! » Cela les a étonnés
et depuis ce temps-là, ils lui ont fait la ponction. Ils ont dit :
Imitons la nature. Mais il est venu un abcès à la jambe... Ce
matin, à neuf heures, Monsieur ne parlait plus. Madame a
fait chercher un prêtre. Le prêtre est venu et a donné à
Monsieur l'extrême-onction. Monsieur a fait signe qu'il
comprenait. Une heure après, il a serré la main à sa sœur,
Mme de Surville. Depuis onze heures, il râle et ne voit plus
rien. Il ne passera pas la nuit. Si vous voulez, Monsieur, je
vais aller chercher Mme de Surville, qui n'est pas encore
couchée.

La femme me quitta. J'attendis quelques instants. La
bougie éclairait à peine le splendide ameublement du salon
et de magnifiques peintures de Porbus et de Holbein sus-
pendues aux murs. Le buste de marbre se dressait vaguement dans cette ombre comme le spectre de l'homme qui
allait mourir. Une odeur de cadavre emplissait la maison.

M. de Surville entra et me confirma tout ce que m'avait dit
la servante. Je demandai à voir M. de Balzac.

Nous traversâmes un corridor. Nous montâmes un escalier couvert d'un tapis rouge et encombré d'objets d'art,
vases, statues, tableaux, crédences, portant des émaux, puis
un autre corridor, et j'aperçus une porte ouverte. J'entendis
un râlement haut et sinistre. J'étais dans la chambre de
Balzac.

Un lit était au milieu de cette chambre, un lit d'acajou
ayant au pied et à la tête des traverses et des courroies qui
indiquaient un appareil de suspension destiné à mouvoir le
malade. M. de Balzac était dans ce lit, la tête appuyée sur un
monceau d'oreillers auxquels on avait ajouté des coussins
de damas rouge empruntés au canapé de la chambre. Il

avait la face violette, presque noire, inclinée à droite, la barbe non faite, les cheveux gris et coupés courts, l'œil ouvert et fixe. Je le voyais de profil et il ressemblait ainsi à l'empereur.

Une vieille femme, la garde, et un domestique se tenaient debout des deux côtés du lit. Une bougie brûlait derrière le chevet sur une table, une autre sur une commode près de la porte. Un vase d'argent était posé sur la table de nuit. Cet homme et cette femme se taisaient avec une sorte de terreur et écoutaient le mourant râler avec bruit.

La bougie au chevet éclairait vivement un portrait d'homme jeune, rose et souriant, suspendu près de la cheminée.

Une odeur insupportable s'exhalait du lit. Je soulevai la couverture et je pris la main de Balzac. Elle était couverte de sueur. Je la pressai. Il ne répondit pas à la pression.

La garde me dit : « Il mourra au point du jour. »

Je redescendis, emportant dans ma pensée cette figure livide ; en traversant le salon, je retrouvai le buste immobile, impassible, altier et rayonnant vaguement, et je comparai la mort à l'immortalité.

Balzac meurt dans la nuit du 17 au 18 août 1850. Sa mère seule est à son chevet ; Mme de Balzac s'est retirée depuis longtemps.

Le 22 août eut lieu la sépulture. La messe des morts fut dite dans l'église de Saint-Philippe-du-Roule. Le corps fut conduit au cimetière sous l'averse. Et voici qui montre combien sa femme connaissait mal ses désirs intimes : les cordons du poêle furent tenus par Victor Hugo, Alexandre Dumas, Sainte-Beuve, et le ministre Baroche. A part Victor Hugo aucun des quatre n'a eu, dans sa vie, des rapports d'intimité avec Balzac. Sainte-Beuve a même été son ennemi le plus acharné, le seul pour qui il ait eu vraiment de la haine. On choisit le cimetière du Père-Lachaise, un lieu que Balzac a toujours aimé. C'est de là que son Rastignac laisse errer son regard sur la ville et jette son défi à Paris. Là est sa dernière demeure, la seule où il ait été à l'abri de ses créanciers et où il ait trouvé le repos.

Victor Hugo prit alors la parole — lui seul avait la

grandeur et la dignité qui convenaient en un tel moment.

L'homme qui vient de descendre dans cette tombe était de ceux à qui la douleur publique fait cortège. Dans les temps où nous sommes, toutes les fictions sont évanouies. Les regards se fixent désormais, non sur les têtes qui règnent, mais sur les têtes qui pensent et le pays tout entier tressaille lorsqu'une de ces têtes disparaît. Aujourd'hui, le deuil populaire c'est la mort de l'homme de talent ; le deuil national c'est la mort de l'homme de génie. Messieurs, le nom de Balzac se mêlera à la trace lumineuse que notre époque laissera dans l'avenir...

Sa mort a frappé Paris de stupeur. Depuis quelques mois il était rentré en France. Se sentant mourir il avait voulu revoir la patrie, comme la veille d'un grand voyage on vient embrasser sa mère ! Sa vie a été courte, mais pleine ; plus remplie d'œuvres que de jours !

Hélas ! ce travailleur puissant et jamais fatigué, ce philo-sophe, ce penseur, ce poète, ce génie a vécu parmi nous cette vie d'orages, de luttes, de querelles, de combats, commune dans tous les temps à tous les grands hommes. Aujourd'hui le voici en paix. Il sort des contestations et des haines. Il entre le même jour dans la gloire et dans le tombeau. Il va briller désormais au-dessus de toutes ces nuées qui sont sur nos têtes parmi les étoiles de la patrie !

Vous tous qui êtes ici, est-ce que vous n'êtes pas tentés de l'envier ?

Messieurs, quelle que soit notre douleur en présence d'une telle perte, résignons-nous à ces catastrophes. Acceptons-les dans ce qu'elles ont de poignant et de sévère. Il est bon peut-être, il est nécessaire peut-être dans une époque comme la nôtre que de temps en temps une grande mort communique aux esprits dévorés de doute et de scep-ticisme un ébranlement religieux. La Providence sait ce qu'elle fait lorsqu'elle met ainsi le peuple face à face avec le mystère suprême et quand elle lui donne à méditer la mort qui est la grande égalité et qui est aussi la grande liberté. La Providence sait ce qu'elle fait, car c'est là le plus haut de tous les enseignements. Il ne peut y avoir que d'austères et sérieuses pensées dans tous les cœurs quand un sublime esprit fait majestueusement son entrée dans l'autre vie ! Quand un de ces êtres qui ont plané longtemps au-dessus de la foule avec les ailes visibles du génie, déployant tout à coup ces autres ailes qu'on ne voit pas s'enfonce brusquement dans l'Inconnu.

Non, ce n'est pas l'Inconnu ! Non, je l'ai déjà dit dans une autre occasion douloureuse et je ne me lasserai pas de le répéter, non, ce n'est pas la nuit, c'est la lumière ! Ce n'est pas la fin, c'est le commencement ! Ce n'est pas le néant, c'est l'éternité. N'est-il pas vrai, vous tous qui m'écoutez ? de pareils cercueils démontrent l'immortalité.

De telles paroles, Balzac, de son vivant, n'en avait jamais entendu. Du haut du Père-Lachaise il va, comme le héros de son roman, faire la conquête de cette ville.

BIBLIOGRAPHIE

Nous ne pouvons ici citer que quelques-uns des plus importants parmi les très nombreux ouvrages concernant Balzac. William Hobart ROYCE en a entrepris la nomenclature complète : *A Balzac Bibliography,* Chicago, 1929 (avec des additions et suppléments, 1930-1937). Le vicomte SPŒLBERCH DE LOVENJOUL avait, dès 1879, établi les bases, aujourd'hui encore indispensables, à la connaissance de la bibliographie des œuvres de Balzac et de leur genèse fort compliquée.

Histoire des Œuvres de Balzac, 3ᵉ édition, Paris, 1888. C'est aussi à Spœlberch que nous sommes redevables de ce que la plus grande partie des papiers laissés par Balzac fut sauvée après la mort de sa veuve. Il a légué à l'Académie française les matériaux rassemblés par lui. Ils sont maintenant en dépôt au château de Chantilly.

Les œuvres complètes de Balzac parurent d'abord en vingt volumes, Paris, 1853-1855 ; puis en une édition définitive de vingt-quatre volumes, 1869-1875 ; l'édition critique qui fait autorité, publiée par Marcel BOUTERON et Henri LONGNON, paraît depuis 1912 chez Conard à Paris (trente-huit volumes jusqu'à ce jour). Les œuvres de jeunesse ont été rééditées à Paris dès 1866-1868 en dix volumes et réimprimées en 1868 dans une édition illustrée en deux volumes.

Correspondance. Volume 24 de l'édition définitive de 1876. *Lettres à l'Etrangère* (Mme de Hanska), vol. I, Paris, 1899 ; vol. II, 1906 ; vol. III, 1935 ; *Letters to his family, 1809-1850,* publié par W. S. HASTINGS, Princeton University Press, 1934. *Correspondance inédite avec Mme Zulma Carraud*, publiée par Marcel BOUTERON, Paris, 1935. Marcel Bouteron a en outre publié une série de correspondances moins importantes (avec Mme de Berny, la marquise de Castries, le docteur Nacquart, médecin de Balzac, etc.) ainsi que des lettres à Balzac,

Cahiers balzaciens, qui paraissent depuis 1923. On a aussi présenté dans cette publication des ouvrages isolés de l'œuvre posthume de Balzac (entre autres une nouvelle : *Les Fantaisies de Gina*, un fragment des *Contes drolatiques* et une lettre sur Kiew, écrite lors de son voyage en Ukraine de 1847).

SUR BALZAC

CONTEMPORAINS

Mme DE SURVILLE, la sœur de Balzac, a d'abord donné un volume illustré : *Les Femmes de Balzac,* Paris, 1851 ; et publia en 1858 : *Balzac, sa Vie et ses Œuvres d'après sa correspondance* ; SAINTE-BEUVE, Essai de 1850, dans les *Causeries du lundi*, vol. II ; Victor HUGO, Discours prononcé aux funérailles de Balzac, reproduit dans *Les Femmes de Balzac*, 1851 ; sa description de Balzac sur son lit de mort est dans : *Choses vues*, Paris, 1887 ; Théophile GAUTIER, *H. de Balzac*, Paris, 1859 ; E. WERDET, éditeur de Balzac, *Portrait intime de Balzac*, 1859 ; L. GOZLAN, *Balzac en pantoufles*, Paris, 1856 et *Balzac chez lui*, 1862 ; H. TAINE : son essai qui fait époque est paru dans les *Essais de critique et d'histoire*, Paris, 1858.

PUBLICATIONS POSTÉRIEURES

SPŒLBERCH DE LOVENJOUL : *Un roman d'amour* (Mme de Hanska), Paris, 1899. *La Genèse d'un roman de Balzac : Les Paysans*, 1901 ; *Une page perdue*, 1903 ; A. CERFBERR et J. CHRISTOPHE : *Répertoire de La Comédie humaine*, Paris, 1887 (lexique des personnages dans l'œuvre romanesque de Balzac. Préface de Paul BOURGET) ; Dr A. CABANÈS, *Balzac ignoré*, Paris, 1899 ; E. BIRÉ, *Honoré de Balzac*, Paris, 1897 ; F. WEDMORE, *Balzac*, London, 1890 (« Great Writers ») ;

F. Brunetière, *Balzac,* Paris, 1906 ; G. Hanotaux et Vicaire, *La Jeunesse de Balzac,* Paris, 1904 ; G. Ruxton, *La Dilecta de Balzac* (Mme de Berny), Paris, 1909 ; A. Lebreton, *Balzac, L'Homme et l'Œuvre,* Paris, 1905.

Autres Publications

L.-J. Arrigon, *Les Débuts littéraires et les Années romantiques de Balzac,* Paris, 1924-1927 ; P. Abraham, *Balzac,* Paris, 1927 ; *Créatures chez Balzac,* Paris, 1931 ; E. R. Curtius, *Balzac,* Bonn, 1923 ; J. H. Floyd, *Les Femmes dans la vie de Balzac,* Paris, 1926 ; E. Preston, *Recherches sur la technique de Balzac,* Paris, 1926 ; A. Prioult, *Balzac avant La Comédie humaine,* Paris, 1936 ; R. Bouvier et E. Maynial, *Balzac Homme d'affaires,* Paris, 1930 ; R. Bouvier et E. Maynial, *Les Comptes dramatiques de Balzac,* Paris, 1938 ; A. Billy, *Vie de Balzac,* Paris, 1944, 2 volumes.

NOTE DE L'ÉDITEUR

Comme éditeur de ce dernier ouvrage de mon ami défunt, j'aimerais l'accompagner de quelques explications. Les manuscrits de Stefan Zweig, qui, après sa mort, me furent confiés par ses parents et héritiers, constituaient un dépôt fort considérable. J'en ai d'abord publié, pendant la guerre même, en 1943, à Stockholm, un volume groupant des essais et des conférences sous le titre : *L'Epoque et le Monde* ; puis je me mis à l'examen des matériaux du *Balzac*.

Le « grand Balzac », comme Zweig désignait dans la vie familière son entreprise — pour la distinguer d'essais antérieurs de moindre importance —, devait, selon le vœu de l'auteur, devenir son œuvre capitale, son *magnum opus*. Il travaillait au manuscrit depuis dix ans. Il voulait y inclure la somme de son expérience d'écrivain et de sa connaissance de la vie. Balzac lui semblait le plus grand sujet accessible, et à proprement parler, prédestiné à son talent particulier. Depuis ses débuts littéraires à Vienne, il avait vécu avec les œuvres et avec la légende de Balzac, et c'est peut-être ici le lieu de rappeler que Vienne joue, dans l'histoire de la gloire européenne de Balzac, un rôle de premier plan. C'est de Vienne que partit la seconde grande vague d'enthousiasme balzacien qui installa définitivement le romancier français dans la conscience du public mondial, et c'est à Vienne que déjà de son vivant, au cours de sa visite de 1835, il avait perçu pour la première fois, en la savourant à longs traits, l'admiration sans réserves d'un public européen. Hofmannsthal, le porte-parole de la jeune école de poètes viennois de la fin du siècle, à laquelle

appartenait aussi Stefan Zweig, a, dans son introduction
aux œuvres complètes, écrit sur le thème fourni par la
destinée de Balzac la plus brillante paraphrase qui soit en
langue allemande. Ce n'était pas tant le grand maître du
roman — d'un roman qui, à vrai dire, leur était dans sa
forme quelque peu suspect — que ces jeunes Viennois
voyaient en Balzac ; mais, d'un regard plus large, ils décou-
vraient en lui « un monde entier, grouillant de personnages
typiques... une immense imagination d'une inexprimable
densité ; l'imagination la plus grande, la plus dense depuis
Shakespeare ». Balzac était pour eux l'incarnation même
de la puissance créatrice, un « potentiel de littérature » en
quelque sorte qui n'avait jamais été pleinement exploité et
qui vous entraînait dans son sillage pour la création et pour
le rêve. L'idée que se fit de Balzac Stefan Zweig repose sur
cette conception et dans l'œuvre du sexagénaire survit
encore quelque chose de l'enthousiasme juvénile de la fin
du siècle.

En ces années au cours desquelles ce fut surtout comme
introducteur des lettres françaises qu'il essaya ses forces,
Zweig a tenté plus d'une fois d'aborder le problème de
Balzac. Il commença par en publier une anthologie avec
une introduction, il écrivit des articles et enfin son grand
essai, *Balzac*, qui, avec son *Dostoïevski* et son *Dickens*
constitua le volume intitulé *Trois Maîtres* dans l'édition
originale et présenta le programme qu'il s'était tracé pour la
collection : « Constructeurs du monde ». Et pour clore la
série des biographies que Zweig, avec le souci d'une archi-
tecture harmonieuse, avait dressées à côté de cet ensemble
d'essais et des nouvelles groupées sous le titre *La Chaîne*, le
« grand Balzac » devait couronner l'œuvre de sa vie.

La conception de l'ouvrage était vaste. Il est arrivé à
Zweig de dire qu'il devait former deux volumes. Mais il en
fut de cet exposé de l'effort du maître comme du travail du
maître lui-même, comme de *La Comédie humaine* : il n'en
pouvait voir la fin. On eût dit que, de l'œuvre et des documents, quelque chose de l'inquiétude balzacienne s'était
transmis au biographe. Dans des esquisses pour un chapitre complémentaire, trop fragmentaires malheureusement
pour pouvoir être publiées dans le cadre de ce volume,
Zweig raconte comment, après la mort de Balzac, le goût du
défunt pour les prodigalités intoxiqua sa veuve et la famille
de celle-ci : ils dissipèrent sans compter leurs millions

ukrainiens péniblement gardés. Le lointain commentateur ne fut pas plus ménager de son temps. Stefan Zweig n'était, par nature, nullement avare, pas plus dans le domaine matériel que dans le domaine spirituel. Mais il s'était pourtant plié dans son travail, au cours de longues années, à une discipline très salutaire et très économe, sans laquelle du reste il lui eût été impossible d'accomplir sa tâche féconde. Tout cela disparut devant le problème Balzac. Sans cesse on ouvrait de nouveaux dossiers et j'eus parfois l'occasion de le voir à l'œuvre et de lui prêter la main. Il découvrait toujours de nouveaux aspects du sujet. Il ne cessait de reprendre ce qu'il avait déjà rédigé. Dans sa belle collection d'ouvrages autographes des grands maîtres, Zweig possédait entre autres un des précieux volumes des manuscrits de Balzac où sont reliés d'innombrables placards. De ces corrections enchevêtrées qui n'en finissent plus se dégageait une suggestion mystérieuse. Le manuscrit du biographe fut atteint par la contagion. Autour du noyau véritable, sans cesse recopié par sa femme, infatigable collaboratrice, s'entassaient les feuilles intercalaires. On ouvrit des dossiers spéciaux et des carnets. On établit des catalogues et des tableaux. Les éditions de Balzac et les monographies se couvrirent de traits, d'annotations marginales, de fiches et de renvois. Le petit cabinet de travail de Zweig à Bath, dans lequel il s'était installé peu avant le début de la guerre, devint un musée Balzac, des archives, une chancellerie balzaciennes. Tout cela, il fallut l'abandonner, quand pendant l'été 1940, il gagna l'Amérique d'où il ne devait plus revenir. Dans la paix de son refuge, à Petropolis, capitale d'été du Brésil, il acheva encore son autobiographie, sa nouvelle *Le Jeu d'échecs* ainsi que son *Montaigne*, et, peu avant sa mort, il prit un dernier élan pour se consacrer de nouveau à Balzac. En réponse à une de ses lettres je lui envoyai, transcrites, une partie de ses notes. Mais cet envoi ne l'atteignit plus. Il revint sans avoir été ouvert avec la mention écrite en français : « Décédé ». Et la copie d'une partie du manuscrit qu'il avait emportée fut retrouvée telle quelle quand les deux personnes chargées à Petropolis de mettre en ordre les papiers qu'il avait laissés : son éditeur brésilien et un homme de lettres, M. Wittkowski, fouillèrent son bureau. Il était déjà trop las et ne croyait plus pouvoir mener à bien son travail sans le secours de son texte et des matériaux laissés à Londres et à Bath. Dans la dépression

de ces derniers jours de sa vie, il a même déclaré qu'il était
sans doute impossible de saisir tout à fait un géant comme
Balzac : personne encore n'en était venu à bout.

Quand je me mis ensuite à l'examen des documents, je me
demandai d'abord si je n'étais pas en présence d'un simple
fragment. Il n'en était rien. Le livre était achevé. Pas dans
tous ses chapitres ; il n'avait pas trouvé toujours sa forme
définitive ; mais pourtant il était achevé dans toutes ses
parties essentielles. Je ne puis donner ici, selon la méthode
des philologues, un relevé précis de toute la documentation
utilisée : cela exigerait un traité à part. Quelques mots
seulement sur le texte. Le document essentiel est constitué
par l'exemplaire dont se servait couramment Zweig sur la
couverture duquel il avait déjà écrit en anglais la mention :
« To be sent to the publishers. » Il représente sans doute la
troisième rédaction. Il avait lui-même revu ce manuscrit
avec sa femme dont le travail était loin de se borner à la
besogne mécanique de la transcription. Ses questions et ses
remarques marginales, dans leur clarté, dans leur soumission aux faits, faisaient souvent un heureux contrepoids à
l'imagination du poète emporté par son lyrisme et qui se
laissait parfois entraîner par un thème séduisant, à chanter
une « ariette » comme il disait. Souvent Zweig lui-même
avait corrigé, raturé ; dans d'autres cas j'étais obligé de faire
un choix. Et ce faisant, j'avais souvent l'occasion d'évoquer
la mémoire de la silencieuse Mme Lotte Zweig qui, avec la
discrétion qui lui était propre et fut chez elle presque une
passion, avait partagé avec lui son travail et sa vie, et l'avait,
avec la même simplicité toute naturelle, accompagné dans
la mort. Il va de soi que j'ai gardé entièrement intacts le style
et le ton de l'œuvre. Parfois il manquait des pages ou des
passages que l'on pouvait rétablir au moyen des versions
antérieures ou de la documentation qu'il avait couramment
sous la main. Les derniers chapitres n'existaient qu'au
brouillon. J'en ai repris la rédaction en consultant l'ample
documentation, cahiers, fiches et carnets, dont j'ai parlé et
les éditions dont Zweig tirait ses citations. Son exemplaire
usuel était, à côté de l'édition critique française des œuvres
complètes par Marcel Bouteron, la belle édition allemande
de l'Insel Verlag qui avait fait tirer pour lui un exemplaire
personnel avec la mention : « Cet exemplaire a été imprimé
en plus du tirage pour Stefan Zweig. » Ces volumes ne
l'avaient pas quitté depuis 1908. Dans sa correspondance

j'ai consulté des lettres d'amis et les contributions de ses correspondants occasionnels qui se rapportaient à son travail sur Balzac et je voudrais à ce propos, au nom de mon ami défunt, remercier tous ceux qui l'ont aidé dans sa tâche.

Peut-être me permettra-t-on d'ajouter un mot sur les conditions matérielles où fut exécuté ce travail de révision qui n'était pas tout à fait simple. Les documents étaient en grande partie épars et dispersés, les uns ici à Londres, les autres à Bath ; une petite partie déposée dans les coffres des banques. Et si Zweig avait établi son manuscrit au cours des premiers mois de la « drôle de guerre », je devais, moi, entreprendre sa révision à un moment où les flammes qui dévoraient le monde, au sens propre du terme, s'étaient considérablement rapprochées. Sous l'action directe de cette réalité j'ai dû changer trois fois de domicile, le précédent étant entièrement écrasé sous les bombes. Par deux fois l'exemplaire usuel sur lequel je travaillais me fut littéralement arraché des mains et dispersé dans la pièce. Le plafond s'effondra ensevelissant mes notes ; aujourd'hui encore il reste des fragments de verre et des gravats entre les pages. Au cours des « attaques Baedeker », de sinistre mémoire, le tranquille vestibule de la maison de Zweig à Bath connut aussi la chute de débris de toutes sortes. Une bombe qui s'abattit juste devant le mur de son cabinet de travail n'éclata pas, fort heureusement. Le British Museum où j'allais de temps en temps aux renseignements ne fut pas épargné lui non plus. Il n'en réussit pas moins la gageure de laisser ouvertes pendant toutes ces années, les salles hospitalières de sa « North Library ». Ce ne fut donc pas — si je puis me servir d'un euphémisme familier aux Anglais — dans des conditions tout à fait normales que le travail fut exécuté. Ces détails, qui pour nous, enfants éprouvés de l'ancien continent, n'ont absolument rien d'exceptionnel, je ne les mentionne pas pour des raisons personnelles, mais simplement à titre documentaire.

Les sombres puissances qui avaient chassé Stefan Zweig de sa patrie et qui l'ont poussé dans la mort n'ont pourtant pas eu raison de cette œuvre — pas plus que du reste. Le livre a été mené à bonne fin. Il n'est pas tout à fait ce que projetait Zweig, mais je crois pouvoir dire avec une bonne conscience qu'il constitue un digne couronnement de l'œuvre de sa vie. Et ce me semble être, en notre temps qui a si grand besoin de consolations, un gage d'espoir que ce dernier ouvrage d'un bon Européen et d'un bon citoyen du monde puisse librement se mettre en route et porter son message à ses amis qui lui sont restés fidèles, dans toutes les parties du monde, pendant les longues années de ténèbres.

Richard FRIEDENTHAL.

Londres, décembre 1945.

Table

LIVRE IV

SPLENDEUR ET MISÈRE DU ROMANCIER BALZAC

LIVRE V

LE CRÉATEUR DE LA COMÉDIE HUMAINE

LIVRE VI

DERNIÈRES VICTOIRES ET MORT DE BALZAC

Le Livre de Poche Biblio

Extrait du catalogue

Composition réalisée par JOUVE

IMPRIMÉ EN FRANCE PAR BRODARD ET TAUPIN
Usine de La Flèche (Sarthe).
LIBRAIRIE GÉNÉRALE FRANÇAISE - 43, quai de Grenelle - 75015 Paris.

ISBN : 2 - 253 - 13925 - 4   ◈ 31/3925/0